HEYNE
JUBILÄUMS
REIHE

In derselben Reihe erschienen außerdem als Heyne-Taschenbücher:

Thriller · Band 50/6
Klinik · Band 50/19
Horror · Band 50/21
Das endgültige Buch der Sprüche und Graffiti · Band 50/26
Sinnlichkeit · Band 50/31
Noch mehr Witze · Band 50/34
Das Buch der Sprüche und Graffiti · Band 50/39
Lust · Band 50/40
Beschwingt & heiter · Band 50/47
Sex · Band 50/50
Deutsche Erzähler des 19. Jahrhunderts · Band 50/52
Sehnsucht · Band 50/53
Körner, Sprossen, Keime · Band 50/57
Glück muß man haben · Band 50/59
Männerwitze · Band 50/62
Zauber der Leidenschaft · Band 50/65
Super-Sex · Band 50/67
Ärzte · Band 50/68
Immer fröhlich, immer heiter · Band 50/69
Alptraum · Band 50/71
Bürosprüche · Band 50/72
Lateinamerikanische Erzähler · Band 50/73
Louisiana · Band 50/74
Samurai · Band 50/76
Obsession · Band 50/77
Ratgeber Bauen und Wohnen · Band 50/79
Viel Vergnügen · Band 50/80
Ekstase · Band 50/81
Österreichische Erzähler · Band 50/82
Ratgeber Versicherung ·Band 50/83
Grauen Pur · Band 50/84
Fröhlich und beschwingt · Band 50/85
Arztpraxis · Band 50/86
Bombenstimmung · Band 50/87
Starke Frauen · Band 50/88
Heiter und so weiter · Band 50/89
Frauenkrimis · Band 50/90
Lachsalven · Band 50/91
Romantische Liebe · Band 50/92
Geheimnisvolles Erbe · Band 50/93
Hinter dem Schleier · Band 50/94
1000 neue Witze zum Totlachen · Band 50/95
Herr Doktor · Band 50/96
Leidenschaftliche Liebe · Band 50/97
Glücklich und zufrieden ·Band 50/98
Crime Ladies · Band 50/99
Die große Liebe · Band 50/100
Psycho · Band 50/101
Tatmotiv: Liebe · Band 50/102
Vergnügliches · Band 50/103
Halbgott in Weiß · Band 50/104
Stürme des Herzens · Band 50/105
König Artus · Band 50/106
Lachen ist ansteckend · Band 50/107
Die Patientin · Band 50/108
Shadorun · Band 50/109
Liebesglück · Band 50/110
Verborgene Zuflucht · Band 50/111
Im Reich der Fantasy · Band 50/112
Bitte lächeln · Band 50/113
U-Boot · Band 50/114
Gefühle · Band 50/115
Thriller spezial · Band 50/116
Hoffnung · Band 50/117
Schwestern · Band 50/118
Notfall · Band 50/119
Liebeserwachen · Band 50/120
Star Trek spezial · Band 50/121
Zärtliches Feuer · Band 50/122
Thriller · Band 50/123
Liebe und Macht · Band 50/124
Macht der Leidenschaft · Band 50/127
Nichts als die Wahrheit · Band 50/128
Rache ist Weiblich · Band 50/129
Akte X · Band 50/130
Männer · Band 50/132
Liebe für ein ganzes Leben · Band 50/133
Mord am Golden Gate · Band 50/134

HEYNE
JUBILÄUMS
REIHE

Herzerfrischend heiter

Drei vergnügliche Romane

WILHELM HEYNE VERLAG
MÜNCHEN

HEYNE JUBILÄUMSBÄNDE
Nr. 50/135

QUELLENHINWEIS

Trude Egger ER STREICHELT DIE KATZE ÖFTER ALS MICH
Lizenzausgabe mit Genehmigung des Scherz Verlag, Bern und München

(Der Titel erschien bereits in der Allgemeinen Reihe
mit der Band-Nr. 01/8414.)

Friederike Costa EIN MANN ZUM TRÄUMEN

(Der Titel erschien bereits in der Allgemeinen Reihe
mit der Band-Nr. 01/9940.)

Annegrit Arens MOM SCHAFFT DAS MIT LINKS
Lizenzausgabe mit Genehmigung des Scherz Verlag, Bern und München

(Der Titel erschien bereits in der Allgemeinen Reihe
mit der Band-Nr. 01/9529.)

4. Auflage

Umwelthinweis:
Dieses Buch wurde auf chlor- und säurefreiem Papier gedruckt.

Printed in Germany 1999
Umschlagillustration: ARTelier, München
Umschlaggestaltung: Atelier Ingrid Schütz, München,
Satz: Buch-Werkstatt GmbH, Bad Aibling
Druck und Bindung: Elsnerdruck, Berlin

ISBN 3-453-13175-4

INHALT

Trude Egger

Er streichelt die Katze öfter als mich

Den unfreiwilligen Opfern dieses Buches gewidmet, insbesondere meiner armen Mutter, die sich, seit sie das Manuskript gelesen hat, nicht mehr getraut, einen Telefonhörer abzunehmen.

Inhalt

Vorwort

Ich will gar nicht behaupten, eine Ehe bestehe nur aus Problemen. Sie hat auch ihre lichten Seiten. Gewiß hat sie das – wenn ich auch momentan nicht mehr so ganz genau weiß, wie das damals war, als wir noch gemeinsam in der Badewanne saßen. Aber es muß schon seinen Reiz gehabt haben. Was sonst hätte mich dazu bewegen können, eine Dreiviertelstunde lang auf dem Stöpsel zu sitzen?

»Alles recht und schön, die Probleme und so«, meinte meine Freundin Hanna, nachdem sie das Manuskript gelesen hatte – sie war die einzige, die ich dazu hatte überreden können, dafür mußte ich diesem hartherzigen Weibsbild sämtliche Fenster putzen, »aber warum ziehst du denn nur über die Männer her?«

»Das stimmt nicht. Ich habe auch über Anton geschrieben.«

»Sagte ich ja – Männer.«

»Anton ist eine Wühlmaus.«

»Ich an deiner Stelle hätte über die Fehler und Schwächen der Frauen geschrieben. Es macht sich immer besser, wenn man über sich selber lacht.«

Ich kicherte. »Schätzchen, das soll ein *Buch* werden und keine Postkarte.«

»Na schön. Es ist dein Bier. Aber erkläre mir bitte eines. Wieso mußt du denn unbedingt *witzig* darüber schreiben, wenn zwei sich streiten, ob sie einen Sack Kartoffeln in seinem frisch geputzten Auto transportieren darf oder ihn die vier Kilometer bis zu ihrem Heim vor sich herrollen sollte?«

»Weil ich möchte, daß die armen Frauen, die mein Buch lesen, für ein paar Stunden ihre eigenen Sorgen vergessen«, säuselte ich.

»Red keinen Quatsch. Wenn sie das wollen, backen sie einen Kuchen, legen die Schränke neu mit Papier aus oder gehen zum Friseur und lassen sich dort erzählen, wer es gerade mit wem hat … Warum also?«

Stumm wies ich auf einen Zettel, den ich auf die Wand hinter dem Schreibtisch gepinnt hatte. Auf dem stand: »Denk dran, Trudchen, daß du es dir bei deinem Verdienst frühestens mit achtundsiebzig leisten kannst, dich liften zu lassen! Vielleicht ein Jahr früher, wenn du aufhörst, italienische Schuhe zu kaufen und dir statt dessen die Gummistiefel deiner Kinder abschneidest und vorne mit Watte ausstopfst. Also LACHE, LACHE, LACHE!«

Nicht, daß es mir immer leichtfällt. Als ich vorgestern den Servicemenschen kommen ließ und ihm sagte: »Meine Waschmaschine tropft ständig, glauben Sie, ich muß sie besser trainieren?« und er sie untersuchte und mir mitteilte, daß sie im Koma liege, da mußte ich zwölf Stunden lang üben, um die Mundwinkel wieder in die Höhe zu kriegen …

Zieh ein frisches Hemd an, Liebling!

Als ich vorhin bei meiner Freundin Hanna vorbeiflitzte, um Brot auszuleihen, fand ich sie am Küchentisch sitzend vor, eine Zigarette in der Hand, um zehn Jahre gealtert. »Um Gottes willen!« rief ich erschrocken. »Was ist passiert? Ist was mit den Kindern?«

Sie winkte mit der Hand, in der sie die Zigarette hielt, matt ab. »Wir waren bloß einen Anzug kaufen«, murmelte sie.

In abgerissenen Sätzen, zwischendurch gierig rauchend und Vitaminpillen schluckend, erzählte sie mir die Story: Sie und ihr Mann waren in sechs Geschäften gewesen, in denen er stumpfsinnig auf die Anzüge gestarrt und die Achseln gezuckt hatte. Im siebenten hatte sie ihn gezwungen, wenigstens einen zu probieren. Er hatte ihn widerstrebend angezogen, war stumm dagestanden, hatte abwesend in die weite Ferne geblickt und die Achseln gezuckt. Schon da hatte sie rote Kreise vor den Augen gesehen. Im achten probierte er einen, der war ihm zwei Nummern zu klein. Sobald das feststand, blühte er auf. Den wollte er. Doch leider hatten sie ihn nicht größer. Sie schleppte ihn ins nächste Geschäft, wo sie mit Hilfe des sämtlichen Personals denselben auftrieb, zwei Nummern größer. Als es zum Probieren kam, war ihr Mann weg. Sie fand ihn in der Musikabteilung, wo er Platten durchsuchte, ohne eine zu kaufen. Sie hatte ihn klipp und klar gefragt, ob er den Anzug nun wolle oder nicht. Er hatte gesagt: »Mir egal!« Sie hatte ihn gezwungen, wenigsten die Jacke zu probieren. Er hatte sie angezogen mit einer Miene, als schlüpfe er in die abgelegte Haut einer Kobra. Hanna fragte: »Nimmst du ihn?« Er murrte: »Wenn du meinst –«

Jetzt ist *sie* schuld, daß die Hose im Schritt spannt.

Hanna brach in Tränen aus.

»Hör auf zu plärren«, sagte ich, ihre Schulter tätschelnd. »Glaubst du vielleicht, meiner ist besser? Ich gehe prinzipiell nicht mehr mit ihm einkaufen.«

Hanna riß die Augen auf. »Er kauft seine Klamotten selber? Du willst sagen, er geht in ein Geschäft, allein, und kommt mit einem Anzug heim?«

Ich nickte. So ungefähr, ja. Er geht fort, um einen Anzug zu kaufen, und kommt mit einer Dose Lackpolitur heim. Wie dem auch sei, nichts mehr im Leben, aber auch gar nichts würde mich noch einmal so weit bringen, ihn mitzunehmen, wenn ich mir selber was kaufen wollte. Das letzte Mal hatte mir gereicht. Um Hanna etwas aufzumuntern, gab ich ihr einen detaillierten Bericht davon: Ich war mit drei Kleidern überm Arm in die Umkleidekabine gegangen. Gerade war ich erst aus den Schuhen geschlüpft, als er draußen schon murrte: »Bleibst du ewig?«

Schon das erste Kleid war süß. Es stand mir prächtig. Ich hätte es auf der Stelle genommen. »Nun?« fragte ich erwartungsvoll.

Er warf einen halben Blick darauf, hob die Brauen und zuckte die Achseln. So ging es weiter. Nach dem sechsten war ich zu erschöpft und deprimiert, um noch einmal aus den Schuhen zu steigen. Gerade daß ich noch die Kraft hatte, mir meinen eigenen alten Fetzen überzuzerren. Als ich damit die Kabine verließ, kam zum ersten Mal Leben in ihn. Sein Gesicht leuchtete auf. »Nimm das«, sagte er, »das steht dir.«

Vielleicht, setzte ich hinzu, wäre alles halb so schlimm gewesen, wären wir nicht einen Moment später im selben Geschäft auf Eva-Maria gestoßen. Auch sie war dort, um sich ein Kleid zu kaufen. Auch sie mit einem Mann. Nicht ihrem eigenen, natürlich, denn meine Kusine Eva-Maria hat ja gottlob keinen, sie ist geschieden. Es war ein großer Dunkelhaariger mit einer Adlernase. Er tanzte um Eva-Maria herum wie ein Impresario, jagte fünf Verkäuferinnen durch die Gegend, schleppte eigenhändig neue Modelle herbei, begleitete Eva-Maria in die Kabine, um ihr beim Wechseln zu helfen, und gab über jedes Kleid so sachkundig seine Meinung ab, daß ich automatisch annahm, er müßte aus der Branche sein. Ich sah ihn mir besser an. »Und weißt du, Hanna, wer es war? Du wirst es nicht für möglich halten!« Ich nannte ihr den Namen.

Hanna stieß einen spitzen Schrei aus. »Doch nicht der!«

Ich nickte. Doch, genau der. Der geschiedene Mann von Gabi. Jener Gabi, die uns all die Jahre hindurch vorgejammert hatte, wie weh es ihr täte, daß es ihrem Mann vollkommen schnuppe wäre, was sie anhätte. Als sie einmal, um ihn zu provozieren, in einem uralten Babydoll und einem ausrangierten Bademantel auf eine Grillparty fuhr, soll er bloß nach einem kurzen Seitenblick gemurmelt haben: »Neu? Was hat der Fetzen gekostet?«

Ein Typ, vor dem ich meine Tochter warnen würde, wenn sie jemals auf mich hören würde, ist der Mann, dem es egal ist, was er anhat (also grob geschätzt fünfundachtzig Prozent der männlichen Bevölkerung). Er trägt denselben Pullover, bis er auf ihm hängt wie eine Elefantenhaut. Dieselben Jeans, bis er sie in eine Ecke lehnen kann, wo sie von selber stehen bleiben. Sein Unterhemd, bis ihm die Brusthaare durch die Maschen wachsen.

Er war der Junge, dessen Mutter auf die andere Straßenseite wechselte, wenn sie ihn kommen sah. Die ihm nur noch graue Socken von derselben Farbe kaufte, damit es nicht auffiel, wenn er zwei verschiedene anhatte. Er war derjenige, der so lange Turnschuhe trug, bis ihm die Zehennägel abfielen.

Er wird sich weigern, dich zu heiraten, wenn du auf einer Krawatte bestehst.

Beim Anblick einer Hose mit Bügelfalten brechen bei ihm allergische Flecken aus.

Wenn du mit ihm ausgehst, mein armes Kind, wirst du nie was anderes tragen können als Jeans und den Pulli, den du schon deiner Großmutter als Wischlumpen gegeben hast. Wenn du dann damit und in deiner ältesten Jacke erscheinst, um mit ihm einen Waldspaziergang zu machen, wird er in seinem einzigen guten Anzug aufkreuzen und auf deinen erstaunten Blick hin böse sagen: »Was willst du? Du regst dich doch ständig darüber auf, daß ich mich nicht anständig anziehe!«

Glauben Sie mir, ich weiß, von was ich rede. Von dem Moment an, wo mein Mann im Hochzeitsanzug unters Auto kroch, um nachzusehen, warum es Öl verlor, hatten wir mehr Kontroversen über seine Anzieherei als die Supermächte über die Abrüstung.

»Ist dir klar«, klagte ich kürzlich, »was es für eine Frau heißt, ein Paar Strümpfe mit Naht im Schrank zu haben, die sie nie anziehen kann, wenn sie mit ihrem Mann ausgeht?«

»Welche Frau?«

»Ich.«

»Das ist lächerlich. Hab' ich je was gegen Strümpfe mit Naht gesagt?«

Ich lachte auf. Er will nicht einsehen, daß es für eine Frau unmöglich ist, sich elegant anzuziehen, wenn der Mann an ihrer Seite daherkommt wie der Heizer eines Walfängers auf Landurlaub.

Das zumindest ist etwas, über das sich meine Urenkelin kaum mehr wird ärgern müssen. Bis dahin kommen die Babys infolge der üblichen Mutation in jeansblauen Hosen auf die Welt, mit einem Flicken zwischen den Oberschenkeln und dem Markenzeichen auf den Hinterbacken.

Zwei Sätze haben mein Erwachsenenleben begleitet. Der eine lautet: »Mach die Tür zu!«, der andere: »Zieh wieder einmal ein frisches Hemd an.«

Mein Mann hat so viele Hemden, daß der Kleiderschrank eine Ausbuchtung davon hat. Er hebt sie alle auf. Auch die von seinem verstorbenen Vater. Zwei davon haben noch Kragen zum Abnehmen. Anziehen jedoch will er nur eines: das mit den achtundzwanzig Knöpfen. Es hat an der Leiste zehn, zwei am Kragenzipfel, zwei auf den Schulterklappen, zwei auf den Ärmelklappen, vier auf den Manschetten und acht auf den Brusttaschen. Durch geschicktes Manövrieren kann er beim An- und Ausziehen seinen Kopf durchzwängen, ohne mehr als zwei aufzumachen. Ich öffne beim Bügeln die restlichen sechsundzwanzig.

Allerdings bräuchte ich das nicht. Denn freiwillig gibt er es nicht her. Sobald ich in meiner Küche riechen kann, wenn er in der Garage aus dem Auto steigt, setze ich ihn unter ein starkes Schlafmittel, zerre ihm gewaltsam das Hemd vom Leib und wasche es, bevor er wieder zu sich kommt.

Als er vor zwei Wochen mit dem Ärmel an einem Nagel hängenblieb, fuhr ich in den Wallfahrtsort und zündete vor der Statue der Muttergottes eine Kerze an. Prompt kam er vorgestern mit einem Stoffding heim, auf dem ›U.S. Air Force‹ steht und das man aufbügeln kann, wenn man einen Riß im Stoff verdecken will. In Zukunft werde ich es mir gut überlegen, wo und wann ich Kerzen anzünde!

Über was ich mir schon die längste Zeit den Kopf zerbreche: Warum gibt es in einer Familie, in der der Mann und die beiden Söhne einen Monat lang dieselben Jeans tragen, Hemd und Unterwäsche einmal in der Woche wechseln und die Hausfrau ohnehin nie aus der Kittelschürze kommt, trotzdem jede Woche einen halben Zentner Bügelwäsche?

Hausarbeit ist Mamas Bier

Wie jeder Mensch habe ich meine guten und meine schlechten Tage. Die zwei guten, die mir alljährlich zustehen, habe ich dieses Jahr leider schon Anfang August aufgebraucht. Damals lag ich mit einem entzündeten Zehennagel im Bett und las die ›Dornenvögel‹. Es war wunderschön. Ich werde diese zwei Tage, an denen ich nur vom Buch aufsah, um mir die Tränen aus den Augen zu wischen, lange nicht vergessen.

Der heutige Tag war einer von den restlichen dreihundertdreiundsechzig. »Hör«, sagte ich zu meiner Kusine Eva-Maria, die auf einen Sprung bei mir vorbeischaute, bevor mein Mann heimkam, »ist es ein Scheidungsgrund, wenn man seinen Schlafanzug vom Balkon wirft?«

»Vom Balkon? Das kommt darauf an. Wenn dein Mann noch drinsteckte, würde ich sagen – ja.«

Ich seufzte. Zugegeben, ich hatte ein-, zweimal vage dran gedacht. Aber wie kriegt man neunzig Kilo widerspenstiges Lebendgewicht übers Balkongeländer?

Wir saßen in meiner Küche bei einer Tasse Kaffee, wobei wir uns schwesterlich den einzigen Keks teilten, den die Kinder nicht gefunden hatten, weil ich das Geschirrtuch darübergeworfen hatte. Draußen vorm Fenster ließen sich ein paar trübselige Flocken aus einem trübseligen Himmel fallen. Es war alles ziemlich deprimierend. Vielleicht lag's aber auch nur am Kaffee. Warum schmeckt mein Kaffee nur immer so, als hätte ich die Wurzeln der afrikanischen Schwarzeiche ausgegraben, sie über Büffelfladenfeuer ausgekocht und den Sud mit Nilwasser verdünnt?

Ich verbesserte ihn mit einem Schuß Kognak. »Kannst du mir verraten, warum ich total durchdrehte, als ich gestern ins Schlafzimmer kam und die ungemachten Betten sah?«

Meine Kusine lächelte hintergründig. »Vermutlich weil es fünf vor Mitternacht war, dein lieber Mann vorm Fernseher schnarchte und deine Beine dir vorkamen, als wären sie mit nassem Sand gefüllt.«

Erbittert legte ich los: »Ich habe dreihundertfünfzigmal im Jahr die Betten gemacht, und das fast zwanzig Jahre lang. Wäre es da zuviel verlangt, wenn er einmal die Betten machte, ein einziges Mal?«

Eva-Maria erkundigte sich interessiert: »Wieso dreihundertfünfzigmal?«

»Im Urlaub bläst er die Luftmatratzen auf und legt die Schlafsäcke drüber ... Ich bin«, erinnerte ich mich verschämt, »auf seiner Unterwäsche herumgetrampelt –«

Eva-Maria nickte. »Typisches Zeichen für ein unbefriedigendes Sexualleben. Seine Unterhosen als verhaßtes Symbol der männlichen Genitalien. Du hast damit deinen Aggressionsstau abgebaut –«

»Schätzchen«, sagte ich müde, »mit dem Aggressionsstau magst du recht haben, aber in dem Fall war's bloß, weil er seine gebrauchten Unterhosen einfach vors Bett fallen läßt. Und dort bleiben sie liegen, bis ich sie aufhebe. Seit zwanzig Jahren bükke ich Idiotin mich nach seinen verdammten Unterhosen, trag sie ins Bad und stopfe sie in den Wäschekorb.«

»Und dann hast du seinen Schlafanzug aus dem Fenster geworfen?« Sie sah mich mit einem Ausdruck an, der an Bewunderung grenzte. So etwas hatte sie mir sichtlich nicht zugetraut.

»Vom Balkon«, murmelte ich. »Die Hosen blieben an der Birke hängen.«

Ehrlich gesagt, ich hatte mich wie eine Irre aufgeführt. Dabei war es eigentlich ein ganz normaler Tag gewesen. Um kein Jota anders als die meisten anderen Tage meines tristen Daseins. Vermutlich lag es daran, daß ich kurz vor meiner Periode stand. Oder an meiner neuen Dauerwelle – ich könnte mir die angebrannten Töpfe über den Kopf stülpen und meine Frisur als Topfkratzer verwenden. Vielleicht war ich auch nur geschwächt von Weihnachten, wo ich die gesamte liebe Familie einschließlich meiner Mutter und meinem Schwager samt seiner schwachsinnigen Frau unter meinem Dach versammelt gehabt hatte.

Eva-Maria sagte mit echtem Mitgefühl: »Du Ärmste! War es wirklich so arg?«

»Arg! Ich kam mir vor wie ein Löwenbändiger in einer gemischten Raubtiergruppe.«

Sie selbst hatte den Weihnachtsabend auf einer verschneiten Hütte im Zillertal verbracht. Mit ihrem Derzeitigen, einem jener hohlwangigen Typen, die aussehen wie die streunenden Kater von Venedig und die anscheinend auf reifere Frauen wie Eva-Maria unwiderstehlich wirken. Vermutlich aktivieren sie deren Mutterinstinkte. Gott ja, jedem das Seine. Ich schätzte ihn auf fünfzehn Jahre jünger als meine Kusine.

Wahrhaftig, es ist traurig, wie oft im Leben die Guten bestraft und die Sünder belohnt werden.

Eva-Maria hatte an der Seite ihres Liebhabers auf dieser romantischen Hütte ein viergängiges Mahl verdrückt, ohne wie ich vorher einen Truthahn ausnehmen, ihn mit einer Füllung von gerösteter Leber, Petersilie und angeweichten Semmeln ausstopfen und seinen Hinterausgang mit einer Stopfnadel vernähen zu müssen. Sie hatte hübsche Weihnachtslieder unter einem Tannenbäumchen gesungen, im Kreis von lieben Menschen, von denen sie nicht befürchten mußte, daß sie sich, noch während das Knäblein im Stroh lag, an die Gurgel fahren würden. Sie war im Pferdeschlitten mit klingenden Glöckchen und einer Felldecke über den Knien zur Christmette gefahren und hatte sich den Rest der Nacht über mit ihrem jungen Dachs unter einem rotkarierten Federbett gewälzt –

Hier kicherte ich.

Noch zu gut waren mir die Nächte in Erinnerung, die mein Mann und ich auf Hütten verbracht hatten, durch die der Eiswind pfiff, eingemummelt in unsere sämtlichen Kleider, unter groben Decken, die wie Schiefersteine auf uns lasteten. Hätten wir in diesen Eiskellern auch nur eine Hand entblößt, wir hätten amputationsreife Erfrierungen erlitten. Nach der langen, langen Zeit, die er gebraucht hatte, um durch meine vielen Kleiderschichten hindurch zum Wesentlichen vorzudringen, war er zu erschöpft gewesen, um auch nur einen Finger zu heben. Von was anderem ganz zu schweigen. Mit der Wälzerei konnte es also nicht weit hergewesen sein –

»Wir hatten einen Heizstrahler in jedem Zimmer und eine Heizdecke im Bett«, klärte Eva-Maria mich auf. »Es war mollig warm.«

»Ehrlich?« Ich spürte, wie meine Haut sich grünlich färbte.

Eva-Maria nickte. Ehrlich.

»Heizstrahler *und* eine Heizmatte? – Knüpf mir bitte den Strick von der Wäschehänge und zieh den Stuhl unter mir weg, wenn es soweit ist«, flüsterte ich heiser.

Was mir so zusetzte, war gar nicht so sehr die Wälzerei mit dem Jeansbubi unter dem rotkarierten Federbett (diese Seite der zwischenmenschlichen Beziehungen hatte für mich im Laufe der letzten Jahre sehr an Reiz verloren), es waren die Heizmatte im Bett und die vorangegangene Leberreissuppe, der Hirschbraten in Rahmsauce mit Kartoffelknödeln und Preiselbeeren. Ich selber hatte Stunden für den elenden Truthahn verplempert, und beim Essen meinte diese Kuh von Schwägerin, mit Kastanienfüllung wäre er besser!

Keins der Kinder wollte den Geschirrspüler einräumen, weil Heiliger Abend war, an dem man nicht arbeitet.

Mein Mann und meine Mutter sprachen von dem Moment an kein Wort mehr miteinander, in dem sie seinen *rebutia senilis* auswickelte, was ein bißchen kleinlich war, denn es war ein wirklich süßer kleiner Kaktus mit silbergrauem Bärtchen und hübschen roten Blüten.

Mein Schwager rechnete uns vor, wieviel er in diesem Jahr aus diversen Versicherungen herausgeholt hatte.

Und obendrein regnete es.

Nachdem sich Eva-Maria mein Lamento angehört hatte, sagte sie entschlossen: »Du mußt aus dem Haus! Hör zu, bei uns im Büro geht eine aus der Registratur in Mutterschaftsurlaub. Ich melde dich an. Komm morgen vorbei, dich vorstellen.«

Ich schüttelte mein Kraushaarköpfchen. »Morgen! Das geht nicht. Morgen enteise ich den Gefrierschrank.«

Meine Kusine verdrehte die Augen. »Den ganzen Tag?«

»Meine einzige Strumpfhose ohne Laufmaschen ist in der Wäsche.«

»Unsinn! – Also morgen.«

»Wie stellst du dir das vor?« jammerte ich. »Ich bin vollkommen aus der Übung. Weißt du überhaupt, daß das einzige, was ich in den letzten zwölf Jahren geschrieben habe, Entschuldigungszettel waren? Mein Sprachschatz hat sich auf dreißig Wörter reformiert.«

»Reduziert, Mädchen, reduziert ... Das kommt schon wieder.«

»Zum Addieren nehme ich die Finger. Wenn es über zehn hinausgeht, muß ich mir die Schuhe ausziehen.«

»Wir haben Rechenmaschinen.«

»Ehrlich, ich bin total weg vom Fenster. Vorgestern beim Turnen unterhielten sich zwei über Feedback. Ich brauchte zwanzig Minuten, bis ich dahinterkam, daß es sich nicht um ein neues Hundefutter handelt.«

»Na und? Weht jetzt daheim ein anderer Wind?« erkundigte sich Eva-Maria ein paar Tage später, als wir uns im Büro zufällig beim Kopierer trafen.

Ich ließ mich erschöpft auf einen Stapel Kopierpapier plumpsen. »Ja. Seit ich arbeiten gehe, putze und koche ich am Abend.«

»Und dein Mann? Deine Kinder?«

»Die? Machst du Witze? Ich bin für sie nichts weiter als eine Küchenmaschine auf zwei Beinen.«

»Natürlich. Sie sind es ja nicht anders gewöhnt.«

»Eine kostenlose Putzfrau.«

»Was sonst? Du erwartest doch nicht, daß sie dir neuerdings Stundenlohn zahlen?«

»Wenn ich ihnen mitteilen wollte, daß ich nur noch zwei Monate zu leben hätte, müßte ich einen Stromausfall abwarten, damit sie mir überhaupt zuhören!« Ob *sie* vielleicht sagen könnte, wer schuld an der ganzen Misere wäre?

Eva-Maria überlegte keine Sekunde. »Die Männer, natürlich.«

»Ja, ja, schon ...«, murmelte ich zaghaft. »Aber nur sie allein?«

»Du machst mir Spaß! Wer sonst? Das Familienministerium vielleicht? Wir selber? Der liebe Gott?«

Den Kopf schüttelnd, meinte ich, nein, der auch nicht. Hätte er gewollt, daß wir Frauen kochen, abwaschen, flicken und den Müll nach dem Kaffeefilter durchwühlen, während der Rest der Familie fernsieht, hätte er uns anders konstruiert.

»Ach ja?«

»Ja«, sagte ich fest. »Er hätte dann nicht eine Rippe von Adam genommen, sondern die von einem ostfriesischen Ackergaul.« Da er das nicht getan hat, fuhr ich fort, während ich fasziniert zusah, wie der Kopierer seine Blättchen ausspuckte, muß er ursprünglich was anderes mit unserem Geschlecht vorgehabt haben. Was viel, viel Netteres. Aber dann ist in der Entwicklung was schiefgelaufen. Irgendwo wurde eine Weiche falsch gestellt, Frauchen bog vom richtigen Gleis ab und raste geradewegs auf den Waschzuber zu.

»Hör mal, was hast du dir von der Ehe erwartet? Bussi-Bussi, bis daß der Tod euch scheidet?«

»Ja«, gab ich zu. »Du nicht?«

»Doch. Genau bis zu dem Moment, wo ich einundzwanzig gebrauchte Socken unter seinem Bett hervorkehrte.«

Ich seufzte neidisch. Warum konnte ich nicht so sein wie sie?

Eine Frau mit der Krampfadernoperation und der Ehe hinter sich und der einzigen Tochter im Internat. Wenn ich ihr Leben mit dem meinen verglich, überfiel mich der nahezu unwiderstehliche Zwang, meiner Familie einen Topf Gulasch vorzukochen und mich nach Afrika abzusetzen, um endlich einmal was Sinnvolles zu tun.

Es hätte mich immer schon gereizt, das Familienleben der Hyänenhunde zu studieren.

»Also, ich würde auch lieber als Hilfsschwester in eine Leprastation gehen, als noch einmal zu heiraten«, meinte Eva-Maria.

»Wenn es soweit ist, nimm mich mit!« seufzte ich. Ich sagte ihr auch, warum: »Ich habe mein derzeitiges Leben satt bis obenhin.«

»Dann ändere es doch. Warum läßt du dich nicht endlich scheiden?«

»Weil ich für die Rente zu jung bin, für Alimente nicht gut genug verheiratet und zum Putzengehen zu faul.«

»Du hast doch jetzt eine Stelle, oder?«

Da brach ich hemmungslos in Tränen aus. Schluchzend erzählte ich, was an diesem Tag im Büro passiert war: Mein Chef hatte mich gefragt, wie lange es dauere, ein Kind auszutragen. Ich, völlig perplex, hatte gemurmelt: »Neun Monate, wieso?« Woraufhin er gemurmelt hatte: »Also doch noch. Ich hoffte, es ginge inzwischen vielleicht schneller.« Damit habe er doch wohl kaum gemeint, ich kriegte am nächsten Ersten eine Gehaltsaufbesserung, klagte ich Eva-Maria, noch immer leise vor mich hinschluchzend.

Wie kann eine Frau es im Beruf auch zu was bringen, wenn sie Listen mit Überschriften wie ›Speisezettel für diese Woche‹ und ›Einkaufen heute‹ auf der Rückseite von Sitzungsprotokollen schreibt? Welcher Chef hält schon was von einer Angestellten, die Punkt fünf aus dem Büro schießt wie ein aus der Startbox abgelassener Gaul?

Ich schoß Punkt fünf aus dem Büro wie ein aus der Startbox abgelassener Gaul, zwischen den Zähnen die Einkaufsliste, unter der einen Achsel ein Paar reparaturbedürftige Stiefel, unter der anderen einen Klumpen Plastiktaschen. Dabei murmelte ich vor mich hin: Trudchen, du hast genau fünfundzwanzig Minuten dreißig Sekunden, bevor er dich abholt. Also tummle dich. Du weißt, *er* wartet nicht gern. Er wird beim Warten leicht sauer. Und wenn er sauer ist, dann sieht er aus wie einer, dem man die neuen Winterreifen aufgeschlitzt hat.

Ein Gedanke überfiel mich blitzartig. Warum die Reifen *seines* Autos? Warum ist es nicht auch deines? Ja, warum nicht? – Was für eine Frage, du weißt genau, warum nicht, Mütterchen. Denkst du wirklich, er würde dir sein kostbares Töfftöff leihen, dir, die schon mit dem Einkaufswagen im Supermarkt Schwierigkeiten hat? Vergiß es. Autofahren ist ungesund. Autofahren ist umweltschädlich. Es verdirbt den Charakter, und du kriegst Bandscheibenschäden davon. Wenn du jetzt ein Auto hättest, müßtest du einen Parkplatz suchen. Sei froh, daß du zwei gesunde Beine hast.

Ich rannte auf meinen zwei gesunden Beinen zu meinem ›Freundlichen Schuhschnellservicedienst‹ und von dort zum Metzger und vom Metzger in die Bäckerei und von der Bäckerei in den Supermarkt.

Heiliger Strohsack, an dem Tag, an dem sie dort umstellen, kann ich mich erschießen! Meinen Zeitplan kann ich nur einhalten, wenn ich blind weiß, wo die Spaghetti liegen – ganz unten im mittleren Gestell neben den breiten Suppennudeln. Ich sause hin, schnappe mir die Spaghetti und halte etwas in meinem zittrigen Händchen, das sich anfühlt wie Tubenmayonnaise. Es *ist* Tubenmayonnaise … Richtig, Trudchen, der Zeitpunkt ist da, dir die Pistole an die Schläfe zu halten. Es würde dir auch nichts nützen, mit dem Kopf gegen die Wand zu schlagen. Sie *haben* nun einmal umgestellt. Die Marotte eines schwachsinnigen Verkaufsleiters, der keine Ahnung hat von

Tuten und Blasen, weil *er* noch nie nach Büroschluß eingekauft hat, kostete mich geschlagene zwölf Minuten.

Womöglich ist mein Mann in der Zwischenzeit heimgefahren. Und wenn nicht, dann kann ich mir lebhaft vorstellen, wie er jetzt aussieht, wartend, mit den Fingern aufs Lenkrad trommelnd: wie jemand, dem man nicht nur die neuen Winterreifen aufgeschlitzt, sondern dem man auch noch mit einem Nagel über die Kühlerhaube geritzt hat.

Stimmt. So sah er aus.

Ich warf das Zeug auf den Rücksitz. Er blickte mit schmerzlich gerunzelten Brauen auf die Armbanduhr.

»Schon hier?« sagte er.

Woraufhin ich die Einkaufsliste aus den Zähnen nahm und ihm freimütig meine Meinung über Ehemänner kundtat.

Danach war er ernstlich böse. Und wenn er böse ist, läßt er das an seinem Auto aus. Dann fährt er, daß mein Haar ergraut, mein Herz zu einem Eisklumpen erstarrt und ich mir wünsche, meine Mutter wäre zumindest zehn Monate vor meiner Geburt in den Orden der Barmherzigen Schwestern eingetreten.

Was halten *Sie* von jenem männlichen Geschöpf, das mit einem Suppenteller in der einen und einem Geschirrtuch in der anderen Hand ratlos durch die Wohnung wandert, vagen Blicks Schranktüren öffnet, Schubladen aufzieht und sogar in die Besenkammer stiert auf der Suche nach dem Platz für die Suppenteller? Jenen Suppentellern, die seit zwanzig Jahren am selben Fleck stehen? Was mich betrifft, so pflege ich mich bei solchen Anlässen mit dem juristischen Ratgeber ›Das Recht im eigenen Heim‹ auf dem Klo einzuschließen und nachzublättern, wieviel auf Totschlag im Affekt steht.

Mach dir doch nichts vor, Mütterchen, trotz aller schönen Gesetze, die Ehemänner neuerdings zur Hilfe im Haushalt verdonnern, erfolgt eine solche südlich der Linie Rhein-Donau immer noch vorwiegend auf freiwilliger Basis. Sie ist die Belohnung dafür, daß du gestern gut, lieb und brav warst, beziehungsweise der Vorschuß darauf, daß du auch morgen gut, lieb und brav sein wirst.

Hilft er dir weder aus dem einen noch aus dem anderen Grund, dann schau in den Spiegel, mein Mädchen. Ähnelst du einem jener Gesichter, wie du sie im Fernsehen zu sehen kriegst, wenn sie im Leichenschauhaus das Tuch wegziehen, dann hast du einen plausiblen Grund für seine freiwillige Hilfe. Ist es auch das nicht, laß ihn beschatten. Einer Umfrage des Statistischen Zentralamtes zufolge sind Ehemänner in Familien mit einem Kind zu siebzig Prozent bereit, im Haushalt mitzuhelfen. Bei zwei Kindern sinkt ihr Anteil auf dreißig Prozent, bei drei Kindern auf nullkommanullein Prozent, wobei der Nullkommnulleinte ein gewisser Hermann Ruppinger aus Wiesenburg ist, der seit zwei Monaten eine heimliche Affäre mit der Zahnarzthelferin hat und jetzt daheim beim Geschirrabtrocknen seine Schuldkomplexe abzubauen versucht.

Kürzlich brachten wir im Büro das Thema ›Wobei helfen Ehemänner daheim freiwillig?‹ aufs Tapet. (Wir sprechen selten darüber. Nicht öfter als zwanzig- bis dreißigmal am Tag.) »Meiner wäscht das Auto«, sagte ich.

Sehnsucht verschleierte mein Auge. Ich mußte daran denken, wie mein Mann mit einem in wohlriechende Essenzen getunkten Tüchlein sanft über die lackierten Rundungen strich … Wie er seinem Liebling mit einem kuschelweichen feuchten Läppchen sorgfältig die Äuglein blankwusch …

Eine meiner Kolleginnen riet mir, mir ein Lenkrad vor den Bauch zu binden und die Kniekehlen mit Super-Bleifrei zu betupfen. Aber ehrlich gesagt, ich bezweifle, ob er sich dadurch länger als dreißig Sekunden lang würde täuschen lassen. Dazu schauen die Männer ihre Autos viel zu genau an.

Wer ist dran? – Ich nicht!
Ich war's gestern!

Sofort nach dem ersten Schrei meines erstgeborenen Sohnes und nachdem ich mich kurz von seinem Geschlecht und der Vollzähligkeit seiner Gliedmaßen überzeugt hatte, tat ich folgenden feierlichen Schwur: Dich, mein Sohn, will ich zu einem modernen, emanzipierten, zu echter Partnerschaft fähigen Mann erziehen, so wahr mir Gott helfe!

Ich muß sagen, vorerst ließ sich die Sache vielversprechend an. Sobald Mamas kleines Mausiputzi kriechen konnte, räumten die kleinen Händchen eigenhändig die Spielklötzchen in die Schachtel ein. Mit drei rührten selbige süßen kleinen Händchen fleißig Kuchenteig. Mit fünf häkelten sie eine Schnur aus Wollresten, die um den Küchentisch herumreichte. Ich erwog ernsthaft, mit diesem Wunderknaben auf Tournee zu gehen. Aber dann geschah es: Kaum waren die kleinen Händchen groß genug, um einen Abwaschschwamm zu halten, da versiegte der Strom der Hilfsbereitschaft so plötzlich wie das Wasser des Flusses Darling in der zentralaustralischen Wüste.

»Warum bloß?« seufzte Hanna, als es immer offenkundiger wurde, daß wir trotz aller heiligen Schwüre eine Horde Faulpelze aufzogen. Hanna ist übrigens die einzige meiner Freundinnen, die mir erhalten geblieben ist. Aber nur, weil sie es in drei Doppelstunden Yoga bis zum Kopfstand gegen den Küchenschrank – und damit verbunden zu einem fabelhaften Wurstigkeitsgefühl gebracht hat, das es ihr ermöglicht, gelassen hinzunehmen, wenn mein Mann in ihrer Gegenwart unschöne Bemerkungen fallenläßt wie etwa: »Was tut denn die schon wieder hier?«

»Frag mich nicht!« seufzte ich. »Ich weiß nur soviel: Ein Sechzehnjähriger wird vor dem Frühstück einen Sprint auf den nächsten Dreitausender machen, um sich fit zu halten, aber wenn man ihn bittet, eine Gabel zu bringen, muß er sich zwischen Besteckschublade und Tisch auf der Couch von einem akuten Schwächeanfall erholen.«

Als ich selbst wieder einmal von all der Schinderei so erschöpft war, daß mir auf dem Weg zum Mund der Löffel aus der Hand fiel, sagte ich mir: Trude (ich gebrauche manchmal meinen Namen, um ihn mir in Erinnerung zu rufen), Trude, sagte ich mir, das muß sich ändern. Du mußt wenigstens die Kinder soweit bringen, daß sie dir helfen.

»Und, ist es dir gelungen?« erkundigte sich die Bekannte, mit der ich mich über das Thema unterhielt.

Ich nickte.

Ihre Augen flackerten, ihr Atem ging stoßweise. »Wie? Sag mir schnell, wie?« keuchte sie.

Kühl zuckte ich die Achseln. »Nun, man muß den Haushalt auf eine gesunde geschäftliche Basis stellen, das ist alles.«

Ihre Nägel krallten sich in meinen Arm. »Red nicht so geschwollen. Spuck's schon aus.«

Ich klärte sie auf: Als Generalunternehmer vergab ich lukrative Aufträge an meine Subunternehmer. Ein Eis fürs Saugen eines Zimmers, ein Kaugummi die Katze füttern, Wohnzimmer abstauben ein Matchboxauto.

»Fabelhaft. Hört sich wirklich gut an. Aber … aber glaubst du, daß es erzieherisch … ich meine, ist so was auch richtig?«

»Keine Ahnung. Und wenn schon. Jedenfalls hielt es mich damals davon ab, mit dem nächsten Mormonen, der an meine Tür klopfte, um mich zu bekehren, nach Salt Lake City durchzubrennen.«

»Dieses System, funktioniert es immer noch?«

»Irgendwann hörten wir wieder damit auf.«

Meine Bekannte schien ehrlich enttäuscht. »Warum?«

Ich konnte es ihr nicht sagen. Ich hatte es vergessen. Wahrscheinlich bin ich in Konkurs gegangen.

Ich bin die letzte, die abstreiten würde, daß der Weg meiner Kinder vom Zahnen bis hin zu dem Moment, wo sich ihre Finger erstmals um den eigenen Mopedschlüssel krampfen, nicht oftmals ein beschwerlicher wäre. Wirklich, niemand kann mehr Verständnis aufbringen als ich. Habe ich Engel nicht eigenhändig ein in Wut zerfetztes Zeugnis aus dem Klosett gefischt, die einzelnen Teile mit dem Haarfön getrocknet, sie unter Zeitungspapier gebügelt und mit derselben Sorgfalt zusammengeklebt, die ein Archäologe auf die Restaurierung einer etruskischen Vase verwenden würde?

Aber eines möchte ich, bei allem Verständnis, trotzdem gern wissen. Warum ist es ihnen auf ihrem Weg vom Zahnen zum Mopedschlüssel einfach unmöglich, einen Klodeckel zu schließen? Ein Geschirrtuch in die Hand zu nehmen (außer, um damit Fliegen zu erschlagen) und einen Kochlöffel nur dann, wenn sie damit die Reste ihres Mittagessens den Ausguß hinunterstopfen wollen? Warum, o Herr, habe ich eine Tochter, die für die Zubereitung einer Beutelsuppe den Rat der Briefkastentante braucht? Warum muß ich, wenn fürs Abendessen ein paar lumpige Kartoffeln zu kochen sind, eine Abhandlung von der Länge und minuziösen Genauigkeit einer Dissertation auf den Brotkasten kleben?

Reg dich ab, Mütterchen, immerhin haben sie schon mal mit der Schälerei angefangen. Oder zumindest mit der Diskussion darüber, wer anfängt …

»Scheiße!« sagt gerade deine seidenhaarige, goldblonde Tochter, die genauso aussieht, wie man sich die Prinzessinnen vorstellte in einer Zeit, in der noch nicht wissenschaftlich erwiesen war, daß Farbe und Beschaffenheit des Kopfhaares keinerlei Rückschlüsse auf den Charakter zulassen. »Ich hab' mir gerade die Nägel lackiert!« Und zum sechzehnjährigen Bruder: »Du bist dran!«

Der, die Katze kraulend, mault: »Kommt nicht in die Tube. Wer hat den Dreckeimer rausgetragen?« Hin zum Jüngsten: »Der ist dran.«

Mit philosophischem Gleichmut klaubt sich dein Herzpinkelchen eine Zigarette aus einer zerknautschten Packung zwischen Bauch und Unterhemd und macht sich, genüßlich paffend, über die Kartoffeln her.

Er ist nicht der Schnellste, nein, bei Gott nicht. Müßtest du ihm Stundenlohn zahlen, kämen dich die Kartoffeln teurer als eine komplette Gesichtspackung einschließlich Tiefenreinigung und einer Maske vom Honig der Bienenkönigin. Er bewegt sich im selben Tempo, in dem die Sonne über den Himmel kriecht. Du kannst ihm nie zusehen, ohne das Parkinsonsche Zittern zu kriegen.

Aber du brauchst ihm ja nicht zuzusehen, Mütterchen, denn du bist nicht daheim.

Noch nicht.

Noch sitzt du im Auto neben einem Irren, der mit aller Gewalt versucht, euch beide zwischen zwei Sattelschleppern umzubringen. Aber auch in dieser, deiner vorletzten Sekunde siehst du genau, was sich zu Hause abspielt.

Wenn dein Sonnyboy seinen Anteil von vier Kartöffelchen geschält hat, brüllt er mit ungewohntem Elan hin zur Couch, auf dem sich sein Bruder, immer noch katzenkraulend, räkelt: »Mensch, mach dich, wenn sie heimkommt, kriegt sie einen Anfall!« Sie, das bist du. (Gewiß, Mütterchen, irgendwann einmal hattest du auch einen Vornamen. Vielleicht – ich sage vielleicht – erinnert sich einer daran, wenn es dereinst an der Zeit ist, ihn auf den Grabstein meißeln zu lassen.)

Der Knabe auf der Couch bewegt sich erst, als eine schlecht gezielte Kartoffel den auf seinem Bauch schlummernden, sanft schnarchenden Kater trifft. Der flüchtet mit Wehgeschrei unter die Eckbank. Auch die Kartoffel landet dort. Und deine Tochter kriecht fluchend hinterher, um sie zu suchen.

Nicht, daß sie sich normalerweise um eine lumpige Kartoffel sorgen würde. Von ihr aus könnte die in einer dunklen Ecke liegenbleiben, bis sie treibt und Würmer aus ihr kriechen.

Aber diese eine war schon geschält. Und *sie* (du, Mütterchen, du) müßte jeden Moment heimkommen mit ihrer üblichen blöden Hektik und ihrem sinnlosen Gezeter.

Du kommst heim. Und haßerfüllt starrst du auf die Kartoffeln, die nicht, wie du gehofft hast, im Topfe brodeln, sondern auf einem erdigen Schalenhaufen liegen und aus hundert schwarzen Augen zurückstarren.

»Das hier«, zeterst du, anklagend, auf eines dieser Augen weisend, »ist ein Auge! Ein Auge in der Kartoffel hat nicht die Aufgabe, etwas zu betrachten, zum Beispiel diesen verdammten Saustall hier, denn es ist blind. Es ist zu nichts nütze, und deshalb sticht man es aus!«

»Das«, sagt deine Tochter vorwurfsvoll, »hast du uns nicht aufgeschrieben.«

In stummer Verbitterung schmeißt du die Kartoffeln in den Dampftopf und weißt jetzt schon, wie das Püree sein wird: zäh wie Leim. Im Becken häuft sich das Geschirr vom Frühstück, im Geschirrspüler steht das Geschirr von gestern abend.

»Wer ist heute dran?« erkundigst du dich, wobei du die Antwort im voraus kennst: »Ich nicht! Ich war's gestern!«

Nicht wahr, Mütterchen, hättest du das vorausgesehen, du hättest dich nach dem ersten Kind mit einem Schlafsack und einer Tränengaspistole im Abstellraum verbarrikadiert. Aber nein, damals wolltest du ja unbedingt jemanden haben, der die Strampelhosen auftrug!

Du wäschst den Salat, fütterst das liebe Katerchen, schneidest die Zwiebeln, läßt das Katerchen hinaus, kochst eine Suppe, zerstampfst die Kartoffeln zu Mus, läßt das Katerchen wieder herein, tauchst die Leberschnitzel in Mehl, läufst dem verdammten Katzenvieh und einem Leberschnitzel nach und hältst zwischendurch folgenden bitteren Monolog:

»Da hab' ich in diesem Haus vier Menschen im Vollbesitz ihrer geistigen und körperlichen Kräfte, und was tun sie? Streicheln den Kater und warten darauf, daß ich heimkomme und sie bediene. Wenn einer von ihnen auch nur einen Teller vom Tisch zum Abwasch trägt, verlangt er dafür den Großen Verdienstorden. Ich habe die Nase voll. Mir reicht's, hört ihr! Mir hängt das Ganze zum Hals heraus, hört ihr, zum Hals heraus!«

Doch nein, es hört dich niemand. Deine Brut hat sich inzwischen verkrümelt und an einem sicheren Ort versteckt. Und ihr Vater schläft auf der Couch, mit dem Kater auf dem Bauch. *Noch* schläft er. Aus Erfahrung jedoch weißt du: Er wird schlafen bis zwei Minuten vor dem Essen, dann wird er sich in Luft auflösen. Keiner weiß dann, wo er ist. Im Haus nicht. In der Garage auch nicht. Vielleicht ist er im Wald und beobachtet die brunftenden Hirsche.

Vielleicht ist er aber auch nur auf einen Sprung nach Amerika gefahren.

Wie dem auch sei und wo er auch sei: Stell ihm inzwischen sein Essen warm, du liebes, gutes, braves Mütterchen …

Das Essen ist fertig. Verdammt, wo seid ihr?

Gestern beim Einkaufen stieß ich vor dem Reformgeschäft auf meine ehemalige Schulkollegin Elsa Tüchtig. Sie schleppte einen Korb am Arm, nicht viel kleiner, als ihn die Bergbauern zum Einbringen des Heus verwenden. Im Korb lag ein halber Zentner an gesundem Zeug: Körnerfutter, Sojagranulat, Distelöl, ein paar Kilo Möhren – bio, natürlich, was ich sofort daran erkannte, daß der halbe Acker noch auf ihnen klebte. Obendrauf saß eine süße kleine Blattlaus (gratis mitgeliefert als Markenzeichen für garantiert Ungespritztes).

»Schrecklich teuer!« klagt Elsa, als sie bemerkte, wie ich fasziniert auf die Blattlaus starrte. »Aber was tut man nicht alles für seine Gesundheit!«

»Kaufe ich nie«, gestand ich und versuchte, drei Dosen Ölsardinen unter einem Beutel Tiefkühlerbsen zu verstecken. Völlig für die Katz, natürlich. Elsas zeitkritischer Blick hätte eine Dose Sardinen auch dann entdeckt, wenn ich sie, in Beton eingegossen, bei Gibraltar ins Meer versenkt hätte. Ihr Lächeln sprach Bände. (Also ehrlich, sie war nie meine Busenfreundin. Elsa ist eine von denen, die daheim weiße Kittelschürzen tragen und ihre Kinder nach Zecken absuchen, wenn sie im Park spielen waren.)

»Ach nein? Tatsächlich, kaufst du nicht? Solltest du aber. Eine biologisch vollwertige, vitaminreiche Kost mit genügend Ballaststoffen, Mineralien, Spurenelementen, darauf kann man doch heute wirklich nicht mehr verzichten. Gerade du als Mutter von drei Kindern.«

»Eben deshalb«, unterbrach ich sie und machte mich schleunigst aus dem Staub. Ich konnte nämlich ihre nächste Frage im voraus riechen: »Auf was legst denn du Wert beim Kochen?«

Und wirklich, man könnte mich teeren, federn und mir die Fingernägel abziehen, ich wüßte darauf nur eine einzige Antwort, nämlich: »Kann man es aufwärmen?«

Nach dem Schuleintritt des zweiten Kindes hörte ich auf, mir über alle anderen ernährungswissenschaftlichen Erkenntnisse den Kopf zu zerbrechen.

Klare Suppe steht auf meiner Beliebtheitsskala ganz oben, Milchgrieß ganz unten. Kohlröllchen sind mittel. Sie klettern nach oben mit Tomatensoße und rutschen weit nach unten mit Kartoffelpüree.

Vor kurzem habe ich ein Kotelett und Sauerkraut aufgewärmt von Freitag abend bis Samstag nachmittag um fünf.

»Und welche Ausrede hatte er?« erkundigte sich Hanna.

»Welche Ausrede?« Ich dachte scharf nach. »Ah ja! Er hat behauptet, man hätte ihn irrtümlich in einem Abstellraum eingeschlossen, und er mußte sich mit Hilfe eines Kleiderhakens und einer Wäscheklammer einen Weg ins Freie graben.«

Hanna pfiff anerkennend. »Nicht schlecht. Alles, was meinen einfällt, ist, sie hätten keine Uhr bei sich gehabt.«

Die originellste Ausrede, die ich diesbezüglich hörte, stammt von meiner Bekannten Gerda. Ihr Sohn hat behauptet, er wäre nur deshalb zu spät gekommen, weil ein unbekanntes, tellerförmiges, stark leuchtendes Objekt ihn überflogen und durch geheimnisvolle Ausstrahlung gezwungen hatte, zwei Stunden reglos am selben Fleck zu verharren.

»Wetten, dieser Fleck ist rein zufällig eine Theke gewesen!« sagte ich aufgebracht. »Jeder Mumpitz ist ihnen wichtiger, als pünktlich zu einem Essen zu erscheinen, für das eine Frau sich zwei Stunden an den Herd gestellt, einen Fingernagel abgesäbelt, im Fernsehen einen Film mit Shirley MacLaine versäumt und ein Kilo beim Probieren zugenommen hat.«

»Wem sagst du das! Ich frage mich, wie sie das früher machten, als sie sonntags für zwölf Leute kochten und alle kamen und alle zur selben Zeit! Unser letztes gemeinsames Essen hatten wir am zwölften September.«

»Welcher Geburtstag?« fragte ich automatisch.

»Keiner. Italien gegen Spanien im Fernsehen … Ich wollte einmal einen Anschlag auf der Küchentür anbringen –«

»Welchen?« fragte ich begierig.

»Das hier ist ein Ein-Mann-Familienbetrieb und keine Bahnhofsrestauration. Warme Küche ausnahmslos zwischen 12 und 14 Uhr.«

»Und? Hat's geholfen?«

Hanna seufzte. »Ich habe ihn nie geschrieben. Ich konnte im Moment wieder einmal keinen Kugelschreiber finden.«

Ich nickte. Das alte Lied. Warum Mütter nicht reihenweise in Irrenhäusern landen, wo sie, ihr Hab und Gut in Tragtaschen mit sich schleppend, durch die Gänge irren und kreischen: »Diese Schere kriegt ihr nicht! Ich hatte sechs in zwei Jahren, und das ist meine letzte!« – das ist eins der ungelösten Rätsel der menschlichen Natur. Wenn du sicher sein willst, einen Gummiring in der nächsten Einweckperiode wiederzufinden, Mütterchen, trage ihn bis dahin ums Handgelenk. Dein allerletztes Staubtuch binde dir um den Bauch und steck es mit einer Sicherheitsnadel am Nabel fest, sonst nehmen sie auch das noch zum Fahrradputzen. Häng dir einen mit Sicherheitsschloß versehenen Beutel um den Hals und trage darin deine kostbarsten Besitztümer – einen Kugelschreiber, der schreibt, das letzte Messer, das noch schneidet, und den Bleistiftspitzer, mit dem du deinen Augenbrauenstift schärfst.

Schon bevor ich Mutter wurde, gab es etliches im Leben, das mir schleierhaft war. Ich habe zum Beispiel nie kapiert, wie meine Stimme in Null Komma nichts durch ein fünfhundert Kilometer langes Telefonkabel sausen kann. Aber jetzt, seit ich Kinder habe, häufen sich die Dinge, die über meinen Horizont gehen. Ein schwacher Trost ist mir nur, daß es den anderen Müttern nicht viel besser geht. Keine konnte mir zum Beispiel sagen, warum Kinder, die im Gasthaus ohne die geringsten Beschwerden in Schmieröl gebackene Schnitzel vertragen, daheim von aufgewärmter Haferflockensuppe Sodbrennen, ein aufgeschlagenes Knie und schlechte Noten in den nächsten drei Klassenarbeiten bekommen.

»Meine Inge«, klagte Hanna, während sie von einem Schweineschnitzel ein Atömchen Fett wegfutzelte, »kriegt von fettem Fleisch Durchfall. Aber Rollmops mit Marmorkuchen, das verträgt sie. Verstehst du das?«

Den Kopf schüttelnd, meinte ich, seit man uns mit der Schreckensnachricht verunsichert hat, Spinat könnte bei kleinen Kindern zu Vergiftungserscheinungen führen und sie täten recht daran, einem das Zeug ins Gesicht zu spucken, hielte ich auf dem Gebiet alles für möglich.

Nicht nur auf dem Gebiet. Auch sonst. Zum Beispiel, daß ich demnächst auf und davon laufen und meine unmögliche Brut und deren noch unmöglicheren Erzeuger ihrem Schicksal überlassen könnte.

»Hat es wieder Ärger gegeben?« fragte Hanna.

»Er hat's schon wieder getan!« stieß ich hervor. »Eine Dreiviertelstunde, und das bei Leber!«

Dank unseres täglichen Gedankenaustausches wußte Hanna ohne lange Erklärungen Bescheid: Mein Mann war schon wieder einmal zu spät zum Essen gekommen. Und was mich am meisten auf die Palme gebracht hatte: ohne die allerkleinste, allerblödeste Ausrede. Keinen Hund, der vor seiner Nase überfahren worden war und an dem er Wiederbelebungsversuche zu machen hatte. Keinen Nachbarn, der ihn gebeten hatte, eine Latte zu halten, während er einen Nagel einschlug. Nicht einmal eine stehengebliebene Uhr. Nichts. Er war einfach zur Tür hereinspaziert, heiter ein Liedchen pfeifend, hatte sich vor den leeren Teller gesetzt und vertrauensvoll darauf gewartet, daß sein braves Frauchen diesen füllen würde.

Aber diesmal hatte sein braves Frauchen nichts dergleichen getan. Und es entspann sich folgender Dialog:

Er (nach einer Weile): »Krieg ich heute nichts?«

Ich (eiskalt): »Auf dem Herd steht's.«

Er (vollkommen verdattert): »Ich muß es mir selber holen?«

Ich (heldenhaft, wenn auch mit Magenflattern, denn das war eindeutig Meuterei): »So ist es.«

Er (aufspringend): »In dem Fall verzichte ich auf den Fraß. Danke sehr!«

Ich: »Bitte sehr!«

Bums. Die Tür knallte hinter dem Mann zu, den ich einst aus purer Liebe geheiratet hatte. Leise rieselte ein Stück Verputz von der Wand. Der Kater schoß entsetzt unter die Eckbank. Mein Magengeschwür gebar ein Junges.

Mein Mann blieb fünf Minuten draußen. Dann kam er wieder. Stolzierte an mir vorbei zum Herd. Klatschte sich wortlos Püree auf den Teller und haute sich die Zwiebelringe und die

Leber obendrauf, die inzwischen so hart geworden war, daß er sie sich auf seine Wollsocken hätte nageln und die als Hüttenschuhe verwenden können. Bei allen Fehlern, die er hat, heikel war er nie.

»Hat er auch keinen Grund. Dafür kochst du zu gut!« sagte Hanna mit jenem Grad gerechter Empörung, den man von einer wahren Freundin erwarten kann. In ihrer nächsten Nähe hat sich übrigens eine schreckliche Tragödie ereignet: Eine ihrer Nachbarinnen, eine ansonsten ganz vernünftige Frau, hat die Gabel nach ihrem Mann geworfen, nachdem er sie mit dem Essen zwei Stunden warten ließ und sich dann darüber beklagte, daß das Fleisch hart wäre und die Knödel schmeckten wie Wasserleichen. Die Gabel verletzte ihn unglücklicherweise am linken Auge, woraufhin der Mann seine Frau verklagte. Und was sagte man – seiner Klage wurde stattgegeben. Von einem männlichen Richter natürlich. Eine Richterin hätte zweifellos einen Freispruch gefällt. *Sie* hätte gewußt, wie einer Frau zumute ist, die zusehen muß, wie sich das Rindsfilet in doppeltgegerbtes Schuhleder verwandelt.

Wenn Mami die schwarzen Blattern hat, heißt das, daß sie heute nichts kocht?

Wenn von zwei Frauen die eine sich fragt: »Was mache ich, wenn ich ernstlich krank werde?« und die andere: »Was machen *sie*, wenn ich ernstlich krank werde?«, dann dürfen Sie dreimal raten, welche die mit dem Mann und den vier Kindern ist.

In den zehn Minuten, die das Fieber braucht, um von vierzig auf einundvierzig zu klettern, fallen ihr zwei Dutzend Dinge ein, die niemand weiß außer ihr, und noch einmal so viele Dinge, die niemand findet außer ihr.

Wenn ihr euer Mütterchen liebt und wollt, daß es sich bald wieder gesund aus dem Krankenhausbett erhebt und für euch kocht und bügelt, dann seid nett zu ihm:

Habt ihr eure Jeans zusammen mit der einzigen guten Seidenbluse eurer Mutter gewaschen, und das auf neunzig Grad – sagt es ihr lieber nicht.

Habt ihr mit dem Dampfbügeleisen Skiwachs aufgetragen – sagt es ihr nicht.

Steht unterm Tiefkühlschrank eine Lache, weil einer von euch mit dem Lötkolben Würstchen gebraten hat, woraufhin alle Lichter ausgingen – sagt es ihr nicht.

Sucht einer von euch nach zwei Wochen zum ersten Mal seine Zahnbürste und findet sie nicht – fragt bitte jemand anders danach.

Glaubt mir, sie will auch nicht so genau wissen, wie die Katze ausgesehen hat, als sie unterm Bett wieder hervorkam.

Und vor allem: Wenn ihr der Meinung seid, es war daheim noch nie so gemütlich wie jetzt und ihr hättet noch nie besser geschlafen als in Betten, die nach Ziegenstall stinken, und Leberkäsesemmeln schmeckten viel besser als ihr Müsli – wenn ihr euer armes, krankes Mütterlein auch nur ein bißchen liebhabt, *sagt ihm das alles nicht.*

Ach ja, und noch etwas: Falls es über Langeweile klagt und euch bittet, ihm was mitzubringen, dann meint es damit vermutlich ein Buch. Auf keinen Fall die Socken zum Stopfen.

In einem aber hat es eine Hausfrau schon gut: Sie kann, wenn sie nicht gerade spitalreif ist, krank sein, ohne ihren Arbeitsplatz zu verlassen. Ist doch fein so was, nicht? Wenn ihr die Nase rinnt, sie beim Atmen rasselt wie eine Schotterquetsche, ihr die Augenlider auf die Oberlippe hängen und sie dann von der Küche her eins ihrer Schätzchen schreien hört: »Sag mal, kann man die Wurst noch essen, wenn sie sich am Rand kringelt und wie Essig riecht?«, dann braucht sie nur vom Schlafzimmer in die Küche zu kriechen, um nachzusehen, wie sehr sich die Wurst kringelt. Danach kann sie sich gleich wieder hinlegen und weiterhin schön krank sein.

Außer natürlich sie hat ein Baby, ein Kleinkind, ein Schulkind, einen Ehemann, eine alte Oma, einen Kater oder den Mann im Haus, der gekommen ist, um die Waschmaschine zu reparieren. Dann muß sie hie und da aufstehen. Aber dazwischen kann sie sich immer wieder hinlegen, um richtig schön krank zu sein.

Nachmittag zwischen drei und fünf, nachdem sie notdürftig aufgeräumt und das letzte Schulkind abgefüttert hat und bevor ihr Mann heimkommt und nachdem sie eine Dreiviertelstunde lang wie eine alte Krähe, die den nächsten Winter vermutlich nicht mehr erleben wird, am Badewannenrand gehockt und zugesehen hat, wie der Herr Huber die Waschmaschine repariert, also in diesen zwei Stunden kann sie nach Herzenslust krank sein.

Sie freut sich schon sehr drauf.

Sie schlurft ins Schlafzimmer zurück im ersten Stock, wobei ihr die Beine so schlottern, daß sie noch wochenlang mit blauen Flecken auf der Innenseite ihrer Knie herumläuft. Dann tritt sie auf den Eishockeyschläger, dessen Stiel ihr in den Bauch kracht, die einzige Stelle, die ihr bis jetzt nicht weh getan hat. Dann fällt sie ins Bett, um zu sterben … Nach einer Weile indes fängt sie an, mit einem Tempotaschentuch das eingebaute Radio abzustauben. Dann steht sie auf, um einen Fleck am Spiegelschrank zu polieren. Dann poliert sie schnell den ganzen Schrank. Dann schaut sie auf die Uhr und sieht, daß es halb fünf ist. Um fünf kommt ihr hungriger Mann heim. Noch eine halbe Stunde krank zu sein, das zahlt sich nicht aus. Also wäscht sie den Philodendron mit lauwarmem Wasser ab und zieht in ein paar Unterhosen neuen Gummi ein. Und was passiert dann?

Mütterchens arme, vernachlässigte Krankheit schleicht sich,

total vergrämt, aus dem Haus und wirft sich vor den nächsten Lastwagen.

Ach ja, und da liegt sie jetzt, zerquetscht, zerbröselt, in Atome aufgelöst. Ein Nichts. Etwas, das sie, wenn man Mütterchens Mann und Kinder fragt, ohnehin von Anfang an gewesen ist.

In unserem Sozialstaat gibt es ein paar lobenswerte Einrichtungen, die es jedem, sogar einer Hausfrau, gestatten, krank zu sein. Eine davon ist der bezahlte Pflegeurlaub. Obwohl, ich muß zugeben, mir ist kein Fall bekannt, in dem er beansprucht wurde. Von einem Mann, meine ich.

Es kam die Rede darauf, als wir neulich nach dem Turnen noch zusammensaßen. Welcher von unseren Ehemännern genügend Mumm hätte, darum anzusuchen –

»Also meiner bestimmt nicht!« kicherte Hanna. »Wenn ich den bloß nach Brot und Milch schicke, klebt er sich einen falschen Bart an, damit ihn keiner erkennt.«

»Mein Schwager hat's mal probiert«, sagte Ilse nachdenklich.

»Und?« Ich beugte mich vor. Endlich ein authentischer Fall!

»Ein halbes Jahr später hat er gekündigt. Er konnte es nicht mehr aushalten, daß sie ihm ständig ›Softie‹ aufs Auto schmierten.«

»Also meinem Berti würde ich soooo was niiiie zumuten«, flötete eine, von der wir keine Ahnung hatten, wie sie überhaupt zu uns gestoßen war. Ich glaube, sie ging bloß auf die Toilette und setzte sich dann an den falschen Tisch. »Berti, sage ich immer zu ihm, schau du nur zu, daß wir es zu was bringen. Um den Haushalt kümmert sich dein kleines Frauchen. Er ist ja soooo tüchtig, mein –«

Hanna stieß mich in die Rippen und stand auf. »Komm, gehn wir heim. Mir wird's schlecht.«

Eine andere feine Einrichtung ist dieses reizende kleine Auto, so eine Art kleiner Lieferwagen, in dem zwei liebenswerte Damen sitzen, die einem ein warmes Süppchen bringen, wenn man krank und hilflos ist. An dieses gute Auto dachte ich, als ich letztes Jahr im Mai nach drei Wochen zwangsweiser Bettruhe anfing, den Kopfkissenzipfel anzunagen. Ich schleppte mich auf allen vieren zum Telefon, zog mich am Kabel in die Höhe und wählte mit abgemagertem Fingerchen die entsprechende Nummer.

»Sind Sie hilflos?« erkundigte sich die Dame am anderen Ende der Leitung, die ich auf Grund ihrer süßen Stimme leibhaftig vor mir sah: ein rundes, liebes Gesichtchen, in dem gütige Augen nach dem Unglück in dieser Welt spähten, um helfen zu können, wo es nur ging.

»Unbedingt«, entgegnete ich wahrheitsgetreu.

»Welche Versicherung?«

Ich sagte es ihr.

Sie sagte: »Einen Moment bitte.« Ich wartete zwei oder drei Momente oder auch länger, ich weiß es nicht, denn ich wurde ein bißchen ohnmächtig, aber ich kam rechtzeitig wieder zu mir, um sie sagen zu hören:

»Der Computer hat Sie nicht eingespeichert. Seit wann sind Sie Pensionsempfänger?«

»Gar nicht«, entgegnete ich mit ehrlichem Bedauern, »einkommenslose Hausfrau ... Hören Sie, gute Frau, wenn es auch nur eine einzige Portion pro Tag wäre, wäre uns schon geholfen. Ich könnte die Suppe mit Wasser und Bouillonwürfeln strecken und –«

»Alter?«

»Vierzig.«

»Bedaure, unser Service steht ausschließlich hilflosen Personen über sechsundsiebzig zu.«

»Ich bin hilflos und sehe aus wie hundert«, winselte ich, mir mit dem Nachthemdzipfel den Fieberschweiß von der Stirn wischend.

»Bedaure. Wir haben unsere Vorschriften.«

»Wir leben seit drei Wochen von Thunfisch und Gulaschsuppe aus der Dose –«

»Bedaure. Nicht unter sechsundsiebzig.«

Da erwachte etwas vom alten Kampfgeist in mir. »Hören Sie, Sie hartherzige Schachtel«, zischte ich, »ich kenne ein altes Weibsbild, das geht jede Woche zweimal zum Rentnernachmittag, sie läßt keinen aus, bei Hochwasser rudert sie die drei Kilometer in ihrer alten Kohlenkiste hin, bis zwei Meter Neuschnee schnallt sie sich Autoreifen an die Sohlen, sie geht jeden Dienstag zur Jazzgymnastik für Senioren und war letzten Februar mit dem Seniorenklub in Gran Canaria auf einem Tauchkurs. Aber die kriegt jeden Tag euren verdammten Fraß, weil sie alt und hilflos ist und nicht mehr für sich kochen kann. Ist das vielleicht Gerechtigkeit?«

Sie sagte eisig: »Werden Sie nicht ausfallend!« und hängte ein.

Ich holte mir eine rohe Karotte aus dem Kühlschrank und schleppte mich zurück ins Bett. Nach einer Zeitlang hatte ich mich wieder beruhigt. Ich sagte mir, daß es trotzdem schön ist zu wissen, daß man dereinst, wenn man alt und krank und hilflos ist, sein Süppchen kriegt. Es kam jetzt nur darauf an, die restlichen sechsunddreißig Jahre durchzustehen.

Letzten Mittwoch machte ich Eva-Maria mit einem Nelkenstrauß einen Krankenbesuch. Ihr Schlafzimmer glich dem Garderobenraum der Primaballerina nach der Premiere von Schwanensee. Ich sah mich nach einer leeren Vase um –

»Nimm den Zahnputzbecher im Bad«, sagte Eva-Maria, »ich glaube, der ist noch frei.«

Sie saß, von Kissen gestützt, im Bett. Einer ihrer Verehrer hielt ihr die Hand und labte sie zwischendurch mit Konfekt. Ein anderer las ihr aus einem selbstverfaßten Gedichtband vor. In der Küche bereitete ihr der Jeansbubi einen Cocktail aus frischgepreßten Orangen, Grapefruit und einem Schuß Gin. Liebevoll garnierte er die Kreation mit einer Orangenscheibe, die er auf den Gläserrand klemmte.

Und wie war es bei uns gestern?

Nachdem er den Film ›Der lange Ritt nach Santa Fe‹ zu Ende geschaut hatte, warf sich mein Mann mit einem Juppije! und dem Elan eines vollblütigen Gauchos ins Bett. Allem Anschein nach hatte er die Absicht, von Santa Fe weiter nach El Paso zu reiten. Ich fühlte mich fiebrig.

»Nicht heute«, murmelte ich, »ich glaube, ich kriege die Grippe.«

Nach einigen vergeblichen Lockgriffen in die Weichteile seines widerspenstigen Pferdchens stieg er verdrossen wieder ab, murrend: »Ihr Frauen heutzutage haltet nichts mehr aus.«

»Da magst du recht haben, wir sind wirklich nicht mehr das, was wir einmal waren. Aber wie ist es bei dir? Du hast 38,7, wenn du dir bloß die Zehennägel schneidest.«

»Bertha schiente ihren offenen Oberschenkelbruch mit einem Besenstiel und schwamm danach durch den Rio Grande«, murmelte er sehnsüchtig.

»Ich weiß, mein Schatz. Und sie schnitt sich selber den Blinddarm heraus, während sie –«

Er unterbrach mich. »Ach, du hast den Film schon gesehen?«

»Das nicht, aber Frauen wie Bertha waren so. Ich wette, sie buk am offenen Büffelfladenfeuer eine dreistufige Buttercremetorte, gebar ein Kind, kurz bevor die Indianer ihre Blockhütte stürmten, riß sich den Besenstiel vom Oberschenkel, verjagte damit die Indianer und begrüßte zwei Stunden später ihren Mann mit dem Knäblein im Arm, in einem schwarzen Spitzenkorsett und mit einem Kuß, der ihm die stählernen Schenkel erzittern ließ.«

Er knipste das Licht aus. »Na ja, *sie* wenigstens wußte, wie man einen Mann behandeln sollte ... Ich hoffe, es geht dir morgen wieder besser.«

Diese unverhoffte Anteilnahme ließ mich augenblicklich alle kleinlichen Differenzen vergessen, die je zwischen uns geherrscht haben mochten. »Danke, Liebling«, flüsterte ich, nach seiner Hand tastend.

Er, sich auf die andere Seite drehend: »Du weißt ja, wir wollten morgen die Garage ausmisten.«

Da sprang ich aus dem Bett mit einer Energie, die selbst Bertha nicht entwickelt hat, sauste zum Telefon, wählte die Nummer Eva-Marias und fragte sie, ob man zu einer Scheidung Schwarz trägt.

Sie schrie auf. »Schwarz? Bist du verrückt? Auf keinen Fall Schwarz. Zieh das neue Rote an, das mit dem Schlitz. Und steck dir eine Blume ins Haar.«

Das mit der Blume fand ich ein bißchen übertrieben. Nicht ins Haar. Aber vielleicht ins Knopfloch …

Er hat versprochen, Freud und Leid mit seiner Frau zu teilen. Vom Auto war nie die Rede.

Ich kann Ihnen genau sagen, wann anzunehmen ist, daß eine Ehe dauerhaft sein wird: Wenn ein Mann seiner Frau Fahrstunden gibt und sie geht darüber *nicht* in Brüche. Keine Frau kennt einen Mann wirklich, bevor sie nicht mit ihm im Auto gesessen hat. *Sie* hinterm Lenkrad, wohlgemerkt. In dem Moment, in dem er auf der Beifahrerseite die Autotür öffnet, verwandelt er sich von einem einigermaßen normalen Geschöpf in ein zitterndes Nervenbündel. Wen wundert's? Er wird der schlimmsten Folter unseres Zeitalters unterworfen: Man macht ihn zu einem Autofahrer ohne Bremse, Gaspedal und Lenkrad. Einen, der drauf und dran ist, die einzige wahre Liebe seines Lebens an ein Wesen abzutreten, das vor dem

Abbiegen den Aufblendhebel betätigt und sich dann wundert, warum der Blinker nicht wie sonst klick-klick-klick macht und grün aufleuchtet.

In Schneckenthal warf vor zwei Monaten ein Versicherungsvertreter seine Frau aus dem fahrenden Auto, als sie bei neunzig in den zweiten Gang zurückzuschalten versuchte. Ich sage ja nicht, daß das richtig war. Aber ich kann ihn beinahe verstehen. Nicht jeder Mensch wird tatenlos zusehen, wenn man seinen besten Freund foltert.

Dabei hat alles so schön angefangen. Mit dem Auto und der Frau. Damals, als das Schätzchen noch auf dem Beifahrersitz saß, ihr Händchen vertrauensvoll auf seinem starken Schenkel und der, wo er hingehört: fünfzig Zentimeter oberhalb des Gaspedals. Man fuhr in den nächsten verlassenen Steinbruch, legte die Sitze um und suchte im Radio was Romantisches. Die einzige Sorge, die er damals hatte, war, nicht mit dem Knie an die Hupe zu stoßen, wenn er das Schätzchen zwischen Lenkrad und Handbremse liebte.

Aber später will sie, daß er ihr Fahrstunden gibt.

Und dann will sie sein Auto.

Wie unvernünftig. Autos sind nicht für Frauen konstruiert. Das wurde mir klar, als ich mit dem Stöckelabsatz hinter der Kupplung hängenblieb. (Mein Mann lag im Krankenhaus, deshalb durfte ich ausnahmsweise das Auto benützen.)

Der Spiegel ist so angebracht, daß ich sehe, wie der Fahrer hinter mir in der Nase bohrt, aber nicht, ob ich Lippenstift auf den Zähnen habe.

Der Gurt amputiert mir die Brust.

Und als vor ein paar Tagen einem der Reifen die Luft ausging, konnte ich weinen, klagen, mir die Haare raufen, mich auf den Boden werfen und mit den Beinen strampeln – von selber tat dieses blöde Auto gar nichts, um wieder ›fahrtüchtig‹ zu werden.

Es gibt keinen schlimmeren Schock im Leben eines Mannes (abgesehen natürlich von den ersten Anzeichen von Impotenz), als eine führerscheinlose Frau zu heiraten, die kurz vor der Vertrottelung, so um fünfunddreißig herum, den Wunsch äußert, den Führerschein zu machen. Womöglich kommt sie ihm auch noch im Bett damit. Etwa so:

Sie (ihn sachte an der Schulter stupsend): »Du, ich möchte mit dir reden.«

Er – voll böser Ahnung – stellt sich schlafend.

Aber sie weiß, daß er nicht schläft. Wenn er schläft, schnarcht er. Außerdem sieht sie, daß die Haut hinter seinen Ohren zuckt.

Also sagt sie es ihm, das vom Führerschein.

Er schnellt herum wie ein Hecht an der Angel. Es haut ihn beinahe aus den Federn. Halb aufgerichtet starrt er seine Frau an.

»*Was* wirst du?«

»Ich werde den Führerschein machen«, wiederholte sie langsam und mit Nachdruck.

Er (respektlos): »Bei dir piept's wohl!«

Sie (mit kalter Ruhe): »Kannst du mir erklären, was daran so ungewöhnlich ist?«

Darauf weiß er keine Antwort. Natürlich nicht. Denn es ist ja nichts Außergewöhnliches, wenn jemand den Wunsch verspürt, zu lernen, wie man ein Auto lenkt. Außer dieser Jemand ist die eigene Frau.

Er (aha, endlich hat er ein schlagkräftiges Argument gefunden!): »Du bist bis jetzt auch ohne ausgekommen.«

Sie (wütend): »Ich bin bis jetzt ohne einiges ausgekommen – *bis jetzt!*«

Er (lauernd): »Willst du dir ein Auto kaufen?«

Sie (heuchlerisch): »Wozu? Wir brauchen doch nicht zwei.«

Er (auffahrend, wild gestikulierend): »Es ist *mein* Auto!«

Zu gern würde sie ihm sagen, daß er sein Auto behalten

könnte. Sich an den Hut stecken. Oder sonstwohin. Aber das kann sie sich nicht leisten. Also sagt sie demütig:

»Ich möchte es ja nur hie und da. Zum Einkaufen –«

Er heult auf. Einkaufen! Die Masche kennt man. Erst nur zum Einkaufen, und dann fahren diese verrückten Weiber auf einen Kaffee nach Venedig. Sich wegdrehend, endgültig:

»Nicht mit meinem Auto!«

Als er am nächsten Abend den Fernseher einschalten will, erstarrt er. Muß zweimal hinschauen, um zu glauben, was er da sieht. Auf dem Bildschirm klebt ein Papier, Doppelformat. Auf dem steht mit Filzstift in fetten roten Lettern:

BENÜTZUNG NUR MIT AUSDRÜCKLICHER GENEHMIGUNG DES BESITZERS.

Und darunter steht ihr Name.

Sie hat das Kriegsbeil ausgegraben. Aus dem kalten Krieg ist eine offene Schlacht geworden.

Vom Tag ihrer Fahrprüfung an trägt er den Autoschlüssel mit einem Sicherheitsschloß am Gürtel. In der Nacht liegt er unter seinem Kopfkissen. Für den Reserveschlüssel hat er sich ein Banksafe gemietet.

Es gibt zwei Typen von Männern, vor denen ich meine Tochter warnen würde, wenn sie auch nur ein einziges Mal auf mich hören wollte:

Der eine ist der Irre mit seiner steilen Kiste. Er fährt besser (denkt er!) als alle anderen, auch wenn er so betrunken ist, daß er einen Fünfziger in einen Zeitungsständer wirft und dann sein Auto davor parkt. Für ihn ist die Straße eine Arena. Das Auto sein Schlachtroß. Er selber eine Mischung aus Matador und Rodeoreiter.

Du erlebst mit ihm auf fünf Kilometern Landstraße mehr als andere auf einer Autosafari durch den afrikanischen Busch. Und du wirst auf diesen fünf Kilometern ebenso viele Tiergattungen treffen wie in der Serengeti. Du kriegst sie alle von ihm aufgezählt: Hornochsen, Rhinozerosse, Kamele, Stinktiere, Affen. Der einzige normale Mensch sitzt neben dir am Steuer.

Sein Fuß wird, sobald sich im Rückspiegel ein Auto nähert, auf das Gaspedal krachen und dort klebenbleiben, bis

a) der hinter euch nicht mehr zu sehen ist,
b) die Polizei ihn mit Hubschrauber, heulenden Sirenen und einer Straßensperre gestoppt hat oder
c) man euch von einem Brückenpfeiler abkratzt.

Er wird dich, meine arme Tochter, erstaunt fragen: »Was hast du denn?«, wenn dir vor Entsetzen die Augen aus dem Kopf quellen, die Haare zu Berge stehen, dein Atem ausgesetzt hat und du ohnmächtig in den Gurten hängst.

Der andere Typ, um den ich einen weiten Bogen machen würde, ist der Mann, der jeden Sonntag sein Auto poliert.

Meine Kleine, du wirst deine Freizeit damit verbringen, ihm zu helfen, sein Goldstück zu waschen, es zu salben und zu polieren, bis du in seinem Lack sehen kannst, wie deine Haarwurzeln ergrauen. Und dann wirst du obendrein mit ihm mehr zu Fuß gehen als mit einem Förster, denn er (und damit auch du) kann sein Auto nicht benutzen

a) im Winter, bei Regen, in einer Innenstadt;
b) in Italien (alle klauen dort Autos), in Frankreich (alle fahren dort wie die Säue), in der Nacht (alle fahren betrunken);
c) wenn du schmutzige Schuhe hast oder einen Regenschirm bei dir;
d) wenn du einen Sack Zwiebeln oder Kartoffeln zu transportieren hast oder sonst etwas, das kantiger oder größer ist als ein Stück Käse.

Heiratest du ihn, wird er euer Kind auf der Autobahn aussetzen, wenn es auf dem Rücksitz einen Zwieback ißt.

Er wird vor Schreck einen Herzanfall erleiden, wenn eure Katze auf die Kühlerhaube springt. Was passiert, wenn er eines Tages einsteigen will und den rechten Kotflügel eingedrückt vorfindet, ist nicht auszudenken, weil es das menschliche Fassungsvermögen übersteigt.

Keine Frau kann erklären, warum sie fährt wie Nanni Neandertaler, sobald ihr Mann neben ihr sitzt. Als sich meiner zwei Tage nach meiner Fahrprüfung auf dem Beifahrersitz niederließ, erhielt unsere Ehe ihren ersten tiefen, irreparablen Riß.

»Schau nicht so!« sagte ich, nervös am Gurt zerrend.

Er (scheinheilig): »Wie schau ich denn?«

Ich: »Wie der Henker, der zusieht, wie sein Opfer baumelt.«

Er: »Blödsinn ... Fahr schon!«

Ich versuchte zu starten, aber der Schlüssel hatte sich verbogen.

Er (mit feinem Lächeln): »Ich würde an deiner Stelle *nicht* den Haustürschlüssel nehmen.«

Ich (hysterisch): »Neben dir kann ich nicht fahren!«

Er: »Mehr Gas! Mehr Gas!«

Ich gab mehr Gas.

Er (seinerseits hysterisch aufheulend): »Willst du den Motor in die Luft jagen? Vom Gas weg! Vom Gas weg! Hast du den Führerschein in der Lotterie gewonnen?«

Ich murmelte, in der Fahrschule hätte die Kupplung ganz anders reagiert und das Gas auch, und der Fahrlehrer hätte mich nicht angebrüllt. (Hat er, hat er; er hat auch gesagt, an dem Tag, an dem *ich* den Führerschein erhalten würde, ginge er als Alphirt in die höchsten Regionen der Hohen Tauern. Aber das braucht man einem Ehemann ja nicht unbedingt auf die Nase zu binden.)

Ich (irritiert): »Ruck nicht immer so mit dem Kopf!«

Er fragt scheinheilig, wann er denn meiner Meinung nach mit dem Kopf rucke.

»Immer, wenn ich schalte«, sagte ich.

Er: »Jedesmal, wenn du schaltest, reißt es mir fast den Hals von den Schultern ... Überhol schon endlich!«

Vor uns fuhr ein italienischer Laster mit Holz. Ein Monstrum.

Ich klärte meinen Mann darüber auf, daß auch ich durchaus den Wunsch hätte zu überholen. Weshalb ich auch den Blinker betätigt hätte, wie er vielleicht bemerke. Aber, wie er sehe, sei es im Moment nicht möglich.

Er: »Was heißt im Moment! Du hast den Blinker draußen seit zwei Kilometern.«

Ich (hitzig): »Natürlich hättest *du* schon zehnmal überholt! Aber *ich* muß an die Kinder denken. Wenn du dich umbringen willst, bitte, aber ohne mich!«

Er (höhnisch): »*Mit* dir würde es schneller gehen ... Wenn du nicht überholen willst, bleib stehen und laß mich fahren.«

Solchermaßen erpreßt, setzte ich zum Überholen an, obwohl ich wußte, daß es heller Wahnsinn war. Ich war auf halber Höhe von dem italienischen Monster, als mir vorne einer entgegenkam. Mit fünfhundert Stundenkilometern.

Ich (aufkreischend, einem Herzschlag nahe): »Siehst du, das hast du davon!«

Er (brüllend): »Fahr doch! Steig aufs Gas!«

Ich: »Bist du wahnsinnig?«

Ich ließ meinen Fuß auf die Bremse krachen, das Auto schlug wild nach links und rechts aus, er warf sich über mich, erfaßte das Lenkrad, und so kamen wir irgendwie zum Stehen. Ich steig aus, mit Knien, weich wie Pudding und ohne darauf zu achten, ob mich von hinten einer niedermähte, und ging zu Fuß in Richtung Heimat.

Nach fünf Minuten oder so kam er mir nach und öffnete die Autotür. Und ich hatte nicht einmal mehr die Charakterstärke, *nicht* in sein verfluchtes Auto zu steigen.

Sollte sich ein Mann ehrlich drüber freuen, daß seine Frau Auto fahren kann, dann ist zumeist was faul im Staate Dänemark. Dann könnte es ihr ergehen wie meiner Bekannten Monika.

Monika verbrachte die zweite Hälfte ihres letzten Urlaubs auf einem Autofriedhof, wo sie ihrem Mann half, Ersatzteile für seinen Oldtimer zu suchen. Er fand ein passendes Wrack zum Ausweiden. Dieses Wrack hängte er mit einem Seil, an das er Monikas rotgesprenkeltes Halstuch knüpfte, an seinem Wagen an. Das Wrack hatte keine einzige ganze Scheibe mehr, eine Kiste als Fahrersitz und eine Kühlerhaube, die von selber aufsprang. In dieses Vehikel setzte er Monika. Als beim drittenmal Anfahren zum drittenmal das Abschleppseil riß, warf er mit dem Schraubenzieher nach ihr.

Seit dem Tag liegt er in seiner Freizeit unter dem Oldtimer. Eheliche Beziehungen sind kaum noch vorhanden. Wenn sie gekocht hat, geht sie in die Garage und sagt zu seinen Fußsohlen: »Komm essen.«

Als ihr am Weihnachtstag ein gutaussehender, gepflegter, wildfremder Mann auf der Treppe entgegenkam, sagte sie stumpfsinnig: »Wer sind Sie?«

»Sei nicht kindisch«, sagte der Mann, »ich bin's, dein Erich.«

Da sagte sie: »Zeigen Sie mir Ihre Fußsohlen.«

Sie hat jetzt die Scheidung eingereicht. Sie sagte mir, sie hätte ihm eventuell verziehen, wenn er sich in eine andere Frau vergafft hätte. Aber daß er sie mit einem alten Schrotthaufen, Baujahr 1954, betrügt, das verkraftet sie einfach nicht.

Gott segne die Männer. Sie hobeln und bohren.

»Ich habe das Nudelbrett über das Loch gelegt«, sagte ich.

»Wozu?« sagte mein Mann. »Ich bin in einer Stunde fertig damit.«

Das war im November vorigen Jahres. Seit damals leckt der Badezimmerboden. Der darunterliegende Gemüsekeller gleicht inzwischen einer Tropfsteinhöhle. Von der Decke wachsen bereits kleine Stalaktiten.

Die weitere Entwicklung sehe ich klar vor meinem geistigen Auge: Mein Mann wird, wann immer es ihn nach körperlicher Betätigung drängt, zu seinem Loch im Badezimmer zurückkehren und es ein bißchen größer machen, um das Leck zu finden. Aber wie es aussieht, wird ihm das vermutlich nicht gelingen. Und so wird er es mit der Zeit aufgeben, danach zu suchen, und das Loch wird sich mehr und mehr mit Wasser füllen, und die Wildgänse werden auf ihrem Flug zurück nach dem Norden an seinem Ufer rasten und den Badewannenrand mit ihrem Kot bekleckern.

Von Zeit zu Zeit beschwere ich mich darüber. Meistens an jenen Tagen, an denen ich das Nudelbrett brauchen würde. »Und was ist mit meinem Pullover?« sagt mein Mann dann.

»Ich bin beim Ärmelloch!«

»Da warst du auch schon an Weihnachten.«

»Jetzt bin ich beim *oberen* Rand.«

»Er paßt mir inzwischen nicht mehr!« beklagte er sich während der letzten Anprobe.

»Zieh den Bauch ein«, sagte ich. »Und trag ein dünneres Unterhemd.«

»Strickst du nicht schon ein bißchen lange an dem Ding?«

Daraufhin ließ ich kühl nur ein einziges Wort fallen: Badezimmerboden.

»Und wie war das damals mit den Strampelhosen, die an dem Tag fertig wurden, als wir Schorschi den Kommunionsanzug kauften?«

»Ich habe die Fäden nicht vernäht. Also ließen sie sich kinderleicht auftrennen«, murmelte ich. »Das Loch aber geht nicht von alleine wieder zu.«

Was mir zuwider ist, sind die alten Witzchen über Frauen, die ihren Männern jegliche Arbeit im Haus vergällen, weil sie ständig was zu meckern haben. In meiner Umgebung kenne ich keine einzige derartige Frau. Meine Bekannten setzen, sobald ihr Mann in den blauen Arbeitskittel schlüpft, ihre Kinder mit einer Tüte Kartoffelchips vor den Fernseher, sie legen den Hörer neben das Telefon, jagen den Hund aus dem Haus und stellen die Türklingel ab. Sie selber ziehen sich in die Besenkammer zurück und hören auf zu atmen. Nichts soll ihn davon abhalten, sein Werk zu vollbringen. Wir alle sind uns klar darüber, daß in einer Zeit, in der man uns Facharbeiterlöhne hoch wie Gagen von Operntenören verrechnet, jede Hand unbezahlbar ist, die sich freiwillig und umsonst um einen Schraubenzieher krampft. Deshalb erschien es mir die reinste Blasphemie, als ich vor ein paar Tagen eine Nachbarin Hannas zu dieser sagen hörte: »Sie sagen, Ihr Mann rührt im Haus keinen Finger? ... Mein Gott, wie schön.«

Ich konnte es nicht glauben. Diese Frau hatte nicht alle Tassen im Schrank. Gestern lud sie Hanna und mich zum Kaffee ein. »Nimm dir vorsichtshalber einen von unseren Küchenstühlen mit«, sagte Hanna und nahm selber auch einen.

»Wir müssen noch ein bißchen improvisieren«, murmelte Frau M. entschuldigend, während sie eine hübsche handgestrickte Decke über den Kühlschrank breitete und darauf den Kaffeetisch deckte. »Mein Mann wird die Sitzecke selber machen.« Sie zog sich eine Apfelkiste als Stuhl heran. »Er wartet nur noch auf die Drechselmaschine.«

Ihr Mann war offenbar ein sehr geschickter Handwerker. Er machte *alles* selbst. Er schmiedete die eigenen Vorhangstangen (vorderhand hingen die Vorhänge noch auf diversen Notbehelfen, unter anderem einem Besenstiel), er tischlerte sämtliche Möbel (er wartete, wie gesagt, nur noch auf die Drechselmaschine), er töpferte sein eigenes Geschirr und wollte die Fliesen selbst verlegen, sobald er Zeit dazu fand.

Nach dem Kaffee zeigte Frau M. uns seinen Hobbyraum im Keller. Es war fantastisch. In einer Ecke bemerkte ich sogar einen kleinen Hochofen. Es fehlte, wie gesagt, nur noch die Drechselmaschine, bei der die Lieferzeit neun Monate betrug, weil sie aus Amerika kam und einzelne Teile davon, ich glaube, Frau M. sagte der Bohrer, analog mit dem neuesten Forschungsprojekt der NASA entwickelt wurden. Sobald er sie hat, wird er mit der Sitzecke beginnen, sagte Frau M. Jetzt schwankt er noch bei der Wahl des Holzes. Vermutlich jedoch wird er Palisander nehmen, denn er spricht in letzter Zeit von einem Flug nach Brasilien. So wie sie ihren Mann kenne, meinte Frau M. mit einem kleinen Seufzer, würde er die Auswahl des richtigen Baumes keinem x-beliebigen Fremden überlassen.

Dieser Mann scheint wirklich ein bißchen extrem zu sein. Ich muß Erika von ihm erzählen. Vielleicht wird sie es dann etwas leichter verkraften, daß sie jedesmal auf dem Weg zum Fernseher über den Rasenmäher steigen muß, den ihr Mann in der behaglichen Wärme des Wohnzimmers generalüberholt. Ich finde mich jetzt auch leichter mit dem Nudelbrett über dem Loch im Badezimmer ab. Nur daß ich seit einer Woche jedesmal mit einer Stricknadel im Ausguß stochern muß, damit das Wasser aus dem Waschbecken abrinnt, stört mich ernstlich. Mein Mann ist verreist. Ich werde mich also noch eine Zeitlang damit abfinden müssen. Verstopfte Ausgüsse sind seine Sache. Das ist Männerarbeit. Ich selbst wäre dazu auch gar nicht fähig. Ich bin technisch ausgesprochen unbegabt. Wie eigentlich immer noch ziemlich viele Frauen. Ich habe gehört, wie eine in der Sauna sagte, sie wird sich scheiden lassen, sobald sie gelernt hat, wie man eine Sicherung auswechselt.

Laßt nur die Mädchen weiter am Werkunterricht der Knaben teilnehmen, dann wird man schon sehen, wohin dieser Unfug führt.

Gott sei Dank bin *ich* dafür zu alt.

Ich bin vierzig. Ich will keine Hausaufgaben mehr machen!

Es sollte ein Schulunterrichtsgesetz geben, das lautet: ›Hausaufgaben sind dermaßen zu erstellen, daß sie von den Eltern ohne Mithilfe der Schüler bewältigt werden können.‹

Da die lieben Papis tagsüber nicht greifbar sind und am Abend viel zu müde, bleibt die Sch … schöne Sache an uns Müttern hängen.

Wenn ein Fünfzehnjähriger in seinem Lebenslauf ›geboren‹ mit h und p schreibt, dann weiß man wenigstens, wer schuld ist: seine Mutter, vermutlich selber eine Analphabetin.

Wenn Frauen mit Augenlidern herumlaufen, die unkontrolliert zucken, und sie beim Anblick eines offenen Fensters der heiße Wunsch überfällt, hinauszuspringen, dann steckt zu neunzig Prozent eines dahinter: Sie sind den Hausaufgaben nicht mehr gewachsen.

Dabei waren die Mütter noch nie so gebildet wie heute. Kein Wunder, sie haben ja auch niemals zuvor zwei-, drei-, vier-, fünfmal die Schulzeiten durchgemacht. Und dabei ist alles gegen sie:

Helfen sie bei den Hausaufgaben und das Kind bleibt sitzen, heißt es: Kein Wunder, sie hat es zur Unselbständigkeit erzogen.

Helfen sie nicht und das Kind bleibt sitzen, ist der Fall sonnenklar: Um dieses Kind kümmert sich keiner. Seine Rabenmutter treibt sich auf der Kegelbahn herum. (Zweimal im Monat, aber in dem Fall ist das zweimal im Monat zuviel.)

Bleibt sie selbst schließlich mit heraushängender Zunge auf der Strecke, sagt ihr Mann zu seinem Sohn: Was willst du, deine Mutter hat eben nur die Handelsschule gemacht.

Gott ja, ich selber habe auch schon arg nachgelassen. Es mag zum Teil daran liegen, daß meine Kinder mir so wenig Vertrauen entgegenbringen. Ein Beispiel: Vor einigen Tagen fragte mich mein Jüngster: »Schreibt man Schaukel mit ›ck‹?«

Ich sagte nein. Woraufhin er aufstand, in sein Zimmer schlurfte, sich auf den Boden legte, das Wörterbuch unterm Tisch hervorzog, wo es als Ausgleich für ein wackelndes Bein diente, und das S aufschlug. Zurückgekehrt, sagte er widerwillig: »Stimmt.«

»Warum fragst du mich überhaupt? Ich hab's dir doch gesagt«, murmelte ich gekränkt.

Er warf mir einen Blick zu, der deutlich besagte: Ja schon, aber kann ich dir auch trauen?

An dem Tag, an dem alle meine Kinder aus der Schule sein werden, krieche ich auf allen vieren zum nächsten Wallfahrtsort, um dem Herrn zu danken und ihn noch um ein paar Jährchen zu bitten, in denen ich mit nichts Anspruchsvollerem mehr belastet werde als dem Fernsehprogramm.

Gestern beim Abendessen legte ich die Einladung des Elternvereins vor meinen Mann hin. Der nahm sie auf, las sie mit gefurchter Stirn und schob sie mir dann ohne Kommentar wieder zu.

»Nun, wirst du gehen?« fragte ich.

Er, erstaunt: »Ich? Wieso ich?«

Ich tippte stumm auf die Anrede: Liebe Eltern. Da stand es – Eltern. Und er war doch die Hälfte davon, oder?

Leider, sagte er, leider ginge es morgen nicht. Ganz unmöglich.

»Warum nicht?« fragte ich. Soviel ich wußte, stand außer dem Denver-Clan nichts auf dem Programm.

Die Furchen auf seiner Stirn vertieften sich. Was heißt das? War er vielleicht Rechenschaft schuldig über jede Minute des Tages? Strampelte er sich nicht ohnehin ab bis zum Gehtnichtmehr, um uns zu erhalten? Und überhaupt, was soll das – informatives Gespräch zwischen Schulpsychologe, Lehrkörper und Eltern über die Problematik der Hausaufgaben und deren Bewältigung?! Hatte er sie vielleicht zu bewältigen? Ging denn er in die Schule? Natürlich, wenn ich hingehen und mir den Schmarren anhören wollte, bitte sehr, nur zu!

Heiliger Bimbam! Ich ging so gern hin wie die Negersklaven Louisianas an einem heißen Sommernachmittag auf die Baumwollfelder, aber was blieb mir anderes übrig? Sollte ich die Schuld auf mich laden, unseren Sohn eines Tages bei der städtischen Müllabfuhr landen zu sehen?

Es waren eine ganze Menge Mütter da. Dazwischen auch ein paar vereinzelte Väter. Ich sah mich um. *Sehr*, sehr vereinzelte. Hauptsächlich jüngere mit Vollbärten. Vorne hatte der Psychologe Platz genommen. Er erklärte uns anhand anschaulicher Beispiele, wie es zu Aggression, Depression, Kompensation und Resignation kommt.

»Genau mein Lebensweg!« raune ich dem weiblichen Wesen an meinem linken Ellbogen zu, einem unverschämt jungen Ding, das aussieht, als säße es anstelle seiner Mutter hier.

»Er spricht von unseren Kindern, nicht von uns«, entgegnete meine Nachbarin kühl.

Das habe ich inzwischen auch begriffen, denn jetzt wird er deutlicher. Was er sagen will, ist nicht schwer zu kapieren: Alles, was mit meinem Kind schiefgeht, ist meine Schuld.

Nachdem er solchermaßen unser laxes Gewissen wachgerüttelt hat, zeigt er uns auch prompt den Ausweg aus dem Dilemma. Es handelt sich um ein Vierzigpunkteprogramm. Einiges leuchtet mir ein. Anderes klingt eher utopisch, wie ›kein Fernsehen vor dem Schlafengehen‹. »Wie soll man das machen?« flüstere ich zur Seite hin.

»Nun, *wir* haben den Fernseher abgemeldet.«

»Ja, aber was machen Sie denn sonst am Abend?«

»Oh, wir sind immer beschäftigt. Wir machen Hausmusik, laden zu kleinen wissenschaftlichen Zirkeln ein oder gehen mit den Kindern ins Fitneßcenter.«

Es macht deutlich ›klick!‹, als mir der Unterkiefer gegen die Brosche klappt.

Als Mister Psycho alle vierzig Punkte durchhat, bittet er um

Wortmeldungen. Ich hebe schüchtern zwei Fingerchen. Sehr erstaunt blickt er in meine Richtung. Damit hat er offensichtlich nicht gerechnet. »Ja?«

Ich möchte nur wissen, sage ich demütig mit niedergeschlagenen Augen, ob man diese schönen, wirklich nützlichen vierzig Punkte auch unseren Kindern mitgeteilt hätte? Denn schließlich wären es ja, nicht wahr, ihre Hausaufga –

Weiter komme ich nicht. Denn der Herr Schulpsychologe unterbricht mich mit einem eisigen: »Nun, ich glaube, es dürfte genügen, es den *Eltern* zu erklären.«

In dem Moment passiert es. Etwas explodiert in meinem Innern, ich spüre genau, wo: hinter meinem dritten Jackenknopf. Ich sehe rote Kreise vor meinen Augen. Balle die liebevollen Mutterhände zu Fäusten. Eine grausige Stimme, die nicht die meine sein kann, kreischt los. Für was man uns Mütter eigentlich hält, für eine Kreuzung zwischen Wachhund und Hauslehrer? Wer sich eigentlich jemals darum kümmere, ob *wir* überfordert wären? Frustriert? Hundemüde? Ob es uns zum Hals heraushänge, zwanzig Jahre lang unregelmäßige Verben zu pauken? – Ich geb's ruhig zu, ich keife wie ein Marktweib aus Tarvis. Sagt doch auch etwas, zetere ich und starre wild um mich. Schließlich beklagt ihr euch doch ständig über die Misere, keine fünf Minuten kann man mit einer von euch reden, ohne daß ihr über die Hausaufgaben herzieht. Na, wie ist's? Jetzt wäre der richtige Zeitpunkt, den Mund aufzumachen. Hat denn wirklich keine was zu sagen?

Völlige Funkstille. Man hört eine aus dem Winterschlaf geschreckte Fliege aus ihrem Bettchen krabbeln und gähnen.

Nur vorne in der ersten Reihe, dort, wo der Lehrkörper sitzt, sagt schließlich einer was. Er sagt, Kinder, deren Mütter offensichtlich so wenig Interesse an deren schulischem Ergehen hätten wie *diese* Dame, wären an *dieser* Schule zweifelsohne fehl am Platz.

Ich habe ihn mir gut angesehen, diesen Herrn. O ja, sehr gut.

Ich schwöre, er wird mich wiedersehen, dieser Herr, wenn die himmlischen Posaunen ertönen. Und dann wird es Heulen und Zähneknirschen geben bei diesem Herrn, jawohl.

Vor den Latein-Klassenarbeiten meiner Kinder pflegte ich eine Zeitlang die Platte aufzulegen »Laß ein Wunder geschehen, Santa Maria«, bis sie so abgenützt war, daß sie beim Wunder steckenblieb.

Ich hörte von einem Heilkundigen, daß das Kauen von Anis zu Glücksgefühlen verhelfe. Ich kaute Anis von dem Augenblick an, wo ich den Schulbus die Straße heraufkriechen sah, aber das Glücksgefühl blieb aus.

Ich redete mir allen Ernstes ein, gemeinsames Lernen vermittle Kindern und Müttern ein befriedigendes Zusammengehörigkeitsgefühl. Blödsinn! Eine ungeheure Müdigkeit vermittelt es, ungefähr so, als hätte man das Matterhorn bestiegen!

Vielleicht lag es auch an den Kindern. Manchmal habe ich das Gefühl, sie sind ein bißchen komisch. Sie tun Dinge, von denen ich als Kind nicht einmal geträumt hätte. Ein Beispiel: Unser Jüngster vergrub sein Mitteilungsheft, das einige unschöne Bemerkungen seiner Lehrer enthielt, unter einer Dachlawine. Wir fanden die aufgeweichte Leiche erst nach der Schneeschmelze wieder. Beim Elternsprechtag kurz vor Weihnachten fragte mich der Deutschlehrer: »Sind Sie ganz sicher, daß er in meiner Klasse ist?« – Er hat nie ein Wort mit ihm gewechselt. Zugegeben, Schorschi ist ein wenig still. Als ich ihn am ersten Schultag aufatmend der Wissenschaft an den spröden Busen drückte, schrieb ich groß aufs Deckblatt seines Mitteilungsheftes: Dieses Kind ist *nicht* taubstumm. Wenn Sie wollen, daß es spricht, fragen Sie es nach der Funktion eines Wankelmotors.

Er ist derjenige, der nach sieben Jahren Deutschunterricht im Geschichtsheft stehen hat: Ägüpten, Pfarrao, Hüroglühpen.

Dabei hatte ich mir gerade mit diesem Kind soviel Mühe gegeben. Vor jedem Diktat hatte ich mit ihm geübt bis zur völligen Erschöpfung beider Teile. Noch am Morgen vor dem Weggehen schrieb Schorschi auf mein Drängen hin in den zu Übungszwecken verwendeten Kalender einer Heizölfirma:

Rauchfangkehrer, Rauchfangkehrer, bitte sehr,
unser Ofen ziht nicht mehr,
qualm tagaus, qualm tagein,
darum ker den Raufang rein. Ruchfangkerer
danke schön
kanst zu unserm Nachbar gehn.
Mogen will ich an dich dencken
und dier ein Stück Seife schencken.

Die Fehler wurden rot angestrichen. Das ließ uns bis zum Fortgehen immer noch zehn Minuten Zeit, um die ärgsten Böcke ein letztes Mal durchzugehen.

»Und wie schreibt man ›morgen‹?« fragte ich meinen Sohn.

»m-o-g-e-n«, buchstabierte Schorschi.

»Und was fehlt uns da noch?«

Schorschi dachte nach.

»Das r.«

»Na also«, sagte ich überglücklich. »Jetzt wirst du es aber nicht mehr vergessen, was?«

Er nickte eifrig. Nein, er würde es nicht mehr vergessen. Mir aber ließ es keine Ruhe. Also: Wie schreibt man morgen?

»m-o-g-e-n«, buchstabierte Schorschi.

Die Rs prasselten auf Schorschis blondes Köpfchen nieder mit der Gewalt einer aufgestauten Lawine

Über seine Wange kroch ein Tränchen. Was war ich doch für ein Scheusal!

»Paß auf, Schatzi, ich werde es dir noch einmal erklären. Es ist wirklich nicht schwierig. Morrrrgen und nicht mogen, hörst du den Unterschied? Man hört es doch ganz deutlich, nicht wahr?« Ich strich ihm beruhigend übers Köpfchen. Ein dankbares Lächeln legte sich auf sein Gesichtchen. »Und wie schreibt man morgen, mein Kleiner?«

»m-o-g-e-n.«

Nebelhaft kann ich mich erinnern, daß mich die unbändige Lust ankam, meinem Sohn seine verdammte Muttersprache mit Hilfe des Buches ›Frohes Lernen‹ in den Schädel zu hämmern.

»Geh mit ihm zum Doktor«, sagte meine Mutter. Sie meinte, es handle sich zweifellos um eine Krankheit. Sie hätte vergessen, wie sie hieß, aber sie wisse, daß die Kinder dabei die Buchstaben verwechseln, sie glaube, das b mit dem d.

»Ich glaube nicht, daß es sich um diese Krankheit handelt«, sagte ich.

»Na gut«, meinte meine Mutter verschnupft. »Du mußt's ja wissen.«

Und dann sagt sie noch, sie wäre bloß froh, daß es nicht in *unserer* Familie läge.

»Er kriegt zuwenig Vitamine«, behauptete meine Großmutter. »Er sollte mehr Milch trinken. Und du mußt eben mehr mit ihm lernen. Du nimmst dir zuwenig Zeit für die Kinder.«

Schorschis älterer Bruder, ein weiser Knabe in fortgeschrittenem Alter, war dagegen der Meinung, ich würde mit ihm nicht zuwenig, sondern zuviel lernen. Jeder Trottel mußte sehen, daß er davon vollkommen meschugge würde.

Nachdem mich auch ein Bekannter (ein Lehrer) mit Nachdruck auf die bösen Folgen des Zwangs hingewiesen hatte, ging ich mit Schorschi vor der nächsten Klassenarbeit spazieren, statt mit ihm zu üben. – Er machte nur zwei Fehler und bekam ein Gut.

Hätten wir eine Fahne im Haus gehabt, ich hätte sie ausgehängt, um aller Welt zu zeigen, daß das Glück bei uns eingekehrt war.

Die nächste Klassenarbeit, vorbereitet – oder besser gesagt, nicht vorbereitet – nach bewährter Methode, brachte Schorschi ein glattes Ungenügend. Mir wurde nahegelegt, mit ihm die Rechtschreibung zu üben und nichts als die Rechtschreibung, wenn ich nicht wollte, daß er sitzenbliebe.

Ich versprach hoch und heilig, alles menschenmögliche zu tun. Ich wollte fortan jede frei Minute opfern, um meinem Sohn jene Sprache näherzubringen, für die man uns Müttern stillschweigend die Patenschaft in die Schuhe geschoben hat. Ich kann mir nicht helfen, aber ich hege den argen Verdacht, man hat die Bezeichnung ›Muttersprache‹ (warum nicht ›Vatersprache‹ wie Vaterland und Vaterhaus?) nicht ohne Hintergedanken gewählt.

So haben wir sie also jetzt am Hals, ich und du und mein armer Sohn, der, so wie es aussieht, trotz aller Bemühungen als Analphabet ausgeschult werden wird.

Und das, obwohl ich selbst inzwischen dank der intensiven Lernerei in der Lage bin, sogar Wörter wie ›synonüm‹ fehlerlos zu schreiben, ohne im Duden nachzuschlagen!

Ungebetene Gäste

Wie gut, daß ich mir vorgenommen habe, meine Nerven nicht mehr übermäßig mit den Hausaufgaben zu strapazieren. Ich brauche jetzt alle diesbezüglichen Reserven. In diesem Frühjahr ist nämlich Anton in mein Leben getreten.

Bevor ich mit ihm konfrontiert wurde, wußte ich über Wühlmäuse nur, daß sie sich im wesentlichen unter der Erde aufhalten und zu den Schädlingen gezählt werden.

Schädlinge! Ein böses Wort. Es ist der schlimmste Fehler des Menschen, jegliches Leben um sich herum nach seiner Nutzbarkeit zu bewerten. Auch Wühlmäuse sind Geschöpfe Gottes. Auch sie wollen leben. Was mich betraf, so wollte ich Anton gern die eine oder andere Möhre gönnen und meinetwegen auch ein paar Salatpflänzchen dazu.

Aber als ich eines Morgens den Garten inspizierte, war die Petersilie weg. Das traf mich tief.

»Anton, Anton«, sagte ich traurig, »du hast mein Vertrauen mißbraucht. Du hast schamlos meine Gutmütigkeit ausgenützt. Mach das nicht wieder! Halte dich an unsere Abmachung!«

So also sprach ich hinunter aufs dunkle Erdreich, unter dessen Krümeln irgendwo Anton saß und mit Reue im kleinen Herzen meinen Worten lauschte.

Vielleicht empfand er tatsächlich so etwas wie Reue. Aber sein Appetit war jedenfalls größer.

In den nächsten Wochen konnte ich nicht so schnell säen, wie Anton erntete. Seine Gefräßigkeit war geradezu abwegig. Trotz wachsender Verbitterung konnte ich nicht umhin, mir Gedanken darüber zu machen. Warum dieser übermäßige Drang nach Nahrungsaufnahme? Litt Anton unter heimlichem Kummer? War seine Gefräßigkeit nichts anderes als ein Ersatz für vorenthaltene Mutterliebe?

Ich übertrug meinen Groll zum Teil auf Antons kaltherzige Mutter, deren mangelnde Nestwärme Anton heute dazu trieb, mir mein Gemüse wegzufressen.

Nach der Petersilie stürzte er sich auf den Sellerie, dann verlegte er sein Jagdgebiet auf die Möhren. Ausgestattet mit einem durch reichliche Zufuhr von Vitamin A verstärkten Sehvermögen, fiel er anschließend über den Kopfsalat her. Er vertilgte mit schöner Regelmäßigkeit zwei Stück pro Nacht. In spätestens neun Tagen, so konnte ich mir an meinen zwei Händen ausrechnen, würde von meinem ›Maiwunder‹ kein Blättchen mehr übrig sein.

Meine Geduld war am Ende. Das bedeutete Kampf.

Wie jeder gute Stratege baute ich meinen Feldzug auf der Erkenntnis auf, daß das genaue Studium des Gegners bereits die halbe Schlacht sei. Ich durchkämmte die einschlägige Literatur und machte mir folgende Notizen: Wühlmäuse *(Microtinae),* über die Nordhalbkugel verbreitete Unterfamilie der Wühler, Nagetier mit dickem Kopf, breiter Nase, kurzem Schwanz, gräbt Gänge, sammelt Vorräte.

Auch das noch. Er fraß also nicht nur, er sammelte auch noch! Womöglich wollte er auch noch heiraten, sich Kinder zulegen. Und für sie alle würde er sammeln. O Gott!

Als zwei Drittel meines ›Maiwunders‹ verschwunden waren, begrub ich meine letzten Skrupel und beorderte eine allgemeine Mobilisierung. Der erste Schritt war die Einberufung des für diesen Fall zuständigen Reservisten in Gestalt unseres Katers. Er wurde in die feindliche Stellung vorgeschoben mit der strikten Order, die Kampfstätte erst nach Unschädlichmachung des Feindes zu verlassen. Er gab mir zärtlich zu verstehen, daß ich auf ihn bauen könne. Daß er diesen Fall auf beste Katzenmanier zu lösen gewillt war.

Ich hatte die Operation mit zwei Stunden angesetzt.

Nach Ablauf dieser Zeit begab ich mich auf die Gefechtsstätte, eine Knackwurst in der Hand als ordnungsgemäßen Sold für meinen braven Krieger.

Ich fand den Waschlappen schlafend unter den Buschbohnen vor. Anton machte sich soeben daran, seine Schwanzspitze anzunagen, wohl in der Meinung, es handle sich um eine Luftwurzel.

Da sah ich rot.

Eine Latte vom Zaun reißend, stürzte ich mich auf den Feind, in der Absicht, ihm seine breite Nase noch um etliches breiter zu schlagen. Doch mochten derartige kosmetische Eingriffe nicht ganz nach seinem Geschmack sein, denn er verzupfte sich augenblicklich in sein unterirdisches Labyrinth. Ohne mir das weitere Vorgehen taktisch zu überlegen, machte ich mich in blinder Wut an die Verfolgung.

Der Gang fing im Salatbeet an, zog sich unter dem Kohl

durch, verlief in komplizierten Windungen zwischen den Krautpflanzen und führte weiter zu den Erbsen. Dort mußte ich notgedrungen die Jagd aufgeben. Als ich geschlagen davonschlich, hörte ich es hinter mir kichern. – Es war Anton, der zwischen den Rettichen hervorspähte.

Mein Malheur hatte sich in der Nachbarschaft herumgesprochen. Man sparte nicht mit guten Ratschlägen. Gegen solche Dreckskerle helfe nur eines, sagte man mir, aber das hundertprozentig: in die Erde gesteckte Glasscherben. Ich steckte Glasscherben kreuz und quer, auf und ab, hin und her. Es gab keinen mehr in der Familie, der nicht mit Schnittwunden herumlief, Anton vermutlich ausgenommen.

Jedenfalls fraß er tüchtig weiter.

Eine Bekannte riet mir, es mit Fischköpfen zu versuchen. Ich besorgte sie mir aus dem nächsten Gasthaus. Es waren Forellen mit hervorquellenden Augen und einem vielversprechenden Ansatz zu intensiver Duftproduktion.

Nach sechs Tagen verließ der letzte Sommergast den Ort fluchtartig. Anton hingegen fraß mein allerletztes ›Maiwunder‹. Mein Mann ging hin und verschaffte sich auf Umwegen vier Stangen Dynamit.

Die traurigen Reste unseres Küchengartens flogen in die Luft, zusammen mit dem Komposthaufen und zwei Fensterscheiben auf der Südfront unseres Hauses.

Durch den Pulverdampf hindurch sah ich Anton dem Nachbargrundstück zuhumpeln, ein Rettichlein im Maul als Notproviant. Sein vorwurfsvoller Blick verfolgte mich bis in den Schlaf.

Es ist eigenartig. Seither werde ich das Gefühl nicht los, man hätte mir meinen besten Freund vertrieben.

Warum hör ich nie die Geigen schluchzen, wenn ich mit ihm tanze?

Ich kam heim, öffnete die Tür, erblickte vor mir einen völlig fremden Raum von steriler Sauberkeit, sagte erschrocken: »Entschuldigen Sie, ich muß mich geirrt haben!« ging zurück vor die Haustür, verglich die Nummer, tastete über den Sprung im Glas, sah die Spinnweben in der rechten oberen Ecke der Haustür – und war beruhigt. Es war also doch mein Heim.

Sie hatten bloß aufgeräumt.

Auf dem Tisch standen zwei Teller mit etwas, von dem ich geschworen hätte, es wären belegte Brötchen, wenn ich nicht genau gewußt hätte, daß ich keine gemacht hatte. Also war es wohl eine Fata Morgana. Ich kniff die Augen zusammen, blinzelte durch die Wimpern – sie waren immer noch da. Also doch keine Fata Morgana. Mit vor Erregung zitternden Fingern strich ich über die Eierscheibchen und den Lachsersatz. Tatsächlich, alles echt.

»Es gibt auch eine Flasche Wein dazu«, sagte mein Mann.

Ich ließ eine Träne auf die Essiggurken fallen. Seine Botschaft war so eindeutig wie der Ölzweig, den das Täubchen im Schnäbelchen hielt.

Wir fielen uns um den Hals. Gelobten feierlich einen neuen Anfang. Es war wunderschön. Nach einer Mahlzeit, bei der wir uns an den Händen hielten, zogen wir uns ins Schlafzimmer zurück. Auch dort klappte es recht gut. Vielleicht wäre wirklich noch alles gutgegangen mit uns beiden, wären wir nicht auf die unglückselige Idee verfallen, einen Ball zu besuchen.

Nur unheilbare Optimistinnen glauben immer noch an das Wunder, sie brauchten bloß mit *ihm* und in einem langen Kleid in einen Saal zu gehen, in dem eine Kapelle spielt und wo unter der Decke Girlanden hängen, und es würde so werden wie früher. Daß ihr nach dem ersten Ball mit *ihm* der Zehennagel abfiel, die Erinnerung daran hat sie erfolgreich verdrängt.

»Liebling«, sagte ich während einer Polka mit soviel Zartgefühl wie möglich, »wir könnten zusammen wieder einmal einen Tanzkurs besuchen. Nur so zur Auffrischung –«

»Ich *habe* einen Tanzkurs besucht«, entgegnete er gekränkt.

»Ich weiß«, sagte ich, »vor achtundzwanzig Jahren.«

»Tanzen verlernt man nie. Das ist wie Radfahren oder Schwimmen.«

»Auch damit hast du recht«, keuchte ich, mich krampfhaft an seiner Anzugjacke festkrallend, um zu verhindern, daß mich meine eigene Schwerkraft ins kalte Büffet schleuderte, »aber bist du sicher, daß du damals in einem *Tanzkurs* warst?«

»Was meinst du damit?«

»Nun, es wäre ja möglich, daß du dich im Wochentag geirrt und einen Judokurs besucht hast.«

Er stieg mir auf die Zehen, vermutlich aus Rache.

Wir manövrierten uns durch zwei weitere Tänze mit einer höchst eigenwilligen Kombination von Schlurf- und Stampfschritten, Hopsern und Pirouetten.

»Warum tanzen wir nicht normal wie alle anderen?« beklagte ich mich.

»Was soll denn das nun wieder heißen? Tanze ich vielleicht nicht wie jeder andere Trottel hier?«

»Also«, entgegnete ich vorsichtig, um ihn nicht schon wieder zu kränken, »vielleicht nicht wie jeder hier im Saal. Aber ich könnte mir denken, daß wir unter den Papuas im Hochland von Neuguinea während ihrer Fruchtbarkeitsriten kaum auffallen würden.«

Daraufhin führte er mich zum Tisch zurück und sprach nicht mehr mit mir. Zwei Stunden später befand ich mich in einem Zustand, der dem eines Scheintoten nahekam. Ein Kellner sah mir prüfend ins Gesicht, knipste sein Feuerzeug an, fuhr mit der Flamme vor meinen Augen hin und her, schnalzte mitfühlend mit der Zunge und nahm mein halbvolles Glas weg.

Es gibt keine rigorosere Strafe, als auf einem Ball zwischen dem eigenen Mann und einer Matrone zu sitzen, die einem von ihren Enkeln erzählt. Manche meinen, es wäre schlimmer, auf einer menschenleeren Insel ausgesetzt zu werden. Ich sage, nein. Dort kann man auf eine Palme steigen, man kann sich kratzen, nach Wasser graben, die Moskitostiche zählen, kurz, es ist ein Leben voll aufregender Aktivität. Hier jedoch bleibt einem nichts anderes übrig, als glasigen Blicks langsam zu versteinern. Ich hätte mich gern betrunken. Aber wenn schon ein Schluck Sekt ein Vermögen kostet und sie einem den Rum mit der Pipette ins Cola träufeln, kommt auch das nicht in Frage.

Kurz vor dem *rigor mortis* stemmte ich mein krachendes Gestell vom Stuhl hoch und schleppte mich auf die Toilette. Mein Mann schlief offenen Auges. Vielleicht war er auch inzwischen an akuter Langweilitis gestorben. Es war mir gleich.

Als ich auf dem Rückweg an der Bar vorbeikam, stieß ich auf Eva-Maria.

Sie sah so strahlend aus, daß mir schlecht wurde.

Als ich dann auch noch bemerken mußte, daß um sie herum sechs – sechs! – gutaussehende Männer standen, zog sich mein Magen krampfartig zusammen. Der Schmerz strahlte mir bis in die Fingerspitzen. Wie war das möglich? Sie war ein Jahr älter als ich und hatte Zellulitis an den Oberschenkeln.

Vermutlich lag es daran, daß *sie* nicht mit einem langweiligen Ehemann gekommen war, sagte ich mir. Ich konnte nicht glauben, daß es an den Stützstrümpfen lag, die ich unterm Abendkleid trug.

Sie küßte mich auf beide Wangen und faselte was von dem Spaß, den sie hätte. Vermutlich merkte sie, daß es bei mir nicht so weit her war damit, denn sie fragte: »Und du? Unterhältst du dich gut?«

»Danke«, murmelte ich, »ich hab' schon Schlimmeres erlebt. Damals zum Beispiel, als man mich bei ›Vom Winde verweht‹ versehentlich in der Kinotoilette einschloß.«

Danach waren alle recht nett zu mir. Einer von den sechsen,

ein Intellektueller mit Brille und Stirnglatze, sprach mit mir über Arthur Miller und dann, als ich mich darüber ereiferte, wie mies er seine Frau, die Monroe, behandelt hat, über die Vorteile der neuen phosphatfreien Waschmittel. Und ein anderer forderte mich sogar zum Tanzen auf.

Leider war es der kleinste. Aber er war ganz munter für seine Größe, und wir unterhielten uns köstlich, auch wenn ich bloß seinen Scheitel sah und er mir beim Rock 'n' Roll kurzzeitig unterm Kleid verlorenging.

Nach einigen flotten Tänzen fiel mein Blick zufällig auf meinen Mann. Was ich dort sah, veranlaßte mich, nicht ohne Bedauern, zu sagen: »Ich glaube, ich muß zum Tisch zurück.«

Wir stritten uns noch immer, als wir schon im Auto saßen. Dabei war es einfach lächerlich. Ob er wirklich glaube, ein Mann könnte mich reizen, dessen Nase meine Brustwarzen kitzelte? – Eben, brüllte er, er habe deutlich gesehen, wie der verdammte Gartenzwerg mich an derselben Stelle geküßt hätte.

Unsinn, kicherte ich, er habe sich vermutlich bloß in die Rüschen geschneuzt.

Aber mein Mann war für Scherze unempfänglich. Die Eifersucht hatte ihr häßliches, humorloses Haupt erhoben. Die sieben Kilometer bis zu unserem Haus sagte er mir, was ihn an mir störte und an meinen Kindern und an meiner Mutter, und ich sagte ihm, was mich an ihm störte und an seinem geldgierigen Bruder und dessen idiotischer Frau. Als wir in die Einfahrt einbogen, hatten wir unseren gemeinsamen Lebensweg anhand unserer Verfehlungen zurückverfolgt bis zu jenem bedauerlichen Moment, in dem mein Mann sich an einem meiner Kartoffelknödel eine Plombe ausgebissen hatte.

»Tröste dich. Nach unserem letzten Ballbesuch redeten wir zwei Wochen lang nur auf Zetteln miteinander«, sagte meine Kollegin aus dem Büro, während sie unsere Punkte am Schwarzen

Brett notierte. Ich war mit ihr und zwei weiteren Kolleginnen zum Kegeln gegangen, um mich auf andere Gedanken zu bringen. Wenn wir zerstritten waren, konnte ich. Denn da sprachen wir nicht miteinander. Sonst zogen Frivolitäten wie Kegelabende endlose unerquickliche Diskussionen nach sich.

»Ich bin nie so nahe dran, mit dem Schlüsselbund über ihn herzufallen«, sagte Jutta aus der Buchhaltung, »als wenn sie ›Paloma Blanca‹ spielen und er stumm neben mir sitzt und so aussieht, als horchte er angestrengt in sein Inneres und dieses würde ihm zuflüstern, um wieviel schöner es daheim im Bett wäre. – Wer ist dran?«

»Ich«, sagte ich und ließ die Kugel so geschickt zwischen die neun Kegel rollen, daß sie keinen einzigen berührte.

»Deiner geht wenigstens!« sagte Paula mit einem tiefen Seufzer. »Als ich meinen das letzte Mal so weit hatte, hackte er sich eine Stunde vorher ins Bein.«

»Doch nicht absichtlich!«

»Du kennst Martin nicht. Er schreckt vor nichts zurück.«

Jutta schnaubte durch die Nase. »Was mich am meisten wurmt, ist, daß wir wie die Opferlämmer drauf warten, bis uns irgend so ein plattfüßiges Individuum zum Tanzen holt. Warum zum Teufel haben wir nicht den Mumm, das endlich zu ändern! Warum holen *wir* uns nicht den Mann, der *uns* gefällt?«

»Weil«, entgegnete ich, »dann kein Mann mehr einen Ball besuchen würde, es sei denn, eine Frau fesselt ihn an ihr Handgelenk.«

Paula kicherte. »Könnt ihr euch an Ingeborg erinnern?«

Auch ich kicherte. Ingeborg, ach ja –

»Was war mit ihr?« fragte Jutta.

»Sie waren zwölf Jahre verheiratet, da verknallte sich ihr Mann in eine Sportlehrerin.«

Jutta schnalzte mitfühlend mit der Zunge.

»Ingeborg hielt sich fabelhaft. Sie verzieh ihm, daß er sie wegen einer Frau verließ, die drei Jahre älter war als sie selbst.«

»Wie hochherzig.«

»Sie verzieh ihm auch, daß er die Wohnung behielt.«

»Wunderbar. Ich brächte das nie fertig.«

»Er brauchte ihr keinen Pfennig Unterhalt zu zahlen und behauptete auch noch, den Dampfkochtopf hätte *er* in die Ehe mitgebracht.«

»Und da wurde es ihr zuviel?«

»O nein. Sie war bereit, ein Jahr auf ihn zu warten, falls er mit der Sportlehrerin nicht glücklich werden sollte.«

»Ist sie eine Heilige, oder spinnt sie?«

»Warte! Ungefähr drei Monate später erzählte ihr eine Freundin, sie hätte ihren Verflossenen beim Verlassen einer Tanzschule gesehen. Da wurde Ingeborg weiß wie die Wand. Sie soll gemurmelt haben: ›Tanzschule? Tanz ... O nein! Da versuche ich jahrelang, diesem Trottel wenigstens den Wechselschritt beizubringen, und jetzt ... und jetzt ... für sie –‹«

Noch am selben Abend paßte sie ihn vor seinem Büro ab und fuhr ihn kaltblütig mit dem Auto nieder.

Frühling ist 's –
und ich schlafe im Gästezimmer.

Mein Mann sei, sagte ich im Büro zu Eva-Maria, seit einiger Zeit so nervös wie eine Katze mit einer Wäscheklammer am Schwanz.

»Möglicherweise hängt es damit zusammen, daß du immer noch im Gästezimmer schläfst? Seit wann eigentlich?«

»An die drei Monate«, murmelte ich. »Was glaubst du? Kriegt man die Spanische Fliege auf Rezept?«

»Versuch's mit jungen Brennesseln.«

Frühlingskräuter, meinte Eva-Maria, hätten eine wundersam aphrodisiakische Wirkung.

Ich ging also los und stach Löwenzahn für den Salat, ganze Körbe voll. Ich bestreute die Suppen mit Gundelrebe, stapfte in Gummistiefeln in Bächen herum auf der Suche nach Bachkresse und machte Spinat aus jungen Brennesseln, bis die Kinder sagten: Noch einmal Spinat und wir sehen uns beim Jugendgericht wieder!

»Und? Hat's geholfen?« erkundigte sich Eva-Maria nach einigen Wochen.

Ich schüttelte den Kopf. Selbst all die Wagenladungen von zartem, jungem Grünzeug hatten mich nicht dazu gebracht, ins französische Bett zurückzukehren.

Dabei hätte ich früher einmal, stöhnte ich, auf dem Bettvorleger übernachtet, nur um ihm nahe sein zu können. Was um Himmels willen ist da bloß passiert?

Eva-Maria zuckte die Achseln. »Nun, die Sache mag nach zwanzig Jahren etwas von ihrem Überraschungseffekt verloren haben.«

Ich mußte zugeben, daß mir tatsächlich nicht mehr die Knie zitterten beim Anblick eines Haarbüschels in seinem Hemdausschnitt. Aber zum Kuckuck, es war doch noch alles verhanden, was mich einst so entzückt hatte, alles Wesentliche zumindest, und es funktionierte normal. Warum bloß regte mich dieses Wesentliche heute so wenig auf wie eine Bratwurst in der Pfanne des Fernsehkochs?

War ich krank, nicht ganz normal oder was sonst?

Ein paar Tage später, als ich eben dabei war, mir vor dem Spiegel im Bürowaschraum ein Haar am Kinn auszuzupfen, wurde mir schlagartig bewußt, wo es haperte: Wie konnte ich meinen Mann lieben, wie konnte ich überhaupt jemanden lieben, wenn ich mich selbst nicht 1iebte? Und wie, um Himmels willen, konnte ich jemanden lieben, der so aussah wie ich! Wenn ich meine Ehe retten wollte, mußte ich schleunigst etwas unternehmen.

Die Pinzette noch in der Hand, rannte ich zum Chef und ließ

mir den nächsten Tag freigeben. Und dann meldete ich mich telefonisch bei der Kosmetikerin und beim Friseur an.

Es war nicht das erste Mal, daß ich vom unwiderstehlichen Drang gepackt wurde, mich von Grund auf zu erneuern. Also ehrlich, hätte ich die Anstrengungen, die ich seit rund drei Jahrzehnten unternahm, um etwas aus mir zu machen, darauf verwendet, die Schlafgewohnheiten der Berggorillas zu studieren, ich wäre heute auf diesem Gebiet eine Kapazität ersten Ranges. Daß trotzdem so wenig dabei herausschaute, lag zweifellos an der lausigen Qualität des vorhandenen Rohmaterials: Als der liebe Himmelsvater seine himmlischen Gaben austeilte wie langes, lockiges Haar, kleine lustige Stupsnäschen, große sanfte Rehaugen, da bin ich wohl wieder einmal unterm Holunderstrauch gelegen und habe Old Shatterhand gelesen. Alles, was ich noch ergatterte, war ein Restposten von langen Beinen, die liegengeblieben waren, weil die Knie breiter waren als die Oberschenkel.

Verbissen bin ich seither dabei, aus solchem Ramsch was zu machen. – Ich hatte *alle* Haarfarben und *alle* Schnitte durchprobiert. Ich hatte die Haare kurz, mittel und lang. Gelockt und gerade. Ich hatte den Pagenschnitt, wo man bloß das Haar zu schütteln braucht und man sieht fabelhaft aus. Ich schüttelte mein Haar – und wie sah ich aus?

Meine Bekannte, mit der zusammen ich mich an einem anstrengenden Einkaufsvormittag schnell mit einem Kaffee labte, grinste. »Vermutlich wie eine, die gerade ihr Haar geschüttelt hat.«

»Du hast es erfaßt … Kannst du dich noch an die Mode erinnern, als man nur *einen* Ohrring trug?«

Sie nickte. »War fabelhaft lässig.«

»Nicht wahr? Und was fragte *mich* jeder?«

Sie kicherte. »Sag's nicht. Ich kann es mir denken.«

»Oder die blaßlila Lippenstifte. Weißt du noch?«

»Zur braunen Haut sahen sie umwerfend aus.«

»Du sagst es. Ich trug blaßlila Lippenstift, und mein Hausarzt nahm mich von der Straße weg mit in die Praxis und maß mir den Blutdruck ... Vorige Woche machte ich mir eine Maske aus Eigelb, Honig und Olivenöl, eine Augenkompresse aus Kamillensud und einen Halsumschlag aus Mandelöl. Weißt du, was passiert ist?«

Sie tätschelte meinen Arm. »Was immer es war, nimm's nicht tragisch.«

»Der Kamillensud rann mir ins Ohr, es fiel mir zu und ging vier Tage lang nicht mehr auf, die Maske leckte mir unser Freßsack von Kater vom Gesicht, und dann kotzte er auf den Wohnzimmerteppich; und zwei Tage lang trug ich einen Schal, weil man Hals aussah, als hätte ich die Gürtelrose.«

Als wir zum Garderobenständer gingen, klagte ich: »Wie lässig sich diese jungen Gänschen den Mantel anziehen! Bei mir sieht es immer so aus, als wäre ich mit ihm in einen Ringkampf verwickelt.«

»Aber es ist doch kindereinfach, du schwingst ihn über die Schulter. Siehst du, so.«

Wirklich, es war kindereinfach.

Ich schwang meinen Mantel über die Schulter, erwischte eine Kaffeetasse und ein paar Zeitschriften und machte so viel Wind, daß einem aufgetakelten Weibsstück die falschen Wimpern in den Erdbeer-Shake flogen.

Meine Bekannte sagte: »Für den Anfang geht's. Probier es daheim noch einmal, und zwar so, daß du die Ärmellöcher innen hast.«

Eine Zeitlang machte ich daraufhin das Morgenturnen für Hausfrauen am Radio mit. Aber das mußte ich wieder aufgeben. Am Boden zu liegen und den Staub unterm Schrank zu sehen, das hielten meine Nerven nicht aus.

Ich war bei der Kosmetikerin. Und beim Friseur. Ich hatte neue Dauerwellen, gezupfte Brauen und auf der Oberlippe kein Härchen mehr. Ich kaufte mir Hautcreme, von der zehn Gramm mehr kostet als echter Kaviar, und massierte mir jeden Morgen den Speck auf meinen Hüften mit einem Lufahandschuh. Aber es war die Anstrengung wert. Zumindest bekam ich keine akuten Depressionen mehr, wenn ich mich in einer Schaufensterscheibe sah. Nur – den Hauptzweck all meiner Bemühungen hatte ich wohl ein wenig aus den Augen verloren. Denn als ich gestern abend aus dem Bad kam und meinen Mann im Morgenrock und nach After-shave duftend vorfand und der Fernseher nicht lief, fragte ich bloß baff: »Was ist denn los? Ist er hin?«

Ich griff nach dem Strickzeug.

Er kam zu mir, entfernte die Stricknadeln aus meinen Fingern und zog mich an seine Brust.

Um es kurz zu machen: Es war eine Pleite. Nach einer Reihe fruchtloser Anstrengungen tat er, was er auch sonst in diesem Fall getan hat: Er war beleidigt und ging ins Bett.

Auch ich reagierte programmgemäß: Ich gab ihm die Schuld. Warum überrumpelte er mich so? Warum sagte er nichts Nettes? Warum lächelte er mich nie so zärtlich an, wie Omar Sharif es tut, wenn er eine Frau ins Schlafzimmer trägt? (In seinen älteren Filmen natürlich. Heute hätte er wohl nicht mehr die Kraft dazu. Zum Tragen, meine ich.) Warum gab er so schnell auf? Verflixt, warum fing er so schnell an? Sogar ein blöder Vogel wie der Auerhahn rennt vorher stundenlang im Kreis, schlägt mit den Flügeln und stößt urige Laute aus. Sogar der weiß, wie man es macht. Und wenn sie nicht will, hat er deshalb noch lange keinen Scheidungsgrund.

»Es ist ganz einfach nicht gerecht!« sagte ich erbost zu Hanna, als wir auf das Thema zu sprechen kamen. »Eine Frau kann sich in der Ehe von fünfzig auf neunzig Kilo hinauffressen, sie kann, wenn sie will, nichts anderes lesen als die Postwurfsendungen und mit fünfundvierzig auf der Intelligenzstufe einer Amöbe gelandet sein, sie kann –«

»– von nichts anderem reden als ihrem erhöhten Cholesterinspiegel«, fahr Hanna fort, die begriffen hatte, auf was ich hinauswollte.

»Du sagst es! Aber das tut anscheinend einer guten Ehe keinen Abbruch. Wehe jedoch, sie will nicht mehr! Das ist ein schweres Vergehen.« Eine Ansicht, sagte ich erbost, die geradezu mittelalterlich wäre. Warum nicht gleich an den Pranger stellen und mit faulen Eiern bewerfen!

»Würde man heute nicht machen.« Hanna schüttelte so heftig den Kopf, daß ihr drei Wickler aus dem Haar flogen. »Nicht bei den heutigen Eierpreisen.«

Es ist bedauerlich, wie wenig ernst selbst meine beste Freundin ein Problem nimmt, das die Wurzel allen Übels ist. Sogar ihr ist es wichtiger, daß der Kuchen aufgeht.

Manchmal hab' ich das Gefühl, der Eierschneider mag ihn lieber als mich

»Ich muß etwas gegen meine Isolation tun. Ich komme mir vor wie eine Maus in ihrem Loch«, sagte ich, während ich Kaugummi aus dem Teppichboden kratzte.

»Du hast ein Haus mit fünf Zimmern, Bad, Küche, Hobbyraum und einer Terrasse, so groß wie das Sonnendeck der Britannia«, erwiderte mein Mann gekränkt. »Und das nennst du Loch?«

»Nein, nein, du verstehst mich nicht. Was ich sagen will, ist, ich müßte einmal in eine andere Umgebung.«

Seine Augen wurden schmal. »Fängst du schon wieder mit Paris an?«

»Wer redet von Paris? Hör mal, ich will nichts anderes als

einmal neue Gesichter sehen. Ich möchte mit jemandem reden, der sich nicht den Kopfhörer überstülpt, sobald ich den Mund aufmache. Weißt du, daß ich schon so weit bin, daß ich mich mit meinen Suppentellern auf englisch unterhalte?«

»Wieso auf englisch?« fragte er.

Das war vor rund einem Jahr. Seither habe ich es aufgegeben, von ihm Hilfe zu erhoffen. Ehemänner verstehen nicht, wie einer Frau zumute ist, deren Horizont im Osten von einem Berg Bügelwäsche und im Westen vom Entsafter begrenzt wird.

»Glaubst du vielleicht, es geht nur dir so?« Hanna beugte sich über das Bügelbrett zu mir herüber, flüsterte: »Weißt du, was *ich* getan habe? Ich habe meinen Handstaubsauger gegen einen mit Schlauch eingetauscht, du weißt schon, so einen, den man hinter sich herzieht.«

Das, meinte ich, wäre ja wohl noch kein bedrohliches Symptom –

»Ich gehe mit ihm in der Wohnung spazieren.«

»Na schön. Das verschafft dir Bewegung.«

Ihre Stimme wurde noch leiser. »Vor zwei Wochen habe ich ihm ein Hundehalsband gekauft ... Was mich stört, sind bloß die Flecken.«

»Welche Flecken?«

»Er pinkelt mir ständig auf den Teppich.«

Ich hörte auf, an meinem Kuchenstück zu kauen. »Wie alt ist er?«

»Der Staubsauger? Zwei, drei Monate.«

»Was willst du«, sagte ich, »dann ist das doch ganz natürlich. Er ist noch nicht stubenrein.«

Sehen Sie, was ich meine?

Andererseits ist es nur verständlich, daß ein Mensch mit mangelnden menschlichen Kontakten sich enger an die Dinge anschließt, mit denen er täglich zu tun hat. Erstaunlich allerdings ist, daß sich umgekehrt auch diese Dinge an den Menschen anschließen. Mein Gummibaum zum Beispiel weinte, als ich ihn zum ersten Mal nach zwei Jahren mit lauwarmem Bier abwusch. Und als ich ihm kürzlich eine heitere Geschichte von Kishon vorlas, trieb er an allen drei Ästen gleichzeitig aus. Der Eierschneider dagegen kann mich nicht leiden, der mag nur meinen Mann. Für ihn tranchiert er das Ei exakt wie ein Laserstrahl. Bei mir macht das Luder aus jedem Ei einen Mushaufen.

Es ist möglich, daß ich ihn einmal beleidigt habe.

Ausgesprochen lästig finde ich die übertriebene Anhänglichkeit der Waschmaschine. Sie hat ernsthafte Anzeichen von krankhafter Eifersucht entwickelt. Damals, als ich neue Zahnputzgläser aufs Regal stellte, unternahm sie ihren ersten Selbstmordversuch durch Verschlucken einer Schraubenmutter.

Einen Tag nach der Installation des Durchlauferhitzers waren ihre Einspritzdüsen verstopft.

Jedesmal, wenn ich die Badewanne putze, sage ich laut und deutlich: »Ich hasse dieses dreckige, speckige Trumm!«, nur damit die Waschmaschine nicht denkt, ich hätte die Badewanne lieber als sie, und sich wieder einmal zum Sterben bereitmacht.

Gottlob ist sie leicht zu versöhnen. Meist genügt schon das Auflegen eines frisch gestärkten Häkeldeckchens.

Ich *weiß* zum Beispiel, daß mein Kartoffelschäler ein kleiner Schelm ist. Er liebt es, mit mir Verstecken zu spielen. Ich suche ihn überall. Ich räume den gesamten Mist aus dem Dreckeimer, stülpe alle Schuhe um und keife mit den Kindern. Aber im Grunde meines Herzens bin ich überzeugt: Der taucht erst wieder auf, wenn *er* will. Und er taucht wieder auf. Eine Stunde später oder auch erst nach vier Tagen liegt er auf seinem Platz und sieht so unschuldig aus, als wäre er nie weggewesen.

Ich habe angefangen, mich zu rächen. Ich suche ihn jetzt nicht mehr. Zwar ist mir klar, daß ich ihn dadurch aller Lebensfreude beraube, ich merke es an seinen hängenden Mundwinkeln, aber ich muß meine Nervenkraft schonen. Ich kann sie nicht an einen Kartoffelschäler verplempern.

So wie es aussieht, werde ich sie über kurz oder lang für Wichtigeres brauchen.

Frag mich doch einmal: »Wie geht's dir?«

Früher, als ich noch dachte, mit *reden* könnte man was ausrichten, beklagte ich mich von Zeit zu Zeit: »Es kümmert dich wohl überhaupt nicht, wie's mir geht!«

Er, die Hand schon auf der Türklinke, murmelte verdrossen: »Du lieber Himmel, soll ich dir den Puls fühlen und die Rachenmandeln untersuchen?«

Ich, an den Tränen schluckend: »Nein. Du brauchst mich nur danach zu *fragen.*«

Einer amtlichen Erhebung zufolge beläuft sich die durchschnittliche Gesprächsdauer zwischen älteren Ehepaaren auf zehn Minuten täglich. Ob *sie* das gewußt hätte, fragte ich Hanna.

Die nickte. »Vermutet habe ich es zumindest. In dieser Zeitspanne erzählt mir der meine, wie er den Heini fertiggemacht hat, der versucht hat, sich vor seiner Nase in eine Parklücke zu drängen.« Sie kicherte. »Gestern haben wir überzogen. Unsere Diskussion darüber, ob die Waschmaschine Socken frißt oder ob ich jeweils einen von einem Paar im Garten vergrabe, hat sich in die Länge gezogen.«

Schuld an der immer ärger werdenden Kommunikationsarmut ist natürlich das Fernsehen. Es ist jeden Abend dasselbe: Er schlingt das Essen hinunter, und danach greift er nach dem Knopf, um das wahre Leben ins Zimmer zu lassen ... Was kann man dagegen machen?

Nichts. Ich bitte Sie, wer kann schon mit einem Wesen konkurrieren, das moderiert, synchronisiert und jeden Tag frisch frisiert ist? »Und das einem nicht gegen das Schienbein drischt, wenn man einmal beim Zuhören einnickt«, sagte er hämisch, als ich ihm wieder einmal mit der alten Leier kam.

Fernsehen ist das Opium der Ehemänner. Linda Lobinger war schon im sechsten Monat und immer noch nicht dazugekommen, es ihrem zu sagen.

»Ich möchte einen Abend abwarten, an dem er nicht durchs Fernsehen abgelenkt ist«, sagte sie damals. »Ich würde gern eine Flasche Wein aufmachen und Kerzen anzünden –«

Als sie endlich dazu kam, war Klein Gitti von der Flasche zu fester Nahrung übergewechselt. »Warum hast du mir nichts davon gesagt?« rief er angesichts der freudigen Botschaft mit berechtigtem Vorwurf. »Sohn oder Tochter? – Pst! Hör dir das an! Schweres Erdbeben in der Mongolei. Voraussichtlich fünftausend Tote!«

Seine Frau verschob die Antwort bis zum nächsten Werbespot.

»Ich würde gerne mit dir tauschen!« seufzte eine ehemalige Schulkollegin (nicht die mit der gesunden Kost, eine andere), die ich kürzlich auf der Straße traf und mit der wir dann bei einem Espresso über unsere Männer herzo … plauderten.

Ich starrte sie an. »Du willst sagen, du möchtest einen Mann, der mit dem Fernseher in bigamistischer Ehe lebt und den ganzen Abend nichts sagt als ›Mußt du so laut mit den Stricknadeln klappern?‹«

Sie nickte heftig.

»Und was ist mit deinem los?« fragte ich mißtrauisch. »Säuft er?«

»Wo denkst du hin! Hie und da zum Essen ein Bier –«

Jetzt nickte ich, mitfühlend. »Ich weiß Bescheid. Er haut dich.«

»Ich bitte dich!«

»Aha. Er hat andere Weiber.«

»Nein, nein, Karl ist ein mustergültiger Ehemann. Er trinkt nicht, raucht nicht, spielt nicht, hat keine Frauengeschichten, er verbringt die Abende ausnahmslos mit mir gemeinsam, ich sticke und er« – ihr Gesicht lief deutlich grün an – »er plaudert …«

Ich winkte ab. »Danke. Behalt ihn.« Ich wußte Bescheid. Karl gehörte zur Sorte ›Geschichtenerzähler‹.

Das Tragische an einem solchen Menschen ist, daß er ganz reizend sein kann. Er kann lieb, aufmerksam, gutmütig sein. Er kann seine Frau auf Händen tragen. Aber wehe, er hat einen Zuhörer!

Gespräche mit ihm sind, o Graus, nie was anderes als Monologe. Er wirft dir den Ball nie zurück. Er hält ihn an seine Brust gepreßt und läuft damit und läuft und läuft … Er ist der Tod jeder Gesellschaft. Er wird von einem erzählen, den er in Buxtehude getroffen hat und den außer ihm kein Schwanz kennt und was er mit dem geredet hat und wie die Gallenoperation von dem seiner Schwiegermutter verlaufen ist, bis alle Anwesenden betäubt mit ihren Nasen in die Weingläser gefallen sind.

Heiratest du ihn, wirst du all diese Geschichten nicht nur einmal, sondern so lange hören, bis du Gott anflehst, dich ertauben zu lassen.

Oder bis du ihm davonläufst.

Glaub nur ja nicht, du könntest es ihm abgewöhnen. Er wird gekränkt sein. Er wird anfangen, dich zu hassen. Aber er wird weiter seine Monologe halten. Und sie werden, je älter er wird, immer länger und immer gleicher werden.

Kinderlose Frauen erzählen mir manchmal, wie gut ich's hätte. Ich hätte die Kinder zum Reden.

Man merkt es, daß sie keine Ahnung von der Materie haben.

Bei Kindern nimmt die Quantität von dem, was sie mit uns reden, im selben Maß ab, in dem die Qualität zunimmt. Solange sich ihr Sprachschatz auf die vier Wörter »Auto, kaputt, will Eis« beschränkt, reden sie mit uns pausenlos, Tag und Nacht. Sie erzählen uns ihren Tagesablauf, ihre Vorstellungen vom zukünftigen Ehepartner, ihr Erlebnis mit einer Motte, ihre Einstellung zur Abrüstungsfrage, alles. Kaum jedoch haben sie den Sprachschatz eines Normalverbrauchers erreicht, verstummen sie.

»Redet doch einmal mit mir!« jammerte ich vor einigen Tagen beim Frühstück.

Sie steckten die Köpfe zusammen. »Was hat sie denn?« hörte ich sie untereinander tuscheln.

»Ich möchte bloß, daß ihr mit mir redet. Hie und da«, sagte ich.

»Warum?« Sie starrten mich an.

»Weil ich ein menschliches Wesen bin mit einem normalen Verlangen nach menschlicher Ansprache.«

Sie waren offensichtlich peinlich berührt.

»Was soll'n wir denn mit dir reden?« fragte einer schließlich.

»Ach, irgendwas!« entgegnete ich, erschöpft. »Ist euch klar, daß das einzige, was ich gestern von euch hörte, der Satz war ›Wo ist der Rest vom Pudding?‹«

»Du lieber Himmel!« sagte meine Tochter. »*Wir* reden eben nur, wenn wir wirklich was zu sagen haben. Wenn mich was ankotzt, dann ist es die hirnlose Geschwätzigkeit von euch Erwachsenen.« Sie stand auf, ging zum Telefon, wählte eine Nummer mit einer achtstelligen Vorwahl und sprach ohne Unterbrechung, bis ich ihr nach zwanzig Minuten meinen Hausschuh ins Kreuz warf.

»Was redet *ihr* denn so, wenn ihr zusammen seid?« fragte mich kürzlich eine Bekannte im Wartezimmer des Zahnarztes.

Ich warf einen verstohlenen Blick um mich, es warteten außer uns sieben, und sie schienen zuzuhören. »Ach, weißt du«, sagte ich, »wir plaudern über die Schule … ein bißchen Politik … Musik … wo wir im nächsten Urlaub hinfahren werden … die Kinder erzählen uns, was sie tagsüber gemacht haben –«

Ich hörte einen Seufzer an meiner Seite und etwas wie ein verhaltenes Aufschluchzen. »Wirklich, sie erzählen euch! Meine Petra würde mir nie sagen, was sie macht, nicht einmal unter der Folter im vierten Grad.«

Gerührt von so viel Ehrlichkeit, flüsterte ich zurück: »Meine auch nicht, wo denkst du hin! Soll ich dir ehrlich sagen, was wir gestern beim Abendessen geredet haben? Mein Mann hielt eine Inquisition ab wegen eines blöden Stemmeisens, das angeblich einer genommen und nicht zurückgelegt hat. Mein Beitrag zum Tischgespräch war: Welcher Schwachkopf hat mit meiner besten Schere Blech geschnitten? und: Ich gebe demjenigen, der mit dem Nagellackentferner abgehauen ist, zehn Minuten. Und dann stritten sie sich, wer mit dem Abräumen dran ist … Und du, was redest du so mit deiner Tochter?«

»Gott ja, ich spring von einem Thema zum anderen –«

»Gestern?« beharrte ich.

»Gestern? Warte … Ach ja. Ich sprach über die Auswirkungen der libyschen Aggression auf den Fremdenverkehr im Mittelmeerraum, über die homosexuellen Tendenzen auf einem amerikanischen Flugzeugträger mit sechstausend Matrosen an Bord, und ich zitierte ein Gedicht von Rilke.«

»Du machst Witze!« flüsterte ich.

»Aber nein.«

»Deine Tochter redet mit dir tatsächlich über homosexuelle Tendenzen und Dichter und so was?« Es schnürte mir den Hals zu vor Neid.

Meine Bekannte zupfte an ihren Fingernägeln. »Nun ja, so ungefähr. Weißt du, eigentlich sagte sie nicht allzuviel dazu … Eigentlich sagte sie nur: ›Wir haben kein Ketchup mehr.‹«

Ich war beruhigt.

Verhaltensforscher sind sich längst darüber klar, daß nichtberufstätige Hausfrauen unter schweren Kommunikationsmängeln leiden. Ich habe vor einiger Zeit in einer Illustrierten einen Test gefunden und aufgehoben. Hier ist er:

1. Reden Sie mit Ihrer Katze, Ihrem Hund, Kanarienvogel? (1 Punkt)
2. Reden Sie mit Ihrem Gummibaum? (2 Punkte)
3. Müssen Sie sich räuspern, wenn Sie unvermutet angesprochen werden, und klingt Ihre Stimme dann wie das Knarren einer rostigen Türangel? (4 Punkte)
4. Drehen Sie sich um, wenn jemand auf der Straße Sie mit Ihrem Vornamen anspricht, um zu sehen, ob jemand hinter Ihnen steht, der so heißt wie Sie? (2 Punkte)
5. Ist es schon vorgekommen, daß, wenn Sie und Ihr Mann Besuch hatten, dieser nach zwei Stunden anfing, sich mit Ihnen in Zeichensprache zu unterhalten in der Meinung, Sie wären taubstumm? (6 Punkte)
6. Frage an die Familienangehörigen: Kommt es vor, daß eure Mutter/Ihre Ehefrau mit einem Strick um den Hals herumgeht und die Gewohnheit hat, mit dem Zeigefinger an diversen Haken, z. B. Lampenaufhängern, zu ziehen, um festzustellen, ob diese ihr Gewicht aushalten? (9 Punkte)

Auswertung:

0–4 Punkte: Ihre Kommunikationsfähigkeit ist hervorragend. Sie entspricht der eines Politikers oder Profifußballers. Sind Sie sicher, daß Sie sich nicht verzählt haben?

5–18 Punkte: Ihre Kommunikationsfähigkeit ist normal. Aber warum nicht darüber hinaus etwas dafür tun? – Nehmen Sie an einem Abendkurs teil. Und laden Sie sich doch öfters einmal eine liebe Freundin zum Kaffee ein.

19–25 Punkte: Nehmen Sie sofort Kontakt auf mit der Rufnummer 028536. Ihr Zustand ist bedenklich.

Mit meinen zwanzig Punkten fühlte ich mich berechtigt, davon Gebrauch zu machen. Ich rief an. Eine sympathische weibliche Stimme meldete sich. In einschmeichelndem Ton gurrte sie: »Das ist der automatische Beantwortungsdienst Ihrer Telefonseelsorge ›Sprich dich aus und rette dein Leben‹. Bitte sprechen Sie, sobald –« Ich hängte ein, brach in tonloses Schluchzen aus und versuchte, mich mit dem Kabel zu erdrosseln, als mir einfiel, daß ich die Milch auf dem Herd hatte. Ich verschob mein gewaltsames Ende um die vierzig Sekunden, die ich brauchte, um den Topf wegzuziehen.

Danach hatte ich gottlob wie üblich vergessen, was ich gerade wollte.

Dabei war ich so fest entschlossen, aus diesem Urlaub das Beste zu machen!

Wenn einer die Wahl hat, hat der andere die Qual.

Wäre man verrückt genug, die Wahl des Urlaubsortes den Männern zu überlassen, dann würde sich herausstellen, daß sich in dem Punkt die männliche Hälfte der Menschheit ganz klar in zwei Lager spaltet: Die einen holen sich drei Tage vor Urlaubsantritt den Atlas vom Schrank, schlagen ihn x-beliebig wo auf, tippen mit geschlossenen Augen auf einen x-beliebigen Punkt, machen die Augen wieder auf, schauen kurz hin und murmeln: »Also nach Wad Medani … Irgendwo müßten doch noch meine alten Chinintabletten herumliegen –«. Die anderen steigen, im Urlaubsort angekommen, aus dem Auto, am selben

Fleck, wo sie auch letztes Jahr und das Jahr zuvor geparkt haben, ziehen genüßlich die Luft in die Nasenlöcher und bemerken mit seligem Schmunzeln: »Bei den Meiers gibt's heute wieder Schweinebraten mit Sauerkraut.«

Gehört dein Mann zur zweiten Sorte, dann weiß ich ungefähr, was du hinter dir hast. Seit Wochen hast du zentnerweise Prospekte heimgeschleppt und sie gewissenhaft studiert. Du hast die Preise in allen aufliegenden achtzig Katalogen verglichen. Hast zwei Dutzend Reiseführer gelesen, unter anderem über eine Schlauchbootfahrt am Oberen Saskatchewan und eine Fahrradtour durch die Wüste Gobi. Du hast ihn nächtelang wachgehalten mit Diskussionen darüber, ob man Aids bekommen kann, wenn man eine infizierte Türklinke berührt und gleichzeitig Zahnfleischbluten hat, und ob sie in Spanien immer noch mit Schmieröl kochen. Ihr besprecht lebhaft alle Für und Wider, schwankt noch zwischen den Malediven und einem Treck durchs Karakorum. Und zuletzt wird er sagen:

»Warum fahren wir eigentlich nicht nach Grado?«

»Weil«, begehrst du diesmal auf, »wir nach Grado fahren seit dem Abzug der Langobarden.«

Das macht deinen Mann sehr, sehr traurig. Er hat, sagt er, immer gedacht, es gefiele dir dort.

»Hat es mir auch«, gibst du zu. »Aber angenommen, du kriegst Pfeffersteak jeden Tag, wirst du es dann nach drei Monaten noch mögen?«

Er ist baß erstaunt. »Klar. Warum nicht?«

Du seufzt. »Hör zu. Ich kenn dort unten schon jeden Winkel. Ich weiß, daß es von unserem Zelt bis zu den Duschräumen 223 Schritte sind. Ich kenne alle Reiher beim Namen und spreche mit ihnen über den Einfluß der Renaissance auf den Fischbestand in der Lagune. Ich möchte einmal was Neues sehen!«

»Immerfort willst du was Neues sehen!« beklagt er sich.

Du kannst es nicht abstreiten. Wenn sie im Fernsehen die Rumkugel-Reklame zeigen, die, in der exotische Mädchen in

Hularöcken unter Palmen ihre schlanken Hüften wiegen, dann würdest du deinen Erstgeborenen an den nächsten Menschenschmuggler verkaufen, wenn du dafür die Gelegenheit kriegtest, unter ebensolchen Palmen deine Hüften zu wiegen.

Wo du hinmöchtest, wenn du nicht nach Grado willst, fragt dein Mann dich verdrossen.

»An die Riviera«, sagst du wie aus der Pistole geschossen.

Von dem Schock hat er sich nie richtig erholt.

Kein Wunder.

Vorbereiten hättest du ihn sollen, Mütterchen, vorbereiten! Langsam, behutsam, Schritt für Schritt, jeden Tag ein bißchen weiter weg von Grado. Erst nach Aquilea. Dann nach Padua. Dann Verona. So hättest du dich durcharbeiten sollen durch Venetien, die Emilia-Romagna und Ligurien bis hin an jenen Küstenstreifen, wo sie die Touristen preislich bei lebendigem Leib häuten. Es hätte zwar etwas gedauert, aber bis zu seiner Pensionierung hättest du es sicher geschafft. Aber nein, was machst du Irrsinnige? Knallst ihm die Riviera einfach vor die Füße, einfach so, und bist dann auch noch erstaunt darüber, daß von dem Tag an sein rechtes Augenlid zuckt.

Dazu willst du auch plötzlich nicht mehr in eurem hübschen Zelt schlafen.

Ja, wo denn sonst, fragt er dich, ganz von den Socken.

»Liebling«, sagst du, »es gibt viele Häuser mit vielen kleinen Zimmerchen, die man an Leute vermietet, die kein Zelt haben.«

Ja, aber was das kostet, jammert er.

Nun, gibst du zu, alte Brötchen werden sie wohl kaum dafür nehmen. Aber einmal, nur einmal, möchtest du im Urlaub in einem Bett schlafen, auf das du nicht auf allen vieren kriechen mußt.

Dein Mann murmelt etwas von Größenwahnsinn und verzieht sich in die Garage, vermutlich um seinen neuen Drillbohrer zu holen und im Garten zu vergraben, damit der Gerichtsvollzieher ihn nicht findet.

»Und was machen wir mit den Kindern?« fragt er dich zwei Wochen später.

Ihr seid noch nie ohne Kinder weggefahren. Aber diesmal möchtest du allein fahren, nur du und er. Verständlich. Irgendwie hoffst du immer noch auf ein Wunder. Vielleicht geschieht dieses Wunder im Urlaub. Und das eine ist dir völlig klar: Wenn die Kinder mit sind und ihn nerven, wird dieses Wunder keinesfalls stattfinden, und wenn alle Schutzheiligen im Himmel für euch beten.

Du hast dir schon längst überlegt, was ihr mit den Kindern macht. »Ich habe mit Mama gesprochen. Sie kommt inzwischen zu uns.«

Da weicht alles Leben aus ihm. »Nicht in mein Haus!« würgt er hervor.

Wieder dauert es Wochen, bis er einsieht, daß deine Mutter nirgends sonst für drei Kinder kochen und auf einen Kater, einen Garten und den Gummibaum aufpassen kann.

»In meinem Zimmer jedenfalls schläft sie nicht!« sagt er finster. Eine Woche vor der Abfahrt fängt er an, diverse ihm ans Herz gewachsene Objekte in sein Zimmer zu schleppen. Am letzten Morgen schließt er es ab.

»Aber was wird Mama denken!« jammerst du.

Aber was Mama denken wird, ist ihm schnuppe. Du suchst heimlich den Schlüssel. Findest ihn jedoch nicht. Möglicherweise hat er ihn verschluckt. Oder er trägt ihn mit einer Schnur um den Leib gebunden.

Mit banger Vorahnung holst du Mama ab.

Nachdem sie ihre Taschen und die Plastiktüte mit dem Strickzeug im Vorraum abgestellt hat, kommt, was du befürchtet hast: Sie hält kurz ihre kleine, energische Nase gegen den Wind, eilt auf ihren kurzen, energischen Beinen ins obere Stockwerk und dort schnurstracks hin zur verschlossenen Zimmertür, vor der sie wild zu schluchzen anfängt.

Wer reist, muß auch essen. Das Unangenehme daran ist nur, daß man sich, um zu essen, in einem fremden Land in ein fremdes Lokal begeben muß, um sich dort in einer fremden Sprache was auszusuchen, von dem man keine Ahnung hat, was es ist. Und dann, und das ist das Allerschlimmste, muß man diesen Wunsch einem fremden, einem offensichtlich feindlich gestimmten Wesen in Kellnermontur verständlich machen. Selbst auf einen leichtfertigen Menschen übt dieser Vorgang eine lähmende Wirkung aus. Für einen von seiner Frau gewaltsam verschleppten Ehemann ist es zuviel. Er macht kehrt und flüchtet ins Auto.

Wieder einmal mußt du dich allein durchkämpfen. Es geht um einen freien Tisch. Anscheinend gibt es keinen.

»Und was ist mit dem da drüben?« beharrst du stur.

»Nix für zwei!« schnauzt dein Feind dich an. »Der dort für vier!« Und dann geht er mit seinem Tablett voll Brathähnchen durch dich hindurch, als wärst du nicht vorhanden.

Aber du läßt dich nicht abschrecken, du nicht. Du kennst diese italienischen Kellner. Du kennst auch die Methoden, mit denen sie ihre Feinde, diese ewig verfressenen Touristen, kleinzukriegen versuchen: Erst sehen sie dich lange nicht. Dann werden sie dich lange, lange nicht fragen, was du willst. Kommst du endlich dazu, es ihnen zu sagen, hören sie sich die ersten drei Worte an und sausen davon. Nach zwei Stunden bringen sie dir das Falsche. Sprichst du kein Italienisch, übergießen sie dich mit einem Schwall davon. Redest du Italienisch, antworten sie dir mit allen Anzeichen der Verachtung auf deutsch. Sie setzen dich an den Tisch neben der Toilette und stellen dir ein Bein, sobald du versuchst, den Platz zu wechseln. Sie bringen dir die Speisekarte grundsätzlich erst dann, wenn du schon zu schwach bist, sie zu halten. Aber abgesehen davon sind sie nett. Eben wie alle Männer. Man muß sie nehmen, wie sie sind.

Mit jener mauleselartigen Sturheit, die das Leben dich gelehrt hat, weist du auf ein jämmerliches Klappergestell neben einem Stapel Colakisten und fragst: »Und der dort?«

In stummer Wut dreht dein Feind sein käsiges Antlitz den Olivenblättern zu. Du gehst zurück zum Auto, holst deinen Mann, der nur noch schwach röchelt, aus dem blechernen Brutofen, setzt ihn an das Klappergestell und klemmst die Zehen deines linken Fußes unter das wackelnde Tischbein. Du bist fest entschlossen, aus diesem Urlaub das Beste zu machen und alles aus dem Weg zu räumen, was sich diesem Wunsch entgegenstellt.

Dein Liebster sucht die Speisekarte nach den drei Gerichten ab, die er in Grado am liebsten gegessen hat, findet aber leider keins davon. In Grado, klagt er, hättet ihr jetzt schon das Zelt aufgestellt und einen Imbiß gekauft: Mortadella, Zwiebelchen, Oliven und jenen herrlichen Käse, wo einem allein beim Gedanken daran das Wasser im Mund zusammenlief.

Er könnte es brauchen, das Wasser im Mund. Den Fusel da kann er nicht trinken. Das ist kein Wein, das ist reinstes Azeton. Oder Schlimmeres. Willst du ihn umbringen?

Nein, nein, du willst ihn nicht umbringen. Alles, was du willst, ist telefonieren. Du hast deiner Mutter versprochen, sie kurz anzurufen, wenn ihr zufällig einmal an einem Telefon vorbeikommen solltet. Seit Stunden verfolgt dich jetzt schon ihr kleines, verzweifeltes Gesichtchen, das sich über den Apparat beugt und vergeblich auf das Klingelzeichen wartet.

Deine Mutter ist außer sich. Warum du erst jetzt anrufst! Was heißt das, ihr seid erst seit fünf Stunden … ja würdest du dir auch nur eine Sekunde lang überlegen, was in fünf Stunden alles –! »Wie geht's den Kindern?« unterbrichst du Mamas Klagen. »Ist alles in Ordnung?«

In Ordnung, was heißt in Ordnung! Konnte man von Ordnung sprechen bei Kindern, denen die Rippen durch die Haut stachen? Hier in diesem Haus ist wohl nie eine ordentliche Mahlzeit auf den Tisch gekommen, klagt deine Mutter, das einzig Wohlgenährte seien die hundert Fliegen im Wohnzimmer. Und sie fragt dich, warum du nichts dagegen unternommen hast, gegen diese hundert Fliegen. Sie wird schleunigst einen Fliegenfänger aufhängen müssen. Und dann sagt sie dir, was sie noch wird tun müssen in diesem verlotterten Haushalt: Fenster putzen, Unkraut jäten, jeden Tag dreimal was Ordentliches kochen, heute zum Beispiel einen Gemüseeintopf mit Schweinefleisch, Bauch vielleicht, falls er schön mager ist, und mit Knoblauch und Kümmel –

»Mama!« flehst du. »Ich spreche aus Italien!«

(Nach Bezahlung dieser Telefonrechnung würde euch fürs heutige Abendessen aus dem Tagesbudget noch gerade genug für ein dünnes Scheibchen Fleisch und zwei Portiönchen Salat bleiben, ohne Pasta, falls Mama bald fertig war mit ihrem Sermon.)

»Was heißt, du sprichst aus Italien?« ruft Mama. Natürlich weiß sie, daß du aus Italien anrufst, noch ist sie nicht senil, und sie möchte es, Gott behüte, auch nicht werden, mit einer Tochter wie dir, wer würde nach ihr schauen –

»Und wie geht's dir sonst?« unterbrichst du sie.

Ha! Wie könnte es einer Mutter schon gehen, deren eigene Tochter die Zimmertür vor ihr verschließt! Sie hat schon viel erlebt in ihrem Leben, aber so etwas noch nicht – (Du streichst vom abendlichen Speisezettel das Fleisch. Eine Portion Nudeln. Vielleicht mit einem Gläschen Wein, wenn es ein billiges Lokal ist.)

»Mama!« flehst du. »Ich muß aufhören. Grüß mir die Kinder recht schön.«

Was heißt, grüß mir die Kinder, ruft Mama erbost, sie sei noch nicht fertig – (Du streichst auch die Nudeln. Zwei Brötchen fürs Abendessen. Vielleicht langt es auch noch für zwei Mortadellascheiben.)

Als du erschöpft zum Tisch zurückgekrochen kommst, erwartet dich dein Mann mit der nicht ganz unberechtigten Frage, warum du nicht daheimgeblieben seist, daheim an Mamas Nabelschnur. Es wäre billiger gekommen als die Telefoniererei. Und *er* hätte jetzt nicht diesen komischen Druck im Magen und das Brennen im Hals, und überhaupt ist alles zusammen nicht so, wie *er* sich einen Urlaub vorstellt.

Damit du es bloß weißt: Nicht nur dein Mann haßt es, mit dir an die Riviera zu fahren. Auch das Auto haßt es. In der Gegend von Piacenza läßt es aus Protest den Auspuff fallen. Von Zeit zu Zeit taucht über euch, während ihr Genua zudröhnt, ein Armeehubschrauber auf und dreht wieder ab, nachdem er sich davon überzeugt hat, daß nur ihr es seid und kein feindlicher Panzertrupp.

Gottlob scheint es in der Stadt von Kolumbus genügend Hotels zu geben. Es steht eins neben dem anderen. Alle sehen sie aus wie der Dogenpalast. Nur eins steht dazwischen, so schmalbrüstig und schäbig wie ein Hühnerställchen, wenn auch sehr, sehr hoch, mit einem Türchen, über dem eine winzige, abgebleichte Markise ihre erbärmlichen Flügelchen spreizt ... Mit einer für ihn untypischen Entschlossenheit eilt dein Mann darauf zu.

In der muffigen kleinen Halle mit der staubigen Zimmerpalme sitzt an der Rezeption eine kleine, dicke, italienische Mamma, ihre Patschhändchen um den Telefonhörer geklammert. (Auch du mußt telefonieren. So bald wie möglich. Deine Mutter in der fernen Heimat sendet verzweifelte Hilferufe durch den Äther, die du mittels eines schon im Mutterleib verpflanzten Sensors empfängst.) – Auch diese italienische Mamma spricht mit ihrer Mamma. Ohne mit dem Sprechen aufzuhören, greift sie nach euren Pässen, verstaut sie unterm Pult, greift hinter sich nach dem erstbesten Schlüssel, und ohne mit dem Telefonieren aufzuhören, sagt sie: »Macht fünfzigtausend pro Nacht, jetzt gleich!«, und redet weiter ins Telefon. Nach zwanzig Minuten legt sie seufzend den Hörer aufs Pult und watschelt schnaufend vor euch die Wendeltreppe hinauf, lamentierend (in freier Übersetzung):

»Mammamia, diese Treppen! Warum kommen die Leute, wenn es heiß ist? Warum nicht am Abend?«

»Frag sie, wo man hier parken kann«, sagt dein Mann hinter dir.

Du fragst sie.

»Keine Ahnung. Parken Sie, wo Sie wollen. Überall.«

Du: »Überall? Aber es stehen doch überall Parkverbotstafeln.«

Sie: »Natürlich. Was glauben Sie denn. Natürlich stehen überall Parkverbotstafeln.«

Du: »Ja, aber bezahlt man dann nicht Strafe?«

Sie: »Mammamia, natürlich bezahlt man. Was sonst. Oder glaubt ihr, ihr Ausländer bezahlt nicht?«

Er: »Was sagt sie?«

Du: »Man bezahlt Strafe.«

Er (die Koffer hinstellend): »Verdammt. Du mit deiner Riviera! Ich reise sofort wieder ab.«

Du (ihn am Ärmel erwischend): »Später. Später.«

Er: »Gut. Du zahlst.«

Ihr erklimmt Stockwerk um Stockwerk hinter der schnaufenden Mamma.

Er: »Ein feines Hotel ... Was ist das? Ein Leuchtturm?«

Du (bissig, vergessend, daß du in diesem Urlaub lieb und gut sein wolltest wie die heilige Genoveva): »Wer hat es ausgesucht? Ich vielleicht?«

Er (höhnisch lachend, es hallt schaurig wider): »Du wolltest ja unbedingt im Hotel schlafen! Dir war unser Zelt nicht mehr gut genug!«

Du: »Ist diese Hühnersteige vielleicht das einzige Hotel in Genua?«

Die Mamma (auf deutsch keifend): »Wenn mein Hotel nix gut genug, gehen Sie in ein anderes. Gehen Sie. Gehen Sie.«

Er (die Koffer hinknallend): »Mir reicht's.«

Du (ebenfalls am Ende deiner Geduld): »Sei nicht so kindisch, verdammt noch mal. Komm schon.«

Ihr erklimmt weiterhin Stockwerk um Stockwerk. Die Mamma muß öfters rasten. Sie (anklagend): »Was wollt ihr alle hier? Im Sommer? In dieser Hitze?«

Du (höhnisch): »Urlaub machen.«

Sie: »Verrückt.«

Du: »Warum seid ihr Italiener so unhöflich? (Leise) Kann ich hier telefonieren?«

Sie: »Kann man höflich sein, wenn man hundertmal am Tag da hinaufsteigen muß? In der Hitze. Nein. Wir sind hier keine Telefonzentrale. Gehen Sie in die Via Ottobre. Da ist eine.«

Und ihr steigt immer weiter, immer rundherum. Die Luft wird schon dünner, man merkt es deutlich, da sagt die Mamma endlich: *»Ecco!«*

Es ist sehr dunkel im Zimmer. Du machst die Läden auf. Danach ist es immer noch dunkel. Ein Blick aus dem Fenster zeigt dir: Hier wird es niemals heller werden. Ihr steckt in einem Betonschacht. Aus den düsteren Tiefen dringt Tellergeklapper und ein impertinenter Gestank nach paniertem Fisch.

Du: »Das hier ist eine Zumutung.«

Er (auf dem Bett liegend, das bei jeder Bewegung quietscht, mit Befriedigung): »Besser als Grado, was? Besser als im Zelt, was?«

Du (gegen die Tränen ankämpfend): »Ich laß mich scheiden.«

Er (erstaunt): »Warum?«

Du (zornig): »Warum tust du nicht einmal was? Warum immer ich?«

Er (mit Genugtuung): *»Du* kannst Italienisch!«

Du machst dich auf den langen, einsamen Abstieg, auf dem du Zeit hast, dir die italienische Version von »Sie, was muten Sie uns eigentlich zu? Dieses Zimmer ist eine Affenschande! Ich möchte auf der Stelle ein anderes! Warum muß man sich als Gast – als zahlender Gast, wohlgemerkt! – behandeln lassen wie der letzte Dreck?!« auszudenken.

Unten in der Rezeption sitzt die Mamma, und ihre Patschhändchen umklammern den Telefonhörer. Ungeduldig wartest du, daß sie aufhören würde zu reden, aber das tut sie nicht, nein, sie redet in einem fort und ohne Pause und ohne Komma und ohne Atem zu holen und ohne aufzublicken, und schließlich sagst du, während sie weiterredet, was du zu sagen hast, und sie schnauzt: »Was wollen Sie schon wieder? Alles ist besetzt! Lassen Sie mich in Ruhe! Sehen Sie nicht, daß ich telefoniere? Mammamia, diese Ausländer! Nichts wie Ärger mit ihnen!«

Und du sagst: *»Grazie«*, und steigst wieder hinauf in euer Rattenloch.

In der Nacht schleichst du dich aus dem Zimmer, die Treppen hinunter, durch die Halle, in der die Mamma am Telefon sitzt und mit ihrer Tochter in Kalifornien telefoniert, und gehst zur Telefonzentrale in der Via Ottobre, und von dort aus rufst du deine Mutter an.

Es ist halb zwei Uhr morgens. Aber das macht nichts. Deine Mutter wird nicht schlafen. Sie wird putzen und bügeln und das Buch ›Hundert gesunde Salatrezepte‹, das du vor Jahren in der Blumenecke hast liegenlassen, vom Efeu befreien, der mit seinen vielen kleinen Füßchen am Umschlag angewachsen ist, und sie wird dir erzählen, was sie morgen … nein, heute, kochen wird: »– und ich nehm dazu ein Lorbeerblatt und zwei Pfefferkörner, nicht mehr als zwei, und ein bißchen Muskat –«

»Mama«, sagst du schnell, während sie Atem holt, »ich kann nicht lange reden. Neben dem Telefon liegt was in braunem Packpapier, das tickt, und drauf steht auf italienisch (du wählst deine Worte vorsichtig, um sie nicht unnötig zu erschrecken) ›Ihr Faschistenschweine sollt alle sterben‹ –«

Aber deine Mutter erschrickt nicht, denn sie hört dir nicht

zu, weil sie dir ja noch schnell erzählen muß, was sie heute … nein, gestern, alles erledigt hat. Sie ist jetzt beim Loch im Badezimmerboden angekommen. Was soll das? Soll das ein Witz sein? Und wenn sie einbricht und sich den Fuß bricht? Wirst du sie pflegen? Du, die in Italien herumgondelt, während deine Mutter daheim … »Was heißt das, er sucht das Leck? Soll er es doch finden! Warum läßt du dir alles gefallen von ihm?«

»Soll ich mir deshalb ins Knie schießen?« seufzt du, erschöpft vom Zuhören, die Augen auf dem Ding, das tickt.

»Ihm sollst du ins Knie schießen, ihm!« beschwört dich Mama.

Das weitere hörst du nicht mehr, denn es ist dir das Geld ausgegangen, du hörst nur mehr die Explosion, als du im Hotel durch die Halle gehst, wo die Mamma am Telefon sitzt und mit ihrer Tochter …

Die folgenden Tage durchkämmt ihr die Stadt auf der Suche nach einem Auspuff. Es ist sehr schwierig: ein gebrauchtes Auto. Und dieses war schon gebraucht, bevor Bertha Benz ihre erste Ausfahrt machte. In einem Straßencafé in der Via Dicembre erholt ihr euch bei einem Cappuccino von den Strapazen. Inzwischen versteht ihr euch wieder besser. Beinahe schon sehr gut. Fast wäre alles noch gutgegangen, hätte sich nicht jener gutgekleidete Signore, der Vittorio de Sica ähnlich sah, mit einem höflichen *»Permesso?«* zu euch an den Tisch gesetzt.

Du, höflich: *»Prego.«*

Dein Mann, unhöflich: »Muß sich der Kerl ausgerechnet zu uns setzen?«

Vittorio, einen Campari bestellend, zum Kellner: »Bring drei, Tonio.« Zu euch: »Sie trinken doch einen mit mir?«

Du, erfreut (es ist das erste freundliche Wort, das du hörst im Lande der Zitronen): »Sehr freundlich. Gern.« Du stößt deinem Mann gegen das Schienbein, um ihm diskret anzudeuten, daß auch er sich freuen sollte.

Aber er will nicht. Er macht ein Gesicht, als hätte ihm einer aufs Ohr geboxt.

Du seufzt. Der Signore schaut unheimlich gut aus. Groß, schlank, volles, an den Schläfen ergrautes Haar, und er trägt seinen dreiteiligen Anzug mit jener Grandezza, wie es nur die Italiener verstehen.

Heimlich vergleichst du ihn mit deinem Mann. Na schön, vielleicht hat auch der einmal ganz gut ausgesehen. Vielleicht würde er immer noch ganz gut aussehen, wenn er um den Bauch herum ein paar Kilo abnehmen würde. Und wenn er solche Anzüge trüge. Gott ja, vielleicht wäre er auch so nicht so übel, wenn du ihn nicht schon so lange, lange kennen würdest –

Vittorio, dir in die Augen sehend: »Auf eine charmante Frau!«

Du, errötend: »Danke.«

Vittorio: »Gehen Sie heute abend mit mir essen? Ich kenne ein reizendes kleines Lokal, ganz verschwiegen –«

Du, ehrlich erschrocken: »Ich bitte Sie! Ich bin doch verheiratet. Das hier ist mein Mann.«

Dieser, wild: »Was quatscht der Idiot da?«

Du: »Nichts, nichts.«

Vittorio, gelassen: »Das spielt doch keine Rolle. Er kann ruhig mitkommen, wenn es sein muß. Sie haben wunderschöne Augen.« Er versucht, deinen Busen zu streicheln.

Du, zurückfahrend: »Sind Sie verrückt? Er ist sehr eifersüchtig!«

Vittorio: »Wieso denn? Ich tu Ihnen doch nichts.«

Dein Mann, seinen Stuhl zurückstoßend: »Gehn wir! Wenn ich noch eine Minute länger bleibe, hau ich den Gigolo zu Brei.«

Du: »Ja … Warte! Ich frag ihn, ob er weiß, wo man einen Auspuff kriegt.«

Du fragst ihn.

Vittorio: »Einen Auspuff? Gleich um die Ecke. Kommen Sie.«

Er nimmt deinen Arm. Dein Mann stößt ihn weg.

Du: »Entschuldigen Sie. Er mag das nicht.«

Vittorio: »Er ist sehr nervös, nicht wahr? Kommen Sie bitte, wir sind gleich dort.«

Es ist wirklich nur um die Ecke. Ihr betretet ein großes Warenhaus. Vittorio fährt mit euch im Lift in den vierten Stock, wo er euren Wunsch in ungemein flüssigem Italienisch an einen Verkäufer weitergibt. Der bedeutet deinem Mann, ihm zu folgen.

Vittorio, deine Hand an sein Herz pressend: »Nun, wie ist es mit heute abend?«

Du, ihm die Hand entziehend, mit ehrlichem Bedauern: »Unmöglich. Es geht nicht. Er bringt Sie um. Oder mich. Oder beide.«

Vittorio, bekümmert: »Er nimmt alles sehr tragisch, scheint mir.«

Du: »Was würden Sie sagen, wenn Ihre Frau sich mit einem Fremden treffen würde?«

Vittorio, sehr erstaunt: »Meine Frau? Signora, ich bitte Sie! Sie wiegt fast hundert Kilo und geht kaum mehr aus dem Haus. (Schmeichelnd) Sie könnten es nicht einrichten? Vielleicht, wenn er schläft? Nur ein halbes Stündchen?«

Du: »Unmöglich! ... Oh!«

Das Oh! gilt deinem Mann. Er kommt auf dich zu in einem makellos geschnittenen Anzug mit passender Weste, Hemd, Krawatte. Er sieht fabelhaft aus.

Einfach fabelhaft!

Vittorio küßt hingerissen seine Fingerspitzen.

Alle sind begeistert. Nur dein Mann nicht. Der brüllt, was soll das Theater, er wolle keinen verdammten Anzug, er wolle einen Auspuff, und ob denn hier alle den Verstand verloren hätten, einschließlich dir selber.

Wirklich, er benimmt sich höchst unfein. Es wundert dich nicht, daß Vittorio das Theater mit der Zeit satt hat und sich mit einem kühlen »Es tut mir leid, Ihnen nicht weiterhelfen zu können« verabschiedet und zum Lift geht.

Auch du wolltest dich nur zu gern verabschieden. Zum Lift gehen und nie, nie mehr wiederkehren.

Aber vorher mußt du noch zu Hause anrufen.

Schon seit gestern wirst du das Gefühl nicht los, daß etwas daheim nicht stimmt. Es ist etwas passiert. Eine Mutter spürt so etwas. Als dein Mann in einer Seitengasse der Via Novembre in einer Garage verschwindet, saust du in die nächste Bar, um schnell daheim anzurufen.

Das Telefon hängt an der Wand neben der Tür zur Herrentoilette. Es ist ein Münzautomat. Leider. Aber was soll's. Du kannst den Anruf nicht aufschieben. Du mußt erfahren, was passiert ist. Auch wenn es das Schlimmste ist. Alles ist besser als diese nagende Ungewißheit.

Du wechselst den Gegenwert von zwei Urlaubstagen in Telefonmünzen um, die du teils in deiner schweißnassen Faust hältst, teils auf den Boden fallen läßt, und wählst deine Nummer daheim. Jemand meldet sich in deinem Haus, der seltsamerweise Autolackierunglindnerundsohn heißt und von dem du keine Ahnung hast, warum er bei euch wohnt. Du verbrauchst die Hälfte der Münzen, bevor du dahinterkommst, daß du nicht zu Hause angerufen hast, sondern im Büro einer Autolackiererei, von der du wirklich nichts willst, im Moment jedenfalls nicht. Du probierst es noch einmal. Deine Mutter berichtet dir, was sie mittags gekocht hat: Paprikahuhn, gedünstet in einer Weinsoße, mit Rahm aufgegossen.

Du könntest sie erwürgen. »Mama«, jammerst du, »was ist mit den Kindern?«

»Wieso«, sagt Mama, »was soll mit ihnen sein?«

Natürlich, du hast es ja gewußt! Es *ist* etwas passiert. Du erkennst es aus der Art, wie deine Mutter das ›wieso‹ in die Länge zieht und an der Pause danach.

Ein schwarzer Schnauzbart, der aus dem Klo kommt, bleibt neben dir stehen. Ganz dicht. Er atmet dir ins Ohr. Du stößt ihn weg, rufst: »Leg nicht auf!«, und bückst dich nach den Münzen am Boden. Der Schnauzbart bückt sich ebenfalls, dabei streichelt er dir übers Bein.

Inzwischen ist die Verbindung unterbrochen.

Du wählst neu und erklärst deiner Mutter, warum du nicht von einem ›ordentlichen‹ Telefon aus sprichst. Weil keins in der Nähe ist. Auf deine neuerliche Frage, ob alles in Ordnung ist, sagt sie:

»Ja-a.«

Deine Finger zittern so, daß du die nächste Münze nicht in den Schlitz, sondern danebensteckst und sie auf den Boden fällt. Der Schnauzbart hebt sie auf. Dann legt er dir den Arm um die Taille. Du reißt ihn von dort weg und zischst:

»Gehen Sie weg! – Den Kindern geht's wirklich gut, Mama?«

»Mit wem redest du denn da?« fragt deine Mutter.

Du rufst: »Einen Moment, leg nicht auf!« steckst die letzten zwei Münzen in den Apparat, saust an die Bar und holst dir neue. Inzwischen redet der Schnauzbart mit deiner Mutter auf italienisch. Du reißt ihm den Hörer aus der Hand.

Deine Mutter möchte wissen, wer das war und was da vor sich geht und ob du am Ende –

»Nein«, winselst du, »ich habe keinen Freund ... Was weiß ich, ein Verrückter. Mama, sag mir endlich die Wahrheit. Was ist mit den Kindern?« Inzwischen weißt du es. Intuition. Eins von ihnen ist unters Auto gekommen, und das Begräbnis ist in drei Tagen. Der Schnauzbart hat dir inzwischen in einigen Schlagworten seine Lebens- und Leidensgeschichte in das andere, unbesetzte Ohr geflüstert: Frau vor einem halben Jahr gestorben, er sehr einsam, du die Frau seiner Träume, er würde dich auf Händen tragen, wenn du ihn aus seiner langen, traurigen Einsamkeit erlösen würdest. Du spürst das Ergebnis dieser langen, traurigen Einsamkeit deutlich an deinem rechten Schenkel. Es bleibt dir nichts übrig, als das Telefongespräch zu unterbrechen und ihm kurz und unmißverständlich deine Meinung zu sagen und ihn zum Teufel zu schicken.

Deine Mutter ist beleidigt. Man möchte meinen, sagt sie, nicht zu Unrecht, daß du, wenn du schon einmal die Zeit findest, sie anzurufen, die Güte haben könntest, mit ihr allein zu reden, aber bitte, wenn dir irgendein dahergelaufener Gigolo wichtiger sei, bitte, von ihr aus. Und sie hängt ein.

Du würdest noch einmal anrufen, wenn du noch Münzen hättest und nicht hinter dir eine Schlange von acht Leuten stehen würde, von denen einer aussieht wie ein Amokläufer, kurz bevor er den Revolver zieht.

O Gott, warum bist du ohne die Kinder weggefahren? Warum bist du überhaupt weggefahren? Warum bist du nicht dort geblieben, wo eine Mutter hingehört: daheim in der Küche.

Dort, wo alle sie gleich finden können, wenn sie sie brauchen.

Über eines bist du dir längst klargeworden: Mit einem Ehemann sollte man nicht in Urlaub fahren. Ein Ehemann regt sich über jede Kleinigkeit auf. Findet er keinen Parkplatz, gibt er seiner Frau die Schuld. In Portofino, dem malerischen Fischerdorf, bezahlt ihr Parkgebühr für eine Stunde. Eine halbe davon streitet ihr jetzt schon. Du hast ihm gesagt, was du von seinen Manieren hältst. Jetzt sagt er dir, was er von den deinen hält und von dir im allgemeinen, von deiner Mutter und deinen Kindern.

Das verschlingt weitere zehn Minuten der Parkzeit.

Danach legt er die Arme übers Lenkrad, seinen Kopf darauf und schläft ein. Du gehst los, um einen kostenlosen Parkplatz zu finden. Umfragen bei den Eingeborenen ergeben: Es gibt keinen. Nicht in Portofino. Selbst der Bürgermeister bezahlt

Gebühr. Findige Köpfe befördern ihr Auto mit einer Seilwinde aufs Dach ihres Hauses.

Das alles ist sehr deprimierend.

Auch du bist deprimiert. Am liebsten würdest du sterben. Es wäre ein schöner Ort zum Sterben. Hier unter den Pinien und Oliven. Inzwischen bist du einen Olivenhain bergan gestiegen.

Du wirst dich scheiden lassen. Denn mit diesem Menschen kannst du nicht mehr leben. Und das, nachdem du ihm die besten Jahre deines Lebens geopfert hast. Er wird sich natürlich eine Jüngere nehmen. Zu der wird er natürlich sehr nett sein. Mit der wird er hierherfahren und unten am Hafen mit ihr Campari trinken und ihre Hand halten.

Weinend steigst du den Olivenhain bergan. Hört sich fantastisch an, Olivenhain. Du hast davon geträumt, früher, von Olivenhainen. Und was ist es in Wirklichkeit? Hunderttausend abbröckelnde Steinstufen unter Bäumen, die so wenig Schatten werfen, daß es einem das Gehirnschmalz aus der Kopfhaut treibe.

Du steigst wieder hinunter ins Dorf, gehst ins nächstbeste Hotel, einen scheußlichen Kasten mit Aussicht auf eine Reparaturwerkstätte, gehst an die Rezeption und erkundigst dich bei dem geschniegelten Lackaffen, was ein Zimmer kostet.

»Hundertausend, ohne Bad«, sagt er, ohne rot zu werden.

Draußen rechnest du um und mußt feststellen, daß euch hier eine Nacht mehr kosten würde als zwei Wochen Camping in Grado, einschließlich Mortadella.

Du liebe Güte, was hat dich Unglückliche hierhergetrieben zu den Gaunern und Halsabschneidern? Warum bist du nicht daheimgeblieben bei den Kindern, die dich brauchen, und warum hat sich niemand gemeldet, als du daheim angerufen hast? Wo sind sie? Vor deinem geistigen Auge siehst du, wo sie sind: auf dem Friedhof. Beim Begräbnis.

Du willst heim, sagst du auf der Weiterfahrt.

Aber jetzt will er nicht mehr. Er ist nicht dein Hampelmann. Er will jetzt an die Riviera. »Wo sind wir eigentlich?« fragt er. Das zu wissen, ist deine Aufgabe. Er fährt.

Du schweigst. Es ist dir egal, wo ihr seid. Deine unglückliche Ehe und die Ungewißheit, was daheim los ist, lasten auf dir wie ein Zentner Zement.

Er ist so schrecklich hungrig, jammert er. »Warum essen wir nichts?« Auch dazu schweigst du. Was schert es dich, wenn er hungert! Auch du bist hungrig. Ihr habt nichts mehr gegessen seit den zwei Wurstbrötchen in Genua, nachdem ihr dort den berühmten Friedhof besichtigt habt, mit der berühmten Brezelfrau. Ach ja, wärst du doch gleich dortgeblieben! Auf dem Friedhof. Bei der Brezelfrau.

Ihr fahrt weiter, ohne Essen, ohne Unterkunft, ohne eine Ahnung zu haben, wohin ihr fahrt, durch die Dämmerung, dann durch die Nacht, bis er plötzlich von der Straße abbiegt und auf etwas stehenbleibt, das einer Müllhalde sehr ähnlich sieht.

Hier öffnest du zum erstenmal den Mund. »Da schlafe ich nicht!« sagst du entschlossen.

Er verschwindet kurz in der Nacht, kommt zurück, klappt den Sitz nach hinten und legt sich hin. Er sagt, es sei ihm piepegal, was für ein Platz das wäre, er müsse jetzt jedenfalls schlafen. Und gleich darauf schläft er ein.

Du durchsuchst die Taschen und das Auto und findest auf dem Rücksitz ein altes Brötchen.

Kauend bemerkst du, daß ihr nicht allein seid. Ein Feuerchen brennt im Hintergrund. Dort steht ein Auto. Eine Ente. Am Feuerchen sitzt ein junges Paar. Er spielt Gitarre. Sie hat den Kopf auf seinem Schenkel liegen. Zwischendurch bückt er sich über das Mädchen, und sie küssen sich.

Das gibt dir den Rest.

Wo ist *eure* Liebe geblieben?

Du hast keine Ahnung. Verloren, verbraucht, verschlampt,

was weißt du. Vielleicht war es auch nur ein ganz natürlicher Prozeß, nach zwanzig Jahren.

Ein Schreckensbild steigt vor dir auf. Du siehst eure Ehe, wie sie sein wird: ihr beide, zwei mittelalterliche, griesgrämige Ochsen, eingespannt vor demselben Karren, den Karren weiterziehend in ewig gleichem Trott, in einem ausgetretenen Pfad, und das vermutlich noch viele, viele Jahre lang, ohne Freude, ohne Liebe –

Ohne Liebe.

Du weichst das alte, harte Brötchen auf mit deinen Tränen.

Auf der Fahrt durch Nizza regnet es, und auf der Croisette in Cannes schneiden sie mit einer Motorsäge die alten Wedel von den Palmen.

Das ganze Unglück kommt daher, daß man die Männer nicht auf die Ehe vorbereitet.

»Warum hast du bloß damals nicht nein gesagt?«

»Weil du gedroht hast, du gehst als Entwicklungshelferin nach Neuguinea, wenn du ihn nicht kriegst«, erinnerte mich meine Mutter.

»Das sind doch keine Argumente!« entgegnete ich kühl. Wirklich, wozu sind Eltern da, wenn sie nicht das allerkleinste Unglück verhindern können? Von den großen ganz zu schweigen. Zum Beispiel, daß ihre einzige Tochter als unschuldiges, unwissendes Baby einen Mann heiratet, der absolut nicht zu ihr paßt, und sie deshalb mit vierzig eine Fast-Geschiedene ist mit drei unversorgten Kindern, einem Beruf, aus dem sie herausgewachsen ist, und einem Eierschneider, der sie haßt.

Auf der anderen Seite wiederum gibt es die, die sich in alles einmischen. Neulich unterhielt ich mich mit meinem Zahnarzt. Er ist ein dunkelhaariger, dunkelhäutiger, schwarzäugiger Mann aus Pakistan, ein netter, intelligenter Mensch, der jedoch offen zugibt, daß die Ehe seiner Schwester von seinen Eltern arrangiert worden ist.

Ich schob energisch die schwarzbehaarte Hand mit dem Bohrer weg und sagte aufgebracht: »Sie wollen sagen, Sie finden nichts dabei, daß sie einen völlig Fremden geheiratet hat? Nicht den Mann, den sie liebt?«

»Nun, sie hat ihn ein- oder zweimal vorher gesehen, durch den Vorhangspalt, und ihn sympathisch gefunden.«

»Durch den Vorhangspalt! Großartig!«

Aber mein Sarkasmus war an diese naive Seele verschwendet. Den Bohrer ansetzend, sagte er mit aufrichtiger Bewunderung: »Meine Eltern sind sehr modern. Sie hätten ihr niemals einen Mann zugemutet, der ihr nicht gefällt.«

In der Gnadenpause, die ich hatte, während er einen neuen Bohrer aussuchte, stieß ich hervor: »Ja, aber alles andere! Sie wußte doch nicht, ob er langweilig oder temperamentvoll war, ob er gern Bücher las oder nichts anderes als den Sportteil der Zeitung, ob er ein Softie war oder ein Macho –!«

Der glutäugige Sohn der Berge hielt in der Inspektion seiner Marterwerkzeuge inne. »Was, bitte, ist ein Softie und ein Macho?«

»Vergessen Sie es!« sagte ich, begreiflicherweise aufgebracht. »Sie hat ihn vermutlich auch niemals vorher geküßt?«

»Aber nein, natürlich nicht.«

Er beugte sich über mich.

»Warten Sie! Wie konnte sie dann wissen, ob sie … ich meine, ob sie und er … ob sie beide … Sie verstehen, was ich meine –«

Er bestätigte mir mit reizendem Lächeln, daß er durchaus verstand, was ich meinte. »Nun, die Frauen in Pakistan sind sehr anpassungsfähig.«

»Du guter Gott!« stöhnte ich.

Ein wenig indigniert entgegnete er: »Meine Eltern haben sich sehr, sehr genau über alles informiert, das können Sie mir glauben!«

Ich glaubte ihm. Soviel ich verstand, hatten sie die Ahnenreihe ihres zukünftigen Schwiegersohns zurückverfolgt bis zu Ali dem Tapferen. Sie kannten sein Bankkonto besser als sein Steuerberater, sie hatten zwei Detektive engagiert, um sein Vorleben zu durchleuchten, und besaßen amtlich beglaubigte Kopien all seiner Schulzeugnisse, Diplome, Impfzeugnisse, Schneiderrechnungen und den Garantieschein seines Rasierapparates.

Na schön. Jedem das Seine. Andere Länder, andere Sitten.

Aber was mich zutiefst entsetzte: Da glaubte doch tatsächlich dieser gebildete, ansonsten durchaus aufgeklärte Mann, Dinge wie Bankkonto, Beruf, ein makelloses Vorleben genügten als Garantie für eine gute Ehe.

Ehrlich. Mir standen die Haare zu Berge.

Auch meiner Tochter standen die Haare zu Berge, als ich ihr davon erzählte. Auch sie kann so etwas nicht verstehen, sagte sie. Es sei doch offensichtlich, daß Papa und ich nicht zusammenpaßten. Ja, hatte ich das denn nicht auf den ersten Blick erkannt?

Ihrer Meinung nach wären die Frauen meiner Generation ganz schön blöd. Nur sie, die Jungen, gingen an das Problem der Partnerwahl mit Grütze heran. Versehen mit guter Schulbildung, Menschenkenntnis und einem Beruf, der sie unabhängig mache, gingen *sie* keinerlei Risiko ein. *Sie* ließen sich Zeit. *Sie* heirateten nicht vor dreißig. Auch sie wird nicht vor dreißig heiraten.

»Wie Marion«, sagte meine Tochter mit verklärtem Gesicht.

Ich kicherte. Zufällig kannte ich die Vorgeschichte dieser Hochzeit von der guten Bekannten einer sehr, sehr guten Bekannten Marions. Laut ihrer Erzählung, von der sie bat, sie nicht weiterzuerzählen, hat Marion ihn auf ihrer Geburtstagsparty kennengelernt.

Drei Tage später wußte sie, daß er Peter hieß, an einem Computer arbeitete, gern Kartoffelklöße aß und eine Blinddarmnarbe in Form eines kleinen, gekrümmten Krokodils hatte.

Alles unwichtig. Völlig unwichtig.

Was das Maßgebliche war, jenes ausschlaggebende Moment, das Marion damals auf der Party blitzartig bewußt machte, hier den Mann vor sich zu haben, von dem sie Kinder haben und mit dem sie leben und glücklich sein wollte bis ans Ende ihrer Tage, also jenes maßgebliche Faktum war die unwiderstehliche Art, mit der er ihr damals über dem Essiggürkchen seines Leberwurstbrotes hinweg in die Augen gesehen hat …

Ich behaupte ja nicht, daß es nicht gutgehen *kann.* Warum nicht? Das Leben ist voller Zufälle. Heute gelang es mir zum Beispiel, einen Faden durchs Öhr zu kriegen, obwohl ich die Nadel kaum sah, geschweige denn das Loch … Fifty-fifty ist durchaus drinnen, in Marions Fall.

Vorgestern beim Turnen fehlte Paula.

Sie hat, sagt ihre Freundin, Krach mit ihrem Mann gehabt. Dieser Irrsinnige hat seine Schwiegermutter geohrfeigt.

Paula ist jetzt bei ihrer Mutter. Wir alle standen auf ihrer Seite. Paulas Mann ist keiner, mit dem eine von uns hätte verheiratet sein wollen. (Im Verlaufe einer hitzigen Debatte vor dem Schwebebalken kamen wir dahinter, daß es nicht sehr viele Männer gab, mit denen eine von uns hätte verheiratet sein wollen, ausgenommen Robert Redford.)

»Das ganze Malheur kommt daher, daß man bei uns die Männer nicht auf die Ehe vorbereitet«, sagte eine, die zwei Jahre in Australien gelebt hat. Sie erzählte uns, wie man dort bei den Ureinwohnern die Männer auf die Ehe vorbereitet. Hochinteressant! Der junge Mann wird in der ersten Phase des Vorbereitungskurses vom Stamm abgesondert und in den Busch verbannt, wo er etliche Monate in völliger Isolation verbringt. Er lebt von Wurzeln und Maden, schläft auf der nackten Erde und hat keine andere Gesellschaft als die seiner Hunde. Wieder zum Stamm zurückgekehrt, wird ihm an verschiedenen Stellen die Haut aufgeschlitzt, Salz und Pfeffer hineingestreut, man stößt ihm zwei Vorderzähne aus und hackt ihm den kleinen Finger der linken Hand ab.

Erst dann, berichtete die Australienexpertin, läßt man eine Frau an ihn heran. Denn jetzt erst könnte man einigermaßen sicher sein, daß er es gelernt hat, Ungemach wie ein Gentleman zu ertragen.

Hanna stieß einen tiefen Seufzer aus. »Und meiner kriegt schon einen Koller, wenn er heimkommt und auf seinem Sessel ein Besucher sitzt!«

Etliche von uns mit ähnlichen Erfahrungen seufzten ebenfalls. Es ist leider nur allzu wahr: In unserer Zivilisation werden die Jünglinge auf die Rolle des Ehemanns überhaupt nicht oder nur sehr mangelhaft vorbereitet. Und so bleiben sie später auf der häuslichen Bühne reine Amateure. Hierzulande werden die Männer eben ausschließlich darauf gedrillt, ihre Rolle im Berufsleben gut zu spielen.

Heimgekommen, hängt so ein Berufsmann aufatmend seine Pappdeckelkrone auf den Kleiderhaken und schlüpft in den alten Bademantel mit den abgewetzten Ärmelkanten. Denn daheim braucht er keine Rolle zu spielen. Da darf er Mensch sein, ganz und gar Mensch. (Warum, frage ich Sie? Wer hat es ihm erlaubt? Mein lieber Schwan, wenn ich dahinterkomme, wer das war, dem dreh ich stante pede den Hals um.)

Die übrigen Mitglieder des häuslichen Ensembles passen sich wohlweislich seinen Stimmungen an. Rollen, bei denen er ausfällt, übernimmt automatisch seine Frau. Fachmännisch und mit jener Diskretion, die dem sensiblen Mann das peinliche Gefühl erspart, auf der häuslichen Bühne im Grunde überflüssig zu sein.

Wir Frauen dagegen werden von klein an auf die Rolle der Ehefrau, Mutter, Hausfrau gedrillt. Wir sind daran gewohnt, in diesen Fällen eine Show abzuziehen. Beinahe reibungslos wechseln wir von einer Rolle in die andere. In Windeseile werden durch ein bißchen Schminke, durch Frisuren- und Kleiderwechsel aus der Kinderfrau die Hausfrau, aus der Hausfrau die Ehefrau, aus der Ehefrau die Sekretärin, aus der wieder die Ehefrau, Gastgeberin, Köchin, Schuhputzerin, Geliebte – alles profimäßig und tipptopp. Darein setzen wir Frauen unseren ganzen Stolz. Ob Stubenmädchen oder Gnädige, die Rolle muß sitzen.

In einer Ehe fängt es dann zu kriseln an, wenn auch die Frau plötzlich Mensch und nur Mensch sein will. Wenn sie Stück für Stück ihrer Bühnengarderobe ablegt und zu ihrem Entsetzen feststellen muß, daß darunter von ihr selber nichts mehr vorhanden ist als ein Häufchen Elend.

»Also, wenn ihr mich fragt, ich weiß nur soviel: Je gutmütiger du selber bist, desto schlimmer ist der, den du kriegst«, sagte Rosi Unterberger, bevor sie sich mit Elan auf den Schwebebalken schwang und auf der anderen Seite wieder hinunterfiel. Ich kannte ihren Mann. Er war ein fürchterliches Ekel.

Wenn es stimmte, was sie sagte, dann müßte Rosi schon zu Lebzeiten seliggesprochen werden.

Das erinnerte mich an Susi.

Ich war mit Susi befreundet, bevor sie diesen schrecklichen Mafioso heiratete, der sie in sein gottverlassenes Bergdorf in den Abruzzen verschleppte und ihr jedes Jahr ein Kind machte. Sie war ein süßes Dingelchen, gutmütig bis zur Trottelei und so freundlich, daß sie sich beim Stein entschuldigte, über den sie stolperte.

Ihr Liebesleben war eine einzige katastrophale Katastrophe. Ständig geriet sie an Typen, die jede andere Frau nicht einmal mit Asbesthandschuhen angefaßt hätte.

»Was mache ich denn bloß falsch?« fragte sie mich verzagt, als sich ihr Letzter gerade französisch verabschiedet hatte, nachdem er sie mit dem Messer bedroht, in einem Wutanfall ihre Zimmerpalme geköpft und als Andenken ihre elektrische Mundddusche hatte mitgehen lassen.

»Was du brauchst, ist psychologischer Rat«, sagte ich entschlossen und nahm sie mit zu meinem Neffen Hannes.

Hannes hatte vier Semester Biologie studiert und zwei weitere Elektrotechnik und betreute auf Grund dieser einschlägigen Vorbildung für eine führende Tageszeitung die Rubrik ›Haben Sie Kummer – fragen Sie Frau Erna‹.

Frau Erna arbeitete mit Volldampf an der Schreibmaschine. Ich stellte ihm Susi vor und berichtete von ihren Schwierigkeiten, einschließlich des letzten Fiaskos.

»Gehört der Platz, auf den die Zimmerpalme gefallen ist«, sagte Frau Erna, pausenlos auf die Maschine dreschend, »zu ihrem Grund und Boden, dann fürchte ich, ist sie dran. Dann muß sie dem Messerstecher seine Zahnprothese ersetzen. Anders verhält es sich natür –«

Ich fetzte das Blatt aus der Maschine, knipste sein Feuerzeug an und hielt die Flamme drunter. Entweder höre er jetzt zu oder –!

»Also gut«, sagte Frau Erna seufzend, »schieß los!«

»Susilein, lauf an die Ecke und hol Zigaretten …« Als sich die Tür hinter ihr geschlossen hatte, sagte ich: »Die Schwierigkeit mit ihr ist ganz einfach, sie ist zu gut für diese Welt … Für die Männer!« setzte ich grimmig hinzu.

Ich schilderte Frau Erna Susis engelhaften Charakter.

Der kratzte sich nachdenklich den intelligenten Hinterkopf. »Bescheiden, sagst du? Hilfsbereit? Sanftmütig wie ein Täubchen? Hausfraulich?«

Ich nickte zu allen Fragen. »Sag mir, wie kommt sie endlich zu einem netten Mann? Einem, der ihr nicht den Toaster klaut, während sie im Nachthemd ins Gasthaus rennt, um für ihn Bier zu kaufen; der sie nicht anbrüllt, wenn es regnet, nachdem er sein Auto gewaschen hat; der ihr nicht sechs Monate lang seine Dreckwäsche bringt und sie dann sitzenläßt, wenn er bei einem Preisausschreiben eine Waschmaschine gewinnt?«

Frau Erna tauchte einen neben der Schreibmaschine liegenden Socken in den Essig der Salatschüssel und betupfte sich damit die Denkerstirn. »Sie muß sich damit abfinden, sie kriegt keinen anderen.«

»Blödsinn. Es gibt tausend nette Männer, die sich alle zehn Finger ablecken würden, um eine Frau wie Susi zu kriegen. Die Frage ist nur, wie kommt sie an sie heran? Oder besser gesagt, wie hält sie sich die miesen Typen vom Leib?«

»Nichts zu machen. Das wäre gegen die elementarsten Naturgesetze. Eine wie sie kriegt keinen guten. So wenig wie zwei positive Pole sich anziehen ... He, was sagst du? Gutmütig, sanft, hausfraulich? ...« Frau Ernas Blick schweifte über sein Hosenbein, an dem die Naht geplatzt war, und weiter zum Geschirrhaufen am Boden vor dem Herd und von dort zu den Vorhanglappen, die wie gräulicher Seetang an den fliegenbeschissenen Scheiben hingen, und zur halb aufgegessenen Dose Thunfisch auf einem Stoß Leserbriefe, und dieser Blick bekam mit einem Mal was ausgesprochen Lebhaftes. »Momentan ist sie solo, sagst du?« Frau Erna stürzte ins Schlafzimmer und kam mit einem Paar frischer Socken zurück, die er anzog. »Laß sie ruhig da, wenn du jetzt gehst, ich habe mit ihr eine Menge zu besprechen, muß ihr eine Menge Ratschläge geben, ich bringe sie dann heim –«

Ich paßte Susi unten auf der Straße ab.

»Aber die Zigaretten –!« stammelte sie ganz verzweifelt, als ich sie am Arm packte und von der Haustür wegzog. »Und ich habe mich nicht einmal von ihm verabschiedet –«

»Vergiß beides! Schenk die Zigaretten einem armen Mann an der nächsten Straßenecke. Und komm diesem schrägen Vogel –« ich nickte zum Fenster hinauf, aus dessen Blumentrog ein paar Flaschenhälse ragten, »um Himmels willen nicht mehr in der Nähe!«

Sie flüsterte errötend: »Aber ich fand ihn eigentlich ganz nett.«

»Das kann ich mir denken!« sagte ich grimmig. »Susilein, hör zu, ich glaube, im Moment wäre es für dich das beste, du gingst in ein abgelegenes Dorf, wo kein Mann hinkommt, und dort wartest du ab, bis du etwas älter und härter und weniger edelmütig geworden bist.«

So kam es. Susi fuhr auf Urlaub zu ihrer Großtante mütterlicherseits in ein abgeschiedenes Dorf in den Abruzzen. Es war nur auf Eselrücken zu erreichen. Abgesehen vom neunzigjährigen Ziegenhirten Giovanni lebte kein einziger Mann dort.

Am dritten Tag lief ihr der Mafioso über den Weg. Das Dorf lag auf seiner Schmugglerroute.

Frau Erna (mag er auch sonst ein Trottel und ein verkommenes Subjekt sein) hat in dem Fall offenbar recht: Den wahrhaft Guten unter uns scheint in der Liebe wahrhaftig nichts Gutes zu blühen.

Und das nennt man nun Liebe!

Im Büro kommt es jetzt immer öfter vor, daß ich eine Hand hebe, um nach einer Akte zu greifen, und in der Haltung minutenlang erstarre, um über meine Ehe nachzudenken.

Immerzu muß ich über meine Ehe nachdenken.

Warum sie im Eimer ist.

Seit wann.

Was ich tun soll.

Ich kann mich auf nichts anderes mehr konzentrieren. Mein Chef kommt herein und sieht mich dasitzen und vor mich hinstarren mit den Blicken eines gedopten Kamels.

Er ist kein Unmensch. Aber wenn das nicht bald anders wird, sucht er sich eine Vertretung für die Vertretung.

Daheim bin ich kaum mehr ansprechbar. Was allerdings keinem auffällt. Es redet ohnehin keiner mit mir. Die Stimmung ist eisig. Der Kater nimmt die angebrochene Dose Kitekat zwischen die Zähne und verläßt das ungastliche Haus.

Ich würde mir die Pulsadern aufschneiden, wenn ich nicht gerade einen Marmorkuchen im Ofen hätte.

Dabei hatten wir aus Liebe geheiratet.

Damals also, vor meiner Scheidung, als ich nur noch ins Bett ging, um den Brauch nicht einschlafen zu lassen, denn *ich* konnte nicht schlafen, las ich sehr viel. Und natürlich dachte ich auch viel über das Leben nach. Warum zwei Menschen, die sich einmal so geliebt haben wie wir, sich nach zwanzig Jahren nichts anderes mehr zu sagen haben als: »Den Toaster kriegst du nicht! Den habe ich von meiner Mutter.«

Verliebt! Es durchfuhr mich wie ein Schlag von meiner defekten Bügeleisenschnur. Warum hielt eigentlich die ganze Menschheit das reflexive Verb ›sich verlieben‹ automatisch für etwas Positives? Ja, warum eigentlich?

Ich schälte mich aus meinem zerwühlten Laken, holte mir den Duden aus dem Gestell und schlug das V auf …

»In dieser Nacht sind mir endlich die Augen aufgegangen!« platzte ich anderntags aufgeregt bei Hanna herein. »Ist dir überhaupt klar, daß ich meine Ehe auf der völlig falschen Interpretation des Wortes ›sich verlieben‹ aufgebaut habe?« Ich stöhnte auf.

Hanna nickte bloß stumm, eine Tasse Kaffee vor mich hinstellend. Dann griff sie nach ihrem Wandteppich und dem Sack mit den Wollresten. (Unter uns gesagt, ich habe den Verdacht, dieses kaltherzige Weibsbild hat bloß deshalb mit der Knüpferei angefangen, um ihrer besten Freundin nur mit halben Ohr zuhören zu müssen, wenn diese die Qualen ihres gemarterten Herzens vor ihr ausschüttet.)

Ich sagte aufgeregt: »Ich zählte also die Wörter mit der Vorsilbe ›ver‹ und teilte sie je nach ihrer Bedeutung in positive und negative ein. Und weißt du, wie viele Wörter mit ›ver‹ es gibt, die was Positives bedeuten?«

Hanna sagte, einen Faden knüpfend, sie kenne auf Anhieb nur eines: verduften.

»Vierundzwanzig!« rief ich. »Nicht mehr als vierundzwanzig! Dabei habe ich auch noch die Zweifelsfälle dazugenommen.«

»Was zum Beispiel?«

»Verehelichen ... Und weißt du, wieviel negative es waren? Fünfhundertfünfzehn! Wie kann man angesichts dessen« – ich hob meine Stimme und meinen Zeigefinger, um die Bedeutung dieser epochalen Entdeckung zu unterstreichen – »angesichts dessen das Wort ›verlieben‹ für etwas Positives halten? Sag mir, kann das bei einer solchen Relation überhaupt möglich sein?«

»Kommt drauf an. Wenn er mich zu einem Rumpsteak einlädt oder zu einer Kreuzfahrt, würde ich sagen – ja.«

Ich trank meinen Kaffee aus und ging.

Hanna benahm sich in letzter Zeit reichlich kindisch.

Damals also, als ich nicht schlafen konnte, habe ich viel über die elementarsten Dinge des Lebens nachgedacht. Hauptsächlich darüber, ob mein Mann wieder eine finden würde, wenn wir uns scheiden ließen. Aber auch über das Wesen der Liebe. Liebe! Schon allein vom Klang dieses abgedroschenen Wortes bekam ich Bauchweh.

Man braucht sich bloß vorzustellen, eine Kuh würde sich in den Stier verlieben. Der würde doch glatt die Milch sauer werden. Vielleicht würde sie auch gar keine mehr haben, falls er sie sich flachbrüstig wünschte.

Nur bei uns Menschen entsteht aus einer völlig simplen biologischen Funktion wie dem Sexualtrieb ein derartiges Kuddelmuddel. Und warum? Warum entsteht ein Kuddelmuddel?

Weil wir so dumm sind, uns zu verlieben. Und warum sind wir so dumm, uns zu verlieben?

Mich zwischen den heißen Leintüchern hin und her wälzend, zermarterte ich mir das Hirn darüber. Warum ausgerechnet wir? Die einzigen Geschöpfe, die Gott mit der Gabe der intellektuellen Vernunft ausgestattet hat –

Und dann, eines Nachts gegen drei Uhr, kam mir blitzartig die Erleuchtung: Gott!

Natürlich, das war's!

Ich setzte mich bolzengerade im Bett auf, während hinter meinen verschwollenen Augenlidern ein ungemein aufschlußreicher Film abrollte: Es war der vierhundertzehnte Tag nach Abschluß des Großprojektes ›Neubau Erde‹. Der Bauschutt war aufgeräumt. Der vollautomatische Betrieb, basierend auf einem völlig neuartigen Recyclingsystem, war in vollem Gang. Er arbeitete fehlerfrei: Bäume blühten, trugen Früchte, warfen die Blätter ab und düngten damit den Boden; Würmer krochen durch die Erde, lockerten sie und ernährten sich von ihr; große Fische fraßen kleine und hielten so deren Anzahl in genau der richtigen Relation zum Nahrungsangebot; Korallen starben, lagerten sich ab und bildeten kleine Inselchen, auf die Vögel Dattelkerne fallen ließen, aus denen wiederum hübsche Palmen wachsen …

Es war perfekt.

Zu perfekt, viel zu perfekt. Am 465. Tag kriegte der große Denker, Planer und Konstrukteur das große Gähnen. Er lehnte sich zurück und dachte nach …

Nach drei Tagen intensiven Nachdenkens strich er sich über den Bart und sagte mit einem zufriedenen Kichern: »Natürlich. Das ist die Lösung –!« Und er tat, was er für richtig hielt: Er nahm seinen Menschen und die Menschin und verband durch einen kleinen Eingriff ihre sexuellen Funktionen mit jenen Gehirnwindungen, die ihr Gefühlsleben steuerten. Gewissenhaft trug er sein neuestes Experiment unter dem Stichwort ›Liebe‹ im Register ein –

Und wahrhaftig, er hatte richtig spekuliert. Von jetzt ab gab es keine Sekunde Langeweile mehr. Er mußte sich die Wolkenfensterbank mit einer Extralage Federwolken polstern lassen, um das Wundwerden der Ellbogen zu verhindern. Denn er kam von dem herrlichen, verrückten, grandiosen, zum Brüllen komischen Spektakel da unten nicht mehr los …

Darauf also, auf Gottes kleinem Späßchen, habe ich meine Ehe aufgebaut!

Es *mußte* ja schiefgehen.

Ebensogut hätte ich mir meinen Ehemann nach der Beschaffenheit seiner Ohrläppchen aussuchen können.

Er streichelt die Katze öfter als mich.

Letzte Nacht habe ich das Buch ›Praktische Tips zur Überwindung des Scheidungsschocks‹ gelesen. Unter anderem rät der Autor dazu, sich eine Liste aller Fehler des Ehepartners anzulegen und sie durchzulesen, sobald der Zeitpunkt gekommen ist, wo man am liebsten winselnd zu ihm zurückkriechen möchte.

Als ob das jemals passieren könnte.

Trotzdem, so eine Liste hat mich immer schon gereizt. Eine Seite würde spielend zusammenkommen. Dachte ich. Um vier Uhr morgens stieg ich aus dem Blätterhaufen, der um meine Knöchel raschelte!

Heute morgen beim Durchlesen kamen mir ein oder zwei Punkte ein wenig schleierhaft vor. Beim besten Willen konnte ich mich nicht entsinnen, warum ich ›drückt sich vor Verantwortung – Erdbeben in Bolivien‹ geschrieben hatte. Wir sind nie in Bolivien gewesen. Aber irgendeinen Sinn mußte es wohl haben, sonst hätte ich es nicht geschrieben. Ich ließ es stehen.

Als einziges strich ich den Biß in die Wade weg. *Das* ist hundertprozentig der Spitz von der Frau Materna gewesen.

In der Kaffeepause sagte ich aufgeregt zu Eva-Maria: »Heute ist es schon wieder passiert!«

Sie sah mich fragend an.

»Es hat mich einer gegrüßt, den ich nicht kenne.«

Es war schon der vierte oder fünfte innerhalb einer Woche.

»Wollte er was?«

»Nein, nein, er hat nur seinen Hut gelüftet und gesagt: ›Guten Morgen, gnädige Frau!‹, und dazu hat er sehr nett gelächelt. Er machte auch noch eine Verbeugung.«

»Und er hat dich nicht zu einem Kaffee eingeladen und dich dabei gebeten, seine Mineraliensammlung zu besichtigen?«

»Wo denkst du hin!« Es waren, erklärte ich, ausnahmslos seriöse Gestalten mit durchgeistigten Gesichtern, denen man ansah, daß ihre Besitzer anderes im Sinn hatten als ordinäre Fleischeslust.

Eva-Maria konnte es sich nicht erklären.

Auch ich konnte es mir nicht erklären.

Jetzt kann ich es. Heute hat einer meiner neuen unbekannten Bekannten ein Kärtchen verloren, nachdem er mich gegrüßt und überholt hat. Ich hob es auf. Dr. Eberhard Ehrlich, Rechtsberater, stand darauf. Dazu seine Adresse, Telefonnummer und die Nummer seines Bankkontos. Und auf der Rückseite stand handgeschrieben ›Spezialist für Scheidungsfragen‹.

Ich weiß nicht, wie sie dahintergekommen sind. Außer der engsten Familie und sechs oder sieben guten Bekannten weiß noch kein Mensch davon. Und in unserem Fall sind ohnehin alle derartigen Bemühungen zwecklos. Wir brauchen keine Rechtsanwälte. Wir wollen eine stille Scheidung. Nur wir zwei. An uns werden diese Geier nichts verdienen. Wir haben zu viele Beispiele im Bekanntenkreis erlebt, wo schließlich so gut wie alles, um das gestritten worden war, in den Taschen der Anwälte gelandet ist.

Wir hatten jetzt so vieles zu erledigen mit dem Hausverkauf, Aussuchen der Wohnungen etc., daß wir kaum zum Nachdenken kamen. Das meiste erledigten wir gemeinsam, da es einfacher war und wir dabei Zeit sparten, und so erreichten wir beinahe wieder jenes nette Einvernehmen, das wir zu Anfang unserer Ehe hatten, als wir noch im Aufbau waren und keine Zeit hatten, uns miteinander zu langweilen. Seltsam. Mein Mann kam mir in letzter Zeit größer vor und schlanker und sein Haar voller, und er war auch sonst viel netter. Wir sprachen über unsere Zukunft, die also von nun an in getrennten Bahnen verlaufen würde, ruhig, vernünftig, zivilisiert.

»Mit einem Wort, es sind die zweiten Flitterwochen!« meinte Eva-Maria mit jenem sarkastischen Unterton, den ich jetzt wiederholt an ihr bemerkte.

»Muß man bei einer Scheidung unbedingt übereinander herfallen wie argentinische Kampfhähne?« entgegnete ich kühl.

»Müssen nicht, aber es ist üblich«, sagte sie.

Wie wahr. Es ist traurig, wie wenig Menschen es fertigbringen, eine Ehe mit Anstand zu beenden. Ich las in der Zeitung von einem Tollwütigen, der die Möbel in zwei Teile sägte … Wie die Löwen kämpfen Väter um Kinder, die sie früher um sieben ins Bett schickten, damit sie ihre Ruhe hatten … Männer töten ihre Frauen. Frauen ihre Männer. Meistens erstere die letzteren, weil sie entweder eine Pistole haben oder besser mit dem Messer umgehen können.

Millionen von Ehen werden heute geschieden. Und was macht man? – Nichts. Hat vielleicht endlich einer das scheidungsgerechte französische Bett erfunden (ein Griff, und Sie nehmen Ihre Hälfte)? Keiner der am Reißbrett arbeitenden Hohlköpfe zieht ins Kalkül, daß das Mobiliar höchstwahrscheinlich in sieben Jahren aufgeteilt wird. Es wäre hoch an der Zeit, daß eine kompetente Stelle sich des Problems annähme. Die öffentliche Hand. Oder sonstwer. Ähnlich den Weightwatchers oder den Anonymen Alkoholikern. Man wird mit ihnen, den Scheidungswilligen, eines Tages rechnen müssen. Zusammengeschlossen ergäben sie heute schon eine Macht. Als Konsumenten. Als potentielle Wähler.

Unser beider Wunsch nach einer stillen Scheidung ohne Anwälte hing eng mit der traurigen Erfahrung zusammen, die Bettina machen mußte. Seit zwei Jahren verfolgen wir ihre Scheidung. Sie ist ihrem Mann davongelaufen, weil er sie zwang, mit seiner Mutter, Großmutter und Tante unter einem Dach zu leben. Sie kochte für alle drei. Für Mutter und Tante nähte sie die Kleider (beide Übergröße). Stundenlang las sie der Großmutter Konsalik vor, dabei hatte das alte Biest den Hörapparat ausgeschaltet.

Wirklich, die Ärmste machte was mit.

Die verschiedenen Prozesse zogen sich, wie gesagt, über zwei Jahre hin. In der Zeit hat ihr Rechtsanwalt sich eine Segeljacht gekauft, der seine einen Anbau an sein Haus machen lassen. Die Angelegenheit war so verzwickt, daß ein Romanautor sich mit dem Stoff jahrelang hätte beschäftigen müssen. Verdi hätte daraus eine Oper komponiert, Bernstein ein Musical. Und der Richter in letzter Instanz brauchte sage und schreibe vier Tage – vier! – (zwei davon Feiertage, die er beim Schifahren verbrachte), um sich mit dem Fall vertraut zu machen, alle Argumente abzuwägen, die Hintergründe auszuleuchten und sein salomonisches Urteil zu fällen.

Er sprach sie schuldig wegen böswilligen Verlassens.

Seine Putzfrau erzählt herum, sie hätte gesehen, wie er am Abend vor der Verhandlung eine Münze in die Luft geworfen hat. Das kann natürlich auch eine Verleumdung sein. Er hat ihr nämlich inzwischen gekündigt. Sie kopierte seine Akten, um sie in ihrem Buch ›Memoiren einer Putzfrau‹ zu verwenden.

Trotzdem, mein Zutrauen zu den Herren im Talar ist erschüttert.

»Und du willst wirklich auf alles verzichten?« fragte Eva-Maria.

»Was heißt auf alles verzichten! Ich habe die Wohnung, den Wohnzimmerschrank, den Toaster, das Geschirr –«

»Sechs Fleischteller, fünf Suppenteller, und einer davon hat einen Sprung! Er hat sich zwanzig Jahre lang eine Position aufbauen können, er hat Versicherungsjahre und Anspruch auf Abfindung, und was hast du für all die Jahre, die du daheim gearbeitet hast, umsonst, nur für Kost und ein paar Fetzchen?«

Ich dachte darüber nach und mußte ihr recht geben. Wirklich, was hatte ich für all die Jahre? Ich suchte eins der acht Visitenkärtchen, nahm einen Tag frei und besuchte Dr. Ehrlich.

Seltsam, er sah nicht so aus, wie ich ihn in Erinnerung hatte. Dr. Ehrlich war ein fleischiger Mann mit einer Nase wie eine Zucchini, für den ich augenblicklich tiefste Abneigung empfand. Zwischen seinen Brauen stand eine tiefe Falte.

Sie wurde noch tiefer, als er sich mein Gestammel anhörte. Nein, keine Vertretung bei einer Scheidung, nur eine einmalige Konsultation ... zwanzig Jahre Haushalt ... drei Kinder ... was mir dafür zustand? Eine kleine Rente? Versicherung? Unterhalt?

Dr. Ehrlich blickte mich streng über seine Brillengläser an. Versicherung? Welche Versicherung? Hatte ich als Hausfrau je etwas eingezahlt, hatte ich?

Ja aber, winselte ich, der Haushalt, die Kinder, meine sozialpolitische Aufgabe als Stütze der kleinsten, wichtigsten Zelle des Staates, die Produktion und Aufzucht zukünftiger Steuer- und Rentenzahler –

Kindererziehung, belehrte mich Dr. Ehrlich, zählt in dem Sinne nicht. Das war mein Privatvergnügen. Was wollte ich noch? Unterhalt? – Unter Umständen. Bei Arbeitsunfähigkeit, kleinen Kinder, sehr kleinen, falls er schuldig geschieden wurde. Hat er Sie betrogen? Sie geschlagen? Nein? Warum wollen Sie sich dann scheiden lassen? – Wie bitte? Er streichelt die Katze öfter als Sie?

Dr. Ehrlich warf einen kurzen Blick auf meine traurige Gestalt. Er sagte nichts, aber man sah es ihm an der Spitze seiner Zucchininase an: Auch er würde lieber die Katze streicheln als mich.

Nach meinem Abgang multiplizierte er die Anzahl der Tränen, die ich hatte auf seine Schreibtischplatte fallen lassen, mit dem Datum, addierte seine Schuhnummer, rechnete diese Zahl hoch mit drei und schrieb das Endergebnis auf seine Honorarrechnung.

Unsere Scheidung war dann so, wie wir es gewollt hatten: still. Nur wir beide. Nicht einmal meine Mutter, die ich gezwungen hatte, daheim zu bleiben. Daß so eine Scheidung nichts Ordentliches war, wurde mir klar, als wir beide ganz allein, niemand sonst, kein Zipfelchen von Rechtsanwalt, nicht der allerlausigste Zeuge, als wir also recht armselig auf der Holzbank im Vorraum des Gerichts hockten, um zu warten, bis wir drankämen.

Die Vorübergehenden musterten uns mit verächtlichen Blicken.

Wie komisch wir wirken mußten, wurde mir vollends klar, als die Flügeltüren aufgestoßen wurden und die nächste Scheidung eintrat: sie und er mit einem Hofstaat von je zwanzig Leuten, Mütter, Väter, Großväter, Großmütter, Tanten, Onkel, Taufpaten, Zeugen, Rechtsanwälte und deren Sekretärinnen, eine Clique von acht Personen, Studenten vermutlich, die sich auf die Art ihr Taschengeld aufbesserten, und ein kleines Orchester, das im Hintergrund Aufstellung nahm.

Es untermalte die Generalprobe mit geschmackvollen kleinen Etüden und einem Tusch nach jedem Bonmot. Die Studenten lieferten die Buh- und Hurrarufe und klatschten für die Partei, von der sie bezahlt wurden. Das Ganze trieb dem Höhepunkt zu, als die beiden Rechtsanwälte plötzlich aufeinander losgingen, beide hochrot im Gesicht. Es kam zu einem heftigen Wortwechsel. Ihr Vertreter hieb dem seinen mit der Aktenmappe in den Bauch, woraufhin der mit einem grünen Kugelschreiber auf den anderen losging und offensichtlich versuchte, ihm ein Auge auszustechen.

Ich schrie auf, den Arm meines Noch-Ehemannes umklammernd.

»Gute Frau, sorgen Sie sich nicht!« sagte neben mir eine begütigende Stimme. Sie gehörte einem alten Mann, der neben uns stehengeblieben war, um das Schauspiel zu beobachten. Vermutlich ein Gerichtsdiener.

»Aber sehen Sie nicht, er bringt ihn noch um!«

»Das gehört zu einer erstklassigen Scheidung wie der da«, belehrte mich der Gerichtsdiener. Es handelt sich, erklärte er, um streng ritualisierte Scheingefechte, Extras, die dem Honorar zugerechnet würden. Bei einer Scheidung der Luxusklasse gingen die beiden Anwälte bis zum gegenseitigen Anspucken. Auch das natürlich streng nach den Regeln der Kunst. So war es verboten, zwölf Stunden vor der Verhandlung Knoblauch zu essen.

Mit einem: »Sie beide haben wohl niemanden, was? Ja, ja, die Zeiten werden nicht besser!« und einem traurigen Kopfschütteln schlich der alte Mann bedrückt davon.

Auch wir schlichen, als wir aufgerufen wurden, bedrückt vor die Schranken des Gerichts. Das heißt, es gab keine Schranken, nicht einmal das kleinste Zäunchen, nur einen ganz gewöhnlichen Schreibtisch mit einem staubigen Gummibaum daneben. Auch der Richter war ganz gewöhnlich, ohne Talar, ein kleiner Herr mit einem Spitzbauch, der in einem zu kurzen Pullover unvorteilhaft zur Geltung kam. Auch er zeigte uns offen seine Verachtung. Er holte die häßlichste Sekretärin aus einer hinteren Kammer, wo sie sich bei besseren Scheidungen vermutlich versteckt zu halten hatte. Wir durften nicht mal die Hand auf die Bibel legen. In zwanzig Minuten war alles vorbei.

Es war eine sehr drittklassige Scheidung.

Ein wenig richtete mich der Nelkenstrauß auf, der in der Türklinke meiner neuen kleinen Wohnung steckte. Ich ließ das Kärtchen mit Eva-Marias Handschrift und den Worten ›Gratuliere zu Wiedergeburt. Komme am Abend mit einer Flasche

Sekt vorbei‹ diskret verschwinden, bevor ich Kaffee machte und mir überlegte, was ich zum Mittagessen kochen sollte für meine Kinder, mich und meinen Exmann.

Hurra, ich bin wie neugeboren!

Ich trage jetzt zum Einkaufen Strümpfe mit Naht.

Laß mir die Haare rot färben.

Kauf mir einen Rock mit Schlitz und laß den offen bis auf den halben Oberschenkel.

Im Café sitze ich an der Theke.

Am Abend lege ich mich ins Bett, in *mein* Bett, mein eigenes Bett, in das Bett, das mir allein gehört, lese bis Mitternacht, esse dabei Äpfel und höre Radio.

Ich fliege zwei Wochen nach Teneriffa und habe eine befriedigende Affäre mit einem Steuerbeamten aus Bielefeld.

Jeden Dienstag von sechs bis acht gehe ich mit Eva-Maria in die Sauna. Hauptsächlich, um zuzuhören, wie die Ehefrauen über ihre Männer herziehen, um mich zu freuen, daß ich keinen mehr habe, über den ich mich ärgern muß.

Ein Teil dieser Sauna-Damen würde sich ebenfalls gern scheiden lassen, geben sie zu, wenn es nicht wegen der Kinder wäre.

Diese Naivlinge glauben doch tatsächlich immer noch an das Märchen von den armen Scheidungswaisen. Ich erzähle ihnen, wie es bei uns ist: Unsere Kinder vergeben Punkte und notieren sie in ihren Taschenkalendern. Apfelstrudel von mir: neun Punkte. Eine neue Gangschaltung vom Vater: hundert. Sie sind jetzt in dem Alter, in dem sie von der Mutter nicht mehr Liebe wollen, sondern gebügelte Hemden, und beim Vater nicht mehr die Kameradschaft suchen, sondern den Autoschlüssel.

Unser Jüngster saust zwischen beiden Wohnungen hin und her, um uns zuzutragen, was der andere tut. Er lebt auf. Er wird nahezu geschwätzig. Papa, sagt er, hat im Vorraum ein Gestell mit runden Löchern, aus denen die Hälse von Weinflaschen ragen. Und er läßt sich die Haare jetzt bei ›El Figaro‹ schneiden. Und er ißt am Abend nur noch Yoghurt.

Auch ich bemerke es: Papa hat um die Mitte herum ein paar Kilo abgenommen. Neuerdings flitzt er auf einer roten Vespa herum. Mit Sturzhelm und Lederjacke. Ziemlich lächerlich in seinem Alter.

An einem Samstag nachmittag schickt er unseren Sohn zu mir, um Möbelpolitur zu holen. Es haut mich fast um – er und Möbelpolitur! Ich hätte geschworen, er hat bis jetzt geglaubt, Sadolino sei eine Soße, die man über Spaghetti gießt.

Er gibt eine Party. Ich bin zu stolz, um zu fragen, für wen. Ich bin nicht eingeladen. Na schön. Ich werde in Zukunft etwas zurückhaltender damit sein, ihn zum Essen einzuladen.

Das mit der Party hat sich aufgeklärt. Es waren nur ein paar Arbeitskollegen. Übrigens eine Pleite, sagt er. Macht er nicht wieder. Diese ungehobelten Rüpel waren ins Wohnzimmer getrampelt, ohne Rücksicht auf den Dreck an ihren Schuhsohlen und auf seinen weißen Schafwollteppich, und sie haben ihm die Tischplatte ruiniert. Er kriegt die Ringe von der Gläsern nie mehr ab. Ob ich vielleicht ein Mittel wüßte. Er sprang auf, nahm den Apfelbutzen, den ich eben hingelegt hatte, und sauste damit zum Abfalleimer. Dann polierte er die Weingläser, stellte Knabbergebäck her und öffnete eine Flasche Muskateller-Spätlese.

Ich war bei ihm, um mir die einunddreißigste Folge von ›Traumschiff‹ anzusehen. Seltsam, seit ich keinen Fernseher mehr hatte, war das Programm wesentlich besser geworden.

Nach dem Film zogen wir uns in sein reizendes kleines Schlafzimmer zurück, das er mit Hilfe eines Heizstrahlers zusätzlich zur Zentralheizung aufs angenehmste temperiert hatte.

Seit ich nicht mehr mußte, war der alte Zauber wieder da. Die Liebe mit meinem Exgatten verlieh mir das prickelnde Gefühl, ihn mit ihm selber zu betrügen.

Es ist herrlich, wenn man endlich tun und lassen kann, was man will. Was ich nicht will, lasse ich. Zum Beispiel Kekse backen für Weihnachten. Mehr als alles andere hasse ich Kekse backen. Sie waren auch nie besonders. Auf Skitouren im Hochgebirge verwendeten die Kinder sie zum Einklopfen der Seilsicherungen. Aber jedes Jahr im Dezember fühlte ich mich dazu verpflichtet, wie Millionen anderer Hausfrauen eine Tonne Zementkekse zu backen.

Jetzt mache ich endlich Schluß mit dem Mumpitz.

Scheußlich, in jedem Haus dieser impertinente Gestank nach Keksbackerei. Von Hanna weiß ich, daß sie an Tagen, an denen sie nicht bäckt, Raumspray mit der Duftnote ›Lebkuchen‹ versprüht und ihre Finger in Mehl taucht, sobald die Türklingel geht.

»Und du bäckst dieses Jahr wirklich keine?« fragte sie mich ungläubig, einen Teller vor mich hinstellend mit einer Kollektion, aus der Lebkuchen in Form von Weihnachtsmännern mit sechs verschiedenen Glasuren noch die einfachsten Modelle waren.

»Keinen einzigen!« entgegnete ich fest.

Ihr vorwurfsvoller Blick tat mir weh. Zwei Jahrzehnte Freundschaft zählten wohl anscheinend nicht mehr –

Es ist lächerlich. Ständig sehe ich jetzt das Bild meiner Kinder vor mir, wie sie mit freudlosen Augen auf einen leeren Teller starren. Mein Alter werde ich einsam verbringen. Denn welches Kind wird schon eine Mutter besuchen wollen, die keine Kekse bäckt? Wenn mich heute jemand fragt, was schlimmer ist, als klebrigen Keksteig von der Bierflasche zu kratzen, die man anstelle des vor über fünfzehn Jahren in der Sandkiste eingefrorenen Nudelholzes verwendet, dann kann ich nur sagen: Schlimmer ist, keine Kekse zu backen.

Aber diesmal blieb ich hart. Keine verdammten Kekse mehr, verdammt noch mal. Wie sollten wir Frauen uns jemals emanzipieren, wenn wir nicht einmal in der Lage waren, uns von so lächerlichen Zwängen wie der weihnachtlichen Keksbackerei zu befreien? Ich buk einen Marmorkuchen, eine Nuß- und eine Mohntorte als Ersatz und dekorierte die Wohnung mit Tannenzweigen. Ich las, als moralischen Rückhalt, das Buch über die erfolgreiche Entziehungskur des rauschgiftsüchtigen Richard S. Auch meine Symptome glichen den Qualen einer Entziehungskur. Ich kaufte jedem Kind als Trostpflaster ein zusätzliches Weihnachtsgeschenk.

Am Morgen des Vierundzwanzigsten ließ ich mich nach einer schlaflosen Nacht von meiner Tochter (die natürlich nicht im Traum dran dachte, auch nur das allerkleinste Kekslein zu backen) an einen Küchenstuhl fesseln. Diesmal blieb ich hart.

Um elf Uhr dreißig schleppte ich mich, den Stuhl am Hintern, zum Telefon, wählte Hannas Nummer und murmelte: »Kennst du ein Rezept, bei denen sie nicht ablagern müssen, um weich zu werden?«

Was sind Weihnachten ohne Kekse! Die Kinder lieben sie. Auch mein geschiedener Mann liebt sie. Soll er Weihnachten ohne ein einziges Kekslein feiern, nur weil ich mich von ihm habe scheiden lassen?

Du hättest dir diesbezüglich keine Sorgen zu machen brauchen, Mütterchen. Papi hätte seine Kekslein auf alle Fälle gekriegt, hundertmal besser als deine. Denn Papi hat seit fünf Monaten eine Freundin. Und die bäckt seit Wochen Kekse. Alle wissen es. Deine Bekannten. Deine Kinder. Nur du nicht.

Aber tröste dich. Auch du wirst es bald wissen, sehr, sehr bald schon –

Ach, wenn ich ihn doch wiederhätte ...

Ich weiß nicht, wer sie ist. Ich kenne sie nicht. Nur ihre Pelzjacke, an der Garderobe seines Vorraums. Fuchs. Vermutlich von einem tollwütigen. Oder von einer armen Fuchsmutter mit vielen, vielen Kinderchen. Eine Mutter, die man erschossen hat, damit diese Person ihren Pelz bekam.

Alles Schlimme überfällt einen immer im Winter. Immer dann, wenn man ohnehin zuwenig Vitamine und Sonne hat und keine Abwehrkräfte. Kein Wunder, daß sich die klugen Bären im Oktober niederlegen und erst im April wieder aufstehen. Auch ich würde das. Wenn ich schlafen könnte. Und wenn ich nicht für die Kinder kochen müßte. Und nicht ins Büro gehen. Ich habe keine Ahnung, wie ich dort die Tage verbringe. Vermutlich arbeite ich doch ein wenig. Sonst würde man mir kündigen, bei aller Nachsicht, die man hierzulande jenen entgegenbringt, die alt und vertrottelt oder sonstwie behindert sind wie ich.

»Sei froh, daß du arbeitest, es lenkt dich ab«, sagte meine Kollegin.

Ablenken! stieß ich mit bebenden Lippen hervor, was sollte mich schon ablenken! Nichts könnte mich ablenken von meinem Jammer, ich könnte an nichts anderes denken, Tag und Nacht nicht, nur an das eine: wie mein Mann mit dieser ... dieser ... im Bett lag.

Meine Kollegin sah auf die Uhr. »Um diese Zeit kaum. Es ist elf.«

»Wieso nicht?« stieß ich hervor. Für die beiden gäbe es keine Uhrzeit, vermutlich stünden sie nur auf, um sich frischen Sekt aus dem Kühlschrank zu holen.

»Das war vorauszusehen«, sagte dieses kaltherzige Weib, dem ich herzlich gönnte, daß ihr am Nachmittag der Registraturkasten M – P auf den Fuß fiel. »Ein Mann im besten Alter. Und du wolltest ihn ja nicht mehr, oder?«

»Nein … ja – du verstehst das nicht!«

Es hatte keinen Sinn, diesem unsensiblen Ding, das Plastikblumen auf dem Schreibtisch stehen hat, etwas so Komplexes zu erklären. Auch meine Zähne ärgerten mich, auch sie wünschte ich zum Teufel, aber ich liebte sie doch, denn es waren *meine* Zähne … Sie hätte nie verstanden, daß diese Scheidung ein neuer Anfang hätte sein sollen, ein Zusammenleben auf anderer Ebene, schöner als je zuvor –

Sie faselte was von einer Freiheit, die ich angeblich hatte haben wollen.

Freiheit! schluchzte ich. Was sollte ich mit der Freiheit! Sie konnte mir gestohlen bleiben. Ihn wollte ich zurück, ihn, den man mir gestohlen hat! Ich rannte auf die Toilette, um die Spuren meines Unglücks aus dem Gesicht zu waschen, so gut es ging.

Vielleicht war es ja wirklich unlogisch. Warum liebte ich ihn jetzt, wo er mich verstoßen hatte und kaltblütig bei einer anderen untergekrochen war? Aber man kann nicht dagegen an. Mein Arzt hat es mir erklärt: Man denkt mit dem Hirn, aber man fühlt mit dem Bauch.

Da war mir natürlich alles klar.

Was konnte von meinem Bauch schon Gutes kommen?

Er ist ein totaler Idiot, mein Bauch. Ehrlich. Er redet mir zum Beispiel ständig ein, daß er ohne Tomaten nicht leben kann. Er will nichts als Tomaten. Wenn er eine auch nur von weitem sieht, fängt er ein Gejammer an, daß mir Hören und Sehen vergeht und ich nachgebe, nur damit ich meine Ruhe habe. Kaum jedoch hat er sie, die Tomate, stülpt er sein Inneres nach außen und führt sich auf, als würde man ihn schlachten.

Was kann ich von einem Leben noch erwarten, in dem mein Bauch das Kommando übernommen hat?

Der Zettelhaufen mit seinen Fehlern kommt mir in die Finger.

Ich starre ihn an, kann es kaum glauben. Das soll ich geschrieben haben? Ich muß wahnsinnig gewesen sein. Dieser Engel hat nur einen Fehler, einen einzigen: Er hat eine andere.

Ich verbrenne die Zettel.

Jeder kam mir mit gute Ratschlägen.

»Eine Scheidung ist wie eine Amputation«, hieß es, »als würde man dir einen Arm abschneiden.« Nach einiger Zeit, sagten sie, würde anstelle des Arms was wunderschönes Neues wachsen.

Idioten!

Hat einer schon erlebt, daß einem was Abgeschnittenes nachwächst, von Haaren und Fingernägeln abgesehen? Jetzt erst wurde mir klar, wie sehr wir in diesen zwanzig Jahren zusammengewachsen waren. Man wird zu siamesischen Zwillingen. Was ist eine Frau allein? Ach Gott, nichts. Ein bejammernswerter Torso.

»Geh unter die Leute. Geh in die Natur!« sagte man.

Ich ging in die Natur, mit meinen Langlaufskiern, und dachte daran, wie ich immer hinter ihm hergefahren war, und die Loipe wurde eisig von meinen Tränen.

Ich ging auf einen Ball, ich zwang mich dazu. Dort hing ich herum wie eine Trauerbirke. Einer holte mich irrtümlicherweise zum Tanzen, brachte mich aber schnellstens wieder zurück. Selbst unter glücklicheren Umständen mögen Männer keine Frauen, die allein auf Bällen erschienen. Es ist so schwierig mit ihnen. Wie soll man sie wieder loswerden, wenn sie keinen Mann dabeihaben, bei dem man sie abliefern kann?

Beim Kochen fiel mir ein, wie gern er alles gegessen hat, dieser beste aller Ehemänner, der sich nie beklagt hat übers Essen, und daß er nie wieder bei mir essen würde, sondern bei diesem Weib im Fuchspelz, und ich heulte auf den Kartoffelsalat. Mit dem letzten Zipfelchen von Energie legte ich zum vierzigstenmal unsere Platte auf, doch anstelle der süßen Geigenklänge und der Stimme des Schmalztenors bekam ich nichts als häßliches, kratzendes Geräusch zu hören.

Da brach ich vollends zusammen. Ich konnte nicht mehr. Nicht nur hatte ich meinen Mann verloren und damit jeden Sinn im Leben, auch der Plattenspieler war kaputt.

Am Nachmittag kommt der Jüngste aus der Schule heim, hörte sich ruhig mein Gezeter an, daß sie mir den Plattenspieler ruiniert haben, schiebt ihn fünf Zentimeter von der Wand weg, und jetzt geht er wieder.

Vielleicht hat mein Verstand wirklich etwas gelitten.

In der Nacht, im Bett, absolviere ich meine übliche Rollkur, von einer Seite auf die andere, immerfort, das Leintuch ist schon durchgewetzt, ich habe eine Wanderniere und verliere mein Augenlicht vom vielen Lesen. Ich lese und lese, obwohl nichts über meine Netzhaut hinausdringt, denn in meinem Hirn wohnt ein einziger Gedanke: Was tun die beiden gerade jetzt? Auch in den Büchern ist alles sehr traurig. Wirklich, je mehr man weiß vom Leben, desto trauriger wird es. Früher hat es mich nie gestört, daß Hemingway die Hyänen erschoß. Im Gegenteil, weg damit, dachte ich, die mit ihren häßlichen Hängebäuchen und dem blöden Grinsen. Aber seit ich weiß, daß Hyänen grinsen, wenn sie sich fürchten oder traurig sind, muß ich auch bei Hemingway weinen.

Der Weg von meiner Wohnung zu Hanna ist eine einzige Eisbahn von meinen Tränen, die den Schnee gleichzeitig nässen und salzen, so daß er ständig taut und wieder friert. Zu Silvester lädt sie mich ein, aus lauter Mitleid. Was sollte ich auch sonst? Die Kinder sind auf einer Hütte. Ich fange an, sie zu hassen. Sie denken nur an sich.

Hanna hat sich selbst übertroffen. Es gibt Krabbensalat in Orangenschalen. Mit feinsten Kräutern gefüllte Pastetchen. Indonesischen Reissalat. Aber alles schmeckt gleich – salzig von meinen Tränen.

In dem Buch über den Scheidungsschock, in dem ich nächtelang lese, ohne die geringste Hilfe zu finden, lese ich den Satz:

›Suchen Sie nie einen Ort auf, an dem Sie mit Ihrem geschiedenen Mann glücklich waren!‹

Kaum haben die Buchstaben die Netzhaut erreicht und die Nerven das Gelesene ans Gehirn weitergefunkt, da habe ich nur noch den einen Wunsch: Ich will nach Grado. Dorthin, wo ich mit ihm glücklich war.

Ich renne durch den Schneesturm zum Auto, schaufle es aus und fahre nach Grado.

Aber ach, wie hat es sich verändert! Wo sind all die heiteren Menschen geblieben, zwischen denen wir herumspaziert sind, lachend, Hand in Hand? Wo ist der nette Klavierspieler vor der Bar in der Via Rosa geblieben? Hat er sich umgebracht, aus Liebeskummer? In der Markthalle fragt eine alte Dame mich nach der Uhrzeit. Ich fasse sie am Arm und schleppe sie durch Grado, um ihr zu zeigen, wo ich überall mit meinem Mann glücklich war, sie murmelnd: *»È morto? Poverino! Poverino!«*, und ich weinend. Zwei-, dreimal will sie sich aus dem Staub machen, aber ich bin stärker. Ich brauche einen Zuhörer auf meiner Wallfahrt. Nie wieder werde ich hierher zurückkehren, zu den Pappeln, die ihre Äste gegen den Himmel recken, so verzweifelt wie ich selber. Meine Tränen heben den Wasserstand im alten Hafen um zwei Zentimeter.

Nie wieder will ich irgendwohin fahren.

Nie wieder im Leben werde ich glücklich sein.

Und jetzt, in dieser schwärzesten aller schwarzen Phasen, passiert es: Eva-Maria heiratet!

Sie, die mich dazu verführt hat, alles aufzugeben, was mir im Leben lieb und teuer war, heiratet! Sie hat auch noch den Nerv, mit ihrem Glück vor mir zu protzen.

Er heißt Egon.

Egon ist um die Fünfzig, mittelgroß, hat schütteres Haar und den deutlichen Ansatz eines Schmerbauches. Ich könnte brüllen vor Lachen, so komisch ist das, wenn es nicht so traurig wäre. Eva-Maria folgte mir in die Küche.

»Ich dachte, du wolltest nie wieder heiraten!« stieß ich hervor, begreiflicherweise sehr verbittert.

»Ach, weißt du, man ändert seine Meinung. Irgendwann einmal kriegt man genug von den jungen Dachsen. Eine Weile ist es ja ganz amüsant mit ihnen, aber dann kommt der Zeitpunkt, wo man sich nach etwas Dauerhaftem sehnt, einem Mann, dem man vertrauen, an den man sich anlehnen kann, neben dem man aufwachen darf, ohne gleich ins Bad sausen zu müssen, bevor er munter wird, weil ihn sonst gleich der Schlag trifft, wenn er einen ohne Make-up sieht. Du wirst lachen, aber Egon und ich denken sogar an ein Kind …«

Ich warf mit einem verzweifelten Aufschluchzen kraftlos die Bratpfanne nach ihr.

Gestern auf der Straße sah ich die beiden vor mir gehen. Nicht Eva-Maria und Egon. Die BEIDEN. Ihn und sie. Es war schon dämmrig, und es schneite, aber ich hätte sie überall erkannt. Er in seinem hellbraunen Wintermantel, sie in ihrem Fuchspelz. Sie hatte sich bei ihm eingehängt. Sie sprachen miteinander, er sagte ihr, wie sehr er sie liebe und daß sein Leben erst jetzt beginne; ich konnte es zwar nicht hören, dazu war ich zu weit weg, aber ich fühlte es. Sein Gang war der eines Jünglings. Sie sah ziemlich dick aus.

Ich starb.

Ich starb da hinter den beiden, innerlich; äußerlich blieb ich wohl erhalten, irgendwie, wie die Mauer eines ausgebrannten Hauses, denn ich kam ihnen näher und näher und überholte sie.

Nein, sie waren es doch nicht. SIE war die Kassiererin vom Supermarkt und ER vermutlich ihr Großvater. Ein Greis um die Achtzig. Seltsam.

Manchmal kam es vor, daß ich fünf Minuten nicht an sie dachte. Dann traf ich eine Freundin, und die ersten Worte, die ich hörte, waren:

»Rate, wen ich gestern gesehen habe?«

Und dann erzählte sie mir, wie sie ausgesehen hatten und was sie getan hatten und daß sie gehört hätte, wie sie davon sprachen, daß sie nach Las Palmas fliegen wollten.

Ich ging zum Doktor.

»Herr Doktor, ich kann an nichts anderes mehr denken«, klagte ich zwischen zwei Tränenausbrüchen. »Auf der Straße fange ich an zu weinen. Ich kann mich über nichts mehr freuen.«

Er fragte mich, wann ich mich zum letzten Mal so richtig gefreut hätte. Ich wußte es auf Anhieb, der Moment hat sich mir unauslöschlich eingegraben: Vor dreizehn Jahren, damals, als ich gerade aufgeräumt hatte, und in den zwei Minuten, bevor die Kinder alles wieder in einen Saustall verwandeln konnten, genau in diesen zwei Minuten ist die Tante meines Mannes ... meines geschiedenen Mannes ... Sie wissen, Herr Doktor, daß ich geschieden bin ... und er hat jetzt eine andere ... was soll ich tun, Herr Doktor, ich muß immerfort weinen ... sehen Sie, so wie jetzt –

Er verschrieb mir eine Serie von Vitaminspritzen und gab mir eine kleine rosa Tablette, klein wie ein Stecknadelköpfchen, die ich auf der Zunge zergehen lassen mußte. Sie würde in einer Woche zu wirken anfangen.

Es war wie ein Wunder. Beim Heimgehen fühlte ich mich schon viel besser. Ich weinte nicht mehr. Als ich sah, wie einer vor mir in einen Haufen Hundescheiße trat, lachte ich sogar ein bißchen. Ich pries die Segnungen der modernen Medizin, bis mir einfiel, daß die Tablette erst in einer Woche zu wirken anfangen würde, woraufhin ich wieder zu weinen begann.

In meiner Freizeit legte ich Patience. Warum, weiß ich nicht. Ich habe dieses Idiotenspiel nie leiden können. Jetzt aber zuckten meine Finger, sobald ich an der Schublade vorbeiging, in der die Karten lagen; rein automatisch zog ich sie auf, griff nach den Karten und begann, sie aufzulegen.

Ich spielte darum, ob er bei ihr bleiben würde. Ging es auf, das heißt, lagen alle Asse oben, dann wußte ich, daß es keinen Monat mehr halten würde mit den beiden. Es ging nicht immer gleich auf. Manchmal dauerte es bis in die Morgenstunden, bis ich die beiden dort hatte, wo sie hingehörten.

Ebenso unerklärlich war mir die Kaufwut, die mich plötzlich überfiel. Ich ging los und kam mit einem halben Kaufhaus heim. Es war schrecklich. Dazwischen warfen mich Anfälle bleierner Müdigkeit aufs Bett. Da lag ich dann stundenlang, platt wie eine Flunder, unfähig, eine Hand zu heben oder auch nur die Augenlider, ich war wie tot, nur viel unglücklicher. Rückblickend vermute ich, hier wirkte eine Art körpereigenes Abwehrsystem, das viel weiser war als ich selbst. An diesen Tagen, an denen ich regungslos im Bett lag, konnte ich wenigstens kein Geld ausgeben.

Meine Mutter ließ mir keine Ruhe. »Fahr doch endlich weg«, jammerte sie. »Du mußt dich ablenken.«

Ich hatte überhaupt keine Lust wegzufahren, allein, ohne meinen Mann, aber damit sie endlich Ruhe gab, tat ich es doch.

Vielleicht hätte ich ein anderes Ziel wählen sollen, nicht jenen traurigen See zwischen den hohen, traurigen Bergen, auf dem man das Alphorn blies, das traurig widerhallte von den Felsen.

Viermal fuhr ich mit dem Dampfer hin und her, jedesmal blies einer das Alphorn, und danach ging er einsammeln mit seinem Hut mit dem Gamsbart drauf. Ich war so deprimiert, daß ich mich ertränken wollte. Aber man ließ mich nicht. Baden war in diesem traurigen See verboten.

Ich nahm ein Zimmerchen bei einer alten Hexe im nahe gelegenen Ort und wollte mich im Bett verstecken, um in Ruhe unglücklich sein zu können. Aber sie stöberte mich dort auf und warf mich aus dem Zimmer. Nachmittags um vier liegt kein ordentlicher Mensch im Bett, sagte sie streng. Und überhaupt, warum war ich allein, wo war mein Mann?

Am Abend verschlug es mich in eines jener Lokale, wo ein Zitherspieler Heiterkeit verbreitet. Ich setzte mich neben ein paar Leute, die Lodenjoppen und Lederhosen trugen mit bestickten Hosenlatzen, die Frauen Dirndlkleider, und die alle amerikanisch sprachen. Um mich kümmerte sich keiner, wie mir schien, bis mir klar wurde, daß zwei Burschen am Nebentisch im schönsten Dialekt über jemanden redeten, der nur ich sein konnte.

»Is sie an Ami, dos Weibsbild?« sagte der eine, mit dem Bierglas auf mich deutend.

»Naa«, sagte der andere. »I glab nit.«

»A unsrige?«

»I glab schon.«

»Is sie allan do, ohne an Lotta?«

»I glab schon. I sieg kan.«

»Acha!«

Behäbig stand der Achasager auf, kam herüber, zog aus seiner Joppentasche ein Stück weißer Kreide, bückte sich, bis seine Krachlederne krachte und zog mit der Kreide bedächtig einen Halbkreis um meinen Platz. Danach zog er aus der Tasche der Krachledernen ein Taschenmesser, klappte es auf und schleuderte es so geschickt gegen den Boden, daß es federnd im Kreidestrich steckenblieb. Murmelnd »Ausg'schamts Lurda, ausg'schamts«, ging er bedächtig zurück auf seinen Platz, von wo aus er den Rest des Abends aufpaßte, daß keiner in den Bannkreis trat.

Rückblickend bilde ich mir ein, über seinem Kopf und dem seines Komplizen eine weiße Kapuze mit Augenschlitzen gesehen zu haben, aber es ist möglich, daß mir in dem Punkt meine Fantasie und meine angegriffenen Nerven einen Streich gespielt haben.

Ich würde nie mehr im Leben irgendwohin fahren.

»Geh doch zum Psychiater!« sagte Eva-Maria.

Ich gab ihr keine Antwort. Mit dieser Person sprach ich nicht mehr.

Aber vielleicht sollte ich wirklich zum Psychiater gehen?

»Was willst du denn beim Psychiater?« sagte meine Mutter schockiert. »Willst du, daß die Leute sagen, du bist verrückt? In unserer Familie war noch keiner beim Psychiater.« Das stimmt. Keiner von uns war je bei einem Psychiater. Nicht einmal der arme Onkel Alois, damals, als er anfing, sich vor der Borgia-Hure zu fürchten, der Lucrezia, die hinter ihm her war.

»Ist *er* vielleicht zum Psychiater gelaufen?« fragte meine Mutter streng.

Sie hat recht. Nein, nicht einmal er ist zum Psychiater gelaufen. Er hat sich bloß eines Tages still im Wald erhängt.

»Möchtest du eine Leberknödelsuppe?« fragte Mama.

So sind die Mütter. Immer meinen sie, man braucht nur zu essen, und alles wird wieder gut. Aber was ich brauchte, war fachmännischer Rat. Ich fing an, diskret herumzufragen, nachdem ich im Telefonverzeichnis nichts gefunden hatte.

Paulas Neffe, der war Psychiater, aber zur Zeit hatte er die Praxis geschlossen, er war bei seinem Schwager in Hinterstätten, wo er am Neubau als Maurer aushalf. Er brauchte Geld für eine neue Waschmaschine.

Ich dachte, es wäre ein Witz. Ich kannte Psychiater nur von amerikanischen Filmen her. Und dort wälzen sie sich alle in Geld.

»Geld?« Paula lachte auf.» Der arme Schlucker hat im letzten Jahr zwei Fälle gehabt: eine Entmündigung und einen Gerichtsbeisitz. Seine Frau geht putzen.«

Schließlich fand meine Mutter einen.

»Paß bloß auf, daß dich keiner sieht!« jammerte sie. Und sie jammerte weiter über die guten alten Zeiten, als die Damen noch Hut und Schleier trugen, wenn sie zu ihrem Liebhaber gingen oder zum Psychiater. Sie hatte für mich einen möglichst unauffälligen Weg herausgefunden und aufgezeichnet. Er führte mich durch kleine Hintergäßchen, durch Schrebergärten, über einen Bahndamm, zwei Stacheldrahtzäune und einen

Schrottplatz. In den ersten Stock kraxelte ich über einen alten Birnbaum im Hof, um den Vordereingang zu vermeiden.

An der Praxistür hing mit Reißnägeln befestigt ein Zettel, der schon zu vergilben begann. Darauf stand: Vorübergehend wegen Urlaub geschlossen.

Ich brach auf dem Fußabstreifer zusammen.

Rosarote Streifchen

Eigenartig, die vergebliche Suche nach einem Psychiater scheint mir geholfen zu haben. Sie hat mich abgelenkt. Zwei Wochen hatte ich nur sporadisch an mein Unglück gedacht. Beinahe war ich jetzt schon fast froh, keinen gefunden zu haben. Und als Mama mal wieder sagte: »Möchtest du ein Gulasch mit Knödeln«, wollte ich gewohnheitsmäßig sagen, nein, danke, ich habe keinen Appetit, weil ich schon so lange keinen mehr gehabt hatte.

Aber seltsam, plötzlich spürte ich etwas, das Hunger hätte sein können, wenn ich nicht genau gewußt hätte, daß ich zeitlebens keine anderen Gefühle mehr haben würde als diese dumpfe, nebelgraue, alles einhüllende Traurigkeit.

Es war einige Wochen später, an einem Freitag im September, zweiundzwanzig Uhr dreißig mitteleuropäischer Zeit. Da stand ich plötzlich mit einem energischen Ruck vom Tisch auf, schob die Patiencekarten zu zwei Häufchen zusammen, legte sie in die Schachtel, spannte um die Schachtel ein Gummiband, damit der Deckel draufblieb, ging quer durchs Zimmer und warf sie aus dem Fenster. Dann ging ich weiter ins Bad, trug auf die Beine Enthaarungscreme auf und wusch mir die Haare.

Am nächsten Tag schaute ich zufällig einmal auf, und was sah ich? Zum ersten Mal seit den schwarzen Weihnachten hatte der Himmel wieder eine Farbe: blau, mit einem Stich ins Rosarote im Osten. Ich ging los und kaufte eine Garnitur Bettwäsche, als verspätetes Hochzeitsgeschenk für Eva-Maria und für mich eine Doppelpackung von diesem neuen fantastischen Stärkungsmittel, von dem alle meine Bekannten behaupteten, es wäre so gut, daß es einen sogar über einen Sonntagnachmittag brächte, an dem die Katze im Kleiderschrank Junge kriegt, die Kinder abgezogen sind, ohne sich auch nur höflichkeitshalber danach zu erkundigen, was man selber tun wird, alle Welt paarweise und händchenhaltend unterwegs ist und das Fernsehen einen Film mit der Garbo aus den zwanziger Jahren bringt. Also genau das Mittelchen, das eine Frau braucht, die sich dazu entschlossen hat, ihren Karren allein weiterzuziehen durch die Höhen und Tiefen des Lebens. Zumindest vorerst einmal …

P. S.: Eine der Tiefen soll angeblich in Kürze eliminiert werden. Ich habe gehört, es ist ein Gesetz in Ausarbeitung, nach dem es verboten wird, eine Frau ohne männliche Begleitung im Restaurant an den Abstelltisch neben den Küchendurchgang zu setzen.

Na, Schwesterchen in der Not, ist das nun ein Grund zur Freude oder nicht?

Friederike Costa

Ein Mann zum Träumen

Für Doris

1. Kapitel

Doris schaltete das Autoradio ein.

»Nich' schon wieder Nachrichten!« motzte Fabian auf dem Rücksitz.

»Bloß den Wetterbericht«, sagte Doris.

»Wie das Wetter ist, kann ich dir auch sagen: die Sonne brennt uns aufs Dach, und es ist verdammt heiß in dieser Kiste!«

»Nun sei doch mal still!« fuhr Volker seinen Ältesten an und drehte das Radio lauter.

»... hinter Karlsruhe fünf Kilometer Stau. Vorsicht, das Stauende liegt in einer Kurve!«

»Verdammt, das trifft uns mal wieder! Kaum von zu Hause weg, und schon der zweite Stau!« zischte Volker und nahm den Fuß vom Gas, denn vor ihm leuchteten bereits die ersten Bremslichter auf.

»Und jetzt das Wetter: In ganz Deutschland sonnig und sehr heiß. Im Süden des Landes steigen die Temperaturen bis auf 36 Grad im Schatten; auch nachts nur wenig Abkühlung. Die Aussichten bis Sonntag: wenig Veränderungen, es bleibt ungewöhnlich heiß. Nur in Norddeutschland ab morgen vereinzelt Gewitter.«

Doris seufzte und drehte am Sender.

»Hier ist der SWF-Oldie-Sender«, kündigte eine Frauenstimme an. »Es ist jetzt zwölf Uhr und sechs Minuten. Wie immer bringen wir Oldies von Null bis Mitternacht, und wir fangen an mit den Beatles und ihrem Superhit *All you need is love!*«

»Pah, Oldies! So 'ne Kacke!« beschwerte sich Harry. »Das ist doch was für Gruftis! Echt, da schlafen dir doch die Haarwurzeln auf'm Kopf ein.«

»Wo anders haste ja auch noch keine!« sagte Fabian und grinste seinen um zwei Jahre jüngeren Bruder frech an.

Das war doch die Höhe! Immerhin war Harry schon vierzehn und kein Kind mehr! Und wie mannhaft er war, das würde er Fabian gleich beweisen. Harry schlug zu. Einmal mit der Faust auf Fabians linke Wange.

Fabian brüllte auf. »Scheiße, verdammt du Idiot, ich kleb' dir gleich eine, daß dir dein blödes Kleinhirn scheppert!«

Plötzlich drehte sich Volker um und packte sie beide an den Schultern. »Noch ein Wort, und es passiert was, verstanden!« Dann sah er Doris an. »Sorg doch bitte mal dafür, daß deine Söhne sich hier anständig aufführen, ich muß ja schließlich fahren!«

Ah, nun waren es wieder ihre Söhne! Vorgestern, als Harry sein Zeugnis mit Notendurchschnitt zweikommaeins nach Hause brachte, da war er selbstverständlich sein Sohn!

Volker legte den ersten Gang ein, ließ den Wagen zwei Meter rollen, stoppte wieder. »Hast du wenigstens genügend Getränke in der Kühltasche?« fauchte er Doris an und kurbelte sein Fenster ganz herunter. »Bei der Hitze, da trocknet man ja aus!«

»Was heißt hier *wenigstens*. Das klingt, als ob ich geistig minderbemittelt wäre und ständig alles falsch machte.« Doris warf ihrem Mann einen gekränkten Blick zu. Eine Laune hatte er heute mal wieder! Als ob sie etwas für diese Bruthitze könnte!

Volker sah in den Außenspiegel. Von hinten kam ein Motorradfahrer an und fuhr so knapp an seinem Wohnanhänger vorbei, daß ihm die Luft wegblieb.

»Verdammt, du hast'se wohl nicht mehr alle!« brüllte er ihm nach.

»Warum brüllst du so«, sagte Doris ruhig, »der kann dich unter seinem Sturzhelm ja doch nicht hören.«

»Motorradfahrer! Glauben, sie könnten sich alles erlauben! So einer soll mir bloß mal querkommen, dann kann er aber was erleben! Ich verpaß' ihm eine Abreibung, daß ihm die Augen tropfen!«

Das bezweifelte Doris allerdings, denn Volkers Heldentage waren längst vorbei, und darüber konnten auch solche Sprüche nicht hinwegtäuschen.

Das Motorrad von eben fuhr ein paar Wagen weiter vorne auf die Standspur hinüber und dort langsam weiter. Doris sah ihm neiderfüllt nach. Dem wehte ein kühler Wind um die Nase, der konnte weiterfahren, statt sich im Stau zentimeterweise voranzuquälen, und er brauchte sich auch nicht mit zwei pubertären Söhnen und einem chronisch schlechtgelaunten Ehemann herumzuplagen!

Sie griff ins Handschuhfach und nahm ein Papiertaschentuch heraus. Damit wischte sie sich den Schweiß aus dem Gesicht. Dann zog sie einen Haargummi aus der Tasche und band sich die schulterlange Afromähne auf dem Hinterkopf zusammen. Die Haare waren naß vom Schweiß, T-Shirt und Jeans klebten ihr am Körper, es war wirklich eine Affenhitze!

Sie dachte an gestern abend. Volker hatte den Wohnwagen aus dem Unterstellplatz geholt, dann hatte sie ihn innen, er außen geputzt und poliert. Wenn sie in Urlaub fuhren, mußte alles picobello glänzen, denn *Volkers* Wohnwagen war seine Leidenschaft! Alles hatte seinen angestammten Platz, angefangen bei Fabians Mofa, das auf eine Halterung an der Rückseite des Wohnwagens montiert war, bis zum Fingerhut, den sie brauchte, um ihren Männern die Knöpfe anzunähen Volker hatte Wochen damit verbracht, alles bis ins Kleinste auszutüfteln, und wehe dem Wohnwagen wurde auch nur ein Schräubchen gekrümmt, da machte er einen Aufstand, als ginge es um sein Leben.

Sie hingegen haßte das Gefährt, das sie jedes Jahr ein paar tausend Kilometer durch die Welt schleppten, nur damit sie auch im Urlaub noch kochen und abwaschen, putzen und aufräumen mußte. Dabei würde sie viel lieber im Hotel wohnen.

Ihretwegen konnte es ja ein ganz einfaches sein, Hauptsache, sie brauchte sich mal für zwei Wochen im Jahr um nichts zu kümmern. Aber Volker fand ein Hotel für vier Personen zu teuer. Da kaufte er doch lieber einen Wohnwagen für achtzigtausend Mark, da weiß man schließlich, was man hat! Seine Logik und sein Verständnis für sie waren manchmal umwerfend.

Heute morgen war sie dann um sechs Uhr aufgestanden und hatte alles eingeräumt. Kleider, Wäsche, Schuhe, Haushaltswaren und Lebensmittel, Reiseapotheke, Reiseführer und Krimskrams, und als sie um neun Uhr fertig war, hat sie dann ›ihre Männer‹ geweckt und mit einem ordentlichen Frühstück verköstigt. Daß Volker vor so einer langen Reise ausschlafen durfte, sah er als selbstverständlich an, schließlich ›mußte‹ er ja die ganze Strecke fahren, während sie doch im Auto weiterschlafen konnte. Die Wahrheit aber war: Sie *durfte* nicht fahren, weil er es ihr nicht zutraute mit dem Wohnanhänger hinten dran, und schlafen konnte sie im Auto grundsätzlich nicht. Und was die Söhne betraf, Himmel, da dankte sie Gott, wenn die ihr beim Einräumen nicht zwischen die Füße liefen, denn da hieß es dann ja doch bloß – Doris hier und Doris da und wohin damit und Volker hat aber gesagt ... – nee, da machte sie den ganzen Kram doch lieber selber.

Weggekommen waren sie erst gegen halb elf, weil die Haltevorrichtung für Fabians Mofa klemmte und Harry seine Ringelnatter noch zu einem Freund bringen mußte. Als ob er das nicht schon gestern hätte machen können! Aber na ja ... und dann, kaum waren sie auf der Autobahn, da kam auch schon der erste Stau. Wenn das so weiterging, erreichten sie in diesem Urlaub den *Lac de Joux* in der südlichen Westschweiz bestimmt nicht mehr.

Warum Volker ausgerechnet dorthin wollte, war ihr lange ein Rätsel gewesen. Warum in die Schweiz? Und warum, wenn schon in die Schweiz, ausgerechnet an den Lac de Joux und nicht an den Genfer See? Nach Lausanne zum Beispiel oder nach Montreux? Das klang doch zumindest interessant, und man konnte damit auch vor den Nachbarn und Bekannten angeben. Aber der Lac de Joux, den kannte doch keine Menschenseele!

Später dann bekam sie zufällig heraus, daß ein Sportkollege vom Kegelclub ihm seine Autobahn-Vignette geschenkt hatte – im Wert von immerhin vierzig Mark! – und daß derselbe ihm auch für den Campingplatz am Lac de Joux einen Preisnachlaß von drei Tagen bei zwei Wochen Aufenthalt vermitteln wollte. Das bringt nochmal ungefähr hundertdreißig Mark Ersparnis, und die kann sich einer wie Volker schließlich nicht durch die Lappen gehen lassen! Also, ab in die Schweiz, und was die Nachbarn und Bekannten angeht, denen kann man ja schließlich erzählen: der Lac de Joux liegt zwar ein halbes Stündchen Autofahrt vom Genfer See entfernt, dafür ist er aber nicht so überfüllt und viel romantischer.

Volker ist geizig. Das war er schon immer, aber früher hat sie das nicht so gestört. Früher, da hat sie über seine großen Fehler gnädig hinweggesehen und sich höchstens mal über die kleinen aufgeregt. Aber irgendwie ist sie in letzter Zeit mit den Nerven am Ende, hat keinen Humor mehr, und ihre Toleranzgrenze ist schnell überschritten.

Hedda, ihre Nachbarin und beste Freundin meinte: »Das liegt am Alter! Wenn frau auf die Vierzig zusteuert, dann kriegt sie eben die Muffensausen, und da können die schlauen Bücher sagen, was sie wollen – von wegen, mit Vierzig fängt das Leben erst an! Mit Vierzig stehst'e erstmal 'ne Krise durch, und die nächste kommt dann, wenn du in die Menopause kommst. Dafür bist du danach wieder fein raus! Monatsbinden, Kinderkriegen und die Pille gehen dich alles nix mehr an. Aber bis dahin ist die Welt eben aus den Fugen.«

Wahrscheinlich hatte Hedda recht mit ihrer Krisentheorie. Doris erinnerte sich an einen Traum, den sie vor ein paar Tagen geträumt hatte. Sie war auf einem Fest und kein Mann, kein einziger wollte mit ihr tanzen, *weil sie schon so alt war!!!* Dieser Traum ging ihr wirklich ans Gemüt – und dabei war sie doch gerade erst mal neununddreißig geworden …

Fabian riß sie aus ihren Gedanken. »Ich habe Durst!«

»Na, dann nimm dir doch was aus der Kühltasche.«

»Aber da ist nix mehr drin. Und außerdem muß ich mal. Dringend!«

Volker streifte Doris mit vernichtendem Blick. Hatte er's nicht eben noch geahnt; sie hatte wieder mal zu wenig Vorrat eingepackt! Ja war das denn verdammt nochmal so schwer, ein paar Flaschen Wasser und Brote zusammenzupacken? Immer dasselbe, jedes Jahr das gleiche Theater!

»Es waren zwölf kleine Flaschen Wasser in der Tasche! Und die habt ihr euch alle innerhalb von zwei Stunden reingezogen? Kein Wunder, daß ihr da aufs Klo müßt!« schimpfte Doris.

»*Ich* muß nicht«, verbesserte Harry, »ich hab' nicht so 'ne Sextanerblase wie der!«

»Halt die Schnauze«, pfiff Fabian ihn an.

»Die nächste Tankstelle kommt erst in acht Kilometern«, sagte Volker. »So lang mußt du schon noch aushalten.«

»Bei dem Tempo dauert das ja Stunden!«

»Eine halbe«, beruhigte Doris ihn. »Das schaffst du schon!«

»Pah! Hast du eine Ahnung wie dringend ich muß! Und wenn ich's nicht schaffe, soll ich dann vielleicht auf den Rücksitz pinkeln?«

»Ich kann's ja auch nicht ändern.« Doris versuchte, ruhig zu bleiben, obwohl sie langsam anfing zu kochen. Und das nicht nur, weil es so heiß im Wagen war!

Eine Weile war es still. Die Autoschlange kroch im Schneckentempo voran, die Hitze wurde immer unerträglicher, und die Stimmung im Wagen fühlte sich an wie auf einem Pulverfaß. Ein Streichholz hätte genügt, und der Wagen wäre in die Luft geflogen.

Dreihundert Meter vor der Ausfahrt zur Tankstelle war es

dann so weit. Die Bombe platzte. »Ich halt's nicht mehr länger aus!« jammerte Fabian, und dann fuhr er seine Mutter an: »Wenn du heute vormittag beim Einpacken nicht so rumgetrödelt hättest, dann säße ich jetzt schon längst auf dem Pott!«

Doris schnappte nach Luft. Das war doch wirklich die Höhe! Die lagen im Bett und ließen es sich gutgehen, statt sich um ihren Kram zu kümmern und warfen ihr nachher doch glatt vor, *sie* hätte rumgetrödelt! Ja war denn an allem immer nur sie schuld?

Sie sah zu Volker, und Volker sah sie an. Sie hoffte, er würde ihr helfen, sie in Schutz nehmen, würde seinen Söhnen mal die Leviten lesen, aber statt dessen sagte er: »Wir sind wirklich zu spät losgefahren. Und das mit den Vorräten hast du auch wieder vermasselt. Jetzt können wir hier auf der Raststätte das teuere Zeug kaufen! Drei Mark für 0,2 Milliliter – zu Hause bei Aldi kriegen wir das für achtundvierzig Pfennig!«

Da sah Doris plötzlich rot. Die Adern an ihren Schläfen schwollen an, ihre Fäuste krallten sich um den Saum des T-Shirts, und dann schrie sie los. Sie schrie, daß sie es satt hätte, und daß sie ihnen alles vor die Füße knallen würde, und daß sie schließlich auch ein Recht auf Anerkennung und ein bißchen Zuneigung hätte, und überhaupt und außerdem. Aber ihre Söhne zuckten nur lässig die Schultern – die Alte flippt mal wieder aus! – und Volker sagte sehr von oben herab: »Du bist jetzt hysterisch, ich bitte dich, reiß dich zusammen!« Er sah sie nicht mal an dabei, setzte den Blinker, bog dann nach rechts auf die Raststätte ein und hielt auf dem LKW-Parkplatz hinter den Waschräumen.

Fabian war schon aus dem rollenden Auto gesprungen. Harry folgte ihm jetzt gemächlichen Schrittes, drehte sich an der Glasschwingtür nochmal um und rief seinem Vater zu: »Für mich zwei Cola, einen Hamburger mit Majo, und zwei Schokoriegel!« Kein Bitte. Und dann war auch er verschwunden.

Volker griff sich sein Jackett, klopfte die Taschen ab, fand den Geldbeutel. Ohne Doris anzusehen und ohne ein Wort, schlug er die Tür zu und ging hinüber zum Imbiß. Kein Versuch der Versöhnung, keine Frage, ob sie Hunger oder Durst oder vielleicht Lust auf ein Eis hätte. Wieso auch, sie war ja nur die Sklavin ihrer Herren, und wenn sie was haben wollte, mußte sie warten, ob vielleicht ein paar Brösel vom reichgedeckten Tisch für sie abfielen.

Doris sah ihrem Mann aus zusammengekniffenen Augen nach. In diesem Moment haßte sie ihn, und ihre egoistischen Söhne haßte sie auch, und sie haßte ihr ganzes verdammtes Leben, das sich seit sechzehn langen Jahren nur noch zwischen Bügelbrett, Supermarkt und sonntäglichen Ehepflichten abspielte. Sie fühlte sich von Volker und dem Schicksal betrogen und hintergangen und hatte eine Schweinewut im Bauch.

Plötzlich faßte sie einen Entschluß, der ihr ganzes Leben verändern sollte. Sie stieg aus, zog den Zündschlüssel ab, schloß den Wohnwagen auf und packte wahllos ein paar Klamotten und Toilettenartikel in ihre Strandtasche. Dann nahm sie ihre Lederjacke, steckte sich Ausweis, das Postsparbuch und etwas Bargeld ein, kritzelte ein paar Abschiedsworte auf einen Zettel und ging. Jawohl, sie ging! Sie würde es ihnen schon zeigen! Mit ihr nicht mehr!

Als sie um die Ecke des Tankstellengebäudes bog, fiel ihr Blick auf einen Motorradfahrer, der neben seiner Maschine stand und eine Zigarette rauchte. Er war wohl ein paar Jahre älter als sie, hatte blonde Haare und auffallend blaue Augen, war groß und sah wirklich gut aus. Plötzlich sah der Mann auf und zu ihr herüber, und als sich ihre Blicke trafen, lächelte er als würde er ihr ansehen, daß sie Trost brauchte, und als ob er ihr sagen wollte: nimm's nicht so schwer, das Leben kann so schön sein, wenn du nur willst!

Doris nickte ihm zu. »Bei ihm auf der Maschine sitzen«, dachte sie, »und dann immer Richtung Süden. Nichts mehr hören und sehen vom schnöden Alltag, statt dessen Sonne, Meer und Abenteuer und ein Mann zum Träumen an deiner Seite! Ja, das wär's!«

Doris starrte ihn an, starrte auf seine breiten Schultern, die blonde Haarmähne, die ihm in die Stirn fiel, und dachte plötzlich: »Warum nicht? Warum sollten Träume und Abenteuer immer nur für andere da sein?«

Und dann ging sie mit festen Schritten auf ihn zu.

»Können Sie mich mitnehmen?«

»Wohin?« fragte er halb erstaunt, halb amüsiert.

»Egal. Richtung Süden! Ich will aussteigen!«

»Ach?« Er kratzte sich das Kinn, dann lachte er. »Mir ist ja schon viel passiert in meinem Leben ... aber so was noch nie!«

»Dann sind Sie ja in allerbester Gesellschaft. Mir passiert das nämlich gerade auch zum ersten Mal.«

Wieder lachte er, schüttelte dann amüsiert den Kopf und dachte über ihr Ansinnen nach. »Sie bräuchten allerdings einen Sturzhelm!« sagte er.

»Einen Sturzhelm?« Doris biß sich auf die Lippen, aber dann strahlte sie plötzlich und zuckte die Schultern. »Sturzhelm ist kein Problem. Warten Sie, ich hole ihn!« Sie drückte ihm ihre Strandtasche in die Hand und lief zurück zum Wohnwagen, um sich Fabians Sturzhelm zu holen. Der wird sie dann zwar in die Hölle wünschen, aber beim augenblicklichen Stand der Dinge war ihr das auch egal.

Als Doris zurückkam und ihm den Sturzhelm wie eine Trophäe entgegenstreckte, schüttelte er grinsend den Kopf. »Sie meinen das ja tatsächlich ernst?«

»Natürlich meine ich es ernst!«

»Und wenn ich Sie wirklich mitnehme, verpflichte ich mich dann zu irgend etwas?«

»So wenig, wie ich mich zu irgend etwas verpflichte!« antwortete Doris und sah ihn dabei mit bohrenden Blicken an.

Einen kurzen Moment zögerte er noch, dann stieß er sich plötzlich von seiner Maschine ab, öffnete eine der ledernen Seitentaschen, in der er sein Gepäck verstaut hatte, schichtete es ein bißchen um und stopfte dann Doris' Strandtasche dazu. »Okay, lassen Sie uns aufbrechen«, sagte er, als er den Riemen durch die Lasche gezogen hatte, und streckte ihr die Hand entgegen. »Übrigens, ich heiße Benno Leppe und würde vorschlagen, wir duzen uns.«

»Mein Name ist Doris Kämpfe, und mit dem Du bin ich einverstanden.« Sie sah ihm fest in die Augen. »Aber sonst keine Vertraulichkeiten!«

»Madame, ich bitte Sie! Ich bin schließlich ein Mann von Welt, und meine Siege erzwinge ich nicht, die erringe ich mir höchstens ganz ehrlich!« Er lachte, schloß den Reißverschluß seiner Lederjacke, setzte seine Brille und den Jethelm auf, schob dann die Maschine vom Ständer und schwang sich auf den Sitz. »Na, nun komm endlich«, sagte er zu Doris, »oder hast du dir's doch wieder anders überlegt?«

»Keineswegs!« Sie stülpte sich den Helm über den Kopf, und im gleichen Moment bog Volker um die Ecke. Mit seinen Einkäufen vollbeladen wie ein Packesel trabte er, ohne es zu ahnen, an ihr vorbei und geradewegs auf eine verdammt unangenehme Überraschung zu. Haha! Doris fühlte eine hähmische Schadenfreude in sich aufsteigen, und langsam fing das Abenteuer sogar an, ihr Spaß zu machen.

Benno Leppe drehte sich zu Doris um. »Also, bist du so weit?«

»Klar!« Sie setzte sich hinter ihn und fragte: »Kannst du mir einen kleinen Gefallen tun?«

»Jetzt schon? Himmel, das fängt ja gut an!«

»Ach bitte! Fahr einmal um das Toilettengebäude rum, ich will nur was kucken!«

Benno gab Gas, bog um die Ecke, fuhr langsam an Volker und den Jungens vorbei, die gerade alle drei ratlos auf den Zettel starrten, den sie ihnen geschrieben hatte.

Ich hab' die Nase voll von euch und eurer ständigen Undankbar-

keit! Ich reise ohne euch weiter – und sucht mich nicht, es hätte sowieso keinen Sinn, mich zur Umkehr zu bewegen! Doris

Doris grinste zufrieden, schlang ihre Arme um Bennos Taille und lehnte sich schutzsuchend an seinen Rücken. Und gerade als Volker den Kopf hob und ziemlich bedeppert in ihre Richtung sah, ließ Benno die Maschine aufheulen und preschte davon.

2. Kapitel

Während sie auf dem Motorrad an Autos vorbeibrausten, die sich mit zehn Stundenkilometern durch die Hitze quälten, plagte sich Doris mit ihrem schlechten Gewissen herum. Irgendwie kam ihr jetzt erst so richtig zu Bewußtsein, was sie getan hatte. Sie hatte Mann und Kinder verlassen, wenn auch nur vorübergehend, und nicht genug damit, sie ist auch noch zu einem völlig fremden Kerl auf die Maschine gestiegen! In einem einzigen unbedachten Moment hatte sie ihren guten Ruf als aufopferungsvolle Mutter und Ehefrau ruiniert und vielleicht sogar ihre Beziehung aufs Spiel gesetzt, und das alles aus purem Egoismus! Bloß weil sie stinkesauer war und glaubte, auch ein Recht auf Anerkennung und ein kleines Stück vom großen Glück zu haben. Auf einmal war ihr unklar, woher sie den Mut genommen hatte, so etwas zu tun. Sie war doch sonst immer so geduldig und vernünftig! Es muß wohl die Hitze gewesen sein, anders konnte sie sich das nicht erklären.

Plötzlich war ihr auch Benno Leppe unheimlich. Klar, er hatte einen sehr vertrauenerweckenden Eindruck gemacht, und bisher hatte sie sich noch immer auf ihre Intuition und Menschenkenntnis verlassen können, aber was war, wenn sie sich ausgerechnet diesmal geirrt hatte? Diese Vorstellung ließ sie erschaudern, und sie beschloß, sich in der nächsten größeren Stadt von ihm absetzen zu lassen.

Inzwischen hatten sie die Autobahn verlassen, waren ins Elsaß gefahren, und jetzt befanden sie sich ein kleines Stück auf der Route des Vieux Chateaux.

Benno drehte seinen Kopf halb nach hinten und sagte: »Wir fahren jetzt erst nach Niederbronn-les-Bains, von da aus dann nach Hagenau und weiter nach Straßburg. Das ist zwar ein Umweg, aber es ist mir wichtig, diese Strecke zu fahren. Den Grund dafür erkläre ich dir, wenn wir in Niederbronn sind. Wie geht's dir denn da hinten? Du bist so schweigsam, und irgendwie hatte ich vorhin plötzlich das Gefühl, du bist von mir abgerückt!«

»Ach ja? Das hast du dir nur eingebildet. Vielleicht weil ... na ja, es ist sehr ungewohnt, so zu sitzen.«

»Soll ich eine kleine Pause einlegen?«

»Nicht nötig, ich halte es schon noch ein Weilchen aus.«

Benno wandte den Kopf und deutete nach rechts. Doris folgte seinem Fingerzeig und entdeckte auf einem Berg eine von den vielen Burgen, die sich hier an der Grenze zu Lothringen und der Pfalz wie Perlen an einer Kette aufreihten: Hohenburg, Löwenstein, Fleckenstein, Windstein, Wasenburg, Falkenstein, Waldeck und andere mehr.

Doris kannte die Gegend, und auf Burg Fleckenstein war sie sogar schon einmal gewesen. Aber das lag eine Ewigkeit zurück! Damals waren sie und Volker erst seit ein paar Monaten zusammen gewesen, und die ganze Welt gehörte noch ihnen. Inzwischen ist jedoch viel Wasser den Rhein hinuntergeflossen, und ihr ist klar geworden, daß die Welt in Wahrheit den Politikern gehört und ihnen höchstens die Schulden ihres Reihenhauses am Stadtrand von Darmstadt.

Aber auch von allem anderen, was Volker ihr damals in dem kleinen, romantischen Gasthaus am Fuße von Fleckenstein bei Kerzenschein und Elsaßwein so zärtlich ins Ohr geflüstert hatte, war nicht mal ein kleiner Teil wahr geworden, und seinen Frust darüber ließ er in den letzten Jahren immer mehr an ihr aus. Als ob sie daran schuld wäre, daß sich Verliebtheit nun mal abnutzt, und als ob es an ihr alleine läge, daß es in letzter Zeit sonntags nur noch Krach gab statt Frühstück im Bett mit anschließendem Schmusen!

Als sie darüber nachdachte, kam ihr gleich wieder die Galle hoch. Früher hat er glatt jeden Italiener in Grund und Boden geschleimt und von dem ganzen Honig, den er ihr ums Maul geschmiert hat, hätte man mit Leichtigkeit einen Imkerladen eröffnen können. Aber jetzt ... jetzt war sie ihm höchstens noch gut genug, um sich bei ihr auszukotzen! Doris ballte vor Wut die Fäuste. Volker und die Jungen hatten sich heute vormittag wirklich schrecklich benommen, und sie hatte verdammt nochmal die Schnauze voll davon, immer für alles verantwortlich gemacht zu werden! Dieses Mal würde sie ihren Urlaub ohne sie gestalten, und sie nahm sich vor, ihn in jeder Hinsicht zu genießen. Ab jetzt kein schlechtes Gewissen mehr, ab jetzt war sie nur noch für sich da!!!

In Niederbronn-les-Bains hielt Benno an und fragte eine Passantin nach der Keltenquelle.

»Da müssen Sie die Straße weiterfahren bis zum Ortsende, und dann sehen Sie es schon.«

Benno fuhr langsam weiter und sah sich konzentriert um; dann, etwa fünfzig Meter nach dem Ortsende, wendete er und fuhr zurück zur Stadtmitte. An der Römerquelle, in der Nähe des Kasinos, parkte er vor einem Straßencafé, nahm Helm und Brille ab, zog die Handschuhe aus und fragte Doris, ob sie etwas trinken wolle oder Lust auf ein Eis hätte.

»Schon, aber ich habe kein französisches Geld. Und überhaupt, ich müßte dringend auf ein Postamt, um Geld abzuheben!«

»Auf den Kaffee lade ich dich ein, und ein Postamt finden wir sicher auch. Wir fragen hier einfach nach!«

Zuerst ging Doris auf die Toilette. Sie sah in den Spiegel und erschrak – Himmel, wie sie aussah! Die Haare waren naßgeschwitzt und klebten ihr am Kopf, die Wimperntusche war vom Schweiß verschmiert, und ihr Gesicht war beinahe so rot wie der Hintern eines Pavians. Die Hitze unterm Helm war einfach unerträglich gewesen, und ihr Nacken fühlte sich schon geraume Zeit so steif an wie ein Brett. Aber sie hatte sich gehütet, ein Wort darüber zu verlieren; Benno sollte bloß nicht denken, sie sei eine Jammerjule! Doris wusch sich das Gesicht mit eiskaltem Wasser und band sich die Haare zusammen. Dann verließ sie die Toilette und sah sich nach Benno um.

Er hatte einen Tisch im Schatten gefunden und bereits eine große Karaffe Wasser und zwei mit elsässischem Räucherschinken belegte Baguettes bestellt. »Ich dachte, du hast bestimmt Hunger!« sagte er wie zu seiner Entschuldigung.

»Ach, wie kommst du denn auf die Idee!« Doris lachte und biß genüßlich ab. »Ehrlich gesagt hing mir der Magen schon bis zur Schuhsohle.«

Benno nickte. »Paß auf«, sagte er, »wir treffen jetzt ein Abkommen. Wenn du Hunger oder Durst hast oder auf die Toilette mußt, dann sagst du es; wenn dir der Rücken weh tut oder sonstwas, dann sagst du es auch. Dann kann ich mich drauf einstellen und an passender Stelle eine Pause einplanen. Du brauchst hier weder die Heldin zu spielen, noch mir aus Dankbarkeit dafür, daß ich dich auf meine Tour mitnehme, die Stiefel zu lecken. Wir beide sind Partner, sonst können wir nicht gemeinsam auf dem Motorrad reisen. Alles klar?«

»Alles klar«, antwortete Doris. »Aber wie kommst du eigentlich auf die Idee, daß wir länger als bis heute Abend zusammenbleiben?«

Einen Moment sah er sie verdutzt an. Dann zuckte er mit den Schultern und sagte: »Ich hatte dich so verstanden, aber meinetwegen kannst du absteigen wo und wann immer du willst. So, und jetzt noch ein paar praktische Tips. Wenn wir beim Schalten ab und zu mit den Helmen zusammenknallen, dann ist das zwar lästig, aber es gehört dazu. Du brauchst dich also nicht jedesmal zu entschuldigen. Wenn du vom Fahrtwind kalte Hände kriegst, dann schieb sie einfach in meine Jackentaschen. Und was die Haltung betrifft – ich finde es zwar angenehm, wenn du dich so hingebungsvoll an mich schmiegst, aber auf die Dauer ist das für mich ziemlich anstrengend.«

Benno lachte, als er sah, daß Doris knallrot anlief. »Ich dachte, das macht man so«, sagte sie.

»Es ist okay, aber wir sollten uns abwechseln. Mal lehnst du dich zurück, und ich schmiege mich an dich, mal machen wir's umgekehrt. Es ist wie im echten Leben, jeder ist mal dran!«

»Hast du eine Ahnung von meinem Leben ...«, murmelte Doris und schob sich den Rest ihres Baguettes in den Mund. »Bei uns lehnen sich alle immer nur an mich an. Und das Wort Partner ist für mich ein ziemlich abstrakter Begriff. Hat irgend etwas mit Gleichberechtigung zu tun, wenn ich nicht irre?«

Benno lachte. »Mir scheint, du bist verheiratet.«

»Und wie! Aber damit ist jetzt Schluß!«

»Das heißt, du willst dich scheiden lassen?«

Doris hatte das zwar auf das Anlehnen bezogen, aber plötzlich ritt sie der Teufel. Sie sagte ja und machte eine Handbewegung, als wolle sie eine lästige Fliege verscheuchen. »Vor dir sitzt quasi eine freie Frau!«

»Nur frei, oder auch zu haben?« fragte Benno und grinste sie frech an.

Zuerst schnappte Doris nach Luft, aber dann dachte sie, frei und gleichzeitig zickig zu sein ist etwa so, als würde sie in einem leeren Schwimmbassin baden wollen. Also beugte sie sich vor, stützte ihr Kinn kokett auf die Hand und sagte im selben herausfordernden Ton: »Kommt ganz auf die Konditionen an! Und auf den Typ! Von Männern, die in Trainingsanzügen rumlaufen und nachts gestreifte Schlafanzüge tragen, die knausern und ihre schlechte Laune an mir auslassen, habe ich jedenfalls vorerst genug!«

Benno zog beide Augenbrauen hoch und pfiff durch die

Zähne. »Bescheiden bist du mit deinen Anforderungen ja gar nicht! Aber du hast Glück. Ich hasse Trainingsanzüge, schlafe nackt, und für eine schöne Frau ist mir nichts zu teuer. Außerdem bin ich der geduldigste und netteste Mann, den ich kenne!«

»Na so was, und ich hab' dich für einen Macho gehalten!«

»Ich ein Macho? Na hör mal!« Benno sah sie bohrend an. »Weißt du, was Macho heißt?«

Doris zog bedauernd die Schultern hoch. »Ich weiß nur was einer ist.«

»Macho kommt aus dem Spanischen und heißt Männchen. Aber ich bitte dich, bin ich etwa ein Männchen oder nicht vielleicht eher ein richtiger Kerl!« Er verdrehte die Augen, warf sich in die Brust und klopfte sich auf selbige wie Tarzan, bevor er sich vom Baum schwang.

»Oh nein!« Doris sank in ihren Stuhl zurück und lachte. »Also doch ein Macho! Und auch noch einer, der nach Komplimenten fischt! Weshalb hast du dich vorhin übrigens nach der Keltenquelle erkundigt und bist dann wieder umgekehrt?«

»Das ist eine lange Geschichte und hat etwas mit meinen ›Wurzeln‹ zu tun. Meine Urgroßmutter, eine gebürtige Genferin, war einmal hier zur Kur und hat sich an der Keltenquelle genüßlich getan, die hilft nämlich unter anderem auch bei Übergewicht und schlechtem Stuhlgang, und sie muß eine ziemliche Matrone gewesen sein. Und ihr Sohn, also mein Großvater, ist später als Zimmermann vom Genfer See bis nach Niederbronn-les-Bains gewandert, hat ebenfalls von der Keltenquelle getrunken und hat sich dann wieder auf den Heimweg gemacht. Aber bis nach Hause ist er nicht mehr gekommen, denn in Hippoltskirch, das liegt im Sundgau, direkt an der Grenze zur Schweiz, hat er die schöne Agnes kennengelernt und ist trotz einsetzender Kriegswirren dort geblieben. Später ist sein Sohn Friedl, welcher mein Vater war, diesen Weg ebenfalls gewandert, jedoch in umgekehrter Richtung, nämlich von Niederbronn bis zum Genfer See, aber auch er kam nicht ans Ziel, weil er zwischendrin mich gezeugt hat und dann später in einem kleinen Dorf am Bieler See vom Dach gestürzt ist. Aber die genauen Umstände dieser Geschichte sind viel verzwickter, und ich kenne sie selbst erst seit ein paar Monaten. Wenn du magst, und es sich ergibt, werde ich dir das ein andermal erzählen …« Er brach ab und schlug sich mit der flachen Hand gegen die Stirn. »Oh, Verzeihung, ich vergaß ja ganz, daß du eben noch gedachtest, mich heute Abend bereits wieder zu verlassen!«

»Gedachte ich das? Ich erinnere mich nur, daß ich dich fragte, wie du auf die Idee kommst, ich würde die ganze Tour mit dir machen. Ich weiß es nämlich selbst noch nicht … kommt ganz drauf an!«

»Worauf, wenn man fragen darf?«

»Wie du dich weiter so entpuppst.«

»Ah, weiter so – heißt das, ich habe mich schon ein Stück entpuppt? Und was kam dabei bitteschön heraus?«

Doris grinste breit. »Soll ich jetzt etwa ein Persönlichkeitsprofil von dir abgeben?«

»Himmel, nein, bloß nicht. Du wärst imstande, mir Gemeinheiten an den Kopf zu schmeißen. Zum Beispiel: Du bist der Traum aller Küchenhilfen! Oder: Magnum für Landfrauen!«

Doris lachte. »Und du meinst, daß sich meine Meinung von dir in geraumer Zeit ändert?«

»Natürlich! Auf die Dauer können meine wahren Qualitäten selbst dir nicht verborgen bleiben!«

Doris schüttelte augenrollend den Kopf. Dann lachte sie und nahm den Faden ihres Gespräches wieder auf. »Deine Vorfahren kommen also aus der Schweiz und aus dem Elsaß?«

»Stimmt. Daß ich Deutscher bin, liegt nur daran, daß meine Großeltern, als das Elsaß wieder einmal französisch wurde, gerade auf der rechten Rheinseite wohnten. Sie waren zu einer von Agnes' Kusinen gezogen, weil der Großvater, der ja immer noch Schweizer war, sich im Krieg dem *Schweizer Roten Kreuz* angeschlossen hatte und zusammen mit Agnes und deren Kusine für die verwundeten Soldaten sorgte, die dort mit dem Zug über die Grenze transportiert wurden. Sie brachten Wasser, manchmal auch eine dünne Suppe oder gekochte Kartoffeln zu den Zügen.«

»Und jetzt fährst du die Route, auf der deine Vorväter gewandert sind mit dem Motorrad ab?«

»Du hast es erfaßt. Es gibt ein Tagebuch meines Urgroßvaters und eins meines Vaters, die dienen mir sozusagen als Reiseführer.«

»Back to the roots!« sagte Doris und grinste breit. »Und ich habe immer gedacht, wenn einer ein Motorrad fährt, dann hat er nichts anderes im Kopf.«

»Den Fehler machen mehr Menschen, und du hast Glück, daß du eine Frau bist.«

»Sonst?«

»Sonst hätte ich dir für diese Frechheit jetzt dein hübsches Näschen poliert!«

Benno bezahlte und fragte die Bedienung nach dem Weg zur Post. Sie fuhren das Stück, Benno parkte im Schatten und Doris ging hinein. Als sie wieder zurückkam, stand eine Gruppe junger Männer neben Benno, die die Maschine bestaunten.

»Die Jungens scheinen ja mächtig von deinem Motorrad beeindruckt gewesen zu sein!« sagte Doris, als sie wieder auf der Landstraße waren und in Richtung Hagenau weiterfuhren. »Was ist das denn eigentlich für ein Feuerstuhl, auf dem ich da sitze?«

»Eine Moto Guzzi California 1100i, Baujahr 1995«, antwortete Benno. »2 Zylinder, 4-Takt-Motor, 1064 ccm, 75 PS bei 6400 Umdrehungen die Minute und 91 Nm bei 5000 Umdrehungen die Minute.«

»Ach ja?« Das sagte Doris etwa so wenig wie einem eingefleischten Nichthausmann die Abkürzungen in Großmutters Kochbuch.

»Die Moto Guzzi wird in Italien gebaut«, erklärte Benno weiter, »und seit 1971 wird sie als Highway-Police-Motorrad an der Westküste der USA eingesetzt. Für unsere Straßen ist sie leicht verändert worden, und die voll verkleidete Version, wie ich sie fahre, bleibt den Deutschen vorenthalten. Die Guzzi ist ein Mythos und ihr Besitzer nicht einfach nur ein Motorradfahrer, sondern ein Idealist. Jedenfalls meistens. Wer schnell fahren will, sollte den Hintern von der Guzzi lassen, ein echter Guzzist zieht das Touren auf den Landstraßen in gemütlichem Reisetempo vor.«

»Ein Guzzist?«

»Die eingefleischten Guzzifans nennen sich so.«

»Dann bin ich jetzt also eine Guzzistin?«

Benno lachte. »Das wird sich zeigen. Wenn du dein Herz an sie verlierst, dann ja. Wollen wir's mal ausprobieren, das mit dem Zurücklehnen?«

»Okay.« Doris lehnte sich an die *Sissy Bar* und spürte Bennos Gewicht sanft auf sich. Dazu roch sie den herrlichen Duft von Hirschfett, der Bennos Lederjacke entströmte und fühlte das leichte Vibrieren unter sich – Doris bekam langsam eine Ahnung davon, warum manche Frauen Motorradfahren erotisch fanden.

In Hagenau fragte sich Benno zum Rittertor durch. Dort hielt er an und deutete auf ein Haus, auf dessen Eichentürsturz eine Jahreszahl eingeschnitzt war. »Das muß es sein«, sagte er. »Hier haben beide, mein Großvater und mein Vater, übernachtet, und dort drüben, in der Weinstube, haben sie gegessen.«

Benno zog ein in Leder gebundenes, ein wenig zerfleddertes Tagebuch aus der Tasche, schlug es auf und las Doris daraus vor:

»Das Essen war zu fett, die Matratze zu weich und das Federbett zu schwer. Für mich aber war es die Seligkeit, denn ich war an die vierzehn Stunden durch den Hagenauer Forst gewandert und hatte für den ganzen Tag nur ein paar Brotkanten und ein Fläschchen Edelzwicker bei mir gehabt. Das Französisch der Bäuerin war so drollig wie das Deutsch des Bauern, und die Tochter, die mir nach dem Essen das Zimmer richtete, war drall und hübsch und wäre schon was zum Nachtisch gewesen. Ich glaube, sie hätte auch nichts dagegen gehabt, gemeinsam mit mir von der Liebe zu kosten – immer nur das fette Kraut und die Würste vom Schwein, das kann einer wie der doch auf die Dauer nicht genügen! –, aber leider paßten die Eltern auf sie auf wie der Teufel auf die arme Seele! Später dann, als ich weiterzog, steckte sie mir zum Abschied heimlich ein Stück geräuchertes Bauchfleisch zu, und da dachte ich so bei mir: ›Schade, *dein* Bauchfleisch und dazu ein bißchen Brustspitz wäre mir lieber gewesen!‹«

Benno klappte das Buch zu und steckte es wieder ein. Dann sah er Doris an. »Das hat Friedl, mein Vater, geschrieben. Wie du der Eintragung unschwer entnehmen kannst, war er dem schönen Geschlecht sehr zugetan. Aber mit der Treue nahm er es nicht so genau, und erst recht nicht mit der Verantwortung. Mich hat er wohl auch mal so zum ›Nachtisch‹ gezeugt, und als ihm meine Mutter dann von der Bescherung erzählte und ihr Vater ihn zur Hochzeit zwingen wollte, da hat er sich schleunigst aus dem Staub gemacht. Alles was meiner Mutter von ihm blieb, war eine Fotografie, sein Tagebuch und das seines Vaters und ein paar Briefe von seiner Großmutter, die in den Tagebüchern einlagen. Diese Dinge hatte er in der Eile bei ihr liegen lassen, aber davon wußten ihre Eltern nichts, und sie hütete diesen Schatz ein Leben lang wie ihren Augapfel. Erst kürzlich, bevor sie starb, übergab sie mir alles und erzählte mir die ganze Geschichte. Sie erzählte mir auch, daß er sich, als ich drei Jahre alt war, wieder bei ihr gemeldet hatte, um sich nach mir zu erkundigen, und daß sie ihm danach ein paarmal geschrieben und einmal sogar eine Fotografie von mir geschickt hatte. Aber die kam leider zu spät, denn der Brief ging ungeöffnet an sie zurück mit dem Vermerk, der Adressat sei verstorben. Sie erkundigte sich und erfuhr, daß er bei einem Arbeitsunfall – er war ebenfalls Zimmermann – vom Dach gestürzt war. Da war ich gerade zehn Jahre alt und er selbst 42.«

»Entsetzlich«, sagte Doris, aber Benno schüttelte den Kopf. »Ich glaube, das war kein schlechter Tod für einen wie ihn. So einer muß doch hoch erhobenen Hauptes mitten aus dem Leben gehen; eben genau so, wie er immer überall aufgetaucht ist.«

Dann las Benno Doris noch eine andere Geschichte vor, diesmal aber aus dem Tagebuch des Großvaters, der Benedikt hieß, und nach dem Benno benannt wurde. Auch sie hatte etwas mit Liebe und Tod zu tun, aber sie war historischer Art.

»Graf Jakob von Lichtenberg, im 15. Jahrhundert Obervogt des Elsaß, wurde wegen seiner offensichtlichen Vorliebe für die als geheim geltenden Wissenschaften der Astronomie und Alchimie von seinen Zeitgenossen für einen Zauberer gehalten. Auch eine weitere Neigung Jakobs war landesweit bekannt: die Liebe zu Bärbel, einer einfachen Fischerstochter. Man neidete dem Mädchen die Verbindung, und daß der Graf sie als Verwalterin der gräflichen Güter eingesetzt hatte, fand man skandalös. Zudem bangte die adelige Verwandtschaft des liebeslustigen Grafen um das Erbe. Als er dann mit seiner Bärbel im Schloß von Buchsweiler, das ist nur ein paar Kilometer westlich von hier, abstieg, kam es zu einem Volksaufstand: Bewaffnet mit Dreschflegeln, Heugabeln und Besen zogen vor allem Frauen vor das Schloß und belagerten das unbeliebte Liebespaar. Dieses Ereignis ging als ›Weiberfehde von Buchsweiler‹ in die elsässischen Annalen ein.«

»Ganz schön kampfeslustig, die Frauen dieser Gegend!« sagte Doris.

»Es kommt noch schlimmer«, antwortete Benno und las weiter. »Nach einem tödlichen Jagdunfall Jakobs machte man der nun ihres Beschützers beraubten und allseits angefeindeten Bärbel den Prozeß. Sie wurde beschuldigt, eine Hexe zu sein, die den Grafen mit teuflischen Mitteln verzaubert habe. Doch die Verurteilte entzog sich dem Tod auf dem Scheiterhaufen. Sie beschaffte sich Gift und brachte so eine sensationslüsterne Volksmenge um das Vergnügen, die ›Hexe des Lichtenbergers‹ brennen zu sehen.«

Benno blätterte um und fuhr dann mit Benedikts Bericht fort: »Erzählt hat mir diese Geschichte die Wirtin, bei der ich zur Zeit wohne. Sie ist eine stattliche junge Frau, der zwei Kleinkinder am Rockzipfel hängen, und sie hat behauptet, daß ihre Ahninnen auch dabei gewesen seien und daß sie, wenn sie damals gelebt hätte, der Bärbel höchstpersönlich die Haare abgeschnitten und ihr das Brandmal auf die Stirn gesetzt hätte. Und dem Grafen, dem hätte sie sein Gehänge abgeschnitten! Denn Untreue und Hurerei sei das Verderblichste auf der Welt. Da hab' ich eine Ahnung davon bekommen, wie die Elsässerinnen sind und was mir passiert, wenn ich meine süße Agnes betrüge, und ich hab' mir vorgenommen, ihr auf ewig treu zu sein.«

Benno klappte das Buch zu und grinste breit, dann zündete er sich eine Zigarette an, blies den Rauch nachdenklich in die Luft und fragte plötzlich: »Weißt du übrigens, daß im Elsaß, genauer in Pechelbronn, schon einmal Öl gefördert wurde? Und zwar gar nicht so wenig! 120.000 Tonnen pro Jahr. Damit deckte das Elsaß im Jahre 1936 immerhin achtzehn Prozent des französischen Benzinbedarfes.«

Doris schüttelte den Kopf und lachte. »Wie kommst du denn jetzt um Himmels willen darauf?«

»Das nennt man eine Assoziationskette. Graf von Lichtenberg, Alchimie, aus schwarzem gelbes Gold machen wollen ... das und die Liebe des Grafen hat der armen Bärbel schließlich das Leben gekostet. Heute geht dafür keiner mehr auf den Scheiterhaufen, obwohl ich finde, daß das für so manch einen

Umweltverbrecher im großen Ölgeschäft gar keine schlechte Strafe wäre! Was meinst du, fahren wir weiter?«

»Meinetwegen.« Doris nahm ihren Helm und fühlte plötzlich einen Ellenbogen in ihrer Seite.

»Schau mal, da!« Benno deutete mit einer Kopfbewegung auf eine ungeheuer dicke Alte, die gerade mit einem leeren Korb im Arm aus dem Haus trat, in dem sein Vater damals gewohnt und so gerne mit der attraktiven Tochter von der Liebe gekostet hätte. »Ob das die Schöne von damals ist?«

»Schon möglich. Leider ist Schönheit ja vergänglich!«

Benno grinste. »Mir ist, als hörte ich da einen Hauch von Wehmut in deiner Stimme.«

Doris dachte an den Traum von vor ein paar Tagen, der sie so aus dem Konzept gebracht hatte, und in dem keiner mit ihr tanzen wollte, weil sie schon so alt war. Sie sah Benno waidwund an, gab aber keine Antwort. Dann stülpte sie sich den Helm über den Kopf, schwang sich auf den Sozius, und weiter ging die Fahrt.

Als sie in Straßburg ankamen, fragte sich Benno zur Thomaskirche durch. Dort, in einer Seitenstraße, hatte er in einem kleinen Hotel ein Zimmer für sich bestellt. Er parkte die Maschine, schnallte die rindsledernen Satteltaschen ab, und während er das tat, fragte er: »Weißt du inzwischen schon, ob du nun mit mir oder alleine weiterfährst?«

Er hing sich die Satteltaschen über die Schultern und überquerte von Doris gefolgt die Straße.

»Och, ein oder zwei Tage könnte ich schon noch mit dir aushalten«, antwortete sie und machte dazu eine Handbewegung, als wolle sie sich ein lästiges Krümelchen vom Kragen wischen. »Glaubst du übrigens, die haben noch ein Zimmer für mich frei?«

»Bestimmt nicht. Ich habe bereits vor Monaten gebucht, und da hatte ich schon Schwierigkeiten, ein Zimmer zu finden.«

»Ja aber … was mach' ich denn da?«

»Du kannst bei mir schlafen. Ich habe ein Doppelzimmer.«

»Bei dir! Hör mal du, das war aber so nicht geplant!«

Benno blieb abrupt stehen. »Ich habe dir ein freundliches Angebot gemacht – wenn du es allerdings lieber ausschlagen und auf der Straße schlafen willst, dann bitte tu das, es ist deine Sache!«

»Du könntest mir auch helfen, ein anderes Zimmer zu finden.«

»Ich habe keine Lust, den Rest des Tages sinnlos herumzutelefonieren. Im Sommer ist Straßburg mit Touristen übersät und jede Besenkammer ist vermietet. Wenn du allerdings achthundert oder tausend Mark für die Nacht ausgeben kannst, ist das was anderes, dann könntest du's nämlich mal in einer der Luxusherbergen versuchen, in denen die europäischen Staatsdiener nächtigen, dort ist bestimmt noch was frei.«

»Das kann ich natürlich nicht.«

»Na also.«

Benno stieß die Tür zum Hotel auf und ließ Doris mit einer großen Geste den Vortritt.

Ein Mann an der Rezeption hob den Kopf und betrachtete sie feindselig. Motorradfahrer waren ihm offensichtlich zuwider. »Tut mir leid«, sagte er, noch bevor Benno gefragt hatte, »wir haben kein Zimmer frei.«

»Doch, haben Sie.« Benno schob ihm seine Reservierungsbestätigung hin. »Ich habe vorbestellt. Benno Leppe ist mein Name.«

Der Mann sah im Buch nach und nickte, reichte Benno dann ein Anmeldeformular und bat um die Pässe.

Doris zögerte noch. »In Straßburg ein Zimmer zu bekommen ist derzeit wohl schwierig?« fragte sie möglichst beiläufig.

»Es ist so gut wie ausgeschlossen, Madame«, antwortete der Mann, griff hinter sich und nahm einen Schlüssel vom Brett.

»Aber Sie haben ja bereits eines – bitte, Zimmer 18 im ersten Stock.«

Das Zimmer war sehr eng. Außer den beiden Betten, die getrennt an der Wand standen, gab es noch einen kleinen Tisch, zwei Stühle, einen Einbauschrank und eine Dusche mit WC.

Doris legte ihren Helm auf den Tisch und setzte sich, Benno öffnete das Fenster und sah hinaus. Vor ihm erhob sich der achteckige Turm von St. Thomas, und über dem Turm war ein strahlend blauer Himmel zu sehen.

»In St. Thomas gibt es eine alte Silbermannorgel, auf der schon Mozart und Dr. Albert Schweitzer gespielt haben«, sagte er, drehte sich um und sah Doris an.

»Woher weißt du das?«

»Aus dem Tagebuch meines Großvaters. Nicht weit von hier hat er in der Zeit seiner Wanderschaft an einem Fachwerkhaus mitgebaut. Dem Meister waren zwei Gesellen an Schwindsucht gestorben, deshalb hat er ihn eingestellt. Was des einen Pech ist des anderen Glück! Willst du zuerst duschen, oder soll ich?«

»Ich lasse dir gerne den Vortritt.«

»Na gut.« Benno packte seine Satteltaschen aus und warf Doris eine Sprühflasche hin. »Damit kannst du inzwischen dein Visier sauber machen.« Dann zog er sich splitternackt aus, grinste frech, als er sah, daß Doris beim Anblick seiner Männlichkeit sanft errötete und ging pfeifend ins Bad.

Als er die Tür hinter sich geschlossen hatte, zog sich Doris eilig aus und schlüpfte in Ermangelung eines Bademantels in ein knallrotes T-Shirt-Kleid. Dann ging sie zum Fenster und sah ebenfalls hinaus. Sie war in Straßburg, und es war wunderschönes Wetter. Sie hatte einen Mann an ihrer Seite, der sich Gedanken machte, ob sie vielleicht Hunger hatte, der wußte, daß Mozart schon einmal auf einer Silbermannorgel in St. Thomas gespielt hat, und der ihr sogar die Hälfte seines Zimmers überließ. Also, was stellte sie sich so zickig an? Sie wollte doch Abenteuer, na bitte, nun hatte sie eins! Zu blöde bloß, daß sie nicht wußte, wie frau sich in solchen Fällen verhielt, denn bis jetzt war sie immer treu, und ehrlich gesagt, sie war überhaupt noch nie mit einem anderen Mann als Volker im Bett gewesen. Sie war eben nun mal keine *femme fatale.* Sie war bloß eine ganz normale Hausfrau und Mutter, die viel zu früh geheiratet hatte und sich bis heute vormittag mit einem seit fast vier Jahrzehnten vom Patriarchat systematisch kleingehaltenen Selbstbewußtsein zufriedengegeben hatte.

»Dann wird's aber Zeit für einen Seitensprung«, würde ihre Freundin Hedda jetzt sagen. »Untreue hat was, Untreue bringt Bewegung ins Spiel! Also nutz die Gelegenheit, denn in ein paar Jahren, wenn der letzte Rest vom Glanz ab ist, kriegste eh keinen mehr! Außerdem – so was von einem Prachtexemplar wie dieser Benno, das läßt frau sich doch nicht einfach durch die Lappen gehen! Und was deine Befürchtungen betrifft, dir könnte da einiges an Know-how fehlen: laß den Typ nur machen, der weiß schon wie's geht!«

Na ja, das wußte Doris natürlich auch, schließlich hatte sie zwei Söhne, und in siebzehn Jahren Ehe ganz schön viele Pflichtnächte erfüllt … aber Abenteuer war schließlich was anderes!

Als Benno aus der Dusche kam, hatte sie nicht nur das Visier ihres Helmes, sondern auch seine Motorradbrille geputzt. Er sah es und bedankte sich. Diesmal hatte er sich ein Handtuch um die Hüften gebunden, und so beschürzt knallte er sich aufs Bett.

»Würde vorschlagen, sobald du geduscht hast, gehen wir in die Stadt. Wir sehen uns das Münster an und Klein Frankreich, und dann essen wir etwas.«

Doris war von der Stadt begeistert. Straßburg, das war schon ein bißchen Süden, ein Hauch von Mittelmeer. Das Leben hier war bunter, individueller als zu Hause, ein sympathisches Chaos floß überall ein. Vielleicht lag das auch an den vielen Algeriern, die hier mit ihren Familien lebten und einen

Hauch von Basar und Orient in die Stadt brachten. Und dann das Münster, die vielen Menschen dort! Sie hasteten oder spazierten, fotografierten oder saßen auf Stufen, in Hauseingängen, in Straßencafés. Lachende, staunende, diskutierende Menschen, miteinander beschäftigt oder in sich zurückgezogen, verharrend und beobachtend.

Und weiter in die engen Gassen hinein, die stolzen Bürgerhäuser dort mit ihren spitzen Giebeln, und all die Handwerkergilden. Wunderbar! Doris strahlte, und Benno staunte ein wenig über das Kinderglück in ihren schönen blauen Augen. Jetzt tat es ihm leid, daß er sie vorhin so angeschnauzt hatte, und er nahm sich vor, beim Abendessen ein bißchen mehr über sie zu erfahren.

Sie gingen weiter zum Stadtviertel La Petite France, das ehemals anrüchige und triste Viertel der Schinder, Weißgerber und Dirnen.

»Klein Frankreich heißt dieser Teil der Stadt, seit hier im 16. Jahrhundert Spitäler für die an der *Lustseuche* Erkrankten eingerichtet wurden, die die französischen Soldaten aus Neapel eingeschleppt hatten«, erklärte Benno.

»Du meinst die Syphilis?«

»Genau. Es muß früher ein abscheuliches Stadtviertel gewesen sein, und bis die Franzosen die Syphilis eingeschleppt haben, wurde es *Faubourg blanc* genannt – vermutlich wegen der weißen Flocken, die sich in den Weißgerbereien beim Schaben aus den Fellen lösten und überall festsetzten. Und auch der Duft war hier wohl nicht gerade einladend: Die zum Trocknen aufgehängten Häute, der Gestank der Schindereien und Gerberwerkstätten – und Toiletten gab es natürlich auch noch keine.«

Doris verzog das Gesicht. »Ich rieche es förmlich!« sagte sie, und dann schüttelte sie den Kopf. »Wenn man die hübschen weißen Fachwerkhäuser mit ihren bunten, blühenden Blumenkästen auf den dunkelbraunen Holzbalkonen sieht, deren Fassaden sich leise zitternd im Wasser der Ill spiegeln …, das alles ist so gepflegt, so romantisch, daß man das gar nicht glauben möchte!«

»Und doch war dieser Stadtteil im Mittelalter Schlupfwinkel für Beutelschneider, Mordbuben, Dirnen und angeblich auch für Hexenmeister, die, wie die Leute sich schaudernd erzählten, unter den Galgen des nahen Hochgerichts nach der Alraune, so hieß eine begehrte Zauberwurzel, gruben. Angezogen von den Richtstätten, sollen sogar Gespenster, in Schande gestorbene Nonnen, Gehenkte, Vampire und andere unerlöste Seelen die Côte du bourreau heimgesucht haben, den Henkersgarten, wie der Friedhof der Gerichteten hieß.«

»Wirklich schauderhaft!« Doris schüttelte sich. »Wenn du so anschaulich weitererzählst, fürchte ich, vergeht mir der Appetit!«

»Na, das möchte ich natürlich nicht riskieren!« sagte Benno und deutete, als sie zwei Gassen weiter um die Ecke bogen, auf ein handtuchschmales und ein wenig windschief gebautes Haus.

»Das muß es sein!«

»Was meinst du?«

»Das Haus, in dem mein Großvater 1915 gewohnt hat. Er hieß übrigens Benedikt Aarberger und wurde 1892 als dritter Sohn seiner Eltern in einem kleinen Dorf am Genfer See geboren. Seine beiden älteren Brüder übernahmen den väterlichen Zimmereibetrieb, Benedikt selbst zog es vor, auf Wanderschaft zu gehen. Er wollte raus aus seiner behüteten Welt inmitten all der Berge und träumte vom großen Glück in fernen Landen. Deutschland, Belgien, Holland, vielleicht sogar England, überall schien es ihm besser zu sein als zu Hause.«

»Und, hat er es gefunden, das große Glück?«

Benno lachte. »Es war wohl eher das kleine und hieß, wie du ja schon weißt, Agnes. Agnes war die Tochter eines Bauern, bei dem er zwei Wochen geblieben ist, um das Dachgebälk zu reparieren und beim Aufstellen einer neuen Scheune zu helfen. Benedikt verliebte sich in sie und sie sich auch in ihn. Doch als er mit den Arbeiten an ihrem Elternhaus fertig war, wanderte er trotzdem weiter – seinem Traum entgegen. Aber als er dann in Niederbronn war und wie ehedem seine Mutter von der Keltenquelle trank, da hatte er wohl so etwas wie eine Vision – aber vielleicht war ihm auch nur der Krieg dazwischengekommen, oder er hatte das Alleinsein satt. Jedenfalls kehrte er um und ging zurück zu seiner geliebten Agnes, heiratete sie und zeugte mit ihr drei Jahre später Friedl – eben meinen Vater, den lüsternen Frauenverführer.«

»Jetzt habe ich aber wirklich Hunger!« sagte Doris. »Außer dem Baguette und einem Apfel habe ich heute noch nichts gegessen.«

»Na dann, laß uns ein Restaurant suchen.«

Sie fanden etwas abseits vom Touristenstrom ein Gasthaus mit traditioneller Speisekarte. Der Wirt brachte die Karte, und die beiden studierten sie aufmerksam. Ein alter, weißhaariger Mann am Nebentisch beugte sich zu ihnen herüber und sagte in einem Gemisch aus Elsässerdeutsch und dem, was er selbst vermutlich für Deutsch hielt:

»Sie müssen die Straßburger Pastete nehmen und danach die Weinbergschnecken in Burgundersoße! Und als Hauptgericht vielleicht Blutwurst mit Apfelmus im Teigmantel; das bekommt man nicht überall und vor allem nicht so köstlich zubereitet wie hier!«

Doris verzog das Gesicht, dann lachte sie. Blutwurst mit Apfelmus im Teigmantel – das klang ja ziemlich exotisch! Aber andererseits, probieren geht über studieren, und sie ließen sich schließlich beide überzeugen.

»Und trinken Sie dazu einen offenen Schoppen Weißen, der ist hier ganz vorzüglich, da lohnt sich eine teure Flasche gar nicht.«

Benno bestellte drei Schoppen, und der Alte bedankte sich

für die Einladung und prostete den beiden zu. »Wissen Sie«, sagte er und sah ein wenig lakonisch in sein Glas, »ich habe in meinem Leben dreimal die Nationalität wechseln müssen. Erst waren wir deutsch, 1918 französisch, 1940 deutsch und 1945 wieder französisch. Ich habe mich aber immer als Franzose gefühlt, und obwohl es von den Nazis verboten war, haben mir meine Eltern damals Französisch beigebracht. Dann mußte ich sogar noch für die Deutschen in den Krieg ziehen, aber ich hatte Glück, mir ist nichts passiert, und ich mußte auch nicht gegen meine Landsleute kämpfen.« Er trank einen Schluck und sah die beiden an. »Aber wenn ich mich auch immer als Franzose gefühlt habe, gegen die Deutschen habe ich nichts. Es ist eben so wie es ist.« Und nach einer Pause: »Ich finde wir sollten endlich damit anfangen, Brüder zu werden, dann bräuchten wir doch auch unser geliebtes Elsaß nicht immerzu hin- und herzuschieben wie eine Figur auf dem Spielbrett.«

Das Essen schmeckte vorzüglich, und während der fast zwei Stunden, die sie in dem Lokal zubrachten, erzählte der Alte von der großen ›Sandsteinmutter‹, wie man in Straßburg den Münsterturm nennt, den Kohlköpfen die, wie er schmunzelnd meinte, bei ihnen nicht in die Politik gingen, sondern zu elsässischem Sauerkraut verarbeitet würden, von der Marseillaise, die zwar jeder kennt, aber von der kaum einer weiß, daß sie in Straßburg komponiert und dort zum ersten Mal präsentiert wurde, und von einem seltsamen Pilz.

»Er kommt aus dem Münstertal, und sein lateinischer Name ist Elaphomyces granulatus«, sagte er. »Er schmarotzt, ähnlich wie die Trüffel, an Wurzeln von Bäumen, aber er hat eine ganz eigene Zauberkraft, vor der man allerdings auf der Hut sein muß! So manch ein Mann hat die enorme Wirkung des Pilzes schon unterschätzt und mußte ins Hospital eingeliefert werden, weil sich die Manifestation seiner Männlichkeit ...«, er wandte sich an Doris, »verzeihen Sie, Madame! – noch Tage später partout nicht legen wollte.« Der Alte lachte hinter vorgehaltener Hand, sah dann Benno an und zwinkerte ihm verschmitzt zu. »Aber ich glaube nicht, Monsieur, daß Sie so einen Pilz überhaupt nötig haben!«

Das glaubte Doris allerdings auch nicht, und beflügelt vom Wein und den vielen zärtlichen Blicken, die Benno ihr den ganzen Abend über zugeworfen hatte, beschloß sie, schon heute nacht so mutig zu sein, ihre ganze kleinbürgerliche Moral über den Haufen zu werfen und in seine Arme zu sinken.

Als sie dann endlich ins Hotel kamen, ging es bereits auf Mitternacht zu. Der Nachtportier sah sie verschlafen an und wünschte wohl zu ruhen, und Doris hatte vor lauter Aufregung so starkes Herzklopfen, daß sie befürchtete, Benno könnte es hören. Aber als sie dann ins Zimmer kamen, streifte sich Benno einfach nur die Schuhe ab, nahm eine Mappe mit allerlei Schriftzeug und Straßenkarten aus seinen Taschen, warf sich damit aufs Bett und versank ganz in dem, was er da las. Und als Doris aus dem Bad kam und sich ins Bett legte, murmelte er ohne aufzusehen einen Gutenachtgruß und meinte, daß er sich, wenn sie das Licht nicht störe, gerne noch ein wenig auf die morgige Tour vorbereiten würde.

»Aber nein«, sagte sie mit derselben Leichtigkeit, mit der man die Asche von einer Zigarette tippt, »Licht stört mich überhaupt nicht, und außerdem sollte doch hier jeder tun und lassen können, was er will!«

Das Lachen, das sie dem anfügte, klang wie das Klirren eines zerbrechenden Glases, und Benno, der angebliche Macho, der nicht viel mehr im Kopf hatte, als seine Maschine, grinste breit und zufrieden in sich hinein. Den ersten Zahn hatte er ihr bereits gezogen, und wenn ihn nicht alles täuschte, würde sie schon bald damit anfangen, ihn in ihren Garten der Liebe zu locken. Ein bißchen Hin und ein bißchen Her, das machte die Sache am Ende doch viel interessanter!

3. Kapitel

Benno war schon vor Doris aufgestanden und wartete am Frühstückstisch auf sie. Als sie kam, trank er bereits Kaffee und studierte seine Straßenkarten. Doris setzte sich.

»Hast du gut geschlafen?« fragte er.

»Danke, bestens. Und du?«

»Ich schlafe immer gut.«

Das konnte Doris von sich leider nicht behaupten, und daß sie letzte Nacht gut geschlafen hatte, war auch gelogen. Sie hatte immerzu daran denken müssen, daß neben ihr im anderen Bett ein Mann lag, der nicht Volker hieß und der ihre Fantasie auf eine Weise beflügelte, die sie sich selbst gar nicht zugetraut hätte. Dadurch war sie so aufgedreht gewesen, daß sie erst gegen drei Uhr morgens eingeschlafen war, und jetzt fühlte sie sich wie gerädert.

»Kaffee?« fragte Benno.

Doris nickte, und er goß ihr aus seinem Kännchen ein. Sie beobachtete seine Hände, die eine, die den Henkel hielt, die andere, die auf dem Deckel der Kanne lag, damit er nicht aufklappen konnte, und sie dachte darüber nach, wann Volker sich zum letzten Mal so nett um sie gekümmert hatte. Sie konnte sich nicht erinnern, es mußte eine Ewigkeit her sein!

»Was machst du eigentlich beruflich?« fragte Doris.

»Du darfst dreimal raten.«

»Hmh … du bist Lehrer an der Berufsschule und unterrichtest Technisch Zeichnen.«

»Wußte gar nicht, daß ich wie ein Pauker wirke!« Er lachte amüsiert.

»Du bist Zimmermann wie deine Vorväter.«

Benno schüttelte den Kopf. »Falsch. Du hast noch eine Chance.«

»Dann hast du ein Geschäft und verkaufst Damenstrümpfe und Miederwaren.«

»Himmel, nein«, er blickte in gespielter Entrüstung zur Decke, »ich würde mein Hobby doch niemals zum Beruf machen!«

Doris sagte »so« und »sososo«, und dann warf sie ihm einen Blick zu, der vor giftiger Ironie geradezu triefte, und den er glatt als Angriff auf seine Männlichkeit werten mußte. Von wegen, das müsse er ihr erst einmal unter Beweis stellen. Aha, die Dame ging also bereits zum offenen Angriff über!

»Ich leite eine Spedition, die ich von meinem Vater übernommen habe«, erklärte er ihr.

Doris zog die Augenbrauen hoch. »Ich dachte, der war Zimmermann und ist vom Dach gefallen, und du hast ihn gar nicht gekannt.«

»Das ist mein leiblicher Vater. Es gibt aber noch einen Ziehvater. Der hat meine Mutter geheiratet und mich großgezogen. 1956 kaufte er seinen ersten Lastwagen. Ein ziemlich altes Klappergefährt. Meine Mutter mußte mitarbeiten, damit sie ihn bezahlen konnten. Die beiden haben sich ganz schön abgerackert, aber es hat sich gelohnt. Vier Jahre später kam der zweite Lkw, und mein Vater schrieb stolz auf die Plane: *Spedition Nord-Süd.* Als er dann vor fünfzehn Jahren starb und mir das Geschäft vererbte, waren es bereits vierundzwanzig Lastwagen. Er war ein guter Vater und ein fleißiger Mann. Vielleicht klingt das ein wenig pathetisch, aber ich trage seinen Namen mit Stolz, und ich bin ihm für all das, was er für mich getan hat, sehr dankbar.«

»So einen Vater hätte ich auch gerne gehabt«, sagte Doris und seufzte, »aber meiner hat sich eine andere Frau genommen, als ich sieben war, und meine Mutter hat dann kein gutes Haar mehr an ihm gelassen. An allem, was ihr zugestoßen ist, war er schuld und sei es nur das schlechte Wetter gewesen. Am Schluß war das so schlimm, daß ich nicht mal mehr von ihm träumen konnte, ohne ein schlechtes Gewissen zu haben.«

»Und wie ist das mit deinem Mann?« wollte Benno wissen.

»Ach, von dem träume ich schon länger nicht mehr und

wenn doch, dann höchstens schlecht«, sagte Doris patzig. »Aber laß uns um Himmels willen von etwas Angenehmerem reden!«

»Ich würde sagen, wir reden gar nicht mehr, sondern machen uns auf die Socken. Bezahlt habe ich übrigens schon, morgen bist dann du mit der Rechnung dran. Oder hast du dir's anders überlegt und willst doch lieber wieder in dein bürgerliches Leben zurückkehren?«

»Gott behüte, jetzt wo ich weiß, wie das mit dem Zurücklehnen geht, komm' ich doch erst so richtig auf den Geschmack!« antwortete Doris und lächelte sehr, sehr verführerisch.

Als sie Straßburg hinter sich gelassen hatten, sah Benno über die Schulter zurück und sagte: »Wir fahren jetzt auf der berühmten Route du Vin. Unser erstes Ziel wird ein Gut in der Nähe von Barr sein, unser zweites Eguisheim. Und übernachten werden wir dann südlich von Mühlhausen, in einem kleinen Dorf namens Hippoltskirch.«

Als Benno Mühlhausen sagte, zuckte Doris zusammen. Dort würden Volker und die Jungen heute auch sein, sie wollten sich das Schlumpf-Museum mit seinen wertvollen und seltenen Oldtimern und das Musée française de Chemin de fer mit seiner eindrucksvollen Lokomotivensammlung ansehen. Geplant war, von gestern auf heute auf einem Mühlhausener Campingplatz zu übernachten, um dann beide Museen zu absolvieren und morgen weiterzufahren. Und wenn sie es unter den Umständen ihres Verschwindens nicht vorgezogen hatten umzukehren und wieder nach Hause zu fahren, dann würden sie ihren Plan sicherlich auch durchziehen. Denn Volker war kein bißchen flexibel, einen einmal gefaßten Plan gab er so schnell nicht wieder auf.

Doris vergaß bald, an Volker und die Kinder zu denken, denn die Straße, die sich im Sonnenlicht silbergrau glänzend durch die hügelige Landschaft schlängelte, und die romantischen ›Spielzeugstädtchen‹ mit den Fachwerkhäusern, den prächtigen Blumenkästen an den Fenstern und den Storchennestern auf den Dächern, nahmen ihre ganze Aufmerksamkeit in Anspruch. Und dann war da ja auch noch Benno, sein breiter Rücken, an den sie sich lehnen konnte, der Geruch seiner Lederjacke, die Erinnerung an Straßburg und die Erwartung an das, was noch vor ihnen lag und was sie sich leise seufzend in den schillerndsten Farben ausmalte. Zum ersten Mal seit siebzehn Jahren, wenn sie es recht bedachte überhaupt zum ersten Mal in ihrem Leben, gehörte sie ganz alleine sich und war niemandem verpflichtet! Das war ein wunderbares Gefühl, das war einfach fantastisch!!!

Im Andlauer Bruch, östlich von Barr, hielt Benno vor dem Gut Holzbad, einem Fachwerkhaus mit stattlichem Mansardenbau aus dem 18. Jahrhundert. Er parkte die Maschine im Schatten eines Baumes, stopfte seine Handschuhe in den Helm und legte einen Arm um Doris' Schultern.

»Hier hat der Benedikt, also mein Großvater, für drei Nächte Unterschlupf und Arbeit gefunden«, erzählte er ihr. »Das Gut umschließt eine romanische Kapelle, die dem heiligen Ulrich, dem Schutzpatron der Quellen und Brunnen, geweiht und mit frühgotischen Fresken ausgemalt ist. Als Benedikt hier anklopfte und fragte, ob man ein Nachtlager und vielleicht auch Arbeit für ihn hätte, war diese Kapelle schon so verfallen, daß das Dach einzustürzen drohte, wenn es nicht bald fachgerecht abgestützt würde. Da kam ihnen ein Zimmermann natürlich gerade recht.«

Benno zog das Tagebuch seines Großvaters aus der Tasche, schlug es auf und begann zu lesen. »Das Gut umschließt nicht nur die Ulrichskapelle, sondern auch eine früher häufig benutzte Heilquelle. St. Ulrich soll sie hier, auf einer Wanderung zum Odilienberg, mit seinem Stab aus der Erde geschlagen haben, aber wahrscheinlich haben schon die Römer diesen Brunnen genutzt, denn so manches deutet auf einen vorchristlichen Quellenkult hin. Eine Inschrift in Versen, die ein bißchen holprig klingen, preist die heilende Kraft des Wassers: *Der Brünn im Holtze-Bad, des Tugend kaum zu sprechen, heilt Lahme, Gicht und Stein, und viel andere Gebrechen.*«

Benno klappte das Tagebuch zu und sagte: »Aus dem Reiseführer weiß ich, daß Holzbad noch im 18. Jahrhundert im Zusammenhang mit den bekannten Kurorten Bad Niederbronn und Sulzbad genannt wurde. Damals wurden täglich etwa hundertzwanzig Bäder aus den glaubersalzhaltigen Brunnen abgeschöpft. Gegen Ende des vorigen Jahrhunderts schlief der Badebetrieb langsam ein, und damit fanden auch die Wallfahrten zu St. Ulrich ihr Ende. Die Spenden der Pilger hatten die kleine Kapelle bis dahin recht und schlecht erhalten; jetzt aber kroch Feuchtigkeit die Mauern hoch und verwischte die Fresken. Die barocke Statue des Heiligen wurde in die Dorfkirche von Westhausen gebracht. Die Ulrichskapelle verfiel, zuletzt wuchs sogar ein Baum aus dem inzwischen doch zusammengebrochenen Dachstuhl. Aber Mitte der sechziger Jahre wurden die Straßburger dann auf den Verfall des romanischen Bauwerks aufmerksam, sammelten Geld und restaurierten die Kapelle wieder. Und 1977, am Ulrichstag, kehrte die Statue des Heiligen mit Musik und Tamtam in feierlicher Prozession in die Kapelle zurück.«

»Das war genau sechs Jahre, nachdem die Guzzi ihren Einzug bei der Highway-Police gehalten hatte«, sagte Doris, und Benno sah sie amüsiert an.

»Du lernst schnell, meine Liebe. Hast du Lust zu einer Besichtigung?«

»Na klar, wo wir doch schon mal hier sind.«

Sie entdeckten den Spruch vom Holtze-Bad, den Benno aus Benedikts Tagebuch vorgelesen hatte, und seltsamerweise berührte Doris das tief. Plötzlich konnte sie sich den Mann, auf dessen Spuren sie wandelte, besser vorstellen, obwohl sie doch bis gestern noch nicht einmal gewußt hatte, daß er je existierte.

Benno, der sie beobachtete, lächelte und legte ihr wieder seinen Arm um die Schultern. »Deine Augen glänzen, als ob du gerade ein Geheimnis erraten hättest«, sagte er, und nach einem Augenblick des Schweigens: »Ich finde, jetzt bist du endlich mal dran mit Erzählen. Du weißt schon eine ganze Menge von mir, ich aber noch gar nichts von dir.«

»Da gibt's nichts zu erzählen«, wich Doris wie gewöhnlich aus, aber Benno ließ diesmal nicht locker.

»Na gut. Ich bin verheiratet und habe zwei Söhne. Der ältere ist sechzehn, der jüngere vierzehn, und sie sind schon seit ihrer Geburt im schwierigen Alter. Ihren Vater habe ich vor neunzehn Jahren kennengelernt. Ich fing damals bei der Nobel Versicherung als Sekretärin an, Volker arbeitete in der Statistik. Zwei Jahre später heirateten wir, und als ein weiteres Jahr vergangen war, kam Fabian zur Welt, und ich hing meinen Beruf an den Nagel, um ganz für ihn und später auch für seinen Bruder da zu sein. Das heißt, ich bin seit sechzehn Jahren hauptberuflich Hausfrau und Mutter. Du siehst also, meine Biographie ist kein bißchen aufregend.«

»Und weshalb ist das große Glück so plötzlich aus den Fugen geraten?« fragte Benno.

»Nicht plötzlich. Es schleicht uns schon lange davon. Und gestern ist mir dann der Kragen geplatzt.« Sie wandte ihren Kopf so heftig, daß ihr die Mähne um die Ohren flog, und dann sah sie ihn aus zusammengekniffenen Augen an. »Kannst du dir vorstellen, daß ich noch nie in meinem Leben etwas völlig Unvernünftiges getan habe? Daß ich nur brav und folgsam war und nach der Pfeife anderer getanzt habe?« fragte sie ihn.

»Ja«, sagte Benno schlicht.

»Dann kannst du dir auch vorstellen, daß ich mich aufarbeite für diese Egoisten, deren Frau und Mutter ich bin, und daß die das ganz einfach als selbstverständlich betrachten?«

»Ja, doch, kann ich.«

»Und daß ich bis gestern gar nicht mehr wußte, wie wunderbar gefährlich das Leben sein kann!«

Benno nickte.

»Du meinst ... also, du meinst, man sieht es mir schon an?!«

»Man merkt es dir an«, verbesserte Benno. »Deine Art. Du hast etwas Angepaßtes, man könnte fast sagen, etwas Unterwürfiges.«

Doris klappte den Mund auf, dann wieder zu. Sie schwieg, aber Benno konnte in ihren Augen lesen, welchen Gemütssalto sie jetzt schlug.

»Ich glaube allerdings, es ist noch nichts verloren«, sagte er schnell. »Dein natürliches Aggressionspotential reicht aus, um wieder auf deine hübschen Beine zu kommen.«

»Pah!« machte Doris. »Erstens kennst du mein natürliches Aggressionspotential noch gar nicht, und zweitens weißt du auch nicht, ob meine Beine hübsch sind, sie stecken ja immer in Jeans, wenn du sie siehst.«

»Du vergißt die letzte Nacht. Da hattest du nur ein kurzes T-Shirt-Kleid an. Und beim Schlafen warst du so unruhig, daß du dich mehrmals freigestrampelt hast.«

»Du hast mich beobachtet?«

Benno lachte. »Es war nicht ausgemacht, daß gucken verboten ist. Außerdem hast du ja auch geguckt, als ich nackt an dir vorbeilief.«

Doris wurde rot, und das nahm sie Benno übel. »Du bist wirklich verdammt von dir überzeugt!« pfiff sie ihn an und stapfte wütend davon.

Bis Eguisheim sprachen sie kein Wort mehr miteinander. Doris hatte ganz schön an dem zu kauen, was er ihr vorhin gesagt hatte. Angepaßt! Unterwürfig! Pah, von wegen, dem würde sie es schon noch zeigen!

In Eguisheim aßen sie Flammkuchen und machten anschließend einen Rundgang durch die ›Spielzeugstadt‹, wie Doris sie nannte. Winzig kleine Fachwerkhäuser reihten sich aneinander, und es wirkte, als sähen sie dem bunten Treiben der Touristen zu. Ein pittoreskes Städtchen, fand sie, mit seinen Blumen,

Treppen, Fensterluken, Brunnen und dem dunkelbraunen Fachwerk in pastellgetöntem Mauerwerk. Eine hexenhaft verwunschene Stimmung ging von all dem aus, es gefiel ihr, und sie war wieder etwas versöhnt.

»Haben sie hier auch gewohnt, dein Vater und dein Großvater?« fragte sie Benno.

Benno nickte. »Hier und in Kaysersberg, wo der Urwalddoktor Albert Schweitzer herkommt. Und dann in Gebweiler und in Mühlhausen, und natürlich in Hippoltskirch, wo Benedikt seine Agnes kennenlernte, und wo wir heute übernachten werden.«

Sie bogen um die Ecke und kamen wieder zu dem großen Parkplatz, auf dem die Maschine stand. Benno schlüpfte in seine Lederjacke und sah auf die Uhr. »Wir liegen gut in der Zeit«, sagte er, »wenn wir jetzt gleich aufbrechen, können wir uns in Mühlhausen noch das Museum der Gebrüder Schlumpf ansehen.«

Doris zuckte zusammen. Das Schlumpfmuseum – dort würden heute auch Volker und die Kinder sein, und sie hatte absolut keine Lust, ihnen über den Weg zu laufen! »Also nein«, sagte sie, »das lieber nicht … ich meine, für Autos interessiere ich mich wirklich kein bißchen!«

»Na hör mal.« Benno schüttelte den Kopf. »Das sind keine Autos, das sind Oldtimer-Raritäten! Knallrote Alfa Romeos, tiefschwarze Rolls-Royce, blaue Bugattis, Benz, BMW … Das Museum stellt mehr als fünfhundert Automobile aus zehn Ländern vor, und viele davon kannst du sonst nirgends sehen.« Benno setzte sich den Sturzhelm auf, hob seine Maschine vom Ständer, schwang sich auf den Sitz und sah Doris an. »Also los, komm schon, oder willst du hier Wurzeln schlagen?«

Doris stieg auf und Benno fuhr los. Als sie Eguisheim verlassen hatten und auf die Landstraße Richtung Rouffach eingebogen waren, erzählte Benno ihr vom Aufstieg und Niedergang der Gebrüder Schlumpf, die ehemals die ›Könige der Textilindustrie‹ genannt wurden, und die wegen ihrer verhängnisvollen Leidenschaft für alte Autos 1976 bankrott gingen und damit unzählige Familien aus dem Elsaß ins Unglück stürzten. Doris hörte mit einem Ohr zu, und mit dem anderen lauschte sie nach innen auf ihr Herz, das ängstlich pochte. Was, wenn sie im Museum tatsächlich Volker und seinen Sprößlingen begegnete? Er würde ihr bestimmt vor allen Leuten eine riesige Szene machen, und darauf hatte sie absolut keine Lust! Vielleicht sollte sie Benno einfach reinen Wein einschenken, ihn alleine in dieses Museum schicken und in irgendeinem Café auf ihn warten? Aber den Gedanken verwarf sie bald wieder, denn sie wollte ihn in seiner Meinung über sie nicht auch noch bestätigen. Von wegen angepaßt und unterwürfig, da hatte er sich aber gebrannt!

Als sie angekommen waren, stieg Doris hocherhobenen Hauptes von der Maschine, nahm den Sturzhelm ab, schüttelte ihre Mähne und sah Benno mit blitzenden Augen an. »Okay«, sagte sie, »dann mal los!«, und schon stapfte sie voraus durch das Portal des Automuseums. Bis Benno beide Schlösser der Maschine abgeschlossen hatte und ihr folgen konnte, hatte sie bereits die Eintrittskarten gekauft und wartete mit aufgesetzter Ungeduld.

»Was ist denn plötzlich mit dir los?« fragte er.

»Was soll los sein? Ich will Bugattis sehen!«

»Ihr Frauen seid mir manchmal ein Rätsel!« sagte Benno und lachte.

»Ihr Männer mir immer!« konterte Doris.

Rechts am Eingang der riesigen Halle blieb Doris vor dem überlebensgroßen Portrait einer strickenden alten Dame stehen und starrte es fast feindselig an.

»Das ist *chère maman* der Gebrüder Schlumpf«, erklärte Benno. »Ihr zu Ehren haben Fritz und Hans Schlumpf dieses Museum errichtet.«

»Und du glaubst das?« fragte Doris.

Benno zuckte die Schultern. »Was gibt es daran anzuzweifeln?«

»Ach komm, das sind doch bloß Ausreden! Ihr Männer braucht ja immer und für alles eine Frau, die ihr vorschieben könnt. Die beiden waren heiß auf alte Autos, so heiß, daß sie deswegen ein großes Unternehmen in den Bankrott führten! Das ist alles, und ich kann mir überhaupt nicht vorstellen, was das mit diesem strickenden alten Drachen zu tun haben soll.«

Benno schüttelte grinsend den Kopf. »Du bist vielleicht aufgebracht! Hat dich unterwegs 'ne Hummel gestochen?«

Doris blieb eine Antwort schuldig. Sie ließ Benno einfach stehen, ging weiter in die große Halle und sah sich mit angehaltenem Atem um. Hunderte von Laternenmasten stützten die Eisenträger der Decke, und zwischen diesen Laternenmasten stand, fein säuberlich in Reih und Glied, ein unermeßlicher Reichtum aus Blech und blitzendem Chrom.

Benno kam von hinten näher, stellte sich neben sie und legte einen Arm um ihre Schultern. »Na«, sagte er, »da verschlägt es ja sogar unserer reizenden Furie die Sprache!«

»Sei still, zerstöre den Augenblick nicht!« Doris ließ ihren Blick ganz langsam von rechts nach links schweifen. Es war die Masse, die so überwältigte. Eine ganze Reihe roter Alfas, daneben blaue Bugattis, und dann, nur ein paar Meter von ihr entfernt …

Volker! Doris erstarrte zur Salzsäule, und im ersten Moment spürte sie das fast unbezwingbare Verlangen, einfach auf und davon zu laufen. Aber da lag Bennos Arm um ihre Schulter, und ganz plötzlich spürte sie auch seinen Mund an ihrer Schläfe und hörte seine Stimme, die ihr leise lachend gestand: »Wenn dir dieses leuchtende Kinderstaunen so im Gesicht steht, finde ich dich immer ganz besonders anziehend, weißt du das?«

Doris fuhr herum und sah Benno mit dem Ausdruck der Verzweiflung an. »Benno, da ist Volker!«

»Ach was, jetzt vergiß doch mal, daß du verheiratet bist«,

sagte er unüberhörbar laut. »Außerdem wolltest du dich doch sowieso scheiden lassen.«

»Vergessen?« sagte sie, »na, du bist gut!« sagte sie, und dann fing sie plötzlich laut und hysterisch zu lachen an.

Auf einmal standen sie vor ihr. Alle drei wie die Orgelpfeifen aufgereiht, und starrten sie feindselig an.

Eine Weile lang war es schrecklich still, so still, daß man eine Fliege hätte husten hören können. Dann schoß Fabians Finger plötzlich vor und deutete auf den Sturzhelm, den sie unterm Arm trug.

»*Du* hast ihn also! Das finde ich ganz schön beschissen von dir!«

»Entschuldige«, murmelte Doris, »aber ich hab' ihn ja nur geliehen.«

Sie schluckte und sah Volker an. Sein Gesicht war dunkelrot angelaufen, die Adern an seinen Schläfen waren geschwollen, er sah aus, als ob er jeden Moment platzen würde.

»Hi«, sagte Doris, als ob sie's hier mit einem guten alten Bekannten zu tun hätte, den sie ganz zufällig wiedergetroffen hatte, und: »na, wie geht's denn so?« Und dazu hob sie die Hand und versuchte sich an einem Lächeln, das jedoch kläglich mißlang.

»Wie's uns denn so geht?« wiederholte Volker fassungslos, und dann brüllte er in einer Lautstärke los, daß die Wände erzitterten: »Das gibt's doch wohl nicht, was Besseres fällt dir jetzt nicht ein?! Du verläßt völlig grundlos und mitten auf der Autobahn Mann und Kinder, wir machen uns allergrößte Sorgen um dich, und dann stellt sich heraus, daß du dich mit so einem verantwortungslosen Mistkerl auf seinem Motorrad davongemacht hast und mit ihm hier auch noch rumbussierst?! Und da fragst du noch, wie's uns geht?! Beschissen geht es uns, meine Liebe, verdammt beschissen!«

Mag sein, daß Doris' Worte nicht besonders klug waren – in Streßsituationen versagten ihre grauen Gehirnzellen meistens kläglich – aber war das ein Grund zu explodieren, wie der Vesuv anno dazumal? Mußte Volker deshalb gleich so laut herumbrüllen, daß jedes seiner Worte wie ein Echo zwischen den ehemaligen schlumpfschen Fabrikwänden hin- und herballerte und all die Besucher zu ihnen herübersahen? Und dann war es Doris plötzlich, die ausrastete.

»Ha, ha!« machte sie, stellte sich so nah vor ihn, daß er ihren Atem spüren konnte, und schrie zurück: »Von wegen, ihr macht euch allergrößte Sorgen um mich! Das ganz bestimmt nicht! Die macht ihr euch höchstens um euch, weil ihr plötzlich niemanden mehr habt, auf dem ihr herumtrampeln könnt, und der euch euer blödes Essen kocht und den lieben langen Tag hinter euch herräumt! Sogar im Urlaub noch! Ihr sorgt euch doch immer nur um euer eigenes Wohlergehen!!!« Plötzlich drehte sie sich um und stellte sich wieder neben Benno. Dann sah sie Volker fest in die Augen und sagte gefährlich ruhig: »Und wenn du dich auf den Kopf stellst, diesen Urlaub verbringe ich ohne euch. Und ich werde meinen Spaß dabei haben! Und ob ich je wieder zu euch zurückkomme, das hängt ganz davon ab!«

Wovon wußte sie zwar noch nicht, aber Hauptsache, es klang gut. Sie machte auf dem Absatz kehrt, um hocherhobenen Hauptes die Bühne dieses Dramas zu verlassen. Da setzte plötzlich Applaus ein. Doris sah sich um und entdeckte hinter der Reihe blauer Sportbugattis vier Frauen ihres Alters, die begeistert in die Hände klatschten, und eine von ihnen rief sogar laut »Bravo!« und »halt durch und laß dich nicht länger kleinmachen!«

Vielleicht hatte Doris es den Frauen zu verdanken, daß es Volker die Sprache verschlagen hatte, vielleicht war es aber auch ihr eigener, für ihn ungewohnter Mut, jedenfalls schluckte er jeden weiteren Einwand runter und starrte ihr völlig perplex nach. Nur Fabian schüttelte den Kopf und meinte beeindruckt: »Omannomannomann, ist die aber wütend, das hätte ich von ihr gar nicht gedacht!« Und vor lauter Ehrfurcht vergaß er ganz, ihr hinterherzulaufen und seinen Sturzhelm einzuklagen.

Doris wartete bei der Maschine auf Benno, der ihr langsam und mit einem süffisanten Grinsen auf dem Gesicht gefolgt war. »Ich muß meine Meinung von dir ändern«, sagte er, legte seinen Helm auf den Sitz und nahm sie in den Arm, »ich war wirklich beeindruckt! So sehr, daß ich ganz vergaß, mich bei ihm für den ›verantwortungslosen Mistkerl‹ zu revanchieren ... na, na, was ist denn, da sind ja Tränen in deinen hübschen Augen?«

»Du kannst deine von mir geänderte Meinung ruhig wieder zurückverändern. Du hattest nämlich recht. Ich *bin* angepaßt und unterwürfig. Wenn du wüßtest, was mich das eben für Kraft gekostet hat. Sieh nur ...«, sie hielt ihm ihre Hände hin, »wie die zittern. Ich fühle mich, als hätte ich um mein Leben gekämpft!«

»Naja, hast du ja auch. Irgendwie.«

4. Kapitel

Auf der Fahrt nach Hirtzbach, wo Benno zwecks seiner familiären Wurzeln unbedingt noch hin wollte, schmiegte sich Doris fest an ihn. Sie schob ihre Hände in seine Jackentaschen und überließ sich ganz diesem herrlichen Gefühl der Geborgenheit. So hätte sie ewig weiterfahren wollen, ohne dabei noch an irgend etwas zu denken. Weder an Mann und Söhne und diesen schrecklichen Auftritt von eben, noch daran, daß schon in zwei Wochen der Alltag wieder an ihre Tür pochen und mit seinen häßlichen Klauen nach ihr greifen würde, um ihr die Luft abzuwürgen. Aufgeschoben war ja nicht aufgehoben. Leider. Und im Moment sah sie nur das Problem, eine Lösung, wenn es überhaupt eine gab, schien ihr in unendlicher Ferne zu sein.

Doris war so versunken in ihr Bemühen, an nichts zu denken, daß sie dabei ganz den Zauber der Landschaft übersah. Vorher waren sie eine Zeit am Kanal entlanggefahren, und da hatte es ausgesehen wie in Holland, wo die schnurgeraden Wasserstraßen mit ihren kleinen Schleusen die Landschaft teilen. Enten schaukelten auf den Kräuselwellen, Krähen kreisten über den Obstbäumen am Horizont, und ab und zu zog ein rundliches Schiff vorbei. Später kamen sie an einem kleinen Wäldchen entlang, dann schlängelte sich die Straße durch ein paar gelbe Weizenfelder, und schließlich erreichten sie Hirtzbach.

Nach einigem Suchen entdeckte Benno die *wundertätige Quelle der heiligen Afra* und ihr gegenüber eine kleine Kirche, an der Großvater Benedikt vor fast achtzig Jahren Reparaturarbeiten ausgeführt und darüber einiges in seinem Tagebuch vermerkt hatte. Die Kirche war verschlossen, aber Benno trieb eine Frau auf, die den Schlüssel hatte und sie hinein ließ. Ihr Name war Thanner, und sie erzählte ihnen von der heiligen Afra, von der die Bücher berichten, daß sie im 4. Jahrhundert gelebt hatte und ein ›leichtes Mädchen‹ war. Doch Afra ließ sich von den Christen bekehren, weswegen sie dann allerdings umgebracht wurde, und seitdem gilt sie als Beschützerin der Prostituierten. Wie sie vom fernen Augsburg, ihrem Herkunftsort, nach dem verträumten Hirtzbach im Sundgau gekommen ist, davon wissen die Bücher allerdings nichts zu erzählen.

Von Frau Thanner begleitet gingen Doris und Benno, nachdem sie die Kapelle besichtigt hatten, zu der von einem Häuschen umbauten Quelle hinüber, die inmitten einer blühenden Blumenwiese lag, und lasen, was dort mit einigem Schmunzeln über die Quelle geschrieben stand: daß das Wunder des Wassers sich in einem unerklärlichen, feinen Ölfilm auf der Quelle gezeigt habe, daß aber, seitdem das Häuschen nicht mehr mit den alten Öllampen beleuchtet wurde, leider auch der alte Wunderschleier verschwunden sei.

Wofür denn das Wasser gut sei, wollte Doris wissen.

»Für allerlei Krankheiten an den Augen«, antwortete Frau Thanner und drückte ihr eine Broschüre in die Hand, die sie behalten durfte.

Im Gegenzug zur Geschichte von der heiligen Afra erzählte Benno Frau Thanner dann von seinem Großvater, und daß dieser, vor fast achtzig Jahren am Gebälk dieser Kirche gearbeitet hatte, worauf sie die Hände zusammenschlug und rief: »Dann hat ihn die Nicoline Munch bestimmt noch kennengelernt!«

Nicoline Munch war vor ein paar Wochen fünfundneunzig Jahre alt geworden. Sie mußte damals also an die sechzehn Jahre alt gewesen sein und hatte für junge fremde Männer in ihrem Dorf bestimmt ein offenes Auge gehabt.

Frau Thanner brachte Benno und Doris zu der Alten.

»Ja, ja«, sie nickte, als Benno nach seinem Großvater fragte, »an den kann ich mich schon noch erinnern. Er war nämlich ein gutaussehender Bursche, und ich war verliebt in ihn. Einmal hat meine Base uns zusammen bei den Lusthäuschen erwischt. Nicht, daß da etwas gewesen wäre, wir sind uns eher zufällig begegnet ..., das heißt, ich habe halt ein bißchen nachgeholfen. Aber allein, daß man uns zusammen gesehen hatte hat genügt, und deshalb sperrte mein Vater mich zehn Tage lang im Haus ein. Raus durfte ich nur noch zur Stallarbeit und im Beisein meiner Mutter. Als der Hausarrest dann aufgehoben wurde, war Benedikt weitergezogen, und ich mußte mich bald darauf dem Willen meiner Familie fügen und Jean Munch heiraten. Aber Jean war ein guter Mann, und ich hab' den Benedikt bald schon vergessen.«

Sie plauderten noch ein Weilchen mit der Alten, dann verabschiedeten sie sich und ließen sich von Frau Thanner den Weg zu den Lusthäuschen erklären.

Sie lagen im hinteren Teil des Parks, weitab von schreienden Kindern und Frauen, die ihre Einkäufe vom Supermarkt nach Hause schleppten. Sie waren halb verfallen, und an ihrer Stirnseite befanden sich Uhren, die allesamt stehengeblieben waren. Das unterstrich den Eindruck des Verfalls noch um einiges, und plötzlich befand sich Bennos Großvater, der durch die alte Nicoline für ein halbes Stündchen bei ihnen in der Gegenwart gelebt zu haben schien, wieder im Reich der Vergangenheit.

Als Benno und Doris eine halbe Stunde später in Hipoltskirch vor einem alten Bauernhaus haltmachten, vor dem ein Schild mit der Aufschrift Ferme-Auberge hing, war es bereits acht Uhr abends. Die Bäuerin, die er um eine Unterkunft für diese Nacht bat und auch fragte, ob man hier irgendwo noch etwas zu Essen bekommen konnte, stützte ihre Hände in die Hüften und sagte: »Na, dann kommen Sie mal rein, Sie haben Glück, bei uns gibt's gerade ein Baekkeoffe! Und Ihr Motorrad können Sie hinten im Hof unterm Dach abstellen, da, wo der Traktor und der Heuwagen stehen.«

Benno schnallte die Taschen ab und legte sie neben Doris auf den Boden, dann brachte er die Maschine weg. Als er zurückkam, waren die Bäuerin, Doris und die Taschen verschwunden, statt dessen stand da ein kleines Mädchen mit schmutzigen Füßen und einem Zopf, der ihm bis zu den Hüften reichte.

»Die sind schon drin, du sollst mitkommen«, sagte es auf Schwitzerdütsch und lief voraus.

Er folgte der Kleinen ins Haus. Die Taschen standen im Flur bei der Treppe und Doris' Sturzhelm lag daneben. Benno legte seinen dazu, zog die Lederjacke aus und hing sie über den Knauf des Treppengeländers, dann folgte er dem Mädchen, das an der Tür zur Stube stand und ihn ungeduldig hereinwinkte.

Drinnen saßen Doris, zwei ältere Männer, ein junges Paar und ein Bub von etwa fünf Jahren am Tisch. »Das ist mein Mann«, sagte die Bäuerin und deutete auf einen der beiden älteren, »und das ist sein Bruder, der uns bei der Arbeit hilft. Und das sind unser Sohn mit seiner Frau und ihre beiden

Kinder. So, und jetzt setzen Sie sich hin und greifen Sie ordentlich zu.«

Sie stellte einen großen Tontopf auf den Tisch und hob den Deckel ab. Ein herrlicher Duft breitete sich aus und ließ Benno verzückt aufseufzen. Erst jetzt wurde ihm so richtig bewußt, wie groß sein Hunger war. Seit dem frühen Mittag hatten sie nichts mehr gegessen, und dabei waren sie doch weit gefahren und hatten eine ganze Menge unternommen.

Die Bäuerin lächelte und bediente Benno zuerst. Mit einem großen Löffel beförderte sie Fleisch und Gemüse auf seinen Teller, und dazu erklärte sie: »Das nennt man Baeckeoffe. Dieses Gericht wurde in einer Zeit erfunden, als Wärme noch ein kostbares Gut war und nicht wie heutzutage auf Knopfdruck jederzeit und überall zur Verfügung stand. Hatte der Bäcker in aller Herrgottsfrühe seine Brote fertig, dann blieb in seinem Backofen noch reichlich Restwärme. Die machten sich die Hausfrauen zunutze. Sie brachten ihre Tontöpfe, die sie zu Hause mit fingerdicken Scheiben von Lamm-, Rind- und Schweineschulter und dazwischen mit Schichten von Möhren, Kartoffeln, Lauch und Sellerie gefüllt hatten. Das Ganze wurde dann noch mit Fleischbrühe und einem ordentlichen Schuß Weißwein aufgegossen und dann ab in des Bäckers Backofen geschoben, wo es über Stunden bei mäßiger Hitze vor sich hin schmoren konnte. So wurde das Fleisch weich und blieb saftig. Heute bringen wir den Baeckeoffe natürlich nicht mehr zum Bäcker, aber wir lassen ihn immer noch möglichst lange bei geringer Hitze im Ofen, damit er so schmeckt, wie bei unseren Großmüttern.«

Die Bäuerin hatte inzwischen an alle verteilt, setzte sich und reichte einen Brotkorb herum. Dann hob ihr Mann sein Glas und prostete allen zu. »Trinken Sie nur«, sagte er zu Benno und Doris, »das ist ein Sylvaner, den hat meine Schwiegertochter von ihren Eltern mitgebracht. Die wohnen in Rouffach und sind Weinbauern. Meine Schwiegertochter weiß alles über die elsässischen Weine!« fügte er stolz hinzu und forderte sie auf, den Gästen etwas darüber zu erzählen.

»Wir haben im Elsaß sechs Weißweine und einen Rose«, erklärte sie folgsam. »Der Sylvaner ist ein herber, frischer und leichter, der Riesling ein herber, spritziger Weißwein, der Gewürztraminer ein schwerer Weißer. Der Muscat ist herb und fruchtig. Von den drei Pinot-Sorten sind zwei sehr herbe, kräftige Weißweine, während der Pinot noir ein fruchtiger Rose ist. Elsässische Weine tragen immer den Namen der Rebsorte von der sie abstammen, nur selten den Namen ihres Herkunftsortes.«

»Und der Edelzwicker?« fragte Doris. »Das ist doch auch ein Elsässer?«

»Ja schon, aber der Edelzwicker ist ein Verschnitt aus den weißen Rebsorten, die ich gerade aufgeführt habe.«

»Ach so ...« Doris nickte. »Wissen Sie, mit Wein kenne ich mich nicht besonders gut aus, aber den Edelzwicker mag ich gerne, den trinken mein Mann und ich zu Hause auch öfter mal.«

»Ah ja?« Die Bäuerin sah Benno an. »Also wenn Sie lieber ein Gläschen Edelzwicker wollen, den haben wir auch hier. Ich hole ihn gerne aus dem Keller.«

Benno schüttelte den Kopf. »Nein danke, ich ziehe den Sylvaner durchaus vor. Und außerdem ist das glaube ich jetzt ein Mißverständnis, ich bin nicht Frau Kämpfes Mann.«

»Nein?« Die Bäuerin sah verdutzt von Benno zu Doris. »Also, dann brauchen Sie wohl zwei Zimmer für die Nacht?«

»Ganz recht, wir brauchen zwei Zimmer«, sagte Benno sehr laut und sehr bestimmt, und sah dabei aus den Augenwinkeln zu Doris hinüber. Sie stocherte ausführlich in ihrem Baeckeoffe und vermied es, Benno anzusehen, denn sie befürchtete, er könnte ihr an den Augen ablesen, was gerade in ihr vorging. Dieser gemeine Schuft! Jetzt, wo sie sich im Stillen schon auf eine Nacht zu zweit und mit allem, was so dazugehört, vorbereitet hatte, beförderte er sie so mir nichts dir nichts wieder aus seinem Bett!

Später, als die Bäuerin sie zu ihren Zimmern hinaufführte, beugte sich Benno zu Doris und flüsterte ihr ins Ohr: »Es war doch in deinem Sinne, mit den getrennten Zimmern, oder?«

»Natürlich«, log Doris, »ganz in meinem Sinne!«

»Da bin ich aber froh. Für einen kurzen Moment hatte ich nämlich das Gefühl, du würdest es bedauern!« Er grinste anzüglich, und Doris lief mal wieder knallrot an.

Als sie die Tür ihres Zimmers hinter sich geschlossen hatte, zischte sie: »So eine Frechheit, so was von einem aufgeblasenen Pappstoffel! Aber warte nur, dir werde ich's schon noch zeigen!« Sie ballte die Fäuste und warf sich aufs Bett, und dann tat sie, wozu sie schon lange Lust hatte: sie heulte sich das ganze Elend von der Seele.

Am Morgen versprühte sie eiskalten Charme. Benno war freundlich wie immer, aber in seinen Augen nistete ein Lächeln, als würde er sie bis in die hintersten Ritzen ihrer Seele durchschauen, und das ließ sie noch wütender auf ihn werden. Gott sei Dank hatten ihre Gastgeber schon gefrühstückt und waren längst bei ihrer Arbeit, so daß Doris wenigstens das Süßholzraspeln mit der Familie erspart blieb. Und die Bäuerin, die ihnen am großen Holzherd der Wohnküche ein deftiges Frühstück vorbereitete, war ganz mit dem Braten der Eier beschäftigt und nahm kaum Notiz von ihnen.

Benno studierte mal wieder seine Straßenkarte, während sich Doris an dem dunkelschwarzen Kaffee, der in ihrer Tasse dampfte, aufzurichten versuchte. Plötzlich hob er den Kopf, sah sie an und fragte: »Kannst du Karten lesen?«

Doris stellte sich dumm. »Willst du mir eine schreiben?«

Benno grinste und schob ihr die Straßenkarte über den Tisch. »In einem guten Team«, sagte er mit sich vor Höflichkeit überschlagender Stimme, »liest der Beifahrer die Karte und weist dem Fahrer den Weg.«

»Ach?« tat Doris erstaunt. »Und du meinst, wir sind ein *gutes Team?*«

Benno beugte sich vor und sah ihr sehr, sehr tief in die Augen. »Ich bin überzeugt, wir könnten eins werden. Sag mir einfach Bescheid, wenn du so weit bist.«

Doris schenkte ihm ein giftiges Lächeln, griff nach der Karte, breitete sie vor sich aus und fragte nach dem heutigen Reiseziel.

Benno stand auf und kam um den Tisch zu ihr, beugte sich über ihre Schulter und deutete auf Hippoltskirch. Dann fuhr er mit dem Finger auf der Landkarte entlang und erklärte: »Wir fahren von hier aus weiter nach Delémont, dann diese Strecke nach Moutier, und von da über Tavannes bis Biel.« Seine Wange kam wie zufällig näher und berührte dabei sacht ihr Haar. Ein himmlischer Schauder lief ihr den Rücken hinunter, und sie schloß für einen Moment wie betäubt die Augen.

»Tja, und in Biel übernachten wir dann«, fuhr Benno fort. »Im Einzel- oder im Doppelzimmer, ganz wie du möchtest!« Er hauchte ihr einen Kuß auf die Wange, richtete sich auf und setzte sich wieder auf seinen Platz ihr gegenüber.

Als Doris empört den Mund öffnete, um etwas zu entgegnen, legte er schnell den Finger auf seine Lippen. »Pssst, antworte besser nicht! Denn alles was du jetzt sagst, könnte dir schon heute abend wieder verdammt leid tun!«

»So, bitte, hier sind die Eier.« Die Bäuerin schob einen Teller vor Doris und ging dann um den Tisch zu Benno. »Guten Appetit! Brauchen Sie noch Kaffee?«

»Nein danke.« Benno sah Doris an, die schüttelte den Kopf. »Wir haben genug. Aber können Sie mir sagen, ob es hier im Dorf eine Familie Rauch gibt?«

»Rauch?« Die Bäuerin stützte die Hände in die Hüften. »Nein, nicht mehr. Früher, da hat einmal eine Familie Rauch hier gewohnt. Im dritten Haus rechts, gleich am Ortseingang. Aber der Mann ist schon gestorben, als ich in die Schule kam, und die Frau, die starb dann kurz nach unserer Hochzeit. Die beiden hatten nur eine einzige Tochter, die Agnes, aber die ist mit ihrem Mann, einem Schweizer, 1918 in ein Dorf auf der anderen Rheinseite gezogen, und als 1919 das Elsaß durch den Versailler Vertrag an Frankreich fiel, wurden wir hier wieder einmal französisch; die Agnes und ihr Mann blieben aber Deutsche. Ich weiß das, weil auch wir in der Familie so einen Fall hatten, und das im Krieg für unsere Familien sehr tragisch war. Da wurden immer wieder Geschichten drüber erzählt ... ich glaube, Benedikt hieß der Mann von der Agnes. Aber gekannt hab' ich nur die Alten, und die sind schon lange tot. Kennen Sie die Familie etwa? Aber nein, was für eine dumme Frage, dafür sind sie ja viel zu jung!«

»Nein, ich kenne sie tatsächlich nicht, wenigstens nicht persönlich«, sagte Benno, »aber die Agnes Rauch war meine Großmutter.«

Als die Bäuerin das hörte, zog sie sich einen Stuhl heran und setzte sich. »Nicht möglich, dann sind Sie ja praktisch einer von uns! Die alte Rauch ihre Urgroßmutter, ja, wo gibt's denn das!« Sie schüttelte immer wieder den Kopf und sah Benno dabei ungläubig an.

Plötzlich stand sie auf, ging hinaus und kam wenig später mit einem Foto zurück. »Schauen Sie, das ist eine Gruppenaufnahme von unserer Hochzeitsgesellschaft. Da war natürlich das ganze Dorf da. Und das da ist die alte Frau Rauch, Ihre Urgroßmutter.«

Sie deutete auf eine alte, in Schwarz gekleidete Frau. »Da war sie bestimmt schon so an die vier- oder fünfundneunzig. Kurz danach ist sie dann friedlich eingeschlafen und neben ihrem Mann beerdigt worden. Das Grab gibt es aber nicht mehr, es hat sich nie jemand darum gekümmert, und schließlich wurde es aufgelöst.«

Die Bäuerin brachte Benno und Doris noch zu dem Haus, in dem Agnes geboren war, dann verabschiedete sie sich, und Benno fragte sie nach der Grenze hinüber zur Schweiz.

Sie lachte und deutete über die Schulter zurück. »Die Grenze ist dort drüben. Die Grenze ist bei uns ein kleiner Bach, ein Brückchen, das darüber führt und ein verrostetes blauweißrotes Schild. Wenn sie zu Fuß sind, dann genügt ein Hupfer, und Sie sind von Frankreich in der Schweiz und wieder ein Hupfer, und Sie sind retour, und die einzige Gefahr dabei ist, daß Sie sich nasse Füße holen.«

Benno hielt an der Grenze, ließ Doris absteigen und hob die Maschine auf den Ständer. Dann ging er zum Bach und sprang, wie die Bäuerin es gesagt hatte, darüber. Immer hin und her, wie ein kleiner Junge. Und da mußte Doris dann doch wieder lachen.

»Wirklich, es ist tatsächlich wahr, man kann einfach hin- und herhüpfen!« rief er von der Schweiz aus zu ihr herüber. »Das hier, das ist keine Grenze, das ist ein Spaß, ein Witz, eine Kasparei! So sollten alle Grenzen sein«, rief er und sprang wieder ins Elsaß zurück. »Stell dir vor, so würden die Russen nach Afghanistan springen oder die Inder nach Pakistan! Da könnte man Grenzen ertragen!« Dann pflückte er ein paar wilde Vergißmeinnicht, kam zu Doris, die kopfschüttelnd an der Maschine lehnte, überreichte ihr den Strauß und küßte sie. Zuerst sanft und vorsichtig –, bei ihr konnte man ja nie wissen! –, dann, als er sicher war, daß sie weder um sich schlagen noch beißen würde, zog er sie fester an sich, und Doris überließ sich ganz dem himmlischen Kreisen seiner Zunge.

5. Kapitel

Das Sundgau lag hinter ihnen, vor ihnen glättete sich die hügelige Landschaft ein wenig, und hie und da tat sich ein weiter Blick auf das ferne Gebirge auf. Doris saß auf dem Rücksitz und hielt die Karte zwischen sich und Bennos Rücken. Ab und zu orientierte sie sich und gab dann Anweisungen. »Jetzt muß bald eine Abzweigung nach rechts kommen«, oder: »Die nächste Ortschaft heißt soundso, und da müssen wir dann links abbiegen.«

Aber meistens träumte sie verliebt vor sich hin. Ja, verliebt! Doris war verliebt! Ihr Herz schlug unsinnige Purzelbäume, und in den Tiefen ihres Schoßes kribbelte es wie schon lange nicht mehr.

Sie kuschelte sich noch ein bißchen näher an Benno und dachte über das nach, was Hedda vor zwei Jahren zu ihr gesagt hatte, als sie Volker bei einem Seitensprung erwischt hatte und darum ganz aus dem Häuschen war:

»Sei doch froh, Untreue bringt frischen Wind in die Beziehung. Wer untreu ist, handelt und verändert sich und damit auch seine Umgebung. Jetzt bist du entsetzt, weil deine Eitelkeit verletzt ist, aber in ein paar Wochen wirst du die Vorteile erkennen und dieser Schnepfe, mit der er herumzieht, dankbar sein, daß er endlich wieder einen vernünftigen Haarschnitt hat, sich die Füße wäscht und die Nägel putzt!« Und auf Doris' Einwand hin, daß so ein Seitensprung schließlich nicht ganz ungefährlich sei, entgegnete sie mit einer wegwerfenden Handbewegung: »Ach was, so schnell macht einer wie Volker keine Nägel mit Köpfen. Aber natürlich mußt du darauf achten, daß er nicht vergißt, wo sein Nest ist und im Falle eines Falles früh genug die Notbremse ziehen. Aber auch wieder nicht zu früh! Ich sag' dir aus Erfahrung: ein schlechtes Gewissen wirkt wahre Wunder bei liebeslahmen und antriebsschwachen Ehemännern!«

Aber so einfach war das für Doris dann doch nicht gewesen. Sie hatte eine Schweinewut auf ihren verehrten Herrn Gatten und bebte wie ein Rennwagen kurz vor dem Start. Mit geballten Fäusten und gespreiztem Kamm ging sie auf Volker los, doch den beeindruckte das wenig.

»Schatz, warum regst du dich nur so auf«, sagte er mit Gleichmut in der Stimme, »das mit Vera hat doch gar nichts mit uns beiden zu tun! In Wahrheit liebe ich doch nur dich! Mit *dir* verbringe ich immerhin mein Leben, mit Vera nur ein paar Stunden! Und das bißchen Sex, das ist doch bloß … nun ja, ein Mann braucht eben ab und zu mal ein bißchen Selbstbestätigung!«

Damals hatte Doris sich gewundert, wie ein einziger Mensch so viele Phrasen dreschen kann. Das bißchen Sex! Pah! Immerhin war er eine ganze Woche mit dieser Vera in Wien gewesen! In einem Superhotel, davon konnte sie als seine Ehefrau nur träumen! *Sie* mußte ihre sauer verdienten Ferien ja immer im Wohnwagen verbringen! Und dabei wäre sie so gern einmal nach Wien gefahren! Aber zu ihr hatte er gesagt, er wäre auf Geschäftsreisen, den ganzen Tag nur Konferenzen und abends langweilige Geschäftsessen! Pah!

Aber damit war jetzt Schluß, sie würde sich nicht mehr wie ein Fußabstreifer behandeln lassen! Und *das bißchen Sex*, das konnte *sie* sich schließlich auch gönnen! Auch eine Frau braucht ab und zu mal Selbstbestätigung, und vor allem brauchte sie endlich mal wieder das Gefühl, begehrenswert zu sein!

Von Delémont aus folgten sie der Straße Nr. 6. Hinter Courrendlin begann das malerische Vallé de Moutier, was zu deutsch so viel wie Münstertal heißt, eine bewaldete Felsenschlucht, die von einem wilden Bach namens Birs durchflossen wird. Für die Straße und die Bahn mußten Kalkfelsen gesprengt oder Tunnel gebaut werden, die auf Doris wie Narben in der sonst so eindrucksvoll kargen Landschaft wirkten.

In Moutier machten sie eine Pause, tranken Kaffee, aßen eine Kleinigkeit und lasen in Benedikts Tagebuch. Seine Beschreibung des Münstertales ging Doris unter die Haut. Er schrieb von Adlern, die über der Schlucht kreisten, von allerlei wilden Tieren, die sich nachts in der Nähe seines Lagerfeuers herumtrieben, von einem Kaninchen, das er in einer Schlinge gefangen und über dem Feuer gebraten hatte. Sie versuchte sich vorzustellen, so zu reisen wie Benedikt es damals getan hatte. Der Gedanke war schauerlich, denn in ihrer Fantasie wuchsen sich Füchse und Marder zu Wölfen und Bären aus, die gnadenlos über sie herfielen, um sie in Stücke zu reißen.

»Da seid ihr mir, du und deine Guzzi, schon tausendmal lieber«, sagte sie zu Benno, schloß die Augen, lehnte sich zurück und ließ sich die Sonne ins Gesicht scheinen.

»Das sagst du jetzt, weil du dich unter all den Leuten sicher fühlst«, antwortete er, »und weil du noch nicht weißt, wie wild und gefährlich ich werden kann, wenn ich nacktes Frauenfleisch wittere!«

Sie öffnete die Augen und sah ihn an. »Das glaube ich nicht. Du tust doch immer nur so! In Wahrheit bist du harmlos wie ein zahnloser alter Hund, der nur noch in Ruhe sein Süppchen schlabbern will.«

»Ah, Madame will mich provozieren? Aber keine Angst, auf so üble Tricks fall' ich nicht rein!«

»Schade«, sagte Doris und lachte.

Als Benno zur Toilette ging, zog Doris die Straßenkarte zu sich herüber, um sich zu orientieren. Dabei fiel ihr einer von Bennos Handschuhen vom Tisch. Sie bückte sich, hob ihn auf und legte ihn wieder hin. Einmal ihren Blick bewußt auf den Handschuh gerichtet, konnte sie ihn nicht mehr davon lösen. Er sah aus, als würde Bennos Hand drinstecken, die Finger gekrümmt, der Daumen weggestreckt. Sie versuchte, den Handschuh flach zu drücken, aber er richtete sich immer wieder auf, sobald ihr Druck nachließ.

Plötzlich stand Benno hinter ihr. Er lachte, als er sah, womit sie sich beschäftigte. »Die kriegt keiner mehr platt«, sagte er. »Ich habe sie vor mehr als zwanzig Jahren gekauft, sie haben damals bloß ein paar Mark gekostet. Seitdem begleiten sie mich auf jeder Motorradfahrt. Das Leder ist schon so müde, alt und brüchig, daß sie manchmal rührend komisch wirken, und obwohl sie von Öl, Schweiß und toten Insekten durchtränkt und so oft geflickt sind, daß es langsam schwierig wird, sie noch einmal zu richten, kann ich mich einfach nicht entschließen, ein Paar neue Handschuhe zu kaufen. Ich hänge an ihnen, so wie ich an allem hänge, was mir einmal lieb und wichtig geworden ist.« Er lächelte und legte eine Hand auf Doris' Schulter. »Wie machst du das nur – jetzt weißt du schon wieder ein Geheimnis von mir!«

Sie schmunzelte. »Weiß nicht. Vermutlich redest du gerne.«

Sie brachen wieder auf. Die Straße folgte weiter der Birs, zwängte sich noch einmal durch eine Felsenschlucht, die Gorges de Court, und erreichte dann im Wiesental über Bévilard und Reconvilier den kleinen Ort Tavannes. Hier, in Tavannes, suchte Benno nach einem Haus, in dem sein Vater ein paar Wochen gewohnt und gearbeitet hatte, aber es war, wie man ihm erzählte, vor fünf Jahren abgerissen worden. Auch sonst gab es in Tavannes nichts zu besichtigen, also fuhren sie weiter auf der Straße Nr. 6 über die Paßhöhe bei Pierre Pertuis, die schon zu Römerzeiten ein wichtiger Paß gewesen war, weiter durch das Tal der Suze, die wildromantische Taubenlochschlucht bis hinunter nach Biel.

Als sie in Biel ankamen, war es später Nachmittag, und die Sonne lag bereits schräg über der Stadt. Benno folgte dem Wegweiser Richtung Altstadt, fuhr langsam, hielt Ausschau nach einer Unterkunft für die Nacht. In einer Seitenstraße unterhalb der Altstadt, entdeckte er ein Hotel. Er hielt an und drehte sich zu Doris um.

»Wir könnten hier nach einem Zimmer fragen.«

»Warum tun wir 's dann nicht?«

»Weil wir erst noch eine entscheidende Frage klären müssen.«

»Die da wäre?«

»Einzel- oder Doppelzimmer?«

»Küß mich nochmal, bevor ich eine Entscheidung treffe«, bat Doris und nahm ihren Helm ab.

Benno küßte sie sehr ausführlich. »Und?« fragte er dann.

»Doppelzimmer!« sagte sie.

Das Zimmer lag im vierten Stock. Wenn man sich weit aus dem Fenster lehnte und den Blick nach links dem Verlauf der Straße folgen ließ, konnte man am Ende ein Stück von der Altstadt sehen, die sich einen Hügel hinaufzog. Verwinkelt, mit roten und braunen Dächern, lag sie friedlich in der Abendsonne.

»Zu Fuß würden wir bis zur Altstadt vielleicht eine Viertelstunde brauchen«, schätzte Benno, legte seine Arme um Doris' Hüften, zog sie an sich und küßte sie wieder. »Was meinst du, ziehen wir gleich los oder lieber erst danach?« Das Wörtchen ›danach‹ betonte er sehr eindeutig zweideutig, und Doris sah ihn lachend an.

»Gleich!« sagte sie dann sehr bestimmt, »ich habe nämlich schrecklichen Hunger!«

»Ja eben, ich auch.«

»Ich meine auf ein Stück *gebratenes* Fleisch!« Sie lachte und machte sich von ihm los. Dann ging sie ins Bad, um zu duschen.

»Und weißt du, was ich gleich morgen früh machen muß?« sagte sie, als sie in ein Badetuch gewickelt wieder herauskam. »Ich muß mir ein paar Klamotten kaufen. Ein Paar Jeans zum Wechseln, zwei oder drei T-Shirts, einen Pullover für abends, wenn es kühl ist, und vielleicht ein leichtes Sommerkleid.«

»Daß Frauen immerzu nur ans Anziehen denken!« sagte Benno und seufzte.

»Und Männer immer nur ans Ausziehen!« entgegnete Doris schlagfertig.

Sie fanden ein gemütliches kleines Restaurant, in dem es traditionelle Schweizer Gerichte gab. Auf den Papiersets war eine Frau in Schweizer Tracht abgebildet, daneben ein Suppentopf, eine Kelle und das Rezept einer ›Gemüsesuppe mit Käse aus dem Wallis‹.

In dieser Suppe sollte man kein Fleisch mitkochen lassen, stand da. *Porreestangen recht fein in Streifen, Blumenkohl in Rosen, Zwiebel in hauchfeine Scheiben schneiden, Petersilie und Selleriegrün hakken. Dieses Gemüse kocht man 30 Miauten lang bei kleiner Flamme in Salzwasser. Dann kommen Reis und Nudeln dazu. Nach 15 Minuten ist alles gar. In einer Pfanne bräunt man Mehl in Butter an, löscht diese Schwitze mit Wasser, gibt sie in die Suppe, würzt sie und gießt sie anschließend in eine Terrine, die mit Käsescheiben ausgelegt ist. Dazu passen Weißbrotscheiben und ein herber Weißwein.* Und rechts unten auf dem Set stand ausdrücklich vermerkt: *Sie dürfen dieses Set mit nach Hause nehmen – guten Appetit!*

Da erkennt man die schweizerische Rechtschaffenheit! Keiner soll das Gefühl haben, er hätte etwas geklaut, wenn er das Lokal mit einem Stück verkleckertem Papier verläßt.

Aber sie bestellten dann doch nicht die Gemüsesuppe mit Käse aus dem Wallis, sondern Gitziküchli (Ziegenbraten im Teig), weil sich das so schön nach Guzzi anhörte, und weil sie wohl beide im Stillen befürchteten, die Suppe könnte ihnen mittels Blähungen die süße Liebesnacht verstänkern.

Doch aus der süßen Liebesnacht wurde dann ohnehin nichts, denn gerade, als sich Benno sehr ausführlich und ganz ohne Hast von Doris' Schläfen über ihre heißen Lippen und die hübschen Brüste bis hin zu dem dunkelbraunen Gekräusel zwischen ihren Schenkeln vorgewagt hatte, unter dem ein Schatz verborgen lag, den er endlich zu heben gedachte – gerade da setzte ein ohrenbetäubendes Gebimmel ein. Es war so laut und so blechern und so unmittelbar nahe, daß Doris vor Schreck einen lauten Schrei ausstieß und Bennos Männlichkeit augenblicklich in sich zusammensackte.

Benno brauchte nur Sekunden, um wieder klar bei Verstand zu sein. Er sprang aus dem Bett, ortete, woher das schreckliche Gebimmel kam, entdeckte ein Geläut oberhalb der Tür des Zimmers und machte sich mittels Faustschläge daran, dem Ding den Garaus zu machen. Doris, die das Bett inzwischen ebenfalls verlassen hatte und splitterfasernackt am Fußende desselben stand, sah ihm fasziniert dabei zu. Bis dann plötzlich auf dem Flur Schritte zu hören waren und eine schrille Frauenstimme schrie: »Feuer! Feuer! Es brennt!«

Das Blut gerann ihnen vor Schreck in den Adern. Feuer! Und sie befanden sich im vierten Stock! Endlich kapierten sie, was los war, sprangen in das nächstbeste Kleidungsstück, schnappten sich, was ihnen am nächsten lag und rannten um ihr Leben. Draußen auf dem Flur folgten sie den grünen Schildern mit den kleinen schwarzen Strichmännchen, kamen zu einer Treppe, hasteten hinunter und standen endlich auf der Straße.

Erst jetzt merkte Doris, daß sie keine Schuhe anhatte, und als ihr Blick auf Benno fiel, der in der rechten seine Ledertaschen hielt, in der linken seine Motorradstiefel und den Sturzhelm, da fiel ihr plötzlich siedendheiß ein: »Scheiße, der Helm! Fabian bringt mich um!« Und schon wollte sie loshetzen, zurück ins brennende Hotel, um den blöden Helm ihres Sohnes zu holen.

»Du hast'se wohl nicht mehr alle!« schrie Benno sie an, ließ die Taschen fallen und schnappte sich Doris am Arm. »Du bleibst hier!« Und dann hielt er sie fest an sich gepreßt, und Doris brach in Tränen aus und weinte, bis ein Feuerwehrmann sie einige zehn Meter weiter in einen Hauseingang schob, in dem hilfreiche Leute Stühle aufgestellt hatten.

»Kann ich dich hier kurz alleine lassen?« fragte Benno.

Doris nickte. »Es geht schon wieder, das vorhin war nur der Schock.«

Benno ging, um die Guzzi aus der Gefahrenzone zu bringen. Als er zurückkam, war Doris in eine Decke gehüllt und schlürfte heißen Kaffee. Er setzte sich zu ihr, und Doris schmiegte sich an ihn und hatte abermals diesen Blick vor Augen, mit dem er sie vor dem brennenden Hotel angesehen hatte – ein Blick, aus dem Angst um ihr Leben und Zärtlichkeit und Liebe gesprochen hatten. Und es fiel ihr der Spruch ein, der über dem Standesamt stand, in dem sie einst einen gewissen Volker Kämpfe geheiratet hatte:

In der Not zeigt sich die Wahrheit deiner Gefühle!

Die Gäste des Hotels wurden für diese Nacht in einer Turnhalle untergebracht, die in aller Eile als Notunterkunft hergerichtet worden war. Doris und Benno lagen nebeneinander auf Feldbetten, hielten sich an den Händen und lauschten dem leisen Wimmern eines kleinen Mädchens, das bei dem Brand seinen liebsten Teddybären verloren hatte.

»Morgen«, sagte Benno und küßte Doris' Hand, »morgen kauf' ich dir einen neuen Sturzhelm und mir endlich neue Handschuhe. Ich habe sie nämlich im Zimmer liegengelassen.« Seine Stimme klang belegt, als er das sagte. Aber dann lachte er plötzlich und flüsterte: »Da sieht man mal wieder, wo die Liebe Funken schlägt, bricht eben allzuleicht ein Brand aus!«

6. Kapitel

Barfuß und nur mit dem nötigsten bekleidet saß Doris auf dem Rücksitz der Guzzi. Den Vormittag hatten sie und Benno damit zugebracht, Schadensformulare auszufüllen und die Fragen der Beamten zu beantworten, die die Brandursache zu ermitteln hatten. Jetzt fuhren sie wieder Richtung Innenstadt, um einzukaufen.

Doris mußte sich von Grund auf neu einkleiden, denn außer ihrer Lederjacke, dem roten T-Shirt-Kleid und der Tasche mit ihren Papieren war alles den Flammen zum Opfer gefallen. Kleidung, Schuhe und Kosmetika fanden sie in der Fußgängerzone. Doch als Benno nach einem Motorrad-Fachgeschäft fragte, wurde ihnen der Weg in die Altstadt gewiesen.

Es war ein kleiner dunkler Laden in einer engen Gasse. Benno verlangte nach einem Jethelm.

»Aber Fabian hatte doch einen mit Visier«, wandte Doris ein.

»Für Fabian kannst du zu Hause einen neuen Helm kaufen. Diesen hier schenke ich dir. Auf einer Guzzi mit einem Integralhelm zu fahren, das war sowieso ein schrecklicher Stilbruch.«

Der Verkäufer nickte. »Das kann man wohl sagen! Das ist, als würde Sie einer mit dem Velo auf den Opernball chauffieren!« Er ging um die Verkaufstheke herum und griff in eine Schublade. »Dann brauchen Sie aber bestimmt auch noch eine Brille!« Er legte eine kleine Auswahl auf den Tisch, und Doris suchte sich eine aus.

Sie probierte beides an und stellte erleichtert fest, daß ein Jethelm weit angenehmer zu tragen war. Die Hitze staute sich darin nicht so, sie konnte mit Benno reden, ohne das Visier hochklappen zu müssen, und außerdem sah es viel hübscher aus.

Dann ließ sich Benno Handschuhe zeigen, probierte mehrere an und entschloß sich für ein Paar aus schwarzem Leder mit langen Stulpen.

Als er bezahlt hatte, gingen sie durch die Obergasse mit den Laubenbögen und dem Engelsbrunnen zurück zum Burgplatz, auf dem das Rathaus mit dem eckigen Staffelgiebel stand, um das sich mehrere Straßenbistros gruppierten. Dort suchten sie sich einen schattigen Platz, aßen *Urner Rösti* mit frischem Salat, tranken Selterswasser und versuchten, die Schrecken der letzten Nacht zu vergessen.

»Vielleicht hat ja dein Mann das Feuer gelegt«, sagte Benno. »Nur um uns daran zu hindern, das zu tun, was alle Liebenden der Welt tun!«

Doris lachte. »Das würde ihm ähnlich sehen! Volker scheut keine Mühe, um mir den Spaß zu verderben.« Aber plötzlich verschwand das Lachen aus ihrem Gesicht, sie beugte sich vor und sah Benno ernst an. »Sind wir denn überhaupt Liebende?«

Er erwiderte ihren Blick, nahm plötzlich ihre Hand und sagte: »Verliebt zumindest, wenigstens was mich betrifft. Irgend etwas ist mit mir passiert gestern nacht.«

»Mir geht es ähnlich«, sagte Doris. »Etwas ist anders geworden.« Und dann nach langem Schweigen: »Warst du eigentlich schon mal verheiratet?«

Benno nickte. »Ganze vier Wochen. Dann haben wir uns wieder getrennt.«

Doris pfiff durch die Zähne. »Da hast du's aber lange ausgehalten!«

»Ich war vierundzwanzig Jahre alt. Sabine, so hieß meine Ex-Frau, war gerade einundzwanzig geworden. Wir hatten uns ein Dreivierteljahr gekannt, und ich war unheimlich verknallt in sie und glaubte allen Ernstes, die Liebe könne jede Kluft überbrücken, sogar die zwischen uns.«

»Und was war das für eine Kluft, die ihr dann doch nicht überbrücken konntet?«

»Sabine kam aus ›besserem Hause‹, wie sich ihre Eltern auszudrücken pflegten. Der Herr Papa war Chirurg mit eigener Privatklinik, und Fräulein Tochter sollte einmal in seine Fußstapfen treten. Einen geeigneten und standesgemäßen Ehemann hatte man auch schon für sie in Aussicht. Er hieß Johannes von Arpesheimer, studierte ebenfalls Medizin, war lang und dürr und pickelig und stank, wenn man Sabine glauben durfte, schon mit seinen fünfundzwanzig Jahren nach Gruft und Moder. Einmal sagte sie zu ihrer Mutter, lieber würde sie von der Brücke springen, als mit diesem Unmann das Bett teilen, worauf die Mutter entgegnete, für eine Frau gäbe es schließlich viel Wichtigeres als Sex, und bei geschlossenen Augen seien sowieso alle Männer gleich.«

»O Himmel!« Doris schüttelte den Kopf und lachte betreten. »Das hätte glatt von meiner Mutter kommen können.«

»Jedenfalls wollte Sabine weder den Mann heiraten noch die Klinik übernehmen«, fuhr Benno fort, »und auf der Suche nach einem Ausweg aus ihrem Dilemma traf sie mich. Natürlich waren ihre Eltern mit mir als Schwiegersohn nicht einverstanden. Ein kleiner Spediteurssohn, und dann auch noch ohne *von* vor dem Namen, das war ihnen einfach zu gering. Also heirateten wir heimlich und ohne ihr Einverständnis. Mit dem Ergebnis, daß Sabine enterbt wurde und in der elterlichen Villa *Hausverbot* bekam. Nicht einmal ihre Anrufe nahmen sie entgegen. Natürlich, ließ man ihr ausrichten, könne sie jederzeit wieder nach Hause kommen, aber nur wenn sie bereit sei, sich von mir scheiden zu lassen; vorher sei niemand für sie zu sprechen.«

»Solch massivem Druck hat sie natürlich nicht standgehalten«, sagte Doris.

»Sie war verwöhnt und abhängig von den Eltern, in jeder Hinsicht. Als wir heirateten, hatte sie offensichtlich geglaubt, sie hätte die Trumpfkarten in der Hand, und es wäre ihr durch mich irgendwie gelungen, sich aus der ihr aufgedrückten Verantwortung zu stehlen. Aber Sabine hatte vergessen, daß es noch einen Joker im Spiel gab, und den hatten eben ihre Eltern.«

»Du meinst, das Geld?«

»Nicht nur das Geld, obwohl ihr das natürlich auch abging, denn sie war ja gewöhnt, es mit vollen Händen auszugeben. Aber viel schlimmer war für sie, so unwiderruflich von der Familie getrennt zu sein. In den ersten Tagen reagierte Sabine noch mit Stolz und behauptete, sie bräuchte keinen von denen. Aber mit jedem Tag, der verging, wurde ihr Gesicht länger und ihre Sehnsucht nach den alten Gewohnheiten und den Menschen, mit denen sie bis dahin ihr Leben verbracht hatte, begann sie schier aufzufressen.«

»Und außerdem war das Leben an deiner Seite für ein Mädchen ihres Schlages natürlich nicht gerade ein Zuckerschlecken«, nahm Doris an.

»Richtig. Ich arbeitete oft zwölf Stunden täglich, manchmal war ich mit dem Lkw unterwegs, oft kam ich erst spät nachts nach Hause. Sabine und ich wohnten in einer kleinen, auf die Schnelle ausgebauten Kellerwohnung im Hause meiner Eltern. Da gab es keine Badewanne, nur eine Dusche, eine kleine Kochnische, zwei kleine Zimmer, das war alles. Sie fühlte sich einsam, und als ich sie einmal fragte, warum sie sich nicht öfter mal ein paar von ihren Freundinnen einlädt, sah sie mich nur stumm und mit unbewegter Miene an. Da begriff ich, daß sie sich schämte für unsere zwei Zimmer mit Ausblick auf den Gemüsegarten meiner Eltern, und ich fing an zu ahnen, daß diese Ehe ein Irrtum war.«

Doris nickte. Sie konnte sich gut vorstellen, wie das damals gelaufen war. Zwei junge Leute, die mit offenen Augen in ihr Unglück rannten und dabei hofften, daß die Liebe es schon richten würde.

»Nach vier Wochen war Sabine dann gargekocht«, erzählte Benno weiter. »Sie packte ihre Sachen und verließ mich ohne ein Wort des Abschiedes. Sie ist einfach fortgegangen, als ich eine Tagestour mit dem Lkw fuhr. Zu feige mir in die Augen zu sehen, zu feige zu sagen, daß ihr das Leben, das ich ihr bieten konnte, nicht genügte. Noch nicht mal von meinen Eltern hat sie sich verabschiedet, obwohl die sich immer liebevoll um sie bemüht hatten. Das kränkte mich tief, aber noch tiefer kränkte mich der Anruf ihres Vaters am folgenden Abend. Er teilte mir mit, daß ich zehntausend Mark bekäme, falls ich mich mit einer einvernehmlichen Scheidung einverstanden erklärte, falls nicht, hätte ich allerdings eine ganze Menge Ärger zu erwarten.«

»Und was hast du getan?« fragte Doris.

»Ich knallte den Hörer hin und ging gleich am nächsten Morgen zu unserem Anwalt, um den Herrschaften ganz offiziell mitteilen zu lassen, daß ich sowohl auf ihr Geld als auch auf ihre Tochter verzichten könne. Die Ehe wurde dann übrigens annulliert. Sabine behauptete, sie sei nie vollzogen worden, und wir hätten überhaupt nur geheiratet, um ihre Eltern unter Druck zu setzen.«

»Und damit kam ihr Anwalt durch?«

»Ihre Anwälte. Es waren zwei. Und für die war das ein Pappenstiel.«

»Und danach hattest du natürlich die Nase voll von den Frauen und der Liebe?«

»Erst mal schon«, gab Benno zu. »Wenn man so jung ist, neigt man ja dazu, die Schuld am eigenen Dilemma bei den anderen zu suchen. Dabei hätte ich doch vorher wissen müssen, daß der Schwan nun mal zu edel war für den Enterich, und daß der Schuster, wie schon der Volksmund sagt, besser bei seinen Leisten bleiben sollte.«

Doris lachte und hauchte Benno einen Kuß auf die Wange. »Das wäre allerdings schade«, sagte sie keck, »wenn du immer nur bei *deinen* Leisten bliebest! Ich meine, ich habe schließlich auch welche, und wenn ich daran denke, wie du sie heute Nacht so himmlisch bearbeitet hast …« Sie seufzte und verdrehte wollüstig die Augen.

»Dann?« hakte Benno nach und küßte sie zärtlich auf den Hals.

»Dann wünschte ich, es wäre heute abend, und wir hätten ein Zimmer, und du könntest endlich tun, womit du mir nun schon seit Tagen so vielversprechend drohst.«

»Na, wenn das so ist«, sagte Benno, legte dreißig Franken auf den Tisch, nahm Doris an der Hand und zog sie zu sich hoch, »dann, finde ich, sollten wir hier keine Sekunde mehr vertrödeln.«

Sie fahren am See entlang Richtung La Neuveville. Es war ein strahlend blauer Tag, und weit hinter dem See lag wie zum Greifen nahe das ganze Panorama der Schweizer Berge.

»Kannst du kurz anhalten?« fragte Doris. »Ich würde mir das so gerne in aller Ruhe ansehen!«

Die Straße war ausgebaut und breit, und es gab eine Standspur. Benno fahr rechts ran, hielt an und deutete mit der Hand nach rechts. »Dieser Berg dort muß der Mont Blanc sein und links davon das Matterhorn.«

Doris hob nun ebenfalls die Hand. »Dann ist das da drüben bestimmt das Gotthardmassiv.«

Benno nickte und fragte: »Magst du eine Sage hören, die sich die Schweizer über ihre Berge erzählen?«

»Ich liebe Sagen und Märchen!«

Benno begann: »Als der liebe Gott über die ganze Erde seine Bodenschätze verstreute, da kam ein winziges Land im Herzen Europas zu kurz, und um es für diese Benachteiligung zu entschädigen, gab der Herr ihm Berge wie himmlische Burgen, großartige Gletscher, ließ Wasserfälle sprudeln und Seen sich füllen und hauchte den Tälern Lieblichkeit und Romantik ein. So wurde die Schweiz, wie er das Land von nun an nannte, zum formvollendeten Ausdruck göttlicher Weisheit, denn man kann daran erkennen, daß Wohlstand allein nicht Glück bedeutet, sondern daß auch Gemüt, Seele und Schönheitssinn dazugehören.«

»Also doch kein Macho!« sagte Doris, lächelte und legte ihr Kinn auf seine Schulter.

Benno deutete wieder in Richtung Mont Blanc. »Schau, dort, etwas weiter links, dort liegt der Mont Collon, und irgendwo zu seinen Füßen, da gibt es ein Dorf, das heißt Evolena, und über dieses Dorf hat mein Großvater in seinem Tagebuch etwas geschrieben, das mir sehr gefallen hat. Er war ein paar Monate vor seiner großen Wanderschaft dort. Von seinem Heimatort aus fuhr er mit dem Schiff bis zum Ende des Sees, dann wanderte er weiter. Die Mutter seiner Mutter kam aus Evolena, und irgendwelche Cousins und eine Tante wohnten noch dort. Ich werde es dir später vorlesen, wenn du magst.«

»Natürlich mag ich!« Doris umarmte ihn von hinten und schob ihren Kopf über seine Schulter, damit er sie küssen konnte. »Laß uns weiterfahren«, flüsterte sie und lächelte verheißungsvoll, und Benno reihte sich wieder in den Verkehr ein.

Ein paar hundert Meter weiter kamen sie in einen Tunnel, und am Ende dieses Tunnels passierte etwas, das Doris die Freude am Motorradfahren fürs erste gehörig vermieste. Ein Lastwagen mit Hänger überholte sie in einem Affentempo und schnitt sie so scharf, daß Benno durch Ausweichen und Bremsen nur knapp einen Unfall verhindern konnte. Doris schrie auf und hielt sich an Benno fest. Ihr Herz machte eine Satz, dann setzte es für Sekunden aus, nur um später um so heftiger zu klopfen. Ihr war, als müßte sie zerspringen, sie zitterte und rang heftig nach Atem.

Dann hörte sie Benno. Er schimpfte wie ein Bierkutscher. »Verdammter Scheißkerl, du Idiot! Du Knallaffe, dich sollte man kastrieren und deine Eier den Fischen im See zum Fraß vorwerfen!« Das war wohl seine Art, sich den Schrecken aus der Seele zu husten.

Später, als sie in La Neuveville ankamen, sagte er: »Es gibt welche, die sind zu blöde, ihren Anhänger und den Abstand zum überholten Fahrzeug richtig einzuschätzen, und es gibt andere, die machen sich einen Sport daraus, Motorradfahrer in Lebensgefahr zu bringen. Aber egal, wie auch immer, man könnte sie alle in einen Sack stecken, und wenn man mit einem Knüppel kräftig draufschlüge, würde man auf jeden Fall den Richtigen erwischen.«

Benno war durch das Städtchen gefahren, und hinter dem Stadttor nach links auf einen Parkplatz eingebogen. Als er dann die Maschine aufgebockt hatte und sich zu Doris umdrehte, die hinter ihm stand, fiel sein Blick auf ein Motorrad-Fachgeschäft, und ein paar Häuser weiter auf das Reklameschild eines Hotels.

»Hier sind wir richtig«, sagte er, und dann bat er Doris, einen Moment zu warten und ging die Straße hinunter auf das Hotel zu.

Es dauerte eine Viertelstunde bis er wiederkam, und Doris hatte sich inzwischen die Haare gekämmt und versucht, sich den Staub mit einem Taschentuch aus dem Gesicht zu wischen.

»Na?« fragte sie, und er antwortete: »Es ist zwar nicht das Grand Hotel, aber die Zimmer sind sauber. Leider gibt es kein Doppelbett, nur zwei einzelne Betten mit Nachttisch dazwischen, aber Sie müssen wissen, Madame, wir sind hier in der Schweiz! Bei den Schweizern wachsen die Babys nämlich noch immer aus den Kohlköpfen … oder bringt sie der Storch? Ich weiß nicht genau, jedenfalls werden sie nicht selbst gemacht.«

»Wie schade für die Schweizer«, sagte Doris und grinste breit.

Benno schnallte die Satteltasche ab und schwang sie sich über die Schultern, Doris nahm den Gepäcksack, den sie am Morgen für sie gekauft hatten und der oben quer über die Satteltaschen geschnallt war. Dann legte er seinen Arm um Doris' Taille und ging mit ihr Richtung Hotel. »Wenn ich dich und das Gepäck ins Zimmer gebracht habe, werde ich die Maschine in die Werkstatt bringen«, sagte er.

»Ist etwas kaputt?«

Er schüttelte den Kopf. »Nicht direkt. Aber der Tankverschluß ist nicht in Ordnung. Mal läßt er sich nur unter Gewaltandrohung öffnen, mal hält man ihn gleich in der Hand, und wenn die Maschine vollgetankt auf dem Seitenständer steht, hält er nicht dicht. Vielleicht kann der Typ irgend etwas improvisieren …« Benno sah sie an und lächelte. »Ich habe heute schließlich Besseres zu tun!«

Als Doris geduscht hatte, zog sie sich ein frisches T-Shirt an und setzte sich aufs Bett. Sie nahm ihren Sturzhelm, legte ihn sich auf die angezogenen nackten Knie und betrachtete ihn wie einen Pokal, den sie völlig unverhofft gewonnen hatte. Drei Tage waren inzwischen vergangen. Drei Tage und Nächte, in denen sich so viel ereignet hatte, wie sonst in fünf Jahren nicht. Sie hatte ihrem Mann und ihren Söhnen die Zähne gezeigt, war auf dem Sozius eines wildfremden Mannes zur *Guzzistin* geworden, schlief in Hotels statt im Wohnwagen, war einer Feuersbrunst entkommen, hatte sich Hals über Kopf verliebt, und jetzt besaß sie auch noch einen eigenen Sturzhelm! Wenn ihr das einer vor vier Tagen erzählt hätte, sie hätte ihn glattweg für verrückt erklärt!

Doris drehte den Helm herum und strich so zärtlich über die Sonnenblende, als ob es Bennos Lippen wären. Dann rutschte sie ans Fußende des Bettes, rollte sich zur Seite und schlief mit ihrem Helm im Arm ein.

Sie erwachte, als sie etwas Warmes auf ihrem Bauch fühlte. Sie schlug die Augen auf und sah, daß es Bennos Hand war. Er lag hinter ihr, frisch geduscht und so nackt, wie ihn Gott geschaffen hatte. Seine Küsse zwischen ihren Schulterblättern ließen sie schaudern, und sie spürte mit klopfendem Herzen der Hand nach, die sich unter ihrem T-Shirt zärtlich kreisend nach oben bewegte, um sich dann warm und weich auf ihre linke Brust zu legen.

Plötzlich richtete sich Benno auf, drehte sie auf den Rücken und streifte ihr das T-Shirt über den Kopf. So sahen sie sich eine Weile lang still in die Augen, bevor sie anfingen, sich zu küssen und zu streicheln und mit Zärtlichkeiten zu überschütten. Benno hatte Zeit. Er nahm sie, wie er seine Guzzi fuhr – in gedrosseltem Tempo, mit sehr viel Einfühlungsvermögen und einer gehörigen Portion Leidenschaft. Und später, als sie unter der Decke in seine Arme gekuschelt dalag und dem Pochen zwischen ihren Schenkeln nachspürte, dachte sie verstört:

»Ich befürchte, ich liebe ihn wirklich!« Und sie ahnte, daß sie am Ende für alles bezahlen mußte – egal, wie diese Geschichte ausgehen würde.

7. Kapitel

Als sie aufwachten, war die Sonne schon untergegangen, und es wurde kühl. Doris zog einen leichten Pulli über die Jeans und kämmte sich das Haar, Benno schlüpfte in das blaue Sweatshirt, das er sich in Biel gekauft hatte, und das so gut zur Farbe seiner Augen paßte. Dann klemmte er sich die Ledermappe unter den Arm, in der er die Tagebücher und Straßenkarten aufbewahrte, und sie verließen das Hotel.

Sie kamen durch das mittelalterliche Stadttor in die historische Altstadt, die am Fuße des Schloßberges liegt und auf dem noch heute eine Burg der Basler Bischöfe thront. Ein paar Schritte weiter bog eine Straße rechts ab. Dort blieben sie stehen und sahen sich um. Hinter ihnen erhob sich ein hoher, spitzer Tor-Turm mit dem Wappen der Stadt und einer Uhr. Vor ihnen stand einer von jenen prächtigen buntbemalten Bannerträgerbrunnen, die Doris schon in Biel so bewundert hatte. Mit wasserspeienden Tellköpfen, seltsamen, fischschwänzigen Fabelwesen und einem stolzen und streitbaren Ritter auf einer Säule, der eine Fahne mit gekreuzten Schlüsseln hochhielt.

Benno deutete zum Ende der Straße, dort stand ein zweiter Brunnen der gleichen Art, und beide Brunnen waren durch eine in die Straße eingelassene steinerne Wasserrinne verbunden. »Siehst du das Haus hinter dem Brunnen dort?« fragte er.

Doris nickte. Es hatte im Erdgeschoß einen Arkadenbogen, darüber drei Stockwerke, wobei das dritte in Fachwerk aufgebaut war und als Abschluß ein Walmdach hatte. »Was ist mit dem Haus?« fragte sie.

»Es ist das Haus, von dessen Dach mein Vater in den Tod gestürzt ist«, sagte Benno. Er holte ein Fax aus seiner Tasche und zeigte es ihr. Darauf war die Lage des Hauses genau beschrieben, und darunter stand in schöngeschwungener Handschrift: ›Meine Großmutter läßt Sie herzlich grüßen und Ihnen ausrichten, sie habe Ihren Vater sehr geschätzt, obwohl er immerzu hinter den Schürzen her war. Aber sonst war er ein ehrlicher Mensch und ein guter Zimmermann, und es täte ihr noch immer leid, daß er so früh zu Tode kommen mußte.

Mit freundlichen Grüßen, Margarethe Zoppi.‹

»Woher hattest du denn die Adresse dieser Leute?« fragte Doris erstaunt.

»Die hatten damals, nach seinem Tod, seine persönlichen Sachen an meine Mutter geschickt. Die Adresse fanden sie auf einem Brief, der in seinem Tagebuch lag und aus dem hervorging, daß sie zusammen einen Sohn namens Benedikt hatten – eben mich.«

»Ich dachte, das Tagebuch ist bei deiner Mutter geblieben, als er sich aus dem Staub gemacht hatte.«

»Das erste schon, er hat dann aber ein zweites angefangen.«

»Und deine Mutter hat nie Alimente oder etwas Ähnliches bei ihm eingeklagt?«

Benno lachte. »Ach was, sie hat ihn doch trotz allem immer noch geliebt. Er hat ihr anfänglich allerdings freiwillig Geld für mich geschickt und später dann, als sie meinen Adoptivvater geheiratet hatte und der das nicht länger wollte, hat sie jeden Kontakt zu ihm abgebrochen – was ist, wollen wir einmal zu diesem Haus hinübergehen?«

Doris nickte. Sie schlenderten Hand in Hand vorbei an schweren Eichentischen und Bänken, an denen Leute saßen und Bier tranken oder eine Kleinigkeit aßen, auf das Haus zu. Doris schwieg, und eigentlich hatte sie das Gefühl, Benno jetzt mit der Erinnerung an seinen Vater alleine lassen zu müssen, aber als sie ihm ihre Hand entziehen wollte, hielt er sie fest. »Es ist gut, daß du da bist«, sagte er, als ob er ihre Gedanken gelesen hätte, »es ist gut, jetzt nicht alleine zu sein.«

Später setzten sie sich an einen der schweren Eichentische, die am oberen Brunnen standen, und fragten die Bedienung, was es bei ihr an regionalen Spezialitäten zu essen gäbe.

Sie warf sich stolz in die Brust und erklärte, wobei sie sich ausschließlich an Benno wandte: »Sie können bei mir alle Nationalgerichte aus dem Wallis haben. Dazu gehören verschiedene Quiches und Gâteaux, das sind Kuchen mit Käse und Gemüse belegt, Spargel, Walliser Fleisch, das ist luftgetrocknet, oder alle möglichen Saucisse, das sind Würste. Vorzugsweise Neuenburger Saucisson, denn wie Sie wissen sind wir hier ja nur ein paar Kilometer von Neuenburg entfernt. Außerdem haben wir Felchen aus dem Neuenburger See, Hecht oder Saibling, es gibt eine Fischsuppe und selbstverständlich auch Raclette und Neuenburger Fondue.«

Benno sah Doris an. »Worauf hast du Appetit?«

»Am liebsten hätte ich Raclette oder Käsefondue, das läßt sich so gemütlich essen, und man bekommt es anderswo so gut wie nie.«

»Na fein, dann bringen Sie uns bitte das Neuenburger Fondue und einen passenden Weißwein dazu.«

»Wir haben einen süffigen Fendant, einen jungen St.-Saphorin, einen Twanner, der wird an den Hängen über dem Neuenburger und dem Bieler See angebaut und einen frischen …«

»Dann bringen Sie uns bitte den Twanner«, unterbrach Benno sie, bevor sie ihm ihren gesamten Weinkeller vorstellte. Er lachte und sah ihr kopfschüttelnd nach, dann nahm er Doris' Hände und sah ihr tief in die Augen. »Es war schön, mit dir zu schlafen«, sagte er. »Du hast so etwas …«, er suchte nach Worten.

»So etwas Angepaßtes und Unterwürfiges«, half sie ihm aus. »Das hast du mir ja vor zwei Tagen schon einmal gesagt.«

Er lachte und küßte ihre Fingerspitzen. »Vor zwei Tagen – das ist mindestens ein Jahrhundert her! Nein, ich wollte sagen, du kannst so wunderbar weich und weiblich sein, so zärtlich …«

Doris grinste. »Du meinst, du hast mir das eigentlich gar nicht zugetraut?«

»Na ja, anfänglich hielt ich dich wirklich für ein wenig zickig und spröde«, gab er zu.

Die Bedienung kam und servierte den Wein.

»Und ich hielt dich für einen arroganten Lackaffen«, gab ihm Doris raus, als die Frau wieder gegangen war. Sie prostete Benno zu und lachte. »Und wahrscheinlich ist an allem ja auch ein Fünkchen Wahrheit dran.«

»Du bist ganz schön frech, meine Liebe!«

»Und außerdem ganz schön hungrig! Langsam kracht mir der Magen.«

»Apropos hungrig ...«, Benno griff in seine Ledermappe, zog das Tagebuch seines Vaters heraus und schlug es auf. *Gedanken und Reisebeschreibungen von Friedl Aarberger* stand auf der ersten Seite. Benno blätterte weiter, bis er die entsprechende Seite gefunden hatte und las vor: »*17. September 1949. Heute bin ich in La Neuveville angekommen, und als ich im Gasthaus gehört hatte, daß ein Zimmereibetrieb einen Gesellen sucht, habe ich mich dort sofort vorgestellt. Der Meister heißt Zoppi, und er scheint mir ein angenehmer Mensch zu sein. Er hat mich dann auch eingestellt und mir ein Zimmer in seinem Haus angeboten. Jetzt sitze ich wieder im Wirtshaus und warte auf mein Neuenburger Fondue, das ich mir zur Feier des Tages leiste. Zwei Wochen lang nur Rösti oder Roggenbrot und zweimal eine Kohlwurst, da möcht' man schon mal wieder etwas Besseres essen.*«

Benno blätterte um und las weiter: »*Um Fondue zu essen, hat mir mein Vater einmal beigebracht, da war ich siebzehn oder achtzehn Jahre alt, sollte man eigentlich unter Freunden oder mit der Familie sein, so recht ungezwungen und fröhlich, wie das bei uns zu Hause an Geburtstagen üblich war. Man muß sein Brot in Stücke brechen, nicht zu groß und nicht zu klein, denn der Mensch hat weder den Rachen eines Walfisches noch den Schnabel eines Rotkehlchens. Man tauche darauf die Gabel mit einem Stück Brot einer nach dem anderen ein, und das weder zu oft noch zu selten. Man sei nicht ungezogen wie ein Draufgänger, aber auch nicht zu beschaulich und umständlich, jedem gebührt sein Teil!*

Langsam soll man auf den Grund der Kachel vordringen, sein ver-

goldetes Stück herausheben und es essen, ohne es anzublasen. Es gilt, die Fäden zu lösen, ohne seinem Nachbarn die Augen auszustechen. Auf alle Fälle soll während des Essens nicht getrunken werden. Selbst die Tiere trinken während des Essens nicht. Und vergiß unter keinen Umständen die Hauptsache: ein Gläschen Kirsch oder zwei, in einem Schluck zu leeren! Es ist nicht zum Vergnügen, wie man leichthin glauben möchte, sondern der Bekömmlichkeit wegen. Wie man gemeinsam begonnen hat, soll man auch zusammen aufhören. Man spreche angeregt, meide grobe Worte, aber das Lachen gehört auf jeden Fall dazu! Die Schüsselchen mit ihrer köstlichen Tunke ertragen weder Rechthaber noch Liebespaare, denn sie alle sind Spielverderber.«

Benno hob seinen Blick und sah Doris an. »Da siehst du mal, Spielverderber nennt er unsereins!« sagte er, lachte und beugte sich wieder über das Tagebuch, um fortzufahren: *»Aber das Fondue ist nicht wie so viele andere Dinge, die man satt bekommt und die einem gegen den Schluß hin verleiden, weil man sich zuviel davon zugute hat kommen lassen; ist doch gerade das ›Grillon‹ das beste – goldgelb wie Honig und knusprig wie die gegrillte Schwarte einer Schweinshaxe, die unsere Mutter beim Wenden mit Bier bestrichen hat.«*

Benno ließ das Tagebuch sinken und sah Doris an. »Das ist eine von den wenigen Stellen in meines Vaters Tagebuch, wo er seinen Vater erwähnt, und wo man erahnen kann, welcher Art ihre Beziehung war. An einer anderen Stelle schrieb er einmal, daß sein Vater streng war und Leistung erwartete, aber nie sei er ungerecht gewesen, und nie hätte er die Hand gegen ihn erhoben – schade, daß es nicht mehr über die beiden zu lesen gibt, ich hätte gerne mehr von ihnen gewußt.«

Benno schob das Tagebuch seines Vaters in die Tasche zurück, zog das seines Großvaters heraus und blätterte darin herum, bis er die richtige Stelle gefunden hatte. »Hier ist es«, sagte er, »ich wollte dir doch von Benedikts Wanderung nach Evolena vorlesen! Es war im Jahre 1912, etwa ein Jahr vor seiner Wanderung ins Elsaß.« Und dann begann er:

»Wie das klingt: Evolena! Und schön und fremdartig wie der Name ist auch dieses größte Dorf im Val d'Hérens. Schon vor dem Ort bot sich mir links und rechts von der Straße auf den Wiesen ein prachtvolles Bild, das allein den sechsstündigen Marsch von meinem letzten Nachtquartier bis hierher gelohnt hätte. Ganz Evolena war da beim Heuen; dreißig, vierzig Frauen in braunen Röcken und roten Halstüchern hantierten auf den Wiesen, und die roten Tupfen leuchteten von jeder Mahd in der Sonne …

Von meinem Cousin Emil, in dessen Haus ich zu Gast war, habe ich erfahren, daß hundertzwanzig Maultiere in den Ställen des Dorfes stehen, Reittiere für eine ganze Schwadron; Korsika etwa ausgenommen, wird nirgends so viel geritten wie im Val d'Hérens. Und da gibt es noch Gelehrte, die an der Hunnenabstammung der Evolener herumzunörgeln haben! Ebenso hat mir Emil erzählt, daß sie auf den Alpen von Evolena zweitausend Stück Rindvieh, tausendfünfhundert Schafe und sechshundert Geissen haben. Und weil diese Evolener alles anders haben wollen als die übrigen Eidgenossen, so halten sie auch einen eigenen Rindviehschlag, eine Rasse, die wunderbar abgestimmt ist auf die braunen Häuser und die braunen Röcke der Evolenerinnen.

Dieser Eringer Schlag soll der Typ des Urrindes sein, der sich in den abgelegenen Tälern im Wallis durch Jahrhunderte hindurch rein erhalten hat und nirgends reiner als im Tal von Evolena. Ein eigenartiges Charaktermerkmal dieses Schlages ist die Kampflust der Kühe. Das Raufen liegt ihnen im Blut, und das ist schließlich ein Zeichen gesunder Rasse.

Die Tierkämpfe sind Tradition in den Walliser Alpen, man züchtet gute Kämpferinnen, und der Besitz einer ›Reina‹, einer Königin, gilt fast soviel wie ein Adelsbrief. Jeder wohlhabende Bauer setzt seinen Stolz darein, einige Ringkühe zu haben, und bei den Kämpfen geht es um die Ehre der Besitzer wie anderwärtig um das Renommee der Rennställe. Die ›Königin‹ wird dann verhätschelt und verwöhnt, der Senn spart sich das Brot vom eigenen Munde ab, um es der ›Reina‹ zukommen zu lassen, und beim Abstieg von der Alp geht die Königin voraus, Stolz in der Brust, siegesbewußt, die größte Glocke am Hals und Blumen zwischen den Hörnern. Und wenn sie ins Dorf hinunterkommt, dann ist der Bewunderung und des Tätschelns kein Ende gesetzt.

Übrigens steckt keine Tierquälerei hinter diesen Kämpfen. Es werde, sagte Emil, bei den kämpfenden Tieren nie die geringste Verletzung konstatiert, so hart auch die Schädel aufeinanderprallen.

Drei Tage blieb ich in Evolena. Ich half beim Heuen und ließ es mir in der Vesperpause unter den Blicken der hübschen drallen Mädchen bei säuerlichem Roggenbrot mit Butter oder herzhaftem Käse gutgehen. Bevor ich mich wieder auf den Heimweg machte, steckte mir die Tante ein gutes Stück ›Walliser Fleisch‹ in den Rucksack und sagte: Davon ißt du, wenn du Hunger hast, und was übrig bleibt gibst du deiner Mutter von mir.« Und dann ließ ich das Dorf hinter mir und winkte ihnen noch ein letztes Mal zu: den Evolenerinnen mit ihren roten Halstüchern, und den Schafen, Reittieren und kampflustigen Kühen, die so dickschädelig sind, daß sie sich nie verletzen können.«

»Das ist wie Märchenerzählen«, sagte Doris, als Benno das Tagebuch zuklappte und fragte, ob es nicht noch mehr solch schöner Geschichten vorzulesen gäbe, aber da kam schon die Bedienung mit dem Stöfchen und deckte für die beiden das Käsefondue auf.

Schon der Duft war so herrlich, daß Benno genüßlich die Augen verdrehte. Dann hob er sein Glas und prostete Doris zu. »Auf uns, und auf deine freche Nase und deine hübschen Augen!« sagte er, und Doris schüttelte lachend den Kopf. Es tat ihr gut, mit heißen Blicken und süßen Komplimenten so sehr verwohnt zu werden!

Sie aßen mit Genuß. Ein Brot auf die Gabel, dieses dann in den Käse tunken, den Faden abdrehen und den Bissen in den Mund führen. Und dabei unterhielten sie sich über dies und das.

»Was ist eigentlich aus Sabine geworden«, wollte Doris plötzlich wissen.

Benno schüttelte überrascht den Kopf. »Wie kommst du denn ausgerechnet jetzt auf meine geschiedene Frau?«

»Keine Ahnung. Irgendwie hat mich ihr Schicksal berührt.«

Benno nahm einen Schluck Wein, dachte nach. »Zuerst hat sie artig studiert«, erzählte er, »und dann ihren pickeligen von Dingsda geheiratet. Später übernahm sie wie vorgesehen die Klinik und ein Jahr danach, im Alter von 32 Jahren, ist sie dann mit ihrem Sportwagen gegen einen Baum gefahren. Es sei eine Ölspur auf der Straße gewesen, und deshalb sei sie ins Schleudern gekommen, hieß es offiziell. Aber ich vermute, daß sie es absichtlich getan hat.«

»Wie kommst du darauf?«

»Weil sie vier Tage vorher bei mir angerufen hatte, um mich um Verzeihung zu bitten. Und das, nachdem wir uns zwölf Jahre nicht mehr gesehen und nichts mehr voneinander gehört hatten.«

»Das ist allerdings seltsam«, gab Doris zu. Und nach einer langen Gedankenpause fragte sie: »Und warum bist du nach Sabine solo geblieben? Hat sich keine finden lassen, die dir die Angst vor der Ehe nahm?«

Benno zuckte die Schultern. »Es gab ein paar Liebschaften, aber über kurz oder lang verlöschten die Flammen wie Kerzen im Wind. Und dann war da noch Georgia. Mit ihr lebte ich drei Jahre zusammen. Sie war Amerikanerin, Jazzpianistin. Wir verstanden uns prima und liebten uns sehr. Aber das Problem war, daß sie jedes Jahr ihre Aufenthaltsgenehmigung verlängern lassen mußte, und weil sie weder eine feste Anstellung hatte noch mit mir in ›ernstzunehmender Beziehung‹ lebte – sie war nämlich in Amerika mit einem fünfzehn Jahre älteren farbigen Jazzmusiker verheiratet, den sie wie einen Vater verehrte und von dem sie sich niemals hätte scheiden lassen –, war das immer eine nervenaufreibende Sache. Einmal gab ihr ein Jazzclubbesitzer, bei dem sie für einen Monat ein Engagement hatte, eine Arbeitsbestätigung, im darauffolgenden Jahr stellte ich sie pro forma in meinem Betrieb als Auslandskorrespondentin ein. Dann gab es wieder den ersehnten Stempel, und sie konnte bleiben – bis zum nächsten Jahr, und dann wieder die ganze Aufregung. Georgia war sehr sensibel. Die Unfreundlichkeit der Beamten und die Ausländerfeindlichkeit, die in Deutschland wieder aufflackerte, das alles machte sie irgendwie mürbe. Und darum entschied sie sich, zurückzugehen in ihre Heimat und zu ihrem Mann. Es war an einem grauen Novembertag, als ich sie zum Flughafen brachte. Ich begleitete sie bis zur Sperre, winkte ihr ein letztes Mal zu, dann ging ich auf die Besucherterrasse und blieb, bis das Flugzeug gestartet war und in den Wolken verschwand. Seitdem habe ich sie nie mehr wiedergesehen.«

»Du scheinst wirklich nicht viel Glück mit den Frauen gehabt zu haben«, sagte Doris und legte die Gabel hin. Dann lehnte sie sich aufseufzend zurück und stöhnte: »Himmel, bin sich satt, ich kann nicht mehr!«

Benno deutete auf das Schnapsglas vor ihr. »Du mußt deinen Kirsch trinken, erinnere dich an meines Großvaters Worte: ›Es ist nicht zum Vergnügen, sondern der Bekömmlichkeit wegen!‹ Und: ›Wie man gemeinsam begonnen hat, so soll man auch zusammen aufhören!‹«

»Jaja, und daß Verliebte Spielverderber sind und darum nicht an der Fonduerunde teilnehmen dürfen, hat er auch gesagt! Ich weiß schon, aber ich kann trotzdem nicht mehr.« Plötzlich beugte sie sich vor und erzählte: »Ich hatte übrigens auch so einen neunmalklugen Großvater! Er hieß Carl-Gustav und war unheimlich geizig. Wenn er eines nicht ausstehen konnte, dann war es Verschwendung, und wenn jemand von uns Enkelkindern nicht aufessen wollte, dann wurde es dazu gezwungen. Einmal, da war ich acht Jahre alt, war ich wie jedes Jahr in den Ferien bei meinen Großeltern zu Besuch. Es gab Rosenkohl, und ich haßte Rosenkohl! Ich bat die Großmutter, mir nur Kartoffeln und Soße zu geben, aber sie konnte es nicht lassen, legte mir fünf Rosenkohlköpfchen auf den Teller und meinte, das bißchen, das könne ich schon essen, und es sei ja so gesund. Aber nachdem ich den ersten mit Widerwillen durch die Kehle in den Magen gewürgt hatte, legte ich meine Gabel demonstrativ nieder und sagte: ›Ich eß' das nicht!‹, worauf mir mein Großvater mit erhobenem Zeigefinger drohte: ›Wenn ein Junge nicht aufißt, wird schlechtes Wetter, wenn aber ein Mädchen nicht aufißt, bekommt es einen schlechten Mann!‹

Da erschrak ich bis ins Tiefste meines Marks. Ein schlechter Mann! Das konnte nur der Fritz Ebauer sein, der Junge aus meiner Schule, der mir immer nachstellte und sagte, daß er mich mal heiraten würde. Natürlich hatte ich ihm jedesmal mein Nein ins Gesicht geschleudert, aber er hatte immer nur gelacht und gesagt: ›Wirst schon sehen!‹ Und dabei war er doch so schrecklich häßlich, weil er im ganzen Gesicht dicke braune Sommersprossen und weit abstehende Ohren hatte, und er war so unbeliebt, weil er sich immerzu herumprügelte und den jüngeren Kindern ihre Pausebrote abnahm oder ihnen gemein die Arme verdrehte.« Doris preßte die Lippen zusammen und schüttelte den Kopf. »Irgendwie hatten die Worte meines Großvaters Macht über mich bekommen. Ich stellte mir vor, Fritz Ebauer zur Strafe dafür, weil ich bis dahin so oft schon nicht aufgegessen hatte, heiraten zu müssen, und so würgte ich mit Tränen in den Augen den restlichen Rosenkohl hinunter. Dann lief ich in mein Zimmer und weinte laut schluchzend.

Nach den Ferien ging ich Fritz Ebauer noch mehr aus dem Weg als ohnehin schon«, sagte Doris. »Wenn ich ihn zum Beispiel auf dem Flur vor den Klassenzimmern sah, versteckte ich mich schnell auf der Mädchentoilette und wartete, bis es zur Stunde klingelte und alle anderen in den Klassenzimmern waren. Dann schlich ich mich ebenfalls ins Klassenzimmer und stammelte irgendeine Ausrede, warum ich zu spät kam. Aber als sich das Zuspätkommen häufte, wurde meine Lehrerin böse, und als auch Ermahnungen und Einträge ins Klassenbuch nichts halfen, bestellte sie meine Mutter und mich zu einer Unterredung in die Schule. Die Lehrerin konnte sich mein Verhalten und mein Verstocktsein nur so erklären, daß ich irgend etwas Verbotenes tat, mich zum Beispiel mit einem Jungen traf, um mit ihm herumzupussieren. Meine Mutter war entsetzt, als sie das hörte, und als sie mich mit ihren weit aufgerissenen Augen und diesem bohrenden Blick anstarrte, konnte ich das Grausame einfach nicht mehr für mich behalten. Unter Tränen erzählte ich die ganze Geschichte vom Rosenkohl und vom Fritz, und die beiden fingen vor Erleichterung zu lachen an.

Wieder zu Hause versprach mir meine Mutter, daß mich nie jemand zwingen würde, irgend jemanden zu heiraten und schon gleich gar nicht den Fritz, und im Sommer brauchte ich auch nicht zu den Großeltern, sondern durfte in ein Ferienlager. So brachte mir das Ganze dann doch noch einen Vorteil.«

»Und der Fritz?« fragte Benno.

»Der zog bald danach weg, in irgendeine Neubausiedlung am Stadtrand, und ich sah ihn nur noch einmal wieder. Da war er schon achtzehn oder neunzehn Jahre alt, hatte den Führerschein gemacht und fuhr für eine Bäckerei Brot aus. Ich kam um die Ecke, er zog gerade einen Korb Brot aus dem Wagen, ging damit über die Straße, und da rutschte ihm der Korb plötzlich aus den Händen und all das Brot kullerte herum. Ich lachte laut los, und er sah mich böse an. Und da merkte ich, daß ich immer noch Angst vor ihm hatte.«

Benno hatte amüsiert zugehört und dabei weitergegessen. Jetzt schabte er das Grillon aus seinem Topf und aß es genüßlich auf. Dann spülte er mit dem letzten Schluck Wein nach, beugte sich vor und nahm Doris' Hand. »Möchtest du noch eine Nachspeise?«

Doris schüttelte den Kopf. »Um Himmels willen jetzt nichts mehr essen.«

»Na ja, muß ja nicht unbedingt etwas zu essen sein«, sagte er und küßte sie zärtlich.

8. Kapitel

Am Morgen holte Benno die Guzzi ab. Der Mechaniker hatte etwas am Tankdeckelgewinde gefeilt und aus einem Autoreifen eine neue Dichtung geschnitten. »Das funktioniert jetzt bis ans Ende ihrer Tage«, hatte er ihm versprochen und zwanzig Franken verlangt.

Als Benno das Gepäck auf der Maschine festgezurrt hatte, zeigte er Doris auf der Karte die Route, die er heute fahren wollte. »Zuerst nach Neuchâtel, dann ein Stück neben der Autobahn her, und hier rechts ab, den Berg hinauf in das Dorf Gorgier. In Gorgier werden wir Rast machen, und ich werde dir eine kleine, erotische Passage aus Großvaters Tagebuch vorlesen.«

»Oh là là!« Doris schnalzte mit der Zunge und ließ grinsend ihre Augen rollen. »Und dabei hast du noch kürzlich behauptet, die Schweizer würden ihr Babys gar nicht selbst machen.«

»Wer weiß«, antwortete Benno im selben Ton, »vielleicht tun sie's heimlich ja doch.«

In Neuchâtel besichtigten sie die Altstadt und das Schloß, dann setzten sie sich ans Ufer des Sees, fütterten Schwäne und Bleßhühner und genossen wieder das Panorama der Schweizer Alpen.

»Hannibal überquerte die Alpen im Jahr 218 vor Christi von Spanien her über den Mont Genèvre«, sagte Doris. »Laut Karte müßte er etwa dort drüben liegen.«

»Was du alles so weißt«, sagte Benno.

»Hannibal hat mich schon zu Schulzeiten fasziniert. Ich kaufte mir als Dreizehnjährige einen historischen Roman über seine Alpenüberquerung und verschlang ihn gierig. Er wollte die Römer am Tessin und an der Trebia schlagen. Sein Heer setzte sich aus vierzigtausend Infanteristen, neuntausend Reitern und siebenunddreißig Elefanten zusammen. Er verlor auf diesem Zug ein Fünftel der Mannschaft und der Tiere, trotzdem war diese spektakuläre Alpenüberquerung eine wahnsinnige Leistung. Später haben es ihm die Römer dann gleichgetan. Sie unterhielten vier Hauptwege, die quer durch die Alpen führten. Einen am Mittelmeer entlang, einen über den Mont Genèvre, einen über den Großen St. Bernhard und einen vierten über den Brenner. Die Überreste dieser Wege lassen sich noch heute deutlich erkennen.«

»Hannibal und die Alpen!« sagte Benno und dann: »Wußtest du eigentlich, daß Papst Pius XI. unter anderem den Monte Rosa über den Osthang, das Matterhorn und den Mont Blanc bestiegen hat?«

»Das glaube ich dir nicht!«

»Doch, das ist tatsächlich wahr. Böse Zungen behaupten, er hat es getan, um dort droben Gott näher zu sein. Ich glaube allerdings nicht daran, daß man dort droben Gott so viel näher ist, sonst könnten doch nicht so viele tragische Unglücke beim Bergsteigen passieren. In Zermatt, einem kleinen Dorf, das am Fuße des Matterhorns liegt, gibt es mitten im Ort einen Dorffriedhof, auf dem an die hundert Kletterer von den mehr als 400 Kletterern, die im Matterhorn bereits ums Leben kamen, begraben liegen.«

»Wie schrecklich«, sagte Doris, aber Benno zuckte die Schultern.

»Wer dort hinaufsteigt, sollte sich bewußt sein, daß er sein Leben riskiert, und am schlimmsten, finde ich, ist so ein Unglück doch immer für die Hinterbliebenen.«

»Also, man hört ja, daß in letzter Zeit auch immer mehr Frauen klettern, aber für mich wäre das nichts, den Mut, da hinaufzusteigen, würde ich nie aufbringen«, sagte Doris.

»Mir sind die Alpen von hier unten auch lieber«, gestand Benno, legte einen Arm um ihre Schultern und küßte sie. Es war ein himmlischer Kuß, der Doris durch jede Faser ihres Körpers ging und sie ahnen ließ, womit sie beide heute abend ihre Zeit verbringen würden ... ganz bestimmt nicht mit Bergsteigen!

Sie fuhren weiter. Am Stadtende von Neuchâtel gab es einen Supermarkt, dort hielt Benno. »Warte hier und paß auf die Maschine auf«, sagte er, »dann besorge ich etwas zum Picknicken für uns.« Er drückte ihr seinen Helm und die Handschuhe in den Arm und verschwand hinter der Drehtür zum Supermarkt.

Als Benno wieder herauskam, war Doris von einer Horde junger Motorradfahrer umringt. Einer von ihnen fuhr eine Kawasaki Zephyr 750 und klärte Doris gerade über deren Daten auf. »Das ist ein luftgekühlter Vierzylinder-Reihenmotor und hat 72 PS bei 9500 Umdrehungen die Minute und ...«

Doris entdeckte Benno und sah ihn hilferingend an. Die quasselten ihr die Ohren voll, und sie verstand immer nur Bahnhof. Was wußte sie schon, was ein *Vierzylinder-Reihenmotor* war oder ein *Zweizylinder-90-Grad-V-Motor,* den angeblich ›ihre‹ Moto Guzzi hatte. Aber die jungen Leute gingen offensichtlich davon aus, daß jeder, der einen Sturzhelm im Arm hatte und an eine Moto Guzzi gelehnt in die Sonne träumte, auch was von den Maschinen verstand.

Benno drängte sich dazwischen, sagte »Hallo«, verstaute seine Einkäufe in einer der Satteltaschen und sah dann den jungen Kerl, der auf seine Kawasaki so stolz war, an. »Wirklich spitze, deine Maschine. Sieht aus, als wäre sie nagelneu?«

»Richtig. Erst vor neuneinhalb Wochen gekauft, und gespart hab' ich vier Jahre drauf. Die ist wirklich absolut geil! 'ne Tourenmaschine und trotzdem nich' so konservativ, weißt'e, und sie läßt sich auch mal sportlich fahren.« Er sah über die Schulter zurück und fragte die Frau hinter sich: »Stimmt's Tina?«

»Stimmt genau«, bestätigte sie.

»Und woher kommt ihr?« fragte Benno.

»Aus Bremen. Wir wollen nach Südfrankreich. In die Gegend von Marseille. Und Ihr?«

»Wir fahren hier in der Schweiz herum.«

»Ah ja.« Der Mann sah erst Benno, dann seine drei Freunde

an, die jeder eine Yamaha älteren Baujahres unter sich hatten und nickte auf eine Art, die wohl sagen sollte: Einen ganzen Urlaub lang immer nur Schweiz! Aber naja, was kann man von so einem alten Sack auch schon anderes erwarten.

Benno schloß die Satteltaschen, setzte den Sturzhelm auf, zog seine Handschuhe an und stieg auf die Maschine. »Weißt du«, sagte er dann zu dem Jungen, »falls ich meine Guzzi mal weggebe, werde ich mir überlegen, ob ich mir auch so 'ne Kawasaki kaufe.«

Der junge Mann strahlte. So übel war der Typ ja gar nicht – trotz seines methusalemischen Alters von mindestens fünfundvierzig Jahren!

Benno startete, wartete, bis auch Doris aufgestiegen war, hob dann die Hand zum Gruß und fuhr los. Erst quer über den Parkplatz, dann auf die Straße Richtung Lausanne. Es dauerte nicht lange, da hörten sie Motorengeräusche hinter sich, und als Doris sich umdrehte, sah sie, daß es die jungen Leute von eben waren. Sie näherten sich langsam, dann überholte der mit der Kawasaki und scherte vor Benno ein, während die anderen neben oder hinter ihm blieben. Eine Weile lang fuhren sie so im Pulk und tanzten mit ihren Maschinen Walzer. Die Straße war breit und übersichtlich, und Doris, die anfänglich nicht wußte, was das sollte und sich irgendwie bedroht fühlte, fing langsam an, sich über dieses Spiel zu amüsieren. Aber dann kam die Abzweigung nach Gorgier. Benno gab den anderen Zeichen, hob schließlich die Hand mit drei abgespreizten Fingern zur Seite, verließ den Pulk, und die anderen ließen ihre Maschinen aufheulen und fuhren geradeaus weiter.

»Hast du das vorhin wirklich ernst gemeint?« fragte Doris, während sie die schmale Straße fuhren, die sich den steilen Berg hinaufwand, »ich meine, daß du die Guzzi vielleicht einmal gegen so eine Kawasaki dingsda eintauschen willst?«

Benno lachte. »Nein, natürlich nicht. Die hier und ich, wir werden zusammen alt!« Er klopfte seiner Maschine zärtlich den Tank. »Aber der Junge war doch so stolz … und irgendwie hat er mich an mich damals erinnert, als ich mir meine erste Maschine, eine alte Adler, gekauft hatte. Die war für mich das Allergrößte, und ich konnte gar nicht genug Komplimente bekommen. Weißt du, mir bricht kein Zacken aus der Krone, wenn ich ihm das Gefühl vermittle, er hat die bessere Maschine von uns beiden, und er ist glücklich dabei.«

Doris lächelte und schmiegte sich an Bennos Rücken. Das war es, was sie so an ihm mochte. Wenn sie da an Volker dachte, der hätte den Jungen kühl abgekanzelt, ihn Grünohr oder arroganter Schnösel genannt, und sie wäre mit einem schlechten Gefühl weitergefahren.

Himmel, Volker! Plötzlich waren die Erinnerungen an ihn und damit auch ihr schlechtes Gewissen wieder da. Und dabei hatte sie es zwei Tage lang so erfolgreich verdrängt! Sie versuchte sich sein Gesicht vorzustellen, aber es gelang ihr nicht. Sie versuchte sich vorzustellen, wieder an seiner Seite zu leben und neben ihm zu schlafen, aber das gelang ihr noch viel weniger. Und plötzlich fragte sie sich, was sie an ihm, irgendwann vor grauen Zeiten, einmal geliebt hatte? Aber auch das fiel ihr nicht ein, denn der Duft von Hirschlederfett in ihrer Nase und das sanfte Vibrieren unter ihrem Allerwertesten betäubten ihre Sinne, und außerdem blieben ihr noch ganze neun Tage Urlaub, und die wollte sie nach bestem Ungewissen auskosten!

Als sie die ersten Häuser erreichten, fuhr Benno rechts ran und hielt neben einer alten Frau, die gerade einen Eimer voll Schmutzwasser in die Gosse schüttete. »Entschuldigen Sie bitte«, sprach er sie an, »sind wir hier in Gorgier?«

Die Alte nickte.

»Und können Sie mir sagen, wo hier einmal das Waschhaus gestanden hat?«

»Gestanden hat?« Die Alte schürzte die Lippen. »Das steht immer noch da!« Sie deutete mit einer Kopfbewegung bergauf. »Dort müssen Sie rechts abbiegen, und dann kommen Sie genau dran vorbei.« Sie nahm ihren Eimer und verschwand ohne einen Gruß im Haus.

Benno folgte dem angegebenen Weg. Die Straße war so schmal, daß zwei Autos nicht aneinander vorbeigepaßt hätten, ohne in den Graben auszuweichen. Dann kam rechts ein Garten, und nach der Kurve links tatsächlich das ehemalige Waschhaus, das heute sicher nur noch der Erinnerung an die guten alten Zeiten und vielleicht noch dem Tourismus diente.

Benno hielt an und stellte die Maschine ab, dann zog er Sturzhelm, Handschuhe und Lederjacke aus und machte sich daran, das Waschhaus zu erkunden. Die Rückseite und die rechte, dem Hang zugewandte Seite war geschlossen, die anderen beiden Seiten offen, so daß man von der Straße her Einblick hatte. Über den Pfosten und Wänden aus dicken Eichenbohlen thronte ein Ziegelwalmdach und darunter, in den Boden eingelassen, befand sich ein riesiges Becken aus Granit, an dessen Rand zwölf Waschbretter befestigt waren. Gespeist wurde das Becken von einem Bach, der vom Berg herunterkam, von rechts in das Becken einlief, um es links wieder zu verlassen.

Benno legte seinen Arm um Doris' Schultern und drückte ihr einen Kuß auf die Wange. »Hier«, sagte er, »etwa an der Stelle, an der wir jetzt stehen, stand mein Großvater Benedikt Aarberger am 11. Juli 1913 und sah heimlich den Wäscherinnen zu. Anfänglich müssen es ein paar sehr vergnügliche Minuten für ihn gewesen sein, aber dann nahm das Vergnügen ein 'dramatisches Ende!« Er lachte und fragte: »Hast du Lust, holdes Weib, uns hier ein Picknick aufzudecken? Dann werde ich dir zum Ausgleich dafür ein paar nette kleine Ferkeleien vorlesen.«

»Aber gerne«, antwortete sie im selben Ton, »wenn's um Ferkeleien geht, lasse ich mich sogar zu hausfraulichen Tätigkeiten solch niedriger Art überreden.«

Eine Viertelstunde später lagen sie beide im Gras vor dem Waschhäuschen. Zwischen ihnen, auf das Tuch gebreitet, das

Benno für gewöhnlich um den Hals trug, lagen Räucherschinken und Emmentaler, Gruyère, Möhren, Äpfel und Schokolade, Brot und Kuchen, und eine Flasche Wasser zum Nachspülen. Und Benno, der sich gerade ein Stück von dem würzigen Gruyère in den Mund geschoben hatte, fing an zu erzählen:

»Es war, wie schon gesagt, am 11. Juli 1913, als mein Herr Großvater von Boudry herkam, und dann links auf die Straße abbog, die den Berg hinaufführte, um von hier oben den Ausblick über die Seen und das Alpenpanorama zu genießen. Außerdem hoffte er, in Gorgier für ein paar Tage Arbeit zu finden. Aber als er im Dorf nachfragte, ob einer etwas zu reparieren hätte, schickte man ihn weiter, er solle zum Schloß gehen, das etwa einen Kilometer abseits im Wald läge, und dessen Türme wie Spitzhüte über die Bäume ragten.«

Benno deutete mit einer Möhre, von der er gerade abgebissen hatte über Doris' Schulter in Richtung Wald. »Wie du siehst, gibt es das Schloß und die Spitzhüte immer noch.«

Er kaute und schluckte hinunter, und dann beugte er sich über das Tagebuch und begann zu lesen: *»Ich verließ also das Dorf Richtung Wald, kam vorbei an Gärten und Obstbäumen und hörte schon von weitem fröhliches Gelächter und Gesang und Geschnatter wie von Gänsen. Da Gänse jedoch nicht singen konnten, dachte ich bei mir, da sind bestimmt ein paar Frauensleut', die Beeren ernten oder im Garten sitzen und Unkraut jäten, und so schlich ich mich vorsichtig heran, um nicht gleich gesehen zu werden und vielleicht meinen Spaß am Beobachten der Schönen zu haben. Aber als ich dann näher kam, bemerkte ich das Waschhaus und ich sah, daß die Frauen nicht ernteten, sondern die Wäsche walkten, und der Anblick war tausendmal schöner, als ich es mir hätte erträumen lassen. Ich verbarg mich leise hinter einem Busch und sah zu, wie sie sich in ihren kurzärmeligen, ausgeschnittenen weißen Blusen weit über die Waschbretter beugten, so daß man ihre Brüste fast bis zu den Spitzen sehen konnte, beobachtete, wie sie die Wäsche auf den Brettern auf-*

und abschruppten, wodurch ihre Brüste tanzten und hüpften, als würde einer rote Grütze im Glas schwenken. Immer wieder auf und ab und auf und ab …

Mir wurde fast schwindelig vor Erregung, als ich dieses Tanzen und Hüpfen beobachtete und mir vorstellte, wie warm und weich und geborgen ich mich fühlen würde, wenn ich meinen Kopf dort hinlegen dürfte, und dabei wurde mir mein Schwengel, der mir eben noch so schlapp zwischen den Beinen gehangen hatte, groß und steif, und ich hätte damit weiß Gott was alles aufspießen können!

So saß ich lange hinterm Busch und labte mich an der üppigen Schönheit der Frauen von Gorgier, als ich plötzlich ein böses Lachen hinter mir hörte und erschrocken herumfuhr.

›Ah, das hat man ja gerne!‹, sagte die Frau, die vielleicht achtundzwanzig oder dreißig Jahre alt war, blond und so drall wie die anderen, mit einem Korb schmutziger Wäsche unter dem Arm. ›Sitzt da, der Herr, und gafft und ergötzt sich an ahnungslosen Frauen, die brav und sittsam ihre Arbeit tun, und dabei ein paar harmlose Lieder singen!‹

Natürlich waren jetzt die anderen ebenfalls auf mich aufmerksam geworden. Zuerst schnatterten und schimpften sie wie wild durcheinander und kamen, die Hände in die Hüften gestützt, auf mich zu. Aber plötzlich rief eine von ihnen etwas und schnalzte dazu ein paarmal mit der Zunge, und das veranlaßte die anderen, die eben noch so empört geschimpft und ihm mit Fäusten gedroht hatten, in Gelächter und Heiterkeit zu verfallen. Ich dachte schon, jetzt komm' ich ihnen davon, aber plötzlich packten sie mich und zerrten mich hinüber zum Becken, und ehe ich mich's versah, lag ich schreiend und zappelnd in dem eiskalten Wasser, und die Weiber schütteten sich vor Lachen aus.

›Damit du wieder abkuhlst!‹ rief die eine, und die andere schrie: ›Sonst glaubst du am Ende noch, du könntest uns mit dem Ding da imponieren!‹ Und dabei zeigte sie schamlos auf meinen Unterleib, worauf sie alle in neuerliches Gelächter ausbrachen.

Ich rappelte mich hoch, stieg aus dem Becken und stand triefend naß und dem Gelächter der Weiber ausgesetzt auf der Wiese vor dem

Waschhaus. Da kam ein Fuhrwerk vom Dorf her, und ich lief hin und flehte den Mann an, er solle mich mitnehmen und vor diesen gemeingefährlichen Weibern beschützen. Der Mann nickte, ich packte meine Sachen, schwang mich zu ihm auf den Wagen und fuhr mit ihm Richtung Wald davon, während uns die wildgewordenen Weibsbilder hinterherschrien und grölten.

›Gut, daß Sie gekommen sind, vielleicht hätten die mich sonst noch umgebracht!‹ keuchte ich, aber der Mann schüttelte den Kopf und sagte, ohne mich dabei anzusehen: ›Das glaub' ich kaum. Die meine war nämlich auch dabei, und ich weiß, daß sie die langsame Qual einem schnellen Tod vorzieht. Mich quält sie jetzt schon beinahe achtzehn Jahre, und ich befürchte, es werden noch so einige Jährchen mehr werden, so Gott mich nicht von ihrer Willkür befreit.‹

»Ah!«, sagte Doris. »Jetzt ist ja klar, wo dein Vater das herhatte, den Röcken so nachzusteigen! Wenn dein Großvater schon so ein Lüstling war …«

»Und ich«, antwortete Benno, beugte sich über sie und fing an, unter ihrem T-Shirt herumzufingern, »bin auch nicht besser.«

Doris schlug ihm auf die Finger. »Aber doch nicht hier!«

»Warum nicht?«

»Weil sich das nicht gehört. Und außerdem werden wir beobachtet!«

Benno sah auf und zur Straße hinüber. »Ich kann niemanden sehen.«

»Nicht von dort …« Doris deutete mit einer Kopfbewegung Richtung Himmel. »Von dort droben!«

Benno dachte natürlich an Gott, denn wenn einer die Menschen von oben beobachtet, dann ist es doch meistens der Herrgott. Aber diesmal waren es Drachenflieger. Drei an der Zahl schwebten weit über ihnen in der Luft und zogen weite Kreise.

»Das würd' ich auch gerne mal tun«, sagte Benno, und dann zog er Doris über sich und küßte sie, und es war ihm ganz egal, ob die von dort oben zusahen.

9. Kapitel

Nachdem sie die Mittagsstunden am Waschhäuschen vertrödelt hatten, machten sie sich auf den Weg nach Lausanne. Kurz hinter Gorgier wies sie ein Schild darauf hin, daß sie auf der Rout du Vignoble, der Weinstraße fuhren, und ein paar Kilometer weiter, am Rande eines Dorfes, entdeckten sie eine große Holztafel, mit einem eingebrannten Text, der Doris neugierig machte.

»Halt doch mal an!« bat sie, und Benno fuhr rechts ran und hielt so, daß sie ihn ohne abzusteigen lesen konnten.

Gastfreundschaft am Bieler See, lautete die Überschrift, und drunter hieß es: *Ein vorbeigehender Fremder mag Trauben essen so viel er will, aber er soll keine in den Sack stossen. Der Bannwart soll ihn darum nicht pfänden, sondern weitergehen heissen, und wo er irre geht, auf den rechten Weg weisen. Einen Einheimischen aber sollen sie pfänden. Kommt ein Graf geritten und begehrt Trauben, dem soll der Bannwart einen Hut voll geben; einem Ritter was an dreien Schossen steht, einem Priester drei Trauben und einer tragenden Frau drei, nämlich dem Kinde eine und ihr zwei, in den nächsten Reben bei ihm; ab demselben Stücke aber in demselben Jahre nichts mehr.*

(Aus dem Rebenweistum von Twann im Jahre 1426)

»Bist du tragend?« fragte Benno, nachdem er sich alles durchgelesen hatte.

»Na, ich hoffe doch nicht!« Doris machte ein entsetztes Gesicht.

»Und ich bin kein Ritter und auch kein Pfarrer ...«

»Nein, der vor allem nicht!« Doris schmiegte sich lachend an seinen Rücken.

»Fremde«, sagte Benno, »wären wir zwar schon, aber nicht zu Fuß, und von Motorradfahrern ist hier leider nicht die Rede.«

»Da gab's wahrscheinlich 1426 auch noch nicht so viele

von«, witzelte Doris, »und überhaupt sind die Trauben noch nicht reif, also, laß uns weiterfahren.«

Bald führte die Straße wieder am See entlang. Sie fuhren durch romantische Dörfer, vorbei an stattlichen Herrenhäusern, Villen und Schlössern, die abseits der Straße in gepflegten Parks lagen, und schließlich kamen sie auf die Autobahn, die an Yverdon-Les-Bains vorbei nach Lausanne und von da weiter nach Genf führte. Aber Genf wollte sich Benno bis zum Schluß aufheben, um von dort aus über Bern und Basel wieder nach Hause zu fahren. Sie würden daher in zwei oder drei Tagen von Lausanne aus erst einmal links um den See weiterfahren.

Als sie die Stadtgrenze von Lausanne passiert hatten, lag über dem See bereits das Licht der Abendsonne, und ein angenehm kühler Wind wehte vom Wasser her. Doris freute sich schon darauf, Lederjacke und Sturzhelm ausziehen und gegen das hübsche hellblaue Sommerkleid eintauschen zu können, das sie sich in Biel gekauft hatte. Und dann ein gutes Essen, danach mit Benno ein bißchen am See sitzen und träumen und zum Abschluß dieses wunderbaren Tages, wer weiß, sich vielleicht noch einmal lieben. Doris seufzte. Schon der Gedanke daran ließ sie angenehm erschaudern, und ihr Herz schien plötzlich zwischen ihren Beinen zu pochen.

Benno drehte seinen Kopf zurück. »Du bist auf einmal so still!« sagte er.

»Ach weißt du«, antwortete Doris, »nichts von dem, was mir gerade so im Kopf rumschwirrt, läßt sich auch nur ansatzweise für ein gutes Gespräch verwenden. Ich glaube, ich behalte es besser für mich!«

»Jetzt machst du mich aber neugierig – hat es etwa etwas mit Ferkeleien zu tun?«

»Iwo, nur mit Bienen und so.«

Mit der Stadtkarte aus dem Reiseführer in der Hand dirigierte Doris Benno Richtung Altstadt und dann hinunter in das ehemalige Fischerdorf Ouchy, das längst ein Stadtteil Lausannes geworden ist und in dessen Hafen sich heute keine Fischerboote mehr, sondern nur noch luxuriöse Segeljachten finden lassen.

In Ouchy, hatte Benno ihr beim Waschhaus erzählt, hatte sein Urgroßvater mit seinem Betrieb am Bau eines großen und sehr feinen Hotels mitgewirkt, und sein Sohn Benedikt, also Bennos Großvater, hatte dort seine ersten Lehrmonate absolviert. Und in diesem Hotel wollten sie ein oder zwei Nächte verbringen.

Das Hotel war nicht schwer zu finden, und selbst wenn es den Namenszug über der Tür nicht gegeben hätte, Benno hätte es an der Beschreibung und den Skizzen in Benedikts Tagebuch erkannt. Er hielt vor dem noblen Eingang, ließ Doris absteigen, stellte die Maschine auf den Seitenständer und legte Helm und Handschuhe auf den Sitz. »Bin gleich wieder zurück!« sagte er und ging auf den Eingang zu.

Der Portier, der dort stand und eben noch einem höchstens siebzehnjährigen Jungen mit einer höflichen Verbeugung die Tür aufgehalten hatte, würdigte Benno keines Blickes. Gelangweilt auf den Zehen wippend, sah er durch Benno hindurch, als würde er gar nicht existieren. Motorradfahrer waren offensichtlich unter seiner Würde. Benno kannte das, er hatte es schon diverse Male erlebt. Zorn stieg in ihm auf, aber er versuchte sich zu beherrschen und ruhig zu bleiben – ruhig, Junge, ganz ruhig!

Die Eingangshalle war mit Teppichen ausgelegt, geschliffene Glaslüster hingen an den Wänden, vornehme Gäste hatten sich malerisch in monströse Clubsessel drapiert, und der Empfangschef thronte hinter seiner Rezeption wie ein König, der mit kaum merkbaren Handbewegungen seine Dienerschaft dirigierte. Aber als er Benno auf sich zukommen sah, gefror sein chemisch gereinigtes Lächeln, seine Nase rümpfte sich, sein Rücken wurde breit, und aus dem König war plötzlich eine Art Höllenhund geworden, an dem es kein Vorbeikommen geben würde.

»Sie wünschen bitte?« erkundigte er sich sehr von oben herab.

»Ein Doppelzimmer, wenn möglich mit Bad und Blick auf den See«, sagte Benno und sah ihn dabei eindringlich an.

Der Mann zögerte keine Sekunde. Er warf den Kopf in den Nacken, und dann kam sie auch schon, die von Benno so verhaßte Antwort:

»Zu meinem Bedauern haben wir zur Zeit *leider* kein Zimmer frei.«

»So«, sagte Benno, »haben Sie nicht.« Er war so wütend, daß seine Backenmuskeln spielten. »Sie meinen, Sie haben kein Zimmer für einen Motorradfahrer frei?! Sie meinen, unsereins ist eine Art technisch interessierter, in Leder gekleideter Gorilla, der in Bäumen übernachtet und mit den Fingern frißt? Der in Ihren heiligen Hallen laut rülpst und furzt und Ihnen die Gäste vergrault?' Oder meinen Sie gar, daß wir uns mit dem Vorhang den Hintern putzen und Ihr Tafelsilber mitgehen lassen?!«

»Aber ich bitte Sie, mein Herr ...«, begann der Empfangschef, doch Benno ließ ihn nicht ausreden. Er war gerade so richtig schön in Fahrt. »Ich pfeife auf das, um was Sie mich bitten!« sagte er. »Und ich werde die Adresse ihres Hauses in *meinen Kreisen* garantiert weitergeben – nämlich als das was sie ist: eine Adresse, die man meiden sollte!«

Benno ging ein paar Schritte Richtung Ausgang, blieb aber plötzlich wieder stehen, drehte sich nochmal um und sagte: »Ach Verzeihung, nun hätte ich ja beinahe vergessen, mich vorzustellen – Prinz Benedikt von Aarberg ...« Er verbeugte sich kurz. »Schönen Abend noch, mein Herr.« Damit verließ er das Hotel.

»So ein Benehmen – das war doch nie und nimmer ein Prinz«, sagte eine ältere Dame, die mit ihrer Nichte an der Rezeption gestanden hatte und ihm nun kopfschüttelnd nachsah.

»Nein«, antwortete das Mädchen verträumt, »das war Götz

George, der berühmte Filmschauspieler aus Deutschland. Die blauen Augen, die männliche Ausstrahlung ... ich habe ihn gleich erkannt!« Und dann zum Empfangschef: »Seine große Leidenschaft ist das Motorradfahren. Sie hätten ihm wirklich ein Zimmer geben sollen!«

Draußen riß Benno ohne ein Wort zu sagen Doris seinen Helm aus der Hand, stülpte ihn sich über und setzte sich auf die Maschine. Doris, die als langjährige Ehefrau gelernt hatte, den Mund zu halten, wenn Mann wütend war, fragte erst gar nicht nach, sondern stieg ebenfalls auf und hielt sich gut fest, für den Fall, daß Benno seinen Zorn an der Maschine ausließe. Aber das lag ihm fern, da hätte er eher noch dem Portier die Nase poliert.

Ein paar Hundert Meter weiter fanden sie ein kleines, einfaches Hotel. Das Haus sah aus, als wäre es einfach in der Mitte durchgesägt worden. Unten war ein Bistro, darüber lagen die Zimmer mit Blick auf den Kai von Ouchy. Als sie beide geduscht hatten, legten sie sich gemeinsam aufs Bett, und Benno erzählte, worüber er sich eben so geärgert hat.

»Es gibt immer noch Empfangschefs, die sehen deine Motorradkluft, sehen, daß du verstaubt und verschwitzt bist und stufen dich sofort als Mensch zweiter oder dritter Klasse ein. Du brauchst noch nicht mal den Mund aufzumachen, und giltst schon als asozialer Rowdy! Anfangs habe ich darüber gelacht und mir gedacht, die können mir den Buckel runterrutschen. Aber dann passierte mir eines Tages eine schlimme Geschichte. Ich war mit meiner alten Maschine von Italien über Südtirol nach Hause unterwegs und nahm wie meist die Landstraße. Sie führte durch kleine Dörfer in alpiner Landschaft. In Österreich, irgendwo zwischen Innsbruck und der Grenze bei Füssen, bekam ich plötzlich heftige Bauchkrämpfe, begleitet von Schweißausbrüchen und Fieber. Ich mußte irgend etwas Verdorbenes gegessen haben, etwas, das meinen Körper auf schnellstem Wege wieder verlassen wollte, und zwar durch den Hinterausgang. Ich fühlte mich ziemlich elend, das kannst du mir glauben. Und dazu die enge Lederhose, die schwere Maschine unter mir, die mir eine Menge Kraft und Konzentration abverlangte! Ich brauchte ein Bett, auf dem ich mich ausruhen konnte und eine Toilette, die nicht allzu weit entfernt war, und zwar schleunigst.«

Benno nahm sich eine Zigarette aus dem Päckchen, das auf seinem Nachttisch lag, zündete sie an, blies den Rauch aus und erzählte weiter: »Dann kam ich in einen Ort, in dem es ein ›Hotel zur Post‹ gab. Schon beim Betreten des Hotels merkte ich, wo der Hase langgehen würde. Überall schwere Antiquitäten, prunkvoller Nippes, und die Herren und Damen des Personals in besten Loden ausgestattet. Ich bat um ein Zimmer und bekam die bekannte Antwort: ›Tut mir sehr leid, aber wir haben kein Zimmer mehr frei!‹ Ich sagte dem feinen Herrn, daß ich krank sei, daß ich keinen Meter mehr fahren könne, und daß ich ihm das Zimmer, falls er das wünsche, auch gerne im voraus bezahlen würde. Aber der Kerl schüttelte nur arrogant seinen Kopf.«

»Und was hast du dann getan?« fragte Doris.

Benno zuckte die Schultern. »Was blieb mir schon übrig, ich schleppte mich wieder zu meiner Maschine und fuhr weiter. Recht weit kam ich dann allerdings nicht mehr, denn ich baute einen Unfall. Durch die Bauchkrämpfe und das Fieber war ich geschwächt und nicht mehr aufmerksam genug, um zu sehen, daß Sand in einer Kurve lag. Ich kam von der Straße ab und landete auf einer Wiese. Ein Bauer, der den Unfall von seinem Hof aus beobachtet hatte, rief Polizei und Krankenwagen. So kam ich dann doch noch zu einem Zimmer … allerdings nicht in einem Hotel, sondern in einer Klinik. Ich hatte mir das Schlüsselbein gebrochen und außerdem eine faustdicke Fleischvergiftung.« Benno drückte die Zigarette aus und stellte den Aschenbecher auf den Nachttisch. »Und seitdem«, sagte er, »sehe ich dunkelrot, wenn einer von den Hotelfritzen behauptet, er hätte kein Zimmer mehr frei, und ich erkenne an seinem Schlüsselbrett, daß das Hotel nicht einmal halb belegt ist.«

Doris hatte ihm zugehört und ihn dabei gestreichelt. Von seinen Schultern über die Brust und den Bauch waren ihre Finger ganz langsam und in kreisenden Bewegungen bis zu seinen Lenden gewandert. Jetzt umschloß ihre Hand das, was groß und hart auf seinem Bauch lag und drückte sanft zu. Da war Bennos Ärger plötzlich wie verraucht. Er richtete sich auf, beugte sich über sie und fing an, sie mit Schmetterlingsküssen zu bedecken, bis sie vor Lust zu stöhnen begann und ihm ihren erregten Körper entgegenstemmte.

Später, als sie erschöpft und zufrieden nebeneinander lagen, sagte Benno: »Als Kinder haben wir oft *Was wäre wenn* gespielt. Kennst du das?«

Doris schüttelte den Kopf.

»Ich frage dich zum Beispiel: Was wäre wenn der Mond nicht mehr am Himmel stünde?, und du denkst dir eine Antwort aus.«

»Dann könnten sich die Feen nie mehr im Mondlicht baden«, sagte Doris.

Benno nickte. »Und jetzt bist du dran.«

»Was wäre wenn auf Zitronenbäumen plötzlich Nüsse wachsen würden?«

»Dann würden die Nüsse vermutlich sauer schmecken«, antwortete Benno und fragte: »Was wäre, wenn plötzlich die Tür aufginge und dein Mann im Zimmer stünde?«

Doris richtete sich abrupt auf. »Hey, das finde ich aber gar nicht witzig, das ist 'ne verdammt blöde Frage!« Sie sprang aus dem Bett und ging ins Bad.

Benno kam ihr nach. »Tut mir leid, ich wollte dich nicht ärgern.«

»Hast du aber getan. So eine Situation fände wohl niemand besonders lustig, und ich auch nicht.«

»Ich wollte ja nur wissen, was dann wäre. Würdest du dich

rechtfertigen? Würdest du zu mir stehen? Oder hättest du Angst, er würde uns beide erschießen?«

»Vermutlich letzteres.« Doris nahm Benno an den Schultern, schob ihn aus dem Bad und schloß hinter sich ab.

»Warum schließt du ab!« rief er durch die Tür.

»Weil ich keine Lust habe, mit dir zu diskutieren, während ich auf der Toilette sitze!«

Es war bereits dunkel, als sie sich auf den Weg in die Altstadt machten. Sie hielten sich an den Händen, aber die Stimmung war immer noch auf der Minusseite der Skala. So geübt war Doris schließlich doch noch nicht im Fremdgehen, daß es sie völlig kalt ließ, an Volker zu denken. Immerhin sechzehn Jahre Ehe, zweieinhalb Jahre Verlobungszeit und zwei gemeinsame Kinder! Da stellt sich wohl keine Frau gerne vor, der Ehemann stünde plötzlich neben dem Bett, in dem sie es mit einem anderen trieb.

Sie fanden ein hübsches Lokal in der Nähe der Kathedrale, dort aßen sie und tranken einen herrlichen Weißen, der an den Ufern des Genfer Sees angebaut wurde. Erst nach dem zweiten Glas Wein wurde Doris wieder etwas zugänglicher und ließ sich von Benno küssen. Es war kurz vor Mitternacht, als sie das Lokal verließen, und kaum waren sie ein paar Schritte gegangen, erschall eine Stimme vom Turm, die die Stunde kündete:

»Der Wächter ruft! – Die Uhr hat zwölf geschlagen, die Uhr hat zwölf geschlagen!«

Doris und Benno sahen sich an. War das nun wahr oder war es ein Traum?

»Vielleicht eine Tonbandaufnahme, extra für die Touristen«, witzelte Benno.

Hinter ihnen waren Schritte zu hören – ein älteres Ehepaar, das aus einem der Häuser gekommen war.

»Die frage ich!« Doris trat ihnen entgegen. »Ach, bitte, wir haben da gerade jemanden rufen hören: die Uhr hat zwölf geschlagen!«

Der Mann lachte. »Und jetzt glauben Sie, Sie haben ein Gespenst gehört? Aber nein, nein, das war durchaus kein Gespenst, sondern unser Nachtwächter – einer von den allerletzten Europas. Er ruft die Zeit von zweiundzwanzig Uhr bis zwei Uhr in alle vier Himmelsrichtungen aus. Und wie Sie ja selbst bemerken – sonst hätten Sie mich bestimmt nicht darauf angesprochen –, es gibt nichts Lebendigeres, als solch alte Überlieferungen, die noch immer fortbestehen.«

»Ja, da haben Sie recht«, sagte Doris und bedankte sich für die Auskunft, und der Mann wünschte ihnen noch einen schönen Aufenthalt in der Schweiz.

Eigentlich hatten sie ja vorgehabt, zwei oder drei Tage in Lausanne zu bleiben, aber Benno hatte sich so über die Geschichte in dem Hotel geärgert, daß er es vorzog, am nächsten Morgen weiterzufahren. In Lutry-Bourg, einem kleinen, malerischen Städtchen, das direkt am See lag, machten sie halt, bestellten in einem Straßencafé am Kai Cappuccino und ließen sich die Sonne ins Gesicht scheinen.

»Genau genommen bist du ja gar kein richtiger Motorradfahrer«, sagte Doris plötzlich.

Benno fuhr auf und fragte gekränkt: »Wie bitte soll ich das jetzt wieder verstehen?«

Sie öffnete die Augen und blinzelte ihn an. »Na ja, wenn man so manche Raser beobachtet, und die fahren dann auch noch auf zwei Rädern. Ich hatte immer den Eindruck, Motorradfahren muß schnell sein und möglichst gefährlich.«

Benno hob die rechte seiner Augenbrauen und sah Doris bohrend an. Es machte ganz den Eindruck, als hätte sie ihn wirklich gekränkt. »Schnell fahren«, sagte er kühl, »schnell fahren kann jeder, das ist nun wirklich keine Kunst. Aber ...« Plötzlich brach er ab und stand auf, ging zur Guzzi, setzte den Sturzhelm auf, schwang sich auf den Sitz und startete die Maschine.

»Hey, wo willst du denn hin?!« rief Doris, die einen Moment

dachte, er würde sie hier einfach alleine zurücklassen. Sie sprang auf. »Nun sei doch nicht so verdammt empfindlich, ich hab's doch nicht so gemeint! Du kannst doch nicht einfach … Benno!« Aber er hörte nicht auf sie, gab Gas und fuhr los.

Es dauerte nicht lange, da kam er wieder zurück. Unter seinen Arm hatte er ein Brett geklemmt. Er fuhr an ihr vorbei hielt neben einem kleinen Mäuerchen, das den Kai abschloß und legte das Brett wie eine Auffahrtsrampe auf den Anfang dieses Mäuerchens. Langsam dämmerte es Doris, was er vor hatte, und sie schrie auf. »Himmel, nein, tu das nicht!«, aber da gab er auch schon Gas, drehte eine Schleife, fuhr die Rampe hoch und dann auf dem Mäuerchen am See entlang.

Doris hielt den Atem an. Ihr Herz pochte wie Buschtrommeln, sie war wie von Sinnen. Nur ein kleiner Moment der Unaufmerksamkeit, und Benno würde samt seiner Maschine in den See stürzen. Plötzlich gab er auch noch Gas, steigerte sein Tempo, und Doris kaute sich vor Angst die Lippen wund – Himmel, hätte sie doch diese dumme Bemerkung nicht gemacht!

Benno war am anderen Ende angelangt. Offensichtlich hatte er auch dort ein Brett deponiert, jedenfalls fuhr er wieder von der Mauer herab, wendete und kam zurück. Doris dachte schon, die Sache wäre ausgestanden, aber da stand Benno plötzlich auf, fuhr zuerst im Stehen, sprang dann mit den Füßen auf den Sattel und fuhr so weiter. Am Ende der Promenade rutschte er wieder in den Sattel, wendete, kam zurück und hielt vor Doris.

»Willst du mehr sehen?« fragte er.

Sie schüttelte den Kopf. »Ich hab' schon verstanden«, sagte sie und sank stöhnend auf ihren Stuhl.

Benno stellte die Guzzi ab, nahm den Sturzhelm ab und legte ihn auf den Sitz. »Du hast doch nicht etwa Angst um mich gehabt?« Er grinste.

»Nein, kein bißchen!« Sie machte eine Geste, als wolle sie

diesen Gedanken weit von sich weisen. »Natürlich war mir sofort klar: du kannst das!«

»Ach. Und weshalb bist du dann auf einmal weiß wie die Wand?«

»Der Fisch von gestern. Irgendwie war der nicht gut.«

Benno setzte sich, öffnete seine Lederjacke, verschränkte die Arme und sah Doris triumphierend an. »Und wehe, du sagst noch einmal, ich sei kein richtiger Motorradfahrer, dann wiederhole ich diese Übung, aber mit dir hinten drauf!«

Doris schloß die Augen. Schon alleine die Vorstellung verursachte ihr Übelkeit! Und als sie sie wieder öffnete, sah sie es – ein Polizist bog um die Ecke und kam schnurstracks auf sie zu.

»Ich fürchte, du bekommst gleich Schwierigkeiten«, sagte sie.

Benno sah sich um und nickte. »Das fürchte ich allerdings auch.«

»Grüezi.« Der Polizist baute sich neben Benno auf. »Ich habe gehört, daß Sie hier Kunststückchen auf ihrer Maschine vorführen und dabei harmlose Spaziergänger gefährden. Kann ich mal Ihre Papiere sehen?«

Benno griff in die Innentasche seiner Jacke und zog ein schwarzes Mäppchen heraus, das er dem Mann reichte. »Kunststückchen, na ja ... aber gefährdet habe ich bestimmt niemanden«, sagte Benno.

Der Polizist sah ihn bohrend an. »Das denken die meisten Motorradrowdys.« Er zog einen Block aus seiner Tasche und begann zu schreiben. »Das Fahren auf einer Kaimauer ist allerdings verboten, das werden Sie doch bestimmt nicht abstreiten wollen.«

Benno zuckte die Schultern. »Ich kenne die Schweizer Straßenverkehrsordnung nicht so genau. In Deutschland habe ich deshalb jedenfalls noch nie Schwierigkeiten bekommen!« Eine Behauptung, die durchaus stimmte, denn in Deutschland war er auch noch nie auf einer Kaimauer gefahren – aber das brauchte er dem Mann ja nicht auf die Nase zu binden.

»Dann müssen Sie eben in Zukunft in Deutschland bleiben oder solche Kunststücke unterlassen. Bitte.« Er riß den Zettel ab und reichte ihn Benno.

»Hundertzwanzig Franken.« Benno pfiff durch die Zähne. »Billig ist das aber nicht gerade.«

»Die Schweiz war noch nie ein Billigreiseland. Dafür haben wir hier andere Vorzüge. Das schöne Bergpanorama zum Beispiel.« Der Polizist lächelte. Benno beobachtete es mit Verwunderung, denn bisher hatte der Mann keine Miene verzogen, und er hatte fest geglaubt, der ginge zum Lachen in den Keller.

»Muß ich gleich bezahlen?«

»Wenn ich Sie bitten darf.«

Benno griff in die Tasche, zog seine Geldbörse heraus, sah hinein. »Ich hab' aber nur noch hundert Franken und ein paar Zerquetschte.«

»Macht gar nichts«, sagte der gute Mann, »wir nehmen auch gerne einen Scheck. Wir haben hier ja, wie Sie vielleicht schon gehört haben, auch Banken, die tauschen einem das ein.«

»So, so«, Benno nickte und zückte sein Scheckbuch. Er hatte ja schon immer gesagt, daß die Schweizer Banken nicht unbedingt ein Segen für die Menschheit waren.

10. Kapitel

Sie fuhren weiter, und kurz hinter Lutry-Bourg bog Benno auf eine der schmalen Teerstraßen ein, die in die Weinberge hinaufführten. Fast oben angekommen, hielt er neben einer Bank, auf die sie sich setzten, um den traumhaft schönen Ausblick zu genießen. Auf ihrer Seite des Sees sah man, so weit das Auge reichte, nichts als Weinstöcke. Im Tal lag der Lac Léman, der Genfer See, wie ein riesiger blauer Spiegel, in dem sich die dunkelgrauen Berge der gegenüberliegenden Seeseite spiegelten, und das alles lag in der glänzenden Mittagssonne, die hoch am Himmel stand.

Benno zog Benedikts Tagebuch aus der Tasche, legte seinen Arm um Doris' Schultern und begann vorzulesen.

»Ohne die abertausenden Rebstöcke wäre das Lavaux ein nahezu geradliniger Höhenzug, gleich dem hinter dem Schloß Chillon, mit buschigem Wald bestanden, von dem aus an zeitlosen Sommertagen jene fischenden Vögel aufsteigen, die hoch und lautlos kreisen: die Milane. Doch eines Tages – neunhundert Jahre ist das nun schon her – kamen Mönche in die Gegend, und das erste Stück Land, wie mir ein Weinbauer aus Lutry erzählte, wurde nur wenig unterhalb des Turms von Marsens urbar gemacht. Die erste Mauer wurde errichtet, und so entstand die erste Weinterrasse. Man erkannte bald, daß zur Gewinnung auch nur eines kleinen Stückes Boden viele Mauern vonnöten waren, und man erstellte sie mit gebührendem Ernst, als handelte es sich um Kirchenmauern. Als man entdeckte, daß unterhalb der Mauer die Lage noch günstiger war, bestellte man dort den zweiten Weinberg, und so ging es fort.

Betrachtet man heutzutage den riesigen Weinberg von Lavaux von unten her, dann, wahrhaftig, greift einem der Anblick ans Herz; er sieht aus wie eine mächtige Kathedrale, ein prunkvoller Treppenaufgang für Götter, ein von Menschenhand errichtetes, sehr schönes, sehr eindrückliches Monument. Sollte ich je einen Sohn haben, dann wünsche ich ihm, daß er eines schönen Sommertages hier sitzen und wie ich diesen wunderbaren Ausblick genießen kann, der einem jeden rechtschaffenen Mann das Herz öffnet – der Ausblick auf ein Land, das von Gott erschaffen und vom Menschen gestaltet wurde!«

Benno schloß das Tagebuch und sah schweigend über den See. Dann wandte er sich plötzlich Doris zu und sagte: »Ich bin froh, daß du bei mir bist und ich all das mit dir teilen kann. Ich meine die Erinnerung an Benedikt und an Friedl, die Tagebücher, meine Gefühle … ich glaube nicht, daß ich das ohne dich so intensiv hätte erleben können.« Er küßte sie. »Und außerdem ist mir in den letzten Tagen wieder einmal klar geworden, wie verdammt alleine man als Single ist.«

Doris lachte. »Der alte Wolf wird zahm! Vielleicht solltest du endlich heiraten?«

»Vielleicht. Glaubst du denn, mich nimmt noch eine?«

Doris grinste boshaft. »Och, warum eigentlich nicht. Für die meisten Frauen gilt schließlich das Überlebensprinzip ›er begehrt mich, also bin ich!‹ Da fällt sogar für so einen wie dich noch was ab!«

»Siehst du«, flunkerte Benno, »das liebe ich so an dir – dein Verständnis für mich, dein freundliches Wesen, und daß du im rechten Moment immer ein tröstendes Wort für mich parat hast. Was ist, wollen wir weiterfahren?«

»Gleich. Zuerst will ich dir noch eine Geschichte erzählen. Sie fiel mir vorhin ein, als wir hier so schweigend saßen und über den See auf die Berge sahen. Ich habe sie einmal in der Zeitung gelesen, und sie hat mich sehr beeindruckt.«

»Erzähle, ich bin neugierig!«

»Da gab es einmal einen Archäologen, der wollte im Dschungel von Mexiko Ausgrabungen machen. Er nahm sich ein paar Träger, und sie gingen los. Nach einer langen Wegstrecke blieben die Träger plötzlich stehen, und nichts und niemand konnte sie bewegen, weiterzugehen oder auch nur ein Wort zu reden. Sie saßen einfach da, stumm, abwartend. Nachdem ein paar Stunden vergangen waren, brachen sie plötzlich und ohne ersichtlichen Grund wieder auf. Als der Archäologe den Führer der Träger dann fragte, warum sie denn nicht weitergegangen seien, sagte der: ›Wir sind zu schnell gelaufen, wir mußten auf unsere Seelen warten, damit sie nachkommen konnten‹.«

Benno sagte nichts, nahm nur Doris' Hand, und dann saßen sie noch eine Weile so da, bevor sie wieder aufbrachen.

In Vevey kaufte Doris an einem Kiosk eine Ansichtskarte, die sie an Hedda schicken wollte, und Benno den neuesten *Tou-*

renfahrer und ein paar schweizer Tageszeitungen. Dann suchten sie sich ein Bistro und bestellten Kaffee und eine Kleinigkeit zu essen.

»Weißt du eigentlich«, fragte Benno während sie auf ihr Essen warteten, »daß die kleine Schweiz mit fünfhundertundzwei Blättern das zeitungsreichste Land der Welt ist?«

Doris schüttelte den Kopf.

»Hundertzehn Zeitungen erscheinen davon täglich, der Rest wöchentlich oder monatlich. Manchmal, wenn ich mit dem Lastwagen eine Tour in die Schweiz fahre, kaufe ich mir ein paar davon. Vor allem die Kurzmeldungen auf der *vermischten Seite* lese ich gerne und amüsiere mich köstlich über den etwas skurrilen Sprachgebrauch.« Benno nahm die *Neue Zürcher Zeitung,* schlug sie auf und studierte sie eine Weile. Dann las er ihr ein paar Schlagzeilen vor. »Hier zum Beispiel: Tödlicher Selbstunfall bei Laax! Oder: Entreißdieb im Luzerner Bahnhof festgenommen. Velofahrer in Benken verunfallt.« Benno blätterte weiter zum Inlandsteil, las die Überschrift eines Artikels über das Asylantenproblem, kicherte und fragte: »Was glaubst du, wie man das hier nennt, wenn man Asylanten loswerden möchte?«

Doris zuckte die Schultern. »Vielleicht Asylantenvertrieb?«

»Himmel nein, so brutal und direkt sind die Schweizer nicht. Sie nennen das: Ausschaffung von Asylbewerbern!« Benno legte die Zeitung auf den Tisch und sah Doris an. »Nenne mir das dämlichste deutsche Wort«, sagte er.

»Na, zum Beispiel ›dämlich‹.«

»Wieso das denn?«

»Dämlich heißt dumm und kommt von Dame, während herrlich wunderbar schön bedeutet und von Herr kommt. Ich finde, das ist eine Unverschämtheit.«

»Du hast recht, so habe ich das noch nie betrachtet.«

»Und du? Nenn du mir das blödeste deutsche Wort.«

»Wiedergutmachung, wenn es sich auf den Holocaust bezieht. Als ob das in diesem Sinne ›wiedergutzumachen‹ sei. Und wenn, dann ganz sicher nicht mit Geld!«

Benno vergrub sich wieder hinter seiner Zeitung. Ab und zu hörte Doris ihn kichern, und dann mußte sie selbst lachen, ohne zu wissen, worum es eigentlich ging. Ein Gefühl der Zärtlichkeit stieg in ihr auf, und plötzlich überfiel sie eine unheimliche Traurigkeit. Sie hätte auf der Stelle losheulen können, ohne eigentlich zu wissen warum. Da war so ein schmerzliches Gefühl der Angst und des Verlorenseins in ihr … fast so wie damals, als sie am Grab von Annette, ihrer besten Freundin, gestanden hatte, die mit neunundzwanzig Jahren bei einem Autounfall ums Leben gekommen war.

Um sich abzulenken nahm sie den *Tourenfahrer* und blätterte in ihm, las ein paar Zeilen ohne zu wissen, was sie gelesen hatte und legte ihn wieder weg. Die Erinnerung der letzten Tage tauchte vor ihrem inneren Auge auf. Sie sah sich mit Benno in Straßburg, in Hirzbach, in Biel und Gorgier, sie sah, wie sie miteinander lachten, sich liebten und glücklich waren. Die Tage mit Benno waren wunderschön … aber so schön, dachte sie, war es ja irgendwann einmal auch mit Volker gewesen. Und dann plötzlich war alles anders geworden. Keine Zeit mehr für einander, keine Liebe mehr im Herzen, nur noch Zoff, Abneigung und Pflichterfüllung. Warum nur waren sie sich so fremd geworden? Wie konnte sich diese schreckliche Einsamkeit in ihrem Leben breitmachen? War es der Alltagsstreß, das ewige hinter Terminen und Verpflichtungen Herhetzen? Dieses verdammte Leben zwischen Kontoauszügen, Terminplaner und Supermarkt! Vielleicht hätten auch sie sich öfter mal zusammen auf irgendeine Bank setzen und schweigend warten sollen, damit ihre Seelen nachkommen konnten!

Vorhin, als Benno gefragt hatte, ob sie glaube, ihn würde überhaupt noch eine nehmen, da hätte sie so gerne gesagt: »Ja, ich – ich will dich! Ich will mit dir zusammen nochmal ganz von vorne anfangen. Will mit dir alles besser machen, will dich im Herzen behalten und mir meine Liebe zu dir bewahren.« Aber dann war ihr plötzlich eingefallen, daß sie gleich nach dem Urlaub zum Zahnarzt mußte und ihre Mutter in drei Wochen ihren Siebzigsten feiern würde, und daß ihre Söhne zu alt waren, um so einfach zu einem anderen Mann Papa zu sagen. Himmel, ein Leben mit so vielen Altlasten ließ sich doch nicht so ohne weiters umkrempeln!

Benno faltete seine Zeitung zusammen, legte sie auf den Stuhl neben sich und griff nach Doris' Hand. »Was ist los mit dir«, fragte er, »du bist plötzlich so still.«

»Ach nichts. Ich dachte nur über meine Mutter nach, und daß sie bald siebzig wird.« Doris beugte sich vor und drückte ihm einen Kuß auf den Mund und war froh, daß endlich das Essen kam und sie vom Thema abgelenkt wurden.

Während des Essens waren Wolken aufgezogen, was Benno mit Unbehagen beobachtet hatte. Und schon kurze Zeit später, als sie wieder auf der Maschine saßen und Richtung Montreux weiterfuhren, türmten sich vor den Bergen an der Südseite des Sees dunkle Gewitterwolken auf.

»Ich hoffe, wir schaffen es bis Montreux, bevor das Gewitter losgeht«, sagte er.

»Es sind ja nur ein paar Kilometer!«

»Schon, aber das geht manchmal schnell.« Und kaum hatte Benno das gesagt, hörten sie auch schon den ersten Donner über den Bergen, und es platschten die ersten Tropfen auf ihre Helme.

»Wir brauchen schleunigst etwas zum Unterstellen!« sagte Benno.

»Da vorne, ein Bushäuschen!«

Benno fuhr langsamer, aber als sie näherkamen, sahen sie, daß das Bushäuschen bereits überfüllt war. Acht Leute und eine Harley-Davidson drückten sich gegenseitig fast platt. Der Fahrer der Harley-Davidson paßte nicht mehr unters Dach und blieb im Regen stehen, während seine Maschine sicher im Trockenen stand.

»Hast du das gesehen!« rief Doris und brach in schallendes Gelächter aus. »Das nenne ich Liebe zu seiner Maschine!« Aber dann verging ihr das Lachen, denn auf einmal brachen die Wolken auf, und es goß von einer Sekunde zur anderen in Kübeln.

So plötzlich wie der Spuk angefangen hatte, hörte er auch wieder auf, und als sie die Stadtgrenze von Montreux passierten, brach die Sonne schon wieder durch. Doris steckte ihre klammen Hände in Bennos Taschen und blinzelte so gut es ging durch die verregneten Gläser ihrer Brille.

Prachtvolle Villen säumten die Straße, dazwischen moderne Geschäftsbauten und Bungalows, Läden und Luxusboutiquen. Schließlich das ›Montreux Palace‹, ein altenglisches Firstclass-Hotel aus dem letzten Jahrhundert, ein Stück weiter eine Markthalle aus vermutlich derselben Zeit, und immer wieder Boutiquen und Läden, die sich wie Perlen an einer Kette aneinanderreihten. Und über all dem hing verregneter Lichterglanz und eine seltsam morbide Stimmung.

Doris schlotterte vor Kälte, obwohl die drückende Hitze durch das kurze Gewitter kaum abgekühlt war. Benno merkte es und drehte sich halb zu ihr um. »Hältst du noch ein paar Minuten durch?« fragte er.

»Muß ich ja wohl.«

»Am besten, wir versuchen außerhalb der Stadt ein lauschiges Plätzchen zu finden, wo wir unsere Klamotten trocknen können.«

Aber so einfach war das nicht, denn der See war dicht besiedelt, und wo kein Haus stand, da befanden sich die Bahngleise oder Straßen. Schließlich bog Benno links auf eine kleine Landstraße ein, die sie durch ein paar Dörfer zu einer dicht bewaldeten Hügelkette führte. Dort droben, mit Blick auf die Burg Chillon und den See, zogen sie sich aus, streiften sich ein frisches T-Shirt über und breiteten die nassen Sachen zum Trocknen aus. Benno legte seine Handschuhe auf den heißen Motor, hing die Lederjacke über den Lenker und legte die Jeans über den Ast einer jungen Birke. Daneben baumelten Doris' BH, ihr T-Shirt, und auf einem Holzstoß lag ihre Hose.

So saßen sie nebeneinander zwischen ihren Kleidern, als sie plötzlich einen Traktor den Waldweg entlangkommen sahen. Ein Mann saß am Steuer, eine Frau auf dem Seitensitz und hinten, auf dem Anhänger, tollten sich zwei Buben. Soweit wäre das nichts Besonderes gewesen, hätten die Leute nicht ausgesehen, wie einem Bilderbuch aus dem letzten Jahrhundert entsprungen. Die Frau trug eine weiße Haube, die unter dem Kinn gebunden war und eine Art Dirndlgewand, der Mann einen schwarzen Rock über einem roten Wams und dazu einen seltsamen schwarzen Hut. Und auch die Buben in ihren braunen Kniebundhosen und den weißen Hemden sahen irgendwie aus, als wären sie einem uralten Heimatfilm entlaufen.

Doris und Benno sahen den Leuten interessiert entgegen, und als sie nahe genug waren, sagte Benno freundlich Grüezi.

»Grüezi«, entgegnete der Mann, und die Frau nickte, dann verschwand das Gefährt hinter einer Reihe Holunderbüsche.

»Die haben ja seltsam ausgesehen!« sagte Doris. »Ob das hier oben noch so üblich ist, in Tracht aufs Feld zu fahren?«

»Keine Ahnung. Aber was glaubst du, haben die erst von uns gedacht?« fragte Benno. »Sitzen hier in T-Shirt und Unterhose, und ringsum liegen all unsere Klamotten verstreut!«

Doris grinste. »Bestimmt denken sie Unanständigkeiten, und daß du sehr, sehr leidenschaftlich bist!« Und dann stieß sie Benno plötzlich in die Seite, denn ein junger Mann mit Flinte über der Schulter und einem toten Reh über dem Rücken kam des Weges.

»Grüezi«, sagten Doris und Benno, und der junge Mann grüßte freundlich zurück.

Als kaum ein paar Augenblicke später auch noch eine Alte in schwarzen bodenlangen Röcken mit einem Kind an der Hand daherkam, das ein langes Dirndlkleid und eine seltsame

Rote Mütze trug, flüsterte Doris: »Also, entweder es küßt mich ein Elch, oder wir sind hier bloß im falschen Film!«

»Wahrscheinlich letzteres«, flüsterte Benno zurück, und als die beiden außer Hör- und Sichtweite waren, konnten sie sich das Lachen nicht mehr länger verbeißen, sie ließen sich zurückfallen und kugelten sich wie zwei Teenager strampelnd im Gras.

Zwei Stunden später, als ihre Klamotten wieder halbwegs trocken waren, sie zusammengepackt hatten und den Weg, den sie gekommen waren, zurückfuhren, löste sich das Rätsel um die seltsamen Gestalten auf. Im Dorf wurde Theater gespielt: *Rotkäppchen und der böse Wolf!* und: *Die zwei Brüder der Fee.*

11. Kapitel

In Villeneuve bekamen sie ein Zimmer im Hôtel de L'aigle. Es war noch zu früh, um zu Abend zu essen, aber auch schon zu spät, noch etwas Großartiges zu unternehmen. Deshalb beschloß Benno, zu einer Tankstelle zu fahren und seine Maschine zu warten und zu putzen, während Doris sich nach dem Duschen bäuchlings aufs Bett legte und auf Hotelbriefbogen einen ausführlichen Brief an Hedda schrieb. Als sie damit fertig war, las sie ihn nochmals durch:

Du wirst es nicht glauben, liebe Hedda, aber ich habe endlich getan, wozu Du mir schon vor Jahren geraten hast! Doch laß mich von vorne beginnen …

Wir waren kaum ein paar Kilometer unterwegs, da gab es bereits den ersten Stau auf der Autobahn. Dazu eine Affenhitze, und natürlich haben meine drei Männer ihren Frust mal wieder an mir ausgelassen! Da ist mir auf einmal der Kragen geplatzt, und ich hatte eine solche Wut, daß ich mir, während sie sich auf einer Raststätte mit Fressalien versorgten, einfach ein paar Sachen zusammenpackte und 'ne Fliege machte. Bin einfach abgehauen und – jetzt halt dich fest! –

bei einem Motorradfahrer auf den Sozius gestiegen und auf und davon mit ihm! Das war vor einer knappen Woche, und seit dem sind wir zusammen unterwegs. Zuerst durchs Elsaß, dann weiter durch die Schweiz, bis hinunter zum Lac Léman, das ist der Genfer See.

Er heißt Benno Leppe, ist 46 Jahre alt, seit seiner Scheidung vor gut zwanzig Jahren Junggeselle, und er hat eine eigene Spedition. Aber das sind nur nichtssagende Daten. Viel mehr wird Dich wohl interessieren, wie er als Mensch ist: einfach toll! Und als Mann ist er super! Obwohl, am Anfang war es schon ein bißchen schwierig zwischen uns. Jetzt allerdings verstehen wir uns blendend, und wenn ich daran denke, daß wir uns in ein paar Tagen wieder trennen müssen, dann könnte ich das heulende Elend kriegen.

Die Motorradfahrerei ist auch eine Wucht, ich hätte nie gedacht, daß mir das so viel Spaß machen könnte! Am liebsten würde ich selbst einmal fahren – und vielleicht tu' ich das auch noch! Einen eigenen Sturzhelm hab' ich ja schon, da werde ich es doch wohl auch noch zu einem läppischen Motorrad bringen, oder?

Aber mal Spaß beiseite: Motorradfahren, das ist, sich wie siebzehn fühlen, wie zum ersten Mal verliebt sein, wie Sonntag am Baggersee und kein Geld in der Tasche. Es ist einschwenken und aufrichten in einer engen Kurve, beschleunigen, wenn der Weg frei ist und vor dir eine bis zum Horizont gerade Straße liegt, die sich unter der versinkenden Sonne sanft über Hügel wiegt. Motorradfahren, das heißt mittendrin sein in der Landschaft, man sitzt nicht wie sonst in einer Blechkiste hinter Fenstern, sondern man hat die Straße wirklich unter sich. Man könnte die Arme ausstrecken und nach den Zweigen der Büsche greifen, man riecht das frischgemähte Gras, hört das Schreien der Kinder, die einem im Vorbeifahren fröhlich zuwinken. Und weißt du – wohin es geht, das ist eigentlich gar nicht so wichtig, du träumst nur den Traum von einem unendlichen Drauflosfahren, völlig selbstvergessen, die Seele durchweht vom warmen Fahrtwind und vom Motorengebrumm, und jeden Tag, den du fährst, ziehen ein paar Hundert Kilometer Gegend an dir vorbei. Doch wie viele genau, das zählen wir nie, weil Fahren eben irgendwie wichtiger als Ankommen ist.

Wir fahren nur drei oder vier Stunden am Tag, die restliche Zeit sehen wir uns dieses kleine Land an, das sich Schweiz nennt, und von dem ein gewisser Mark Twain einmal gesagt hat, es ist nichts weiter als ein einziger großer buckeliger Felsblock mit einer dünnen Grashaut darüber. Und natürlich tun wir auch das, was man eben so tut, wenn man frisch verliebt und wahnsinnig glücklich ist!

Ja, du liest richtig, ich bin nicht mehr die Tugendvolle, die ich noch letzte Woche war – und überhaupt, Tugend, das ist ja bloß die Summe der Dinge, die wir uns aus Trägheit, Feigheit oder Dummheit nicht trauten getan zu haben!

Wie die ganze Geschichte ausgeht, weiß ich natürlich nicht, und darüber will ich jetzt auch gar nicht nachdenken. Volker und die Jungens habe ich in Mühlhausen noch einmal wiedergetroffen, und wie Du Dir sicher vorstellen kannst, sind die stinkesauer auf mich! Mama ist durchgebrannt, jetzt haben sie keinen Sündenbock mehr und müssen sich zudem noch ihr Essen selbst kochen. Aber wahrscheinlich gehen sie unter diesen Umständen zum Essen ins Gasthaus, schließlich muß so ein armer, geplagter Ehemann und Vater ja das ganze Jahr über schwer schuften, da kann man ihm ›das bißchen Hausarbeit‹ im Urlaub nicht auch noch zumuten.

Liebe Hedda, ich muß Schluß machen, denn jeden Moment wird Benno vom Tanken zurückkommen, und dann habe ich, wie Du Dir vielleicht vorstellen kannst, etwas Besseres zu tun, als Briefe schreiben! Den Rest der Geschichte erzähle ich Dir dann zu Hause – bis dahin liebe Grüße, von Deiner wahnsinnig glücklichen

Doris

Doris war zufrieden mit ihrem Brief. Sie faltete ihn, schob ihn ins Kuvert, nahm die Ansichtskarte, die sie heute mittag für Hedda gekauft hatte und schrieb *1000 Schweizergrüße* drauf. Dann steckte sie auch diese ins Kuvert, klebte es zu, drehte sich auf den Rücken und schloß die Augen, um noch ein Weilchen zu träumen.

Benno hatte Batterieflüssigkeit, Öl und Bremsen nachgesehen, die Reifen und Schrauben kontrolliert, getankt und dann die Maschine geputzt. Er war gerade dabei die Chromteile zu polieren, als ein junger Mann hinter ihn trat. »Toller Ofen, den du da hast«, sagte er.

Benno drehte sich zu ihm um. »Bist wohl auch ein Biker?«

»Nicht mehr, aber früher mal.« Er klatschte sich mit der rechten Hand auf den Oberschenkel. »Bin verunglückt, seitdem ist nichts mehr mit dem Fahren.«

»Verunglückt mit dem Motorrad?«

Der Mann nickte. »Aber nicht so, wie du glaubst. Ich war Hochseilartist, und irgendwann hatte ich die Idee mit der Motorradnummer. Bei der zweihundertvierunddreißigsten Vorstellung bin ich abgestürzt, habe mir das Rückgrat verletzt und mein rechtes Knie war zertrümmert. Von da an war's vorbei mit meinem Beruf und mit dem Motorradfahren auch. Für so eine schwere Maschine fehlt mir einfach die Kraft, da macht mein Rücken nicht mehr mit.«

»Aber hinten draufsitzen geht noch?«

»Klar, das immer.«

»Na dann, hast du Lust, eine Runde mit mir zu drehen?« fragte Benno.

In den Augen des Mannes ging ein Leuchten auf. »Und wie!« sagte er.

Benno nickte. »Okay. Dann warte hier, ich hole nur schnell den zweiten Sturzhelm.«

Benno fuhr ins Hotel, sagte Doris Bescheid und kam eine Viertelstunde später mit dem Helm zurück. »Übrigens, ich heiße Benno – und du?«

»Frank. Na ja, eigentlich Frankwart, aber der Name ist zu blöd. Weiß gar nicht, wie meine Eltern darauf gekommen sind.« Er setzte den Helm auf und schwang sich auf den Sozius, dann gab Benno Gas und fuhr los.

Frank kannte Schleichwege und wies Benno ein. Gleich hinter der Tankstelle rechts, dann ein paar Kilometer direkt am See entlang. Obwohl schon später Nachmittag, war der Fahrtwind noch immer warm und feucht vom Regen. Aber ein Stück weiter, am Ufer, kühlte es merklich ab, und in den Wind mischten sich die stechenden Gerüche faulenden Schlicks. Ab und zu sahen sie Bleßhühner oder Wildenten, einmal sogar eine Reiherente, die im Sturzflug in den See tauchte. Frank tippte Benno auf den Arm und deutete in ihre Richtung, Benno sah sie und nickte.

Dann hörte die Teerstraße auf, und sie holperten ein paar Hundert Meter über eine Sandstraße. Rechts von ihnen zogen Rohrkolben und grünes Schilf vorbei, links ein Stück Wiese, ein paar Bäume oder Sträucher und ab und zu blinkte Seewasser durch. Und wenn man genau hinschaute, dann sah man hier und da ein paar Schwäne, die träge in der Abendsonne schaukelten.

Jetzt bogen sie wieder auf eine Teerstraße ein, die ein wenig abseits vom großen Verkehr vom See wegführte. Benno gab Gas, beschleunigte auf hundertzwanzig, damit Frank der Wind ordentlich um die Nase wehte.

»Wie geht's dir da hinten?!« rief er.

»Super, das ist einfach der Wahnsinn! Ich bin schon fünf Jahre nicht mehr auf einem Motorrad gesessen und hab' fast vergessen, wie gut man sich darauf fühlt.«

Sie fuhren ein Stück an der Rhône entlang, kamen in einen Ort namens Leysin, dort wendeten sie und waren eine halbe Stunde später wieder an der Tankstelle.

Frank stieg ab, zog den Sturzhelm aus und reichte ihn Benno. »Weißt du, du hast mir wirklich eine riesige Freude gemacht! Danke.«

»Ist schon okay. Mir hat's auch gefallen.«

»Du bist mit deiner Frau unterwegs?«

»Mit einer Freundin.«

»Wäre toll, wenn ihr uns besuchen würdet. Wir, das sind 'ne

Menge netter Leute … na ja, ein bißchen verrückt vielleicht, aber sonst ganz in Ordnung. Wenn ihr auf der französischen Seeseite nach Genf fahrt, dann kommt ihr ohnehin fast vorbei. Und ihr könnt bleiben, so lange ihr wollt.«

»Das ist 'ne gute Idee, wenn Doris einverstanden ist, kommen wir«, versprach Benno.

Frank zeichnete den Weg auf die Rückseite seiner Benzinquittung, dann gab er Benno zum Abschied die Hand. »War gut, dich getroffen zu haben, und ich freu' mich schon auf ein Wiedersehen.«

Benno nickte. »Wahrscheinlich morgen so gegen Mittag.« Er hob die Hand zur Seite, dann fuhr er davon, und Frank ging zu seiner Ente zurück, die er nach dem Tanken am Seitenstreifen geparkt hatte.

Villeneuve hatte einen kleinen Yachthafen, eine Seepromenade, eine hübsche kleine Altstadt mit geranienverzierten Treppchen und Fenstern, einen Brunnen und einer ganzen Menge Touristen, denn in Montreux war Jazz Festival, und an diesem Abend traten Marianne Faithful, Van Morrison und Nick Lowe & The Impossible Birds auf.

Benno und Doris liefen ein paarmal kreuz und quer durch die Stadt, sahen in Auslagen, tranken in einer Bar Campari, bestellten, als sie Hunger bekamen, in einem Bistro mit Ausblick auf den See Ochsenzunge mit Rösti und Salat und eine Flasche Rose. Und als sie kurz nach Mitternacht ins Hotel kamen, fühlten sie sich beide angenehm beschwipst und fielen todmüde ins Bett.

Beim Frühstück machten sie Pläne für den Tag. Doris war einverstanden, Frank zu besuchen. Sie breiteten die Karte aus, um sich zu orientieren.

»Südlich von Villeneuve teilt sich die vom Genfer See kommende Straße, da müssen wir rechts über die Rhône, und dann wieder rechts Richtung St. Gingolph«, sagte Benno und folgte mit dem Finger dem Weg, den sie fahren mußten. »In St. Gingolph ist die Grenze nach Frankreich, ab da befinden wir uns also auf französischem Boden. Dann weiter am See entlang bis Évian, dort links abbiegen Richtung Abondance, und ein paar Kilometer weiter in einem Waldstück müssen wir links einem Wegweiser nach St. Marie folgen. Von da aus ist es dann nicht mehr weit. Frank wohnt in einem alten abseits gelegenen Bauernhof.«

Sie machten sich auf den Weg. Es war noch früh am Tag, über dem Wasser hing Nebel, der sich an den steil aufragenden Felswänden der Südostseite des Sees verfing. An der Grenze in St. Gingolph wurden sie angehalten. Der schweizerische Zollbeamte fragte, ob sie etwas anzumelden hätten, und als Benno verneinte, wollte er das Gepäck kontrollieren. Benno schluckte seinen Ärger hinunter und schnallte Doris' Gepäckrolle ab, die er eben erst so mühevoll verzurrt hatte. Der Mann sah kurz in die Satteltaschen, nickte, drehte sich um und ging wieder auf seinen Posten.

»Der wollte uns bloß schikanieren«, grummelte Benno vor sich hin und packte alles wieder zusammen. »Der hat Langeweile und ist stinkesauer, weil wir Urlaub machen können und er so sinnlos hier rumstehen muß!«

Doris zuckte die Schultern und sah die Straße hinauf. Dunkle, rußverschmutzte Häuser, und zwischen ihnen verlief unsichtbar eine Landesgrenze. »Mich würde interessieren, wie das hier so geht«, sagte sie. »Ich meine, wenn Jacques, der französische Bäcker, bei seinem Nachbarn Hans, dem deutschen Schuhverkäufer ein paar Gummistiefel kauft, und Hans dafür bei ihm sein Baguette, müssen die das dann auch verzollen? Oder wenn einer in der Schweiz steht und an ein französisches Haus pinkelt, wer ist dann zuständig für diese Ordnungswidrigkeit? Der schweizerische oder der französische Polizist?«

Benno schüttelte den Kopf. »Du hast vielleicht Sorgen!« Dann hob er die Maschine vom Ständer, wartete, bis Doris aufgestiegen war und fuhr los.

Die Straße war schmal. Rechts lag der See, links ragten steile Felswände auf. Es war dunkel und unfreundlich hier, das Dröhnen des Motors klang tiefer und der Fahrtwind war kühl und feucht. Erst als kurz vor Évian die Berge ein wenig zurücktraten und sich die Landschaft weitete, bekam der See wieder das heitere Gesicht, das er ihnen gestern auf dem Weg zwischen Lausanne und Vevey gezeigt hatte.

In Évian war Markt, und sie hielten an. Es gab allerlei Sorten Fisch, Wurst und französischen Käse zu kaufen, es gab Honig und Gewürze, Gemüse, Seifen, Kleider und Stoffe. Sie blieben hier und da stehen, kauften einmal schwarze, in Knoblauch eingelegte Oliven, ein andermal trockenen Schafskäse, aßen beides aus der Hand, sogen, als sie weitergingen, tief die herrlichen Düfte nach Bienenwachs, Knoblauch und Gewürzen ein, probierten türkischen Honig und erstanden drei handbemalte Tassen, auf denen doofe Sprüche standen. Doris konnte sich lange nicht zwischen

1. Wo hinten vorne ist, kann oben nicht unten sein! und 2. *Ein Glück, daß man nicht alle kennt, die man nicht mag!* entscheiden und nahm deshalb beide. Benno gefiel *Der Mensch ist gut, nur die Leute sind schlecht!* am besten, weil das so ungeheuer tiefsinnig war.

Außerdem kaufte Benno für Doris, als sie sich gerade mit einer Marktfrau über den Vorteil von Kerzen aus echtem Bienenwachs unterhielt, heimlich einen Schal. Er war aus reiner Seide und verlief von einem satten Gelb in ein duftiges Apfelgrün. Er hatte beobachtet, wie sie vorher bei dem Schal stehengeblieben war, ihn in die Hand genommen und ganz versunken betrachtet hatte, und er fand, daß er ihr bestimmt viel besser stehen würde als das olivgrüne Halstuch, das sie sich auf längeren Fahrten als Atemschutz vor Mund und Nase band. Er würde ihr den Schal bei passender Gelegenheit schenken – vielleicht schon heute Abend, mal sehen.

Als sie wenig später die Stadtgrenze von Évian passierten,

sah Benno auf den Kilometerzähler. Von hier sind es noch ziemlich genau sieben Kilometer, hatte Frank gesagt, dann mußte die Abzweigung nach St. Marie kommen. Das wäre dann bei Kilometerstand 4897.

Fast fünftausend Kilometer war er mit der Guzzi inzwischen gefahren, seine alte Maschine – auch eine Moto Guzzi – hatte 198 000 auf dem Buckel gehabt, als er sie mit schwerem Herzen ausrangierte, weil sich ein Kolben festgefressen hatte. Seitdem stand sie mit einer Plane abgedeckt in einem der Schuppen auf seinem Speditionsgelände und fristete ihr Dasein. Sie einfach zu verschrotten, brachte er nicht übers Herz, dazu hatten sie beide viel zu viel miteinander erlebt. Und außerdem, auch ein Motorrad hat so etwas wie eine Seele! Im Laufe der Jahre entdeckt man an einer Maschine bestimmte Eigenschaften, die nur bei dieser und sonst bei keiner anderen zu finden sind. Das war Benno bewußt geworden, als ihm Peter, ein Freund, vor Jahren einmal eine Guzzi brachte, an der etwas zu reparieren war, das er alleine nicht schaffte. Als Peters Guzzi dann wieder lief, machte Benno eine Probefahrt mit ihr und stellte erstaunt fest, daß diese Maschine, obwohl exakt dasselbe Modell und sogar dasselbe Baujahr wie seine, ganz andere Fahreigenschaften und sogar einen anderen Klang hatte. Auch nicht schlechter, aber eben anders.

Die Straße nach Abondance war kurvenreich und führte bergauf in waldiges Gebiet. Der Kilometerstand zeigte jetzt 4896 an. Benno fuhr langsamer und entdeckte eine schmale Teerstraße, die nach links abzweigte.

»Hier muß es sein«, sagte er, setzte den Blinker und bog ab.

Drei oder vier Kilometer weiter lichtete sich der Wald. Sie kamen an einer Wiese vorbei, auf der Gänseblümchen und Löwenzahn wuchsen und auf der ein umgestürzter Apfelbaum lag. Ein Stückchen weiter ein Drahtzaun, dahinter eine Weide mit ein paar Kühen, die gelangweilt wiederkäuten, eine Katze, die umherstrich, und noch weiter droben, über dem

Saum des nächsten Waldes, zog ein Raubvogel seine Kreise. Benno deutete hinauf, und Doris folgte mit ihrem Blick seiner Hand, nickte und wollte gerade sagen, wie schön sie es hier fand, als sie plötzlich das Kreischen der Bremsen hörte und hart nach vorne geworfen wurde. Die Maschine drehte sich halb zur Seite, rutschte noch ein paar Meter und kam endlich zum Stehen.

Der Grund für die Vollbremsung war ein Hirsch gewesen. Mannshoch und mit einem riesigen Geweih auf seinem Kopf, stand er höchstens einen Meter von ihnen entfernt mitten auf der Straße und glotzte sie neugierig an. Wer von den dreien in diesem Moment dümmer dreinsah, war schwer auszumachen. Jedenfalls bewegte sich der Hirsch keinen Zentimeter weiter, und als Benno fluchte und ›hopp, marsch, zur Seite!‹ schrie, und der Hirsch darauf aus tiefster Brust zu röhren begann, brach Doris in schallendes Gelächter aus.

»Was gibt's denn da zu lachen, das war verdammt gefährlich!« schimpfte Benno und drückte mehrmals auf die Hupe, aber auch das imponierte dem Hirsch nicht. Er streckte nur die Nase vor und beschnupperte die Guzzi als wäre sie 'ne brunftige Hirschkuh.

»Ich glaub', der mag dich!« sagte Doris und brach neuerlich in Gelächter aus. »Und Moto Guzzis mag er offensichtlich auch. Vielleicht ist er ja heimlich ein Guzist!«

»Du amüsierst dich wohl köstlich? Aber hast du eigentlich schon mal darüber nachgedacht, warum ein Hirsch mitten auf der Straße steht und weder auf Hupen noch auf dein schallendes Gelächter hin die Kurve kratzt?«

»Nein. Aber ich finde es jedenfalls spaßig!«

»Der hat vielleicht Tollwut!«

Doris war sofort ernst. »Meinst du?«

»Entweder er ist tollwütig oder aus dem Zoo ausgebrochen. Jedenfalls ist sein Verhalten nicht normal. Ein Hirsch mitten auf der Straße und weicht keinen Millimeter zur Seite!«

Benno setzte die Maschine einen Meter zurück und fuhr langsam an dem Hirsch vorbei, dann gab er Gas und brauste davon.

12. Kapitel

Das Bauernhaus, in dem Frank mit seinen Freunden wohnte, lag zwei Kilometer hinter St. Marie auf einer kleinen Anhöhe. Benno erkannte die buntbemalte Ente, mit der Frank gestern in Villeneuve getankt hatte und die jetzt unter der großen Eiche vor dem Haus parkte.

»Das muß es sein!« rief er zu Doris zurück und bog auf den schmalen Sandweg ein, der zu dem Haus hinaufführte.

Droben angekommen stiegen sie ab, parkten die Maschine und sahen sich um. Alles schien wie ausgestorben; außer dem Pferd auf der Koppel hinter dem Haus und einer buntgescheckten Katze, die im Schatten der Eiche lag und ihre Jungen säugte, war niemand zu sehen. Benno rief Franks Namen und hupte zweimal, dann legte er seinen Helm auf den Sitz und ging auf das Haus zu. Die Tür stand weit offen, ein lila Vorhang war innen vor der Tür befestigt, der vom Durchzug leise hin und her schlackerte.

Benno sah sich nach Doris um. »Was meinst du, soll ich einfach reingehen?«

Sie zuckte die Schultern, sagte dann aber: »Wenn jemand die Tür so weit offenstehen läßt, wird er bestimmt nichts dagegen haben.«

Benno hob den Vorhang zur Seite, trat ein und erschrak, denn plötzlich war da eine Stimme halb über ihm, die fragte, wer er sei. Es dauerte ein paar Sekunden, bis sich seine Augen an das Dunkel im Hausinneren gewöhnt hatten und er erkennen konnte, daß die Stimme keineswegs von einem Geist, sondern von einem Mädchen aus Fleisch und Blut stammte. Sie trug ein langes, weißes Flatterkleid und hatte dunkle Haare, die ihr lose weit über die Schultern fielen. Barfuß, mit einer rotgetigerten Katze im Arm, kam sie die Treppe herunter und auf ihn zu.

»Ich bin Benno«, beantwortete er ihre Frage. »Frank hat mich und meine Freundin Doris eingeladen, wir haben uns gestern an einer Tankstelle in Villeneuve kennengelernt.«

»Ach, du bist das! Ja, Frank hat uns davon erzählt. Ist er nicht draußen bei Wildfang?«

»Wer ist Wildfang?«

»Das Pferd. Ich dachte, er wollte den Weidezaun reparieren.«

»Nein. Das Pferd steht auf der Koppel, aber Frank ist nirgends zu sehen.«

Das Mädchen setzte die Katze auf den Sessel neben der Treppe und ging zu einem großen runden Eßtisch, der in der Ecke neben dem Fenster stand. Dort lag ein Zettel, den nahm sie und las laut vor.

»Geraldine, Viktor und ich sind unterwegs, um Hubertus zu suchen. Er ist mal wieder abgehauen, und mit ihm auch Fünkchen. Brida und Konstantin haben wir mitgenommen. Falls Benno und Doris kommen, seid lieb zu ihnen! – Bis gleich, Frank.«

Das Mädchen legte den Zettel auf den Tisch zurück und kam zu Benno herüber. Jetzt, wo sie vor ihm stand, sah er, daß sie viel älter sein mußte, als er geglaubt hatte. Vielleicht dreißig oder fünfunddreißig Jahre, es war schwer zu schätzen. Sie reichte ihm die Hand und sagte: »Willkommen, ich heiße Camilla. Und wo ist Doris?«

»Draußen.«

Camilla schob den Vorhang zur Seite und winkte Doris, damit sie hereinkam. »Hallo!« sagte sie und gab auch Doris die Hand. »Ich bin Camilla, Frank ist unterwegs, aber ich hoffe, er kommt bald zurück. Wollt ihr etwas trinken? Ihr könnt Ziegenmilch, Kräutertee, Kaffee oder Wasser haben.«

»Igitt, Ziegenmilch!« sagte Doris, verzog das Gesicht und lachte. »Nein, lieber nicht. Aber Kaffee wäre nicht schlecht.«

»Ziegenmilch ist wirklich gut. Solltet ihr mal probieren!« Sie sah Benno an. »Und was willst du?«

»Auch Kaffee, bitte.«

Camilla deutete zum Tisch. »Setzt euch«, sagte sie und ging links um die Treppe herum in den hinteren Teil des Raumes. Dort war die Küche untergebracht. Sie bestand aus einer Spüle, einem Holzfeuerherd, ein paar Regalen und Schränken, einem massiven Holztisch und einem Kühlschrank. Ein Stück weiter vorne befand sich rechts an der Wand ein großer offener Kamin, der weit in den Raum hereinreichte, und vor dem eine lange Bank und mehrere Stühle und Sessel standen. Gegenüber, an der linken Außenwand führte eine große Glastür in den Garten hinaus. Rechts neben dem Eingang, durch den sie ins Haus gekommen waren, stand ein altes schwarzes Klavier, daneben, in einem massiven Holzregal, lagen Noten und Holzkästen, in denen vermutlich Flöten oder andere Blasinstrumente aufbewahrt wurden.

Benno und Doris hatten sich schweigend umgesehen, während Camilla in der Küche hantierte. Jetzt kam sie zu ihnen, stellte ein Tablett mit Kaffee, Kuchen und Tassen ab und setzte sich. »Bitte, bedient euch einfach.« Sie nahm sich selbst eine Tasse, goß halb Kaffee und halb Milch ein und trank in kleinen Schlucken. »Habt ihr gut hergefunden?« fragte sie.

Benno nickte. »War kein Problem. Aber kurz vor St. Marie wären wir um ein Haar in einen Hirsch gefahren, ich konnte gerade noch bremsen. Und das Vieh, statt sich auf die Beine zu machen, starrt uns bloß blöde an und rückt keinen Millimeter zur Seite.«

Camilla setzte ihre Tasse ab. »Das war Hubertus!«

»Hubertus?« Benno runzelte die Stirn. »Du meinst, der Hubertus, nach dem Frank gerade sucht.«

Camilla nickte. »Unser Hirsch. Wir haben ihn vor sieben

oder acht Jahren gefunden, da hing er halb tot in den Stacheldrähten einer Weide. Wir haben ihn gesundgepflegt, und wollten ihn wieder in die Wildnis entlassen, aber er war irgendwie nicht mehr für die Wildnis geeignet. Er lief allen Leuten nach, hatte weder Angst vor Autos noch vor anderen Maschinen und liebte es, sich in der unmittelbaren Nähe von Häusern aufzuhalten. So stand er dann eines Tages bei einem Bauern in St. Marie im Gemüsegarten und zertrampelte alles, und der war so wütend, daß er uns ausrichten ließ, daß er ›den verdammten Hirsch‹ das nächste Mal abknallen würde. Da holten wir ihn wieder nach Hause und zäumten ein Gehege für ihn ein. Seitdem lebt er wieder bei uns. Nur ab und zu gelingt es ihm gemeinsam mit Fünkchen, das ist die Ziege und seine beste Freundin, abzuhauen. Dann machen die beiden die Umgebung unsicher! Wo war das genau, wo Hubertus euch über den Weg gelaufen ist?«

»Etwa einen Kilometer vor St. Marie.«

Camilla stand auf, ging zur Treppe und rief nach oben: »Gunnar! Gunnar, komm doch bitte mal runter, du mußt helfen, Hubertus zu suchen!«

Ein dunkelhaariger, großer Mann erschien. Er trug nur einen Slip und ein T-Shirt darüber und hielt ein quängelndes Kind auf dem Arm. »Was ist denn schon wieder mit Hubertus?« fragte er.

Camilla machte ihn mit Benno und Doris bekannt und erzählte ihm, was passiert war. »Ist vielleicht besser, du siehst nach Hubertus, bevor er auf die Straße nach Abondance läuft und etwas passiert.«

Gunnar drückte Camilla das Kind in den Arm, verschwand wieder nach oben und kam wenig später in Jeans und Hemd zurück.

»Ich könnte dich ja mit dem Motorrad fahren«, schlug Benno vor.

»Das wäre nicht schlecht.«

Benno nahm seine Jacke und verließ mit Gunnar das Haus.

»Ist das dein Kind?« fragte Doris.

Camilla nickte. »Sie heißt Coline und ist knapp zwei Jahre alt. Gunnar ist der Vater.« Sie stellte Coline auf den Boden, die Kleine lief fröhlich plappernd zur Treppe, auf der die rotgetigerte Katze saß und streichelte sie.

»Und wovon lebt ihr? Ich meine, ihr habt doch kein Vieh und so, oder doch?«

Camilla lachte. »Nein, nur die Ziege. Wir sind Gaukler. Im Sommer ziehen wir durch die Dörfer und Städte, manchmal arbeiten wir auch in Genf in der Fußgängerzone, oder wir werden zu Festen oder in Schulen engagiert. Mit den Einnahmen kommen wir immer gerade so über die Runden. Außerdem ist Gunnar auch noch Schreiner. Ab und zu baut er Möbel für irgendwelche Leute, und das Geld stecken wir dann wieder ins Haus oder was eben sonst so an größeren Ausgaben anfällt. Reich sind wir nicht, aber uns genügt das.«

Coline hatte versucht, die Katze auf den Arm zu nehmen, aber die hatte gefaucht und die Flucht ergriffen. Jetzt weinte das Kind. Camilla nahm es auf den Schoß, drückte es an sich und wog es hin und her, bis es sich wieder beruhigte und daumenlutschend auf ihrem Arm einschlief.

»Sie hat Fieber, brütet wohl irgendeine Kinderkrankheit aus«, sagte Camilla. »Hast du auch Kinder?«

Doris nickte. Aber sie hatte keine Lust, über Fabian, Harry und Volker zu reden, deshalb wechselte sie schnell wieder das Thema. »Was heißt, ihr seid Gaukler, was macht ihr da denn so?«

»Ich bin Geschichtenerzählerin, Gunnar ist Akrobat, Geraldine und Viktor haben vier Hunde, mit denen sie arbeiten, machen außerdem Musik und Clownerien, und Frank zaubert und jongliert. Hat er euch erzählt, daß er früher auf dem Seil gearbeitet hat und dann bei seiner Motorradnummer abgestürzt ist?«

Doris nickte.

»Frank ist ein Cousin von mir. Als er nach seinem Unfall so weit war, daß er mit Krücken wieder laufen konnte, wollten sie ihn zum dritten Mal in eine Reha-Klinik stecken, aber er hatte genug davon und kam hierher, um wieder zu sich zu finden. Na, und da ist er dann geblieben, hat sich das Zaubern und Jonglieren beigebracht und arbeitet seit zwei Jahren mit uns.«

»Das klingt alles irrsinnig romantisch. Als Kind habe ich einmal in einem Zirkus eine Gruppe Kinder in glitzernden Kostümen auf einem Pferd voltigieren gesehen, und von da an habe ich davon geträumt, zum Zirkus zu gehen. Aber mit vierzehn oder fünfzehn fing ich an, mich für Jungens zu interessieren, und auf einmal verblaßten die Zirkusträumereien.« Doris dachte eine Weile nach, dann fragte sie: »Wie kommt man nur darauf, Geschichtenerzählerin zu werden?«

»Ich bin von Beruf eigentlich Lehrerin und habe auch ein paar Jahre in Saarbrücken unterrichtet. Aber ich war nie besonders glücklich dabei. Ich mußte Kinder in einen Lehrplan zwängen, mußte sie zum Stillsitzen zwingen, sie mit Noten demütigen … ich fand das so schrecklich. Als ich dann Gunnar kennenlernte – das war in Avignon, er führte bei einem Straßenfest auf seinem Einrad Kunststücke vor – und beobachten konnte, wie die Kinder strahlten und glücklich waren wenn sie ihm zusahen, wußte ich plötzlich, daß das mein Weg war. Ich wollte etwas für Kinder tun, etwas, woran sie Freude haben sollten, etwas, das ihnen dieses glückliche Strahlen ins Gesicht zaubern konnte. Zur selben Zeit fiel mir ein altes Märchenbuch in die Hände, und ich erinnerte mich plötzlich daran, wie schön das war, wenn uns unsere Urgroßmutter Geschichten erzählte. Ich begann damit, Märchen zu sammeln und zu vergleichen, lernte die schönsten auswendig und erzählte sie meinen kleinen Zuhörern.«

»In Fußgängerzonen?«

»Ja. Damals zogen wir ein paar Monate durch Deutschland.

Ich setzte mich einfach irgendwohin, wartete bis ein paar Kinder vorbeikamen, fragte sie ob sie Lust hätten, sich ein Märchen anzuhören und wenn sie das wollten, begann ich zu erzählen. Es dauerte nie lange, und ich war von Kindern umringt.«

Doris nickte. »Das scheint mir ein schöner Beruf.«

»Das ist ein schöner Beruf! Und weißt du was – immer mehr Erwachsene sind unter meinen Zuhörern, ich meine, auch solche ohne Kind an der Hand.«

»Das wundert mich nicht«, sagte Doris. »Ich glaube sogar, daß die Erwachsenen heutzutage Märchen noch nötiger brauchen als Kinder. Wir leben in einer schrecklich vernünftigen, rationalen Zeit, alles muß erklärbar, berechenbar, durchschaubar sein. Und unsere Fantasie, unser Mut zu Abenteuern und unsere Bereitschaft, an so etwas wie eine höhere Macht zu glauben, bleiben dabei ganz auf der Strecke.«

»Ja, so sehe ich das auch.« Camilla stand auf, legte Coline vorsichtig in einen der Sessel, die vor dem Kamin standen und verließ den Raum. Wenig später kam sie mit einer dünnen Dekke zurück und deckte ihre Tochter zu. Dann setzte sie sich wieder zu Doris. »Und Du«, fragte sie, »wie sieht dein Leben so aus?«

»Och«, sagte Doris, »nichts Besonderes. Ich …« Sie stockte. »Ich bin verheiratet, friste mein Leben als Hausfrau und Mutter von zwei Söhnen. Fabian ist sechzehn Jahre alt, Harry gerade vierzehn geworden.«

»Ach!« Camilla sah sie erstaunt an. »Du bist mit Benno verheiratet? Irgendwie hatte ich den Eindruck, ihr seid frisch verliebt … hat er dich nicht sogar als seine Freundin vorgestellt?«

»Dein Eindruck ist nicht falsch. Wir kennen uns erst seit einer Woche, und verheiratet bin ich mit Volker. Es ist eine ziemlich seltsame Geschichte.« Doris grinste. »Könnte fast schon ein Märchen sein!« Und dann erzählte sie Camilla, was passiert war und wie sie Benno vor ein paar Tagen kennengelernt hatte.

»Ganz schön mutig!« sagte Camilla. Dann lachte sie. »Aber eigentlich war das bei Gunnar und mir ja auch nicht viel anders. Ich sah ihm bei seinen Kunststücken zu, sprach ihn nachher an, wir gingen einen Kaffee trinken, und von da an blieben wir für immer zusammen.« Camilla dachte eine Weile nach, dann fragte sie: »Ja, und wie stellst du dir nun dein weiteres Leben vor?«

Doris zuckte die Schultern. »Ehrlich gesagt, ich habe noch nicht darüber nachgedacht. Ich wollte einfach nur Urlaub machen, wollte mehr zu mir selbst finden.«

»Und, hast du?«

»Schon irgendwie. Zum Beispiel weiß ich jetzt wieder, wie schön es ist, verliebt zu sein, und ich spüre mich zum ersten Mal seit langer Zeit wieder als Frau. Ich habe mich erinnert, wie befriedigend es ist, für sich selbst zu entscheiden und wie gut es auch tut, sich in seiner Wut zu spüren – ich habe keine Ahnung, wie mein Leben weitergehen soll, aber eines weiß ich ganz sicher: so wie früher wird es ganz bestimmt nicht mehr sein, dafür ist zuviel geschehen!«

Vor dem Haus waren Motorengeräusche zu hören, dann Türenschlagen, Stimmen, und plötzlich stürmten vier kleine Hunde herein. Es waren Pudelmischlinge – Pudel mit Zwergschnauzer, vermutete Doris. Sie bellten und sprangen an Camilla und Doris hoch, und vor lauter Freude hüpften sie auf die Stühle und wieder herunter. Ihnen folgten zwei Kinder, ein Mädchen und ein Junge, etwa sechs und acht Jahre alt, und zwei Erwachsene, die sich als Geraldine und Viktor vorstellten.

»Wir haben Gunnar und Benno hinter St. Marie getroffen«, erzählte Viktor. »Sie hatten Hubertus bereits an der Leine, und Fünkchen lief brav hinterher. Frank ist dann bei Benno auf die Maschine gestiegen, und Gunnar kommt mit Hubertus und Fünkchen über den Feldweg nach Hause. Habt ihr für uns auch noch Kaffee?«

Camilla bereitete Kaffee, während sich Viktor und Geraldine

erschöpft zu Doris an den Tisch setzten. »Wir haben gehört, daß ihr auf der Herfahrt mit Hubertus Bekanntschaft gemacht habt?« fragte Geraldine.

»Haben wir. Und Benno hat ganz schön geflucht.«

Geraldine nickte. »Kann ich mir vorstellen! Wir vermuten, daß Hubertus irgendwie einen Dachschaden hat. Irgend etwas stimmt jedenfalls nicht mit ihm. Ich meine, daß er damals im Stacheldraht hängen blieb, war ja auch schon nicht so ganz normal. Na ja, bei uns ist er jedenfalls gut aufgehoben.«

Geraldine klopfte mit beiden Händen auf ihre Schenkel, und im nächsten Moment saßen zwei Hunde auf ihrem Schoß. »Das sind Sissy und Röschen. Sissy ist die Mama von den übrigen Hunden, ich habe sie einmal halb verhungert in einem Dorf in Südfrankreich gefunden und mitgenommen. Seitdem ist sie meine beste Freundin. Außerdem sind sie und ihre Kinder große Artisten und entsprechend sensibel. Man muß ihnen darum sehr viel Zuwendung geben!«

»Schau her, ich kann auch etwas!« sagte da der Junge und klatschte in die Hände – und hopp! sprang der dritte Hund in seine Arme und leckte ihm zärtlich das Gesicht. Doris lachte und applaudierte. »Und wie heißt du?« fragte sie.

»Ich bin der Konstantin, und der Hund heißt Perle. Und das da ist meine Schwester Brida. Sie hat nächste Woche Geburtstag und wird sechs Jahre alt. Dann kann sie auch bald zur Schule gehen.«

Eine halbe Stunde später kamen auch Benno und Frank den Weg heraufgefahren. Sie waren noch in Évian gewesen und hatten Gebäck gekauft. Die Kinder und die Hunde liefen ihnen entgegen und begrüßten sie stürmisch, und Doris dachte bei sich, daß es gut war, hier herzukommen und zwischen all diesen ›liebenswerten Verrückten‹ ein bißchen Abstand von Benno zu gewinnen.

13. Kapitel

Frank hatte sie eingeladen, bei ihnen zu übernachten. Wenn sie wollten, konnten Sie auch mehrere Nächte bleiben. Sie brachten ihr Gepäck in ein kleines Zimmer im ersten Stock, machten sich ein wenig frisch und gingen dann wieder hinunter.

Viktor und Frank kamen gerade mit einem großen Weidenkorb voller Holz in die Stube, wo bereits ein Feuer im Kamin brannte, denn die Sonne war untergegangen, und es war plötzlich kühl im Haus. Camilla und Geraldine standen in der Küche und rührten in Töpfen, es roch nach Gewürzen und Hammelfleisch.

»Kann ich etwas helfen?« fragte Doris.

»Ihr könnt Kartoffeln schälen, sie stehen bereits am Tisch.«

Sie setzten sich, und während sie schälten, beobachtete Doris Bennos Hände. Die linke drehte die Kartoffel, die rechte zog das Messer flink und geschickt unter der Schale durch, die gleichmäßig breit und ohne abzureißen in die Schüssel glitt. Sie konnte das nicht, sie schälte überhaupt nicht gerne mit dem Messer, zu Hause hatte sie extra einen Kartoffelschäler dafür.

»So wie du das machst, erinnert mich das an eine Geschichte, die ich einmal gelesen habe«, sagte sie. »Da war eine Frau, die einen mürrischen, unfreundlichen Ehemann hatte, einen, der erwartete, daß sie für ihn sorgte, ohne ihr je dafür zu danken. Wenn er nach Hause kam, mußte das Essen bereitstehen. Er aß, stand auf und ging wieder. Kein nettes Wort, keine zärtliche Geste, und weil sie kein Selbstbewußtsein hatte, verharrte sie in dieser schrecklichen Situation und vereinsamte über die Jahre immer mehr. Irgendwann erfand sie dann folgendes Spiel: wenn sie es schaffte, alle Kartoffeln zu schälen, ohne daß ihr die Schale abriß, belohnte sie sich mit einer imaginären Reise nach Paris, London oder zu anderen Orten, die sie von Bildern aus den Zeitschriften kannte. Schaffte sie es aber nicht, bestrafte sie sich mit Fensterputzen, oder sie strickte ein Stück an einer Socke für ihren Mann – eine Arbeit, die sie haßte, die er jedoch von ihr erwartete.«

»Eine triste Geschichte«, fand Benno.

»Sie war aber doch selbst schuld!« sagte Geraldine, »sie hätte sich ja auch gegen dieses Leben wehren können.«

»Ich weiß nicht ...« Doris schüttelte den Kopf. »Das sagt sich so einfach. Aber so eine Situation entwickelt sich doch eher schleichend, das ist nicht *plötzlich* so. Freilich sind diese Dinge für Betrachter von außen immer viel einfacher zu erkennen. Die Lösungen, die diese dann parat haben, sind aber immer Lösungen für die Katastrophe, die am Ende der Entwicklung steht. Klar ist es, wenn man den Überblick über das Ganze hat, einfach zu sagen: hättest du doch rechtzeitig einmal mit der Faust auf den Tisch geschlagen, hättest du doch dieses oder jenes getan! Aber wenn man in so einer Situation lebt, ist das, als wäre man nur ein kleines Rad im großen Räderwerk und hätte gar keine andere Möglichkeit, als einfach mitzulaufen, sobald es sich dreht.«

»Ja, ich weiß, was du meinst«, sagte Camilla. Sie kam her und setzte sich neben Doris. »Ich kenne diese Trägheit, diese Unfähigkeit etwas zu verändern aus meinem Leben ja auch, denn genau so ging es mir mit meinem Beruf als Lehrerin. Es hat mich zugrunde gerichtet, aber ich hielt durch. Ich bekam Probleme mit dem Magen, mit der Verdauung, ich holte mir Infektionen und Entzündungen, aber ich begriff einfach nie, was der wirkliche Grund für meinen ›kranken‹ Zustand war und wo die Lösung lag.«

»Du meinst, die Lösung ist, das alte aufzugeben und wegzugehen?«

»Ich würde es anders ausdrücken – weggehen oder bleiben ist nicht die Frage, sondern sein Leben so zu verändern, daß man dabei glücklich sein kann. In meinem Fall hieß das weggehen, weil ich innerhalb dieses Schulsystems keine Möglichkeit der Veränderung sah. In einem anderen Fall würde man vielleicht besser bleiben und das System an sich verändern. Vor allem in Beziehungen ist das oft der bessere Weg.«

Doris und Camilla sahen sich lange schweigend an, dann nickte Doris und sagte: »Ich glaube, ich verstehe, was du mir sagen möchtest.«

Gepolter auf der Treppe setzte der Unterhaltung ein Ende. Brida und Konstantin tobten herunter, Gunnar mit Coline auf dem Arm folgten ihnen. Die Kinder waren alle frisch gebadet, jetzt kuschelten sie sich zu dritt in einen großen Sessel am Feuer und verlangten von Camilla eine Geschichte.

»Gut«, sagte Camilla und setzte sich zu ihnen, »ich erzähle euch heute eine Geschichte, die ich letztens von einer Bäuerin aus Le Biot gehört habe, und die wiederum kennt sie von ihrer Großmutter, die aus der Region von Gascogne stammte.«

Sie setzte sich in aufrechter Haltung auf die Vorderkante ihres Stuhles, schob das linke Bein zurück, faltete die Hände im Schoß und begann. »Ein Mann kam eines Tages durch einen Wald und sah einen Löwen von dem höchsten Ast eines Baumes herabhängen. Der Löwe konnte sich nicht bewegen, denn eine seiner Hinterpfoten war eingeklemmt.

›Ach, erbarmt euch meiner‹, flehte das Raubtier, ›und macht mich hier los. Ich bin auf dem Baum geklettert, um eine Elsterbrut zu fressen; da hat sich meine Tatze in diesem gespaltenen Ast eingeklemmt, und es besteht keine Hoffnung, mich aus eigener Kraft zu befreien.‹

›Ich verstehe deine Not‹, erwiderte der Mann, ›aber wenn ich dich losmache, wirst du gewiß Lust verspüren, mich zu fressen.‹

›Ich schwöre dir bei meiner Löwin und bei meinen Jungen, daß ich dir nie etwas zuleide tun werde, weder dir, noch deinen Viehherden.‹«

Camilla sah die Kinder an und fragte: »Und was glaubt ihr, hat der Mann getan?«

»Er hat ihn losgemacht!« rief Brida.

»Genau«, bestätigte sie. »Der Mann machte also den Löwen los, aber kaum befand sich dieser auf festem Boden, da begann er auch schon den Fremden mit hungrigem Blick zu betrachten. ›Ich habe großen Hunger!‹ rief er mit einer Stimme, die nicht sehr verheißungsvoll klang, ›ich würde mich schon mit einem Menschen wie dich als Mahlzeit begnügen.‹

›Mach nicht so grausame Scherze‹, sagte der Mann, ›du hast mir doch feierlich versprochen, mich zu verschonen!‹

›Ja, gewiß‹, erwiderte der Löwe, ›aber es wäre ja Wahnsinn, wenn ich freiwillig verhungern würde.‹

›Da sieht man mal wieder, Gutes wird mit Bösem vergolten!‹ beschwerte sich der Mann und deutete auf eine Hündin, die im Dickicht umherstreifte. ›Es scheint mir am besten, wir unterbreiten den Fall einem Schiedsrichter – fragen wir die Hündin.‹

›Einverstanden‹, antwortete der Löwe.

›Höre, Hündin‹, sprach der Fremde, ›der Löwe hing an diesem Baum mit eingeklemmter Tatze. Hätte ich ihn nicht befreit, wäre er unweigerlich ums Leben gekommen. Findest du es gerecht, daß er mich, der ihn gerettet hat, jetzt fressen will?‹«

»Ganz bestimmt findet sie es nicht gerecht!« rief Konstantin. »Ich finde es sogar gemein!«

Doris legte die letzte Kartoffel in die Schüssel, wischte sich die Hände an einem Tuch ab, trug die Schüssel in die Küche und setzte sich dann zu Camilla und den Kindern an den Kamin.

Camilla schüttelte den Kopf. »So einfach war das aber leider nicht«, sagte sie. »Die Hündin hatte nämlich selbst schlechte Erfahrungen gemacht. Sie sagte: ›Ihr konntet euch keinen schlechteren Schiedsrichter für eure Sache aussuchen. Ich habe dem Jäger Martinon lange Jahre treue Dienste geleistet, aber jetzt, da ich alt bin, hat er mich fortgejagt. Er setzt mich der Not aus und verurteilt mich dazu, meine elende Nahrung auf öden Pfaden zu suchen.‹

›Die Frage ist unbeantwortet‹, sagte der Fremde. ›Fragen wir darum die alte Stute, die dort drüben auf der Lichtung grast.‹

›Einverstanden‹, sagte der Löwe.

›Stute‹, sagte der Mann, ›der Löwe hing mit eingeklemmter Tatze an einem Baum und wäre zugrunde gegangen. Er hat mich um Hilfe angefleht, und ich habe ihn losgemacht. Findest du es da gerecht, daß er mich, der ihn gerettet hat, jetzt fressen will?‹«

Camilla sah von Konstantin zu Brida und fragte: »Und was glaubt ihr, hat die Stute gesagt?«

Die beiden Kinder sahen sie mit großen Augen erwartungsvoll an und zuckten die Schultern.

»Sie hat gesagt: ›Um über eine Frage der Undankbarkeit zu entscheiden, kommt ihr bei mir an eine schlechte Adresse. Ich habe meinem Herrn, einem jungen Edelmann, lange Jahre treu gedient. Aber als er sah, daß ich alt wurde, hat er mich aus seinen Ställen verjagt, und nur mit Mühe finde ich an dürren Wegesrändern ein wenig Futter, das mich vor dem Hungertod bewahrt. Ich bin mehr und mehr davon überzeugt, daß Gutes nur mit Bösem vergolten wird.‹

In diesem kritischen Augenblick bemerkte der Mann einen Fuchs im Gebüsch. ›Fragen wir den Fuchs um Rat über unseren Fall‹, sagte er.

›Gern‹, erwiderte der Löwe.

Der Fremde beschrieb also von neuem, worum es sich handelte, und der Fuchs erwiderte: ›Ich möchte mein Gewissen nicht belasten ohne genaue Kenntnis der Tatsachen. Auf welchem Baum befand sich denn der Löwe in der unangenehmen Lage eines Gehängten? Ich möchte den Platz sehen, bevor ich darüber urteilen kann.‹«

Camilla beugte sich vor und sagte bedeutsam. »Paßt nur auf, jetzt wird die Geschichte erst wirklich interessant. Ihr wißt ja, der Fuchs ist meistens ein ganz besonders schlauer Kerl!

So begaben sich also alle drei an den Fuß des Baumes, und der Fremde zeigte dem Fuchs den verhängnisvollen Ast.

›Wie hat denn der Löwe seine Tatze in diesen Ast klemmen

können?‹ fragte er. ›Steigt doch ein wenig dort hinauf, Herr Löwe, dann kann ich es leichter begreifen.‹

Der Löwe tat, was der Fuchs verlangte und kletterte auf den Baum.

›Legt doch bitte eure Tatze in den gespaltenen Ast.‹

Wieder kam der Löwe der Bitte des Fuchses nach.

›Und ihr sagt, in dem Zustand wäret Ihr mit dem Kopf nach unten gestürzt, ohne Euch dann wieder losmachen zu können? Ich kann nicht verstehen, wie das möglich gewesen sein soll.‹

›Nichts einfacher als das‹, sagte der Löwe, ›meine Tatze war so eingeklemmt wie jetzt‹ – er neigte sich nach vorn – ›und so bin ich gestürzt‹, – und dann ließ er sich fallen. Plumps!« Camilla ließ ihren Oberkörper nach vorne fallen, die Arme pendeln, verharrte eine Weile in dieser Haltung, dann richtete sie sich plötzlich wieder auf und erzählte weiter. »›Und jetzt‹, fragte der Fuchs, ›jetzt kannst du dich wirklich nicht mehr losmachen?‹

›Natürlich nicht. Sieh doch nur, was soll ich denn da machen?‹

›Da gibt es nur eins – du bleibst, wo du bist, Gevatter!‹ sagte der Fuchs. Daraufhin entfernte er sich mit dem Fremden, und der Löwe blieb brüllend vor Wut in seiner mißlichen Lage zurück.«

Die Kinder klatschten vor Freude, aber Camilla hob die Hände. »Halt, die Geschichte ist noch nicht zu Ende. Es war nämlich so: Als sie sich trennten, dankte der Mann dem Fuchs und fragte, was er ihm zur Belohnung schenken könne.

›Da du nach Dankbarkeit hungerst‹, erwiderte der Fuchs, ›bringe mir zwei fette Hühner.‹

›Gut, du sollst sie morgen haben‹, versprach der Mann.

Zur festgesetzten Stunde begab sich der Mann in den Wald, und bald erschien auch der Fuchs. Man begrüßte sich, man gab sich den Segen, es fehlte nicht viel, und sie hätten einander umarmt.

›Hier sind die Masthühnchen‹, sagte der Mann. ›Halte dich bereit, sie gleich zu packen.‹ Er hob den Sack hoch, die Öffnung nach unten gewandt. Aber was kam heraus?«

Die Kinder zuckten die Schultern. »Vielleicht zwei fette Gänse?«

Camilla schüttelte traurig den Kopf. »Nein, es waren zwei Hunde, die sich mit grausigem Gebell auf den Fuchs stürzten. Der Fuchs lief um sein Leben und erreichte im Galopp das Dikkicht, während er immer wieder die Worte der alten Hündin und der mageren Stute wiederholte: ›Gutes wird mit Bösem vergolten.‹

Glücklicherweise kam der Gott der Schwachen ihm zu Hilfe, denn er fand auf seinem Weg einen alten Fuchsbau. Er sprang hinein, und die Hunde konnten ihn dort nicht mehr erreichen.«

»Das ist aber wirklich gemein!« riefen Brida und Konstantin, und Camilla sagte: »Der Fuchs war gerettet, der Löwe war tot … was aber wurde aus dem Menschen?«

»Ich glaube«, sagte Brida und schob sich mit dem Zeigefinger nachdenklich das Näschen nach oben, »ich glaube, der kam in die Hölle!«

Sie redeten noch ein bißchen über die Geschichte, dann brachte Camilla die Kinder ins Bett, und Benno kam zu Doris und legte seinen Arm um ihre Schultern. »Na«, fragte er, »geht es dir gut?«

Sie lächelte und küßte ihn. »Ja, es geht mir gut, und es sind wunderbare Tage mit dir!«

Zum Abendessen gab es Rhabarbersuppe, danach grüne Bohnen mit Hammelfleisch und Kartoffeln und als Dessert Weincreme mit Anissahne.

»Hammel und Weincreme sind Rezepte meiner Großmutter«, sagte Geraldine, als Benno und Doris sie mit Lob überschütteten. »Sie kam aus Südfrankreich, und es heißt, mein Großvater hätte sie vor allem wegen ihrer Kochkünste geheiratet und dann sein Leben lang auf Händen getragen. Leider wurde er aber nicht sehr alt, denn er ist mit zweiundvierzig Jahren an einer Pilzvergiftung gestorben.«

Benno hob beide Augenbrauen und lachte. »Wie, hat ihn etwa seine liebe Frau ums Leben gebracht?«

Geraldine zuckte die Schultern. »Gegen sie sprach, daß sie nichts von den Pilzen gegessen hatte, angeblich war ihr an diesem Tag übel gewesen. Für sie sprach, daß ihr Mann die Pilze selbst aus dem Wald mitgebracht hatte, dafür gab es Zeugen. Die Sache wurde nie aufgeklärt. Drei Jahre nach seinem Tod heiratete meine Großmutter dann wieder, und mit ihrem zweiten Mann wurde sie fast neunzig Jahre alt. Vier Tage vor ihrem Geburtstag starben beide in derselben Nacht. Man fand sie morgens im Bett, sie lagen nebeneinander und hielten sich an den Händen fest. Auf dem Tisch im Wohnzimmer fand man Rattengift.«

Benno legte den Löffel hin und sah Geraldine mit gespieltem Entsetzen an. »Da war sie ja doch eine richtige Giftmischerin! Und wir essen hier ahnungslos von ihrer Enkelin zubereitete Speisen!«

Viktor grinste und sah von Geraldine zu Benno. »Kannst dir vorstellen, wie ich mich fühle, wenn wir Streit haben und Geraldine ruft: ›Zum Essen, Liiiebling!‹ Dann wird mir immer angst und bang.«

»Ich würde bestimmt keinen Bissen runterkriegen!« behauptete Benno.

»Würdest du schon. Denn ihre giftigen Blicke sind mindestens genauso schwer zu ertragen wie vergiftetes Essen zu verdauen wäre.«

Geraldine nahm die Schüssel mit der Sahne und drohte, sie ihm über den Kopf zu stülpen, und Viktor flüchtete sich lachend in die Küche.

»Ich habe auch eine besondere Großmutter«, sagte Doris. »Das heißt, eigentlich war es meine Urgroßmutter! Sie hieß Margaretha Preis und wohnte in Fürth bei Nürnberg. Sie liebte

Katzen und hatte sechzehn davon. Zu dem bißchen Geld, das sie als Witwe von ihren beiden Kindern bekam, verdiente sie sich etwas dazu, indem sie Reisigholz im Wald sammelte und verkaufte. So zog sie jeden Tag mit ihrem Leiterwagen über den Bahndamm in den Wald.

Eines Tages kam ein Zirkus nach Fürth, und ein Löwe brach aus. Die ganze Stadt war in hellem Aufruhr, und die Polizei machte sich auf die Suche, um den Löwen zu jagen und gnadenlos abzuschießen. Aber der Löwe hatte Glück, denn er kam auf dem Bahndamm meiner Urgroßmutter entgegen. Sie blieb bei dem völlig verwirrten und verängstigten Tier stehen und redete sanft auf es ein, und dann brachte sie den Löwen einfach in den Zirkus zurück. Das ist die Geschichte von Margaretha Preis, die mit bloßen Händen einen Löwen gefangen hat.«

Viktor lachte und schnalzte mit der Zunge. »Das Weib war auch nicht übel!« sagte er, und Benno nickte mehrmals und meinte: »Jetzt ist mir klar, wie Doris das schaffen konnte, mich innerhalb weniger Tage von einem gefährlichen Löwen in ein harmloses Mäuschen zu verwandeln. Bei so einer Ahnin!«

»Ach, warst du wirklich mal ein gefährlicher Löwe?« fragte Camilla mit honigsüßer Stimme.

»Nein«, kam Doris seiner Antwort schnell zuvor. »Aber er hat doch ziemlich gefährlich gebrüllt!«

Später saßen sie am Kamin und machten Musik, und als es auf Mitternacht zuging und alle langsam müde wurden, schlug Benno Doris vor, noch einen kleinen Spaziergang zu machen.

Der Nachthimmel war dunkelblau, am Himmel hingen zahllose Sterne, und es roch nach Thymian und dem süßen schweren Duft der Rosenbüsche, die vor dem Haus standen. Doris atmete tief durch und reckte sich. Da fühlte sie plötzlich Bennos Arme, die sich von hinten um ihre Taille legten, und spürte seinen Mund an ihrem Ohr, der himmlisch zärtliche Worte flüsterte. Sie drehte sich um, und dann küßte sie Benno voller Leidenschaft.

»Was wäre, wenn jetzt eine Sternschnuppe vom Himmel und direkt vor unsere Füße fiele?« fragte er.

»Ich würde mir etwas wünschen«, antwortete Doris.

»Würdest du mir auch verraten was?«

Sie schüttelte lächelnd den Kopf. »Natürlich nicht, denn dann ginge es ja nicht in Erfüllung.«

»Schade, ich bin so neugierig!« Er drehte sich halb herum, griff in seine Tasche und zog etwas heraus, das er Doris um den Hals legte. Es war zu dunkel, um es sehen zu können, aber sie fühlte, daß es ein Seidenschal war. »Ich habe ihn in Évian gekauft«, sagte er, und dann: »Ich liebe dich.«

Sie gingen noch ein paar Schritte, dann kehrten sie zum Haus zurück. Als Doris im Licht des Flures den Schal von ihren Schultern zog, um ihn zu betrachten, erstarrte sie vor Schreck. Es war der Schal, den sie heute auf dem Markt entdeckt hatte ... ausgerechnet dieser Schal! Benno bemerkte ihr Entsetzen und fragte, was los sei, doch sie wich ihm aus.

»Nichts ist«, sagte sie, »er ist wunderschön, es sind meine Lieblingsfarben.«

14. Kapitel

Sie blieben noch zwei Tage, an denen Benno mit Frank Motorradausflüge zum Pas de Morgins und zum Pic de Mémise unternahm, während Doris ausgedehnte Spaziergänge machte oder im Schatten der Eiche, die vor dem Haus stand, ein Buch las, das ihr Camilla geliehen hatte. Es handelte von vier Frauen aus China, die in Kriegszeiten nach Amerika geflohen waren, und von ihren vier Töchtern, die, in Amerika aufgewachsen, nichts mehr von den alten Traditionen hielten, denen ihre Mütter noch immer verhaftet waren. Ein wunderbares Buch über

Mutter-Tochter-Konflikte, das Doris tief berührte, und sie ein wenig mit ihrer eigenen Mutter versöhnte.

Einmal fuhr Doris mit den beiden Frauen nach Évian zum Einkaufen, zum Baden an den See, und gestern hatte sie sich von Camilla zeigen lassen, wie man eine Ziege melkt. Sie haben in diesen Tagen viel Spaß gehabt und gelacht, haben aber auch viele ernsthafte Gespräche über Liebe, Gott und die Welt geführt.

Die Abende verbrachten sie alle gemeinsam. Sie saßen ums Kaminfeuer, tranken Rose, der von Geraldines Familie aus Südfrankreich stammte, redeten, musizierten, erzählten Geschichten und wurden sich immer vertrauter. Als sie dann am Morgen des vierten Tages ihre Sachen zusammenpackten und auf der Maschine festschnallten, war es Doris schwer ums Herz. Sie hatte Freunde gefunden, sie hatte eine wirklich gute Zeit mit ihnen und vor allem mit Camilla verbracht, und sie wäre gerne noch ein Weilchen geblieben. Aber in drei Tagen mußte sich Benno auf die Heimreise machen, und vorher wollten sie noch auf den Mont Salève und nach Genf. Und dann ... Doris' Gedanken kamen ins Stocken, denn was dann sein würde, das wußte sie noch immer nicht!

Zum Abschied umarmten und küßten sie alle – Viktor und Geraldine, Camilla und Gunnar, Frank und die Kinder.

»Schreibst du mir?« fragte Camilla.

»Ganz bestimmt«, versprach Doris.

Sie schloß den Reißverschluß ihrer Lederjacke, zog den Sturzhelm auf, wartete, bis Benno gestartet hatte und setzte sich dann zu ihm auf den Sozius.

»Und kommt uns wieder einmal besuchen!« rief Frank.

»Allein oder zu zweit, ihr seid immer willkommen!« fügte Geraldine an. »Habt ihr die sechs Flaschen Rose unterbekommen?«

»Ging knapp, aber ging – drei in jedem Gepäckstück. Dank dir nochmals dafür!«

»Schon in Ordnung. Und denkt an uns, wenn ihr ihn trinkt!«

»Bestimmt«, versprach Benno. Dann gab er Gas und ließ die Maschine über den Sandweg zur Straße hinunterrollen. Als sie unten ankamen, winkten beide noch einmal, dann beschleunigte Benno, und sie fuhren in Richtung St. Marie davon. Als sie etwa zehn Minuten später die Stelle passierten, an der sie ein paar Tage vorher um ein Haar mit Hubertus, dem Hirsch zusammengestoßen wären, mußten sie beide lachen, und die bedrückte Stimmung löste sich auf.

Es war ein milder, sonniger Tag, aber hier oben war es windig, und einmal, als sie durch einen Taleinschnitt fuhren und Seitenwind von Norden bekamen, legte sich die Maschine wie von selbst in die Böen, um ihrem Druck zu begegnen.

»Trotz Sonne ist es verdammt kalt«, sagte Doris, und Benno rief zurück: »Drunten wird es besser sein, das war gestern, als ich mit Frank auf den Pic de Mémise fuhr, auch so.«

Doris zog sich das Tuch, das sie von Benno geschenkt bekommen hatte und das sie doppelt um den Hals geschlungen trug, über Mund und Nase und schob ihre Hände in Bennos Taschen. So war es besser.

Sie kamen wieder nach Évian. Dort bogen sie nach links auf die Straße Richtung Genf ein. Diese führte am See entlang, der sich im Wind leicht kräuselte. Segelboote fuhren auf dem glitzernden Wasser, und droben am Himmel schrien die Möwen. Es war herrliches Wetter, und Doris genoß es, nach drei Tagen Pause wieder auf der Maschine zu sitzen.

In Thonon hielten sie bei einem Supermarkt. Benno blieb bei der Maschine und vertiefte sich in den Reiseführer, während Doris einkaufen ging. Sie brauchten Papiertaschentücher und Zahnpasta, und als Doris den Thymian-Honig entdeckte, den sie bei Camilla jeden Morgen zum Frühstück gegessen hatten, und der Benno so geschmeckt hatte, nahm sie auch davon ein Glas mit.

Sie stellte sich an die Kasse. Eine Mutter mit ihrem Sohn

reihte sich hinter ihr ein. Der Junge hing an dem Einkaufswagen und schubste ihn hin und her, und dabei rammte er ihn Doris in die Fersen.

Sie drehte sich um und sah den Jungen aus zusammengekniffenen Augen an. »Paß doch auf«, sagte sie, »das tut mir weh!«, aber der Junge machte fröhlich weiter.

Als er sie zum zweiten Mal rammte, wandte sie sich an die Mutter. »Bitte, sorgen Sie dafür, daß mir Ihr Sohn nicht ständig über die Füße fährt!«

Die Frau warf den Kopf in den Nacken und sah Doris mit solch eisiger Arroganz an, daß ihr die Luft wegblieb. »Mein Kind darf das«, sagte sie, »mein Kind ist antiautoritär erzogen.« Und als ob das sein Stichwort gewesen wäre, knallte der Junge ihr mit dem Einkaufswagen zum dritten Mal auf die Füße.

Doris schnappte nach Luft, wollte losschimpfen, besann sich aber plötzlich eines Besseren. Ganz ruhig nahm sie das Glas mit dem Honig, schraubte den Deckel auf und goß es über dem Kopf des Jungen aus.

»Sind Sie wahnsinnig, was machen Sie da!« schrie die Mutter und riß Doris das Glas aus der Hand, wobei es zu Boden fiel und zerbrach.

Doris zuckte die Schultern. »Ach, wissen Sie, ich darf das«, sagte sie ganz ruhig, »ich bin nämlich auch antiautoritär erzogen worden.«

Ein Lachen ging durch die Reihen, und ganz hinten klatschte sogar jemand. Die Mutter nahm ihr Kind an der Hand, stieß Doris grob beiseite und verließ ohne ihre Ware den Laden. Und als Doris dann mit dem Zahlen dran war, sagte die Kassiererin mit einem breiten Grinsen im Gesicht: »Selbstverständlich brauchen Sie das kaputte Glas nicht zu bezahlen, für solche Fälle sind wir versichert. Wenn Sie wollen, können Sie sich natürlich auch ein neues nehmen.«

Aber das wollte Doris nicht. Trotz des Beifalls war ihr die

Geschichte unangenehm, und sie wollte den Laden so schnell wie möglich verlassen.

Als sie draußen war und Benno alles erzählte, wunderte sie sich auf einmal selbst über ihren Mut. »Ich kann dir sagen, mir haben die Knie gezittert«, gestand sie, »aber irgendwie mußte ich das einfach tun. Antiautoritär erzogen, pah! Das war doch wirklich eine Frechheit, und das darf man sich einfach nicht gefallen lassen!«

»Ganz recht!« Benno nahm sie lachend in den Arm. »Doris Kämpfe – langsam fängt dein Name an, zu dir zu passen!«

In Douvame bogen sie auf die N 205 Richtung Annemasse ein, und von da aus fuhren sie weiter auf den Mont Salève.

»Der Mont Salève ist der ›Hausberg‹ von Genf«, sagte Benno. »Er ist 1375 Meter hoch und liegt südlich der Stadt auf französischem Boden. Aber das stört die Genfer nicht, es ist trotzdem *ihr* Berg, daran kann auch so etwas Unwichtiges wie eine Grenze nichts ändern!«

Die Straße wurde steiler, und das Dröhnen des Motors tiefer. Wieder pfiff der Wind von Norden her, aber diesmal hatten sie ihn meist im Rücken. Schließlich erreichten sie die Anhöhe. Urwüchsige Landschaft breitete sich vor ihnen aus, und ab und zu tat sich ein weiter Blick über den See und die Hügelketten dahinter auf.

Als sie auf der Kammstraße über den langgestreckten Bergrücken fuhren, zog Benno mit den Zähnen einen Handschuh aus, langte hinunter und befühlte die Aluminiumverkleidung des Motors. Die Temperatur war in Ordnung – zu warm, um die Hand darauf zu lassen, aber nicht so warm, daß er sich an ihr verbrannte. Er zog den Handschuh wieder an und deutete hinunter zum See. »Dort«, sagte er, »das muß Genf sein.«

Als sie an eine Aussichtsbucht kamen, hielt er an, denn es war ohnehin Zeit, sich zu strecken. Er ließ Doris absteigen und stellte die Guzzi auf den Seitenständer. Doris nahm den Helm ab und schüttelte ihr loses Haar. Sie atmete tief durch, hob die rechte Hand als Schutz gegen die Sonne über die Augen und sah hinunter zum See.

»Es ist märchenhaft, es ist wunderschön hier!« sagte sie begeistert.

Benno legte einen Arm um ihre Schultern, und so standen sie lange da und genossen schweigend den Ausblick.

Plötzlich zog er den Reiseführer aus der Tasche und blätterte darin. »Hier«, sagte er, »das muß ich dir vorlesen. Es sind ein paar Zeilen aus einem Brief von Nikolai Gogol, das ist ein russischer Schriftsteller, der für seine humoristische Erzählweise bekannt war. Er hat diesen Brief 1836 an seinen Freund Nikolai Prokopowitsch geschrieben.

Was soll ich dir über die Schweiz erzählen? Ein Panorama nach dem anderen, so daß mir davon schon ganz übel ist, und würde ich jetzt auf eine unserer gewöhnlichen flachen russischen Gegenden stoßen mit einer Holzhütte und einem grauen Himmel, könnte mich das in Entzücken versetzen, als wäre es etwas Neues.«

Doris lachte. »So kann man die Schweiz natürlich auch erleben. Übrigens – du hast mir schon lange nichts mehr aus dem Tagebuch deines Großvaters vorgelesen.«

»Es gibt auch nichts mehr vorzulesen. Hier kam Benedikt nie vorbei. Er wanderte auf der anderen Seite des Sees, um nach Evoléna zu kommen, dem Dorf, aus dem die Familie seiner Mutter stammte, und ein halbes Jahr später wanderte er dann von Genf aus über Lausanne Richtung Elsaß.«

»Schade«, sagte Doris, »er war mir schon so richtig ans Herz gewachsen, dein Großpapa.«

Benno steckte den Reiseführer wieder in die Innentasche seiner Lederjacke und zog den Reißverschluß zu. »Wenn wir Glück haben, steht das Haus noch, in dem er aufgewachsen ist. Die Adresse war Rue Ferdinand Hodler in Genf. Wir werden sie morgen suchen und können uns dann dort von ihm verabschieden.« Er nahm Doris in den Arm und küßte sie. »Und jetzt«, sagte er, »jetzt habe ich wirklich Hunger.«

Sie fanden ein kleines einfaches Restaurant irgendwo am Straßenrand. Ein alter Mann in viel zu weiten Hosen bediente sie. »Es gibt nur ein Menue«, sagte er. »Salat zur Vorspeise, danach Kaninchen mit einer Soße aus Wildpilzen und zum Abschluß Käse.« Das klang nicht nur vielversprechend, es schmeckte auch ausgezeichnet.

»Meine Frau kocht selbst – nun schon seit fast vierzig Jahren«, erzählte der Alte, als sie das zarte Fleisch lobten. »So lange leben wir schon hier. Unsere Kindheit verbrachten wir in Dijon, aber dort hat es uns nie so recht gefallen. Hier ist das Leben schwieriger als in der Stadt, aber wir fühlen uns trotzdem wohl. Und Sie, kommen Sie von weit her?« wollte er wissen, und als Benno es ihm erzählte, nickte er anerkennend. »Eine hübsche Strecke auf dem Motorrad«, meinte er, und dann wollte er etwas über die Maschine wissen.

Benno beantwortete geduldig alle Fragen und erzählte ihm auch von der alten Moto Guzzi, die zu Hause im Schuppen stand, weil er es nicht fertigbrachte, sie wegzugeben. Da nickte der Mann wissend und forderte die beiden auf, mit ihm zu kommen. Sie verließen das Haus durch eine Hintertür, überquerten den Hof und kamen zu einem Verschlag. Der Mann zog einen Schlüssel aus der Tasche, öffnete damit das Vorhängeschloß, schob die Tür auf und deutete auf eine Plane. »Hier, helfen Sie mir!«

Benno und der Mann schlugen die Plane zurück, und eine alte Adler stand vor ihnen. »Das«, sagte der Mann, »das ist meine Maschine! Ich habe sie vor achtundfünfzig Jahren von meinem Vater bekommen, und der hatte sie von einem Onkel aus Straßburg. Ich habe sie immer wie meinen Augapfel gehütet, und sie hat mir mehr als dreißig Jahre gute Dienste geleistet.« Er strich sanft über den Sitz, während er das erzählte. »Und als sie dann nicht mehr zu reparieren war, habe ich sie hier abgestellt, und jedes Jahr im Frühling und im Herbst hole ich sie heraus und putze sie. So lange ich lebe, werde ich mich um sie kümmern, und danach ... Gott weiß, was danach ist.«

Der Mann wollte sie noch auf ein Glas Pastis einladen, aber Benno lehnte ab. »Kein Alkohol, wenn ich noch fahren muß!«

Sie bezahlten und fuhren weiter. In Annemasse passierten sie die Grenze. Auch diesmal wurden sie wieder von einem schweizer Grenzbeamten angehalten, und Benno dachte mit Ärger daran zurück, wie er vor ein paar Tagen in St. Gingolph das Gepäck abschnallen mußte.

»Haben Sie etwas zu verzollen?« fragte der Mann.

»Ja«, antwortete Benno wahrheitsgemäß. »Sechs Liter Wein.«

Der Mann sah ihn an, dann die Gepäcktaschen, dann wieder ihn, schüttelte auf einmal den Kopf und fing an zu schimpfen. »Immer diese Motorradfahrer! Ich lass mich doch von Ihnen nicht auf den Arm nehmen! Fahren Sie weiter, aber schnell, bevor ich Ihnen anders komme!«

Das ließ Benno sich nicht zweimal sagen. Er gab Gas und brauste davon. Ein paar hundert Meter weiter hielt er am Straßenrand, denn er konnte sich vor Lachen nicht mehr auf die Maschine und den Verkehr konzentrieren, und Doris brauchte dringend ein Taschentuch, um sich die Tränen aus dem Gesicht zu wischen.

15. Kapitel

Es war vier Uhr nachmittags, als sie auf dem *Quai Gustave Ador* nach Genf hineinfuhren. Rechts von ihnen das Wahrzeichen von Genf, der *Jet d'Eau*, eine Fontäne, die hundertvierzig Meter hoch aus dem Wasser des Lac Léman steigt und als Europas höchster Springbrunnen gilt, ein Stück weiter vorne die *Pont du*

Mont Blanc, die erste der sechs Brücken, die in Genf über die Rhône führen.

»Sie ist zweihundert Meter lang und zwanzig Meter breit«, las Doris aus dem Reiseführer vor, den sie aufgeschlagen hatte, weil er auch einen Stadtplan von Genf enthielt, »und an ihrem Südende steht das wuchtige Nationaldenkmal, das 1869 von Robert Dorer zur Erinnerung an die Aufnahme Genfs in die Eidgenossenschaft errichtet wurde.«

Sie blätterte um, überflog die Seite und kicherte plötzlich. »Hier habe ich etwas Witziges entdeckt. Ein berühmter Staatsmann hat einmal bei der Aufzählung der Erdteile neben Europa, Asien, Afrika und Amerika nicht Australien als den fünften Kontinent genannt, sondern Genf – was er wohl mit einiger Bewunderung aber auch ein wenig ironisch gemeint haben mag, denn er war den Genfern nicht besonders wohl gesonnen.«

»Ich glaube, hier müssen wir den Quai verlassen«, unterbrach Benno, denn sie waren inzwischen bei der Brücke angekommen, und wenn sie, wie geplant, in einem Hotel in der Altstadt übernachten wollten, sollten sie hier nach links abbiegen.

»Richtig«, sagte Doris und deutete auf eine schmale Straße, »ich würde es mal mit der dort drüben versuchen.«

Benno bog ein. Nach etwa fünfzig Metern überquerten sie einen kleinen Platz, dann eine Straße, und plötzlich rief Doris: »Das ist ja die *Rue Ferdinand Hodler,* sagtest du nicht vorhin, daß hier einmal dein Großvater wohnte?«

Benno fuhr rechts ran, hielt und las das Straßenschild. »Tatsächlich«, sagte er und sah sich um. »Und dort drüben ist auch schon ein Hotel!« Er deutete nach links, und Doris' Blick folgte seinem Fingerzeig.

Benno stellte die Maschine auf den Seitenständer, drückte Doris seinen Sturzhelm in die Hand und ging ins Hotel, um nach einem Zimmer zu fragen. Fünf Minuten später kam er zurück. »Wir können bleiben«, sagte er. »Ich kann die Maschine sogar im Hof parken und sie dort auch putzen. Ich habe ein

Zimmer mit Badewanne im Bad genommen, du magst das doch gern.«

Doris lächelte. Sie hatte ihm das vor Tagen in Biel erzählt, und er hatte es sich gemerkt. Das mochte sie so an ihm! Sie küßte ihn auf die Wange, stülpte ihm den Sturzhelm auf den Kopf und setzte sich zu ihm auf die Maschine.

Um in den Hof zu kommen, mußten sie halb um den Block fahren. Benno parkte dort und schnallte das Gepäck ab. Der Portier erschien an der Hintertür und warf einen Blick auf das Motorrad.

»Ah«, sagte er, »eine Moto Guzzi California! Die ist aber nagelneu!«

Benno nickte. »Hat gerade mal fünftausend Kilometer drauf.«

»Ich hatte auch einmal ein Motorrad«, erzählte der Portier, als Benno und Doris an ihm vorbei das Hotel betraten. »Eine BMW 1000 RS. War eine gute Maschine. Aber dann, als meine Frau das zweite Kind bekam, bestand sie darauf, daß ich sie verkaufe. Sie sagte, sie hätte keine Lust, mich einmal von der Straße zu kratzen und dann alleine mit den Kindern dazustehen. Ich habe schweren Herzens getan, was sie von mir verlangte, irgendwie konnte ich sie ja auch verstehen. Ein junger Kerl hat sie mir dann abgekauft. Als ich ihm die Papiere übergeben hatte und er damit davonfuhr, hatte ich Tränen in den Augen. Ja«, sagte er und nickte, »ich schäme mich nicht, es zuzugeben, ich habe wirklich geweint!«

Der Mann drückte Benno den Schlüssel von Nr. 316 in die Hand und schob ihm ein Anmeldeformular hin, das er ausfüllen sollte, und als Benno ihn ansah, bemerkte er, daß seine Augen auch jetzt wieder feucht waren.

Nr. 316 hatte nicht nur eine Badewanne, sondern auch ein französisches Doppelbett, was Benno mit einem vieldeutigen Grinsen zur Kenntnis nahm. Er öffnete das Fenster und sah hinunter. Das Zimmer lag zum Hof, er konnte die Guzzi von hier aus sehen. Später, wenn Doris in der Badewanne lag, würde er hinuntergehen, Ventilspiel und Ölstand kontrollieren und sie putzen.

Doris warf ihre Tasche aufs Bett und packte die Sachen aus, ging dann ins Badezimmer und ließ Wasser in die Wanne laufen. Als Benno hereinkam, saß sie am Wannenrand und starrte ins Wasser.

»Was ist los, woran denkst du so versonnen?« fragte er.

Sie sah auf und ihn an. »An Egon Barschel und daran, daß er in einer anderen Badewanne dieser Stadt ums Leben kam.«

»Himmel, bist du heute wieder melancholisch! Kannst du nicht an etwas Netteres denken?«

»Zum Beispiel?«

Benno kam zu ihr, streifte ihr das T-Shirt über den Kopf und küßte ihre Brüste. »Na, zum Beispiel daran«, sagte er, und plötzlich gab er ihr einen Schubs, und sie lag kreischend in der Wanne.

»Na warte!« rief sie, packte ihn am Nacken, zog seinen Kopf zu sich ins Wasser und ließ ihn erst wieder los, als er sie in den Po kniff.

Da Benno nun schon einmal naß war, zog er sich aus und setzte sich zu Doris in die Wanne. Sie warf mit einem nassen Waschlappen nach ihm und sagte: »Vielleicht war das mit Barschel ja genauso. Weder Mord noch Selbstmord, sondern ein kleines Unglück beim Herumtoben mit einer Geliebten. Hat den Fall eigentlich mal jemand im Hinblick darauf untersucht?«

»Wohl kaum. So viel Fantasie wie du hatte diese Richterin nicht. Außerdem war sie nicht halb so sexy wie du, und darum fehlt ihr wohl die einschlägige Erfahrung.«

»Sexy, Himmel nein! Soll das jetzt ein Kompliment gewesen sein?«

»Komplimente sind nicht ehrlich gemeint – und ich meine es durchaus ehrlich mit dir!«

»So, so.« Doris grinste. »Du meinst, du willst mich schon wieder mal ganz ehrlich vernaschen?«

»Nein, ich will dich ganz ehrlich lieben. Heute, morgen und auch in schlechten Tagen.« Benno war plötzlich ernst geworden und sah sie lange und eindringlich an. »Hast du dir schon mal überlegt, was werden soll, wenn unser Urlaub zu Ende ist?«

»Nein«, sagte Doris. Sie stand auf, nahm das Badetuch, wickelte sich ein und verließ das Badezimmer.

Als Benno ihr nachkam lag sie auf dem Bett und starrte an die Decke. »Aber *ich* habe es mir überlegt!« sagte er. »Ich würde dich zu Hause gerne wiedersehen. Und wenn du willst, dann …«

»Nein, bitte sag es nicht!« unterbrach sie ihn schnell. »Bitte laß uns die zwei Tage, die uns vorerst noch bleiben, unbeschwert zusammensein. Natürlich habe ich auch darüber nachgedacht was später kommt, aber ich … ich weiß es ganz einfach noch nicht!«

Sie hatte sich aufgerichtet und sah ihn mit dem Ausdruck der Verzweiflung an. Benno setzte sich zu ihr, nahm ihre Hand und küßte sie. »In Ordnung«, sagte er, »schieben wir das Problem noch ein Weilchen auf.« Dann zog er sich an und ging in den Hof, um die Maschine zu warten.

Am frühen Abend machten sie sich auf, die Stadt zu erkunden. Nicht weit vom Hotel war die Kathedrale St.-Pierre, in der Calvin gepredigt hatte und 450 Jahre später Bennos Großvater auf den Namen Benedikt Aarberger getauft wurde. Sie gingen hinein, besahen sich alles, saßen dann noch ein paar Minuten schweigend in den Bänken und hingen ihren Gedanken nach.

Als es Doris in ihrem leichten T-Shirt zu kalt wurde, gingen sie weiter, kamen zu einem Straßencafé, tranken Campari Orange und amüsierten sich über ein Paar am Nebentisch. Die beiden waren Mitte Fünfzig und extravagant, dabei aber sehr altmodisch gekleidet. Sie hielt einen weißen Pudel auf dem

Schoß, er hatte ein Handy bei sich, mit dem er immer wieder versuchte zu telefonieren, aber zu seinem großen Pech war unter keiner der Nummern, die er angewählt hatte, jemand zu erreichen. Als er dann einmal aufstand und im Café verschwand, griff sich Madame das Handy, wählte, erreichte niemanden, wählte ein zweites Mal, erreichte wieder niemanden, wählte, und da plötzlich erhellte sich ihr Gesicht, und sie brach in einen Wortschwall aus. Als dann Monsieur zurückkam, war er sauer auf Madame, weil sie jemanden erreicht hatte, er aber nicht. Er riß ihr den Hörer aus der Hand, redete gestenreich auf den ein, der am anderen Ende der Leitung war und spazierte dabei wichtigtuerisch wie ein eitler Pfau vor dem Café auf und ab.

Benno bemerkte dazu mit Sarkasmus in der Stimme: »Ich glaube, die Potenz mancher Männer ist heutzutage in ihren Handys manifestiert und ihr Selbstbewußtsein kommt über die Antenne ins Gehirn!«

Später aßen sie in einem kleinen Restaurant am *Quai de Bergues* Fisch und tranken einen erstklassigen Weißwein, der an den Hängen des Lavaux gewachsen war. Es ging schon auf zweiundzwanzig Uhr zu, als sie über die Pont de Bergues in die Altstadt zurückgingen, um sich auf die Suche nach Benedikts Geburtshaus zu machen. Es stand gleich am Anfang der *Rue Ferdinand Hodler,* nur etwa hundert Meter von ihrem Hotel entfernt. Es war ein natursteinfarbenes Haus mit vielen Fenstern und braungestrichenen Fensterläden davor. Durch einen Tordurchgang konnte man in den Hinterhof gelangen, wo, laut Tagebuchaufzeichnung, einmal die Werkstatt von Benedikts Großvater gewesen war.

»Und dort droben«, Benno deutete auf die rechte Reihe der Fenster im dritten Stock, »muß Benedikt geboren worden sein. Seine Eltern wohnten in diesem Haus, bis er dreizehn Jahre alt war, dann zogen sie nach Lausanne, wo sich sein Vater zusammen mit einem seiner Brüder selbständig machte.«

Benno hatte seinen Arm um Doris gelegt. So standen sie beide da und sahen hinauf, bis ihre Hälse steif wurden und sie sich wieder einander zuwandten.

»Stell dir nur vor«, sagte Doris, »hier hat Benedikt vor hundert Jahren mit seinen Freunden gespielt, ist morgens genau an dieser Stelle vorbeigekommen, um zur Schule zu gehen und hat später den Mädchen nachgekuckt. Und du warst noch auf dem Dach der Welt, aber die Störche haben schon deinen Namen geklappert und gewußt, daß es dich eines Tages einmal geben wird!«

»Die Störche?« Er schüttelte den Kopf. »Daß so ein großes Mädchen wie du noch an den Storch glaubt!«

»Wieso? Was denkst du denn, wo die Kinderchen herkommen?«

Er lachte. »Komm mit mir ins Hotel, und ich zeige es dir.«

Am nächsten Morgen durchstreiften sie die Altstadt. Sie gingen kreuz und quer und verweilten überall dort, wo Benedikt vielleicht einmal gewesen war. Da gab es gleich ums Eck den Brunnen, an dem er sich mit seinen Freunden getummelt und bespritzt haben mochte, ein paar Schritte weiter die Kathedrale St.-Pierre, in der er getauft wurde, dann das Rathaus und davor die Kanonen des alten Arsenals, auf denen er vielleicht einmal geritten sein mag, genau wie die beiden japanischen Mädchen, die mit ihren gestreiften rosaroten Röckchen gerade darauf hin- und herrutschten und dabei von ihren Eltern fotografiert wurden.

Ein Stück weiter, auf dem Place Neuve, besichtigten sie das Musikkonservatorium und das Grand Théâtre, das von 1872–1879 nach dem Vorbild der Pariser Oper erbaut wurde, und an dem Benedikts Vater mitgearbeitet hatte. Aber damals hatte Benedikt selbst noch nicht gelebt, er war ja erst 1892 zur Welt gekommen.

»Vielleicht«, sagte Doris, »hat er als Kind manchmal auf diesem Platz gestanden, um die imposanten Droschken mit ihren schönen Pferden zu beobachten und die vornehmen Herren, die den vornehmen Damen in ihren großen Roben aus den Wagen halfen.«

»Hättest du gerne in dieser Zeit gelebt?« fragte Benno.

Doris schüttelte den Kopf. »Klingt romantisch, und so ein Opernbesuch war bestimmt auch ein festliches Ereignis, aber wenn man bedenkt, daß noch um die Jahrhundertwende ein Ehemann ungestraft seine Frau umbringen durfte, wenn sie ihn zum Beispiel betrog ...« Sie sah ihn an wie ein verletztes Tier, dann warf sie den Kopf in den Nacken und ging weiter.

Benno holte sie ein und schob seinen Arm unter ihren. »Hast du Lust, ein bißchen durch die Geschäfte zu bummeln?«

Doris hatte große Lust dazu.

Sie gingen Richtung Rhône, denn sie wußten von ihrem gestrigen Rundgang, daß sie ganz von selbst auf die elegante Geschäftsstraße stoßen würden, auf der Menschen aus aller Welt flanierten und einkauften. Doris leistete sich ein paar große Ohrringe aus einem exklusiven Modeschmuckladen, Benno kaufte ihr bei *Alrodo* ein Parfum und für sich selbst ein After Shave, das Doris für ihn auswählte. Schließlich gerieten sie in eine Seitenstraße und standen plötzlich vor einer Art Aussichtskran, der eine radförmige Kanzel hatte, die sich hinauf- oder hinunterwinden konnte und sich, sobald sie ihren höchsten Punkt erreicht hatte, langsam um ihre eigene Achse drehte.

Die Kanzel kam gerade nach unten. Sie stoppte, Leute stiegen aus, um andere, die in einer langen Warteschleife standen, hineinzulassen.

»Willst du mitfahren?« fragte Benno, aber Doris lehnte entsetzt ab.

»Gott bewahre! Dort droben würde mir bestimmt unheimlich schlecht werden! Und außerdem habe ich Angst.«

»Angst – wovor? Solche Maschinen werden doch ständig vom TÜV überprüft und gewartet.«

»Das sagst du. Aber ich weiß, daß vor gar nicht so langer

Zeit so ein Dingsda abgestürzt ist. Ich glaube, es war in Berlin – einfach so auf halbem Wege runtergeknallt. Es gab Schwerverletzte, vielleicht auch Tote, das weiß ich nicht mehr so genau.« Sie sah von Benno zur wartenden Menschenmenge, und plötzlich erstarrte sie wie zur Salzsäure.

»Was ist denn los?« fragte Benno. »Du siehst aus, als hättest du ein Gespenst gesehen.«

»Dort …«, sagte sie mit rauher Kehle, »dort unter den Wartenden sind Volker und die Kinder.«

Im selben Moment drehte sich Volker um. Doris erschrak und wollte sich hinter Benno verstecken, aber da war es schon zu spät. Er hatte sie gesehen, riß die Arme hoch und rief ihren Namen, und plötzlich setzte er sich in Bewegung und versuchte, sich gegen den Strom durch die Reihe zu drängen.

»Doris!« rief er, schob Menschen beiseite, drängelte zum Ausgang. »Do-ris, warte doch!!!«

Aber Doris hatte keine Lust auf eine Auseinandersetzung vor aller Leute Augen. Sie drehte sich um und hastete von Benno gefolgt voller Panik Richtung Fußgängerzone davon.

»Doris, so bleib doch bitte stehen, ich will mit dir reden!«

Endlich hatte er es geschafft, sich aus der Menge zu befreien, aber da war Doris bereits in der Menschenmenge untergetaucht und nicht mehr zu sehen.

16. Kapitel

Doris blieb so plötzlich stehen, daß Benno in sie hineinlief. »Du hattest recht, gestern«, sagte sie, »ich muß mich endlich entscheiden!«

Benno wollte sie an den Schultern fassen, aber sie wich einen Schritt zurück.

»Nein, bitte laß mich. Ich muß nachdenken, muß meine Gefühle ordnen, damit ich zur Ruhe kommen kann … ich möchte alleine sein.«

»Also gut.« Benno nickte. »Wir treffen uns in zwei oder drei Stunden im Hotel wieder, ich werde dort auf dich warten.« Er hätte sie gerne geküßt und gesagt, wie wichtig sie für ihn geworden sei, aber er ließ es sein, drehte sich einfach um und ging.

Doris sah ihm nach. Am liebsten hätte sie gerufen: »Bleib doch, laß mich nicht alleine, laß mich überhaupt nie mehr alleine!«, denn schon der Gedanke, sie könnten für immer auseinandergehen, tat so weh, daß sie es kaum ertragen konnte. Aber dann siegte doch die Vernunft, sie wandte sich ab und lief entgegengesetzter Richtung davon.

Benno ging denselben Weg zurück, den sie vorher gemeinsam genommen hatten. Hinauf Richtung Altstadt, über die *Rue du Rhône,* vorbei an der Oper, und plötzlich fand er sich vor der Kanone wieder, auf der noch vor zwei Stunden die beiden japanischen Mädchen vor der Kamera ihrer Eltern posiert hatten. Er starrte die Kanone gedankenverloren an und überlegte, wie er die nächsten zwei Stunden verbringen sollte. Im Hotelzimmer würde ihm vermutlich die Decke auf den Kopf fallen, da war es besser, er suchte sich ein Café, trank etwas und lenkte sich mit Zeitunglesen ab.

Er drehte sich um, wollte gerade weitergehen, als sich ihm eine Gruppe von Touristen in den Weg stellte, und eine Reiseleiterin auf die Kanone deutete. »Selbstverständlich«, sagte sie, »fährt auch die Schweiz heute nicht mehr mit solch altmodischen Geschützen auf, das sind Relikte aus vergangener Zeit. Sogar die Schweiz, deren Traditionsbewußtsein ja weithin bekannt ist, hat versucht, ihre Streitkräfte den modernen Zeiten anzupassen! Zum Beispiel indem sie – wenn auch erst zu Zeiten, als andere sich längst anschickten zum Mond zu fliegen – endlich die Kavallerie abschaffte.«

Leises Lachen ging durch die Reihen. Benno, der sich eigentlich davonmachen wollte, wurde neugierig und blieb nun doch stehen, um mitzuhören.

»Aber auf eines möchten die eidgenössischen Heeresführer auch heute noch nicht verzichten«, fuhr die Reiseleiterin fort, »auf ihre Miliz von Kriegstauben. Die seien nämlich, so heißt es, in der Lage, die Kommunikation aufrechtzuerhalten, wenn es dem Gegner gelungen sein sollte, moderne Kommunikationsmittel auszuschalten. Seit dem Jahre 1917 bereitet die schweizerische Armee Brieftauben auf den Kriegsdienst vor. 3500 Aktive dienen zur Zeit, es könnten aber im Ernstfall weitere 31 000 Reservisten zum Dienst am Vaterland eingezogen werden.«

»Da ist es doch kein Wunder«, rief ein junger Mann aus den hinteren Reihen, »daß es noch kein Land gewagt hat, die Schweiz anzugreifen!«, und ein Lachen ging durch die Gruppe.

Die Leute gingen weiter. Benno trat hinter die Kanone und bemerkte, daß sie genau auf das Café Hôtel de Ville gerichtet war, in dem sich die Ratsherren nach ihren Sitzungen zu treffen pflegten, um sich den Durst zu vertreiben. Er beschloß, dort hineinzugehen.

Doris war einfach gelaufen, ohne zu wissen wohin, und plötzlich fand sie sich in einer Parkanlage wieder. Sie setzte sich auf eine Bank, sah den Spatzen dabei zu, wie sie sich um ein Stück Brot zankten, das ihnen eine alte Frau hingeworfen hatte, und dachte nach. Über Benno und Volker, über die Jungens und ihr Leben als Mutter und Hausfrau, über ihre Träume, Wünsche und Hoffnungen. Sie dachte daran, wie glücklich sie vor siebzehn Jahren gewesen war, als sie mit Fabian schwanger war, und wie wütend und voller Haß, als Volker sie zwölf Jahre später in Wien mit dieser blonden Tussi namens Vera betrogen hatte.

Und dann sah sie wieder Benno vor sich, sein inzwischen schon so vertrautes Gesicht, die steile Stirnfalte über seiner Nase, seine blauen Augen, die so tief in sie hineinsehen konnten, daß ihr der Atem stockte. Sie hörte sein zärtliches Lachen und dachte, wie schön es war, mit ihm zu schlafen. Doch je mehr sie über all das nachgrübelte, desto weniger wußte sie, wie sie sich entscheiden sollte. Sicher, die Tage mit Benno waren wunderbar, und sie hatte sich unsterblich in ihn verliebt – aber die Jahre mit Volker, die beiden Söhne, die sie miteinander hatten, das wog doch auch!

Die Sonne war längst untergegangen, und es wurde bereits kühl als Doris aufstand und den Weg zurück zum Hotel suchte. Sie kam an der Oper vorbei, am Rathaus, an der Kathedrale St.-Pierre, am Brunnen, an Benedikts Geburtshaus, und schließlich stand sie vor dem Hotel. Stand da mit klopfendem Herzen und der Angst im Nacken, eine Entscheidung zu treffen, die sie vielleicht schon bald bereuen würde.

Als sie das Hotel dann betrat, sah der Portier auf. »Ah, Madame!« rief er ihr entgegen, »ich glaube, das hier haben Sie heute Morgen im Aufzug verloren, nicht wahr, er gehört doch Ihnen?« Er hielt einen Schal hoch – den Schal, den Benno ihr in Évian gekauft hatte.

Doris faßte sich an den Hals. Tatsächlich, sie hatte ihn verloren und hatte es noch nicht einmal gemerkt. Sie nahm den Schal und bedankte sich.

»Gern geschehen.« Er sah zum Schlüsselbord. »Ihr Schlüssel hängt nicht da, Herr Leppe ist wohl schon droben.«

Doris ging zum Aufzug und fuhr nach oben.

Erster Stock – sie starrte den Schal an, ließ den kühlen Stoff durch ihre Hände gleiten.

Zweiter Stock – sie ballte die Hand zur Faust.

Dritter Stock – die Tür des Aufzuges öffnete sich, der Schal glitt ihr aus der Hand. Sie hob ihn auf, und plötzlich wußte Doris, wie sie sich entscheiden würde.

Benno lag auf dem Bett. Er hatte die Arme hinter dem Kopf verschränkt und starrte zur Decke. Als Doris hereinkam, setzte er sich auf. Sie legte ihre Tasche auf den Frisiertisch, ging dann ums Bett, setzte sich zu ihm und nahm seine Hand.

»Wenn du möchtest«, sagte sie, »werde ich noch bis morgen bei dir bleiben. Aber dann … ich gehe zu Volker zurück.«

Benno sah sie verzweifelt an. »Aber du liebst mich doch! Ich kann mich doch nicht so getäuscht haben!«

Doris nickte. »Das stimmt«, sagte sie, »du hast dich nicht getäuscht – aber damals, als ich Volker kennenlernte, habe ich ihn auch so sehr geliebt. Wir hatten Träume und haben Pläne geschmiedet, und vieles davon haben wir dann ja auch umgesetzt. Aber das andere haben wir vergessen, ist uns … ja, irgendwie abhanden gekommen. Und dazu gehört auch die Liebe. Wie konnte uns das nur passieren, wo wir uns doch einmal über alles geliebt haben?«

»Und jetzt hast du Angst, daß es mit uns beiden genauso kommen könnte?« fragte Benno.

Doris hob die Hand, in der sie den Schal hielt, und ließ ihn langsam durch ihre Finger gleiten. »Ich kannte Volker ein oder zwei Monate, da hatte ich Geburtstag. Ich wurde zwanzig, und er schenkte mir zwanzig rote Rosen und einen Schal, der ganz ähnlich aussah wie dieser hier. Ein sattes Gelb und ein duftiges Apfelgrün verliefen ineinander. Nur das Material war nicht so kostbar, aber wir waren ja auch noch jung und hatten kaum Geld.« Sie schüttelte den Kopf. »Und dann hast du mir denselben Schal geschenkt, ausgerechnet denselben Schal! Und ich überlegte krampfhaft, wo ich eigentlich Volkers Schal aufbewahrt hatte, ob ich ihn überhaupt noch besaß oder ob er mir abhanden gekommen war … genauso wie unsere Liebe.«

»Ich hatte dich in Évian beobachtet, als du den Schal in die Hand genommen und ihn so versonnen betrachtet hast. Ich dachte, er gefällt dir, und darum habe ich ihn heimlich gekauft.« Benno sah sie verzweifelt an. Jetzt hätte er sich am liebsten geohrfeigt dafür!

»Aber das stimmt ja auch. Er hat mir gefallen! Damals so gut wie heute. Und genau darum geht es. Du bist ein wunderbarer Mann, ein Mann, von dem eine Frau nur träumen kann. Aber so ein Traummann war Volker auch einmal, irgendwann vor vielen Jahren! Und was ist aus ihm ... was ist aus uns geworden? Was haben wir mit unserer Beziehung gemacht? Wir haben sie immer weiter runterkommen lassen und haben uns dann gegenseitig die Schuld dafür gegeben. Ich habe mich beschwert, daß er mich wie einen Fußabstreifer behandelt, dabei habe ich mich doch selbst dafür zur Verfügung gestellt und gehofft, er würde mich zum Ausgleich mit ein paar Streicheleinheiten belohnen!«

Eine Weile schwieg sie nachdenklich, dann fragte sie plötzlich: »Hättest du dich denn in mich verliebt, wenn ich mich dir gegenüber genauso bescheuert verhalten hätte?«

Benno schüttelte den Kopf. »Nein, ganz bestimmt nicht! Da habe ich tausendmal lieber eine Kratzbürste als einen Fußabstreifer.«

»Siehst du!« Doris legte den Schal beiseite und nahm wieder Bennos Hand. »Und außerdem«, sagte sie, »ich habe zwei Söhne, die brauchen mich noch, und dich würden sie niemals als Vater akzeptieren. Wenn ich bei dir bliebe, dann würde ich sie auch verlieren. Ach Benno ...« Sie fiel ihm um den Hals, und er drückte sie fest an sich. »Ich liebe dich sehr, aber es gibt zu viele Altlasten in meinem Leben! Ich kann doch nicht fast zwanzig Jahre Vergangenheit einfach so abhaken. Ich weiß nicht, ob Volker mich überhaupt wiederhaben möchte, aber ich will es doch wenigstens versuchen.« Sie machte sich von Benno frei und ging zum Fenster. Dort drehte sie sich zu ihm um und lachte, aber ihr Lachen klang wie von Tränen durchtränkt. »Und falls er ja sagt, kannst du dich darauf verlassen, daß ich wenn nötig so unausstehlich sein werde, daß ihm nie wieder langweilig werden wird!« Und dann weinte sie doch, und Benno stand auf, kam zu ihr und nahm sie tröstend in den Arm.

Später ging Doris in die Halle, wo es einen Fernsprechapparat gab. Sie hätte auch vom Zimmer aus telefonieren können, aber sie wollte es nicht im Beisein von Benno tun. Sie wählte die Nummer des Campingplatzes und ließ Volker ausrufen. Es dauerte nur ein paar Minuten, bis er an den Apparat kam. Er war außer Atem, so, als ob er gelaufen wäre.

»Ja! Volker Kämpfe hier.«

»Hallo, ich bin's, Doris.«

»Du, endlich! Ich habe gehofft … ich freue mich, daß du anrufst!«

Doris nickte, und als ihr einfiel, daß er das ja gar nicht sehen konnte, sagte sie: »Es ist schön, daß du das sagst. Ich komme mit euch nach Hause, wenn ihr wollt.«

»Und ob wir das wollen! Wir haben dich so vermißt.«

»Wann werdet ihr losfahren?«

»Morgen früh, wenn wir mit dem Packen fertig sind, das wird so gegen zehn Uhr sein. Sollen wir dich irgendwo abholen?«

»Nein, ich werde auf euch warten. Um zehn Uhr kurz vor Vallorbe an der Straße. Ihr werdet mich schon finden.«

»Aber wieso das denn – an der Straße! Das ist doch viel zu unsicher! Wir holen dich in Genf oder Lausanne ab, in deinem Hotel, oder wo du sonst willst.«

»Kurz vor Vallorbe«, wiederholte Doris und legte auf.

Als sie wieder ins Zimmer kam, schlüpfte Benno gerade in das blaue Sweat-Shirt, das er in Biel gekauft hatte. Danach fuhr er sich mit zehn Fingern durchs Haar und sah sie an. »Ist alles in Ordnung?«

»Ja. Wir treffen uns irgendwo auf der Straße kurz vor Vallorbe. Ich wollte das so, ich brauche ein bißchen ›Niemandsland‹ zwischen dir und ihm.«

Benno nickte. »Okay, dann gehen wir jetzt essen. Und wir machen es wie die Russen, wenn sie feiern!« Er nahm sie um die Taille und schob sie zur Tür.

»Und wie machen es die Russen, wenn sie feiern?«

»Sie essen und singen, aber vor allem trinken sie. Vor ihnen steht nicht etwa ein Glas Wein oder Bier, nein, da steht schön säuberlich aufgereiht ein Glas Weißwein, ein Glas Rose, ein Glas Rotwein, ein Glas Sekt und ein Glas Wodka. Es soll einem ja schließlich an nichts fehlen!«

Sie tranken dann doch nur Weißwein, aßen Filet und Gemüse, und als Nachspeise Crèpes. Anschließend gingen sie an der Seeuferpromenade spazieren. Obwohl sie sich beide um einen heiteren Ton bemühten, kam doch immer wieder eine bedrückte Stimmung auf, und schließlich gingen sie zum Hotel zurück und legten sich zum Schlafen hin. Aber einschlafen konnten sie lange nicht. Sie hielten sich so fest umschlungen, als wollten sie sich nie mehr loslassen, starrten die Schatten an, die das Licht, das vom Hof hereinfiel, an die Wand des Zimmers warf, und hingen ihren Gedanken nach.

Als Doris morgens aufwachte, schien es ihr, als seien sie die ganze Nacht keinen Millimeter voneinander abgerückt, und sie fragte sich, ob sie denn wahnsinnig war, diesen Mann zu verlassen. Einen kurzen Moment war sie versucht, alles rückgängig zu machen, aber dann ging sie schnell ins Bad und stellte sich unter die kalte Dusche, um wieder zur Vernunft zu kommen. Aus Benno einen Ehemann zu machen, *das* wäre doch der Wahnsinn! Sie stellte ihn sich vor, wie er schlechtgelaunt am Frühstückstisch saß, oder sauer war, weil sein Lieblingshemd noch nicht gebügelt war. Oder abends vor dem Fernsehgerät – wie er in der Nase popelt oder am Essen rummäkelt – nein, verdammt nochmal, sie wollte ihn so behalten wie er war, wenigstens in der Erinnerung! Ohne Kratzer im Lack! Traummänner sind zum Träumen da, und einen fürs Leben hatte sie ja schließlich schon!

Dann kam ihr letztes gemeinsames Frühstück, und sie bepackten ein letztes Mal gemeinsam die Guzzi: zuerst Bennos Satteltaschen festschnallen, dann oben quer darüber ihren Gepäcksack verzurren. Ein letztes Mal übernahm sie Stadtplan und Straßenkarte, dann ging es los zur letzten gemeinsamen Fahrt. Durch die Altstadt zur Pont du Mont Blanc, dann auf der anderen Seite am See entlang Richtung Lausanne.

In Rolle verließen sie die Hauptverkehrsstraße und fuhren auf einer Nebenstraße nach Cossonay. Doris schob ihre Hände in Bennos Jackentaschen und beobachtete die weißen Mittelstriche, die links an ihr vorbeizogen. Ab und zu begegnete ihnen ein Auto, und Doris sah sich die Leute an, die hinter der Scheibe saßen. Bei allen sah sie dasselbe traurige Gesicht! Und dann fiel es ihr plötzlich ein: es war ja Montag, die Leute fuhren wohl zur Arbeit! Alltag, sie alle waren verloren im Alltag, die Autos, die Gesichter hinter den Scheiben, das alles kam ihr vor wie ein Leichenzug. Doris schwor sich, es für ihren Teil nie mehr so weit kommen zu lassen! Kein Leichenzug mehr, an dem sie teilnehmen wollte.

In Cossonay links auf die Straße Nr. 9, die nach Frankreich führte, und die man jenseits der Grenze ›N 57‹ nannte – Grenze! Doris dachte an Hipppoltskirch, und wie Benno über den Bach gesprungen war und gesagt hatte, wenn alle Grenzen so wären, könnte man sie ertragen! Und danach der erste Kuß …

Jetzt hatte sie wieder Tränen in den Augen, und dabei wollte sie doch nicht heulen. Es gab ja auch gar keinen Grund, traurig zu sein, im Gegenteil, schließlich hatte sie gerade die schönsten zwei Wochen seit ewigen Zeiten erlebt! Sie fuhren an einer Abzweigung vorbei. Auf einem Wegweiser las sie, daß es noch fünf Kilometer bis Vallorbe waren, und ihr Herz begann wie wild zu pochen. Das war's dann also, ab jetzt konnten sie die Zeit, die ihnen noch blieb, an einer Hand in Kilometern abzählen

In Vallorbe bog Benno links ab. Kinder winkten, als sie an ihnen vorbeifuhren. Dann das letzte Haus und ein Hinweisschild: Zum Campingplatz.

»Bitte halte an«, sagte Doris. Plötzlich war sie froh, daß es endlich so weit war. Sie konnte diese Spannung nicht länger ertragen, sie fühlte sich, als würde sie gleich zerspringen.

Benno fuhr rechts ran und ließ Doris absteigen, schaltete den Motor ab und stellte die Maschine auf den Seitenständer. Doris nahm den Sturzhelm ab, schüttelte ihr loses Haar und sah Benno dabei zu, wie er ihr Gepäck abschnallte. Seine Hände zitterten, es dauerte eine lange Zeit, bis es ihm gelungen war, die Schnalle zu lösen, den Riemen abzuziehen und in die Satteltasche zu stopfen. Dann drehte er sich zu ihr herum.

»Tja, dann … was soll ich dir sagen? Daß ich noch immer hoffe, du würdest bei mir bleiben? Daß ich dich liebe? Daß ich dir danke, für die gute Zeit mit dir?«

Doris schüttelte den Kopf und legte einen Finger auf seinen Mund. »Sag nichts, ich weiß es doch!«

Er küßte sie, dann nahm sie ihr Gepäck und ging.

Sie war vielleicht dreißig oder vierzig Schritte gegangen, als das bullige Motorengeräusch, das ihr so vertraut geworden war, einsetzte. Ein paar Takte lief es im Leerlauf, dann steigerte es sich zu einem runden Tok-tok-tok und entfernte sich schließlich aufbrausend in entgegengesetzter Richtung.

Doris sah sich nicht um. Den Blick starr nach vorne gerichtet, setzte sie einen Fuß vor den anderen, und ab und zu fuhr sie sich mit dem Handrücken über die Wangen, um die Tränen abzuwischen.

Wie lange sie so gegangen war, wußte sie nicht mehr. Vielleicht zwanzig, vielleicht auch dreißig Minuten – da tauchte am Horizont der silbergraue Caravan auf, den sie so haßte, und mit dem sie, das schwor sie sich, nie wieder in Urlaub fahren würde. Das und so manches andere würde sich ändern und dann, über kurz oder lang, würde bestimmt auch die Liebe wieder in ihr Leben zurückkehren.

Volker hielt neben ihr. Er stieg aus, kam um den Wagen herum und nahm Doris das Gepäck und den Sturzhelm ab. »Tag«, sagte er, »ich bin glücklich, daß du wieder da bist!« Das war alles. Er nahm sie nicht in den Arm, er versuchte sie nicht zu küssen, und dafür war sie ihm dankbar.

Auch Fabian und Harry gingen sehr behutsam mit ihr um. »Hallo Mami! Du siehst toll aus! Wir sind irre froh, daß du wieder da bist!« Fabian legte seine Hand auf ihre Schulter, Harry umarmte sie von hinten.

Volker fuhr los. Sie schwiegen lange. Als sie an der Stelle vorbeikamen, an der sie sich von Benno verabschiedet hatte, schluckte Doris und sah in anderer Richtung aus dem Fenster. Dann wieder Vallorbe, die Straße Nr. 9, die Abzweigung nach Orbe, nach Yverdon.

»Bitte sag doch was!« Volker sah sie an.

»Gut.« Doris nickte. »Laß uns reden! Es war bestimmt nicht fair von mir, einfach abzuhauen, aber ich bereue es trotzdem kein bißchen. Ich war sehr glücklich in den letzten zwei Wochen. Aber ich habe auch über uns nachgedacht, und dabei ist mir vieles klar geworden. Weil ich euch trotz allem liebe, bin ich bereit, mein Leben mit euch fortzusetzen – aber ganz sicher nicht mehr zu den alten Konditionen! Vielleicht werde ich mir einen Halbtagsjob suchen, und ganz sicher werde ich mir viel mehr Zeit für mich selbst nehmen. Und ich werde auch nicht mehr euer Kuli sein!« Doris drehte sich plötzlich um und sah Volker mit festem Blick an. »Und wenn du damit nicht einverstanden bist, dann laß mich bitte an der nächsten Tankstelle wieder heraus!«

Die nächste Tankstelle war auch schon in Sicht – aber Volker gab Gas und brauste vorbei.

Annegrit Arens

Mom schafft das mit links

Inhalt

Heirate die bloß nicht

»Alle Männer ab zum Händewaschen.«

Ich halte die Tür auf. Heute genügt ein einziger Appell, und alle vier kommen angestürmt. Unser Bad ist ein schmaler Schlauch, der Rückstau ist vorprogrammiert.

Mit meinem Mutterblick, der gefürchtet ist, versuche ich, das Gerangel abzublocken. Wir haben nämlich einen Gast.

»Ich auch?« fragt der, denn er ist auch ein Mann, und zwar einer, der dieses Waschritual richtig aufschäumen läßt, aber nicht mit Seife.

Ich drehe mich zu ihm um. Er plinkert vergnügt. Frauen haben Angst vor Fältchen um die Augen; ihm stehen sie verflixt gut. In mir regt sich was. Wenn nur die Kids nicht um uns herumwuseln würden.

Aber sie sind da, quicklebendig und nicht zu überhören, und eigentlich habe ich an diesem Sonntagnachmittag überhaupt keinen Grund zu mosern. Eben waren wir im Park, mit ihm; sie haben sich vorbildlich aufgeführt. Keiner hat sich ein Knie aufgeschrammt, und es gab auch kein Wutgebrüll. Bloß ein paar Kletten auf seinem Kaschmirpulli. Aber wie sollte Maxi das ahnen, unseren Jeansjacken taten seine Wurfgeschosse nichts. Der Mann mit den Wahnsinnsaugen klaubte sie stumm ab, und wir übersahen großzügig die herausgezogenen Fäden. Ein netter Zug von ihm, finde ich, und bestimmt nicht der einzige.

Jetzt streckt er mir seine Hände hin. Kräftig sind sie und behaart. In meinem Bauch flattern Schmetterlinge. Ich kann mir gut vorstellen, wie es wäre …

»Du darfst auch«, sage ich und befehle meinen erbsengrünen Augen, den drei kargen Worten erotischen Glanz zu geben. Die Kids bremsen unser Spiel. Die Kids sind vier Jungen, Baby bis Teeny, zusammen geben wir eine Kleingruppe ab. Diese Menge ›Kind‹ haben wir bei Fabian, der ist nun vierzehn, natürlich noch nicht angepeilt. Nach ihm kam sechs Jahre nichts, aber dann folgte ›Maxi‹. Der Name paßt zu seinen obercoolen Sprüchen, deshalb nennen wir ihn auch schon mal ›Pfiffikus‹. Demnächst wird er acht. Nummer drei ist ein Träumerle, richtig heißt er Jonas. Er ist vier, und wenn er nicht höllisch aufpaßt, steckt mein wilder ›Mini‹ alias ›Lucas‹ ihn eines Tages in die Tasche, obwohl der gerade erst laufen lernt.

Trotzdem: Der Blitz hat bei mir eingeschlagen, wenigstens ein bißchen. Und der Mann bleibt auch nicht cool dabei.

Eine Rauferei am Waschbecken holt mich auf den Teppich zurück.

»Arschloch!«

Das ›r‹ rollt perfekt, ich halte meine Kinder zu deutlichem Sprechen an. Diesmal wäre ich für ein bißchen Nuscheln dankbar gewesen.

»Was ist los, ihr Rabauken?« Ich packe mir den achtjährigen ›Arschloch‹-Rufer und zwänge ihn ein, hinten ich und vor ihm das Waschbecken. Die wütend drauflos schrubbende Nagelbürste macht ihm klar: Sie meint es ernst, die aufgeräumte Stimme ist nur Tarnung.

Dann schnappe ich mir den nächsten, das ist Jonas. Kaum sieht er die angeschäumte Seife in meiner Hand, da stellt er die Sirene an. Dieses Höllengebrüll ist ihm angeboren, Hunde und Katzen gehen bei diesen Tönen stiften. Ich bin solo, ich muß das wegstecken können, ich allein.

»Was ist los?« Mit dem Absatz kicke ich gegen das Türblatt. Maxi ist als erstes Seifenopfer bereits entflohen, nie macht er eine Tür zu. Das ist übrigens auch so ein Erziehungsdefizit: Bei uns sind sogar Klogänge öffentlich. Ich rede mir den Mund fransig, aber sie nicken nur und pinkeln weiter ›open house‹.

Zwischen Schniefen und Toben finde ich dann heraus, daß

ich schuld bin an dem Gebrüll. Ich habe die Bärchenseife von Jonas für Maxi benutzt. »Die hat Omi Liesel nur für mich gekauft, ganz allein für mich, und du …« Seine Stimme will sich schon wieder in die gefährliche Tonlage hochschrauben, da bremse ich schnell per Notlüge: »Pscht, macht nichts, ich habe noch eine, genau die gleiche, die schenk ich dir.« Ich schicke einen Stoßseufzer zum Himmel, daß der Drogeriemarkt noch so ein pinkrosa Exemplar vorrätig hat.

Dann fällt mir die Drahtbürste, aus der ich gerade den Haarfilz meines Ältesten puhle, ins Becken. Nicht daß mich unser Gast, wenn er mal aufs Klo will, für eine Schlampe hält.

»Heirate die bloß nicht. Da hast du nix mehr zu lachen. Jeden Tag Zähne putzen und so, die guckt sogar nach.« Das ist mein Zweitgeborener, der mit der trennscharfen Aussprache, er rächt sich.

Mauseloch, wo bist du? Das hört sich ja glatt so an, als ob ich mir mit Gewalt einen neuen Ehemann an Land ziehen wollte. Am liebsten würde ich gar nicht mehr rauskommen aus dem Bad.

Ich komme dann doch heraus und weiche seinem Blick aus. Das fällt mir nicht einmal schwer, denn ständig turnt eines der Kids auf mir herum. Fabian, das ist mein Teeny, nutzt die Chance zu einem Gespräch von Mann zu Mann. Es geht um Menüs und Dateifenster, mein Großer ist total abgehoben, seit mein Ex ihm zu Weihnachten diesen Computer geschenkt hat. Unser Gast scheint zu wissen, worum es geht. Ich hab' null Ahnung.

Die Stimmung krampft jedenfalls, und ich bin draußen aus dem Spiel. Alles für die Katz! Den Babysitter vorgestern für zehn Mark die Stunde hätte ich mir sparen können, und die irre teuren Fogal-Strümpfe auch. Die sind vorhin auf dem Spielplatz meinem Auftritt als jugendlich schaukelnde Mutter zum Opfer gefallen.

»Du hast nette Kinder«, tröstet er mich zum Abschied und

küßt mich sanft auf die Wange. Aber ich habe nichts davon ich fühle mich einfach mies. Da muß einer ja schon ernsthaft einen an der Waffel haben, wenn er sich auf dieses Tohuwabohu mit einer alleinerziehenden Vierfachmutter einläßt. Das hat so ein Supertyp doch gar nicht nötig.

»Der heiratet dich bestimmt nicht«, ätzt Maxi, kaum daß die Tür zu ist. Er hat mir die heimtückische Roßkur mit der Nagelbürste noch immer nicht verziehen. Dreiundzwanzigdreiviertel Stunden am Tag ist er ein sensibler und liebenswerter Junge. Die verbleibende Viertelstunde flippt er. Warum ausgerechnet heute um sechs?

Am nächsten Morgen, ich habe noch Lockenwickler im Haar, gibt ein Bote Blumen und ein Paket für mich ab. Prompt zieht das komische Gefühl wieder durch meine Weichteile, und der Verlust der Sechzig-Mark-Strümpfe läßt mich plötzlich total kalt.

»Das ist ein Hahnenkamm«, erklärt Maxi fachmännisch als ich das Cellophanpapier von der Sumpfpflanze schäle.

»Na und?« Mißtrauisch beäuge ich meinen Sohn, dessen Botanikkenntnisse ähnlich perfekt sind wie seine Artikulation.

Er grient, wahrscheinlich weiß er selbst nicht warum; auch der Wortschatz eines Drittkläßlers hat schließlich seine Grenzen. Die anderen drei gucken bei ihm ab und platzen heraus. Was um alles in der Welt ist so komisch an einem geschenkten Hahnenkamm? Oder soll das eine Anspielung sein?

Mein Windelsohn hat sich derweil das Päckchen gegrabscht und zerfetzt Papier. »Ma-ma-da-da.« Vier Schachteln Katzenzungen purzeln heraus, und von jetzt auf gleich kann ich mitlachen.

»Früher hat mein Lieblingsonkel mir immer Katzenzungen mitgebracht. Das war das Größte«, habe ich meinem Kavalier gestern anvertraut, als wir ein bißchen in seiner und meiner Familienkiste stocherten. Er hat sich erinnert und meinen süßen Kleinmädchentraum auf den Weg gebracht. Ein symbolischer Akt, soviel steht fest.

»Nur Schokolade.«

Drei lange Gesichter, sie verstehen nichts. Als wenn es auf die Kakaomasse ankäme, da sorgen die Omas schon für Nachschub. Aber Katzenzungen …!

Ich hänge mich ans Telefon. Die Sekretärin meldet sich. »Ich verbinde.«

Seine Stimme klingt, als wenn er nicht allein wäre. Vermutlich hört die halbe Redaktion mit, und es gibt etwas zu hören. Nämlich lautstarkes Fighten um die eben noch geschmähten Katzenzungen. Vorn auf den Kartons sind Miezen aufgedruckt, ein Bild ist kaputt, deshalb.

»Das kaputte ist von Jonas.«

»Gar nicht wahr.«

Maxi scheint seine verrückten fünf Minuten für den Vormittag genommen zu haben, und mein Teeny, dem Schokolade egal ist, aber Erziehung nicht, wenn er damit seine Brüder triezen kann, bestimmt die Wahl der Waffen.

»Ich scheure dir eine, wenn du das Lügen nicht drangibst.«

»Au! Mama …«

»Ich ruf dich später noch mal an. Danke jedenfalls.« Überstürzt lege ich den Hörer auf und habe Mordgedanken.

»Ma-ma-da-da.«

Der Tonfall ist anders als eben, die Ursache auch. Lucas, der Kleinste, hat es geschafft, an die Katzenzungen und damit ans Ledersofa zu kommen. Seine Patschhände sind überall, schokobraun auf saharabeige …

»Und ihr steht dämlich daneben und guckt zu. Kann ich euch nicht mal eine Minute den Rücken kehren?«

»Hast du ja gar nicht. Lucas stand genau in deiner Schußlinie.«

»Mußt du immer das letzte Wort haben?«

Trotzdem, es stimmt. Ich habe hingeguckt und nichts gesehen, nur den Supertyp vor meinem geistigen Auge, den ich vor drei Sekunden vergrault habe. Ich?

»Schiet!«

»Uns verbietest du zu fluchen.«

Das stimmt auch. Kinder haben manchmal eine fatale Ehrlichkeit drauf.

Ich bewaffne mich mit Schwamm und Seifenlauge und fange an, verbissen zu reiben, immer hübsch von außen nach innen, damit keine Kränze zurückbleiben, wenigstens keine sichtbaren. Hätte der Supertyp nicht wenigstens weiße Schokolade schicken können? Weiß doch jeder, der ein bißchen was von Kindern versteht, daß die nicht so saut.

Sein Bild an meiner Wand

Es gibt Tage, da haut mich ein Fliegenbein um.

Heute ist so ein Tag. Das Gefühl ist in mir drin, noch bevor ich in meinem Kopf auseinandergeklaubt habe: Jonas muß aufs Klo, und der Futzi hat Durst.

Ich weiß nicht, ob es irgendeinen verborgenen Schaltknopf gibt, der diesen Notruf auslöst. Der Tag hat eintausendvierhundertvierzig Minuten. Davon besetzt Jonas im Schnitt fünf für »Putz mir den Pop ab!« Auf meinen durstigen Mini-Sohn entfallen schätzungsweise weitere dreißig Minuten an meiner Brust, das genügt, denn er hat einen kräftigen Zug am Leib. Rest eintausendvierhundertfünf. Warum also beide gleichzeitig?

Ich war nie gut in Mathe, aber daß hier die Wahrscheinlichkeitsrechnung außer Kraft gesetzt wird, sagt mir mein gesunder Menschenverstand.

»Mama!«

»Ma-ma-ma!«

Einmal weinerlich und einmal morgenmunter, ich darf mir aussuchen, wer zuerst drankommt. Ich denke an die neue Matratze und entscheide mich für Jonas. Eigentlich kann Jonas das mit der Toilette schon sehr gut alleine, aber er ist ein Träumerle und wird erst so richtig wach, wenn ich ihn im Kindergarten abgebe.

Ich dümple also aus meinem Bett hoch und meide den Morgengruß meines Art-déco-Spiegels gegenüber. Heute besser nicht.

Vom Kinderzimmer zum Klo sind es nicht einmal drei Meter. Aber mit neunzehn Kilo auf dem Arm rangiere ich umständlicher als ein Zweitonner. Über die lose Fußleiste stolpere ich. Der Nagel rechts außen fehlt schon seit ein paar Wochen, das Metall steht hoch, aber irgendwie habe ich mich daran gewöhnt.

Mein Sohn reagiert nur auf den Stolperer und strullert los. Der Deckel ist noch unten und sein Höschen oben. Die Matte erwischt er auch.

»Kannst du nicht einmal aufpassen? In deinem Alter.«

Das Tief, mit dem ich wach geworden bin, galoppiert mit mir davon. Ich finde mich gräßlich. Tun kann ich nichts dagegen.

Jonas' Augen werden riesig, aber er sagt nichts. Er steht nur da in seinem See und wartet, während ich zerbröckle.

Gestern abend bei der Gutenachtgeschichte war ich noch ›hip-hop‹. Das ist eine echte Huldigung, auch wenn es sich komisch anhört. Mein Twen-Sohn schleppt die neuesten Superlative an, und die Kleinen kopieren sie brav. ›Geil‹ ist noch beliebter, aber da powern meine Killerzellen kontra, wenn Sie wissen, was ich meine.

Und heute abend, wie wird Jonas mich da nennen?

Ich bin gerade soweit, meine Biestigkeit in den Griff zu bekommen, da gibt es einen Plumps. Das ist ›Ma-ma-ma‹, ich renne hin und atme auf. Wir müssen nicht in die Klinik, wo wir schon dreimal zum Nähen waren. Eine Geburt ist leichter zu ertragen als dieses verzweifelte Weinen zwischen sterilen Tüchern, die mein ›Ich bin ja da‹ aussperren. Aber mein Sohn rappelt sich schon wieder hoch und brüllt. Mit seiner Morgenmunterkeit ist es allerdings vorbei.

»Spinnt ihr heute alle beide? Könnt ihr nicht mal eine Sekunde …?«

Jonas beginnt zu popeln. Sein Blick sagt, ich bin hier überflüssig. Er ist abgetaucht, das Frühstück ist noch nicht gemacht, und Maxi brüllt von unten: »An meiner Jeans ist der Reißverschluß kaputt.«

»Kannst du nicht einmal leise …«, brülle ich zurück.

Zwei Stunden später ist es leise, sehr leise. Die beiden Großen sind in der Schule, Jonas ist im Kindergarten, und Lucas schläft. Neben der Korridortür steht schon mein Einkaufskorb, heute ist Markttag. Die Seifenspritzer im Bad warten, meine Bügelwäsche türmt sich, ich habe mehr Rollen als ein Burgschauspieler, und zwar täglich; Spielpausen sind nicht vorgesehen.

Ich setze mich hin. Egal, dann gibt es eben Ravioli oder Pizza. Hat es bei meinem Ex doch auch immer gegeben, wenn ich mal nicht da war.

»Papa hat heute für uns gekocht.«

»Dosenravioli oder Tiefkühlpizza?«

Wenn ich das fragte, lachten alle. Ob er mir wohl manchmal meine spitze Zunge übelgenommen hat?

Über dem Sideboard im Wohnzimmer hängt noch immer sein Foto; genaugenommen ist es unser Foto. Ein Meter vierzig mal ein Meter ist es groß, ein Monument, in der Mitte eine idyllische Birke, und wir lehnen beide daran.

In Wirklichkeit war es nur ein Trick. Aus zwei Bildern schnippelte das Fotoatelier Schütz mir eines, eine Montage. Das war in jenem Sommer, als meine Ehe den Bach runterging. Lange Jahre haben unsere Freunde mich in sechzig mal achtzig allein an dem Birkenstamm stehen sehen. Daneben er, mit einer Handbreit Tapete zwischen. Sein Rahmen war genauso groß, die Birke war auch dieselbe, aber er war viel kleiner fotografiert.

»So siehst du mich, immer schon.«

»Blödsinn! Ein Zufall! Du hast anders gestanden als ich.«

Ich habe den Zufall auf dem Bild korrigiert, als ich wußte, es ist zu spät. Warum erst dann?

Jener letzte Sommer kommt mir wieder in den Sinn. Wir fuhren mit Freunden ins Grüne; allein, nur mit unseren Kindern, taten wir das schon lange nicht mehr. Wir beide saßen hinten, dicht an dicht, aber ich wollte ihn nicht berühren und er mich nicht. Die holprigen Straßen der Eifel nahmen darauf keine Rücksicht, wir schafften es nicht.

»Verzeih.«

»Pardon.«

»Entschuldigung.«

Wie war das möglich? Wir waren zu Masken geworden. Dabei gab es keine Stelle seines Körpers, die ich nicht kannte. Er war dabei, als unsere Söhne geboren wurden, damals hat er geweint. Und dann ein ›Verzeih‹, weil sein Hosenbein gegen mein Strumpfbein drückte. Es tat weh.

Am nächsten Tag gab ich die Fotomontage in Arbeit. Ich wollte meinen Mann nicht klein, auch nicht in der Erinnerung. Er hat es nicht verstanden.

»Was soll der Quatsch? Ist das schon mein Grabstein?«

Einen Monat später habe ich ihm sein Teeservice, sein Bettzeug, das Nötigste eben, hinausgestellt. Einpacken mußte er selbst. Dafür war ich nicht mehr zuständig. Ich hörte ihn klappern. Auch das hat weh getan.

Draußen dämmert es. Die Seifenspritzer im Bad sind noch immer da. In der Küche gammeln zwei Pizzableche im Herd. Ausgerechnet an so einem Tag kommen meine Kollegen. Sie sind alle fünf noch im Schuldienst, sogar auf Lebenszeit. Ich bin nicht mehr dabei, aber wenn wir uns treffen, heiße ich wieder ›Schneewittchen‹. Den Namen haben mir meine Schüler verpaßt. Damals war ich Anfang Zwanzig, und meine Haare reichten fast bis zur Taille. Mit jedem Kind wurden sie ein bißchen kürzer, das war praktischer so. Heute sind sie kinnlang.

»Was willst du nur mit denen? Die Weiber nietet kein Totengräber mehr um. Typische Pauker«, hatte mein Mann gegiftet.

»Danke, zu der Zunft gehöre ich auch.«

»Nicht richtig, du hast dich rechtzeitig abgeseilt.«

»Das war nicht freiwillig.«

»Na und?« Jochen konnte sie nicht leiden, meine Exkollegen. Heute ist er selbst ›ex‹, da macht es nichts mehr.

Die Augen meiner Gäste wandern auf der Suche nach einem Gesprächsanzünder. Sie fallen auf das Monumentalfoto. Er an meiner Wand, das löst Befremden aus.

»Ihr seid doch auseinander. Endgültig. Oder?«

Ich nicke.

»Du liebst ihn doch nicht etwa noch?«

Meine Mundwinkel quälen sich nach oben. Was für eine Frage? Fünfzehn Jahre sind kein Pappenstiel. Aber das werde ich denen doch nicht auseinanderklabüsern. Lieber setze ich mir ein Lächeln auf.

»Hast du vergessen, was er euch angetan hat?«

»Trotzdem.«

Sie geben keine Ruhe, sie sind Lehrer, jetzt merke ich es auch.

»Häng ihn endlich ab. So etwas ist ungesund.«

Als sie alle weg sind und nur noch die leeren Gläser und Flaschen rumstehen, sehe ich ihn an. Hätte dir nicht gefallen, was? Vier Auslesen haben sie gekippt, und einer hat sogar gequalmt. Neben deinem Lieblingssessel liegen Erdnußflips. Die hast du auch immer gemampft, so hastig, irgendwie eklig, trotzdem …

Ein Reserveschlüssel kommt zurück

»Sie werden schon bedient?«

»Nein.« Meine Augen grasen die Glasetageren ab und erliegen den Plunderteilchen. Es sind Kunstwerke, die da auf Tortenspitze arrangiert sind. Mit ihren simplen Schwestern vom Bäcker nebenan teilen sie höchstens den Namen. Die Konditorei Fromme gilt in Köln als Institution, und die apricotfarbenen Schachteln verfolgen einen über die Stadtgrenze hinaus.

»Wie schön«, sagt eine Stimme. Sie kommt aus der Vergangenheit. Es ist Jonathan.

Er reißt mich aus meiner Stachelbeer-Vanillecreme-Orgie. Noch im Rausgehen habe ich reingebissen, mein Mini schafft sowieso kein ganzes Stück. Seit ich unbemannt bin, verkümmert meine Backkunst, und Bocuse will ich auch nicht mehr in die Tasche stecken. Den Kids schmeckt mein ›kalter Hund‹ sowieso besser.

»Oh!« Mehr fällt mir nicht ein.

Die Apricotpäckchen hinter uns stauen.

»Wir stehen im Weg«, sagt er.

»Sorry«, sage ich, aber das ist geschwindelt, weil ich nicht die Spur betrübt bin. Erleichtert halte ich ihm meine Abschiedshand hin. »Also bis dann …«

Seine sauber manikürten Finger schlängeln auf mich zu. Ich habe keine Ahnung, woher die ewigen Trauerränder unter meinen Nägeln kommen. Es muß so etwas wie ein Brandzeichen für alleinerziehende Mütter sein, denn früher war ich auch top.

»So rasch wirst du deinen Zweitmann nicht los.« Er zieht an mir. »Laß uns wenigstens einen Kaffee trinken.«

Das mit dem ›Zweitmann‹ muß ich erklären. Den Titel verlieh er sich selbst, nachdem ich hinter seinen Maßanzügen und silbergrauen Koteletten den Charme des betuchten Fünfzigers entdeckt hatte. Plötzlich fand ich hundert Mark für ein Vier-

Gang-Menü, das auf ein normales Salatblatt paßte, gar nicht mehr so hirnrissig. Eigentlich ist Jonathan der beste Freund von meinem Ex, und sein Steuerberater, die beiden liegen auf einer Wellenlänge. Daraus hat sich dann diese Freundschaft entwickelt. Für Jonas, der ein paar Monate später geboren wurde, sprang dabei sogar noch ein spendabler Patenonkel heraus, der auf seine Goldbarren schwor und amerikanische Eagles schenkte, jedes Weihnachten und zum Geburtstag auch, bis wir uns trennten. Jonas ist sauer. Logo. Sein Pate ist mit vier Münzen im Rückstand und mit sich selbst auch. Deshalb sitze ich also jetzt an einem dieser nackten Bistrotische, oben Marmor und unten Schmiedeeisen, und lasse mich abmustern. So wie er das tut, denkt er aber nicht an die Taufurkunde, in der sein Name steht.

Verstohlen wische ich mir über die Mundwinkel. Meine Fingerspitzen kleben auch. Das habe ich von meiner Gier. Plundergebäck mit Aprikosen ißt man nun einmal nicht von der Faust, erst recht nicht, wenn so ein Tête-à-Tête folgt.

»Du siehst verändert aus. Befreit ...«, konstatiert Jonathan.

»Bin ich ja auch, gewissermaßen.«

Er griemelt lüstern »Ja, ja.« Seine Augen gehen auf Tauchstation. Ich trage keinen Büstenhalter, ob er das meint? Aber eigentlich steht die Geschichte noch ganz stramm, und durchsichtig ist meine Bluse auch nicht.

»Dein Jochen ist ganz schön aufgeschmissen ohne dich.«

»Er ist nicht mehr mein Jochen.«

»Es stimmt trotzdem. Eine Frau wie dich gibt man nicht auf. Du weißt ja, ich hätte mein letztes Hemd geopfert, um euch wieder zusammenzubringen.«

Weiß ich das? Sicher, er hat ein halbes Dutzend Einladungen springen lassen, auf Spesenrechnung, und einen Diaabend hat er auch inszeniert. Dias von seinen Kindern, querbett vom Strandkorb bis zum Weihnachtsbaum, und zuletzt haben die beiden Jo-Jo-Väter, Jochen und Jonathan, geweint.

Am Morgen danach kam ein Anruf von Jonathan, dem Friedensstifter, exklusiv für mich. »Wenn du etwas in Sicherheit bringen willst, ich bin für dich da, jederzeit, top secret. Meine Safenummer kennt nicht mal Elfriede, und auch sonst, auf deinen Zweitmann kannst du bauen.«

Ich hatte nichts beiseite zu schaffen, keine Goldbarren und nicht mal Coupons, die ich am Finanzamt und an Jochen vorbeischnippeln konnte. Das machte es mir leicht, meine Moral hochzuhalten, aber das wußte Jonathan natürlich nicht. Nach der Abfuhr war er im Dauerstreß, eigentlich war er ja auch Jochens Freund.

Von Kaffeetasse zu Kaffeetasse redet er nun schon wieder so komisch daher. Er macht mich nervös. Sein Flirtalphabet ist mir nicht mehr geläufig. Meine neuen Freunde sind anders. Befreit? Vielleicht ist doch etwas daran. Quatsch, dummes Zeug.

Durch die gediegene Brillenfassung kesseln mich seine Augen ein. »Mache ich dich nervös?«

»Du mich? So ein Blödsinn! Was macht überhaupt deine Frau?«

»Gut. Bestens. Wie immer. Du kennst sie ja. Zur Zeit betutelt sie unseren Kim. Er hat Krach mit seiner Freundin, der soundsovielten. Aber recht hat er, man sollte das Leben genießen. Und du, was ist mit deinem Liebesleben? Hast du einen Neuen?«

Seine schwiemelige Tonlage hebt das Wort ›Liebesleben‹ wie in Fettdruck heraus. Dreist ist er und genauso klotzig wie sein Siegelring und sein echt goldenes Zigarettenetui vor meiner Nase.

»Tut mir leid, ich muß los. Schöne Grüße.«

Ich haste ins Freie. Sogar meine Kuchenschachtel lasse ich stehen. Egal, nur weg von diesem Schleimi. Seine Platzteller aus Sterlingsilber müssen mir damals das Gehirn vernebelt haben.

Abends im Bett fällt mir der Reserveschlüssel ein. Ob Jonathan ihn noch immer hat? Er hat. Zuerst höre ich nur die Treppe quietschen und dann ein Flüstern neben meinem Bett. Da bin ich schon halb tot vor Angst. Dann atme ich auf, weil es kein Killer ist, sondern nur er. Bescheuert? Mag sein, aber mein Leben ist mir erst einmal wichtiger als meine Tugend, und daß der beste Freund meines Mannes es darauf abgesehen hat, ist mir spätestens in dieser Sekunde glasklar.

Er senkt sich auf meine Bettkante und klimpert anzüglich mit meinem Schlüssel. »Die hatte ich völlig vergessen, liebste Zweitfrau.«

»Bist du komplett verrückt geworden? Mach, daß du verschwindest.«

»Leise, wir wollen doch nicht die Kinder aufwecken. Laß dir erklären ...«

Erklären? Zum Teufel mit ihm! Hoffentlich wacht keins von den Kids auf. Den Patenonkel auf meinem Bett, wie soll ich das erklären?

Sein Siegelring kriecht auf mich zu. Sonst sehe ich nichts, nicht einmal seine Hand, nur den Ring und seine Augäpfel. Es ist tierisch düster. Ich klemme die Bettdecke fest, rechts und links, es ist nur symbolisch. Das Gold schiebt sich näher. Ich rieche sein Rasierwasser und die Pomade, die er sich ins Wellhaar schmiert; es stinkt mir die Nase zu. Wie das Zeug wohl heißt, bestimmt sündhaft teuer. So was wie das hier, das gibt es doch gar nicht in echt, nie.

»Du bist eine leidenschaftliche Frau, ich weiß das. Jochen hat keine Ahnung ...«

Die Hand drängt gegen den Stoffwulst, der zwischen ihm und mir ist. Er fingert sich durch. Es wird kalt.

»Ich schreie.«

»Das tust du nicht. Die Kinder.«

Mein Flüstern rastet aus, und ich sehe den Ring wieder, auf der Flucht vor dem Skandal. Seine Worte fliehen auch.

»Niemand zwingt dich. Ich könnte dir nützlich sein. Allen wäre gedient.«

»Deiner Frau auch?«

»Natürlich. Es tut ihr jedesmal weh, sie müßte sich operieren lassen. Das mute ich ihr nicht zu. Und ich bin ein Mann, deshalb ...«

»Mein Schlüssel!«

Es gibt nur einen Vater

Haben Sie schon mal Kartoffelsäcke geschleppt? Ich auch nicht! Dafür hieve ich aber täglich alles treppauf, was meine Großfamilie so verputzt. Dazu kommen gehfaule, schlafende oder Krabbelkinder.

An diesem Nachmittag habe ich meinen Mini-Sohn im Tragetuch, rechts eine Großpackung Ultra-Pampers, weil da Lokomotiven draufgedruckt sind, und links einen halben Wühltisch Sonderposten Kinderwäsche.

Im Treppenhaus höre ich Kinderstimmen.

Die Gewichte an meinen Armen werden federleicht, meine Wut schießt hoch. Diese kleinen Monster wissen genau, daß sie die Tür nicht aufmachen dürfen. Es gibt genug Verrückte.

»... und die Blümchen, die hat euch bestimmt die Omi mitgebracht?«

»Nö, die großen roten sind immer von Micha.«

»Ah ja. Der hat doch auch neulich dein Rädchen repariert!«

»Der doch nicht. Das war der Matthes.«

Die Windeln knallen auf die Steinstufen, der Rest kommt nach. »Was machst du hier?«

Da sitzt er, mein Ex, auf der Treppe direkt vor meiner Wohnung, und quetscht Jonas aus.

»Das ist mein Haus. Und mein Sohn. Ich sehe nach dem Rechten.«

Meine Hand schießt vor, er zurück. Ob ihm das Spiegelei in

der Kupferpfanne eingefallen ist? Mein einziges Wurfgeschoß in fünfzehn Ehejahren, immerhin. Ich klaube aber nur meinen Sohn von der Stufe. »Komm!«

»War das der Papa?«

»Ja.«

Unser Sohn, seiner wie meiner, patscht gegen das Türblatt. Für einen Dreijährigen sind ein paar Pfennigstücke ein Schatz und ein Jahr eine Ewigkeit. So lange ist es jetzt her.

Von draußen bollert es Stakkato. Jonas hüpft erschrocken zurück. »Warum ist der Papa so böse?«

Ich ziehe den kleinen Körper an mich und stülpe meine Zärtlichkeit über ihn. Wie soll ich ihm auch mit Worten erklären, was in zwei Menschen abläuft, die sich auseinanderschneiden? Es blutet.

Damals hat es auch geblutet. Im Kopf und mit der Zunge haben wir den Idealfall geprobt, bis zu jenem Abend.

»Mach, daß der Typ verschwindet.«

»Du hast kein Recht mehr ...«

»Raus, oder ich rufe die Polizei. Es ist mein Haus.«

»Ich wohne hier, nur ich. Er ist mein Freund.«

»Hure!«

»Mama, was ist das, eine Hure?« Das hat schon nicht mehr zum Fight gehört, das war Maxi, hinterher. Und nun bekommt das Nachspiel eine Fortsetzung, mit Jonas.

»Hast du Hunger?« frage ich hastig. »Soll ich dir eine Puddingsuppe machen, mit ganz viel Eischnee?«

»Und mit Schokostreuseln.«

»Meinetwegen.« Dann gibt es halt Pudding statt Mittagessen und Streusel als Seelenpflaster obendrauf. Die Kohlrabi kann ich auch morgen noch machen.

Ich setze die Milch auf und lausche nach draußen. Es ist still geworden. Nur Lucas kraucht über die Fliesen und scheppert mit meinem Schneebesen gegen den Schnapp-Hannes. So heißt unser Mülleimer, ab achtzig Liter Fassungsvermögen schiebt der Hersteller seine Produkte getauft über die Ladentheke.

»Mama. Mama, komm mal.«

Jonas steht im Eßzimmer vor unserer Ahnengalerie. Statt Ölschinken in Protzrahmen sind das bei uns nur Fotos, aber die sind komplett, von der Uroma bis zu meinem Jüngsten.

»Der da, ist das auch mein Papa?«

»Ja, siehst du doch.«

»Und das Baby bei ihm auf dem Arm?«

»Das bist du.«

»Der Papa auf dem Bild ist aber nicht böse, oder?«

»Nein, ist er nicht. Bestimmt nicht. Das ist so …«

Es riecht brenzlig. Maxi steht auch schon vor dem Herd und begutachtet die überschäumende Milch.

»Cool.«

»Ist das alles, was dir dazu einfällt?« Ich zerre den Topf von der Platte. Es zischt. »Hättest du nicht mal …?«

»Ich habe Hausaufgaben gemacht. Und überhaupt, das ist doch kein richtiges Essen.«

Als wir endlich am Tisch sitzen, gibt es auch noch Siedewürstchen, Ketchup, Remoulade, Senf, Quetschkartoffeln und Salami-Baguette. Und ich habe mich immer tierisch über meine Schwiegermutter aufgeregt: »Warum druckst du ihnen nicht noch eine Speisekarte?«

Nach zweieinhalb Wienern und einer halben Flasche Ketchup rückt Jonas mit den Familien-News raus. »Mein Papa war da. Der böse, nicht der liebe.« Sein Schmierdaumen kleckst gegen das gerahmte Foto, ein roter Fleck bleibt zurück.

Ich meckere nicht, nicht mal ›Ferkel!‹.

»Du bist doof. Es gibt nur den einen. Mich hat er eingesperrt.« Maxi ist ein Abziehbild seines Vaters, ein blonder Engel mit Blauaugen, deshalb ist sein Fight besonders erbittert.

Jonas denkt nach. Das dauert bei ihm. »Den will ich dann nicht«, verkündet er endlich. »Ich will einen neuen.«

»Wen denn?«

»Den Papa Bernd von der Jutta, der ist hip-hop.«

»Das geht nicht, du Doof. Der hat doch schon eine Frau und Kinder. Doppelt geht nicht.«

»Und der Matthes, geht der?«

»Schon, aber …«

Ich schiebe einen Riegel vor, der immer zieht. »Kommt, wir gehen an der Ecke ein Spaghetti-Eis essen.« Lieber bin ich mit dreißig Mark dabei, als daß meine Kids jetzt alle Männer verhackstücken, die ihnen so in den Sinn kommen.

»Hurra!«

Ich bin erleichtert. Eine Viertelstunde schlemmen sie friedlich, und das heiße Thema ist vom Tisch.

»Wollt ihr noch ein Eis auf die Faust?«

Der nette Italiener fragt schon gar nicht mehr. Wir sind Stammkunden, als Troß nicht zu übersehen und erzkonservativ. Mindestens eine Saison bleiben wir unserer Lieblingssorte treu. Zitrone für Maxi, Stracciatella für Joni; bei Mann-Vater-Kandidaten ist das schwieriger, da müssen wir uns auf eine Sorte einigen.

»Danke, Mama.«

Ich sammle klebrige Küßchen, aber die gedämpfte Fußnote von Maxi bekomme ich trotzdem mit. »Das ist alles wegen dem schlechten Gewissen. Weil sie uns noch immer keinen neuen Vater besorgt hat.«

»Wir können doch auch Micha nehmen«, schlägt Joni vor.

»Der bringt es nicht. Der schenkt immer nur Grünzeug.«

Ein paar Tage später bekomme ich einen Brief von meinem Exmann. Er findet es bedenklich, in welches Sündenbabel ich unsere unschuldigen Kinder stürze, mit Matthes und Micha und überhaupt. Neulich habe ich seine abgelegte Freundin im Park getroffen. »Sei froh, daß du ihn quitt bist. Im Moment hat er was mit dieser Avon-Tante, aber die betrügt er auch schon wieder, sie ihn auch, ich sage dir …«

Die Droge heißt Bewunderung

Um elf Uhr soll die Taufe sein. Anselm wird getauft. Er ist ein Jahr alt, genau wie mein Lucas. Außerdem ist er ein Wunschkind und hat einen Bilderbuchvater, von der Sorte kenne ich ganze drei. Aber Ela hat ihn verdient, sie ist meine Freundin.

Ich rücke das Zifferblatt dicht vor meine kurzsichtigen Augen, es ist die Uhr von meiner Urgroßmutter. Obwohl ich sie nur selten trage, ist das schmale Goldband schon ziemlich brüchig, und die zierlichen Zahlen verblassen auf dem Elfenbeinton darunter.

»Bin ich schick, Mama?«

»Superschick.«

»Du hast ja gar nicht hingeguckt.«

»'tschuldige.«

Ich sehe ihn an. Ein marineblaues Streifenhörnchen mit runden Backen und ernsten Augen. Dahinter knautscht sich das Bild einer todschicken Mutter, die will ich gleich sein.

Auf der Treppe blockiert mich Maxi. »Kann ich dein Gel?«

»Essen, trinken oder stehlen?« ergänze ich mechanisch. Das verschluderte Verb ist bei Maxi zu Hause, bei mir nicht.

»Hör schon auf, Mama. Kann ich?«

»Meinetwegen. Aber nicht wieder die ganze Tube.«

Ich bin zibbelig. Wer wohl alles kommen wird? Die Brettschneiders wohnen inzwischen irgendwo im Süddeutschen. Bei der Taufe von Esther vor zwei Jahren hatten sie drei Kinder, genau wie wir. Damals war Jochen noch bei uns: »Wer zuerst Nummer vier schafft, kriegt eine Kiste Schampus.«

Ich habe gewonnen. Ob die Bescheid wissen?

Ich ratsche die Cellophanhülle der Strümpfe auf. Der Dior-Schmetterling auf der Ferse bringt es, jeder guckt hin, und auf mich wirkt er auch. Dieses Straßding an meinem Bein ist ein bißchen frivol und sehr überflüssig, Luxus eben. Für Frauen ist so etwas wichtig.

»Wow! Siehst echt geil aus, Muttchen.«

Diesmal schlucke ich das ›geil‹ bereitwillig. Eine Hymne zerstückelt man nicht, oder?

»Holt Micha uns ab?«

Ich schüttle den Kopf. Micha ist nicht mehr, seine letzten Rosen machen auch schon schlapp. Von einem Dutzend Dates habe ich über die Hälfte abgesagt, wegen Mandelentzündung – »Mama, du sollst nicht weggehen!« – und Nissen. Bei Jonas hat der Kindergarten sogar eine geschlüpfte Laus entdeckt, aber vielleicht ist die auch nur zu ihm rübergesprungen. Jedenfalls haben die Viecher meinem Lover den Rest gegeben. Die und vier Kinder, das war zuviel.

»Etwa Matthes«, nörgelt mein Teeny. »Bei dem im Auto stinkt es nach Viech.«

Matthes ist Tierarzt und entsorgt mit seinem Kombi, was in der Praxis so anfällt. Die toten Hamster, Katzen und Wellensittiche werden säuberlich in Plastiksäcke verpackt, trotzdem riechen sie.

»Matthes ist nett. Der schneidet Cäsar die Krallen.«

Cäsar ist unser Zwergkaninchen, ein Albino, der vorzugsweise Feldsalat und Hüttenschuhe frißt. Die Kinder lieben ihn trotzdem. Ich nicht.

»Keiner holt uns ab.«

»Müssen wir etwa wieder den Bus nehmen?«

Wieder, das heißt zum zweiten Mal. Unser ›Knubbelchen‹ steht in der Werkstatt. Es sieht böse aus, man muß mit dem Schlimmsten rechnen.

Ich mustere die Babycordhosen der vier und meine eigenen Beine, schmetterlingsbestrumpft und hochhackig. »Wir nehmen ein Taxi.«

Unser Fahrer hat ein Goldsternchen am linken Nasenflügel und einen kessen Igelschnitt. Den Kinderwagen klappt er mir in Null Komma nichts zusammen. Bei mir hakt das verflixte Ding immer, trotz vier Kindern.

»Sind das alles Ihre?«

»Alle vier.«

»Stark.« Seine jungen Augen berühren mich im Rückspiegel. So einem könnte ich glatt ein halbes Dutzend gestehen, mit Wonne.

Jonas hat aufgepaßt. Er lugt durch die Ritze zwischen den Vordersitzen und fragt den Fahrer: »Bist du alt?«

Die Haarspitzen über der Kopfstütze vibrieren. »Ziemlich alt.«

»Die Mama auch. Hundert Jahre oder so.«

Vor mir bebt es heftiger. »Hundert ist gut.«

»Ehrlich?« fragt Jonas. »Dann kannst du sie haben. Wir suchen nämlich einen Neuen.«

Bis Deckstein ist es eine Weltreise, und ich gebe dem netten Typen nicht einmal ein Trinkgeld. Ich traue mich nicht, er könnte ja sonst was denken.

Um die Kirche trubelt es. Es sind bestimmt an die hundert Leute, erkennen kann ich noch keinen. Nicht ohne eines dieser Gestelle auf der Nase, die mein Gesicht halb zudecken und mich, wenn ich dem neuesten Trend gehorche, in eine von tausend Tigerlillys ummodeln. Ohne Brille träumen meine Augen alles sinnlich an. Solange Jochen neben mir war, ›da vorn kommen die Cremers‹, sah ich klar. Allein bin ich nur noch blind.

Endlich sichte ich einen vertrauten Umriß. Behäbig und im Trachtenlook, das ist Opa Meisen aus Aachen.

Ich drifte auf ihn zu, ich freue mich. »Hallo, wie schön …«

Der ältere Herr freut sich auch. Er kennt mich nicht, aber er wärmt sich an meiner herzlichen Art. Heutzutage ist so etwas selten unter Fremden. Verlegen schwenke ich ab.

»Wer war der Mann?«

»Weiß ich nicht.«

»Warum hast du dann …?«

»Da hinten ist Ela. Avanti.«

»Bist du sicher?«

»Völlig sicher.«

Der knallrote Kinderwagen kann nur meiner Freundin gehören. Er ist ultra-unmodern und eiert. Die Sache ist eindeutig, trotzdem halte ich mich bedeckt.

»Ist etwas? Du guckst so komisch.«

»Nichts ist. Grüß dich.«

»Sie hat wieder mal keine Augen an. Deshalb.«

Eingeschnappt funkle ich meinen Twen an. Klugscheißer. »Typisch! Komm, ich lotse dich. Da sind die Brettschneiders.«

Niemand fragt nach Jochen. Es scheint sich herumgesprochen zu haben, bis nach Süddeutschland. Die Messe beginnt, und die Orgel braust in das Halbdämmer mit den flackernden Kerzen. Meine Nase läuft. Jonas ist Weihnachten getauft worden, und mein Mann, der nicht mehr mein Mann ist, hat von den Altarstufen herab unseren Taufspruch vorgelesen, etwas vom Geist der Liebe, es ist nicht fair.

Der Geistliche tritt vor. Seine Stimme ist dünn, er ist schon alt, aber für Gottesdiener gibt es wohl keine Altersgrenze. Für Mütter gibt es die ja auch nicht.

Der Täufling greint. Die fiependen Laute füllen das hohe Gewölbe, die beiden Geschwister greinen hinterher, der Pastor murmelt hilflos dagegen an. Elas Mutterhals über der festlichen Bluse ist voll roter Flecken. Nur der Vater bleibt cool.

»Was hast du für brave Kinder! Wie machst du das nur?«

Wir haben uns vor dem Portal zum Gruppenfoto aufgestellt. Die Sonne scheint. Ich lasse meine Augen losträumen und meine Mundwinkel lächeln.

»Ich habe Glück gehabt.«

Glück? Ich habe gar keine Wahl. Eltern haben vier Arme, ich zwei. Fünfundvierzig Minuten habe ich jetzt als Parademutter meine Brut in Schach gehalten. Der Kraftakt hat sich gelohnt. Ich bin besser gewesen als die mit den vier Armen.

Wir haben inzwischen genug gelächelt, die Taufgesellschaft fällt auseinander. Alle steuern ihre Autos an, das Ziel ist klar.

Bis zum Haus meiner Freunde sind es nur ein paar Minuten, aber ich gehe allein. Für die anderen ist es selbstverständlich, zu zweit zu sein. An uns haben sie nicht gedacht.

»Warum fahren wir nicht mit Ela?«

»Kein Platz. Wir sind fünf.«

Die Kids spüren es auch. Es ist nicht der Fußweg, der sie niederdrückt.

An der Ecke kommt uns Bernd mit dem Kombi entgegen. »Sorry, ich habe euch glatt vergessen in dem Trubel. Steigt ein.«

Meine vier rangeln um die Fensterplätze, die Phonzahl schießt hoch, es geht uns wieder gut. In der Küche wartet das Büfett. Zwei kräftige Suppen, ein üppiges Käsebrett, Wackelpeter und Würstchen für die Kinder. Meine Freundin kennt da nichts, es kommt auf den Tisch, was ihr selbst schmeckt, basta. Bei uns war das anders. Als Jonas getauft wurde, gab es Spanferkel, geräucherte Forelle und überhaupt massenhaft Zeug, das ich nicht mochte. Alles fürs Auge und für die Gäste.

Nach dem Essen rückt Ralf Brettschneider mit zwei Cognacs bei mir an, ich stille gerade meinen Jüngsten.

»Auf deinen jüngsten Filius.« Die Schampuswette von damals schweigt er taktvoll tot.

Ich nippe an meinem Glas. Eine Tasse Kaffee wäre mir lieber gewesen.

»Der hat es gut.« Ralf fächelt über die Flaumlocken meines Jüngsten. Nach einem Jahr ist meine halb entblößte Brust für mich so normal wie die Nase in meinem Gesicht. Bei diesem Mann wird sie nackt, ich nestle an den Perlmuttknöpfen, aber Lucas schiebt die Stoffgrenze von seinem Gesicht weg.

»Ein energischer Bursche. Ganz anders als deine anderen. Ich habe so etwas läuten hören …«

»Lucas ist nicht von Jochen, wenn du das meinst.«

»Tja, so etwas kommt in den besten Familien vor.« Er beugt

sich näher zu mir, das Thema ist delikat. »Und den neuen Daddy, wo hast du den gelassen?«

»Wir haben uns getrennt.«

»Oho!«

Es wird seicht, so ähnlich wie seinerzeit das Schlüsselklimpern Jonathans auf meiner Bettkante.

»Lucas braucht eine frische Windel.« Ich lasse Ralf mitsamt seiner Anzüglichkeit stehen, den Weinbrand mag ich auch nicht mehr.

Abends will Georg, ein anderer Mehrfachvater, uns heimfahren. Ich lehne ab. Mein »Danke, nicht nötig!« muß ziemlich schroff geklungen haben.

»Sag mal, spinnst du? Ausgerechnet Georg so vor den Kopf zu stoßen?«

»Tut mir leid.«

Ela kann nichts von der zweifachen Anmacherei wissen. Trotzdem riecht sie den wahren Grund.

»Ralf?«

Ich nicke.

»Mach dir nichts draus. Seit seine Frau die Boutique hat, und die läuft, sage ich dir, gockelt er. Wenn sie klug ist, kappt sie ihn, jetzt, wo sie es sich leisten kann.«

»Mag sein.«

Meine Zustimmung lahmt. Wer den Bauch voll hat, sieht einer Hungerkur anders ins Auge als jemand wie ich. Es gibt Stunden, da zählt selbst ein Fiesling.

Eine Pralinenschachtel voll Fotos

Es wird Montag. Montags gehen wir schwimmen, freitags auch, und heute macht Jonas endlich sein ›Seepferdchen‹; wer das hat, braucht keine Flügel mehr. Zu Hause muß ich es ihm sofort an seine Badehose nähen, das Stoffabzeichen ist nämlich in den achtzig Mark mit drin, die ich ein Jahr lang jeden Monat hingeblättert habe.

Der Dienstag kommt viel zu schnell nach. Ich habe mich heimlich auf einen gemütlichen Nachmittag gefreut, denn Maxi und Joni sind zum Geburtstag eingeladen. Aber nun wird es doch wieder ein Hetztag.

Ich habe den falschen Turtle gekauft. »Den Bibock schenk ich nicht, das ist ein Böser.« Meine Kinder sind pingelig, nur etwas Hübsches reicht nicht, es muß exakt das sein, was Malte sich wünscht. Erwachsene sind da weniger wählerisch, die schenken manchmal sogar Sachen weiter, die sie selbst nicht mögen. Also renne ich zwischen Schulschluß und Kochen schnell los und tausche den Bibock um gegen Michel Angelo, das ist ein Guter.

Und statt drei Stunden Ruhe mit nur einem Kind habe ich Straßenbahnfahren im Programm, von drei bis sechs, hinbringen und heimfahren, abholen und zurück, ich hätte nichts mehr dagegen, ein bißchen die Umwelt zu verpesten. Aber mein ›Knubbelchen‹ ist noch immer in der Werkstatt.

Mittwoch ist wieder ein Tag mit Programm. Die ›Tanzmäuse‹ verpacken gesunde Gymnastik in Spiele mit Musik, trotzdem werden sie heute ausgebuht: »Titikram, da gehn wir nicht mehr hin.« Ich denke an die zweimal vierzig Mark jeden Monat und an den Platschgang von meinem Träumerle: »Ihr geht!«

Im Umkleideraum mieft es, und Lucas brüllt, weil er nicht mithüpfen darf. Als es dämmert, treibe ich drei maulende »Ich kann nicht mehr« heimwärts. Trotzdem, Bewegung tut gut.

Ich dümple durch die Woche. Ich habe es noch nicht mal geschafft, den Stapel Uraltzeitungen auszumisten, und das nächste Wochenende kommt in Sicht, ohne Taufe und ohne Fiesling. Mein Rosenschenker ist endgültig out, und Matthes seit heute auch.

Es ist ätzend, wie er seinen freien Nachmittag bei uns ausbreitet, einfach so. Er ruft nicht mal mehr an, ob es paßt. Er hat ja ein Alibi, er bringt seinen Handwerkskoffer mit. Ich weiß selbst, daß meine Tür tierisch quietscht, aber mein letztes Fitzchen Salzbutter auf dem Scharnier und sein selbstzufriedenes Gesicht, das war zuviel.

»Du hast uns versprochen, wir fahren morgen ins Fantasialand«, mault die ›Viererbande‹.

»Ohne Auto geht es nicht.«

»Matthes hat aber gesagt …«

Klar hat er, aber das ist schließlich ein paar Stunden her. Da habe ich noch gedacht, Matthes ist der Richtige für diesen Horrortrip, zig Stunden Schlange stehen für China Town in Pappmaché, das läuft nur mit Mann. Fast tut mir die Sache mit der Salzbutter leid.

Meine Haut ist mir drei Nummern zu eng, und nach dem Abendbrot, statt Butter gibt es Backmargarine, lasse ich die Kids ›Wir hau'n die Pauker in die Pfanne‹ im TV sehen. Das ist immer noch besser, als durch diese amerikanische Kunststadt zu latschen.

Mit einer Packung aus Eigelb und Öl auf dem Kopf und weißer Schokolade im Mund kuschle ich mich neben Jonas. Er schubst mich weg. »Laß, Mama.« Sonst kann ich mich auf seine Schmuselaune immer verlassen. Wir fressen uns durch zwölf Schokoriegel, dann kommen die Werbespots.

»Wo ist die ganze Schokolade?« Fabian rechnet nach, eine halbe Tafel fehlt, meint er.

»Ich habe mir erlaubt, auch etwas von meiner Schokolade zu essen.«

»Du? Bist du schwanger?«

»Nein.« Ich schicke meinem Twen per Blick ein Stoppschild zu. Zu spät. Maxi Pfiffikus fällt auch noch etwas zu diesem Thema ein.

»Als Lucas bei dir im Bauch war, hast du mir eine Lila Pause weggefuttert. Aus meinem Osterhasennest, weiß ich noch ganz genau.«

»Ist ja gut.«

Ich rechne nach. Nein, unmöglich, ich bin's nicht, trotz dieser Gelüste. Diesmal ist es nur Ödland in mir, das getätschelt werden will.

Als ich meine Haare ausgewaschen habe, die so ähnlich riechen wie Mayonnaise, krame ich die Pralinenschachtel mit den Fotos aus dem Eichenschrank. Mir ist danach. Sie ist prall voll. Matthes mußte immer etwas zu knipsen haben, und Micha hat auch ein paar Glanzlichter beigesteuert, exklusiv von mir: Lea im Party-Look, Lea mit viel Bein. Ich habe mich irre gefühlt damals; im Moment finde ich mich bloß affig darauf.

Mit Album und Fotoecken richte ich mich am Eßtisch ein, da habe ich Platz genug. Doch irgendwie komme ich nicht richtig in Schwung. Erinnerungsbilder haben etwas Fatales, und was sind Fotos anderes als Wegweiser durch die Erinnerung.

Mein Ex hat auch ständig fotografiert. Deshalb ist er selbst kaum irgendwo drauf. »Lohnt nicht, du gibst mehr her.« Es war ein wohliges Gefühl, von ihm geblitzt und vergrößert zu werden. Darin war er Spitze – auch ohne Kamera.

Ich schaufle Bilderpacken aus der Kiste. Zuunterst müssen noch welche von ihm sein. Ich finde mich, meistens mit Kind, ganze Serien von Mutterglück, wie aus dem Ei gepellt. War das so? Bei Einladungen hat er auch massig geknipst. Das sieht aus wie in *essen und trinken*. Und dazwischen immer wieder ich: lächelnd, beim Anschneiden der Mokkatorte, oder da mit erhobenem Glas vor dem skandinavischen Büfett. Seit er weg ist, gibt es mehr Lasagne und Fondue. Die neue Pizzeria am Ring liefert sogar frei Haus, und im Käsegeschäft brauche ich nur eine Platte abzugeben, die dekorieren sogar ab dreißig Mark aufwärts.

»Mußt du immer so extrem sein?« hat mich meine Mutter gefragt, sie nimmt nie ein Blatt vor den Mund. Das war nach dem letzten Geburtstag, da habe ich auch beim ›Pizza Hut‹ bestellt.

»Alle haben sich wohl gefühlt.«

»Kein Wunder. Endlich grabscht einem keiner mehr den Teller vor der Nase weg oder spült mal eben zwanzig Gläser. Nur schmecken tut's wie beim Italiener.«

Wahrscheinlich hat sie recht.

Zu Jochens Zeit war das anders. Da habe ich gekocht und ausprobiert wie irre, unsere Küche war stundenlang ein Hexenkessel, die Kids haben solche Festivitäten gehaßt. Aber er und ich, wir haben sie gebraucht.

»Das Rezept mußt du mir unbedingt verraten. Köstlich!«

»Danke. Laß mich mal überlegen ...«

»... meine Frau komponiert immer etwas Neues. Sie braucht kein Rezept.« Die paar Meter Kochkunst in unserer Bücherwand, broschiert und in Leinen, verschwieg Jochen. Ich will das nicht mehr, so nicht. Wenn heute einer nostalgisch von meinem Gratin schwärmt, dann macht mich das höchstens mißtrauisch. Entweder die Leute wollen mich oder ein tolles Essen, dann sollen sie lieber gleich zu einem mit goldenen Kochlöffeln gehen. Bin ich deshalb schon extrem?

»Muttchen, was machst du denn da?«

Meine Mannschaft kommt gähnend die Treppe herunter, der zweite Teil vom Paukerulk hat sie geschafft.

»Ich klebe Fotos ein.«

»Laß sehen.« Maxi klappt das neue Album auf. »Das ist leer.«

»Ich habe erst sortiert.«

»Meschugge!«

Er klaubt sich den Stoß Erinnerungen, den ich vor mir ausgefächert habe. Kinder sind so, überall klinken sie sich ein.

»Maximilian.«

»Ist doch wahr. Von wegen sortiert. Das ist von der See, dazwischen Weihnachten, und die da, die sind Asbach Uralt, die sind ja noch von Jochen.«

Den Namen seines Vaters spricht er wie mit einem Pausenzeichen davor. Früher hat er ›Papa‹ gesagt. Ich merke, es ist ihm nicht recht, daß dessen Fotos dazwischen liegen. Am liebsten hätte er zwei Kisten. Das soll so ähnlich laufen wie bei seinen Hero-Turtles, da gibt es auch nur Helden oder Schurken, die erkennt man auf Anhieb, und die Rollen sind festgeschrieben. Mit sieben Jahren sind Zwischentöne nicht gefragt, oder sie machen angst. Sie sind aber menschlich, sie gehören dazu.

»Klar, die alten von Jochen muß ich doch auch einkleben.«

»Wieso?«

»Er war dabei, deshalb.«

»Jetzt ist er weg.«

»Und böse ist er auch. Er hat Maxi eingesperrt und gegen unsere Tür gebumpert.« Jonas ist Partei. Von der Zeit mit seinem Vater hat er nur die häßlichen Bilder behalten, weil die zuletzt kamen und live. Was ist dagegen ein fotografiertes Lachen? Trotzdem wühle ich in dem Bodensatz der Pralinenschachtel. Ich will ihnen ein Bild zeigen, auf dem er auch drauf ist, mit uns zusammen, und lieb. Ich finde eins.

»Seht mal, da sind wir alle zusammen. Das war im Schwarzwald. Er hat ein fröhliches Lachen, euer Vater. Weißt du noch, Fabian?«

Mein Großer kann sich noch zurückdenken, aber er läßt mich hängen. »Laß das, Mom.«

»Aber es war doch ein toller Urlaub, damals mit Jochen.«

»Von wegen.« Fabian stippt zornig mit der Fingerspitze auf die Stelle, wo das Lachen klebt, und da fällt es mir wieder ein.

Ich hatte ›Forelle Müllerin‹ bestellt, und Maxi wollte sie für mich angeln. Im Gut Lauterbad gibt es nämlich einen Forellenteich. Er kam mit einem Riesenapparillo zurück, der war aber schon tot mit dem Bauch obenauf im Wasser getrieben. Der Koch bekam einen Anfall, der Wirt klappte die Mülltonne auf, mein Sohn klammerte sich an ›Mamas Fisch‹, und Jochen platzte heraus. Das war der Grund für sein Lachen gewesen. Damals hatte Fabian mitgelacht, ich war hinter der Speisekarte abgetaucht, und heute sind wir Partei.

»Ins Bett mit euch. Morgen machen wir es uns gemütlich.«

Das haben sie sich gemerkt, mein Abschwenken bestimmt auch. Am Frühstückstisch erscheinen jedenfalls vier Strubbelköpfe im Schlafi.

»Hm, Croissants.« Meine Kids lieben diese Blätterteighörnchen, ich nicht. Sie bröseln wie sonst was.

»Mama, kannst du mal?«

Ich schneide und streiche und träume von einer Tischdecke ohne Kakaoflecken und von einem liebevollen »Schatz, möchtest du noch ein Ei?«

Ich liebe Eier. Bei Jochen waren sie immer genau richtig gewesen, ohne Glibber, mit weichem Dotter. Von seinem Brötchen hatte er mir immer die Oberhälfte abgetreten, die ist krosser.

»Könnt ihr endlich diesen Saustall aufräumen?«

Ich habe das volle Tablett in den Händen und bin mit nackten Füßen auf ein Matchboxauto getreten, das erste von einer Schlange, die im Kinderzimmer anfängt.

»Gemütlich bist du aber nicht gerade.«

»Uns sagst du immer, wir müssen Puschen anziehen.«

»Und ins Fantasialand fährst du auch nicht mit uns. Dabei hast du es versprochen.«

Es schmeckt mir nicht. Ich lauere auf Schmatzen und aufgestützte Ellbogen, danach arbeite ich mich durch den Stapel Geschirr. Meine Spülmaschine streikt, und dem Kundendienst ist es egal, wieviel Kinder ich habe. Ich hebe Spielzeug auf und dröhne mit dem Staubsauger. Das Lachen nebenan wird lauter gestellt. Meine Söhne hören Heinz Erhard, sie sind vier, die Sonne scheint auch, am Wochenende ist die Zeitung am dicksten, ich setze mich hin und heule. Ich bin allein.

Die Zeit ist vorbeigetrudelt. Nachmittags gehen wir in den Volksgarten. Ich packe Tischtennisschläger, Apfelsaftpäckchen,

Kekse und Obst ein, ein simpler Parkgang wächst sich bei uns regelmäßig zum Picknick aus. Am liebsten würde ich mich weiter in mein Traurigsein einbuddeln. Aber irgendwann ist das Ungestüm der vier zu mir rübergeschwappt. Draußen ist es besser, da können sie toben, und ich habe mich, mit Lippenstift und Publikum, wieder unter Kontrolle.

»Kennen Sie mich noch?«

Das schmallippige Lächeln im schwarzen Dekorrahmen, schwarz vom Pagenschnitt bis zum Bodysuit, reißt mich aus meiner Schlaffheit. Ist die Gréco nicht längst out?

»Müßte ich?«

»Ich bin Mandy Mund.«

O Gott, noch eine Flamme von meinem Ex. Die erste, von der ich Wind bekommen habe. Vor acht Jahren war sie allerdings weniger ›Gréco‹ und mehr ›Cleo‹. Egal, warum quatschen die mich an? Er ist nicht mehr mein Problem, und die Herzensnöte solcher Tussis erst recht nicht.

»Ja und?«

»Sie müssen ihn hassen. Seien Sie froh ...«

Das kenne ich doch. Das hatten wir doch schon mal, keine vier Wochen ist das her.

»Gehaßt habe ich höchstens Sie.«

Ich will es nicht, aber der Urschlamm blubbert hoch. Schwester Mandy hat damals auf der Inneren Medizin gearbeitet, Station 13C. Da lag ich, erst mit Verdacht auf Leukämie, dann untersuchten sie auf multiple Sklerose. In meinem Kopf spukte noch die Idee herum, das sind alles Menschenfreunde, die Ärzte, die Nonnen und die Pfleger auch. Schwester Mandy war besonders freundlich. Sie bewunderte meinen Mut, meine Figur, meine Nachthemden, einfach alles an mir. Meinen Mann hat sie wohl auch bewundert. Meine Chancen, wieder gesund zu werden, standen schlecht. Sie hat ihm sogar die Krankenblätter kopiert, und danach brauchte er Trost. Ich hasse sie immer noch, ich habe es nur vergessen.

»Ich war noch sehr jung. Heute studiere ich Psychologie.«

Was soll das heißen? Braucht man neuerdings ein Diplom, um menschlich zu sein? Und daß sie ein paar Jahre jünger ist als ich, macht sie mir nicht sympathischer.

»Es interessiert mich nicht.«

»Es muß Sie interessieren. Sie sollen es wissen. Er hintergeht Sie.«

»Er kann tun, was er will. Er ist frei.«

»Nicht mit Frauen. Finanziell, meine ich.« Sie schiebt mir ihre Rache rüber, während mein Sohn und ihre Tochter zusammen rutschen. Die beiden sind fast gleich alt. Es ist schäbig.

»Warum tun Sie das? Sie waren seine Geliebte.«

»Das ist meine Rache. Er hat uns alle mißbraucht. Er ist ein Nichts.«

Etwas in mir igelt sich ein gegen diesen Club. Ich denke nicht nach, die Worte kommen von selbst.

»Ich will mich nicht rächen. Ich habe ihn geliebt.«

»Sie ihn? Wofür?«

»Bei ihm war ich sicher.«

Abends, als die Kids schlafen, zerpflücke ich den Satz, der schneller war als die Bremse in meinem Kopf. Ist das meine Liebe gewesen? Lehne oder Korsett, etwas zum Stützen; viel Platz war da nicht.

Ein Mann muß her

Der Punkt ist gekommen, ich sehne mich nach der Frage: »Möchtest du noch ein Ei?« Ohne meine roten Rosen mickere ich. Und Matthes vermisse ich auch, ihn besonders.

Wie auf ein geheimes Kommando schnappen die Rollos, die er mir montiert hat, nicht mehr hoch. Wir haben die Wahl zwischen Halbdämmer und Kunstlicht, Sonne ist out. Mein Oleander wird draußen auf dem Balkon nicht über den Winter kommen. Im Frühjahr hat Matthes den bulligen Topf rausgehievt. Für mich ist er viel zu schwer.

Das Drachenfest gibt den Ausschlag.

»Frau Hausmann hat gesagt, du mußt mir einen Drachen bauen.«

»Ich? Wieso ich?«

Unser Kindergarten ist eine Elterninitiative, ich zahle jeden Monat ein kleines Vermögen, warum muß ich obendrein Hobbybastler werden? Ich mosere, aber nur in mich hinein. Ich weiß schon, wir sollen mit über den Boden krauchen, kreativ Holzklötzchen gestalten und uns nicht freikaufen, das auf keinen Fall. Aber bescheuert ist diese Selbstmachdoktrin trotzdem. Wir werden schon nicht gleich den Konsumbach runtergehen, nur weil ich so einen Windsegler im Laden kaufe.

»Alle Eltern müssen.« Jonas bleibt stur. Seine Kindergärtnerin ist auch stur.

»Ich bin aber nur einer.«

»Ist egal.«

Mit Arbeitsanleitung, Kordel, Folie und Acrylstäben kostet das Ding genauso viel wie die vier Stoffdrachen, die ich heimlich bei ›Eduscho‹ kaufe, als stille Reserve. Wenn ich meine Arbeitsstunden hochrechne, reicht es für einen Himmel voller Drachen.

Mein Streß schlägt Purzelbaum, kaum daß wir auf dem Stoppelfeld ankommen. Neunzehn Väter haben die Luft und den Boden parzelliert, das macht neunzehn Schaubühnen für »Alle mal hersehen! Was ist Papa für ein toller Hecht!«

Gesichter, Sterne und Vögel driften hoch. Ich verrenke mir den Hals und überlege, ob mir nicht der Schlüssel am Kofferraum abbrechen könnte, nur damit ich unseren Kümmerling nicht vorzeigen muß. Ein Flugzeug gleitet über die bunte Pracht.

»Hoffentlich gibt es keinen Zusammenstoß.«

Mein Zynismus ist Hilflosigkeit, aber die anderen nehmen ihn für bare Münze. Daten über Flughöhe und Einflugschneise schwirren ab, offensichtlich macht nicht nur Liebe blind.

»Mama, gib mir meinen Drachen.«

Für sein Alter kann Jonas prima malen. Mit Filzer hat er Burgen, Blumen und Katzen auf die Folie gebracht. Aber ohne Unterlage, gegen das Sonnenlicht, sehen sie aus wie Spulwürmer.

»Kann ich so einen …?« Maxi zeigt auf den Eduscho-Pack, der leuchtet wenigstens.

Ich öffne den Mund.

»… haben«, schiebt er gequält nach. Da merke ich erst, er hat wieder das Verb geschludert.

»Meinetwegen. Aber geh ganz nach hinten …«

Zwei Konsumgriffe, Fabian zieht mit, und ich stehe da mit den beiden Minis und dem Ding.

»Kann ich auch …?«

»Jonas, du hast dir doch soviel Mühe gegeben. Komm schon.« Er zockelt lustlos hinter mir her. Er ist ja nicht blöd. Ich schiele nach rechts und nach links, wie bekomme ich das verflixte Ding nur in die Luft? Ich muß rennen, und irgendwie spielt der Wind wohl eine Rolle.

»Ohne Schwanz geht das nicht.«

Ich gucke. Tatsache, untenrum ist unserer nackt. Wo andere angeberisch schweifen, meterlang, da fehlt uns was.

»Jonas, weißt du, wo …?«

»Weiß nicht.« Sein Schulterzucken verrät Erleichterung. Traurig ist er doch.

»Ich habe zwei. Wollen Sie?«

Eine Fledermaus schiebt sich in mein Blickfeld, Profiarbeit und obendrein originell. Der Vater, der dranhängt, ist eher unauffällig.

»Joni, willst du?«

Mein Sohn nickt an mir vorbei, der Fledermausbauer hat mir etwas voraus.

»Hast du den selbst gemacht?«

»Klar. Gar nicht so schwer. Komm, ich helfe dir.«

Ich bin überflüssig geworden. Ich darf mit den anderen Müttern Kaffee trinken, vorn bei den Autos, das ist die Zuschauertribüne. Eigentlich hasse ich solche Pulks, Männlein hier und Weiblein dort. Aber in diesem Moment bin ich dankbar, bei den schwätzenden und schluckenden Muttis eintauchen zu dürfen, ich, die Alleinerziehende mit dem mißglückten Vogel.

»Kennst du den Typ?« Fabian grabscht sich eine Handvoll Rohkost vom Tapeziertisch. Ich blinzle in die Helligkeit, wo Jonas und unser Retter stehen. »Meinst du den?«

»Logo.«

»Ein Vater eben. Hilfsbereit.«

Maxi schiebt sich dazwischen. »Der holt manchmal Corinna mittags ab. Mit dem Auto.« Corinna ist in Maxis Klasse und so eine Art Big Boss bei den Mädchen. Irgendwie paßt das nicht, ihr Vater hat so was Bodenständiges.

»Und wo ist sie?«

»Bestimmt bei ihrer Mutter. Die hat einen mit 'nem Jaguar geheiratet. Die Kinder haben sie geteilt.«

Maxi zieht ab. Das mit dem Kinderteilen wurmt ihn nicht, der Jaguar schon eher. Und das Scheidungsgeschäft kennt er selbst.

»Danke«, sage ich, als dieser Vater endlich mit meinem und seinem Sohn angestapft kommt. »Sie haben uns echt aus der Patsche geholfen.«

»Ist schon okay.«

Ohne Fledermaus ist er noch unauffälliger. Seine Schultern rollen sich ein, seine Ohrläppchen übrigens auch, er hat etwas Ungelenkes am Leib, ich werde selbst schon ganz krumm. Aber ich will ihm etwas Nettes sagen.

»Sind Sie immer so geschickt?«

»Bei uns zu Hause ist nämlich wieder mal das Rollo kaputt.«

Originalton Maxi. Ich könnte ihm sonst etwas antun, aber er schüttelt meinen Mutterblick ab, und da stehe ich, im Eigentor.

»Wenn Sie Hilfe brauchen …«

»Um Gottes willen.«

Der Jaguar rettet uns aus unserem Verlegenheitsduell. Der schnurrt heran und hält ein paar Meter vor uns. Ein Puppenmädchen steigt aus. Sie schaut sich nicht um, aber ängstlich wirkt sie auch nicht. Sie hat ein Sticker-Heft und eine Flasche ›Iso Star‹ dabei. Damit plaziert sie sich am Rand des Ackers. Der Luxuswagen wendet, ein sonores Hupen, weg ist er. Im Vorbeigleiten sehe ich sie: eine Frau, die heraussticht aus all diesen Jeansklamotten und Mittelklassewagen um mich herum.

»Ihre Frau?« Mein Staunen quillt aus mir heraus, der Bremsbefehl vom Hirn kommt zu spät.

»Wir sind geschieden.« Seine Zähne schlagen in eine geschrappte Möhre, es knirscht. Armer Kerl! Als wir uns verabschieden, fängt er tatsächlich wieder von meinem Rollo an. Mein Gesicht brennt.

»Mom, du hast die Handbremse vergessen.«

»Schiet!« Wir sind schon fast auf der Aachener Straße, und es riecht verbrannt.

»Darf er?«

»Was?«

»Uns besuchen kommen.«

»Wenn er mein Rollo repariert.« Maxi, natürlich Maxi.

»Was seid ihr für selbstsüchtige Monster.«

Zu Hause interviewe ich die Pinnwand. Die Mängelliste wird immer länger. Ein Mann muß her, soviel steht fest. Aber dieser?

»Und *du* sagst, wir sind egoistisch.« Maxi hat sich angeschlichen. Er weiß, was läuft. Er behält recht. Hans Haas, so heißt der Fledermausbauer, kommt mit seinem Sohn und einem Usambaraveilchen. Ich denke an meine Baccara-Rosen und schlucke. »Wie lieb.«

Als er mit Hammer und Zange alle Zimmer abgegrast und die letzten Streusel auf der Kuchenplatte noch schnell mit seinem Spuckefinger aufgestippt hat, bin ich halb tot.

»Jetzt müssen Sie mich aber auch einmal besuchen. In Kall. Ein Paradies.« Seine Hand schüttelt mich stolz, er hat mich saniert, er ist wer.

Ich will nicht. Aber die Kids fallen mir in den Rücken.

»Hans hat sogar ein Schaf, und den Auspuff repariert er dir auch, hat er gesagt.«

Diesen Ausflug aufs Land vergesse ich nie. Gemüsebeete, wie mit dem Lineal gezogen. Landluft, die man sogar noch auf dem Klo riechen kann. Seine Körner schrotet er selbst. Und statt Kaffee gibt es hausgemachten Hagebuttentee, der hat null Farbe und Aroma sowieso nicht, da lobe ich mir meinen Beutel-Fix.

»Wir leben sehr gesund, ohne Fleisch und ohne weißes Mehl.« Er wird regelrecht lebendig. Seine Schrumpfschultern zucken begeistert. »Wenn Sie wollen ...«

Ich will nicht. Ganz bestimmt nicht. Ich will nur weg. Wenn seine haarlosen Müsliarme mir noch einmal zu nahe kommen, schreie ich ihm seine beste Legehenne steril. Er ist kein Mann für mich, er ist ein schlabbriger Aufguß. Ich hätte auch den Jaguar genommen, wenn ich seine Frau wäre, soviel steht fest.

»Bißchen spießig. Fehlte nur noch die Blümchentapete.« Ich blinzle meinen Großen an. Wir sind Bündnisbrüder. Die anderen drei gehören nicht dazu.

»Er hat aber Tiere.«

»Regenwürmer auch, ganz dicke.« Jonas hat sich einen halben Eimer davon ausgebuddelt. Die sind doppelt so fett wie unsere Großstadtmickerlinge. Er ist Fan.

»Bum-bum.« Lucas gehört zur gleichen Lobby. In der Scheune stand ein verrostetes Cat-Car herum. Fahren konnte er noch nicht damit, aber so tun als ob, eben »bum-bum«. Zwei Neinsager gegen drei Fans, das wird hart.

»Wir können uns ja vielleicht selbst einen Hamster kaufen.« Maxi juckt sich. Den will er schon lange. Aber den Vollkornbröselkuchen eben hat er auch zur Hälfte liegenlassen.

»Dann will ich aber auch ein Tier für mich allein haben.« Warum schläft Jonas nicht? Tut er doch sonst immer.

Ich habe zwei Wochen Schonfrist. Dann kommt der Härtetest.

»Mama, Frau Hausmann hat gesagt, du mußt eine Krippenfigur machen. So groß.« Jonas zeigt sehr groß.

Diese Erzieherin bringt mich um. Sie ist eine Künstlerin, okay. Vom Laubsäge-Flipperautomaten bis zum Puppen-Penthouse, sie bringt es locker und mit links. Mich stört nur ihr missionarischer Eifer. Ich bin nun einmal von anderen Dingen hin und weg, und wenn es nach mir geht, brauche ich bis ultimo keinen Malkasten und keinen Kleber anzurühren. Das wischt sie beiseite, sie gibt die Headline aus, und die heißt: ›Unser Gemeinschaftserlebnis‹.

»Wir machen das schon, Joni.«

»Die Maria, Mama?«

»Okay.«

Wie bastelt man eine Maria? Ich fange an zu begreifen, warum aus Missionaren so oft Märtyrer werden. Ich könnte diesem Erzieherinnengenie den Hals rumdrehen.

Noch am selben Abend ruft der Drachenbauer aus Kall an. Wenn seine selbstgeschroteten Körner mich schon nicht rumkriegen, dann vielleicht diese gottverdammte Krippenfigur. Denkt er.

»Wir können uns gern zusammentun. Ich habe schon alles da.«

Er denkt falsch. Mit mir doch nicht!

»Ich habe schon angefangen. Danke.«

Am nächsten Morgen kaufe ich Kleister, Plakafarben und tiefgekühlte Tortellini. Die brauche ich, damit ich ohne Hungergebrüll mittendrin kreativ sein kann.

»Was gibt das denn?« Mein Twen hat zwei Stunden früher frei und platzt herein.

»Die Maria. Stör mich nicht.«

Er hängt sich näher mit den Augen dran; er ist ziemlich kurzsichtig, wie ich. »Sieht eher aus wie'n Pin-up-Girl.«

»Mach es besser.«

Maria war eine Frau, und die haben bekanntlich Brüste. Nur, mit Zeitungsstreifen und Kleister läßt sich die Menge schwer dosieren. Meine Muttergottes ist obenrum eben etwas üppiger geraten.

»Mach ich.« Fabian panscht mit. Es quatscht zwischen sei nen Fingern und am Fußboden, die Maria wird immer flüssiger. Sie sackt zusammen, hinten mehr als vorn, wo ihr Papierbusen dem tropfenden Glibber trotzt.

»Na?« Er richtet sich auf.

»Jetzt sieht sie aus wie 'n Pin-up-Girl mit Rückgratverkrümmung.«

»Macht euren Mist doch alleine.« Weg ist er, und ich beginne, den Zersetzungsprozeß mit Mullbinden aus meiner Hausapotheke zu stoppen.

Zur Adventsfeier transportieren wir Maria in der Apfelstiege und mit Bambusstock im Rücken. Ohne ist sie haltlos. Dafür hat sie wunderschönes langes Haar. Maxi hat den Chinesenzopf von seinem letzten Karnevalskostüm geopfert. Fabian hat den durchgebogenen Rücken und den Stock mit einem Stanniolmantel kaschiert. Und einen Ozelotkragen hat sie auch, Oma Liesel ist beim Ausmisten fündig geworden.

Jonas guckt sich im Krippenraum um. Er ist noch leer. Wir sind extra eine Viertelstunde früher gekommen. Die anderen Figuren sind schon seit Tagen aufgebaut, sie sehen aus wie aus einem Kunstgewerbeladen. Gestaltete Landschaft gibt es auch, mit Bergen und Bach und Feld.

»Meine ist die einzige mit 'nem echten Fell.« Jonas hat sein As entdeckt.

Ausgerechnet Corinna will sie madig machen. »Du bist aber dumm. Maria war ganz arm.« Ihr Müslivater hat die Heiligen Drei Könige beigesteuert, die haben aber nur Plüschkragen.

»Und Melchior, der Mohrenkönig, legte der Mutter des Jesuskindes ein Fell von einem wilden Tier zu Füßen. So steht es in der Bibel. Und das weißt du nicht?«

Die Fantasiegeschichten meines Ältesten haben schon in der Grundschule Furore gemacht. Ich morse ihm ein heimliches ›Victory‹ rüber.

»Siehste! Du bist selbst doof.« Jonas findet seine Trumpfkarte wieder. Er als einziger hat ein Ozelotfell, einen Bruder mit Köpfchen und Rückendeckung hoch fünf. Da kann unsere Mary ruhig ein bißchen aus der Reihe tanzen.

Wahrscheinlich war ich einfach fällig

Diese Umschläge kenne ich. Mein Herz bubbert. Der Einkaufskorb wird bleischwer in meiner Hand: Post vom Familiengericht.

Es hat Monate gegeben, da war der Briefkasten mein Feind, und dieses schmutzfarbene Umweltpapier sprang mich an. Tausendmal Watteklumpen im Bauch. Erst ging es um die Kinder und dann ums Geld. Dazwischen hing die schmutzige Wäsche von Jochen und mir, die hat das neue Scheidungsrecht nämlich auch nicht wegnovelliert. Wer angeschossen ist, will den anderen wenigstens mit in die Grube nehmen.

Ich ratsche das Kuvert auf. Diesmal bin ich nur als Zeugin geladen. ›Rosenfeld gegen Rosenfeld.‹ Es geht um meinen Jüngsten.

»Ma-ma.«

Er ruckelt in seinem Buggy vor und zurück. Er will raus. Ein

Knubbel mit wilden Locken und wilden Braunaugen. Auf der Nase hat er Sommersprossen, nur ein paar, aber die sind verschmitzt. Jörg vor vierzig Jahren, so sieht er mich an. Wenigstens stelle ich mir vor, daß sein Vater früher so aussah.

Lucas ist natürlich kein Wunschkind.

Jochen war gerade ausgezogen. Im Badezimmer stand noch immer seine Rasierseife, die ausgeflippte Porzellanschale dazu hatte ich ihm geschenkt. Ein paar Hemden von ihm lagen auch noch in unserem Bügelkorb. Und wenn ich ein Buch im Regal suchte, fiel mir garantiert irgend so ein Schmöker von ihm in die Finger. Ich stopfte alles in einen Karton, und den schleppte ich auf den Dachboden, damit ich nicht jeden Tag daran vorbei mußte.

Wahrscheinlich war ich einfach fällig für einen Mann, der wenigstens ab und zu die leere Betthälfte neben mir füllte. Ich hatte Angst davor, mit meinen ewig kalten Füßen rüberzutasten ins Nichts. Das war ich einfach nicht gewöhnt.

Natürlich war es noch viel mehr als das. Ich wollte endlich wieder bei der Hand genommen und gezogen werden. Das ist komisch: Seit ich allein bin, merke ich erst, wie anlehnungsbedürftig ich unter dem löwenstarken Überzug bin.

Jörg ist riesig, und wenn ich mich an seine einsvierundneunzig kuschelte, war meine ängstlich auf und ab wippende Seele wieder im Lot. Um Verhütung haben wir uns auch nicht groß gekümmert. Ich sowieso nicht. Jochen und ich hatten ja immer Kinder haben wollen, ein halbes Dutzend, da war mir das auch neu.

Schon eine Stunde nachdem es passiert ist, war mir speiübel. Bei Jochen war das nie so gewesen. Wir wußten es beide: Es waren nicht die drei Stücke Streuselkuchen, und der Fisch war auch in Ordnung. Jörg war sehr liebevoll, ich fand ihn himmlisch mit diesem Vatergehabe. Aber dann tröpfelten meine anderen drei in sein Gedächtnis, und geschieden war ich auch noch nicht.

»Laß es wegmachen. Wenn alles vorbei ist, dann …«

Seine wilden Braunaugen schlafften ab und der Rest auch. Finito!

»Und wie soll das Kind heißen?«

Ich war noch keine Stunde aus dem Kreißsaal zurück, da stand die Dame von der Verwaltung neben meinem Bett, mit gezücktem Stift. Für sie war das Routine.

»Lucas«, antwortete ich brav. »Lucas Wilde.«

»Wilde? Ich denke, Sie heißen Rosenfeld?« Ihr höfliches Verwaltungslächeln knitterte. Ich war schließlich nicht der einzige Entbindungsfall heute, und um zwölf war Büroschluß.

»Wir leben getrennt, mein Mann und ich. Er ist nicht der Vater.«

Im Nachbarbett verstummte das Zeitungsrascheln. Meine News waren hautnah.

»Nach dem Gesetz ist der Ehemann der Vater. Grundsätzlich.«

»Aber …«

Ich kam nicht durch mit meiner Ehrlichkeit, und was ich für vernünftig hielt, existiert in Paragraphen nicht. Ich machte mich nur unbeliebt. Zumindest bei der Verwaltungsdame, der Standesbeamte schob immerhin ein paar kölsche Töne nach, die nach Mensch klangen.

»Ihr Ehemann muß der Namensgebung zustimmen.«

»Aber er ist nicht …«

»Auf dem Papier ist er …«

»Und solange?«

»Blev der Fitzemann no-name. Es doch nur Papier.«

Inzwischen ist der ›Fitzemann‹ ein Jahr alt. In der Geburtsurkunde ist endlich aus dem ›Kind männlichen Geschlechtes‹ ein ›Lucas‹ geworden. Aber mein Ex steht da noch immer als Vater drin, und am achtzehnten Dezember ist Termin, ›Rosenfeld gegen Rosenfeld‹, ein tolles Weihnachtsgeschenk.

Süßer die Glocken nie klingen

Jedesmal, wenn wir aus den Sommerferien zurückkommen und mich bei dreißig Grad im Schatten die ersten Stollen und Zimtsterne im Supermarkt ansehen, schießt mein Adrenalinspiegel hoch. Ich liebäugle dann mit Askese und Selbstgebasteltem. Aber wenn die Nacht der Nächte näherrückt, presche ich los wie alle anderen. Es ist schließlich nur einmal im Jahr Weihnachten.

Dieses Jahr habe ich dem Lockruf der Lichterketten und Dudeltöne besonders lange widerstanden. Das liegt bestimmt auch an meinem Streß mit der gekleisterten Maria und dem Wiedersehen mit zwei Vätern, die keine sein wollen. Sogar mein Knusperhaus ist mir zusammengebrochen, wahrscheinlich war der Zuckerguß zu suppig, und falsch ausgemessen habe ich auch. Ich schaufle die klebrigen Kuchenstücke in den Müll, das ist auch Schwachsinn, und ich bekomme prompt Krach mit Maxi.

»Bist du bescheuert?«

»Wie redest du mit mir?«

»Ist doch wahr. Erst verhunzt du unser Hexenhaus, und dann ...«

Jonas mag es nicht, wenn dicke Luft ist. Er fischt die Ruine aus dem Schnapp-Hannes, die paar Klümpchen Kaffeesatz wischt er ab.

»Da, das können wir noch essen.«

»Ferkel!«

Stumm schiebt er mir das Zeug auf die Arbeitsplatte. Dort pappt es fest, nur die bunten Streusel rieseln ab. Ich könnte heulen. Mein Träumerle ist jetzt auch sauer auf mich. Meine Stimmung ist auf dem Nullpunkt, zwei Tage vor Weihnachten. Ich denke an die vier kargen Päckchen, sogar das Papier ist ökostumpf. Gesprochen haben wir zwar darüber, genickt haben sie auch; aber unterm Tannenbaum sehe ich dann in ihre

Augen. Letztes Jahr gab es den Amiga, neue Skier und ein Puppenhaus mit Dachgarten und Beleuchtung, alles von Jochen. Warum soll ausgerechnet ich so vernünftig sein?

In der Spielwarenabteilung quetschten mich Körper mit unfrohen Gesichtern ein. Im Hintergrund klingen ›Süßer die Glocken‹, einen Weihnachtsmann gibt es auch, ich finde alles gräßlich.

Aber dann springt mir Super Mario ins Auge, den kenne ich, den finden meine Kids toll, und einen Gameboy haben sowieso fast alle, nur wir nicht. Irgendwie stolpere ich in den Sog, der junge Verkäufer ist auch nicht so ein Stiesel in gepreßten Bügelfalten, und dieses Knöpfchendrücken kann man so und so sehen. Ich hatte keine Ahnung, was der Markt außer blöden Hauden-Lukas-Spielen so hergibt.

»Sie werden sehen, Ihre Söhne lernen spielerisch ...«

Ich nicke, aber vor der Ladentür, ohne die pfiffigen Verkäuferaugen, weiß ich nicht mehr, warum. Ganz schön blöd ...

Zu Hause schiebe ich die Päckchen hastig in den Schrank. Das Klopfzeichen in meinem Kopf lasse ich gleich mit verschwinden. Meine Kids werden happy sein, das zählt.

Ich wühle gerade in Weihnachtspapier und Bändchen und brülle alle fünf Minuten »Nicht reinkommen, verdammt!«, da klingelt es. Nichts rührt sich. Meine vier haben sich auf Mühlespielen geeinigt, Lucas darf mit den rausgeworfenen Steinen einen Turm bauen, was kümmert sie der lästige Gong?

»Kann mal endlich einer aufmachen?«

»Gehe schon«, grummelt Fabian, und ich höre noch ein paar Zischlaute dahinter, die gelten wohl seinen Brüdern, weil die sich nie angesprochen fühlen.

»Wer war's?«

»Papa!«

Ich hätte mittags keine Paprikas essen dürfen. Die haben diesen bitteren Nachgeschmack.

»So?«

Ich strenge mich an, aber meine Stimme fiept komisch.

»Er hat einen Brief abgegeben. Für dich.«

Ich strecke die Hand aus, sehr ruhig ist sie nicht. Fabian ist auch nicht ruhig, er tut nur so. Der Umschlag fällt zu Boden, wir bücken uns und wären fast mit den Köpfen zusammengerumst.

»Was steht drin?«

»Bin ich Hellseher?«

»Mach doch auf.«

»Später. Wird schon nicht so wichtig sein.«

Das ist gelogen, und mein Großer weiß es. Sein Vater kommt nicht einfach mal so die Treppe zu uns hoch. Und nette Briefe schreibt er mir erst recht nicht.

Dieser hat nicht einmal eine Anrede, wenigstens keine richtige. Da steht nur ›An die Mutter meiner Kinder!‹ drüber, und das Ausrufezeichen klotzt einen Kreis statt einen Punkt aufs Papier, und das ›J‹ von seinem Namen hat eine Riesenschlaufe. Hohl sieht das aus.

»Mama?«

Zweimal habe ich schon danebengetippt, die Telefontasten sind so winzig. Manchmal bleibt nur noch diese Anlaufstelle, auch für mich, das hat nichts mit dem Alter zu tun. Meine Mutter hört gleich heraus, daß etwas im Busch ist.

»Jochen?«

Ich nicke. Hören kann sie das nicht über die Amtsleitung, aber fühlen.

»Ich hab's befürchtet. Also?«

»Er will mit uns zusammen Heiligabend feiern, genau wie früher. Weil wir doch eine Familie sind und wegen seinen Eltern und der Uroma.«

»Ich schätze, er hat dir ein Angebot gemacht?«

»Hat er. Zweihundert pro Kind, natürlich nur für seine drei, und einkaufen fahren will er auch.«

»Und was willst du?«

»Mama!«

Manchmal hasse ich meine Mutter dafür, daß sie mir immer wieder die ganze Schose rüberschiebt. Sie hört mir zu, oft wird sie ganz schön drastisch, aber entscheiden muß ich allein, gestreichelt werde ich höchstens hinterher.

»Trink einen Cognac oder mach zwanzig Liegestütze. Vielleicht siehst du dann klarer.«

»Es kommt doch nicht auf mich an. Mir geht es nur um die Kinder.«

»Spiel nicht die heilige Elisabeth. Das steht dir nicht. Die Kinder fühlen sich wohl, wenn es dir gutgeht. Also überleg es dir.«

Meine Mutter legt auf. So ist sie nun einmal.

Als alle schlafen, trinke ich einen Cognac. Liegestütze mache ich keine. Dafür hieve ich das Riesenfoto von der Wand. Er und ich an derselben Birke, das ist Zuckerguß. Ich habe es über.

Ich setze mich an den Schreibtisch und probiere Antworten aus. Es kommt nichts dabei heraus, außer einem vollen Papierkorb. Um etwas auf den Punkt zu bringen, braucht man Abstand. Den habe ich nicht, in mir wuseln verletzte Gefühle und nostalgische durcheinander. Frei bin ich noch lange nicht. Ich drechsle mir etwas von ›Statisten unter dem Tannenbaum‹ zurecht, aber am liebsten würde ich meinen Ex zuschütten mit allem, was in mir hochblubbert. Er ist ein Scheißkerl, er ist es nicht wert, keinen müden Gedanken.

Nachts stehe ich auf und will ihn wieder aufhängen. Es klappt nicht, das Bild ist mir zu schwer. Ein dicker Katscher bleibt auf dem weißen Schleiflackboard zurück. Fabian entdeckt ihn am nächsten Morgen sofort, auch wenn er sonst blind über ganze Gebirge aus Schmutzwäsche und Spielzeug stolpert.

»Der Brief?« fragt er.

»Ja, der Brief«, gifte ich zurück. »Wenn ihr wollt, dürft ihr mit eurem Vater Weihnachten feiern.«

Er knallt mir den Arm um die Schultern. »Mußt noch viel lernen, Muttchen.«

Dieser Riesenlabbes ist mein Sohn, Schuhgröße 42 und zwei Zentimeter über meinem Gardemaß, tapsig ist er auch, und seine Sprüche nerven mich. Aber innendrin ist er goldrichtig. Mein Sohn.

»Du hast doch schon vorige Woche geheult.« Maxi balanciert seine randvolle Müslischüssel über den hellen Teppich und mustert mich skeptisch.

»Shut up!« Auch das ist Fabian. Bei seinem Bruder ist er nicht so einfühlsam.

»Stimmt aber doch.«

Ich denke mich zurück. Es stimmt. Früher war ich cool. Aber da war ja auch Jochen noch bei mir.

Maxi gräbt einen graurosa ›Mäusespeck‹ aus seiner Jeanstasche. »Da.«

Ich lutsche an dem Ekelzeug. Eigentlich geht es mir doch verdammt gut. Andere sind ganz allein, mein Ex ja auch, ich nicht. Ich werde getröstet, wenn es mir dreckig geht. Rauhbeinig und klebrig, aber das ist egal. Sie spielen mir eben kein Theater vor, sie sind echt.

Ich grinse und lasse den Mäusespeck baumeln.

»Wie oft ist das Dreckzeug eigentlich schon mitgewaschen worden?«

Maxi schaltet schnell. ›Dreckzeug‹ hat seine Mutter gesagt, offenbar ist sie wieder normal.

Als wir Heiligabend mit unserem Geschenkekorb durchs Treppenhaus lärmen, wartet Jochen unten auf uns.

»Wie kannst du nur! Hast du kein Herz?« fährt er mich an.

Ob ich kein Herz habe? Ich habe eins, aber nicht mehr für ihn. Es ist mir egal, wie er mit seiner Rührseligkeit klarkommt, nach Weihnachten ist die sowieso passe. Ich denke jetzt an meine Söhne. Wie sollen die sich in diesem Hickhack zurechtfinden, wenn ich selbst kneife?

»Doch, ich habe Herz. Aber du stehst nicht mehr auf meiner Hitliste.« Eigentlich wollte ich es netter sagen, aber die zweihundert Mark pro Kind haben mich wütend gemacht. Seit wann bin ich käuflich?

»Und meine armen Eltern? Die Uroma? Was ist mit denen«, lamentiert er.

Heuchler! Seine Eltern besucht er nur noch mit einem Koffer Schmutzwäsche, und die Uroma zehrt von Erinnerungen an einen Knirps mit blonder Tolle und Speckbeinchen, der früher die Ferien bei ihr verlebt hat.

»Laß mich in Ruhe.«

»Du bist kalt wie eine Hundeschnauze. Es sind auch meine Söhne.«

»Du kannst sie morgen abholen. Da ist auch noch Weihnachten.«

»Es ist ein Familienfest. Weißt du nicht mehr, vor zwei Jahren …?«

Ich sehe ihn an. Zu meiner Zeit hatte er einen Igelschnitt, der stand ihm. Jetzt baumelt diese affige Schmachtlocke über dem linken Auge. Mir fallen urplötzlich all die dicken Dinger ein, die er sich Heiligabend vor zwei Jahren geleistet hat, als Familienvater auf dem Absprung.

»O doch, ich weiß. Du hast uns zwei Stunden auf die Bescherung warten lassen, du wolltest nur schnell noch am Bahnhof einen Film kaufen. Als Fabian für uns auf dem Klavier ›Morgen Kinder wird's was geben‹ gespielt hat, hast du ein paar Tränen rausgedrückt und hinterher sturzbesoffen den neuen Kaufmannsladen zerdeppert. Gekotzt hast du auch. Es war einzig.«

»Du bist eine Giftnatter. Wer an dir hängenbleibt, ist eine arme Sau.«

»Dann freu dich doch, du bist es ja nicht. Frohe Weihnachten!«

Vor dem Haus parkt mein Bruder. Er holt uns ab, eingepackt hat er auch schon. Fabian hat seine Brüder ins Auto gescheucht und angeschnallt. Als ich einsteige, erzählt er von den Wildschweinen. Er kann gut erzählen, und die Wildschweine gehören zum neuen Weihnachtsritual dazu. Opa Peter fährt mit den drei Kleinen nach Dünnwald in den Tierpark, während ich mit meinem Großen den Baum schmücke. Wir feiern wieder bei meinen Eltern, genau wie letztes Jahr.

»Bist du okay, Mom?«

»Aye, aye, Sir.«

Da ist sein Grübchen wieder. Fabian ist so jung.

»Ich bin es. Bleibt es bei deinem Angebot?«

Das ist am nächsten Morgen um acht und gar nicht seine Zeit. Mein Ex steht selten vor elf Uhr auf, außer er muß. Heute könnte er ausschlafen, immerhin ist Weihnachten, und seine Kinder stören ihn auch nicht mehr. Etwas in mir gibt nach. Dieses traurige Beben in seiner Stimme blättert die Vergangenheit auf.

»Tanzt du mit mir?«

Ich hatte gezögert, sechzehn Jahre war ich damals. Das war auf einer Schulfete, und ich hatte ihn noch nie zuvor gesehen. Aber er guckte, als ginge die Welt für ihn unter ohne diesen Tanz, und schon war ich an der Angel, ich wußte es nur noch nicht.

Natürlich konnte er auch nicht tanzen, höchstens Klammerblues. Wenn es nichts zu schleichen gab, ruckte er los wie ein Anfallskranker, und ich war froh, als der nächste Blues kam. Aber sogar dieses Manko verkehrte er in seinen Vorteil.

»Ich bin eben nie an die Richtige geraten. Bringst du es mir bei?«

Sein Plüschblick setzte mir zu, ich nickte.

Er hat nie tanzen gelernt, bis heute nicht. Die erste Übungsstunde bei ihm zu Hause im Wohnzimmer war wie der Klappentext vom Sexualatlas. Ich hatte null Ahnung, er wollte mich rumkriegen, eigentlich wollte ich auch, und seine blauen Augen kneteten mich gefügig. Dazu hatte er ›Heino‹ aufgelegt, schlimmer ging es kaum, und das Gedudele ging mir fürchterlich auf den Geist. Sein Gesülze war auch nicht viel besser, ich meine inhaltlich, so ein Querschnitt von Courths-Mahler und Heimatmelodie. Aber wie er das rüberbrachte, das war stark.

Ich rufe mich zur Ordnung. Gestern hat er noch rumgeklotzt, das ist der echte Jochen. Bei dem mache ich zu, spielend und mit links. Nur dieses Gefühlsbibbern, das kocht mich mürbe.

»Du kannst die Kinder holen kommen.«

Es ist ein seltsames Gefühl, meine Söhne für den eigenen Vater herauszuputzen. Hoffentlich weiß er noch, daß Maxi keine Limonade verträgt und Jonas alle naselang Pipi muß.

»Paß bitte auf, daß sie angeschnallt sind, alle. Jonas hat Schnupfen …«

»Du kannst ja mitkommen«, unterbricht er mich. Das tut er extra. Linke Socke. Ich kenne diesen Bauernschlaublick.

»Ja, komm mit, Mom. Bitte.«

»Es geht nicht.«

Jochen zuckt leidvoll die Schultern. »Wenn eure Mutter nicht will …« Es ist wieder einmal so weit. Ich könnte ihn killen.

»Dann will ich auch nicht.«

Maxi zerrt an seinem Reißverschluß, und Jonas unterbricht das mühsame Schnürsenkelbinden.

»Aber euer Geschenk?« Jochen hat überreizt, das passiert ihm selten.

»Kannst du uns ja schicken«, empfiehlt Maxi, und ich rieche, wie es in Jochen kollert. Diese Antenne verliert man nicht, nur weil man sich scheiden läßt. Das bleibt drin.

»Macht nicht so ein Theater, ihr drei. Omi und Opi warten bestimmt auch schon auf euch. Und überhaupt, ich bin verabredet.«

»Mit wem? Davon hast du uns nichts gesagt.«

»Bestimmt mit ihrem Rosenkavalier.« Jochen ätzt mitten in mein Goodwill-Programm. Man sollte ihn vierteilen und rädern. Oder bin ich nur so in Rage, weil es zur Zeit keinen Rosenschenker und nicht einmal einen Fledermausbauer für mich gibt? Ein Date natürlich auch nicht, höchstens mit dem Fernseher.

Als sie weg sind, tigere ich durch die Wohnung und warte, daß es sieben wird. Es ist unglaublich still ohne die vier. Lucas fehlt mir auch, er ist noch bei meinen Eltern. »Mach das Beste daraus, ruh dich mal richtig aus.«

Ausruhen? Bei jedem Bremsen unten auf der Straße stürze ich ans Fenster, die Jalousie tarnt mich. Zweimal heult eine Ambulanz vorbei. Ich muß aufpassen, daß ich nicht hysterisch werde. Jochen bringt mir die Kinder fast zwei Stunden früher zurück. Ich könnte ihm um den Hals fallen, aber nur ganz kurz. Dann setzt meine Denkmaschine ein, und ich weiß, irgend etwas ist gründlich schiefgelaufen.

»War es schön?«

»Hm.«

»Wart ihr bei Omi?«

»Auch.«

So maulfaul sind meine Kids doch sonst nicht. Ich will nicht bohren, aber es läßt mich nicht los. Wenn sie mir nicht einmal ihre Geschenke vorführen, wo sind die überhaupt?

Fabian kreuzt meinen Suchblick. »Wir haben eine Reise bekommen. Nach Italien.«

»Super.«

»Ich fahre nicht.«

»Warum?«

»Er will an den Gardasee mit uns.«

Ach so ist das! Es gibt Orte, an denen kleben Erinnerungen, und die decken alles andere zu. Als unser Eheclinch noch Schalldämpfer und Ohrenklappen hatte, da wollte Jochen mit

Fabian und Maxi allein verreisen. Irgendwie fand ich das toll. In meinem Kopf saß die fixe Idee, ohne seine Family wäre Jochen aufgeschmissen. Von wegen! In jenem italienischen Sommer konzentrierte er seine Vatergefühle nämlich auf eine Josy. Und ihre blaßblauen Augen hefteten sich hilfesuchend auf alles, was Mann hieß. Da wurde mein Ex zum Herkules. Ich wurde erst mißtrauisch, als meine beiden Söhne abends an ihm vorbeihuschten wie an einer Leprastation. Kein Kuß und kein ›gute Nacht, Papa!‹ mehr, nur ein Bogen um den Sessel, in dem er vor dem Fernseher lag.

»Was wird hier gespielt?«

»Hab' dich nicht so. Irgendwo muß ein Mann ja auf seine Kosten kommen.«

»Niemand hat dich gezwungen, dazu die Kinder mitzunehmen.«

»Reg dich ab!«

»Ihr habt sie ausgesperrt, am hellichten Tag.«

»Sollten wir sie zugucken lassen?«

Den Kids waren nach diesem Urlaub tausend Ausreden eingefallen, um nicht mit ihm allein zu sein. Mir verknotete es die Zunge. Als Mutter glücklicher Kinder war ich Spitze, aber mein Krisenmanagement war schwach, das rochen sie.

»Ich fahr auch nicht mit«, sagt Maxi trotzig.

»Ich auch nicht.« Wenn abgestimmt wird, hält Jonas sich grundsätzlich an die Mehrheit, und das sind seine Brüder. Egal, ob es um Taschengeld oder Fernsehen geht, nur, diesmal geht es um mehr.

»Wie stellt ihr euch das vor? Er hat ein Recht darauf, er ist euer Vater.«

Mir ist kodderig wie nach einer Riesentüte Popcorn. Warum muß immer ich abwägen und fair bleiben? Zum Teufel damit! Wer hat den Wahnsinn erfunden, daß Scheidungskinder gegen ihren Willen verschoben werden dürfen, von hü nach hott, antreten, mitgehen, basta. Drei Wochen stünden ihm zu, normalerweise ist das so. Ich habe sozusagen aus freien Stücken eingewirkt und mitgewirkt, aber allmählich komme ich mir vor wie der Vollstrecker.

»Diesmal wird es bestimmt besser.«

»Wird es nicht. Josy kommt wieder mit.«

»Spinn nicht rum. Die hat wieder geheiratet.« Ich weiß es aus erster Hand. Der Blondengel hat die Dreistigkeit besessen, mir die Vermählungsanzeige ins Haus zu schicken. Es war schon das dritte Mal für sie, und an den Rand hat sie gekritzelt: »Sie können ihn wiederhaben.«

»Sie ist wieder da. Wirklich.« Fabian knibbelt an seinen Nägeln. Er sieht mich nicht an.

»Sie hat bei ihm auf dem Schoß gesessen und gekichert, die ganze Zeit. Die kichert immer so dämlich. Und er hat Schätzchen zu ihr gesagt. Da fahr ich nicht mit. Nie!«

»Okay, ich rede mit ihm.«

Reden? Neulich habe ich einen von diesen erotisch angehauchten Thrillern gesehen. Die sind zur Zeit absolut in. Da lauerte auch der Eispickel neben der Bettkante. Die Heldin hat ihn dann doch nicht benutzt, aber mich bremst keine Bettkante, nicht mehr. Fast ein halbes Jahr hat mein Ex sich nicht mehr bei seinen Söhnen blicken lassen, und dann hält er es nicht einmal ein paar Stunden allein mit ihnen aus. Fummeln unterm Weihnachtsbaum, und der Gardasee im Wiederholungsprogramm? Er wird sich wundern.

»Nächsten Sommer fahren wir sechs Wochen weg. Nur wir fünf.«

»Ehrlich?«

»Ehrlich!«

Ich habe keinen Schimmer, wie ich das bezahlen soll, und bestimmt wird er dem Jugendamt einen Bären aufbinden. Aber ich bin Löwin und im Feuerzeichen geboren. Er soll kokeln.

Es gibt Ärger

Ich habe recht behalten. Es gibt Ärger wegen diesem Urlaub. Und für meine fixe Idee, daß Fairplay sich immer und bei jedem auszahlt, gehöre ich glattweg in die Klapsmühle. Ich habe nämlich meinem Ex geschrieben. Er soll schließlich nicht umsonst buchen, und ich will erst recht nicht, daß er ausrastet. Irgendwie ist es ja schon hart, wenn die eigenen Kinder auf eine tolle Reise verzichten, nur weil er dabei ist, er und diese Josy. Die ist natürlich das Hauptübel. Jedenfalls habe ich mir wirklich Mühe gegeben und garantiert keine Schadenfreude hineingebracht, mein Brief war eher in dem Stil ›wir als Eltern‹ gehalten.

Jochen hat auf die versöhnliche Geste gepfiffen. Er ist schnurstracks zum Jugendamt gelaufen und muß sich dort das einzige weibliche Wesen gegriffen haben, das für seine Masche empfänglich ist. Sonst haben wir es immer mit Männern zu tun gehabt, nur einmal mit einer sehr feschen Sozialarbeiterin, bei der ist er aber auch auf Grund gelaufen.

Die bewußte Dame, die er sich nun ausgeguckt hat, will nicht einmal wissen, wie ich die Sache denn sehe. Meinen Ex hat sie schließlich auch privatissime angehört, aber ich bekomme gleich eine förmliche Einladung. Und als ich ihrem piepsigen »Herein!« folge, sitzt er da schon mit Schmachtlocke und Hahnentritt. Der Anzug muß noch aus meiner Ära stammen, er spackt um die Taille.

Frau Klein, so heißt die Amtsperson, gibt sich umwölkt. Meine flotten Winterbermudas gefallen ihr auch nicht, obwohl die längst salonfähig sind. Ihre ungeschminkten Augen hinter der Halbbrille gleiten zweimal an mir rauf und runter. Wahrscheinlich hätte ich mich besser als Mutter von vier Kindern verkleidet, mit dem Hahnentritt von Jochen kommt sie jedenfalls besser klar. Normalerweise steht er eher auf topmodische Klamotten, er hat sich neulich sogar ein knatschrotes Jackett und Nappalederhosen gekauft.

»Frau Rosenfeld, Ihr geschiedener Mann hat uns mitgeteilt, daß Sie ihm seine Söhne vorenthalten. Sogar zu Weihnachten.«

Das majestätische ›uns‹ bringt mich in Rage, und dieser Nachname auch. »Ich heiße nicht Rosenfeld. Wir heißen Wilde, alle fünf.« Ich beobachte, wie sie nachrechnet. Eine Mutter ohne Mann, plus vier Kids minus Lucas, weil der einen anderen Vater hat. Ihre Augen eilen zu meinem Ex hinüber. Er tut ihr leid, das sieht ein Blinder.

»Ich habe das ändern lassen. Und überhaupt, die ganze Story ist wahnwitzig. Ich kann meinem Exmann die Kinder schließlich nicht auf die Fußmatte legen. Erst schert er sich den Teufel um sie, und am Vierundzwanzigsten wird er rührselig.«

Das ist auch eine besondere Note an mir. Wenn etwas bei mir angekratzt wird, was ich lieber unter Verschluß halten möchte, dann überdrehe ich und werde künstlich salopp. Im Grunde ist das nichts als ein Ablenkungsmanöver, mein Ex weiß das natürlich, aber für diese Frau Klein wachse ich mich nachgerade zum Ungeheuer aus. Sie schraubt sich kerzengerade hoch hinter ihrem Schreibtisch. »So geht das nicht, Frau Wilde. Wenn Sie sich bitte mäßigen wollen.«

Wie sie meinen Namen ausspricht, das gefällt mir nicht. Ich schiebe beide Hände unter meinen Po, ich brauche das Gewicht meines Körpers, um mir bewußtzumachen, daß ich auf dem Teppich bleiben muß. Es geht weiter, maßvoll. Aber es ist ein Maß, das nicht auf mich paßt.

»Der Kindsvater hat ein gesetzlich verbrieftes Recht. Und Sie sind zur Mitwirkung verpflichtet. Ansonsten ...« Sie raschelt mit ihrem Papierstapel, wahrscheinlich sucht sie nach den Paragraphen, mit denen sie mich anbinden kann.

Ich kann es nicht ausstehen, wenn jemand mir droht. Zugegeben, diese Frau hat keine Ahnung, was hinter den Kulissen gelaufen ist. Aber sie strengt sich auch nicht an, es herauszufinden, kein bißchen. Sie hat sich auf Anhieb für den Hahnentritt entschieden.

»Er kann seine Kinder besuchen, jederzeit, ein Anruf genügt. Weihnachten hat er sie auch gehabt, nur damit Sie Bescheid wissen«, erkläre ich harsch.

Ihre Augen pendeln über den Brillenrand, weg von mir zu ihm. Jochen knetet sein Ohrläppchen, ich kenne sein Verlegenheitsritual.

»Das zählt doch nicht. Für die Kinder zählt Heiligabend, sonst nichts. Ich war ja sogar bereit, mit ihr zusammen zu feiern. Zum Dank habe ich mir diesen rüden Brief eingehandelt. Ich stehe nicht auf ihrer Hitliste, schreibt sie. Eine Frechheit, ihr Hit gehörte vermutlich zur Bescherung, deshalb durfte ich nicht kommen.«

Das ist auch rüde, aber Frau Klein reagiert nicht. Sie blättert schon wieder und zieht die Kopie von dem Brief heraus, den ich als Antwort auf das 600-Mark-Angebot geschrieben habe. Für sie bleibe ich am Pranger, das paßt besser in ihre Optik. Und das mit der Hitliste ist ja wirklich harter Tobak, wenn man die Vorgeschichte nicht kennt, und die hat er bestimmt nicht erzählt.

»Frau Wilde, ich verstehe Sie nicht. Der Vater der Kinder hat Ihnen doch ein sehr großzügiges Angebot gemacht. Wenn Sie sich ständig querstellen, müssen wir von Amts wegen einschreiten.«

Ich habe eine Vision, eine schreckliche. Bei einer Bekannten von mir ist man auch eingeschritten. Jeden zweiten Samstag muß sie nun ihre drei Kinder Schlag neun vors Haus bringen, im Mantel und mit Übernachtungsgepäck, damit die ihrem Vater jedesmal neu ins Gesicht sagen, daß sie nicht mitkommen. Die Mutter muß solange drinnen bleiben. Er ist Arzt und kommt in dem Nest, wo er praktiziert, gleich nach dem lieben Gott und dem Bürgermeister. Für die Kleinen ist es eine Tortur, zwei sind inzwischen in Therapie. Nur das Jüngste hat das nicht ausgehalten und geht mit dem Vater. Er gibt das Kind dann bei seiner Mutter ab, der Triumph reicht ihm wohl, und am Sonntag lädt er die Tochter wieder zu Hause ab, fast immer mit einem Geschenk. Die Geschwister schneiden ihre Schwester, obwohl die erst drei Jahre ist und alle Süßigkeiten teilt.

»Ich stelle mich gar nicht quer«, antworte ich zahm vor Angst. Da blendet sich diese Josy wieder ein, ich kann nichts tun gegen die Schnappschüsse in meinem Kopf. Und schon überrollt mich wieder der Drang zurückzustechen: »Ich will nur nicht, daß meine Söhne seinen Harem ertragen müssen.«

»Frau Wilde, das geht zu weit. Wir wollen hier sachlich und ruhig ...«

»Da hören Sie es«, knallt Jochen dazwischen. Ich weiß warum, er möchte seinen Harem nicht sachlich und ruhig ausbreiten. Josy liegt in der Luft, und von dieser Story hat er dem Jugendamt bestimmt auch keine Kopie gemacht. Er dreht den Spieß um, er tut es geschickt durch die Hintertür, denn er ist clever. Das ist bestimmt schon in seinem Genmaterial gespeichert, und als Kaufmann kennt er sowieso jeden Trick.

»Ich wollte eigentlich nicht davon anfangen, aber es hat mich tief verletzt. Am Telefon hat mein Jüngster mehrmals gefragt, ob ich der Papa Bernd bin. Und seit neuestem existiert auch ein Papa Fritz. Können Sie sich so etwas vorstellen, mein Sohn muß zu ihren Liebhabern Papa sagen?«

Sie traut es mir zu, diese Frau. Ich lese es in ihren Augen. Wer Kinder von zwei Männern hat und so daherkommt wie ich ... Für sie bin ich schlichtweg unseriös, mir fehlt sein Hahnentritt.

»Stimmt das, Frau Wilde?«

»Natürlich nicht. Dieser Papa Bernd ist glücklich verheiratet und hat selbst drei Kinder. Lucas bewundert ihn, und manchmal leiht er sich diese Anrede aus. Genauso, wie er mit seinem besten Freund liebend gern Eltern spielt. Dann ist er selbst die Mutter, und Fritz muß der Vater sein. Das ist halt etwas, was Lucas sehr fehlt.«

Etwas hat sich verändert. Ich spüre es, als ich aufschaue. Das dauert eine Weile, weil ich abgetaucht bin in dieses Bild von einem Dreijährigen, der sich Ersatz für einen Vater schafft, der nicht mehr bei ihm ist. Es macht mich total traurig, da schlaffen auch meine Wortgeschosse ab.

Das Gesicht hinter dem Schreibtisch schließt sich zögernd auf. Bestimmt hat es nichts mit mir zu tun, aber das Bild rührt auch sie an. »Vielleicht ist es gut, daß der Junge soviel Fantasie hat«, sagt sie leise.

»Mein Sohn braucht keine Fantasie, er hat einen Vater aus Fleisch und Blut. Und die anderen beiden auch. Ich bin immer für meine Kinder da, aber sie läßt mich ja nicht«, fährt mein Exmann dazwischen.

Das Gesicht vor mir verschließt sich wieder. »Nun gut, lassen wir das. Ich bin bereit, auf ein Protokoll von diesem Gespräch zu verzichten. Es reicht mir, wenn wir hier zu einer festen Regelung kommen. Ich schlage vor, Herr Rosenfeld darf seine Söhne jeden ersten und dritten Samstag im Monat besuchen, und Sie, Frau Wilde, stimmen dem hier verbindlich zu.«

»Das tue ich gern.«

Sie schaut mich an, diesmal ohne den Umweg über meine hochgerutschten Bermudas, es ist fast schon versöhnlich. Sie möchte an ihren Sieg über meinen Starrsinn glauben, aber das klappt nur ganz kurz, weil ich diese Farce nicht ertrage, bei der mein Mann King ist.

»Können wir aus diesem Besuchsrecht nicht eine Pflicht machen«, schlage ich vor. Meine Stimme ist sanft, aber Jochen duckt sich schon. Nur die Frau zwischen uns beiden zögert noch, weil sie nicht weiß, was sie mit dieser Frage anstellen soll.

»Wie meinen Sie das? Es liegt doch auf der Hand, daß Ihr geschiedener Mann seine Kinder sehen will, deshalb hat er uns schließlich bemüht.«

»Glauben Sie? Im vergangenen Jahr gab es achtzehn Termine, nur einmal ist er gekommen. Beim zweiten Mal hat er eine

Viertelstunde vorher abgesagt, und danach hat er sich einfach nicht mehr blicken lassen, bis Weihnachten nicht. So ist das nämlich. Haben die Kinder da nicht auch ein Recht auf etwas Verbindliches?«

»Ich bin Kaufmann, ich bin häufig auf Reisen.«

Die vier Wochen Karibik und sein Jet-set liegen mir auf der Zunge, aber ich schlucke es hinunter. Er stolpert auch so, ich erkenne es an seinem Ohrfriemeln und an der Art, wie er wegerklären möchte, daß es ihm nur um sein Recht geht. Praktizieren müssen will er sein Vaterprivileg nicht, und das bekommt allmählich auch diese Frau mit, bei ihrem Job kann ihr das Thema Vaterflucht in all seinen schäbigen Facetten nicht fremd sein.

»So etwas ist im Familienrecht nicht vorgesehen.« Sie weicht aus, ihr Paragraphenhalt ist futsch, und sie schaut zwischen uns beiden durch auf die kahle Wand, wo nur ein Poster vom Weltkindertag hängt. Sie forciert das Tempo. »Wir vertrauen darauf, daß die betreffenden Väter ihre Verantwortung ernst nehmen. Und was nun den Jahresurlaub betrifft, so halten wir am besten gleich die ersten drei Wochen der Sommerferien fest. Sind Sie einverstanden?«

Sie läßt die Ringe von ihrem Ordner zuschnappen. Die letzte Frage stellt sie nur noch pro forma, aber ich sage: »Nein.«

Es reicht ihr jetzt. Die Finger steppen über den Aktendeckel, und ihre verkniffenen Mundwinkel verkünden: Ich habe es ja gleich gewußt. Sie schwenkt wieder voll ein auf Jochens Kurs. Sie will mir mit einer Verfügung beikommen, aber das zieht nicht, sie hätte besser einmal die alten Akten studiert.

»Der Familienrichter hat meinem Mann nur ein stundenweises Besuchsrecht zugebilligt«, erkläre ich mitten hinein in ihren amtlichen Drohton.

Es entsteht eine Pause, sogar eine ziemlich lange, denn das, wovon ich rede, liegt schon zwei Jahre zurück. Sie muß erst suchen.

»Warum sagen Sie das nicht gleich?«

Beliebt habe ich mich nicht gemacht. Sie war voreingenommen, und ich habe die Falle zuschnappen lassen, ich bin auch nur ein Mensch. Meine Wahrheit kann sie jedenfalls zwischen ihren Aktendeckeln nachlesen, und sie weiß nur zu gut, was es bedeutet, wenn einem Vater jedes längere Zusammensein mit seinen Kindern gestrichen wird. Dann stinkt es, und zwar ganz gehörig. Zu einem solchen Schritt raffen bundesdeutsche Richter sich nur auf, wenn nichts mehr geht; und ›Josys‹ können für Kinder schlimmer sein als Prügel.

»Schon gut, ich pfeife auf diesen Urlaub.« Jochen steht auf, die verbindlich über seine Stirn gekringelte Locke streift er brüsk zurück. Er ist sauer, und natürlich kreidet er mir diese Schlappe auf dem Jugendamt an. Er hat sich so sicher gefühlt in seinem Hahnentritt, und irgendwie vertraut er noch immer darauf, daß ich ihn nicht bloßstelle. Meistens kommt er durch mit seiner Masche.

Ein paar Tage vergehen, da bringt Jonas einen Goofy mit heim. Er zeigt ihn mir nicht, ich entdecke ihn in dem poppigen Rucksack, der seine Kindergartentasche abgelöst hat. »Wo hast du denn den her?«

Stumm schnappt mein Sohn sich die spillerige Figur mit dem Lederblouson und der Schlägerkappe. Maxi hat genau denselben, von seinem Vater, aber an den darf Jonas nie ran. Der Goofy fliegt in den Mülleimer.

»Was soll das?«

»Jochen war im Kindergarten.« Er spart das ›Papa‹ aus, der nackte Vorname geht ihm fremd über die Lippen. Es ist kein Versprecher, das spüre ich, aber ich verstehe es nicht, denn ich habe nichts von der Geschichte im Jugendamt ausgeplaudert.

»Und warum muß der Goofy in den Müll?«

»Er hat gesagt, ich darf nur zu ihm Papa sagen. Zu keinem anderen. Sonst kommt der Richter.«

Das hört sich an, als wenn der Henker käme. Ob es falsch war, daß ich dieses Thema bei den Kleinen ausgespart habe? Jetzt übersteigern sie in ihrer Fantasie womöglich die Wichtigkeit des Amtsgerichts, die eher zäh als furchterregend ist.

»Richter kommen nie zu einem. Da muß man immer hin.«

»Maxi, halt den Mund.«

»Immer meckerst du gleich.«

»Du nervst.«

»Und du bist blöd.«

Jonas steht noch immer neben dem Mülleimer. Seine Augen träumen kein bißchen. Nicht einmal sein Bäuchlein stippt heraus, er hat sich etwas übergestülpt, das ihn starr macht. Als ich ihn kuscheln will, duckt er sich weg. Er stemmt sich gegen die Drohung seines Vaters und gegen die Angst, die in ihm rumort. Er ist sich nicht sicher, ob ich es mit diesem Richter aufnehmen kann, das muß es sein.

»Fabian!«

Maxi brüllt, trotz Treppe und Sprechanlage. Ich sage nichts, diesmal nicht. Manchmal hilft wirklich nur noch der große Bruder. Der donnert die Stufen herunter und überfliegt die Szene. Kein cooler Spruch, er fragt auch nichts. Alle vier driften hoch in das Zimmer meines Twens, das gewöhnlich tabu ist für die Kleinen. Als ich mich auf Zehenspitzen hochschleiche und an der Tür lausche, dudelt der Computer.

»Geil! Ich bin im dritten Level.« Das ist Jonas.

Vorsichtig begebe ich mich auf den Rückzug.

Ein paar Tage lang passiert gar nichts. Jonas ist nun einmal ein Träumerle, bei ihm geht nichts von jetzt auf gleich. Am Wochenende sind wir am Monte Cerbelino verabredet. Das ist ein Schuttberg, den die Trümmerfrauen nach dem Krieg zusammengetragen haben. Eine dicke Schicht Pulverschnee ist dort liegengeblieben, das ist in der Großstadt schon ein kleines Wunder.

»Hallo, Jonas. Fährst du mit uns?« Das ist der bewußte ›Papa Bernd‹, der Kinderfreak, und seine Esther ist sozusagen mit meinem Jonas verlobt, ein paarmal haben sie auch schon Heiraten geübt. Mein Sohn nickt und klettert auf den behäbigen Holzschlitten. Er kuschelt sich an den breiten Männerrücken.

»Fahren wir heute auch die Höllenbahn, Bernd?«

»Klar, machen wir.«

»Hast du gehört, Mam-Pa? Die Höllenbahn.«

Ich sehe auf die Zipfelmütze, die auch Fabian und Maxi schon getragen haben. Der leuchtendrote Quast wird zum Punkt, der bergab schlingert.

»Mam-Pa«? Ich koste das fremde Wort, eigentlich sind es ja zwei. Die Unschuld, mit der mein Sohn sich Väter von fremden Familienbäumen geklaubt hat, so, wie er es braucht, ist verloren. Jetzt hängt er es an mich, funktioniert mich per Sprachschöpfung um. Da kann ihm kein Richter und kein Drohvater mehr blöd kommen, bei mir ist er sicher.

Wie der Graben tiefer wird

Jonas ist wie gesagt ein Träumerle, aber eigentlich träumt er sich nur weg, wenn ihm nicht besonders wichtig ist, was um ihn herum passiert. Dann schummern seine großen Augen, und wenn ich ihn rufe, guckt er durch mich durch, einfach so.

Die Querelen rund um seine Geburt hat er hoffentlich auch weggedimmert. Vermutlich wäre er gern noch länger in meinem Bauch geblieben, fünf Tage überfällig war er sowieso. Aber dann hat sein Vater den hypermodernen Duschkopf zerdeppert, den ich im Alleingang gekauft habe, und ich rastete aus, mit triefnassen Haaren und einem lädierten Finger.

»Hast du dir weh getan?«

»Nein, ich blute zum Vergnügen.«

»Hättest du nicht dieses absolut idiotische Keramikding gekauft ...«

»... könntest du jetzt nicht deine Besserwissersprüche loslassen.«

»Mir reicht es. Ich gehe schlafen.«

»Nur zu, das Baby kommt auch ohne dich raus.«

Mühsam nur ist Jochen damals in die Rolle des werdenden Vaters zurückgekehrt. Sehr überzeugend war er nicht. Vermutlich dachte er bis zur letzten Sekunde, ich wollte ihn linken.

»Wir haben noch viel Zeit«, meinte der milchjunge Arzt, dem man die Nachtschicht aufgebrummt hatte. Er zeigte auf den Papierstreifen, den der Wehenschreiber ausspuckte. Die Wehenberge waren plumpe Buckel, die klassische Spitze fehlte, also war ich noch nicht soweit, wenigstens dem Lehrbuch nach nicht.

Jochen sah das genauso. »Heißt das, wir können wieder heimfahren?«

»Vor morgen tut sich nichts, wenn überhaupt.«

Hab' ich mir doch gedacht, muffelten die Augen meines Mannes. Er schnappte sich mein Köfferchen und hielt wortlos die Tür für mich auf.

»Ich bleibe.«

Dieses harsche Widersprechen ist auch so etwas, was mir noch heute zu schaffen macht. Mir ist schon klar, daß eine Prise Verbindlichkeit nicht schaden würde. Aber wenn ich geladen bin bis zur Tränengrenze, dann ist kein Platz mehr für derlei Kalkül, und ich plaziere meine Wortbomben einfach so.

Die beiden Männer zuckten jedenfalls zusammen, gleichzeitig, sozusagen ein solidarisches Männerzucken.

»Wie bitte?«

Das war der Arzt, Jochen sagte nichts, doch er kochte. Aber ich wollte nichts mit seiner Wut zu tun haben, denn was da an uns beiden fraß, war viel mehr als der Fight um diesen vermaledeiten Duschkopf. Der und eine kleine Pfanne, das waren die einzigen Knallkörper gewesen, die in fünfzehn Ehejahren explodiert waren; alles andere hatten wir glattgebügelt und uns dabei eingeredet, die Stille wäre friedlich. Jetzt wurde das Brodeln hörbar, aber nachträglich Dampf ablassen taugt wohl nicht. Und außerdem bekam ich mein Kind.

Ich übersah Jochen einfach und klickte den Arzt an.

»Ich möchte lieber bleiben. Geht das?«

»Schon. Aber es ist nicht nötig.«

Ich lächelte sein Zögern nieder. Die nächste Wehe rollte an, und egal, wie simpel mein Muttermund oder die Zipfelmützenlandschaft auf diesem Papierstreifen aussahen, ich wußte es besser.

Ich habe recht behalten.

Jochen fuhr heim, und knapp eine Stunde später lag Jonas auf meinem Bauch. Sein Vater hat die Geburt verpaßt, bei den anderen beiden war er dabei. Heute glaube ich, es war so eine Art Omen. Als ich dieses Winzwesen auf meiner Haut spürte, die Nabelschnur pulste noch zwischen uns, und Jochen ins Zimmer kam, da habe ich nur Fremdheit gespürt. Er wohl auch, denn er hat mich nicht einmal richtig geküßt und in den Arm genommen, unseren Sohn übrigens auch nicht. Wie er über uns weg mit dem Professor geredet hat, der auch zu spät gekommen war, das war schon eigentümlich. Und das Thema der beiden war es erst recht.

»Herzlichen Glückwunsch, Herr Rosenfeld.«

»Danke. Bald haben wir die Fußballelf zusammen.«

»Tja, wenn Sie die Geschichte nicht steuern …«

»Möchte ich ja, aber bis jetzt, Sie sehen ja selbst, drei Jungen.«

»Gewußt wie. Wenn Sie wollen, schickt Ihnen meine Sekretärin ein Paper zu. Von mir selbst verfaßt, damit bekommen Sie die Geschlechtsbestimmung in den Griff, die Erfolgsquote gibt mir recht.«

Bei meiner Entlassung haben sich die beiden Männer per Handschlag auf ein Wiedersehen verabredet.

»In spätestens zwei Jahren sind wir wieder hier. Denken Sie an das Paper.«

»Die Wette gilt. Es wird bestimmt eine Tochter, auf meine Methode ist Verlaß.«

In zwei Jahren? Das kam in etwa hin. Nach zwei Jahren sah der Chef der Gynäkologischen mich tatsächlich wieder. Aber nur mich, ohne Jochen, und ein Mädchen wurde es natürlich auch nicht. Lucas war schließlich ohne dieses tolle Paper entstanden und überhaupt ganz ohne Plan.

»Wo ist denn Ihr Gatte?«

»Weg.«

Von da an wurde ich in Watte gepackt. Ich lag immerhin in einem katholischen Krankenhaus, da gelten vier Kinder erst recht als Segen, und flüchtige Väter sind Todsünder. Ich bekam sogar zum Frühstück und nachmittags noch einmal zwei Kännchen Kaffee, nur ich, sonst niemand auf der Station. Lästig war nur, daß ich nicht glücklich sein durfte, das nahmen sie mir nicht ab, mir mußte es einfach schlechtgehen.

Nach drei Tagen platzte mein Schwindel. Vermutlich hat die Verwaltungsdame geplaudert, oder der Prof hat meine Personalien durchgeblättert. Irgendwie habe ich es nämlich nicht geschafft, im Kreißsaal mit dem zweiten Vater herauszurücken. Ich habe mir einfach eine Extraration Wohlwollen erschummelt. Womöglich wollte ich Jochen auch eins auswischen bei seinem speziellen Freund, das weiß ich nicht mehr so genau. Hinterher war es jedenfalls doppelt peinlich, weswegen ich auch nur vier Tage im Krankenhaus geblieben bin, sonst waren es immer sieben. Jochen hätte niemals so gestümpert, er zieht seine Rolle immer ganz perfekt durch. Aber ich brauche nur ein Fitzchen Wahrheit auszulassen, da erwischt man mich schon im Hemd.

»Du bist total lebensfremd«, hat mein Ex immer behauptet,

aber unzufrieden klang das eigentlich nie. Es war wohl eher eine Art Kräfteausgleich zwischen ihm und mir. Er war der Macher, und ich zog die Fäden, jedenfalls sahen das die anderen so.

Dazu fällt mir gleich wieder eine Story ein, die in unserer Familie blitzschnell die Runde gemacht hat.

Maxi war sonntags wieder einmal beim Uropa gewesen. Der konnte herrlich erzählen, und ich vermute, daß mein Zweitgeborener einen Teil seiner Weisheiten dort abgeschöpft hat. Jedenfalls stürmte Maxi an jenem Sonntag die Treppe hoch und kringelte sich vor Lachen.

»Der Uropa ist vielleicht doof. Der glaubt, unser Papa kann backen.«

Ich dachte spontan an die Dose ›Knack und back‹ in unserem Kühlschrank, mit der Jochen uns irgendwann überraschen wollte, und grinste auch. »Na so was.«

Maxi steht gern im Mittelpunkt, genau wie sein Vater. Manchmal erwische auch ich mich dabei, wie ich mich nach vorn schiebe, aber das ist natürlich etwas anderes, denn ich bin im Zeichen des Löwen geboren, und gegen die Sterne kommt niemand an, oder?

Maxi jedenfalls merkte, er kam an, und prompt walzte er die Backstory aus: »Der Uropa hat nämlich erzählt, daß der Papa bei der Mama immer kleine Brötchen backt, dabei kann er nicht mal Spiegelei. Alle haben gelacht, sogar die Omi und Tante Trude.«

Ich konnte mein Lachen nicht schnell genug einfangen, da war Jochen schon draußen. Er kam erst morgens um drei wieder, aber ich habe nicht gemeckert. Und über diese Brötchengeschichte haben wir uns auch ausgeschwiegen. Ein paar Wochen lang hat Jochen jedes Verbot von mir aufgehoben, die Kinder fanden das toll. Dann ist es ihm zu lästig oder zu stressig geworden, und er hat das Erziehungsgewusel schnell wieder zu mir rübergeschoben.

Es war ein Tauziehen, wenn ich es mir heute überlege, über Jahre hinweg. Jonas sollte das wohl kaschieren, so ein Neugeborenes ist wie eine Fahne, die jeder sieht und bewundert. Eine Fahne, auf der draufsteht: »Wir sind happy. Uns wirft nichts um.«

Gestimmt hat es nicht, der Wurm war drin. Gott sei Dank hat unser Mini-Sohn sich nicht benutzen lassen. Er hat die Ära ›Vater‹ quasi verschlafen, und unser ›Blinde-Kuh‹-Spiel auch. Heute zimmert Jonas sich seinen Supervater zurecht, vielleicht ist das wirklich am besten so.

Ein Date mit Konzert

Zwei Tage vor Weihnachten ist übrigens unser ›Knubbelchen‹ abgenibbelt, diesmal endgültig. Wenn ich mich mit dem Drachenbauer zusammengetan hätte, wäre mein Auto wohl noch über den Winter gekommen. Vorsichtshalber fange ich schon einmal an, vom Eisenbahnfahren zu schwärmen.

»Im Zug könnt ihr herumlaufen, essen und spielen, und im Stau stehen wir auch nicht mehr. Super, sage ich euch.«

»Wann müssen wir fahren?«

Fabian ist der Spielverderber. Ohne Auto, das ist für ihn wie amputiert. Und sein Vater hat sich gerade einen 300 SK mit Achtlochfelgen und Windspoiler gekauft, nachdem er mit uns drei Generationen Volkswagen verschlissen hat. Das macht meinen Großen natürlich sauer.

»Also, am Sonntag fahren wir alle nach Rheydt.«

Fabians Miesepeterei wird kleingejubelt. In Rheydt wohnt nämlich der zweite ›Papa Bernd‹, der mit Katze, Kaninchen und Garten und Familie obendrein.

Ich bin schon ab Pulheim kribbelig, weil ich Angst habe, unsere Station zu verpassen. Ich bin bekanntermaßen nicht sonderlich begabt fürs Praktische, und in Geographie bin ich sowieso eine Null. Außerdem spielen meine Kids seelenruhig Malefiz, ab und zu taucht Lucas nach einer Spielfigur ab, und picknicken müssen die vier natürlich auch, schließlich fahren wir fast eine Stunde lang.

Beinahe wären wir schon in Rheydt-Odenkirchen ausgestiegen, daran ist bloß meine Hektik schuld. Fabian bemerkt den Irrtum in letzter Sekunde. Unser aufgeregtes Hin und Her kitzelt lebhafte Anteilnahme aus unseren Mitreisenden heraus. Das sind vor allem Kaffeebesucher mit Blumenstrauß, einzeln oder zu zweit, nur ein Paar hat ein kleines Mädchen dabei. Dagegen sind wir fünf Exoten, ohne Auto und vaterlos, aber mit viel Drive; wir würden glatt nach Palermo passen.

Auf dem Bahnsteig steht Bernd. Er ist wohl auf eine Rettungsaktion geeicht, aber diesmal liegt er falsch: Ich habe mehr Helfer als Kinder, sogar Maxi wird hochgehoben und sanft wieder abgesetzt.

»Spinnen die denn«, legt Maxi los, kaum daß er wieder festen Boden unter den Füßen spürt, aber das hört gottlob keiner mehr. Der Stationsvorsteher pfeift, und Bernd wischt sich die Lachtränen weg.

»Köstlich«, schnauft er. »Da soll noch mal jemand sagen, die Deutschen wären nicht kinderlieb.«

»Ekelpaket! Und herzlichen Glückwunsch.«

So ist das bei uns, es ist eine Freundschaft zum Anlehnen, da tun die Piekser nicht weh. Manchmal beneide ich meine Freundin um diesen Mann. Er hat etwas, ich kann es nicht beschreiben, jedenfalls schlafft daneben selbst dieser irre ›Levis‹-Typ ab. Der hat nur einen tollen Body, aber Bernd wird noch aufregend sein, wenn er einen Bauch hat oder Kahlschlag statt Lokken, da bin ich sicher.

In dem behäbigen Haus mit den blauen Holzdielen und dem Urwalddschungel vor den weißgekalkten Wänden trubelt es schon tüchtig, sogar die ›Westfalen‹ sind gekommen, die kenne ich noch nicht. Bernd stellt mir seine Schwester vor, mit Anhang, und zuletzt seinen jüngeren Bruder: »Das ist Hannes.« Hannes ist ihm wie aus dem Gesicht geschnitten.

»Hallo«, sage ich und renne in die Küche zu Jutta. Ich bin auf ein Familienfest eingestellt, da bringt es mich völlig durcheinander, wenn ein Mann dazwischenfunkt.

»Du, dein Schwager ist nicht übel«, sage ich zu Jutta.

»Hannes?«

»Hm.«

Sie blinzelt mir zu. »Er sieht Bernd ähnlich. Aber sonst, ich weiß nicht, er ist ein Krebs.« Über das Sternzeichen gehe ich großzügig hinweg. Es ist unfair, jemanden in eine Schablone zu pressen, finde ich, auch wenn Jochen und Jörg wirklich typische Steinböcke sind; von dieser Spezies lasse ich in Zukunft garantiert die Finger.

»Ist seine Frau nicht mitgekommen?« frage ich harmlos und klaube mir ein Radieschen aus der Dekoration.

»Er ist geschieden, sie war ihm zu unzuverlässig. Nach Leerdorf, in sein Kaff, hat sie wirklich nicht gepaßt. Aber seine Kinder leben bei ihm, die schwirren hier auch irgendwo herum. Interessiert?«

»Quatsch! Einfach nur so ...«

Jutta entreißt mir das zweite Radieschen, es ist kunstvoll in Rosenform geschnitten. »Hör auf. Da steht eine ganze Schüssel, nimm die.«

»Sorry. Ich war in Gedanken.«

»Wohl wahr.« Ihre Augen blicken rasch hinüber zu dem Mann, der ein Zwilling von ihrem Bernd sein könnte, und ich bremse meine Finger, die schon wieder in die Platte mit den Horsd'œuvres einbrechen wollen. Wenn ich aufgeregt bin, greife ich mir die nächstbeste Fressalie, ich muß dann etwas knabbern, und Radieschen leuchten nun einmal so auffordernd rot. Jutta drückt mir zwei Baguettebrote und ein Fäßchen mit Griebenschmalz in die Hand.

»Übrigens, er ist Polizist.«

Das hört sich so nach Magenbitter an. Ich schlucke. »Polizisten sind auch Menschen, oder?«

»Logo. Erzsolide Menschen sind das.«

Ich weiß genau, woran Jutta denkt. Es gab mal eine Zeit, da haben wir Schulter an Schulter gegen Notstandgesetze und Nachrüstung demonstriert. Damals waren die Grünröcke nicht unbedingt unsere Freunde.

»Inzwischen gibt es unter denen auch sehr kritische Typen. Wetten, daß in eurer Bürgerinitiative mindestens ein Polizist mitarbeitet.«

»Schon möglich. Aber in Leerdorf gibt es keine Bürgerinitiative, bloß einen Chor, einen Taubenzüchterverein und einen Kegelclub. Ich glaube, Hannes singt. Hannes?«

Er hört sie, was kein Wunder ist, denn ihr Gebrüll durch die Küchentür war laut genug. Jetzt kommt er auf uns zu, ich halte ihm die Brote und das Schmalz entgegen, aber er greift zielsicher an mir vorbei nach dem drittvorletzten Radieschen im Röschenlook. »Appetitlich sieht das aus, Juttaken.«

»Nenn mich nicht Juttaken, du Dörfler. In welchem Gesangsverein knödelst du eigentlich mit? Lea will es wissen, sie hat ein Faible für Tenöre mit Handschellen in der Gesäßtasche.«

»Tut mir leid, aber ich spiele nur Akkordeon und ein bißchen Mundharmonika.«

Er nimmt dieses Weib, das ihn auf den Arm nimmt, tatsächlich ernst, und in dieser Sekunde verstehe ich, was meine eigene Flachserei mitunter für Löcher fräsen muß.

»Hören Sie nicht auf Jutta, kein Ton davon ist wahr.«

»Oh«, macht er nur. Er wirkt viel jünger als sein Bruder, bestimmt ist er schüchtern. Beim Essen schmuggele ich mich neben ihn. Es ist gar nicht einfach, mit ihm ins Gespräch zu kommen, aber die mit dem flotten Mundwerk sind ja nicht unbedingt die besseren Menschen. Und da ich schon ein paar

Sachen über ihn weiß, fange ich munter an, vom Alleinerziehen und meinem Urlaub auf dem Bauernhof zu plaudern, das ist schließlich beides sein Metier, denke ich. Beim Thema Urlaub mit Kindern kommt er endlich in Fahrt. Allerdings ist er begeisterter Camper, das liegt mir gar nicht. Im letzten Sommer hat er mit seinen beiden Söhnen halb Frankreich erradelt. Er kennt tausend Kniffe, um mit Steigungen und Windböen und Regengüssen fertig zu werden, das imponiert mir natürlich.

Als der Frankfurter Kranz auf den Tisch kommt, sind wir wieder bei der Musik angelangt. Er hat ein Abonnement für die Raderbergkonzerte, deshalb kommt er einmal im Monat nach Köln. Er schwärmt von einem Streichquartett von Haydn, ich kenne es nicht, aber ich nicke. Und er kann sich sogar für diesen ›Berg‹ erwärmen. »Sehr progressiv, noch heute, dabei ist die Komposition hundert Jahre alt.«

Ich nicke wieder, das mit dem ›progressiv‹ ist mir aus der Seele gesprochen, denn deshalb habe ich mich neulich in der Pause aus der Philharmonie gestohlen. Zuerst gab es Schumann, der hat so etwas Blumiges, das liegt mir und greift mir ans Herz, aber dieser Berg danach hat ihn mir total vergällt. Morgens früh würde ich dieses schrille Gehedel glatt für eines von den Mätzchen meiner Söhne halten.

»Eigentlich schade«, meint Hannes, und beinahe hätte er mir eine Sekunde mitten in die Pupille geguckt. Seine Augen sind genauso samtbraun wie die von Bernd, nur sanfter, aber das bilde ich mir womöglich ein, weil ich ihn noch nicht so gut kenne.

»Schade?« frage ich zurück.

»Ja. Ich meine, wenn du auch etwas für diese Musik übrig hättest ...« Er läßt den Satz unvollendet, und ich protestiere lebhaft: »Aber ich liebe klassische Musik.« Ob er mir eben wohl angesehen hat, wie wenig Ahnung ich habe? Oder wie kommt er auf so etwas?

»Nun ja ...« Es klingt blöde, aber wie er mich bei diesen

zwei leeren Worten ansieht, das hat geradezu etwas Kokettes. Mir dämmert, was er meint, es ist die Sache mit seinem Chor und dem Tenor, er hat Juttas Ulknummer eben doch durchschaut.

»Also, ich habe schon ein Faible in diese Richtung, das gilt nicht nur für Tenöre«, versichere ich ihm.

»Wenn das so ist.« Er hört schon wieder auf zu reden, aber diesmal lasse ich ihn nicht entwischen. Ich schupse ihn mit meinen Augen an und hänge sicherheitshalber auch noch ein »Ja?« an. Das Fragezeichen am Ende kann er einfach nicht überhören.

Er reagiert. »Also, wenn Sie wollen, können wir doch einmal zusammen ein Konzert besuchen. Eine einzelne Karte bekommt man fast immer an der Abendkasse.«

Ich strahle ihn an. Hoffentlich gibt es nicht ausgerechnet Mahler oder diesen Berg. »Gern«, und schon krame ich eine Visitenkarte aus meiner Handtasche. Man muß ihm ein bißchen helfen, das habe ich schon kapiert, denn er ist rührend ungelenk in diesen Dingen.

Allmählich brechen sie auf, die Verwandten, Hannes auch. Er ist zusammen mit seiner Schwester und deren Mann gekommen, die haben einen VW-Bus. Ich registriere erst jetzt, daß die beiden Semmelblonden in den Holzfällerhemden zu Hannes gehören. Der eine heißt Kim und war zwischendurch in eine Rauferei mit Maxi verwickelt, das habe ich aus den Augenwinkeln mitbekommen. Jedenfalls sind seine Söhne genauso unausstehlich wie meine, wenn sie kommen sollen. Es dauert mit Trinken, Pipi machen und Jacke suchen bestimmt eine halbe Stunde, und Hannes sieht erschöpft aus; er tut mir leid. Was natürlich blödsinnig ist, warum soll es ihm bessergehen als einer Heerschar von alleinerziehenden Müttern, die bedauert auch keiner.

»Na, hast du ihn an der Angel?« fragt Jutta etwas später.

»Wieso helfe ich dir überhaupt?« Ich knalle das Abtrockentuch auf den Küchentisch, manchmal nervt so eine beste Freundin wirklich.

»Ach komm, hab' dich nicht so.« Jutta öffnet die Kühlschranktür und zieht das Gemüsefach auf. Dort hat sie die letzte Flasche Sekt versteckt. Verwandtschaft ist so hemmungslos, da muß man vorbeugen.

Wir kichern. Das ist wieder das Schöne an so einer Freundschaft, da kommt ohne einen einzigen Ton oft mehr rüber als ein komplettes Drehbuch.

»Typisch! Bekomme ich auch ein Glas?«

Unser Kichern wächst sich zum Glucksen aus, aber Bernd bleibt cool, er kennt das schon. »Raus mit euch«, grummelt er und fängt an, System in das Chaos von schmutzigem Geschirr und Essensresten zu bringen.

Die Flasche nehmen wir mit, jetzt haben wir doch noch Zeit für einen Plausch. Und obwohl ich mir fest vorgenommen habe, dichtzuhalten, gebe ich den Stand der Dinge preis, was Hannes und den Konzertbesuch betrifft.

»Du bist unmöglich«, sagt Jutta, aber das hört sich fast schon bewundernd an. Wie ich so jemanden ganz nah an mich heranhole, mit kurzsichtig schwimmenden Augen, das amüsiert sie. Und wenn ein Date dabei herausspringt, findet sie das im Grunde toll, ihr ›unmöglich‹ ist nur eine Umschreibung.

Das Date habe ich schon eine Woche später, exakt nach Plan zum Konzert. Ich höre wirklich gern Musik, auch klassische, aber wie diese Abo-Gemeinde jede Note seziert, das nervt mich schon. Dem Mann, der schräg vor mir sitzt, wachsen ein paar lange Geißenhaare aus der Ohrmuschel, das sieht total abartig aus, ich starre die ganze Zeit darauf. Sonst gibt es keinen Blickfang, die Musiker sind sowieso Ton in Ton. Eigentlich ist es nur dieses Ohr mit dem Haarbüschel, das mich wach hält.

»Möchtest du etwas trinken?«

Ich nehme Cola. Die letzte habe ich mit meinem Ex getrunken, aber ich denke an die zweite Halbzeit, da brauche ich einen Schuß Coffein. Die meisten trinken Sekt-Orange, ich werde eingerahmt von diesen lächerlichen Fingerhutgläsern. Das Outfit dieser Leute ist auch ziemlich gleich, sie tragen die Uniform der Unauffälligen. Paradiesvögel gefallen mir besser. Meine Sorge, in dieser Pause meine höchst mangelhaften Musikkenntnisse offenbaren zu müssen, ist jedenfalls unbegründet. Die Sektnipper sind allesamt Kenner und Enthusiasten; es reicht völlig, wenn ich nicke. Müde macht das auch. Hinterher habe ich das Gefühl, daß Hannes leicht enttäuscht von mir ist. Jedenfalls fährt er mich schnurstracks heim, und bis zur Haustür begleitet er mich wohl auch nur, weil er so korrekt ist.

»War wohl nichts Dolles?« Fabian ist noch wach, er wartet auf die ›Golden Girls‹, vor denen komme ich sonst nie heim.

»So lala«, antworte ich und stelle die Gladiolen von Hannes draußen vor die Tür. Es sind sieben Stück, sie sehen sehr makellos aus, fast schon künstlich. Ich hocke mich neben meinen Großen. Die amerikanische Seifenoper ist immer noch besser als das Abo-Spektakel eben.

»Findest du, daß er Bernd ähnelt?«

Mein Sohn weiß auf Anhieb, wen ich meine. »Nö, höchstens die Augen und die Nase und die Haare, aber sonst …« Er wirft sich eine neue Ladung Gummibärchen in den Mund, bevor er hinterhernuschelt: »Polizist ist er auch noch.«

Fabian ist aus dem Alter heraus, wo Jungen Zugführer, Feuerwehrmann oder Polizist werden wollen. Ich wollte immer Kleopatra sein, das paßt auch nicht besonders gut zu einem Uniformrock.

»Gib mir auch ein paar ab.«

»Aber nicht wieder nur die roten.« Er hält die Tüte mit den Gummibärchen fest, ich grabsche, was ich kriegen kann, vier rote sind dabei. Zufrieden lutschen und lachen wir. Diese vier alten TV-Schachteln mit den coolen Sprüchen sind echt Spitze an so einem Abend.

Die Koryphäe

Kennen Sie eine Koryphäe? Ich schon, seit exakt acht Tagen. Aber ich weiß noch immer nicht, was ich davon halten soll. Meine Koryphäe ist natürlich ein Mann, denn das Loch in mir, das Katzenzungen, Baccara-Rosen und zuletzt die Kopie von einem Klassemann notdürftig zugedeckt haben, ist ja noch immer da: *I need love!*

Es ist schon möglich, daß mein Entsetzen über dieses Abo-Spektakel mit Hannes mich genau ins andere Extrem treibt. Vielleicht muß da einfach aus Gründen des Ausgleichs ein Top-Mann her, einer, der ins Auge springt und Power ausdünstet, eine Koryphäe eben.

Alexander ist Radiologe. Natürlich nicht irgendeiner, sondern der Obermacher an der Klinik. Mit Routineuntersuchungen gibt er sich sonst nicht ab, aber mit mir hat er sozusagen seinen neuen Kernspintomographen eingeweiht; und Privatpatientin bin ich außerdem.

Zuerst hörte ich nur ein energisches Tackern draußen auf dem Korridor. Der Small talk des jungen Arztes neben mir versiegte jäh, offensichtlich erkannte er den Tritt seines Herrn. Der kam herein, und ich dachte nur ›O Mann!‹. Wenn ich überhaupt etwas dachte. Dabei sieht Alex wirklich nicht besonders umwerfend aus, gerade mittelgroß und leicht angeschüttert um die Schläfen. Aber er hat *es* und benutzt es. Diese Röhre von dem Tomographen, in die ich reingeschoben wurde, war plötzlich nur noch ein Klacks. »Sie brauchen keine Angst zu haben. Ich höre Sie, Frau Wilde. Sie können auch mit mir sprechen.« Seine Stimme stülpte sich über mich, den Rest erledigten seine Getreuen, und schon glitt ich in das enge Kunststoffgehäuse. Die Panzertür schloß sich. Es war doch ein unheimliches Gefühl ich konnte nicht einmal den Kopf heben oder einen Arm ausstrecken, ich war gefangen.

»Alles in Ordnung, Frau Wilde?«

Ich wollte nicken, aber das ging auch nicht. Dafür fiel mir ein, seine Brille war ziemlich extravagant, gar nicht professorenlike, so ein Gurkengrün mit hochgezwirbeltem Rand, wie bei einer Maske.

»Sollen wir eine Pause machen, Frau Wilde?« Das war eine halbe Stunde später.

»Nicht nötig. Danke.« Ich konzentrierte mich auf den Klang meiner Stimme, mir war inzwischen auch seine Augenfarbe eingefallen: Grau, steingrau. Außerdem hätte mich sowieso keiner zum zweiten Mal in diesen Schacht bekommen. Da biß ich schon lieber die Zähne zusammen und brachte das leidige Spiel in einem Schwung hinter mich.

»War es sehr schlimm?« Galant, jedes andere Wort wäre fehl am Platz, half er mir von dem Rollbett aus Hartplastik.

»Ich liebe Abenteuer.« Das Pochen in meinem Kopf und das Schwitzen unter meiner kühlen Haut ignorierte ich. Zur Belohnung bot er mir eine Tasse Kaffee an, und der Termin, bei dem er mir die Bilder von meinem Innenkopf erläutern wollte, war schon so eine Art Einladung zum Tanz.

Heute abend holt er mich ab. Damit steht fest, es sind nicht nur meine Hirnventrikel, die ihn interessieren. Dreimal habe ich ihn bisher gesehen, jedesmal in Medizinerweiß, und ich habe keinen Schimmer, was er zivil rüberbringt. Höchstens seine flippige Brille ist ein Indiz dafür, daß er es nicht nur mit Nadelstreifen hält. Und wie geschickt er ein paar angestaubte gemeinsame Bekannte für unser Rendezvous eingesetzt hat, das war auch nicht von schlechten Eltern. Allerdings habe ich ihm goldene Brücken gebaut, das gebe ich zu. Schließlich weiß ich auch, daß der Sprung ins Private immer ein Alibi braucht, wenigstens in unserem Alter.

Er klingelt superpünktlich. »Ich komme«, säusele ich durch die Sprechanlage und hechte die Treppe hinunter. Meinen Babysitter habe ich entsprechend instruiert, denn auf das vierfache Abschiedsecho kann ich gut verzichten. Alex weiß noch nicht, wie fruchtbar ich bin.

Er wartet unten vor meiner Haustür, und ich merke gleich, das ist nicht seine Rolle. Vermutlich hat er mit einem Begrüßungsdrink gerechnet. Aber abgesehen davon, daß ich außer einem Magenbitter, der noch von meinem Ex stammt, und einer halben Flasche Sherry, die ich zum Kochen nehme, nichts im Haus habe, will ich ihm meinen zahlreichen Nachwuchs lieber etwas weniger hautnah offenbaren.

Also strahle ich ihn an, als wenn nichts wäre, und mein Outfit scheint ihn auch zu besänftigen. Meine langen Beine sind ein Pluspunkt, den setze ich knallhart ein, diesmal in bizarr gemusterten Stockings, die aussehen wie auf die Haut gepinselt. Darüber trage ich klassisches Schwarz, aber mini, der Kontrast gefällt ihm.

Sein Wagen, zu dem er mich führt, ist eine kolossale Geschichte und innendrin reichlich plüschig, jedenfalls kommt mir das so vor. Erst als er von seiner Speziallackierung anfängt und meine Aufmerksamkeit sanft auf den Tacho lenkt, da dämmert mir: Es ist nicht irgendein Gefährt, es ist der dickste Saab, sozusagen ein Flugzeug auf vier Rädern.

»Ich habe bei Casati reservieren lassen. Ist Ihnen das recht?«

»Superb!« Das hört sich an wie Deutsch auf Stelzen, aber ich habe einfach das Bedürfnis, den Lapsus mit seinen Pferdestärken auszubügeln. Außerdem bin ich maßlos erleichtert, weil ich wenigstens gourmetmäßig noch aus Ehezeiten up to date bin.

Obwohl die Kellner bei dem Nobelitaliener ihn bestimmt noch nicht wie ich als Chefarzt erlebt haben, strahlt seine Erfolgsaura auch hier. Er ist der ›Professore‹, er bekommt den besten Tisch, und ich hänge mich dran, weil ich einfach auch gern im Rampenlicht stehe.

»Sie sind wirklich sehr attraktiv. Es gibt keinen festen Partner?«

»Zur Zeit nicht«, antworte ich locker und fingere an dem dünnen Glasstil vor mir. Soll ich ihm etwa so Knall auf Fall meine vier Mini-Männer gestehen? Besser noch nicht. Aber er läßt nicht locker. Auf dem Umweg über seine eigene Historie, er ist geschieden und hat einen Sohn, versucht er es aus mir herauszukitzeln.

»Und Sie haben also keine Kinder?«

»Wie kommen Sie denn darauf?«

»Oh, ich dachte.« Er legt ein kurzes Schweigen ein, trinkt, dann hakt er nach: »Lassen Sie mich raten. Eine Tochter?«

»Falsch, ich kann nur Söhne.«

Er läßt seine Nasenflügel zucken. Es ist eine spitze Nase, kein bißchen fleischig, ziemlich groß ist sie auch, angeblich sind solche Nasenmänner sehr erregbar. Im Moment ist es aber nicht der Gedanke an Sex, der ihn rotieren läßt. Mein Plural irritiert ihn, offensichtlich hat er Probleme, mich als Mehrfachmutter zu sehen.

»Sieh an. Und die beiden leben bei Ihnen?«

Einfach macht er es mir gerade nicht. Mein Glas ist auch leer, ich merke es erst, als meine Lippen trocken bleiben. Hastig stelle ich das Glas wieder ab. »Mein Exmann und ich habe drei Söhne«, korrigiere ich ihn. Den vierten mit dem anderen Vater parke ich noch auf der Reservebank, es reicht auch so. Damit es sich nicht so nüchtern anhört, schiebe ich eine Prise Begeisterung nach. »Ich bin leidenschaftlich gern Mutter. Überhaupt tue ich alles, was ich anfange, aus vollem Herzen.«

Sanft lege ich einen Oberschenkel über den anderen, er bekommt sehr viel von dem irren Muster zu sehen. Ich ziehe auch nicht an dem Kleid, das sich hochschiebt. Seine Nase bläht sich, es ist ein ganz anderes Beben als eben, da war er grantig. Ich habe ihn erwischt.

Wir plaudern weiter, weil sich das so gehört, und unsere Teller leeren wir auch gesittet, aber ich schmecke nichts. Ich esse sogar dieses absolut lächerliche Wachtelei mit und die Rosinen im Dessert, obwohl ich die sonst immer herauspiddele. Ich bin auch erregt, von meinem eigenen Spiel, und das, obwohl meine Nase ganz anders geformt ist als seine.

»Du machst mich verrückt«, flüstert er. Wir stehen in der Tiefgarage, er faßt mich an und schiebt mich gegen den Betonpfeiler. Die Neonbeleuchtung ist grell, es stinkt nach Abgasen, und jede Sekunde kann jemand kommen. Spinnt er?

»Nein.« Ich drücke ihn weg von meinem Körper und gehe weiter. Er hat keine Wahl, er muß mir folgen. Stumm entriegelt er seinen speziallackierten Saab, und innendrin legt er los. Er rechnet mir vor, wie kindisch ich mich aufführe. Es hat etwas Oberlehrerhaftes, wie er mich seziert, seine gelenkigen Arztfinger auf meinem Blumenmuster sind mir nur noch lästig. Sex ist für mich nun mal kein chirurgischer Eingriff. Für Notoperationen in Parkhäusern oder Stundenhotels habe ich erst recht nichts übrig. Bei mir zu Hause geht es nicht, die Kids kennen ihn ja nicht einmal, und er wohnt in Engelskirchen, eine Stunde hin und zurück. Das ist absurd, ich passe.

»Fahr mich bitte heim«, sage ich steif. Beinahe hätte ich ihn gesiezt. Er ist mir kein bißchen vertraut, jetzt, wo das Kribbeln weg ist.

Beim Abschied gibt er sich sehr kühl, seine Nasenspitze leuchtet rot und zuckt kurz. Ich möchte darauf schwören, daß er mir in Zukunft höchstens noch seinen Assistenzarzt zukommen läßt.

Aber ich liege total falsch. Zwei Tage später schickt er mir eine Einladung zum Meisterkonzert in Schloß Brühl, mit Empfang und Feuerwerk hinterher, Abendkleidung ist erwünscht. Ich denke spontan an Hannes und sein Abo, davon habe ich Alex übrigens beiläufig erzählt, einfach weil es mich juckte, diese verkniffene Abotruppe zu karikieren. Er hat sich amüsiert, und jetzt benutzt er meine selbstgefällige Anekdote und klinkt sich neu ein, mit Logenplatz. Er ist ein gerissener Hund.

Er ist noch viel mehr als nur gerissen, aber das merke ich

erst peu à peu. Solch ein Schloß hat etwas Feudales: Dieses üppige Marmorentrée mit den brennenden Kandelabern hebt mich, es ist sehr romantisch. Der Dirigent ist noch jung, ein Russe. Sein Körper arbeitet jeden Einsatz mit, die schulterlangen Haare schwingen vor und zurück, zuletzt ist er erschöpft und schweißnaß. Wir klatschen wie verrückt, und meine Erregung ist wieder da. Alex spürt es, aber diesmal läßt er sich Zeit; er ist wirklich ein schlauer Fuchs. In der Pause stellt er mich vor, hundert Namen rauschen an mir vorbei, es ist unglaublich, wen er alles kennt, er hat gute Karten.

Hinterher fährt er mich zügig heim. Eigentlich hätten wir ruhig noch ein wenig durch den Schloßpark bummeln können, für die Jahreszeit ist es eine sehr milde Nacht.

»Wenn du Lust hast, könnten wir nächste Woche einmal zusammen spazierengehen.«

»Gern.« Vorhin hat er mich auf meinen Düseschritt angesprochen, und ich habe halb entschuldigend meine Wanderleidenschaft ins Feld geführt. Er ist wirklich enorm aufmerksam, das gefällt mir.

Am nächsten Sonntag fahren wir zusammen in die Eifel. Nur wir beide, irgendwie habe ich den Dreh nicht gefunden, um meine Kids ins Spiel zu bringen; und von Lucas weiß er ja sowieso noch nichts. Ich habe Glück mit meinem Babysitter. Ein schlechtes Gewissen habe ich auch, aber es ist ja nur dieses eine Mal, sonst gehört das Wochenende immer der Familie.

»Hast du deine Kinder gut untergebracht?«

»Klar, sie gehen mit Karin in den Zoo.«

Er nickt und schiebt eine CD unter den Sitz, da ist nämlich der CD-Player installiert, er ist wirklich gut bestückt.

»Eros Ramazotti!« Meine Stimme überschlägt sich.

»Ja. Du hast mir doch erzählt, wie sehr du den italienischen Barden magst.«

Er hat gewonnen. Selbst wenn er nicht diese Hütte bei Abenden in der Eifel hätte, diesmal wäre ich auch mit ihm in ein Hotel gegangen. Und das mit den spitzen Nasen stimmt auch. Es ist himmlisch und zieht mir die Schuhe aus.

»Zufrieden?«

»Hm.«

»Sehe ich dich morgen?«

»Morgen geht es nicht. Ich muß auf einen Geburtstag.«

»Doch nicht die ganze Nacht.«

»Das nicht.«

»Wie lange bist du weg? Was meinst du?«

»Bis elf, denke ich.«

»Gut, ich bin kurz nach elf bei dir. Dann schlafen die Kinder sowieso.«

Seine Hände sind unglaublich zart und flink. Irgendwie schaffe ich es nicht zu protestieren. Und am nächsten Abend fragt Heinz, der Geburtstagsmann, ob ich krank bin. Heinz ist nämlich mein Hausarzt, und eigentlich kennt er mich sehr gut, aber diesmal bin ich nur schrecklich kribbelig und muß ständig an diese anderen Arzthände denken. Hoffentlich wachen meine Kids nicht auf.

Sie schlafen brav, in den folgenden Nächten auch. Ich fühle mich wie ein Diabetiker, dem man die Schlüssel zu einer Konditorei geschenkt hat. Ich schwelge und mampfe, lange geht das bestimmt nicht gut, aber ich kann einfach nicht aufhören. Tierisch müde bin ich auch. Gestern bin ich bei der Gute-Nacht-Geschichte für die Kleinen zuerst eingeschlafen. Aber um elf war ich wieder fit, für Alex.

»Nächstes Wochenende kann ich leider nicht. Ich muß meinen Sohn nehmen.«

»Das verstehe ich doch.« Es schießt aus mir heraus, ich bin regelrecht erleichtert, weil ich mir ausgemalt habe, wie ich ihm am Sonntag endlich meine Söhne vorführen muß. Die sind im Moment fürchterlich aufgedreht, aber das liegt vielleicht auch an mir und meiner Erschöpfung.

Am Freitag macht Alexander in der Klinik schon um drei

Schluß. Er klingelt kurz durch. »Ich hole gleich Frank bei seiner Mutter ab. Dabei habe ich jetzt schon Sehnsucht nach dir.«

»Ich auch.«

Das stimmt, bei mir ist etwas angekratzt, ich fühle mich sehr löwinnenmäßig. Aber dieses Sehnen hat einen Beigeschmack, ich weiß selbst nicht genau, woran das liegt. Jedenfalls geht es mir nicht schlecht in diesen drei Tagen ohne ihn, das Brennen in mir ist ausgeknipst, und ich merke, daß es noch ein paar andere Sachen gibt, die schön sind.

»Wer ist eigentlich dieser Professor? Er hat so eine komische Stimme.«

»Ein Arzt.«

»Bist du krank?«

»Nein, eigentlich nicht.«

»Warum ruft er dann immerzu hier an?«

»Er ist nett.«

»Heinz ist auch nett. Und auch Arzt.«

Wie soll ich meinen Kids erklären, daß unser Hausarzt anders nett ist. Und mit der ständigen Anruferei, das fällt Maxi natürlich als erstem auf. Ein Glück, daß er so fest schläft.

Die nächste Arbeitswoche fängt an. Meine Elf-Uhr-Nacht-Dates werden gar nicht mehr diskutiert. Es ist ein Kitzel, der mich lähmt, tagsüber; nachts ist wenigstens mein Körper high: »Du bist gierig«, sagt er. »Du brauchst es.« Das stimmt, aber er tut alles, damit es so ist. Und für dieses Triumphieren in seiner Stimme könnte ich ihn schon wieder hassen.

»Am Sonntag mußt du mich endlich einmal in meinem Haus besuchen. Ich hole dich ab, sagen wir um zehn.«

»Diesmal kann ich nicht. Meine Kinder ...«

Er guckt mich an, als wenn ich Chinesisch spräche. Dabei war es ganz klar, daß ich seine Vaterpflichten respektierte. Umgekehrt scheint ihm das Probleme zu machen.

»Wenn du magst, kannst du zum Kaffee zu uns kommen«, schlage ich vor. Einmal muß es ja sein.

»Ich müßte noch meine Mutter besuchen. Wir könnten wenigstens nachmittags etwas unternehmen.«

»Alex, das geht nicht. Meine Kinder haben ein Recht auf mich, den ganzen Sonntag über. Sie würden das nicht verstehen. Neulich, als wir zu deiner Hütte gefahren sind, das war eine Ausnahme. Du hast schließlich selbst einen Sohn, da mußt du doch wissen, wie das ist.« Die Worte schwappen aus mir heraus, ich könnte mich ohrfeigen dafür, weil es absolut idiotisch ist, daß ich ihm unter tausend Bücklingen etwas erkläre, was eigentlich selbstverständlich ist. Es ist doch sein Problem, wenn er das nicht kapieren will.

»Ich habe meinen Sohn jede zweite Woche. Warum kümmert dein Exmann sich nicht um seine Söhne?«

»Das ist nicht so einfach. Ich kann dir das jetzt nicht erklären.« Ich will nicht, das ist der Punkt. Ich schiebe seiner Neugier einen Riegel vor, weil ich es nicht ertrage, daß er sich in meine Ehe hineinhängt, auch wenn es sie nicht mehr gibt. Aber selbst die Scherben will ich für mich behalten, das geht ihn nichts an.

Er mustert mich kühl. »Du mußt wissen, was du tust. Ich melde mich.«

Er hat unrecht. Ich bin im Recht. Trotzdem muß ich immerzu an diesen dämlichen Disput denken. Er vergällt mir alles. Einmal rutscht mir sogar die Hand aus, nur weil mein Träumerle seinen Filzer liegengelassen hat und der Eßtisch vollgeschmiert ist.

»Es tut mir leid. Sollen wir Mensch-ärgere-dich-nicht spielen?«

Jonas gibt mir keine Antwort. Er geht aus dem Zimmer. Ein paar Minuten später kommt er mit unserer Spielesammlung zurück. Er ist wild auf diese Brettspiele.

»Ich nehme Rot.«

»Okay.« Sonst nehme ich immer Rot, das hat sich so eingebürgert.

Wir fangen an. Jonas gewinnt, trotzdem mault er. »Du paßt nicht auf. Zweimal konntest du mich rauswerfen. Und mit der Sechs ...«

Weiter kommt er nicht, weil das Telefon klingelt. Es ist Alex.

»Ich bin noch bei meiner Mutter. In einer halben Stunde könnte ich bei dir sein.«

»Ich habe dir doch gesagt, es geht nicht. Wir spielen gerade. Tschüs.«

Ich habe Wut im Bauch, und natürlich verliere ich wieder.

»Das war doof heute. Erzählst du noch eine Geschichte?«

»Laß sie heute lieber vorlesen. Sie ist nicht in Form.« Maxi hält mir seinen ›Kleinen Vampir‹ hin, von Jonas bekomme ich etwas mit Zwergen und Elfen in die Hand gedrückt, also lese ich beides, denn ich habe viel gutzumachen.

»Mom. Mooom.« Mein Großer brüllt von unten, inzwischen ist es halb neun. Ich zische zurück, brüllen kann ich nicht, denn meine beiden Jüngsten haben die Augen zu. Noch fünf Minuten, dann sind sie weg.

»Mom, Telefon.«

Sie sind mit einem Schlag wach, alle beide. Natürlich ist es Alex. Ich könnte ihn umbringen. Er ruft von unterwegs an. Er möchte mir nur mitteilen, wie unangemessen und verletzend meine Reaktion eben war.

»Du hast die Kleinen wach gemacht. Und ich habe noch nichts vorbereitet für morgen. Du weißt genau, daß ich zwei Sprachkurse halten muß. Wie stellst du dir das vor?«

»Ich habe vorgeschlagen, deine Arbeit vorzuziehen. Wenn du schon den ganzen Tag bei deinen Kindern bleiben mußtest, hattest du dazu Zeit genug. Das ist alles eine Sache der richtigen Einteilung und des guten Willens natürlich. Aber daran mangelt es dir offensichtlich.«

Er ist der liebe Gott in preußischer Uniform, er weiß alles besser. Nur daß es nicht reicht, einfach dazusitzen und aufzupassen, daß keiner meiner Söhne sich den Hals bricht oder verhungert, das weiß dieser Erbsenzähler nicht. Weil das in keinem Paragraphen steht und in seinem Marschbefehl erst recht nicht.

Ich lege den Hörer auf. Sagen kann ich nichts, mir fallen die passenden Worte nicht ein. Ich könnte höchstens losbrüllen, aber das tue ich nicht, weil da wieder die neun Jahre Klosterschule durchschimmern. So etwas zähmt einen fürs Leben.

Die Kleinen sind gerade wieder eingeschlafen, da klingelt es an der Tür. Das kann doch nicht wahr sein. Mein Herz bubbert bis zum Hals. Vielleicht ist es ja auch mein Bruder, der kommt sonntags öfter mal eben so vorbei, besonders seitdem sein Fernseher geklaut worden ist.

Es ist Alex. Alex und ein Busch Baccaras. Die grauen Augen hinter der flippigen Brille blinken mich selbstzufrieden an. »Für meine beleidigte Löwin«, sagt er, und ein Tütchen Nährlösung drückt er mir gleich mit in die Hand. »Damit halten sie länger. Nachts mußt du sie rausstellen.«

Haben Sie schon einmal dreiunddreißig langstielige Rosen auf dreißig Zentimeter Stengel gekappt? Er nicht. Ich bis dahin auch nicht. Aber es hat mich befreit, jeder einzelne Schnitt. Einen für jeden Tag, den ich ihn kenne.

Danach ist er weg. Seine Nase glüht rosenrot, und zurück bleiben ein paar groteske Blütenköpfe – und ein Dorn unter meinem Daumen.

Diese Koryphäe ist ein Pedant. Benehmen hat er auch keins, und wo andere ein Herz haben, da blökt es bei ihm nur ›Ich-ich-ich …‹ Er ist so empfindsam wie eine Dampfwalze, seine Arztfinger mögen noch so virtuos sein. Der Rest ist Maske, wie seine Brille. Da motte ich mein Liebesleben besser ein.

Normalerweise schaffe ich morgens spielend zwei Brötchen, es können auch drei sein, und dazu literweise Kaffee. Ich kann gar nicht verstehen, wie ich jemals das Frühstück überspringen konnte. Aber zu Jochens Zeit habe ich mit leiblichen Genüssen sowieso auf Kriegsfuß gestanden. Mit meinen vierzig Kilo hätte ich damals glatt als Dritte-Welt-Poster durchgehen können.

»Du bist das schönste Skelett«, hat mein Exmann manchmal gefrotzelt, und irgendwie habe ich das sogar noch toll gefunden, trotz der vier Meter Spiegelschrank. An meiner verzerrten Optik war auch nicht meine Kurzsichtigkeit schuld, es war eher der Drang in mir, alles auf knochige Strukturen runterzufahren. Alles sollte weiß und klar sein. Bei uns sah es aus wie in einem Wohnstudio, eine Symphonie in Weiß. Da sprangen höchstens die Grünpflanzen aus der Reihe, und die hatten noch weiße Übertöpfe. Nur Jochen paßte nicht ins Bild, er war chaotisch. Aber ihn konnte ich nicht so leicht umkrempeln, deshalb habe ich mich wohl an Hausrat und Etikette gehalten, die hielten still, perfekt.

Heute ist jedenfalls der Wurm drin. Es schmeckt mir nicht, trotz selbstgemachtem Pflaumenmus, und wenn das so weitergeht, kann ich den prallen fünfzig Kilo, die ich mittlerweile zu bieten habe, bald wieder ade sagen.

In der Tageszeitung habe ich die Reisebeilage aufgeschlagen, obwohl Karneval vor der Tür steht. Für eine echte Kölnerin, und das bin ich, ist schon der Gedanke unerträglich, sich vom närrischen Treiben auszuklinken. Aber ich bin appetitlos und lustlos und überhaupt: Ich möchte alles hinknallen, so ist das.

Nicht, daß ich meiner Koryphäe nachtrauere. Höchstens seinen virtuosen Fingerspielen, aber das eine läßt sich ja schwer vom anderen trennen. Als Mensch kann man ihn in der Pfeife rauchen, nur mein Body, der versteht das nicht.

Vielleicht sollte ich wirklich mit den Kindern irgendwo in

den Schnee fahren. Dann wäre ich abends kaputt, und dieses lästige Drängen in mir und an mir würde endlich aufhören, vielleicht. Natürlich ist da auch diese Einladung für Rosenmontag. Wie jedes Jahr wird in der alten Maschinenfabrik, Halle zehn, gefeiert. Da ist der Bär los, und wenn mir einer vor ein paar Monaten gesagt hätte, ich würde freiwillig darauf verzichten, ich hätte ihn für meschugge erklärt.

Am gleichen Abend ruft mich Vera an, wegen dem Kostüm. Ein glatter Fall von Parapsychologie ist das, schließlich habe ich schon drei Reiseziele angekreuzt.

»Ich weiß nicht. Ich glaube, wir fahren in den Schnee.«

»Bist du noch bei Trost. Alle kommen ...«

Alle? Ja, alle mit Partner, Vera auch. Und ich? Mich kennen sie auch nur ›mit‹, das habe ich mir zur Regel gemacht. Mich muß keiner verkuppeln, ich kann auswählen, nur diesmal nicht, verflixt. Ich kreuze noch einen Gasthof im Schwarzwald an, und zweimal telefoniere ich auch. Es ist alles ausgebucht, meine Jungs haben auch keinen richtigen Biß. Sie wollen lieber in Köln bleiben, und ich habe kein Kostüm.

»Du hast doch Fantasie. Nimm irgendwas.« Vera hat gut reden. Ihr Auftritt steht.

»Ich bin down.«

»Maul nicht rum. Willst du meinen Zylinder? Der paßt zum Zirkus.«

»Meinetwegen.«

Ein Motto gibt es natürlich auch. Ich wette darauf, daß die irrsten Gestalten kommen werden, und ich habe einen geliehenen Hut, toll.

Mit Fliege, Satinweste und schwarzen Glanzstrumpfhosen finde ich mich dann gar nicht so übel. Es fehlt nur noch etwas.

»Fabian, leihst du mir deine Reitgerte?«

»Und was willst du vorstellen? Zur Domina fehlt dir noch ein bißchen Leder.«

Ich bin sprachlos, das will bei mir schon etwas heißen. Die

Kleinen kichern, mein Babysitter kichert. Karin ist eine bildhübsche Sechzehnjährige, und langsam habe ich das Gefühl, daß mein Großer am meisten von diesem Zehn-Mark-die-Stunde-Geschäft profitiert. Jedenfalls gibt er an wie tausend Mann, sobald sie kommt. Und das mit der ›Domina‹ ist wirklich starker Tobak.

Gott sei Dank klingelt es. Vera und ihr Neuer holen mich ab. Das erspart mir eine pädagogische Ansprache, denn die wäre wirklich fällig gewesen, als alleinerziehende Mutter stehe ich sowieso im Rampenlicht.

Maxi düst Richtung Sprechanlage. »Sag nur, daß ich runterkomme«, brülle ich hinter ihm her.

»Mama kommt. Sie ist eine Domina.« Er prustet los, und was über den Lautsprecher zurückkommt, hört sich verdammt ähnlich an.

Unten vor der Haustür warten die beiden mit verdächtig funkelnden Augen. Sie mustern mich kurz. »Zur Domina fehlt dir aber die Lederkluft.« Das kommt unisono, und ich hole tief Luft. Der Abend fängt ja gut an. Mein Sinn für Humor ist heute so groß wie ein Schrumpfkopf, ich werde mich so früh wie möglich verdrücken, das steht fest.

Ich habe es geahnt, der Zirkus ist grandios. Fantastische Löwen, Seiltänzerinnen und Clowns wippen durch Halle zehn. Bestimmt werden auch wieder die besten Kostüme prämiert, und ich biete ein Stück nackte Haut dagegen, unter der Weste bin ich nämlich pur. Aber das ist heutzutage auch keine Sensation mehr.

»Gut schaust du aus.« Ein Zebramann umarmt mich. Seine Zebrafrau rückt nach, sie schielt nach meinem Begleiter, den es nicht gibt. Ich drängele mich durch zur Theke, aber da gibt es nur Bier, das mag ich nicht. Und an die stillen Reserven kommt man nur mit einem Begleiter ran, schätze ich. Letztes Jahr war noch mein Rosenmann im Rennen, da bekam ich sofort mein Glas Sekt. Jetzt trinke ich Sprudelwasser.

Die Tanzfläche rund um den ›dicken Hermann‹, das ist eine alte Mischmaschine, füllt sich. Beim Lied von ›Linda Lou‹ juckt es mich in allen zehn Zehen bis hoch zum Chapeau claque, aber da kommt auch wieder so eine Macke von mir ins Spiel: Ich bin es einfach nicht gewöhnt, solo loszulegen, ganz egal, ob das ›in‹ ist.

Ich plinkere einem Dompteur zu, der vor mir neben den Siedewürstchen lehnt. Er plinkert zurück. »Das geht ins Blut, wie?«

»Sie sagen es.« Ich wippe auffordernd mit dem Fuß, er kapiert und greift nach meiner Hand. »Dann nichts wie los.«

»Hier braucht man keinen Tanzpartner.« Das Pausenfräulein, jedenfalls sieht das Kräuselröckchen über den strammen Netzstrümpfen danach aus, giftet. Entweder gehört sie zu dem Dompteur, oder sie ist auch auf der Pirsch.

»Weiß ich, aber mit macht es mir mehr Spaß.«

Er griemelt mit sympathischen Lachfalten um die Augen, und wir tanzen ein paar Runden, aber die Stimmung bleibt blaß. Ich habe das Gefühl, er schielt ständig zu der Empore hoch, von wo wir gestartet sind. Natürlich will ich nicht, daß er sich dicken Ärger einhandelt, so toll finde ich ihn auch nicht.

Bei der Polonaise wechsle ich deshalb zu einem Scheich über. Immerhin ist der groß, das mag ich. Doch massig ist er auch, und sein braver Fassonschnitt unter dem flatternden Betttuch stimmt mich nicht gerade high. Er fühlt sich tropisch an, nachdem wir dreimal die Runde gemacht haben. Er will trotzdem nicht aufhören, und wir machen als Paar weiter. Obwohl er so schwer ist, tanzt er leicht, er führt auch gut, und seine Augen haben etwas Kuscheliges.

»Trinken wir was?«

Ich nicke, und endlich bekomme ich den Sekt, nach dem ich seit zwei Stunden giere.

»Kommen Sie aus Köln?«

»Wieso? Hört man das nicht?«

»Keine Spur. Ich hätte Sie total nobel angesiedelt, mindestens auf dem Kurfürstendamm.

Er huldigt der ›Löwin‹ in mir, das mag ich auch. »Ich komme aus dem tiefsten Ehrenfeld.«

»Ich auch.«

Es stimmt, er flunkert nicht, er kennt sogar Camilla. Die war eine heiße Nudel, schon mit fünfzehn. Sie hat schräg gegenüber von uns gewohnt, und Friedhelm, so heißt der Scheich, hat ein halbes Jahr lang mit ihr poussiert.

»Meine Eltern durften nichts davon wissen. Sie war ja nicht mal katholisch.«

»Aber willig«, kontere ich. »Ich glaube, alle Jungs aus unserer Straße haben bei ihr geübt.«

»Und ich wollte mit ihr in die Tanzschule gehen.«

»Hat sie dir einen Korb gegeben?«

»Klar, mit meinem Fahrrad war nicht viel Staat zu machen.«

Wir lachen uns an. Es ist ein gemütliches Lachen, in das wir uns hineinfallen lassen. So bieder, wie sein Fassonschnitt aussieht, ist er gar nicht.

»Ihr kennt euch?« Ein zierlicher Clown taucht neben uns auf, seine Frau. Natürlich ist er verheiratet.

»Stell dir vor, Hella, wir waren quasi Nachbarskinder.«

Sie sieht mich an. Ihre weiße Schminke bröckelt schon ein wenig, ich habe keine Ahnung, wie lange ihr Scheich und ich in die Vergangenheit gereist sind. Sie hat wohl Probleme, in mir das harmlose Mädchen mit Sandschüppchen zu erkennen. Aber er schafft es trotzdem, mir seine Karte zuzuspielen. »Wegen dem Abschlußfoto, da bist du auch drauf, glaube ich.«

Das Alibifoto bringt er ein paar Tage später mit, als wir uns im Café treffen. Natürlich bin ich nicht darauf, ich war ja auch in einer ganz anderen Tanzschule.

Er bestellt. Ich trinke nur eine Schokolade, aber er grast behäbig seinen Teller mit der Flockensahne ab, in seiner Strickweste ist ja genug Platz. Ich weiß nicht mehr, warum ich hier sitze, in seinen Bettüchern hat er mehr hergemacht. Und verheiratete Männer sind für mich sowieso tabu. Fehlt nur noch, daß er sich unverstanden fühlt.

»Hella ist eine wunderbare Frau.« Er legt los. Kinder haben sie keine, aber tausend Freunde und Hobbys, beruflich ziehen sie auch an einem Strang. Warum sitzt er dann überhaupt hier? Meine Stimmung schlägt um, ich werde regelrecht aggressiv. So war das ja auch nicht gemeint, daß er mir hier etwas von seiner Angetrauten vorschwärmt.

»Was wollen Sie eigentlich von mir?«

»Ich finde Sie einfach hinreißend.« Entweder ist er unglaublich gerissen, oder er meint es ernst. Jedenfalls tunkt er seine warmen Braunaugen in meine grünen, keine Sekunde lang weicht er aus, es ist unglaublich.

Wir sehen uns natürlich wieder, gleicher Ort und gleiche Uhrzeit. Die Kellnerin kennt uns bald schon. Manchmal ißt er zwei Stücke Kuchen. Wir erzählen ewig und drei Tage. Diese Strickmonster trägt er am liebsten. Nur wenn wir uns ansehen, passiert etwas, was fernab von seinem Fassonschnitt und meinen Prinzipien liegt.

»Irgendwann möchte ich mit dir schlafen.«

»Ja.«

»Darf ich deine Kinder kennenlernen?«

»Ich denke, du hast nichts übrig für Kinder.«

»Unsinn. Ich bin fünffacher Onkel und dreimal Pate, Pampers wechseln kann ich auch.«

Er kann es wirklich. Überhaupt kommt seine runde Art gut an bei den Kids.

»Du ißt bestimmt zuviel Schokolade.« Maxi begutachtet die Rolle über dem Hosenbund.

»Ich esse Duplos, jeden Abend.«

»Die längste Praline der Welt.« Maxi ist wieder einmal Fachmann, sogar in Sachen Werbefernsehen, das zieht er sich bei seinen Großeltern rein. Dort steht Schokolade auch hoch im Kurs, aber heimlich, offiziell ist Naschen ungesund. Vielleicht imponiert meinem coolen Achtjährigen die unverblümte Freßsucht von Friedhelm gerade deshalb.

Lucas schleppt seine Autokiste an. Er schnauft, denn es sind bestimmt dreißig Stück, vom Rennwagen bis zur Ambulanz ist alles vertreten, er ist der absolute Auto-Freak.

»Wir haben auch einen Teppich mit Straßen.«

»Was ist das denn?«

Nun zockelt mein Träumerle los, und der Mini hoppelt hinterher. Vor drei Monaten hat er noch bei jedem Schritt gewackelt, inzwischen will er laufen, genau wie seine großen Brüder. Eumelig sieht das aus, seine Locken fliegen, und der kleine Körper schaukelt hin und her. Er kommt kaum von der Stelle, aber er läuft. In mir zieht es ganz komisch, es ist wohl mein letzter Mini-Mann, so wie es aussieht, auch wenn ich mich von den schönsten Strampelanzügen und dem Stubenwagen noch nicht getrennt habe; alles liegt gut verpackt und beschriftet oben auf der Mansarde. Ich habe schon einmal alles verschenkt, was ich dann doch noch gut hätte brauchen können, für Nummer vier. Das passiert mir nicht noch einmal.

Lucas und Jonas rollen den Straßenteppich vor uns aus. Alles ist darauf, Kreuzungen und Fahrradwege, sogar Ampeln. Friedhelm sitzt auf meinem Sofa, er füllt seine Hälfte aus, sein schwerer Körper schmiegt sich in das Leder hinein, und es sieht aus, als wäre er heimisch bei uns.

Maxi kommt dazu, er hockt sich auf die Wendeltreppe, dort hat er zwei Meter Abstand von uns.

»Bist du der Neue?«

»Ich weiß nicht. Eigentlich bin ich der Alte.« Er zieht seine Brieftasche hervor und zückt das Tanzschulfoto, das trägt er also noch immer bei sich, wie so eine Art Talisman. »Sieh mal, das da bin ich, damals habe ich deine Mama schon gekannt.«

Das ist geschummelt, eindeutig. Gekannt hat er höchstens unser Haus und die willige Maid von vis-à-vis, aber es ist nett geschummelt. Und deshalb spiele ich mit, wir sind so etwas wie Verbündete.

»Und wo bist du?«

»Der da bin ich.«

»So dünn warst du?«

»Das war vor den Duplos.«

»Dann mußt du Diät machen. Sie mag keine Dicken. Ich finde dich dünn auch schöner.«

»Nur noch ein halbes Duplo pro Tag, okay?«

»Okay.« Maxi steht von der Treppe auf, eher beiläufig, und schlendert zu unserem Zweisitzersofa.

»Macht mal Platz.«

»Ja, Chef.«

»Bitte und danke.« Maxi ist nicht blöd, für Erziehung durch die Hintertür ist er empfänglich, nur merken darf man es nicht. Eigentlich schade, daß Friedhelm keine eigenen Kinder hat. Er macht das super.

Irgendwie schrumpft in den folgenden Wochen auch sein Bauch, nur der Hosenbund wird nicht weiter, denn mit dem halben Schokoriegel kommt er nicht klar. Er ist einfach ein Genußmensch, trotz des akkuraten Haarschnitts und den gräßlichen Strickjacken, das täuscht. Mit dem platten Acker ist das ähnlich. Dort wohnt er nämlich, mit seinem Kater und seiner Frau, aber die schiebe ich weg in meinem Kopf, weil das ein sehr unbequemes Thema ist. Er wohnt in einem Reihenhaus, hinten raus ist flaches Land, Zuckerrüben sind hier die höchsten Erhebungen. Wenn mir jemand vor ein paar Monaten erzählt hätte, ich würde bei einem mit Bergheimer Kennzeichen landen, ich wäre glatt ausgeflippt. Für einen echten Kölner ist ›BM‹ nämlich das Hinterletzte. Zu dieser Spezies kursieren bei uns Witze, bei denen jeder Ostfriese blaß würde.

Aber mein Karnevalsscheich setzt so manches eherne Gesetz in mir außer Kraft, auch außerhalb der tollen Tage. Ich bei ihm übrigens auch. Er mag ein cleverer Geschäftsmann sein, aber er bekommt schon feuchte Augen, wenn unser Miniknubbel weint, ich meine so richtig jämmerlich. Das mit dem Weinen war so: Wir beide waren schick essen, diesmal war es bei Zander an Mangold, da surrte dezent das Telefon. Ein Kellner spazierte mit einer Schiefertafel an den Tischen vorbei.

»Was steht da?«

»Frau Wilde. Komm, wir sind gemeint.«

Mein Babysitter war völlig aufgelöst. »Lucas …«, fing sie an, den Rest besorgte mein Sohn selbst, sein hoch fiepender Ton ging mir quer durch die schicken Klamotten. Eiskalt war mir plötzlich: »Ich muß zu ihm.«

Ich weiß bis heute nicht, wie Friedhelm es geschafft hat, mich einzuholen. Drei Blocks weit bin ich gerannt, es waren drei Ewigkeiten, aber ich kann mich trotzdem erinnern, daß er mir meinen Mantel übergeworfen hat, das war an der zweiten Kreuzung.

Mit Lucas war nichts Dramatisches. Er hatte nur fürchterliche Krämpfe. Es ist wirklich nicht zu glauben, was dieser Kerl sich alles in den Mund stopft. Neulich hat er eine ganze Küchenrolle durchgelutscht. Bei dieser Geschichte hier landete das kleine Kätzchen von ›Pille Pocket‹ in seiner vollen Windel, danach war alles gut. Wir hatten das Ding am Nachmittag überall gesucht, aber daß Lucas es verschluckt haben könnte, darauf sind wir einfach nicht gekommen.

Behalten habe ich sonst nur, daß ich nicht allein war mit meiner Angst. Und daß Friedhelm hinterher genauso hinüber war wie ich. Da habe ich zum ersten Mal erlebt, wie seine Augen wegschwammen. Irgendwie war es ein sehr kostbares Gefühl für mich.

In dieser Woche hat er auch geweint, mehrmals, und hier in

der Ringanlage, auf der kleinen Brücke, sehe ich, wie er wieder dagegen ankämpft.

»Ich kann nicht mehr.«

Ich nicke. Ich bin völlig hilflos. Ich bin doch kein Henker. Dabei war die Vorgeschichte zu alldem ein Märchen. Im Grunde haben wir uns wie zwei Kinder aufgeführt, uns die Hände vors Gesicht gehalten und drauflos fantasiert.

»Ich habe mit meiner Frau gesprochen.«

»Was hast du?«

»Ich kann so nicht leben. Ich liebe dich.«

»Das hast du ihr gesagt?«

»Ja, ich liebe sie doch auch, in gewisser Weise, da kann ich sie doch nicht ewig belügen.«

Im Grunde hat diese winzige Ehefrau, sie trägt Schuhgröße vierunddreißig, nach dem ersten Schock sehr klug reagiert. Sie hat ihn mürbe gemacht mit ihrer Hilflosigkeit, die seit zwanzig Jahren an ihm hängt. Ohne ihn gibt sie auf, zweimal hat er schon den Notarzt rufen müssen. Dagegen stehe ich, die Löwin, die schon mit Jochen und Jürgen und vier Kindern fertig geworden ist. Da paßt noch mehr drauf.

»Wenn ich mich scheiden ließe …« Er sieht mich nicht an. Er schaut starr hinab auf das Wasser im Kanal, auf die Enten, und ich weiß, er wartet.

Ich starre auch hinunter, meine Hände krampfen sich um das Geländer. Wenn er morgen vor meiner Tür stünde, für immer …

»Es ist zu früh«, flüstere ich. Ich drehe den Kopf zur Seite, er soll mich nicht weinen sehen, für ihn will ich die Löwin bleiben.

Der Tanz mit dem Wolf

Fabian ist eben abgereist, zum Skifahren nach Hinterzarten. Maxi und Jonas sind auch weg, mit meinen Schwiegereltern. Nicht einmal mein Bruder ist greifbar, er hat *last minute* den ›Zuckerhut‹ gebucht. Und meine Freunde verteilen sich auf den Rest der Welt, hier in Köln sind sie jedenfalls nicht.

Also bleibe ich übrig, ich und mein Jüngster, weil der ja einen anderen Vater und demzufolge auch andere Großeltern hat. Das Ostereiersuchen im Schwarzwald findet nur für die drei leiblichen Enkel statt. Lucas hat brav hinterhergewunken, aber das hat er in aller Unschuld getan, so wie an ganz normalen Wochentagen, wenn seine Brüder ihn morgens für ein paar Stunden allein lassen. Nun tappt er durch die leeren Räume.

»Willst du Lego spielen?« Ich wuchte ihm die schwere Kiste vom Regal und fange an, einen Turm für ihn zu bauen.

»Nein.« Er nimmt mir die bunten Klötze weg und stopft alles zurück in den Plastikkasten. »Da! Magi!«

»Magi«? Ich fange an zu verstehen. ›Magi‹ ist Maxi, und dem gehören die Legos. Mein Siebenjähriger konstruiert damit Raumstationen und Luxusvillen, Lucas ist immer heiß darauf mitzumischen, nur nicht nach Anleitung.

»Mami, nimm ihn weg. Er macht uns alles kaputt«, brüllt Maxi dann. Heute wäre dieser Hilferuf überflüssig. Mein Einjähriger will nicht, daß ich mich einmische, so ist das.

Abends entdeckt er die Duplos, und ich fange an zu heulen. Ich habe den Vorrat für Friedhelm vergessen, zwölf Stangen sind es, für meinen Scheich ist das ein Klacks. Bestimmt hat er sich ein paar Dutzend mit nach Langeoog genommen. Und seine Frau dazu, sie sind beide Insel-Freaks. Ob sie sich schon versöhnt haben?

Dieses Bild von ihm, er ohne mich, läuft mir hinterher. Ich kann nicht einschlafen. Also stehe ich auf und hole mir einen

Duplo-Riegel, was total bescheuert ist, denn ich hasse dieses süße Keksgebrösel.

Joni nimmt sein Schnuckeltuch und Maxi den Schnuffel, sogar bei Fabian finde ich noch manchmal morgens den ›Fini‹ im Bett. Ich habe früher ein Stück Samt gehabt, das habe ich mir um den Finger gewickelt, es war ein sehr schmusiges Gefühl, besonders wenn ich traurig war. Natürlich gibt es diesen Lappen schon lange nicht mehr. Die komische Schokostange ist alles, aber sie tröstet mich nicht, sie macht alles nur noch schlimmer. Ich habe ihn doch lieb, meinen Scheich, und ich fange an zu grübeln, warum ich ihn habe gehen lassen. Aber ich komme nicht auf den Grund, die Sehnsucht nach Liebe macht mich dumpf und schwer, darüber ist ein Schleier. Es hat etwas mit Jochen zu tun. Ich habe schon einmal geglaubt, es wäre der Richtige. Sechzehn Jahre lang habe ich in dieser Seifenblase gelebt. Vielleicht gibt es den Mann, wie ich ihn mir wünsche, sowieso nur in meinem Kopf. Ich habe Angst, und die ist stärker als alles andere. Blind tappe ich auf den Radiowecker neben meinem Bett. Radio Köln, das ist auch ein Stück Heimat. Ich erkenne die Stimme des Sprechers, er ist garantiert auch allein und müde in seinem Studio, und als er über Eva Jaeggis Buch plaudert, das heißt ›Ich sage mir selbst guten Morgen‹ und handelt von Singles, da ist das wie ein heimliches Band zwischen ihm und mir.

Morgens steht Lucas um sechs neben meinem Bett. Er ist wütend, weil ich ihn nicht habe rufen hören. Ich will ihn zum Knuddeln unter meine Decke ziehen, aber davon will er nichts wissen. In der Küche schwappt mir sein Kakao über, und seine Pantoffeln will er auch nicht anziehen. Ich bin jetzt schon fix und fertig.

Ich rufe meine Mutter an. »Mutti, ich habe es mir doch überlegt.«

»Hoffentlich klappt das noch mit dem Quartier. Ich rufe dich gleich zurück«, sagt sie entschlossen. Meine Mutter, die dreißig Jahre lang Hausfrau war, hat mit meinem Stiefvater eine eigene Firma aufgemacht, im Alter von vierundfünfzig Jahren. Das ist eine tolle Geschichte. Wo andere anfangen, sich die Jahre bis zur Rente auszurechnen, da steigt sie full power ein. Sie und Peter sind im Aufbaufieber, da ist Urlaub fast ein Fremdwort. Aber über Ostern wollen sie zehn Tage abknapsen und an die See fahren. Nach Belgien. Mein Scheich ist auf Langeoog, das hat nichts miteinander zu tun, aber die Nordsee ist dieselbe. Ich will plötzlich doch mitfahren, ich weiß selbst nicht warum.

Es klappt. Mein Hotelzimmer ist ein geblümter Alptraum, kein Muster ähnelt dem anderen. Lucas findet es toll.

»O Gott.« Andere Mütter hätten sich vielleicht darüber ausgelassen, daß ich selbst schuld bin an dieser barocken Abstellkammer. Meine nicht, sie wirft mir nur so einen speziellen Blick zu, damit ich weiß: Wenn ich will, kann ich loslegen.

»Es ist wegen Friedhelm.«

»Das war mir klar.«

»Er macht jetzt bestimmt auch Ferien. Mit ihr.«

»Wenn er klug ist, tut er das.«

»Du bist gemein.«

»Wieso? Du hast deine Chance gehabt. Du hast doch gekniffen.«

»Er ist schließlich verheiratet.«

»Nun mach dir doch nichts vor. Wenn es dir die Schuhe ausgezogen hätte, wäre das anders gelaufen, ganz anders.«

»Er war sich ja selbst nicht mehr sicher. Er hat an beiden Enden geglüht, sozusagen. So etwas hat doch keine Zukunft, oder?«

»Du bist noch genau wie früher. Da hast du dich in deinem weißen Kleidchen in die nächstbeste Pfütze geschmissen und bist keinen Schritt weitergegangen, nicht ums Verrecken. Aber wenn wir um die Ecke waren, dann hast du geheult.«

»Aber nachgelaufen bin ich euch nicht.«

»Eben. Dein Vater mußte dich holen, da war alles wieder gut. Vielleicht brauchst du noch immer einen, der dich holt und drückt.«

Ich antworte nicht, einfach weil mir dazu nichts einfällt. Ich staple die Pampers von Lucas in die Kommode und räume mechanisch meinen Koffer leer. Das ist doch absurd. Ich, die starke Frau, bei der Mann kleine Brötchen backt, ich soll mich nach einem sehnen, der mich mitreißt?

Unten im Speisesaal erwartet uns mein Stiefvater. Ich denke, er hat meine Mutter verdient, und mich hat er ins Herz geschlossen. »Ich bin der einzige Mann mit zwei Frauen. Und den hübschesten dazu«, sagt er und rückt unsere Stühle zurecht. Das ist lieb von ihm. Ich habe mich in Schale geworfen, trotzdem bin ich nicht gut drauf. Für mich ist er ein Leihmann, und das funktioniert auch nur, weil meine Mutter uns generös ein bißchen schäkern läßt. Sie weiß, daß mich das aufmöbelt. Weil es bei ihr genauso ist.

Überhaupt gibt es zwischen ihr und mir viel Gemeinsames, das geht weit über die Gene hinaus, die meine Kniekehlen, meine Stimme und meinen Humor als von ihr stammend ausweisen. Natürlich ist sie auch ›Löwin‹, das ist sonnenklar. Sogar ihr Lebensweg war eine Art Vortour, einschließlich Scheidung und einem Sohn von einem zweiten Vater. Manchmal rechne ich nach, wie lange es noch dauern müßte, bis der Richtige für mich kommt. Acht Jahre habe ich noch Zeit, wenn ich mit ihr synchron bleibe. Aber das ist mir zu lang, das halte ich nicht aus.

Ich schnappe mir den Kölner Stadtanzeiger, der wegen der vielen Landsleute hier ausliegt, schneide das Leberwurstbrot für meinen Mini in ›Schiffchen‹ und blättere. In den Bekanntschaftsanzeigen hat diesmal einer geklotzt, ich meine größenmäßig, denn was drin steht, klingt gar nicht so übel. Ich schmuggle die Doppelseite in meine Handtasche, nur so aus Jux, denn diese Rubrik hat mich schon in glücklichen Ehezeiten gefesselt; da haben wir zu zweit über all die Möchte-gern-Redfords gelästert. Uns war total klar, daß nur reichlich kaputte Typen so ihr Glück suchen. Da gibt es doch einen, der morst seit Jahren denselben Hilferuf: ›... suche Frau mit dicken Titten! (Schlimm?)‹

Schlimm finde ich sein ›Schlimm?‹ in Klammern. Der hat doch einen an der Waffel. Das ist bestimmt so einer, der ferkeln will und hinterher die Absolution. Ich stelle mir einen halberstickten Mickerling zwischen teuflischen Siliconbrüsten vor. Ich krickele Schnörkel und Blümchen um den Fettdruck ›Kühlschrank adieu!‹, das ist immerhin mal etwas anderes. Und hundertsechsundvierzig Silben sind auch kein Pappenstiel, deshalb ist der Text mir wohl sofort ins Auge gesprungen. Es juckt mich, dem aufgetauten Kühlschrank zu antworten. Warum eigentlich nicht? Es ist ein Joke, notfalls ein Joke, weil ich mich langweile. Und das Foto, das ich mitschicke, ist wirklich nur ein mittelmäßiger Schnappschuß.

Es folgen vier Tage als Ein-Kind-Mutter. Ich stürze mich voll in diese Aufgabe, weil ich sonst nichts zu tun habe und so viel Publikum ohnehin Glanzleistungen aus mir herauskitzelt. Ich bin supergeduldig und liebevoll, eine richtige Bilderbuchmama. Doch Lucas weiß das nicht zu würdigen. Manchmal guckt er mich an, so von der Seite, daß ich denke, er durchschaut mich. Endlose Babypuzzles und Klötzchenspiele langweilen mich nun einmal, das war schon immer so. Deshalb habe ich diese Sachen immer abgeschoben, zuerst an Babysitter und später an meine anderen Kids, die brauchen sich nicht zu verstellen, die haben echt Spaß an so etwas. Ich folge lieber dem Zeittrend und spezialisiere mich. Meine Stärken liegen eindeutig im Reich der Fantasie. Bei mir bestehen Hero-Turtles Abenteuer, die kommen in keinem Video vor. Nichts ist unmöglich, wenn ich Regie führe. Neulich hat der Dirtbag sogar Hochzeit mit unserer einzigen Barbie gefeiert, die Kleinen waren hin und weg. Was ich hier im Hotel vorstelle, ist dagegen reine Augenwischerei. Die einzigen, die mich bewundern, sind fremde Eltern, und da vor allem die Väter. Schon allein dafür lohnt es sich. In mir prickelt jedesmal dicke Genugtuung, wenn die anderen Kinder mosern und kreischen und eine schrille Mutterstimme genervt dazwischenfährt. Dagegen ist meine Nummer doch Spitze. Nur auf Dauer wird es fad, und Lucas langweilt sich. Ich weiß ja, wie er sonst aufdreht, wenn etwas Bock macht.

Richtig schön sind eigentlich nur unsere Wanderungen durch die Dünen. Lucas sitzt in seiner Rückenkippe, meistens trägt Peter die. Da gibt es viel zu sehen für meinen Mini, und ich kann losträumen. Ich schmeiße mich mit einer gewissen Wollust in diese Melancholie, das habe ich schon als junges Mädchen gut draufgehabt. Als ich damals im Internat war, bin ich nachts ans Fenster geschlichen und in diese bittersüße Leere abgetaucht. Manchmal war ich regelrecht sauer, wenn ich dieses Gefühl nicht zu Ende auskosten konnte, weil irgendein Schabernack der anderen mich mitzog.

Es ist Mittwochabend, wir sitzen gerade beim Essen, da werde ich ans Telefon gerufen. Natürlich denke ich sofort ›Die Kinder!‹ und rase los, ausnahmsweise ohne an die Augenpaare rundum zu denken. Ich muß mich anhören wie eine verfettete asthmatische Kuh, so außer Puste bin ich. »Ja, bitte?«

»Spreche ich mit Frau Wilde?«

»O ja, natürlich …« Wer ist das? Ich kenne die Stimme nicht, es ist eine Männerstimme. So flott, wie er über die Leitung prescht, ist er bestimmt kein Arzt. Die Angst in mir flaut ab.

»Sie haben mir geschrieben, in Sachen Kühlschrank. Ich möchte Sie kennenlernen.«

Kurz und knapp, von Köln nach De Haan, eben mal so. Ich habe allerhöchstens mit einem Brief irgendwann gerechnet, das hier schlägt bei mir ein wie eine Bombe.

»Woher haben Sie denn meine Nummer?« frage ich hilflos

und falle in sein tiefes Lachen. »Ich habe den Namen von Ihrem Hotel und den Poststempel auf dem Umschlag, der Rest war ein Kinderspiel. Oder wirke ich so hilflos auf Sie?«

»Natürlich nicht. Pardon.« Wenn hier einer hilflos ist, dann bin ich es. Ganz egal, wie er seine Detektivarbeit herunterspielt, ich finde es total pfiffig, und im Moment ist es mit meinem Mundwerk wirklich nicht weit her. Mein Witz sprüht leichter, wenn ich in einer Situation heimisch bin. So etwas wie das hier kenne ich nicht.

»Also, wann sind Sie wieder zu Hause? Am Wochenende?«

»Ja, Freitag.« Bin ich denn von allen guten Geistern verlassen? Natürlich wollen wir das Wochenende noch nutzen, das ist doch logo, so haben wir das ausgemacht.

»Dann hole ich Sie am Samstag ab. Ihre Adresse in Köln habe ich ja. Acht Uhr, ist Ihnen das recht?«

»Okay«, stammele ich und lege auf, wie betäubt, nicht einmal auf Wiedersehen habe ich gesagt.

»Ist was?« Meine Mutter steckt besorgt den Kopf durch die Kabinentür. Ich zucke zusammen.

»Nein, es ist alles bestens.« Ich sehe hinab auf das Telefonbuch, es ist aufgeschlagen und vollgekrickelt, das muß ich gewesen sein. Wenn ich kribbelig bin, fange ich an zu malen, blind drauflos wie ein Schlafwandler, das war früher in der Schule schon so. Meine Mutter sieht es auch, es sind lauter Dreiecke und Türmchen. Wahrscheinlich erinnert sie sich auch daran, was diese graphischen Gebilde aus mir heraustreibt, die Geschichte mit dem weißen Kleidchen und der Pfütze hat sie ja auch nicht vergessen. Aber sie fragt nicht, wer der Anrufer war.

»Na, ein neuer Verehrer?« Mein Stiefvater grinst, er ist tierisch neugierig, und Hemmungen sind für ihn ein Fremdwort.

»Hör schon auf. Eine Freundin.«

Er glaubt mir kein Wort, aber es stört mich nicht. Ich mag es, wenn es rund um meine Person erotisch knistert, da werden prompt all die Ehemänner und Väter an den Tischen ringsum blaß. Die brauche ich nun nicht mehr, in meinem Kopf spukt ›Er‹ herum, seine Stimme hat etwas. Und als ich ins Bett gehe, da ist er schon so eine Art Rhett Butler …

»Muttchen, ich will schon morgen heim. Mit dem Zug.«

Meine Mutter mustert mich über den Brötchenkorb, ihre Augen plinkern. »Und das weißt du schätzungsweise seit gestern neunzehn Uhr dreißig?«

»Mutti!«

»Ist schon klar. Ich war genauso.«

Ich gebe ihr einen Kuß, ganz wohl ist mir nicht in meiner Haut. Aber ich kann doch unmöglich damit herausrücken, daß ich wegen einem wildfremden Mann Hals über Kopf abreise. So verrückt war sie bestimmt nicht.

Oben in meinem Blümchenzimmer packe ich, dabei summe ich vor mich hin. Ich schnappe mir Lucas und hopse mit ihm auf der kuhligen Matratze herum, zuletzt sind wir total außer Puste. Ich knuddele meinen Sohn, und er glänzt mich an, irgendwie ist es auf einmal wieder echt zwischen ihm und mir.

Der Zug ist rappelvoll, Platzkarten habe ich natürlich nicht. Wir quetschen uns zwischen Rucksäcke und junge Leute, wir sitzen nämlich im Anschlußzug für die Fähre aus Dover. Lucas turnt über Gepäckstücke und Beine, die den Gang füllen, er ist beschäftigt. Für mich ist es schon Samstag. Brüssel und Lüttich gleiten an mir vorbei. Ich werde am Samstag Jeans tragen und dazu mein sündhaft teures Kaschmirsakko, das ist nicht aufgedonnert, aber edel. Ich glaube, das paßt zu ihm.

Er klingelt fünf Minuten zu früh. Er ist riesig groß, wie er da in meinem Türrahmen steht, aber Rhett Butler ist er nicht. Ich zupfe an den Kreolenringen, die ich mir noch rasch ins Ohr gesteckt habe und die jetzt schon zwicken; ich nehme sie ab. Meinen Zwerg soll er auch ruhig sehen, dem gebe ich einen Kuß: »Mami ist bald wieder da.«

Dann preschen er und ich durch den Stadtgarten. Bei allem Tempo, das er vorlegt, hat sein Körper etwas Bärenhaftes, er ist fast schon ungelenk. Nur seine Stimme behält ihren satten Sound. Ich blende meine Supermannvision aus und höre ihm zu. Meine Antworten sind Maßarbeit, als Exlehrerin weiß ich, was von einer guten Schülerin erwartet wird. Seine Worte nehmen meine auf, er nickt, er lobt. Langsam löst meine verlegene Eckigkeit sich auf. Ich jongliere mit eleganten Redewendungen und klugen Ideen. Es wird immer besser mit uns, fast schießt schon etwas Euphorisches hoch zwischen ihm und mir. Nur mit meinen ›Vom-Winde-verweht‹-Gefühlen hat das nichts mehr zu tun.

Nach ein paar Stunden weiß ich mehr über ihn als von meiner Busenfreundin. Nicht daß er geschwätzig wäre, nicht die Spur. Er hat eine Vergangenheit und eine Zukunft, beides hat er säuberlich sortiert. Und er erlaubt es sich nicht, mit einem neuen Kapitel anzufangen, ehe das alte abgehandelt ist. So ist das. Ich bewundere seine Geradlinigkeit, er ist so sauber, aber eine kleine Traurigkeit nistet in meiner kitschigen Mädchenseele: Als er mich in Belgien anrief, da klang er mir stürmisch in den Ohren, eben so wie dieser Wahnsinnstyp aus ›Vom Winde verweht‹. Davon ist nichts geblieben. Nur wie er nervös mit seinem Autoschlüssel spielt, als wir uns in Ediths Weinstube gegenüber sitzen, zeigt mir, der Beton ist noch nicht ganz fest. Oder ist das auch nur eine Vision von mir?

»Ich möchte dich wiedersehen. So gut habe ich noch nie mit einer Frau geredet.«

Als er das sagt, ist es Mitternacht. Wir stehen vor meiner Haustür, und er gibt mir seine Karte, gute Grafik, sehr nüchtern. Wieso heißt er überhaupt Wolf?

»Ja«, antworte ich, »wir haben uns gut unterhalten.« Ich stecke den Schlüssel ins Schloß, mein Babysitter wartet. Noch einmal drehe ich mich um. Da fangen seine Augen mich ein, zum ersten Mal, ich glaube, sie sind braun. Und kurzsichtig, darauf möchte ich wetten. Er hat etwas von einem Seehund, dieser Blick, groß und rund.

Sonntag bekomme ich einen bunten Blumenstrauß. Es sind auch ein paar rote Rosen dazwischen, aber sie übertrumpfen die anderen Farben nicht, im Gegenteil. Ein Brief ist nicht dabei, das gefällt mir, weil es ein souveräner Zug von ihm ist. Geschickt ist es auch, denn nun bin ich am Ball und muß ihn anrufen. Ob er das gestern abend schon geplant hat? Zutrauen würde ich es ihm.

»Danke«, sage ich nur in die Telefonmuschel, als er sich meldet. Da ist kein Irrtum möglich, seine Stimme erkenne ich im Schlaf, es ist noch immer die von Rhett Butler.

»Ich möchte, daß du Wolf junior kennenlernst. Ist dir elf Uhr recht?« sagt der Wolf, der keiner ist.

»Ich muß gleich noch bei meiner Mutter vorbei. Mein Koffer ...«

»Ich fahre dich hin, also bis gleich.«

Er ist ein Bär, kein Wolf. Kraftstrotzend und tapsig, zu kolossal, um wild zu sein. Er stülpt sein Programm über mich, und ich weiß nicht, ob ich mich anlehnen soll oder ausbüxen.

Er ist ein Macher, das rieche ich. Was er plant, geht meistens auf. Wenn es meinen Blockadebrecher nun gar nicht gibt, vielleicht ist dann so einer besser, weil ich doch Angst habe und mich ankuscheln will. Es ist anstrengend, eine Löwin zu sein, manchmal bin ich es verdammt leid, aber das darf natürlich keiner wissen. Dabei brauche ich nur ein bißchen Liebe ...

Meine Lampe hängt schief

Stellen Sie sich eine Luxuskaserne vor, einbetoniert zwischen Autobahnzubringer und Industrieschloten – da wohnt er. Es ist ein Ortsteil, den man irgendwann einmal an Köln drangehängt hat, aber dazu gehört er nicht. Daran ändern auch die Hydrokulturen und die Maisonetten nichts, von denen Wolf eine gemietet hat.

»Was hat dich denn hierher verschlagen?« Es rutscht mir heraus. Er schaut sich um, als ob er sich erst einmal eine neue Optik leihen müßte, zum Beispiel meine.

»Wieso? Stimmt etwas nicht?«

Ich zögere. Wie soll ich ihm das erklären? Dieser Betonsilo hat einfach keine Atmosphäre, tote Hose. Dagegen sind alte Arbeiterviertel wie Nippes oder Bilderstöckchen ein Paradies. Da wird wenigstens gelebt, das spürt man sofort, auch wenn es in manchen Häusern noch immer keine Zentralheizung und keine Badewanne gibt.

»Es wirkt etwas künstlich«, antworte ich.

»Ich habe von Luxemburg aus einen Makler beauftragt. Es ist eine schöne Wohnung, billig ist sie auch nicht gerade.«

Das kann ich mir denken, daß man ihm, dem Ortsfremden, von Herzen gern und mit Kußhand diesen Wohnsilo verpaßt hat. Wahrscheinlich hat er nur registriert, wie proper und schnurgerade alles aussieht. Das, was hier fehlt, kläfft einen ja auch nicht an wie ein Hund, es ist nur nicht da.

Unten im Haus ist ein Kiosk. Der Mann hinter der Theke grüßt und wedelt mit einer Limoflasche durch die Luft. Wolf lacht. »Ich hätte glatt meinen Kasten Fanta vergessen. Nette Leute hier, er weiß, daß mein Sohn dieses Wochenende da ist.«

Der ist da, aber auch wieder nicht. Auf der Fußmatte liegt ein Zettel: »Bin bei Moni.«

»Monika ist unsere Nachbarin.« Das hört sich karg an. Wolf bückt sich und stellt den Autotragesitz mit meinem Jüngsten ab. »Raus mit dir, kleiner Mann.« Das läßt Lucas sich nicht zweimal sagen. Er wieselt schnurstracks auf die Treppe zu, rauf und runter, er fühlt sich wohl.

»Komm, ich zeige dir erst mal alles. Hier unten fehlt noch ein vernünftiger Eßtisch.«

Meine Augen pendeln zu dem Balkontisch, für den er sich entschuldigt. Mir gefällt er, bestimmt weil er der einzige Ausreißer in dieser Wohnhalle ist: kühler Marmor, schwarzes Leder und blankes Chrom, nicht einmal eine Fernsehzeitung liegt herum. Ein Konferenztisch zum Essen würde gut hierherpassen, da gehen auch viele Leute ran.

Wir klettern hinter dem Kleinen hoch, zur Schlafebene. Ich habe noch nie so ein ordentliches Zimmer wie das von seinem Sohn gesehen. Nebenan ist noch ein zweites Kinderzimmer, komplett eingerichtet in massiver Kiefer, sogar ein Hochbett steht da.

»Hast du mir vielleicht ein paar Kids unterschlagen?«

»Leider nein. Ich habe nur immer gedacht, es würden noch mehr ...«

Er spricht den Satz nicht zu Ende, der für ihn sowieso viel zu konfus klingt. Irgend etwas ist in seiner Ehe gründlich schiefgelaufen, und ich habe gerade offenbar einen Zipfel von dieser Tragödie erwischt.

Oben auf der Empore finde ich noch ein Stück von dem Puzzle, das Wolf heißt. In der Mitte steht ein Billardtisch, ein richtig großer, nicht so ein zusammenklappbares Fuzziding, wie wir es haben. Behutsam streicht die kräftige Männerhand über den grünen Filz. »Den habe ich mir schon als Junge gewünscht. Heimlich, ich hatte sowieso meinen Ruf als Träumer weg.«

Er und ein Träumer? Ich denke an mein Träumerle, und ich sehe den Zugang nicht zu diesem Mann, bei dem alles wie mit dem Lineal gezogen zu sein scheint. Man muß nur sein Schlafzimmer sehen. Brandneu, vom Feinsten, auch cool, aber nicht so tiefgefroren wie unten. Abgerundete Ecken und perlgraue Lackierung, mit einem Touch Fernost. Sogar an einen Schminktisch und getrennt höhenverstellbare Betten hat er gedacht. Ich sage es doch, er ist ein kühler Rechner, nicht unsensibel, aber dafür muß der Output auch entsprechend sein: die maßgeschneiderte Frau.

Sein Wäschesortierer gibt mir den Rest. Ich wußte bisher nicht mal, was das ist: sechs atmungsaktive Leinensäcke, straff gespannt, und sechs Schildchen von Feinwäsche bis kochfest, hell bis bunt. Ich äuge über den rotgepaspelten Rand, alles ist richtig einsortiert. Bei uns verirrt sich immer noch ein roter Socken oder das neue Jeanshemd unter meine zarten Dessous.

»Ist was?« Ganz wohl ist ihm nicht, er hat bestimmt eher mit einem Lob von Hausfrau zu Hausmann gerechnet. Aber so emanzipiert bin ich einfach nicht.

»Dein Ding ist umwerfend.« Ich grinse, er nicht.

»Manchmal sagst du Sachen. Ich sehe mal nach, wo Wolfi bleibt.«

So anzüglich werde ich eigentlich nur, wenn absolut nichts dahintersteckt, auf der erotischen Schiene, meine ich. Oder wenn ich tierisch verlegen bin und das Thema wechseln will. Diesmal trifft beides zu, glaube ich.

Lucas läßt ein Feuerwehrauto durch die Wohnhalle flitzen. Das hat Wolf ihm eben aus dem Kinderzimmer geholt. Mein Sohn rutscht auf den Knien hinterher, das klappt auf dem Marmorboden prima. Ich überfliege die Buchrücken in den nüchternen Metallregalen, er ist besser sortiert als unsere Stadtbibliothek, wenigstens was interessante Titel angeht.

»Das ist meins.«

Ich fahre zusammen. Der Wutschrei zischt an mir vorbei, und Sekunden später brüllt Lucas. Er will die Feuerwehr wiederhaben.

»Wolf junior, gib ihm sofort das Auto zurück.«

»Nein.«

Der Junge sieht seinem Vater nicht die Bohne ähnlich. Er ist blond, klein und zierlich, und er flammt mich an, als ob ihm schon klar wäre, daß ich allein für diesen Anschiß verantwortlich bin. Wenn ich mich nicht hier breitmachte, dann hätte er seinen Dad für sich allein. Frieden hätte er auch und womöglich sogar diese Moni von nebenan, wer weiß.

»Eigentlich hat er ja recht. Wenn es doch seine Feuerwehr ist.«

»Er ist sieben Jahre alt, und Lucas erst eins. Das muß er begreifen.«

Ich kann schlecht damit herausrücken, daß es gar nicht um Lucas und erst recht nicht um ein Spielzeug geht. Ganz sicher weiß ich das ja auch nicht, aber ich habe so ein Gefühl, und normalerweise komme ich gut mit Kindern klar.

»Also, könnten wir Lucas nicht etwas anderes geben. Wie wäre es mit dem Ding da?«

»Das gehört meinem Vater. Kinder dürfen da nicht ran.«

»Du sollst nur nicht ständig an meinen Schreibtisch gehen. Natürlich darf Lucas den Spitzer nehmen.«

Der große Wolf hält meinem Sohn den Spitzer, der wie ein bunter Kegel aussieht, hin. Klug ist das nicht. Der kleine Wolf macht nun endgültig dicht, er tritt gegen das blinkende Chromgestell des Bücherregals. »Ich habe Hunger.«

»Okay, machen wir uns etwas zu essen.« Kein Wort zu dem schmierigen Abdruck der Pumasohlen oder dem Maulton. Die Botschaft ›Kümmer dich um mich‹ ist angekommen, aber weil ich noch immer da bin, wird es ein Scheinfrieden, das ist mir klar.

Ich steige über die Feuerwehr, die nun achtlos am Boden liegt. »Kann ich dir helfen?« Ich weiß auch nicht, ob mein Angebot klug ist. Es drängt mich einfach, das Feld zu räumen, wenigstens für ein paar Minuten. Dann können wir ja noch einmal von vorne anfangen. Oder ist das auch nur so ein Erwachsenenspleen?

Der Tiefkühlschrank ist jedenfalls eine Augenweide. Es fehlt nichts. Schlemmerfilet und Apfelbeignets stapeln sich neben Dickbohnen in Sahnesoße, und Pizzas gibt es gleich in drei Variationen.

»Abends muß es schnell gehen.« Er hat meinen Blick aufgefangen. »Sonst stopfe ich mich mit Broten und Süßigkeiten voll, das ist tödlich. Übrigens, normalerweise ist Wolfi nicht so zikkig.« Normalerweise? Bezieht er das auf den ›Normalfall‹ Moni oder andere Kandidatinnen vor mir?

»Hast du deinem Sohn eigentlich erzählt, daß ich vier Kinder habe?« Das flutscht aus mir heraus. Ich weiß auch nicht, wie ich in diesem Zusammenhang auf so eine Frage komme.

»Klar. Für ihn ist das ein halber Kindergarten. Er hat kaum Spielkameraden. Wenn dein Maxi erst aus dem Urlaub zurück ist ... Also, was nehmen wir?«

»Vielleicht Pizza«, schlage ich vor. Alle Siebenjährigen stehen auf Pizza, und wenn dieser da mich schon nicht ausstehen kann, dann soll ihm wenigstens sein Essen schmecken. Denn ich glaube keine Sekunde lang, daß meine vier für dieses Einzelkind eine freudige Überraschung sein werden. Im besten Fall sind wir lästige Konkurrenz, im Moment sieht es sogar nach einem glatten Feindprofil aus.

Ich decke den Balkontisch, der provisorisch im Eßzimmer steht. Die Papierservietten falte ich zu Mäusen, das habe ich im Kindergarten abgeguckt, irgendwie muß ich ja Punkte sammeln.

»Toll! Wolfi, schau mal.«

»Sie hat mein Bärenglas vergessen.« Der Junge knallt sich an den Tisch, nimmt die Maus von seinem Teller und streicht sie glatt, bis sie wieder wie eine normale Serviette aussieht. »Ich habe Durst.«

Sein Vater reagiert nicht. Ich auch nicht, langsam reicht es mir. Wolf junior stakst in die Küche und kommt mit einer Flasche Traubensaft und seinem Bärenglas zurück. Er gießt, es tröpfelt auf seinen Teller, aber er schüttet weiter und trinkt, immer im Wechsel. Die Pizza vor sich rührt er nicht an.

»Nun iß endlich.«

»Keinen Hunger.« Er klettert von seinem Stuhl, schnappt sich die Feuerwehr und verschwindet.

»Wolfi, wo willst du hin?«

»Hab' was bei Moni vergessen.«

Er sieht total traurig aus, der große Wolf. Seine Augen sind gar nicht mehr ordentlich, sie wandern von der unberührten Pizza zu mir.

»Komm, gib mir noch ein Stück.« Ich halte ihm meinen Teller hin. Nicht, daß ich viel übrig hätte für dieses Hefezeug, Hunger habe ich auch keinen, aber etwas Besseres fällt mir einfach nicht ein. Als es dämmert, fährt er mich heim. Sein Sohn muß mit, er wird auch heimgebracht zu seiner Mutter, und die wohnt im Tannenbusch. Bis dahin sind es glatt fünfzig Kilometer.

»Tschüs, ihr beiden«, sage ich und will mir meinen Minisohn schnappen. Auf der Fahrt zu uns hat er krakeelt, und ich habe mich zusammenreißen müssen, um nicht pausenlos Kontrollblicke nach hinten zu schicken. Dabei hat Wolfi ihm bestimmt nichts getan, das ist schon klar. Aber Lucas macht sonst nie Ärger beim Autofahren.

»Ich trage ihn dir hoch. Kommst du mit, Wolfi?«

»Nö.«

Er kommt uns dann aber doch nach. Ich glaube nicht einmal, daß er Angst hat, ein paar Minuten allein im Auto zu bleiben. Er will uns wohl eher im Auge behalten, dann weiß er wenigstens, was Sache ist, und dazwischenfunken kann er auch.

Oben in der Wohnung puhlt Wolf meinen Sohn aus dem Gurt, den Anorak und die Stiefel zieht er ihm auch gleich aus. Er hat Übung, das merke ich gleich, und wenn er sozusagen ein Hochbett auf Vorrat gekauft hat, dann kann ich mir gut vorstellen, daß er gerne noch ein oder zwei Kinder aus ihrer Montur schälen würde, natürlich eigene. Womöglich ist dieses Thema für ihn noch gar nicht passé.

Lucas macht es sich an Wolfs breitem Brustkorb gemütlich. Er stippt seinen Finger abwechselnd auf die Augen, auf die Nase und den Mund in dem Männergesicht über ihm. Es ist sein Spiel, und es scheint ihnen beiden zu gefallen.

»Ich will zu meiner Mama.«

»Alles roger.« Behutsam plaziert der große Mann Lucas auf das Rutschauto, das wieder einmal quer im Zimmer steht. Als er sich aufrichtet, fällt sein Auge auf meine Eßtischlampe: »Die hängt total schief.«

»Weiß ich.« Soll ich etwa meinen Kampf mit diesem Glasmonster vor ihm ausbreiten? Ich bin ja happy, daß die kaputte Birne ausgewechselt ist, mit ein bißchen Schlagseite kann ich ganz gut leben.

»Hast du einen Schraubenzieher?«

»Natürlich.« Den muß ich nicht mal suchen, weil der in der obersten Küchenschublade liegt, um widerspenstige Gurken- oder Marmeladengläser aufzumachen.

»Halt mal.«

Ich nehme Schrauben und Gewinde und Metallplättchen entgegen. Ich hatte keine Ahnung, aus wie vielen Einzelteilen meine Lampe besteht.

»Hast du einen Pfennig?«

»Einen Pfennig?«

»Als Gegengewicht.«

Ich muß auch noch Sidolin und einen Lappen holen. Es ist ein geschlossener Glaskörper, trotzdem ist innendrin unheimlich viel Dreck; mir ist das etwas peinlich. Er wienert und poliert, und als er fertig ist, sehe ich gleich doppelt so viel bei gleicher Wattzahl, und die Schlagseite ist auch behoben.

»Danke. Demnächst setze ich dich auf meine Markise an.« Natürlich meine ich das nicht ernst, es ist einfach meine spröde Art, ihm eine Portion Bewunderung rüberzuschieben.

»Wird gemacht. Nächstes Mal. Auf, Sohnemann, es wird Zeit.«

Auf den Jungen habe ich bei diesem Lampenspektakel überhaupt nicht geachtet. Er zieht ein Gesicht, als müßte er morgen bei mir einziehen.

»Meine Mami kann sogar tapezieren.«

»Toll.« Hoffentlich ist keinem der dicke Placken an meiner Decke aufgefallen. Der stammt noch vom letzten Wasserschaden. Man müßte nur mal kurz darüberrollen – man, ich nicht, das gäbe nur eine neue Katastrophe. Außerdem habe ich es satt, von diesem Knirps meine Schwächen ausleuchten zu lassen. Wer bin ich denn?

»Tschüs, Wolfi. Willst du ein paar Kekse für unterwegs mitnehmen?« Ich halte ihm eine Schachtel Schokoladen-Dinos hin, die sind zur Zeit der absolute Knüller.

»Keinen Hunger.«

Dumm ist er nicht, das muß ich ihm lassen. Er fällt nicht rein auf meine Finte, und kapiert hat er die Anspielung auf heute mittag auch, das sehe ich an seinen hellen Augen hinter der Kugelbrille. Er könnte glatt ein Bruder von Maxi sein, natürlich nur äußerlich.

»Wieso hängt die Lampe gerade?« Mein Großer ist noch nicht ganz drin, seine Skier und den Rucksack hat er quer in den Eingang gestellt, da fällt ihm schon auf, was anders ist.

»Ein neuer Bekannter war so nett.«

»Muttchen, dich kann man keine zehn Tage allein lassen. Wo hast du denn den wieder aufgegabelt?«

»Sag ich dir nicht, du Pubertätspickel.« Wie sollte ich auch? Ich kann meinem Twen doch schwerlich gestehen, daß ich neuerdings auf Bekanntschaftsanzeigen antworte, oder?

»Dann war es bestimmt doch der Elektriker.« Er schwirrt ab, ans Telefon. Eigentlich sind die coolen Sprüche ja Maxis Spezialität, oder wie hat Fabian das mit dem Elektriker gemeint? Ich fange an auszupacken, natürlich liegt noch alles kreuz und quer herum. Die Hälfte von dem Zeug ist noch sauber. Ich fasse es nicht, mit wie wenig Wäsche mein oberpingeliger Sohn in so einem Skiurlaub auskommt. Normalerweise wasche ich mich dumm und dämlich. Als er endlich wieder auftaucht, ist alles ordentlich verstaut, und die erste Maschine läuft auch schon.

»Na?«

»Du bist auch nicht neugierig?« Er schält sich aus seinem Sweatshirt und greift sich einen Apfel. Seine Augen blitzen, er ist ein verdammt hübscher Kerl. Bestimmt dauert es nicht mehr lange, bis die ersten Damen bei uns Schlange stehen.

»Wir sind keine Nacht vor zwei ins Bett. Und gestern haben wir durchgemacht. Spitze.«

»Ihr drei?«

»Muttchen!« Blankes Entsetzen, dabei war meine Frage gar nicht so blöd. Schließlich haben die drei Jungen sich fast ein Bein ausgerissen, um wieder zusammen auf ein Zimmer zu kommen. Letztes Jahr haben sie bis zum Umfallen gezockt, Mau-Mau und Rommé, das hier hört sich anders an.

»Wir waren bei den Mädchen. Getanzt haben wir auch. Cool. Im Herbst will ich in die Tanzschule.«

»Du bist gerade vierzehn.«

»Na und. Lisa geht auch.«

»Lisa?«

»Unsere Neue. Die ganze Klasse ist hinter ihr her. Mit mir hat sie fünfmal getanzt. Alex war stinksauer. Eben am Telefon, das war sie übrigens.«

Das muß ich erst einmal verdauen. Budenzauber gemischt, und mein Lockenkopf war Hahn im Korb. Geht das so schnell?

»Muttchen, nimm's nicht tragisch. Du hast doch auch deinen Spaß gehabt.«

»Wie meinst du das denn?«

»Na ja, sturmfreie Bude und so. Oder war es wirklich nur der Elektriker?«

Es ist nicht zu fassen, die Tanzschule und noch ein paar andere Sachen stehen mir wirklich bald ins Haus. Mein Großer wird fraubar, und ich schiebe mit Kinderwagen durch die Gegend. Der Gemüsemann nennt mich zwar noch immer ›junge Frau‹, die Pfiffe an der Baustelle nebenan gelten mir, aber irgendwie ist das nicht gerecht.

Ich verzichte darauf, von meiner Seereise mit seinen Großeltern zu erzählen, und von meinem Rhett-Butler-Ersatz verrate ich erst recht keinen Ton. Ich mache mich doch nicht lächerlich. Ganz den Mund halten kann ich aber auch nicht, da geht es mir wie Fabian, der mußte zuletzt ja auch mit seiner Lisa herausrücken. Nicht daß er sich einbildet, nur er allein hätte Chancen. »Also, wenn es dich beruhigt, er ist kein Elektriker. Sechzehn Zentimeter größer als du ist er auch, und meine Lampe hat er mit links hinbekommen. Mußt halt noch viel lernen, Söhnchen.«

Das ist gemein, denn den Spruch habe ich ihm geklaut, aber ich muß den jungen Mann einfach ein bißchen zurechtstutzen. Das Thema, das wir beide gerade draufhaben, ist für mich genausowenig passe wie für ihn, nur daß das klar ist.

Liebe nach Noten

»Na, wie gefällt es dir?«

Ich schaue mich um. Weiß gekälkte Wände, wuchtige Eichenbalken, eigentlich ist es ein stinknormales Steakhaus. Dafür sind wir nun sage und schreibe dreihundert Kilometer gefahren, obwohl sich gleich bei mir um die Ecke ›Maredos‹, ›Churrascos‹ und ›El Gauchos‹ auf die Füße treten. Wir essen unser Steak heute im Kohlenpott, in Gelsenkirchen. Was erwartet er von mir für diese grandiose Idee? Beifall?

Ein schmales Reh in Leggings und Stöckelschuhen rettet mich. Der übliche Dreß ist das nicht, aber besonders toll finde ich diese Variante auch nicht. Mit heißen Höschen und Miniröcken habe ich keine Probleme, wenn das Chassis darunter stimmt. Doch diese Stretchhosen auf Pumps finde ich regelrecht unfein.

»Guten Abend, Herr Doktor. Sie waren lange nicht mehr bei mir.«

»Die Arbeit.« Wolf deutet auf mich. »Das ist Frau Wilde.«

Ihre blauschwarz getuschten Mascaraaugen ziehen über mich. »Wie nett.«

Sie lügt, sie könnte gut auf mich verzichten. Vermutlich hat sie eine Antenne für das, was mir eben durch den Kopf ging. Nun plänkelt sie mit meinem Begleiter über den Wein, dabei stehen sowieso nur fünf Sorten auf der Karte, von denen die beiden ›lieblich-fruchtigen‹ ungenießbar sein dürften. Endlich bringt sie uns einen Blanc de Blanc. Für Besteck und Brot ordert sie das gewöhnliche Serviergirl. Die spurt, das muß ich zugeben.

»Das Mädchen hat den Laden prima in Schuß.«

Das Mädchen?

»Sie hat den Pachtvertrag übernommen, als ihr Mann vor vier Jahren auf und davon ist.«

Er meint also doch die Leggings. Aber ein Mädchen ist die beileibe nicht mehr, ihr Hennarot hat einen grauen Saum, und die Riffel um Mund und Augen kommen auch nicht nur vom Lachen.

»Ach.«

»Ich habe dem Mädel ein bißchen unter die Arme gegriffen. Ein paar Telefonate mit dem Hausbesitzer und meiner Hausbank, dann lief die Sache, du siehst es ja selbst.«

Ich sehe einen Fleischbrocken, das ist sein T-Bone-Steak, groß wie eine Holzfällerhand. Meins ist auch nicht viel kleiner.

»Das willst du aufessen?«

»Logo. Probier endlich, das Fleisch ist butterzart.«

Ich säbele los, Blutsaft sammelt sich auf meinem Teller und suppt die Folienkartoffel mit saurer Sahne ein. Die schmeckt jetzt auch nicht mehr. Ich bin doch kein Neandertaler. Neulich habe ich einen Artikel über diese Fleischfresser gelesen, für die ein knackiger Salat Hasenfutter ist und die Tierkalorien tanken, um weiterjagen zu können. Nichts soll sie einholen, kein Hungergefühl und erst recht kein anderer, nur hält das keiner durch. Irgendwann streiken diese hochgetrimmten Körper – und sind reif für die Schrotthalde.

Ich schiebe das Essen auf meinem Teller zusammen, damit es nach weniger aussieht, dann decke ich die Serviette darüber. Ich werfe ihm einen Blick zu, er ist gleich fertig. Ich beobachte ihn, wie er die letzten beiden Stücke einfährt, nicht daß er schlingt, aber er ißt auch nicht mit Genuß. Er kaut präzise wie eine Maschine, sogar die Bissen sind gleich groß. Dann wischt er sich den Mund ab: Er hat es geschafft, braver Junge, sogar die Dekoration hat er mitgegessen.

»Das war gut.«

»Hm.«

Er senkt seine Augen auf meinen zugedeckten Teller. »Hat es dir nicht geschmeckt?«

»Steaks sind nicht unbedingt mein Fall.«

»Und was ist dein Fall?«

»Nun ja, eher klein und fein.«

»Neue französische Küche, wie?«

»Es muß nicht gerade Bocuse sein, aber in der Richtung. Von allem ein bißchen, leicht, schnuckelig angerichtet, das mag ich.«

»Ich weiß schon. Vier goldene Kochlöffel und nichts drauf auf dem Teller. Für mich ist das Nepp.«

»Du übertreibst. Bei sechs Gängen könntest du so einen Klotz Fleisch gar nicht schaffen.«

»Und was ist so toll daran, stundenlang nur zu essen? Hier werde ich satt, und geschmeckt hat es mir auch.«

»Das ist nicht dasselbe.« Ich finde es blöd, wie er diese blutigen Fleischfetzen verteidigt und mich durch die Blume als überkandidelt hinstellt. Vielleicht habe ich mich ein bißchen übertrieben für das, was ich für Eßkultur halte, ins Zeug gelegt, das mag ja sein. Aber das liegt auch an meinem Widerwillen gegen diese Machoportionen und die hochhackigen Leggings; die nerven mich nämlich auch.

Ich muß ziemlich blasiert dreinschauen, denn seine warme Stimme, die ich wirklich mag, bekommt einen leicht beleidigten Unterton. »Ich bin eben nicht mit einem goldenen Löffel im Mund geboren worden wie du. Mein Vater war im Pütt, und wer bei uns satt werden wollte, mußte erst mal malochen. Jahrelang hat meine Mutter geglaubt, ich wäre das Kotelett nicht wert, das sie mir auf den Teller getan hat.«

»Das verstehe ich nicht. Du hast doch deinen Weg gemacht.«

»Ja, aber anders, als sie es geplant hat. Ich sollte etwas Ordentliches lernen, so wie meine jüngeren Brüder, aber ich habe meinen Eltern noch auf der Tasche gelegen, als die schon aus dem Haus waren.«

»Und heute? Sie muß doch stolz auf dich sein.«

»Stolz? Worauf? Die anderen beiden sind dick im Geschäft, Steff als Installateur und Hans mit seinem Malerbetrieb. Gleich um die Ecke wohnen sie auch; bei meiner Mutter ist kein Rohr verstopft, und frisch tapeziert bekommt sie auch umsonst. Davon hat sie was, besonders nach Vaters Tod. Was ist dagegen schon mein Schreibtischjob?«

Ich fühle mich total hilflos. Das ist eine Welt, von der ich nichts verstehe. Er wehrt sich nicht einmal, er duckt sich unter dem Urteil dieser Frau, wohl weil sie seine Mutter ist. Ich schäme mich inzwischen, weil ich so angeberisch dahergetönt habe.

»Es tut mir leid.«

»Es muß dir nicht leid tun. Es ist schon okay, so ist sie nun einmal, praktisch bis auf die Knochen. Mein Vater war da anders.«

»Er hat dich also verstanden?«

»O ja, er war auch ein Träumer, damit hat er sich kaputtgemacht. Er hat eine Lesestube für seine Kumpel eingerichtet und Redekurse abgehalten. Die Nachbarschaft stand kopf und meine Mutter …«

»Sie hat ihn nicht unterstützt?«

»Sie hat ihm die Hölle heiß gemacht. Die Kumpel haben in ihrer guten Stube gehockt und sich kostenlos einen hinter die Birne gegossen, deshalb sind die meisten überhaupt gekommen. Er war zu weich, aber das Gymnasium hat er für mich durchgepaukt.«

»Ist er schon lange tot? Ich meine, hat er noch gelebt, wie du es geschafft hast?«

»Er ist drei Wochen vor meinem Abitur gestorben.«

»Das ist nicht gerecht.«

»Ja. Aber vielleicht ist es auch gut, daß er den Rest nicht mitbekommen hat.«

Ich traue mich nicht danach zu fragen, was er meint. Ich sehe ihn nur an, damit er weiß, ich höre ihm zu, wenn er weiterreden will. Er zögert, die Worte kommen ohne Melodie: »Mein Vater war sehr katholisch. Meine Scheidung hätte er nie verstanden.«

»Hat es geschmeckt?« Die Leggings stehen wieder an unserem Tisch.

»Sicher doch.«

»Ihr Bruder Steff war auch letzte Woche hier.«

»Fein.«

Der Wolf ist abwesend. Die Dame spürt es ebenfalls und kreidet es mir an. »Ihnen hat es wohl nicht geschmeckt?«

»Es war zuviel, danke.«

»Unsere Stammkunden sind sehr zufrieden.« Sie schenkt Wolf ein Verschwörerlächeln.

»Nicht daß du meinst …«, sagt dieser und sieht kurz in die Richtung, wohin die Leggings verschwinden.

»Ich hab's kapiert. Du bist hier zu Hause. Nix Erotik.«

Habe ich es wirklich kapiert? Ich traue mich nicht, mit dem Bild in meinem Kopf herauszurücken. Der große starke Wolf kommt heim und greift ihnen unter die Arme, der Wirtsfrau, seiner Mutter, weiß der Geier, wem noch. Er ist nicht mehr der dumme Junge, aber leicht macht er es sich noch immer nicht, weiß Gott.

Wir brechen auf, der Weg zurück ist anders. Diesmal weiß ich, daß er hier aufgewachsen ist, und ich stelle es mir vor, wenigstens versuche ich es.

»Tschüs«, sagt er vor meiner Haustür. »Es tut mir leid, daß mein Steakhaus nicht dein Fall war.«

»So war das auch nicht gemeint.« Das kommt schwach und ist auch schwach. Denn er hat ein Fenster aufstoßen wollen mit dieser Fahrt in den Kohlenpott, und ich habe nichts im Sinn gehabt als ein schnuckeliges Mehr-Gang-Menü. Was ich wirklich rüberbringen wollte, ist auf der Strecke geblieben.

Ich habe nämlich jahrelang mit meinem Exmann solche Lokalitäten abgeklappert und nichts davon gehabt als das exklusive Feeling. Was ich nach Jochen dazugelernt habe, ist das Schwelgen, egal, ob im Bett oder beim Essen. Es ist einfach ein irres Gefühl, so einfach draufloszugenießen und ein Echo zu spüren. Mit Wolf habe ich das, wenn wir reden; es ist die Lust am Gespräch.

»Hat niemand angerufen?« frage ich die Kids.

»Nö.«

Abends muß ich zum Elternsprechtag. Es wird spät, mein Babysitter wartet schon in der Diele.

»Tschüs.«

»Tschüs. Danke.« Karin ist schon im Treppenhaus. Ich rufe hinter ihr her: »Hat jemand angerufen?«

»Ja, der Zettel liegt neben dem Telefon.«

Drei Anrufe hat sie notiert, aber der Wolf ist nicht dabei. Es dauert ein paar Tage, bis ich begreife, daß sich etwas geändert hat. Er bombardiert mich nicht mehr mit seiner Nähe, und ich rutsche in eine Rolle, die mir total fremd ist.

Ich rufe ihn an. Das ist alles andere als normal. Sogar beim Vater meines Jüngsten war immer er es, der aktiv wurde, nie ich, dabei war ich rasend in Jörg verliebt. Unter meiner Löwenmähne bibbert nämlich eine ziemlich zaghafte Mädchenseele.

Ich kann zwar flirten auf Teufel komm raus, aber wenn es funkt, dann muß ich umworben und beschützt werden, so ist das bei mir.

In den Wolf bin ich natürlich nicht verliebt. Zwischen uns ist, wie gesagt, eher etwas Platonisches. Aber das knistert auch, und wenn ich nichts von ihm höre, fehlt mir etwas.

»Kommt dein Sohn am Wochenende?« frage ich Wolf.

»Sicher.«

»Sollen wir zusammen mit den Kindern zum See fahren?«

»Gut. Wir holen euch ab.«

Warum bin ich ausgerechnet jetzt daran interessiert, daß unsere Kinder zusammenkommen? Sie kennen sich nämlich noch immer nicht, obwohl der Wolf und ich seit neun Wochen sozusagen miteinander gehen. Überallhin, ins Kino, zum Schwimmen, auf Wanderungen. Nur ins Bett nicht, aber das ist ein Thema für sich. Meine Kids haben wir oft dabei, die Tour zum See ist auch nicht neu, dort ist er auf Christi Himmelfahrt mit ihnen Tretboot gefahren. Minigolf gespielt haben wir auch, es war eine runde Sache. Mein kesser Maxi, der sonst eher reserviert auf meine Neuerwerbungen reagiert, hat ihn besonders ins Herz geschlossen. Und irgendwie ist mir die Idee gekommen, meinen Siebenjährigen gewissermaßen als Friedenspfeife einzusetzen. Womöglich schafft er es ja, Wolf junior umzustimmen.

Ich ziehe die neuen Sommerbermudas an und natürlich Joggingschuhe; es sind topmodische mit Propellerschleifen.

»Nicht übel, Muttchen.«

»Total unpraktisch.«

Ich schwanke keine Sekunde, ich schlage mich auf Fabians Seite. Wozu habe ich mir denn sonst so viel Mühe gemacht?

Natürlich friere ich wie ein Schneider. Am See ist es frisch, und wir haben erst Juni. Meine nackten Beine überzieht eine Gänsehaut. »Wie bei einem Huhn«, findet Maxi, natürlich laut.

Zu Wolfi äußert er sich nicht laut. Im Auto haben die beiden sich um den linken Fensterplatz gekäbbelt, Sohnrechte gegen Gastrechte oder so ähnlich. Nun drängeln sie, weil sie endlich Velo fahren wollen. Meine Söhne sind im Vorteil. Sie kennen den Weg und düsen vor.

»Vergeßt Wolfi nicht«, rufe ich. Der schießt mir einen bitterbösen Blick zu, und ich könnte mir die Zunge abbeißen. Saudumm war das von mir.

»Laß nur, wenn sie erst auf dem Wasser sind, herrscht Frieden.« Der große Wolf legt seinen Arm um mich, es ist ein sehr kuscheliges Gefühl, aber sein Sohn findet das nicht gut. »Komm endlich, Papa.«

Wir sind noch nicht ganz unten am Steg, da kommen uns meine drei, denn Lucas sitzt im Buggy, entgegen. Happy sehen sie nicht gerade aus.

»Was ist los?«

»Der Mann will uns kein Boot mehr geben. In einer halben Stunde macht er dicht.«

»Aber es ist noch nicht mal vier Uhr.«

»Trotzdem.«

»Laß mich mal.« Der große Wolf prescht auf die Bude zu, aber gegen selbständiges Unternehmertum ist auch er machtlos. Es ist Feierabend, weil der Betrieb sich heute nicht lohnt, basta.

»Wollt ihr ein Eis?«

Sie schlecken an ihrer Waffel und sind tierisch unzufrieden. Sie wollen Tretboot fahren. Wir lotsen sie hinüber zum Minigolfplatz, aber der schließt auch gerade. Wir können nur noch spazierengehen, sonst ist hier tote Hose.

Ich bibbere. Dieses Eis hat mir den Rest gegeben, aber ich finde es rührend, wie Wolf versucht, die fünf Kids bei Laune zu halten. Bei den beiden Kleinsten hat er leichtes Spiel. Sie balancieren mit ihm über einen Baumstamm, hin und zurück. Er hat eine Engelsgeduld, dabei ist er sonst so hektisch. Aber sein Sohn mosert: »Es ist blöd hier.«

»Spiel doch mit Maxi.«

Ich klicke meinen Sohn an: »Ja, mach doch. Wollt ihr nicht eine Hütte bauen oder so?«

»Keine Lust.«

Die beiden nerven, und wenn ich mir eingebildet habe, sie würden für mich die Friedenstauben spielen, dann liege ich total falsch. Sie können sich nicht ausstehen, und der Grund für ihre Feindseligkeit ist der Wolf. Jeder will ihn für sich haben, und weil das nicht geht, trampeln sie auf unseren Nerven herum.

»Den hast du hochgehoben.«

›Den‹, damit ist Maxi gemeint. Der zischt »Memme« und hangelt sich noch ein Stück höher hinauf an dem knorrigen Ast, auf den Wolf ihn gehievt hat.

»Du darfst doch noch nicht klettern, wegen deinem Blinddarm.«

»Dann soll der auch nicht.«

»Es ist super hier oben, Mami, Wolf, guckt mal.«

Kinder sind so schrecklich direkt. Wenn sie eine Schwäche wittern, dann schlachten sie die aus.

Natürlich rächt Wolfi sich. Er läßt versehentlich den ›Schatz‹ von meinem Sohn in den See plumpsen, das sind ein paar Glasmurmeln, wenn die im Spiel zum ›Schatz‹ erklärt werden, sind sie eben einer. Danach transportieren wir zwei Todfeinde heim. Fabian muß sich im Auto zwischen die beiden setzen.

»Kommt ihr noch mit hoch?«

»Besser nicht.«

Er hat recht, und ich habe das auch nur aus Höflichkeit angeboten. Ich bin völlig k. o., es ist nicht zu glauben, wie dieses eine Kind mehr mich geschafft hat. Ich habe drei Stunden gefroren und geschlichtet, was mir sowieso nicht liegt. Dabei ist tröpfchenweise auch das idyllische Bild in meinem Kopf den Bach runtergegangen. Über diesen dümmlichen Schlagertext

›Ein bißchen Frieden ...‹ vor ein paar Jahren habe ich mich aufgeregt, aber wenn ich ehrlich bin, dann nistet in meinem Hinterkopf exakt so eine bizarre Vorstellung von einer Familienidylle, von der ich mir nach Belieben eine Scheibe abschneiden kann. Es funktioniert nicht, ich habe völlig umsonst unter Strom gestanden. So etwas wie Liebe läßt sich weder erzwingen noch portionieren, und darum geht es doch, wenn ich ehrlich bin.

Nachts scharmützle ich mit dem Wolf, obwohl er gar nicht bei mir ist. Und mein Scheich kommt mir auch in den Sinn, genauso körperlos. Ich stecke tief in trüben Aussichten. Bestimmt fange ich deshalb an, die Wahrheit zurechtzuflicken, immer vorausgesetzt, ich habe überhaupt einen Zipfel davon erwischt.

»Sollen wir Samstag zu den Bläck Föös gehen?« schlage ich beim nächsten Mal vor.

»Können wir machen.«

Es ist komisch. Wenn ich ihm solch ein Angebot mache, zieht er mit, aber nur dann und sozusagen platonisch. Das ist mir noch nie passiert und einfach nicht geheuer. Womöglich will ich jetzt kölsche Töne als Eisbrecher benutzen, so ähnlich wie zuvor meine Kids, nur daß diesmal ich auf der Knisterschiene laufe, wenn Sie wissen, was ich meine.

Das Konzert findet open-air im Rheinpark statt. Eigentlich hätte mich mein Bibbern am See schlau machen müssen, doch statt in Pulli und Jeans erscheine ich im Mini, und was ich darunter und darüber trage, ist auch nur dekorativ, es wärmt kein bißchen.

»Schick!«

Na also, es hat sich gelohnt. Und gegen die Kälte draußen habe ich ja einen Mann dabei und fetzige Musik. Die Post geht ab. Wahrscheinlich muß man in Köln leben, um das zu verstehen. Da sind gut zehntausend Menschen, die Lautsprecher dröhnen, der Wind pfeift, Stühle gibt es auch nicht. Aber es sind Songs, in die ich reinschlüpfe wie in urgemütliche Puschen, doch es sind Märchenpuschen, wie der gläserne Schuh beim Aschenputtel. Damit kann man rocken und schwofen, überhaupt alles, wenigstens bis Mitternacht.

Der große Wolf steht hinter mir und legt beide Arme um mich. Ich spüre seinen warmen Körper. Es braucht ein paar Minuten, dann wippen wir im Takt, und es ist gar nicht mehr nur gemütlich, es ist wie ein Schwips ohne Alkohol.

»Schön«, sage ich und schaue zu ihm hoch. Es gibt nicht viele Männer, die so groß sind, daß ich zu ihnen aufschauen kann.

»Sehr schön«, sagt er und kommt noch näher. Er küßt mich, es ist das erste Mal, sie spielen gerade ›Moni hat geweint‹. Das geht ans Herz, und in mir schwappt etwas über. In ihm auch, glaube ich.

»Nimmst du mich noch mit hoch?«

»Ja. Komm.«

Oben in meiner Wohnung ist es anders. Seine und meine Zauberpuschen sind weg, Mitternacht ist vorbei, aber wir versuchen trotzdem weiterzutanzen. Musik haben wir, sogar ein Glas Sekt – und mein Ledersofa. Aber statt den Bläck Föös spielen nun wir, und das ist anders. Die sieben Mann auf der Bühne haben es raus, jede Tonart echt und prall zu machen. Wir nicht …

Der Wolf nimmt umständlich seine Brille ab. Dann stülpt er seine Lippen über meine, er ist nicht grob, aber irgendwie tapsig, weit weg von meinem Blockadebrecher, er reißt mich nicht mit. Er hat einen Schnäuzer, das ist mir bis eben auch durchgegangen. Und seine braunen Augen schwimmen sehr nah an meinem Gesicht, doch es ist keine Nähe, die mich glühen läßt. Sein Mund und seine Hände sind Instrumente, wie beim Arzt, und ich beobachte, wie er sie einsetzt. Ich sehe, wie wir stümpern, und ich möchte mich kleinmachen und ›Halt!‹ rufen. Doch dazu ist es wohl zu spät, ich bin schließlich keine Anfängerin mehr. Aber eine Löwin bin ich im Moment auch nicht, eher ein Hasenherz.

Da setzt er sich auf. Unbeholfen angelt er nach seiner Brille. Seine Augen werden klar, und er rückt von mir ab.

»Weißt du, ich habe mir sehr genau überlegt, ob wir zusammenpassen. Normalerweise gehe ich einer Frau, in die ich mich verliebe, schneller an die Wäsche.«

Genau das ist es, schätze ich, auch wenn mir die Art, wie er es ausdrückt, nicht gefällt. Meine Wäsche, oder besser gesagt, was darunter ist, hat ihn viel weniger gereizt als der Inhalt von meinem Kopf und das Drumherum. Damit habe ich ihn gefesselt und geknebelt, und deshalb versucht er auch mit Brille und Abstand, mich in seine Checkliste reinzupressen. Die Einzelstücke sind okay, da haben wir viel gemeinsam, aber im Duett klingen wir unsauber. Ich bin für ihn wie ein Rezeptvorschlag aus ›essen und trinken‹, wunderschön präsentiert und mit Gebrauchsanweisung, aber er kriegt mich nicht hin.

Nebenan poltert es, das muß Maxi sein. Wir springen von dem Zweisitzer hoch wie erlöst. Es ist das erste Mal, daß Maxi mitten in der Nacht aufwacht, wenigstens soweit ich mich erinnern kann. Er muß einen Alptraum gehabt haben, denn er strampelt und schlägt um sich, so etwas habe ich noch nie erlebt. Der Wolf hebt ihn aus seinem Bett und trägt ihn durchs Zimmer, hin und her, mit weichen Schritten. Dazu redet er mit seiner Rhett-Butler-Stimme, denn die ist geblieben. In mir tut es weh: Es hätte so schön sein können.

»Für meine beste Freundin«

Der Wolf und ich, wir schaffen es nicht, unseren Bankrott zu erklären. Wir tun weiter so, als ob wir ein Paar wären, aber wir sind zahmer miteinander als Bruder und Schwester. Nach jenem Bläck-Föös-Flop ist rein nichts mehr gelaufen. Das geht sogar so weit, daß wir den Sechs-Wochen-Urlaub, den ich meinen Söhnen versprochen habe, gemeinsam angehen. Er ist seeerfahren, Belgienspezialist, und Schüppen, Netze und Windfänge besitzt er in allen Variationen. Es gibt etliche reizvolle Orte zwischen De Panne und Zeebrügge, aber ich entscheide mich spontan für De Haan. Hier hat mein ›Rhett-Butler‹-Traum begonnen.

Wenn ich gefühlsmäßig gut drauf bin, dann überkommt mich das Reisefieber. Ich bin offen für die verrücktesten Ideen, ich setze mich ins Flugzeug, als wäre es die Tram, ich prasse und giere, ich bin eine Löwin, total. Aber wenn die Beziehungskiste hakt, dann ist es genau umgekehrt. Ich suche Nahes und Vertrautes, so wie jetzt. Diesen Badeort kenne ich, ich komme zurück, und der Wolf will uns wenigstens am Wochenende besuchen; daran klammere ich mich auch.

Ich habe schon alles fertig gepackt. Ich bin nervös. Wolf schließt unsere fünf Koffer, eine Reisetasche haben wir auch noch, und legt die Akkus für die Kühltasche ins Gefrierfach. »So, alles paletti.«

»Ja. Alles paletti«, wiederhole ich. Mir ist mulmig, warum, weiß ich selbst nicht. Ich stecke in ausgefransten Jeans, das knappe Oberteil taugt allenfalls für den Strand, so kann ich wirklich nicht auf Pinos Geburtstagsfete erscheinen. Die steht nämlich für heute abend noch auf dem Programm, obwohl ich morgen früh verreise. Ich habe zugesagt, weil Pino mein Freund ist, ein toller Typ. Eine Zeitlang lag ein Techtelmechtel zwischen ihm und mir in der Luft, aber das ist schon eine Ewigkeit her. Inzwischen sind wir rein platonisch.

»Mußt du dich nicht umziehen?«

»Na gut.« Ich stehe auf, Lust habe ich keine, aber wenn ich absage und allein mit dem Wolf hierbleibe, dann ist das wie eine Aufforderung zum Tanz, da kommen wir nur wieder aus dem Takt. Eine Pleite reicht schließlich. Also gehen wir hin.

Es sind bestimmt vierzig Leute auf der Party. Das größte Gedränge herrscht in der Küche. Zwischen Minestrone und Tirami Su erwischt uns Stella. Sie ist eine unglaubliche Schwätzerin, und wenn sie ein paar Gläser intus hat, findet sie sich unwiderstehlich. Sie ist Psychotherapeutin, und falls jemand eine Bestätigung für die These braucht, daß diese Spezies von Haus aus nicht ganz dicht ist, dann findet er sie bei ihr. Wir waren Klassenkameradinnen, woraus sie das Recht ableitet, mich mit ihren ›Novitäten‹ vollzusülzen. Diesmal hat sie ihren ›geformten Körper‹ entdeckt.

Nachdem sie den Begriff mindestens fünfmal gebraucht hat, ist mir klar, daß sie auf dem Bodybuildingtrip ist. Ich habe nichts dagegen, wenn jemand etwas für seine Figur tut. Aber diese Frau kenne ich nur als träge Masse, sie holt noch die Brötchen mit dem Auto. Und wenn sie nun Bewegung auf dem Laufhand und mit Eisengewichten predigt, und das täglich, dann kann ich nur lachen.

»Ich denke, du arbeitest.«

»Man muß nur den festen Willen haben.«

»Ich habe vier Kinder.«

»Das Studio öffnet morgens um sechs. Da schlafen deine Kinder wohl noch.«

»Ich auch.«

»Das ist dein Problem. Du mußt dich überwinden.«

»Ich will gar nicht. Wozu?«

»Das müßtest du als Einzelkämpferin doch wissen.« Sie schaut Wolf an und streicht über ihren ›geformten‹ Body. Ich kann nicht beurteilen, ob es um ihre Hüften nun weniger speckt, aber die Masse reicht, um meine Umstandshosen zu sprengen, soviel steht fest.

»Und Sie?« Sie peilt den Wolf an, aber auf eine versöhnliche Art, schließlich ist er ein Mann.

»Ich spiele höchstens Squash. Sonntags.«

»Das ist auch ein Kraftsport, dann verstehen Sie mich. Alles muß heraus, full speed, bis der Kick kommt, so ...« Sie tänzelt und summt und attackiert mit ihren Fäusten einen imaginären Gegner. Sie muß wirklich hochgradig einen im Tee haben.

Ich wende mich von ihr ab und nehme mir ein Stück Kuchen, dick mit Schokolade und Nüssen. Sie mischt sich schon wieder ein, diesmal mit einer Art Rohkostphilosophie, die anscheinend im Beitrag für ihren Fitneßclub enthalten ist. Ich ignoriere sie. »Lecker.«

»Sieht gut aus. Gibst du mir auch ein Stück?« Zusammen mit Wolf schmeckt es mir erst richtig, ich könnte glatt eine ganze Torte verdrücken. Das ist mein Kick, mit einem harmlosen Satz abzuheben in diese besondere Vertrautheit, die zwischen ihm und mir schwingt, so, als wären wir schon zehn Jahre verheiratet.

Aber Stella gibt nicht auf. Sie knabbert an einem Champignonkopf, den Wein kippt sie wie immer, und ein blasses Geschöpf hängt sich an sie dran, mit einer Gurkenscheibe in der Hand und spindeldürren Beinen unter einem lächerlich kurzen Faltenrock. »Im Club nehmen wir Curry und Sojasauce zu unserem Dip, das ist sehr lecker«, sagt die Blasse.

»Aisha ist unsere Beste. Sie sündigt nie.«

Das sieht man. An diesem Kinderkörper muß sich jeder Happen abmalen, da passen wohl wirklich nur Selleriestangen rein. Ich habe absolut keine Lust mehr und schlängele mich aus der Küche. Wolf kommt mir nach, ihm reicht es auch.

Wir ergattern zwei Plätze auf dem einzigen Sofa, da haben wir eine Art Logenplatz. Mein alter Freund Pino ist ein Paradiesvogel, und dementsprechend sind auch seine Gäste. Neben mir sitzt eine Frau, pummelig und klein, aber mit einer riesigen Krokotasche auf den Knien und einem Teller darauf. Sie kaut und guckt, genau wie wir, ihre Augen sind überhaupt nicht spießig. Zweimal steht sie auf, um sich in der Küche Nachschub zu holen, solange vertraut sie uns ihre Tasche und ihren Sitzplatz an. »Passen Sie bitte auf.«

Uns gegenüber sitzen drei Grazien, die sind blutjung und aufgedonnert wie für eine Gala. Ab und zu kommt Pino mit ein paar Salznüssen oder einer Flasche zu ihnen, kniet sich neben sie, dann blühen sie auf. Die restliche Zeit bilden sie eine Insel. Jedermann äugt mal hin und rätselt, doch keiner traut sich ran. Ich könnte den Neugierigen weiterhelfen, weil ich weiß, es sind drei Exgespielinnen von Pino. Sein Liebesleben findet nicht in Schubladen statt, er mag es querbeet, und dazu steht er. Doch ich verrate nichts, nur den Wolf weihe ich ein.

Eine stilechte Domina gibt es auch, nicht so eine lederlose Version wie ich es zu Karneval war. Sie hat eine klasse Figur, und ihren Auftritt mit klirrenden Gehängen und knallengem Nappa genießt sie mindestens so wie wir, die Zaungäste. Ich kenne sie von früher, sie war mal Sprechstundenhilfe bei unserem Gastgeber, bis er ihr an die Wäsche gegangen ist und sie ihm aus Eifersucht die Bude umgeräumt hat. Inzwischen haben sie sich wohl versöhnt.

Da gibt es einen dumpfen Aufprall. Halbblind, wie ich nun einmal bin, erkenne ich zuerst nur ein Gewusel von Partygästen. Wolf springt auf, er hat seine Brille auf der Nase und ist sowieso immer ungeheuer fix. Er verschwindet in dem Pulk und taucht mit dem Faltenrockwesen von eben auf. Der Rock ist hochgerutscht und gibt die kindhaften Schenkel frei, der flache Oberkörper pendelt leblos. Diese Aisha muß ohnmächtig geworden sein.

»Wo ist sein Schlafzimmer?« fragt er mich.

»Da hinten durch, die zweite Tür«, antworte ich. Er kommt nicht dazu, sich zu wundern, woher ich das weiß, so schnell geht alles. Ich habe dem Wolf nichts über Pino und mich verraten, das ist ja auch Schnee von gestern.

Eine gedrungene Gestalt folgt meinem ausgestreckten Arm. »Bitte Platz machen, ich bin Arzt.« Seine Stimme schrillt, er wirkt irgendwie lächerlich, so als hätte er für diesen Auftritt geprobt. Bis eben habe ich ihn überhaupt nicht bemerkt. Wolf kommt zurück, setzt sich wieder neben mich. »Es geht ihr schon besser, sie hat eine Spritze bekommen.«

»Idiotisch! Sie sollte ein Stück Schokoladentorte essen.«

»Sei nicht so intolerant. Du weißt doch gar nicht, warum sie so ist.«

Das fehlte mir noch. Morgen fahre ich in Urlaub, mein Liebesleben hakt, und er hat eine Art Samaritertick, das ist es überhaupt. Erst diese Leggingtante in Gelsenkirchen, zu Hause hat er einen einäugigen Kater, und jetzt diese schwindsüchtige Bohnenstange, mir reicht es wirklich. Ich bin nicht intolerant, keine Spur. Ich bin nur nicht so weltfremd wie er, und was hilflose Kindfrauen betrifft, da könnte ich ihm drei Romane drüber schreiben, die stammen alle noch aus Jochens Ära, so ist das.

»Ich tanze.«

Das tue ich wirklich, und ich schere mich den Teufel darum, ob er mitkommt. Ich gehe in die Diele, wo schon fünf Schemen im gedämpften Licht auf und ab zucken. *It's Disco Time,* ich steige ein, auch ohne Partner, diesmal ohne.

»Na, was ist los?« Pino packt mich, er hat nicht vergessen, daß ich Solos hasse.

»Nichts.«

»Bist du in festen Händen?« Er nickt Richtung Sofa, wo der Wolf sitzt.

»Bin ich nicht.«

Er wechselt die CD, es folgt Kuschelrock, jetzt sind nur noch Paare auf der Tanzfläche.

»Pino, kommst du mal kurz.«

»Sorry.« Er muß sich um seine Gäste kümmern, die ersten verabschieden sich. Ich gehe wieder nach nebenan, fast bin ich bereit, dem Wolf zu verzeihen. Bis ich ihn sehe, auf unserem Sofa, er ist nicht mehr allein. Neben ihm sitzt der Faltenrock. Die Spritze scheint Wunder gewirkt zu haben, ihre blaßblauen Augen glänzen geradezu lebendig.

»Störe ich euch?«

»Wie kommst du darauf?« Schon redet er weiter, zu ihr und mit ihr. Soll ich sie etwa von meinem Platz verscheuchen? Ich fühle mich überflüssig und suche nach Pino. Wir tanzen weiter, irgendwann tanzen auch der Wolf und diese Aisha. Es ist schon spät, die Musik wird langsam und sehnsüchtig, ich könnte heulen. Aus den Augenwinkeln bekomme ich mit, wie er sie sanft auf die Stirn küßt. Es ist etwas unendlich Zartes in dem, was er tut. So war es bei uns nie, und ich weiß genau, nun ist es aus, endgültig. Auch wenn unsere Bankrotterklärung noch nicht amtlich ist.

»Ich muß mit dir reden«, sagt er leise vor meiner Haustür. Aisha wartet in seinem Auto, er fährt sie heim.

»Nicht nötig. Tschüs.«

Ich stürme die Treppe hoch und heule. Dabei habe ich doch eben selbst noch zu Pino gesagt, Wolf ist nichts Festes. Ist er ja auch nicht. Ohne Sex geht es nicht, auf diesen lauwarmen Aufguß kann ich verzichten. Er ist sowieso viel zu tolpatschig und pedantisch, überhaupt nicht mein Typ. Was will ich mit so einem, soll er doch mit diesem Knochengestell selig werden, er wird schon sehen, was er davon hat, seine Riesensteaks kann er sich abschminken, das ist mal sicher …

Am nächsten Morgen klingelt er pünktlich um acht an der Tür.

»Ich habe nicht mehr mit dir gerechnet.«

»Spinn nicht rum. Ich bin doch dein Freund.«

Er packt meine Koffer und meine Kinder, er hat alles im Griff. Er verstaut uns im Zug und besorgt uns noch schnell ein paar Mickymaushefte und eine Tüte Süßigkeiten, für mich hat er ein Päckchen.

»Ich rufe an.«

»Ja.«

Wir winken, er wird immer kleiner. Besuchen wird er uns nun bestimmt nicht.

»Wolf ist nett.«

»Hm.«

»Mach es endlich auf.«

»Später.«

»Ist bestimmt was Unanständiges.«

»Oder ein goldener Ring.«

»Die sind viel kleiner.«

»Seid endlich still.« Ich mache die Augen zu. Da sind wieder der Wolf und der Scheich, wie neulich nachts. Sie sind total verschieden, aber sie lassen mich nicht los, dabei habe ich sie beide verloren. Aber es ist nicht wie sonst, das mit dem ›ex und hopp‹ funktioniert nicht, in mir ist etwas angeknackst. Ich habe nicht die geringste Lust, den flotten Schäkerton von diesem Herkules zu erwidern, der mit seiner Tochter in Lüttich zusteigt und nach Wenduine reist, das ist der Badeort gleich neben De Haan.

Abends mache ich das Päckchen auf. ›Für meine beste Freundin‹ steht auf der Karte. Der Inhalt sind Bücher. Er muß Stunden damit verbracht haben, sie auszusuchen, jedes einzelne hat etwas zu tun mit ihm und mit mir. Es geht um den ›Eigennutz‹ und um ›männlich-weiblich‹, und bei Joachim Fernaus ›Und sie schämeten sich nicht‹ heule ich schon wieder, obwohl das eine eher sarkastische Reportage über das Phänomen der Liebe ist:

›… wenn das Herz dir auch bricht, zeig ein lachendes Gesicht …‹, das ist aus dem Lied vom ›Schönen Gigolo‹ zitiert. Es hat nichts mit mir zu tun, aber es paßt trotzdem. Warum hat es mit dem Wolf und mir nur nicht geklappt, es wäre so schön gewesen …

Ein Scheich kommt zurück

Der Wolf kommt mich natürlich nicht besuchen. Er ruft an, und er erzählt mir von seiner Arbeit, vom Meeting mit einem alten Klassenkameraden und von seinem Sohn, der für drei Wochen bei ihm ist. Von Aisha redet er nicht, aber sie ist da, in jedem Satz. Ob sie schon in dem perlgrauen Schleiflackzimmer mit den abgerundeten Kanten und dem Frisiertisch war? Vielleicht liegt da bereits ihre Puderdose drauf. Ich habe ihn nie benutzt, warum habe ich es nicht wenigstens versucht?

Am ersten August habe ich Geburtstag. Meine Kids spielen schon einen Tag vorher verrückt. Sie sollten nichts verraten, aber inzwischen weiß schon halb De Haan Bescheid. Die Klingel an unserer Ferienwohnung steht nicht still. Zuerst ist es der Wagen von der Bäckerei, dort haben sie eine Geburtstagstorte für mich geordert. Dann kommen Telegramme, die normale Post, unsere französischen Nachbarn und Madame Tavernier, bei der wir unser Strandhaus gemietet haben. Wir sitzen endlich beim Frühstück, da schellt es schon wieder.

Es ist ein Blumenbote. »Pour Madame Wildé.«

»Merci.«

Ich möchte laut schreien: Es sind vierzig langstielige Baccaras, blutrot, fast schwarz. Sie können nur von ihm sein, Aisha ist passé, er hat es gespürt, wir beide haben noch eine zweite Chance.

»Von wem sind die?«

»Von wem schon. Viel Auswahl hat sie derzeit nicht.«

Ich lächle meinen Oberschlauberger an. Wer sagt denn, daß ich eine Kompanie brauche? Mir reicht einer, wenn es der Richtige ist. Der Richtige?

Ich öffne den Brief. ›Ich kann dich nicht vergessen. Ich liebe dich.‹

Es sind die ersehnten Worte, doch sie passen nicht. Sie ergeben erst einen Sinn, als ich den Namen darunter entziffere:

›Friedhelm.‹ Ich kann es nicht fassen, mein Scheich ist wieder da, wie im Traum, noch immer körperlos, aber zum Greifen nah, wenn ich will. Ich weiß nicht, was ich will.

Mechanisch greife ich nach dem Busch Rosen, die brauchen Wasser, so oder so. Selbst in Köln hätte ich Probleme, diesen Busch stilvoll zu parken. Hier fällt mir nur der Putzeimer ein, der knatschgelb ist, es sieht grausam aus. Ich drapiere Alufolie und mein bestes Seidentuch um das Plastik, während meine Gedanken Purzelbaum schlagen.

Der Scheich kommt uns also besuchen. Ich habe mich entschieden. Oder besser gesagt, ich habe ›ja‹ gesagt, das ist etwas anderes. Samstag also.

Ich tigere durch unsere drei Zimmer, räume auf und kontrolliere das Bad. Es ist Samstag, elf Uhr, in einer Stunde muß er da sein.

»Wollt ihr nicht schon vorgehen«, ermuntere ich meine beiden Großen.

»Ich will auch endlich an den Strand.« Jonas schleppt seine Strandsoldaten an, und Lucas kommt mit dem Bulldozer, den der Wolf ihm für die See gekauft hat.

»Wir kommen gleich nach. Hat einer meinen Lippenstift gesehen?«

»Klare Sache, ihr Typ kommt.«

»Blödmann.« Fabian wischt seinem Bruder über den Blondschopf, dann dreht er sich zu mir um. »Stimmt das, Muttchen, kommt Wolf gleich?«

»Nein. Friedhelm kommt.«

Die Pause kommt mir riesig vor. Ich sehe, wie sie sortieren. Friedhelm, da müssen sie zurückblättern, wo sie sich doch gerade an den Wolf gewöhnt haben. Friedhelm, das ist ein Oldie, aber vielleicht ist er auch ein Evergreen, ich habe keine Ahnung. Ich bin nur tierisch zappelig. Drei Monate ist es her.

Er kommt zu früh. Alle vier stürzen sich auf ihn, sein Brustkorb und seine Stimme sind noch genauso behäbig wie früher, mit seinen Duplos ist er auch noch gut Freund. Es ist wieder, wie es war, jedenfalls sieht es so aus.

»Schatz.« Er drückt mich, endlich komme ich an die Reihe. Niemand sonst nennt mich so, es hört sich altmodisch an, aber auch heimelig. Ich kuschele mich an ihn, ich kann meine Kids schon verstehen, es ist ein schönes Gefühl, sehr sicher. Doch das täuscht manchmal, in seiner Traurigkeit war der Scheich nicht seefest, das darf ich nicht vergessen. Und verheiratet ist er heute nicht weniger als vor einem Vierteljahr, daran wird sich nicht viel geändert haben.

Früher hat er ›meine Frau‹ gesagt, manchmal hat er auch ihren Vornamen benutzt. Nun umgeht er diese Wörter, er klammert sie aus, nur gelegentlich entschlüpft ihm ein ›wir‹. Ich spiele mit, weil mir das Zeit zum Nachdenken gibt. Ich bin mir nämlich auch nicht sicher.

In dieser Nacht sind wieder beide in meinem Bett, der Scheich und der Wolf. Den einen kann ich nun berühren, aber der andere bleibt auch. Manchmal sind Geister sehr lebendig.

Am Sonntag gehen wir zusammen an den Strand. Die Kinder haben schon ihre Shorts an, ich ziehe mein Longshirt über den Kopf und packe die Sonnencreme aus. Der Scheich steigt auch aus seinen Kleidern, darunter trägt er seine Badehose, ein Paisley-Ungetüm, und der Bauch darüber ... Es stört ihn nicht. Er fängt an zu buddeln, er baut einen Tunnel und sticht einen Kanal durch, den die Flut auffüllt. Lucas läßt sein Schiff durchfahren, Jonas sucht Muscheln zum Verzieren. Er knipst. Es ist alles so normal, nur für uns ist es exotisch, doch das wissen die anderen nicht.

»Ist der Papa endlich da?« Madame Tavernier strahlt, und wir lächeln zurück. Klar, zu vier Kindern gehört nicht nur eine Mutter, und wenn einer mit Karacho in unseren Ferienalltag einsteigt, so wie der Scheich, dann ist das eben unser Papa.

»Schatz, ich brauche dich.«

Es ist schön, gebraucht zu werden. Meine Kids brauchen mich auch. Mein Ex hat das auch gesagt. »Ohne dich kann ich nicht leben«, das war sogar noch eine Steigerung, aber dann war es doch aus. Und wen habe ich zum Festhalten?

Am Nachmittag ist Tram-Fest rund um die kleine Station der Küstenbahn, mit Budenzauber, Dixieland und Karussell. Es ist ein Gedränge und Geschiebe, die Ohren dröhnen mir, aber sein Körper pflügt wie ein Dampfer durch die Menge. Er kauft Chips, hebt die Kleinen ins Feuerwehrauto, macht schnell noch ein Foto und besorgt mir eine heiße Waffel. Es ist schön. Gegen fünf wird er kribbelig. Ich kenne den verstohlenen Blick zur Uhr, was mag er seiner Frau erzählt haben? Daß er mich besucht? Glaube ich nicht.

»Sei mir nicht böse, ich muß los.« Mehr sagt er nicht. Er muß, er will nicht, das spüre ich schon. Trotzdem! Es ist dieselbe Zerrissenheit in seinen Samtaugen wie damals auf der Brücke, höchstens milder. Rund dreihundert Kilometer liegen zwischen ihr und mir, zwischen Wolf und mir. Der Kopf tut mir weh von dem Kirmesklamauk um mich herum, meine Waffel ist kalt, er soll endlich fahren.

Er fährt, ich habe nichts gefragt und will auch nichts wissen. Es ist seine Sache, ob er lügt oder nicht, damit habe ich nichts zu tun. Aber das ist auch gelogen.

»Kommt Friedhelm nächstes Wochenende wieder?«

»Nein.«

»Kommt Wolf?«

»Nein, verdammt.«

Ich will keinen Scheich und keinen Wolf, weil ich es satt habe, hinterher in dieses Loch zu plumpsen. Aber einen Neuen will ich auch nicht, irgendwie ist der Kitzel weg, mein Jagdinstinkt schrumpft. Und so etwas will eine Löwin sein. Ich verstehe mich selbst nicht mehr.

»Mom, was ist nun mit dem Reiten?«

»Du hast es uns versprochen.«

»Ich will auch.«

»Mama, Arm!«

Ich habe einfach keine Chance, einmal abzutauchen und in mir zu blättern, mit Tränen und Wut und allem, was dazu gehört. Vier Kids, das ist wie eine Leibwache, die hören, sehen und blockieren alles, rund um die Uhr.

Wir pilgern also zu dem Reiterhof. Die Kleinen drängen zu der Koppel mit den Ponys.

»Wir wollen noch ...«

»Also gut, bleibt hier, ich suche den Reitlehrer.«

Drei Köpfe nicken. Ich bin überflüssig. Fabian marschiert mit mir los, Richtung Stallungen. Es ist gerade Unterricht, am Eingang steht eine Frau und guckt zu. Wir stellen uns neben sie.

»Ist das Monsieur Coq?«

»Ja, die Stunde ist gleich vorbei.«

»Bestimmt reitet ihr Kind dort mit.« Ich zeige auf die Gruppe.

»Das sind meine Töchter.«

»Alle vier?«

Ich muß mich ziemlich fassungslos angehört haben. Natürlich ist das paradox, aber ich rechne einfach nicht damit, daß noch jemand außer mir vier Kinder hat und trotzdem nicht wie eine biedere Mami in Kittelschürze daherkommt. Diese Frau hier ist schick und flott, ich hätte auf ein Kind getippt, höchstens auf zwei.

Das schmale Gesicht zieht sich unmerklich zurück. »Ja, alle vier.«

»Seid ihr komisch.« Mein Großer platzt heraus, und plötzlich kollere ich auch los; es ist wirklich zum Lachen.

»Ich habe nämlich vier Söhne.«

»Das ist echt komisch.«

Komisch ist noch viel mehr. Wenn ich nicht eher skeptisch wäre, was diese Kaffeesatzgeschichten betrifft, müßte ich glatt auf magische Schicksalsfäden im Background tippen. Sie hat vier Kids und ich auch, okay, das gibt es noch öfter. Und bestimmt sind wir auch nicht die einzigen Kölner, die es gleichzeitig nach De Haan verschlägt. Erst als dieser Name ›Mandel‹, der ist ja nicht eben häufig, fällt, läutet es bei mir. Mit einem Gernot Mandel war ich in der Grundschule, ausgerechnet der ist ihr Mann. Und vis-à-vis von belgischen Dünen springen seine Frau Juliane und ich reichlich drei Jahrzehnte zurück: Gleiches Stadtviertel, eine Weile sogar dieselbe Straße, und im Kommunionsunterricht und in der vierten Klasse saßen wir nur zwei Bänke auseinander. Unser Fräulein Reichel unterrichtet nun zwei Mandel-Mädchen, jung kann sie nicht mehr sein, die möchte ich glatt noch mal wiedersehen.

Unsere Kinder können es übrigens auch auf Anhieb miteinander. Meine Jungen spielen mit Puppen. Maxi hat sich ein pinkrosa Fahrrad ausgesucht, und für Fabian hat die Verkäuferin noch voriges Jahr die Schuhgröße von Mädchen ausgedruckt und ›Fräulein‹ zu ihm gesagt. Ich will damit sagen, es sind keine harten Jungs, sie sind eher soft, bis auf die coolen Sprüche von Maxi, die ja auch nicht unbedingt ein Geschlechtsmerkmal sind. Aber auf dieses Mädchenquartett wirken sie pur. Deren Schnattern und Quieken geht auf das Konto von vier Männlein, auch wenn mein Jüngster noch in den Windeln steckt, die Chemie wirkt trotzdem schon. Meine vier blähen sich und balzen, man kann sein eigenes Wort nicht mehr verstehen.

Wir haben noch zehn Urlaubstage vor uns, und was mich nachts mit dem Wolf und dem Schcich scharmützeln läßt, pusht auch schon diese acht. Bei ihnen ist es noch ein blindes Drängen, aber da ist es, und die Quelle ist dieselbe.

Es wird Freitag, und der Mädchen-Papa kommt. »Sie haben wirklich vier Söhne?«

»Wirklich.«

»Ich habe wirklich vier Töchter.«

»Nein, wirklich?«

Ich habe doch meine Verliebtheit in Worte erwähnt. Vergessen Sie es, weil da noch diese Dimension ist, die aus banalen Wörtern Sphärenmusik macht, nur benennen kann man es nicht. Ich spüre in dieser Sekunde, wie es mir in der Wirbelsäule kribbelt. Ich blinzele gegen die Sonne in sein Gesicht, halbschräg nach oben, er ist groß und dunkel wie der Wolf, mein Rhett-Butler-Traum inspiriert seine Stimme und seine Augen, bestimmt habe ich einen Sonnenstich.

»Kommt euer Vater auch heute?«

»Wir haben keinen.«

»Geht das, Papa?« Sie ist fünf Jahre, ich bin jetzt vierzig, aber die Antwort auf diese Frage weiß ich auch nicht. Geht das gut, vier Kinder ohne Vater? Und darf ich mich nur in einen verlieben, der das kann – ein guter Vater sein?

Er betrachtet mich nachdenklich, er läßt sich Zeit mit seiner Antwort. »Ich glaube schon, daß es geht.«

Es ist, als wenn jemand meinen Kopf aufschlitzt und reinspingt. Weh tut es nicht, im Gegenteil, es ist nur höllisch gefährlich. Wir plätschern auf einer Welle, aber ich gehöre nicht in sein Boot, das ist schon proppenvoll; bestimmt ist er oberflächlich und ein Scharmbolzen. Ich grabe meine älteste Waffe aus, angerostet ist die nie, dazu brauche ich sie viel zu oft. Sobald ich ihn zu Gesicht bekomme, entfache ich mein bissiges Feuerwerk. Alice Schwarzer ist nichts gegen mich. Es ist die nackte Selbstverteidigung, aber das muß er ja nicht wissen.

Wir bekommen an diesem Wochenende übrigens doch noch Besuch. Es ist nicht der Scheich, erst recht nicht der Wolf, meine Freundin Vera steht vor der Tür, einfach so. Ich hechte ihr um den Hals.

»Ich soll dich auch von deinem Friedhelm grüßen.« Sie kramt in ihrer Reisetasche und drückt mir eine Tüte in die Hand. »Von ihm.«

Es sind Lakritzkätzchen und Salinos, die kann ich tonnenweise verdrücken, besonders wenn meine Seele wandert. In Belgien gibt es die nicht, höchstens scharfe aus der Apotheke; ich brauche Haribos.

»Er ist ein Seele von Mensch.«

»Stimmt.«

»Nah ans Wasser gebaut.«

»Hm.«

»Zu nah?«

»Glaube schon.« Ich schniefe und ernte prompt einen Rüffel von Maxi: »Uns sagst du immer ...«

»Wo kommst du überhaupt her?«

Hastig erzähle ich Vera die Story mit den vier Mädchen, den Vater überschlage ich, sie wird ja selbst sehen.

Sie sieht wahrscheinlich wieder viel zu tief, aber es dauert gewöhnlich eine Weile, bis sie etwas sagt. Abends gehen wir beide mit den Mandels essen. Sie ist tierisch erkältet und tapfer. Er scharmt, und ich, ich blödes Stück, ich kann mich nicht bremsen, ich sprühe ihn an. Die bissige Schicht ist hauchdünn geworden.

»Du bist wie mein Adelus.« Das sagt Vera hinterher, als wir uns ausziehen und abschminken. Adelus ist ihr Kater.

»Wieso?«

»Du spielst Katz und Maus.«

»Harmlos.«

»Für wen?«

Sie hat mich doch nur beim Naschen erwischt. So ein winziger Flirt ist harmlos, der tut keinem weh, einer so attraktiven Frau wie Juliane Mandel bestimmt nicht. Und er? Selbst wenn er kein Kostverächter ist, ihm kann nichts passieren. So wie er in seine Kinder vernarrt ist, läßt er eher die Loren anbrennen. Also ich? Stimmt, für mich ist das Spiel nicht mehr harmlos, weil es vorbelastet ist. An jedem Zug kleben Erinnerungen. Wenn ich gut drauf bin und eine ›Sechs‹ würfle, sprinte ich einfach los. Ich will endlich auch gewinnen und mit allen vier Figuren ankommen. Das ist nicht nur beim Mensch-ärger-dich-nicht so …

»Schläfst du schon?«

»Nicht mehr.«

»Ich habe geschummelt.«

»Weiß ich.«

»Danke.«

»Gute Nacht.«

»Mit wem?«

Wir kichern und rucken an der Wolldecke. So müßte es in einer Liebe sein, freier Pendelverkehr zwischen Ernst und Lachen, aber vielleicht funktioniert das mit Männern nicht, wenn Leidenschaft im Spiel ist. Dieses Wort heißt nicht umsonst so, schätze ich.

Und was sagt mir der Vier-Mädchen-Mann beim Abschied in Ostende, er fährt uns nämlich hin, und alle Kids kommen mit? Da haben wir endlos geblödelt und das Messer gewetzt, wir brauchten uns ja nur anzusehen, da ging das Spiel schon los. Er sagt zu mir: »Eine Minute ernst bleiben, okay?«

»Okay.«

»Ich habe eine tiefe Hochachtung vor dir. Du bist ein wunderbarer Mensch.«

Ich bin baff und schachmatt. Ich muß ganz schnell meinen Jüngsten hochheben und schlucken.

»Danke.« Ich bin heiser, und bestimmt habe ich rote Augen wie ein Kaninchen. Aber das ist nicht so schlimm, eigentlich ist es sogar schön, weil er ja mich hinter all dem Geplänkel und Schönsein entdeckt hat.

Rotes Sakko mit jungem Igel

Ich habe also in De Haan eine Familie mit vier Töchtern getroffen. Wir hatten unseren Spaß. Why not? Für gewöhnlich sind solche Urlaubsbekanntschaften genauso kurzlebig wie die Begeisterung für irgendein Nationalgericht. Diesmal ist es anders. Vielleicht liegt das daran, daß einfach zu vieles übereinstimmt. Damit meine ich nicht nur die Stückzahl ›vier‹ beim Nachwuchs. Die Mandels und ich sind gewissermaßen vom Krabbelalter an synchron gelaufen, hier in Köln wird das erst richtig greifbar.

Allerdings gab es ein Problem, den Mann-Vater. Mir war schon klar, daß die silberne Strähne bei ihm eingefärbt ist und der Pep daheim vor dem Fernseher abblättert. So viel Drive hat kein Mann, den gibt es stets nur in Raten. Trotzdem war ich drauf und dran, meine grünäugige Kurzsichtigkeit auf ihn zu richten, manchmal wirkt die wie ein Angelhaken. Zu meiner Entlastung muß ich anführen, ich war ja in einer höchst labilen Stimmung.

Gerettet aus diesem Dilemma hat mich der Silbersträhnen-Mann selbst. Wenn mir einer klarmacht, was für eine tolle Menschin ich bin, dann kann ich ihn einfach nicht länger anflimmern auf der Hasch-mich-Schiene. Also sind wir in ein ruhiges Gewässer geglitten.

Juliane sagt, ich bin unmöglich. Doch je öfter sie das wiederholt, um so mehr klingt es wie ein Kompliment. Sie gehört, glaube ich, zu dem Typ, der einen doppelten Whisky oder eine Schellenkappe braucht, um sich völlig zu lösen. In gewisser Weise fungiere ich als Hofnarr, jedenfalls ist sie gelockert, wenn wir zusammen sind. Das belgische Sonnenbraun an unseren Körpern hat sich noch nicht restlos abgeschuppt, als ihr Gernot Geburtstag feiert. Auch wenn wir es gut miteinander können, so habe ich doch keinen Schimmer, was er mag. Früher hatte er eine Vorliebe für alles, was knattert und Krach macht, doch fairerweise gestehe ich einem damals Zehnjährigen gewisse Entwicklungsmöglichkeiten zu. Als ausgewachsener Mann liebt er es garantiert softer, musikalisch ist er auch.

»Juliane, hilf mir auf die Sprünge. Was wünscht er sich?«

»Dir fällt schon etwas ein.«

Das ist am Telefon, am Tag vor dem Geburtstag. Ich schiebe ihr eine Grübelpause rüber, dann frage ich spontan: »Kennst du den ›Mann für gewisse Sekunden‹?«

»Hört sich gut an. Bringst du ihn mit?«

»Nicht live, höchstens gedruckt. Wäre das nicht ein Geschenk für deinen Mann?«

»Versuch's! Vielleicht nützt es.«

Aus ihrem Mund hört sich das reichlich frivol an. Aber da sie verheiratet und zugepackt mit Kids ist, steckt sie für mich eindeutig in der braven Schublade. Diese Rolle habe ich fünfzehn Jahre lang sehr ernst genommen. Das hat sich gegeben. Ich muß mich allein durchwurschteln, dafür steht mir auch die doppelte Ration Spaß zu.

Ich klappere also die Buchhandlungen ab, um das Buch mit dem beziehungsreichen Titel aufzutreiben. Auf eine Widmung verzichte ich, darauf kommt er schon von alleine. Ich gehe übrigens zusammen mit meinem Scheich hin, dem meine Idee gründlich mißfällt. Er bringt separat etwas über ›Kölsches Brauchtum‹ mit, das stört wiederum mich, weil sich dieser Bildband wie ein unausgesprochenes Stirnrunzeln an meine sehr persönliche Gabe dranhängt.

Wir geraten mit unserem Zwist in eine Art Dorffest. Keiner hält so etwas für möglich im Herzen einer Millionenstadt, kein ›Imi‹ jedenfalls, die siedeln auf der falschen Seite vom Rhein oder piekfein im Grünen. Das richtige Feeling haben ohnehin nur die ›Ehrenfelder‹ drauf, hier mischen sich Schickimickis und Omas mit Gummistrumpf, die können es plötzlich miteinander, es ist ein Klima zum Reinkuscheln.

Der größte Andrang ist wie üblich in der Küche, bei ›Chili

con Carne‹ und einem Fäßchen, es kann auch schon das zweite oder dritte sein. Im Wohnzimmer gruppieren sie sich, hier ist Platz genug für eine Frauentraube und den Rest der Männer.

Ich vollführe einen Sprung und entgehe haarscharf dem Traktor, auf dem ausnahmsweise keine ›Mandelsche‹ sitzt. Die feiern natürlich auch mit, die vier und etliche Gastkinder. Auf die Idee, meine Truppe mitzubringen, bin ich gar nicht gekommen. Möglicherweise hat das etwas mit meinem Solistenstatus zu tun. Ich bin egoistisch geworden und genieße Abende ohne ›Mama!‹-Rufe, da bin ich total ehrlich. Früher habe ich ebenfalls meine Kids rausgeputzt und mitgeschleppt, ich nahm es in Kauf, ständig im Streß zu sein und von einem ›Moment mal bitte!‹ ins nächste ›Pardon!‹ zu stolpern, weil einer Pipi mußte oder sich den Finger quetschte. Die Männer lassen sich bei solchen Gelegenheiten nach dem soundsovielten Glas zurückfallen, manche auch schon früher. Die leben sich aus und schieben die ›Pipi-Aua-Müde‹-Signale einfach von sich weg. Im Grunde gehöre ich heute zu dieser Seite vom Ufer, wenigstens stundenweise, Lustprinzip hier und Kasteien drüben. Nur muß Frau darauf erst einmal kommen, solange sie unter der verheirateten Käseglocke sitzt. Die macht entsetzlich blind.

Friedhelm muffelt noch immer. Ich habe keine Lust, mir den Kopf zu zerbrechen, ob das noch immer an dem literarischen ›Sekunden-Mann‹ liegt oder an dem echten. Der hat den Titel als Herausforderung aufgegriffen und mir stante pede bewiesen, daß er es länger schafft – mit Kuß und in allen Ehren. Für das Finale bin ich nicht zuständig.

»Sollen wir etwas essen?« Ich schlage das vor, weil ich eine Brücke bauen will zu der Fröhlichkeit um mich herum. Hunger habe ich keinen. Wenn einer neben mir steht mit so einer Miene, dann ist das, als hielte mich einer am Rockzipfel fest. Wir fädeln uns ein in die Schlange am Herd. Schon fliegen die ersten Kontaktrufe zu mir rüber, einer schneidet Brot für mich ab, eine Frau ruft ›Mucki‹, das ist mein Spitzname aus Kindertagen. Ich muß mich besser gehalten haben als sie, ich erkenne sie einfach nicht wieder in der molligen Jerseyverpackung.

»Das gibt es doch gar nicht. Wie lange ist das her?« Der Schlachtruf gilt nicht mir. Einer klopft meinem Scheich auf die Schulter, gleich mehrmals, dann dröhnt sein Organ weiter: »Wie geht es denn deinem Weib? Wo hältst du sie versteckt?«

Ich erwarte einfach, daß einer, der mit mir zusammen ist, dazu steht, ganz egal, wie sich das sonst in seiner Biographie ausnimmt. Es ist exakt der Punkt, an dem mein Begleiter abrutscht, als hätte ihn einer auf spiegelglattes Eis gesetzt. Er schlittert mächtig, dabei müßte er inzwischen wirklich gelernt haben, die Balance zu halten.

»Gut, gut«, er räuspert sich, um ein Haar hätte er mir sein heißes Chili aufs Revers gekippt. »Ich glaube, du kennst Frau Wilde noch nicht.«

Das ist natürlich auch eine Art, mich einzubringen, als Liaison durch die Hintertür.

Dieser Typ würde es auch versuchen, so wie er mich abmustert. »Schicke Frau«, er senkt seine Polterstimme, das macht es noch schlüpfriger. »Hätte ich dir gar nicht zugetraut, Friedhelm.« Mir reicht es. »Dann feiert mal hübsch euer Wiedersehen«, und weg bin ich. In der lautesten Männergruppe tauche ich ab, im Mittelpunkt steht einer, der ist so klein, daß ich sekundenlang nach der tiefen Stimme suche. Sie steckt eindeutig in der falschen Hülle.

»Ich bin eine echt kölsche Krat und der Vetter vom Geburtstagskind«, stellt er sich vor. Doch ich bin nicht blöde, er auch nicht. Auf die Tour erschleicht er sich ein echt kölsches ›Bützche‹, hinterher erfahre ich, daß er tatsächlich zum Mandel-Klan zählt und ein großer Ästhet ist. Wie er einen Raum gestaltet, das ist der helle Wahnsinn. Mit Worten geht er ähnlich um. Ich denke, das macht die Originale aus, daß sie sich nicht einkesseln lassen, weder von Stilrichtungen noch vom Duden.

Übrigens formiert sich vis-à-vis eine Balzrunde, die mir ins

Auge sticht, wohl weil es in diesem Fall diverse Hennen sind, die einen schnieken Typen im roten Jackett begackern. Viel mehr als dieses gedämpfte Rot kann ich nicht erkennen, weil ich wieder einmal brillenlos bin. Irgendwie empfinde ich es als ungehörig, wenn ein Mann derartig das Pfauenrad schlägt. Und das muß er wohl, sonst würden sie ihn nicht so anhimmeln. Überhaupt habe ich eine Aversion gegen schöne Männer, im Zweifelsfall sind die langweilig und eitel. Die malen sich vermutlich noch im Bett aus, wie sie sich machen. Dieser da ist obendrein unverschämt jung, mit meinen vier Dioptrien links tippe ich auf Mitte Zwanzig.

»Willst du noch einen Wein?« Das ist mindestens zwei Gläser später, da geht der Rotberockte mit der Flasche herum.

»Danke, ich bin schon versorgt.« Ich halte die Hand über mein leeres Glas, als müßte ich Angst haben, er würde mich nötigen. Eben habe ich noch an einen Schluck gedacht, jetzt ist mir die Lust vergangen, ich liege sowieso schon über meinem Durchschnitt.

»Du hast genug, wie?« Er grinst. Allein in seinen Augenwinkeln parken zwei Pfund Lachen. Wie kommt so einer dazu, mir meinen Pegel vorhalten zu wollen, so viel habe ich auch wieder nicht getrunken. Und daß er mich einfach duzt, das ist dreist.

»Ich heiße Wilde.«

»Und ich Tillmann.«

Also, wenn ich einem meinen Nachnamen hinhalte und er mir dafür seinen Vornamen über den Zaun wirft, noch dazu solch einen albernen, gehört dazu schon eine Portion Unverfrorenheit. Ich kenne solche Typen wie ihn, die ertragen es nicht, wenn einer sich ihrem Glamour entzieht. Er braucht einen Deckel, genau das.

»Hast du schon gehört, daß rote Herrensakkos out sind?«

»Wer sagt denn, daß ich ein Herr bin? Ich bin Tillmann.«

»Muß deine Mutter eine Wut im Bauch gehabt haben, daß sie dich so getauft hat.«

»Dieselbe Wut wie meine Oma, mein Vater heißt nämlich auch so. Warum bist du eigentlich so geladen?«

Der Mensch hat eine widerwärtig direkte Art. Kids sind so, bei denen ist das normal und ein Zeichen dafür, daß sie ihren Grips gebrauchen und wachsen. Erwachsene haben Regeln, warum hält er sich nicht daran? Das hier ist eine Party, als Kavalier kann er mir schön tun oder einen Bogen um mich machen, nur zerdeppern wie sein Sparschwein darf er mich nicht. Aus mir holt er kein einziges ›super!‹ für sich heraus.

Zu allem Überfluß hat er auch noch einen Igel auf dem Kopf. Der ihm zwar super steht, zugegeben, nur macht diese Haartracht mich ab, weil mein Ex jahrelang damit herumgelaufen ist. Er stand auch ihm; es war ein irres Gefühl, mit den Fingerspitzen gegen den Strich durch diese Bürste zu fahren. In meinen Fingern kribbelt es, anscheinend habe ich doch ein paar Tropfen zuviel. Bestimmt stehe ich deshalb wie angeleimt, erst die Geburtstagstorte rettet mich. Gernot muß fünfmal pusten, bis alle Kerzen aus sind, wir klatschen trotzdem. Ich trinke einen Kaffee, danach sehe ich klarer. Ich schnappe mir einen Stoß Papierservietten und wische Schokoladenmünder. Die graben sich sonst gnadenlos in alle Polster, und Juliane hat als Gastgeberin schon genug am Hals.

»Soll ich euch ins Bett bringen?«

»Mit Geschichte?«

»Einverstanden.« Mit Ira auf dem Arm, das ist die Jüngste, und den drei anderen im Schlepptau verdrücke ich mich in den ersten Stock. Was soll ich auch hier unten, mein Scheich labert noch immer mit diesem Schleimer, und gegen Tillmänner bin ich immun.

Ausziehen, Katzenwäsche, Schnuffeltiere einsammeln und erzählen, das steckt in mir drin wie Herz und Lunge. Bei vier Mädchen muß ich einen Prinzen hervorzaubern, er ist ein Querschnitt aus Tom Cruise und dem Froschkönig, ich behänge ihn mit fetzigen Klamotten, weil es ja ein zeitnahes Märchen sein soll, bei der Frisur zögere ich kurz, nur kein Igel.

»Das war schön.«

Schon wieder dieser Tillmann. Ich fasse es nicht, er lehnt im Türrahmen, er hat mich belauscht. Seit wann schleicht man sich in fremder Leute Schlafzimmer?

»Tillmann, singst du noch etwas für uns?« Fee hopst ihm auf den Schoß, er scheint doch dazuzugehören.

»May there always be sunshine« und »Wer sagt, daß Mädchen dümmer sind?« Ich wippe mit, aber nur, weil ich die Lieder kenne, wir haben sie auf Kassette. Und überhaupt, ich reagiere nun einmal stark auf Musik.

»Frieden?«

»Frieden.«

Wir gehen zusammen nach unten, als die vier Mädchen schlafen. Ich denke an meine vier. Es mag an diesen Songs liegen, die er aufgebracht hat, frech und lieb; wir kennen die auch, nur ohne männliche Begleitung. Es hat mir gefallen.

Herzflattern matt und heftig

Friedhelm hat mich heimgebracht. Er ist nicht mehr mit nach oben gegangen. Ich habe ihn auch nicht gefragt, ob er will. Mir ist nicht danach, den Mißton aus der Welt zu schaffen. Müde bin ich. Ich will mein Bett diese Nacht für mich allein haben. Ich träume gern, auch wenn es meistens nur abstruses Zeug ist.

Am Morgen kitzeln mich die Kleinen wach. Ich blinzele und grunze, mir ist nicht nach Frühstück oder Waschen, ich bin hundemüde und habe einen Kater, eindeutig.

»Ich habe schon den Tisch gedeckt.«

»Wollt ihr nicht einfach ein paar Kelloggs essen?«

»Es ist doch Sonntag.«

Ich kann schlecht ein Ritual absagen, das ich selbst geschaffen habe. Ich quäle mich hoch und ins Bad. Als ich mich im Spiegel entdecke, fühle ich mich noch schlapper. Da hilft auch kein Make-up. Ich verordne mir eine kalte Dusche und Mut zur Natur, ich trage noch nicht einmal Lippenstift auf.

Nach dem Frühstück spielen wir ›Mensch-ärgere-dich-nicht‹, dabei muß ich mich wenigstens nicht bewegen. Wir stecken schon in der fünften Runde, und allmählich langt es mir. Meine Söhne haben auch keine Lust mehr. Da klingelt wie auf Bestellung das Telefon.

»Kommt ihr Reste essen?« Die Mandels. Sie sitzen auf ihrem Geburtstagskuchen fest, gestern abend ist eher in der herzhaften Abteilung zugegriffen worden.

»Okay, wir kommen.« Wir sind fünf und die Mandels sechs, zusammen vertilgen wir ganze Wagenladungen. Bis nach Ehrenfeld brauchen wir eine knappe halbe Stunde. Mein Kopf brummt noch immer, die frische Luft wirkt wie ein Schock.

»Du hast ja tüchtig zugelangt, zu Ehren von meinem Geburtstag.« Gernot grinst, er hat uns die Tür aufgemacht.

»Was ist denn das für eine Begrüßung«, beschwere ich mich.

»Sieh ihn dir doch an, er hat selbst Tulpenaugen. Ich koche uns einen starken Kaffee, der hilft.« Juliane zieht mich mit sich in die Küche. Als der Wasserkessel pfeift, kommen prompt unsere acht Kids angeschossen, die halten das für den Anpfiff zum Kuchenessen. Sie drängeln an den Tisch.

»Ich will den mit Rumkugeln!« – »Ich auch!«

»Der Kinderkuchen ist auf der anderen Platte«, sagt Juliane.

Es nützt nichts. Die Kids grasen die Sahnetortenstücke ab und lassen uns Erwachsenen Amerikaner und Mohrenköpfe über. Wir tauschen unsere Tassen gegen bunte Keramikbecher, die Kinderstühle sind knapper bemessen, es wird eng.

»Also gestern abend …« Ein Schweif von Sätzen folgt, an die meisten Namen kann ich mich nicht erinnern. Doch dann horche ich auf.

»Unser Tillmann war schwer in Form.«

»Hat er keine Freundin?« Ich rühre in meiner Tasse.

»Nichts Festes zur Zeit. Irgendein Gspusi.«

»Was ist ein Gspusi?« Maxi sitzt einen Meter weit weg, die Backen hochbeladen mit Schokoladencreme. Er hat eine Antenne für diesen Sender, die empfängt alles, was wir Großen an Pikanterien und entsprechenden Worten aufbringen. Die Antwort haut mich um. Mädchen sind nun einmal fix, diese aber sind eins plus:

»Das ist so.« Fee spitzt die Lippen, sie ist die zarteste von den vieren. »Schmusen ist das.«

»Bumsen.«

»Penis in Scheide.«

Es knallt uns wie Sektkorken um die Ohren, so was aus niedlichen Mündern mit Unschuldsaugen. Da bleibt einem die Spucke weg, sogar meine Knaben verdauen erst einmal – ungeschnörkelte Anatomie kontra Schicklichkeit.

»Tillmann kommt.« Keine halbe Stunde später ist das. Fee zeigt durch die Topfpflanzen auf die Straße. Ich sehe nur einen Igel vorbeigleiten, dann klingelt es. Ob man einen mit seinem Namen herbeizaubern kann, der ist ja oft genug gefallen? Soweit ich weiß, wohnt er gar nicht in Köln.

»Jetzt kann ich ihn selbst fragen.« Ira, sie ist fünf, springt auf. Sie ist es, die uns eben die Körperteile geliefert hat, sogar die Präposition ›in‹ hat gestimmt. Im Moment spielt sie ›Fang den Hut‹, doch vergessen hat sie die ›Gspusi‹-Story nicht.

»Untersteh dich.«

»Ihr seid prüde.«

Alle acht stürzen sich auf den Besucher. Sie zerren ihn ins Kinderzimmer, er zwinkert uns kurz zu. Warum habe ich nur diese Gammeljeans angezogen, ich sehe aus wie Zenzi vom Land, mit Löwenzotteln garniert. Nicht einmal einen Kajalstift habe ich mit, Juliane trägt Knatschblau, das steht mir nicht. Außerdem würde das auffallen, es bleibt also bei Natur.

Als er sich von der Meute oben befreit, bin ich gerade damit beschäftigt, Alupäckchen für die Tiefkühltruhe zu wickeln, allein.

»So gefällst du mir viel besser.«

Will er mich verarschen? Mit einem Ruck werfe ich die Strähne zurück, die mein rechtes Auge blockiert. Ich glaub's nicht, er guckt mich an wie in der Kirche, nur der Igel auf seinem Kopf bleibt frech.

»Du hast einen komischen Geschmack.«

»Weil ich dich pur schöner finde als eingerahmt?«

»Was soll das denn heißen?«

»Gestern warst du so starr. Ich knutsche ja auch keine Statuen.«

»Wer spricht denn vom Knutschen?«

»Ich.«

Er ist verdammt nah dran an mir, da kommt Juliane mit einem Tablett voller Gläser dazwischen. Wir spülen und trocknen ab, zu dritt. Aber diese Knutschstory vibriert weiter, ich stelle ihn mir vor, dazu brauche ich nicht viel Fantasie. Er hat zwei Pfund Lippen. Ob er weich küßt oder wühlt?

»Hast du etwas, Lea?«

»Ich? Wieso?«

»Unsere Lady träumt.« (Gernot schließt beide Arme um mich, normalerweise hätte mich das bei aller Reinheit zum Schwingen gebracht, diesmal nicht.) Ich werfe einen Blick zur Seite, der Igel beobachtet mich. Ich habe keine Ahnung, wieviel er weiß über mich und den Scheich, und vier Kids fallen ja auch nicht vom Himmel.

»Wo kommen die hin?« Als wenn Gernot nicht wüßte, was ich meine, halte ich ihm die schmalen Sekttulpen vor die Augen, ich will, daß er aufhört, mein Verträumtsein zu zerfleddern.

»Laß sie draußen, ich mache eine Flasche auf. Normalerweise sehen wir Tillmann zweimal im Jahr, und nun gleich gestern und heute. Das muß begossen werden.«

Wenn man so etwas hört, zählt man doch eins und eins zusammen, oder nicht? Doch dieser Igel-Mensch sagt darauf nur cool: »Ich hatte es nur euren Töchtern versprochen.«

»Mir nicht«, erwidert Ira. Ich sage doch, Kinder haben etwas unheimlich Direktes; ich könnte jubeln.

»Komm, Hexe, ich zeig dir was.« Er schwingt die fünfjährige Petzliese hoch über seinen Igel und düst treppauf.

Gernot grinst. »Tja.« Mir ist ebenfalls leicht zumute, auch wenn es keinen zwingenden Grund dafür gibt. Trotzdem interessiert mich der Spot, den er für mich einschaltet: Der Igel ist wirklich erst achtundzwanzig, Spätgeborener einer ausgesprochen ehrsamen Familie. »Ich habe mit seinem Bruder studiert, der ist zwölf Jahre älter«, fügt Gernot hinzu. Ich male mir ein Bild: alter Medizineradel und eine freischwingende Treppe, wenn man oben ankam, war man außer Puste, und dazwischen einer, der nicht mitspielt, der ausbüchst mit Quarta-Abitur und herumzigeunert, das ist doch wirklich romantisch. Ich bin empfänglich für Paradiesvögel, die rühren in mir eine Mischung aus Wiedererkennen und Neid auf. Weil ich immer darauf gewartet habe, daß mich einer bei der Hand packt und mitzieht, habe ich mein eigenes Abenteuer nur gestreift, dabei rumort es in mir, wenn einer es berührt. Dann packt mich die Angst, daraus könnte eine Stichflamme hochschießen, die ich selbst nicht mehr unter Kontrolle halten kann. Schnell stülpe ich einen Deckel darüber: Ich bin Lehrerin geworden und Mutter, ich habe sechs Gänge serviert auf Platztellern aus Sterlingsilber, meinem Mann habe ich ›Boss‹-Anzüge verpaßt und mir selbst ›Creation Mademoiselle‹, in Schiebetürenschränken, die sich endlos erweitern lassen. Auf diese Weise habe ich mich auf Kurs gehalten.

Hin und wieder hat Jochen das gespürt. Dann ist er ausgebrochen und fremdgegangen, aber dahinter stand immer das Signal: Du sollst es wissen und darauf reagieren. Bei Kindern ist das ähnlich. Wenn sie das Gefühl haben, keiner kümmert sich um sie, fabrizieren sie den größten Blödsinn, weil das ein Loch in die Gleichgültigkeit bohrt; selbst Prügel sind vergleichsweise kuschelig. Eigentlich hat Jochen von mir nie die Antwort bekommen, die er wollte, keine Szene und keine Tränen, nur einmal eine geworfene Pfanne. Das war ganz zu Anfang, er hat die Story hundertmal erzählt, das tut man doch nur, wenn man die Geschichte mag. Ich habe natürlich nicht extra gegeizt mit meinem Zorn, es war einfach nicht mehr davon in mir drin. Womöglich war mir auch unser Hausrat zu wertvoll, es ist ja nicht bei den angekatschten Melittatassen geblieben. Beim ersten Nummerngirl, von dem ich Wind bekam, habe ich ihm seinen Koffer gepackt. Eine Flasche ›Sterilium‹, die Broschüre von der Aidshilfe und rote Korrekturzeichen im Liebesgestammel einer Folgenummer, es waren etliche, habe ich nachgeschoben, Gesten der Verachtung. Sie haben den Ersatz, den er sich verschafft hat, billig gemacht. Wenn einer in zerlöcherten Schuhen herumläuft, schließt man daraus ja auch auf den Träger, der fühlt sich dann arm und friert. Er hat sie weggeworfen, eine nach der anderen. Ich kann nicht genau sagen, wann ich begonnen habe, ihn abzuschotten von dem, was in mir glüht. Bestimmt war Angst im Spiel, ich wollte nicht wahrhaben, daß er kein Märchenprinz ist oder ich die falsche Braut. Es gab einfach kein echtes Echo von ihm in mir, also habe ich den Deckel zugeklappt. Sonst wären wir schon viel länger auseinander.

»Huhu!«

›Davidoff‹, das rieche ich sofort, der Geruch paßt zu ihm. Dieses alberne Spiel auch, seine Hände sind Scheibenwischer vor meiner Kurzsichtigkeit, kräftig sind sie, dabei ist er sonst sehr schlank. Überhaupt hat er keine einheitliche Linie, wenigstens erkenne ich die nicht.

»Tillmann!«

Den achtfachen Schrei durch den Treppenschacht können wir nicht überhören, dieser gemischte Chor hat Baß und Sopran. Er schießt hoch: »Hätte ich beinahe vergessen, nun kommt ein Theaterstück.«

Kinder verkleiden sich mit Wonne, das weiß jeder. Ich kenne kein Kinderzimmer, in dem nicht ein paar alte Hüte und Röcke herumfliegen. Es gibt Zeiten, in denen haben Samuraikrieger und Piraten bei uns Saison, wenig später boomen dann Spitzen und ausgestopfte Büstenhalter. Ausgerechnet Maxi staffiert sich gern als Vollweib heraus, er wedelt mit den Hüften und knautscht die Lippen; dabei entgleist er keine Sekunde lang. Diesmal mimt er eine feine Dame, und Fee kommt zum ›Tea‹; sie ist Lady geblieben, genau wie ihre Schwestern. Sie sind Hausfrau, Mutter und Braut, das vor allem. Mädchen bauen ihre Weibchenrolle aus, anstatt den Boß oder Sheriff auszuprobieren. Meistens wollen sie schön sein, mit Make-up und Pelz und allen Accessoires, die sie ihren Müttern neiden. Jungen pendeln locker von einer Rolle zur anderen, das ist typisch und begleitet sie als gutes Omen. Wenn einer später als Mann Falten wirft oder Glatze trägt, verkauft er sich als Charakterkopf. Bei Frauen habe ich so etwas noch nie erlebt, die schminken sich höchstens zu oder lassen sich liften; andernfalls steigen sie aus dem Geschlechterkarussell aus.

Vor uns auf der Wohnzimmerbühne präsentieren sich sechs Röcke. Mein Jüngster muß das Baby sein und bleibt quasi Neutrum, nur Fabian kommt als Mann heraus. Ausgesucht hat er sich das nicht. Zum Finale dichtet das Drehbuch ihm eine Massenhochzeit an, nacheinander muß er alle vier Mändelchen heiraten, keine will auf diese Starrolle verzichten. Mit Kuß. Sie lieben es vollmundig, er wehrt sich und hält ihnen die Backe hin. Nur Ira fegt seinen Widerstand beiseite, springt an ihm hoch und pflanzt sich auf seine Lippen, feucht und lang. Er wischt verlegen, aber sie ist noch nicht fertig: »Machen wir jetzt Penis in Scheide?«

»Nein.« Puterrot. Zugleich mit dem Flaum auf seiner Oberlippe wachsen auch die Anstandsregeln der Erwachsenen an ihn heran. Penis und Scheide sind nicht mehr nur zwei Wörter aus der Biologie, mit denen man Körperteile benennt. Er malt sich schon ein Bild dazu aus. Und wir Großen sind sozusagen Zeugen, das geniert ihn. Wir Erwachsenen kippeln auch zwischen Lachen und Horror.

»Du mußt einfach sagen, du hast Kopfschmerzen heute.« Die Zwillinge assistieren, sehr ernsthaft, weil sie ihm aus der Patsche helfen wollen.

»Ach ja!« kommt es langgezogen aus dem Publikum. Tillmann ist Outsider und stippt seinen Ausruf in ein Muster, von dem er nichts versteht. Wenn Frau nicht höllisch aufpaßt, ist sie dran und vererbt ihre eigenen Ausflüchte ins dritte und vierte Glied. Erzkomisch ist es trotzdem.

»Was haltet ihr von einer Pizza?«

Sie schreien »ja!«. Juliane hastet zum Telefon, um bei Mano zu bestellen. Ira klaubt sich zwei Küken aus der Bluse; das waren ihre Frauenbrüste, beim Toben stören die.

»Das ist besser als Kino.« Tillmann amüsiert sich noch immer.

»Warte ab, bis du selbst Kinder hast.« Soll ich ihm etwa einen Vortrag halten über den Zwiespalt, in dem wir Frauen stecken?

»Ich finde es köstlich.«

»Wenn sie so etwas bei der Oma oder im Laden bringen, ist es nur noch peinlich.«

»Ihr seid prüde.«

Das habe ich doch heute schon einmal gehört. Kurze Rückblende, ich hab's: Das war beim Kaffee, das Thema ›Gspusi‹, wir wollten drosseln, und die Kids fanden uns ›prüde‹, eine Front der Jugend, wir schneiden alt ab.

»Witzig war es schon«, sage ich zögernd.

»Nun fang du auch noch an. Sie ist eine Kanaille, mit ihren fünf Jahren.« Juliane hat zugehört. Sie ist erst recht im Zwiespalt, als Mutter und als Ehefrau, und ganz besonders als Schwiegertochter.

»Besser als mit vierzig Migräne.« Es schießt aus mir heraus. Zugegeben, dieser junge Igel hat an der Kurbel gedreht, ich flitze von hier nach dort, trotzdem stimmt es. Ich habe schließlich auch mal Kopfschmerzen als Sperre aufgebaut oder meine Monatsblutung. Einer, die mit fünf schon den roten Faden schnappt und in der Hand behält, passiert das nicht. Die stürzt sich drauf wie eben auf meinen Sohn oder schmettert ihr ›Nein!‹ heraus. Sie wirft ja auch ihren Kunstbusen ab, wenn er ihr lästig wird. Ich schleppe noch immer Ballast mit mir herum, obwohl der mich beim Leben stört.

Ich verdrücke mich in die Küche. Der Pizza-Service kommt genau richtig.

»Pizza schneiden mußt du auch noch lernen.« Wieder Tillmann! Er nimmt mir das große Wellschliffmesser aus der Hand, mit dem ich Tortenstücke heraussäbele, und drückt mir ein Rädchen aus Edelstahl in die Finger. Mit dem flitzen wir zu zweit durch ›Margaritas‹ und ›Capriciosas‹, er führt mich, und ich gebe dem Druck von dieser Männerhand nach. Aber nur, weil es wirklich viel schneller geht; fast zu schnell, finde ich.

Später fährt Gernot uns heim. Der Igelkopf schickt ein lockeres »Ciao!« hinter uns her, mehr nicht. Was habe ich erwartet? Er ist zu jung für mich, eindeutig. Ich war schon ein Fall für graue Schläfen, als ich noch auf meiner Klosterschule war.

Es langt nicht, wenn einer mich durch die Pizza lotst, ich brauche eine klare Route von A nach Z. Experimente und vier Kids passen nicht zusammen, es muß seriös sein und mit Dekkel darauf.

Der Montag war noch nie mein Lieblingstag. Er verstreicht. Der Dienstag auch. Kein Anruf und kein Brief. Die Achtundzwanzigjährigen zu meiner Zeit haben Blumen geschickt, einer sogar gepreßte, täglich. Der hat heute eine Stirnglatze und zwei Doggen, manchmal begegnen wir uns, weil seine Kanzlei bei mir um die Ecke ist.

»Die Post, Mom.« Fabian legt mir den Stapel hin, ich flattere nur ganz matt, kein Brief, natürlich nicht.

»Was ist das?«

Das Ding in braunem Packpapier, beinahe wäre es im Müll gelandet, ist ein Pizzarädchen, Edelstahl, es blitzt mich an. Statt Preisschildchen hängt eine Zahl dran, zehnstellig. Ich glaube, er wohnt in Bonn. Jetzt flattere ich heftig.

Nonne mit Strapsen

»Zickenrot.« Das rote Sakko meldet sich am Telefon.

»Bockweiß«, antworte ich. Mir flutschen solche Sachen heraus. In meinem Küchenausguß stoppt ein Sieb die abgeschrappten Möhrenschalen, nur das Raster in meinem Kopf filtert solchen Blödsinn nicht heraus; ich fürchte, das wird immer schlimmer. Dabei haben mir vor ein paar Sekunden noch die Knie gewackelt, zweimal habe ich mich verwählt, dann sagt er ›Zickenrot‹, und mir fällt nichts Besseres ein, als ihn zu verhohnepiepeln.

»Das kannst nur du sein.« Er hat mich erkannt, auf Anhieb. Er braucht nicht mal meinen Namen dazu.

»Okay, ich bin's.«

»Willst du mich zur Pizza einladen?«

»Wie wär's mit ›Mano‹?« schlage ich hastig vor. Bei mir daheim sind ständig die Kleinen dazwischen, und ich will ihn für mich haben. Außerdem ist ›Mano‹ ein Glied in der Kette von ihm zu mir. Rund um jene Pizza, frei Haus zu den Mandels geliefert, hat doch alles angefangen. Die hat ihn erst zu diesem Pizzarädchen inspiriert. Ich habe stets das Bedürfnis, den Kreis zu schließen und mich in Vertrautes zu kuscheln. Nur wenn es eng wird, büchse ich aus.

»Warum holst du mich nicht am Bahnhof ab? Ich komme mit dem Zug.«

Aufstand! Ich soll einen Typ zum Rendezvous lotsen? Ich tue es dann doch. Wir treffen uns vor der Reibekuchenbude auf dem Vorplatz, natürlich ist die seine Idee. Wäre ich blind, brauchte ich nur dem Geruch nachzugehen. Sein Haarigel wippt über drei Kartoffelplätzchen, fetttriefend und fröhlich. Und ich habe mich schick gemacht, um die Gammeljeans vom Sonntag auszugleichen.

»Himmlisch! Willst du auch einen?«

»Ich hasse das Zeug.«

Das ist übertrieben. Mit Messer und Gabel, im Sitzen, wäre ich schon dabei, aber so doch nicht.

»Du bist eben eine Lady.«

Man kann das mit Weihrauch in der Stimme sagen oder mit Widerhaken, bei ihm sind die drin, jede Menge. Er tut gerade so, als hätte ich die Macke. Genüßlich leckt er sich die Finger ab, einzeln, ich störe ihn nicht die Bohne. Dann will er mich unterhakeln.

»Bleib mir mit dem Fett vom Leib.«

»Also wieder Prinzessin auf der Erbse? Wie lange brauche ich denn heute, um dich da runterzuholen?«

»Bilde dir bloß nichts ein.« Doch er ist ein ganz Ausgebuffter. Wetten, daß diese Nummer mit der Reibekuchenbude nur Maskerade war? Erst fährt er meine Erwartungen auf Null herunter bis zu dem Punkt, wo jedes schäbige Bistro attraktiv wirkt. Und dann dirigiert er mich zum ›Filou‹, vorbei an meiner Haustür.

»Hier wohne ich.«

»Weiß ich doch.«

»Und du läßt mich eine Viertelstunde für nichts marschieren?«

»Falsch. So mußte ich nicht allein laufen.«

Es gibt eine Frechheit, auf die man nur draufhauen kann, oder man muß einsteigen. Einen Augenblick habe ich gute Lust, mich auszuklinken, da tauchen die Lampions von meinem Lieblingsfranzosen ›Filou‹ auf, sozusagen ein Geheimtip. Dabei kommt er aus Bonn.

»Woher weißt du ...?«

»Tja ...!«

So läuft das den ganzen Abend. Ich denke, ich habe ihn, so ist er also gestrickt. Da stößt er schon ein neues Fenster auf. Das ist mir noch nie passiert. Er führt mich am Nasenring. Seine Augen griemeln nonstop. Gelegentlich rutscht seine Hand unter den Tisch, bei den Waden fängt es an, seidenglatt. Er findet heraus, daß ich Halterlose trage. An der Spitzenbordüre kreist er, ich glühe über meiner Zabaione.

»War alles zu Ihrer Zufriedenheit?«

»Wir sind sehr zufrieden. Nicht wahr?«

Er meint mich, ich soll ihm quasi öffentlich den Gütestempel verpassen. Und ich tu's auch. Mir hat es rundum geschmeckt, irgend etwas mit Fisch und Wild, glaube ich. Und er ist immer noch an der Stelle, wo mein Strumpf aufhört.

»Was sollen die Leute von uns denken?«

»Daß du scharf auf mich bist.«

»Du mieser kleiner ...«

»Klein stimmt nicht.«

Ich rücke von ihm weg. Wir haben geknistert, ping und pong. Ich habe keine Ahnung, wie spät es ist, egal, ich werde mit Speerspitzen gestreichelt. Er hat übrigens wieder sein rotes Sakko an und darunter Jeans, die sitzen ihm sehr eng am Körper. Wir gehen durch den Park zurück. Es ist frisch. Einer kommt uns mit seinem Hund entgegen, er grüßt, ich erkenne den Gemüsemann. Da bin ich wieder weit weg von den Speerspitzen auf meiner Haut.

»Nicht! Ich muß heim.«

»Gut, gehen wir zu dir.«

»Nein!«

»Das meinst du nicht ernst?«

»Doch!«

»Die Klosterschule?«

»Gernot hat wohl gepetzt?«

»Ach was, die sieht man dir an. Nonne mit Strapsen.«

Ich werde es ihm nicht auf die Nase binden, eingebildet ist er so schon. Doch wie er seinen Frust zu mir rüberbringt und ein Schleifchen drumherumwickelt, das ist Buttercremesahnedoppelfett.

Er packt meine Liebfrauenseele in Strapse, exakt das bin ich, gläubig bis zum *point-of-no-return* und hinterher zerknirschter als Maria Magdalena. Im Grunde spielen Kurtisanen und Heilige dieselbe Melodie, Inbrunst heißt sie. Wenn er eben wie die neunundneunzig Prozent seiner Geschlechtsgenossen, die ich kenne, herumgeritten wäre auf dem Feuerchen, das er zuvor angezündet hat, das sie wie einen Gutschein schwenken, den ich einlösen soll, dann hätte ich Reißaus genommen, und das Knistern wäre platt gewesen. Aber so …

»Darf ich dich heimfahren, Lady?«

»Spinner, du hast doch gar kein Auto da.«

Er hat doch. Ich raffe es nicht. Zwischen Bahnhof und mir hat er geparkt, nur damit ich ihm entgegenkomme, bestimmt hat er das nicht nur räumlich gemeint. Jetzt laufen wir Hand in Hand noch einmal das Stück zurück, vorbei an meiner Wohnung, um mich heimzubringen mit seinem Auto. Himmlisch verrückt ist das, und am Rondell fangen wir an, uns zu verabschieden.

Dieses Plätzchen vor St. Gereon hat Geschichte, drinnen in der Kirche wird gebetet, und davor warten die Freier. Eine

Zeitlang lief das sogar professionell ab, heute sind wir es, eigentlich kennen die Stelle nur Insider.

»Du weißt aber gut Bescheid für einen Bonner.«

»Im Herzen bin ich Kölner.«

Da und offenbar ein Stück tiefer. Ich gickele los, nervös bin ich auch. Dieses Saugmonster in mir rast die Palme rauf und runter, mir wird schummrig. Er hangelt mich über die Handbremse auf sich, als wäre ich ein Stretchband. Warum kommt er nicht zu mir rüber?

»Es sind ja wirklich keine Strapse.«

»Sag ich doch.« War das Radio die ganze Zeit über an? Ich stauche mich zurück auf den Beifahrersitz. Morgen bin ich grün und blau, bestimmt.

Er startet. Keine halbe Minute, und wir halten vor meiner Haustür, diesmal endgültig. Noch einmal rupft er an mir, damit ich seinen Mund erreiche. Nicht einmal beim Küssen kann ich ihn einordnen. Er fängt mit weichen Lippen an, das ändert sich, nicht hektisch; ein Wühler ist er erst recht nicht, eher eine Welle, die schwappt vor und zurück: Steckt man einen Finger hinein, ist sie sanft, springt man hinein, umschließt sie einen hart; so ähnlich ist das bei ihm.

»Nun aber raus mit dir. Ich muß heim in meinen Kottenforst.«

Wie hört sich das denn an? Ich habe ihn nicht auf mich gezoomt, er war das doch. Normalerweise wäre jetzt die gelbe Karte fällig. Und überhaupt, wieso Kottenforst? Zufällig gehört der Kottenforst zu dem halben Dutzend Wäldern, die ich persönlich kenne.

»Stimmt überhaupt irgend etwas bei dir? Der Kottenforst ist doch nicht in Bonn.«

»Aber in der Nähe.«

»Da war ich im Internat. In Rheinbach.«

»Ich dachte, die hätten nur ein Zuchthaus.«

»Haben sie auch. In der Adventszeit haben wir immer für die Insassen musiziert.«

Er kriegt sich nicht mehr ein, das Lachen tropft ihm über die Backen. Als wenn nicht schon die heilige Elisabeth da mit ihrem Freßkorb rummarschiert wäre, sie hat die Armen gespeist; und wir haben die Sünder erfreut, so etwas hat Tradition. Womöglich ist es genau das, und er ist zu jung für derlei.

»Mädchen, du machst mir Spaß. Wir sind ein tolles Paar.«

›Mädchen‹ und ›Paar‹, das picke ich mir heraus. Nicht daß ich ernsthaft daran dächte, ihn mir zu angeln, ich weiß ja nicht einmal, was für einen Job er hat und wie das mit seinen Gspusis läuft. Es ist eben das gute Gefühl nach einem erfolgreichen Beutezug, mehr nicht.

»Ich war gern im Internat. Im Kottenforst haben wir immer Maiglöckchen gepflückt.«

»Weißt du, wie du jetzt aussiehst?«

»Nö!«

»Wie fünf Jahre, und gleich kommt der Weihnachtsmann.«

Erstens ist es dunkel bis auf das Funzellicht der Straßenlaterne, also schwindelt er, er sieht ja nichts. Und als Kind gehe ich wirklich nicht mehr durch, trotzdem ist es kuschelweich und ein bißchen traurig. Er kneift zärtlich zwei Finger um meine Nase, mein Vater hat das immer gemacht, dabei kommt er sogar ein Stückchen herüber zu mir. »Weißt du, ich kenne das. Wenn ich in Tokio oder Frisco ein deutsches Bier trinke, wird mir auch warm.«

Schon bin ich wieder auf hundertachtzig. Mein Rheinbach, die Zuchthäusler und die Maiglöckchen sind romantisch, wieso klotzt er seinen Jet-set darauf? Die reine Angeberei. »Ich hatte keine Ahnung, wie prominent du bist.«

»Dummchen, ich bin Pilot.«

So einen hatte ich noch nicht, ich kenne auch keinen. Ich habe nur einmal gehört, einer, der Überschall fliegt, bekommt eher eine Tochter zustande als andere.

»Einen Tillmann für deine Gedanken.«

»Sag ich nicht. Und eingebildet bist du gar nicht, wie?«

»Gefalle ich dir nicht?«

»Muß ich überlegen.«

»Wie wär's mit einem Abstecher ins Elsaß?«

»Spinner!«

»Überleg es dir.«

Meine Traumwolke fliegt los

Ich lauere darauf, daß mein Igel-Mann sich meldet. Meinen Hüftknochen und den linken Oberschenkel zieren blauschimmernde Souvenirs, ich hab's ja gewußt. Ich zergrübele mir den Kopf, wie und wann er daran anknüpft.

Doch es meldet sich der Scheich, nachdem er sich rar gemacht hat. Er bietet mir das Wochenende an, mit sich: »Ich kann auch nachts!«

»Wie kommt es? Ist deine Frau auf Achse?«

»Sei nicht so zynisch! Wir könnten verreisen, wenn du willst.«

»Tut mir leid, ich fliege nach Frankreich.«

Frankreich ist groß, gemessen am Elsaß. Was groß ist, klingt bedeutend, ich könnte ja auch Paris und das ›Moulin Rouge‹ meinen. Nicht, weil es mir in diesem Nepp-Palast gefällt, das Essen war grausam und die Show kalt. Die Beine flogen wie an Strippen gezogen, mein Fall ist das nicht. Aber es hat den pikanten Beigeschmack, und den leihe ich mir. Ich bin rachsüchtig, zugegeben.

Gelogen ist es trotzdem nicht, der Igelkopf hat mich ja gefragt, und ich könnte so naiv sein und glauben, es wäre ihm ernst damit, so gesehen bleibe ich dicht an der Wahrheit. Ich lasse den Hörer auf die traurige Stimme am anderen Ende fallen, leid tut er mir nicht. Wie oft habe ich seinen hektischen Wie-spät-ist-es-Suchblick runtergeschluckt? Oder wie er aus dem Bett gejumpt ist: Wenn sie ihn in Topform erlebt, dann ist das mein Verdienst, er mußte ja abbrechen bei mir.

Ich checke gerade ab, wie das wäre, falls ich wirklich einmal ohne Kids und mit Übernachten rauswollte, rein theoretisch, da ist Tillmann plötzlich in meiner Traumwolke, stinknormal übers Telefon.

»Bleibt es bei Samstag?«

»Du bist verrückt!«

»Ich bin romantisch. Das magst du doch. Ich verführe dich über den Wolken.«

»Zuzutrauen wäre es dir.«

»Um acht hole ich dich ab.«

»Mit dem Hubschrauber auf meinem Dach?«

»Überraschung.«

Ohne Juliane wäre die Sache nie gelaufen. Sie hat sich hineingekniet, als wäre es ihre eigene Romanze. Und sie kümmert sich um die Kids, die ganz aus dem Häuschen sind: »Du willst ohne uns verreisen?«

Die erste Überraschung ist ein Rolls-Royce, der vor meinem Haus hält. Der Traum von einem Wagen gehört zu dem Job, den mein Pilot übernommen hat. Er fliegt keine Jumbos, obwohl er dorthin will, sondern große Leute in kleinen Maschinen. Dieser da, er relaxt im Fond, ist ein hohes Tier bei ›Adidas‹. Wir jetten ihn zu einem Meeting ins elsässische Landersheim, und gegen mich als Copilot hat er absolut nichts einzuwenden.

Haben Sie jemals in einer Betriebskantine gegessen, die ein Gourmettempel ist? Kein Problem, auf zur Rue de Saessolsheim, hier schlemmen Sie für elf Francs. Wir dürfen das auch. Als Nachschlag zum Dessert, einer betrunkenen Birne mit Mandelcreme, spendiert uns das ›große Tier‹ eine Führung und eine Einladung zum Dinner, eight o'clock, nebenan. Zum Glück habe ich meinen Glitzermini dabei.

»Ist das üblich?« interviewe ich Tillmann auf dem Weg zum Hotel.

»Nur, wenn ich den richtigen Köder an Land ziehe. Dann darf ich mit zur Gala.«

Ich habe nichts dagegen, der ›richtige Köder‹ zu sein. Ich bin gut drauf, ich mag es, wenn ich glitzern darf vor einem, bei dem es knistert. Und dieser Sportartikelmensch hat mich sozusagen ins rechte Licht gerückt, Podest und Kronleuchter, das steht mir.

Wir wohnen jenseits der Bahnlinie. Es ist ein schmuckes Haus in einer ruhigen Straße, die Patronne ist charmant. Entweder ihr Lächeln ist ganz besonders französisch, oder er war schon einmal mit einem anderen Köder hier, jedenfalls plinkert er zurück.

»Merci.« Er dreht sich wieder um zu mir. Die Schlüsselübergabe habe ich verpaßt, wohl weil ich noch dieses Lächeln nachgeschmeckt habe. Wir steigen die Treppe hoch, in mir bumpert es, als wäre ich ein Teenager, er ist fast noch einer. Überhaupt male ich es mir aus, ein Bett und ein Waschbecken, nur ein einziges Zimmer für zwei Fremde.

»Welchen willst du?« Zwei Schlüssel pendeln vor meinen Augen. Mir rutscht ein Zentner von der Seele, mindestens einer. Er schließt auf. Helligkeit, zartgetönte Wände und Zeichnungen, die könnten von Kindern sein, nur das Bett hat einen kornblumenblauen Überwurf, hier und nebenan.

»Welchen?« wiederholt er.

»*Einer* genügt.« Ich greife mir den zweiten Schlüssel und halte ihn aus dem Fenster. Es klirrt zwei Stockwerke tiefer im Innenhof.

»Du bist ein Teufelsweib.«

»Ja.« Ich verrate ihm nicht, wie neu dieses Kostüm für mich ist.

Eigentlich war mir nach Kultur. Es ist die Heimat von Albert Schweitzer, ein altes Schloß gibt es auch, die Rebberge sind sehr idyllisch. Wir kommen nur bis unter das Kornblumenblau, wir schließen nicht einmal ab, und in den Hof hinunter laufen wir erst recht nicht.

So wahnsinnig viele Möglichkeiten, einem Teufelsweib beizukommen, gibt es nicht, aber die findet er alle. Ich bin hurig und unschuldig, entschlüpfe ihm und stöhne »Komm!« Sämtliche Kaschmir-Noppen-Männer fallen ab von mir, sogar meine Kids und mein Ex, nicht weil ich das will, sie sind nur nicht mehr da, bis es sieben abends schlägt.

»Mein Gott!«

»Der hat nicht viel damit zu tun. Oder meinst du mich?«

Da ist sie wieder, seine charmante Überheblichkeit. »Du kannst nur ein Löwe sein«, platze ich heraus.

»Jungfrau bist du auch nicht.«

»Ich rede von Sternzeichen.«

»Dann bist du auch Löwe.«

Wir kriegen uns bald nicht mehr ein, es stimmt. Erster August und zehnter, ich vor ihm, in der ›Auberge du Kochersberg‹ servieren sie etwas mit Meeresfrüchten. Unser Gastgeber beäugt die Himbeertupfen rund um mein Schlüsselbein, ich habe versucht, sie abzupudern, umsonst. Und im Rolli dinieren kann ich schlecht.

»Glaubst du, er hat etwas gemerkt?« flüstere ich über meinen Froschschenkel. Ohne die Pfeffervinaigrette bekäme ich den nie hinunter, ich sehe ihn grasgrün über die Wiese hüpfen, da kann er noch so sehr nach Kalbfleisch schmecken.

»Hoffentlich«, kommt es retour.

»Spinnst du?«

»Im Gegenteil! Er ist einer von meinen besten Kunden.«

Ich glaube, der Topkunde trägt uns nichts nach. Am Ende einer ganzen Batterie von Weingläsern, im Keller lagern angeblich achtzigtausend Flaschen, besteht der Big Boss darauf, daß ich ihn Philippe nenne, nur Philippe. Ein waschechter Franzose, ich habe es gleich gespürt.

Als wir dann wieder in Köln landen, bekomme ich noch einen Handkuß, den Millimeter Abstand zwischen uns schlabbert er diesmal, sein Franzosenbart kitzelt.

»Au revoir. Beim ersten Kind werde ich Pate.«

»Das geht nicht, leider.« Er ist ein Komödiant! Wie er seine Schalkaugen in Kummerfalten legt, er kitzelt die Frage förmlich heraus.

»Sie haben schon …?«

»Vier.«

»Vier? Unmöglich!«

»Fabian, Maxi, Jonas und Lucas.«

»Madame, ich bewundere Sie.«

Der Schock oder die Bewunderung lassen ihn noch einmal seinen Aktenkoffer aufklappen. Ich muß ihm die Größen herunterrasseln, von allen vieren und meine auch. Wir werden gratis und sozusagen als nachträgliches Patengeschenk ›Adidas‹-verpackt, sogar Socken mit Emblem führen die.

»Gibt es auch Babygrößen?« Tillmann wirft das lässig in meine Danksagung, mir stockt der Atem.

»O lala!«

Die Nummer fünf, die es nicht gibt, und der Weg dorthin rufen in vier Männeraugen Fantasien wach. Statt Protest einzulegen, lächele ich gedämpft mit.

Das ist fatal, aber wenn einer, der mir gefällt, sich heranwagt an diesen Schrein von Mutterschaft, mich sozusagen anpeilt als Herd, dann werden gewissermaßen die Herztöne und das Ruckeln in mir wach und mein Bauch schwillt. Ich habe es nie übers Herz gebracht, mich sterilisieren zu lassen, obwohl das vernünftig wäre. Viermal in meinem Leben war ich rund, jeder Atemzug war doppelt, so etwas schneide ich mir doch nicht freiwillig durch. Wenigstens soll es als Möglichkeit weiterleben.

»Tschüs, Muttchen«, sagt Tillmann anzüglich, als er mich zu Hause absetzt. Ein Hellohr, ihm entgeht so leicht nichts.

»Soll ich jetzt Väterchen sagen?«

»Warte einen Monat ab.« Er grinst noch immer. Ob er einfach vorausgesetzt hat, daß ich die Pille nicht nehme? Gesagt hat er keinen Ton.

»Du spinnst total.«

»Ich gewöhne mich daran, du Irre.«

Schattenriß eines Liebhabers

Ich bin ein Jo-Jo. Eines von diesen Flitzdingern an einer Strippe. Ich schnelle vor und zurück, die Kordel, an der ich baumele, riffelt schon. Bin ich das? Fünfzehn Jahre lang war mein Leben stramm aufgewickelt und sauber sortiert. Exzesse finden in der Jugend statt. Ich bin medium und nicht schwindelfrei.

»Ich bin's.« Elf Uhr, selten früher, ruft er an.

»Spinnst du?« Die Frage wird zum Ritual, puschelig wie ein Liebeswort, fast ist es das schon. Ich habe einen Flieger, besser gesagt, er hat mich, denn er läßt das Jo-Jo hüpfen. Für ihn gibt es keine Zeittafel und keine Stechuhr. Es ist nicht nur sein Job, der ihn unstet macht. Sobald er sich festlegen soll, büchst er aus. Allmählich kapiere ich, warum es in seinem Leben immer nur ›Gspusis‹ gab.

Wenn ihm nach mir ist, meldet er sich, sonst nicht.

»Gehst du mit zu RTL?« frage ich ihn, als ein Freund mir Karten für den heißen Stuhl, life und zum Thema ›Tote Hose in deutschen Ehebetten‹, anbietet.

»Wenn ich da bin.«

»Wie soll ich das timen?«

»Plan mich besser nicht ein. Du weißt ja …«

Also plane ich ohne ihn, ich werde ja nicht zu Hause sitzen und Däumchen drehen, so toll sind sein Igel und der Rest auch wieder nicht. Nur wenn es auf elf geht, und ich sitze neben irgendeinem Mann im Theater oder beim Franzosen, dann werde ich kribbelig, weil das seine Zeit ist. Ich könnte ihn anrufen, ein paarmal habe ich schon Geld in den Schlitz vom Münztelefon geworfen, aber gewählt habe ich nie. Nach dem zweiten oder dritten Tastendruck kommt die Löwin in mir durch. Er soll nicht glauben, ich will etwas von ihm.

Ich will es aber doch!

»Bist du da?«

»Blöde Frage, hörst du doch.«

»Für mich da?«

»Weißt du, wie spät es ist?«

»Also *ja.*« Er legt auf und kommt. Nachts ist es still bei uns, eine andere Dimension Leben. Er krempelt sie um, und ich bin high, ohne Kaffee und ohne Schlaf, den läßt er nicht zu. Manchmal hasse ich diesen Körper. Er schwitzt nicht und schlafft nicht ab, nicht wirklich. Eigentlich kann Frau sich bei Männern darauf verlassen, sie können und dann wieder können sie nicht. Die Sendepause ist vorprogrammiert, die ist zum Kuscheln und Auftanken da, ein Quicky und ein Longy, das ist die Norm, die ich kenne. Bei ihm weiß ich nie genau, wo er gerade steckt, nie kommt er völlig herunter von der Welle, ständig ist er halb davor. Und weil ich das Mysterium seiner Lenden schlecht unter die Lupe legen und es fixieren kann, bleibt es eins. Ich werde nicht schlau aus ihm.

Mit fünfzehn in meiner Internatszelle, Stahlrohrbett und drei Vorhänge rundum, habe ich es mir ausgemalt, wie das wäre, nonstop und stundenlang. Der Gärtner in ›Lady Chatterley‹ hat mich angetörnt, ich hatte ihn in meinem Wäschesack versteckt, weil die Matratzen von den Nonnen gefilzt wurden. Da lag ich, mit meinem Jungfernhäutchen und dem Affen ›Munkel‹, in Sekunden habe ich zehn Lover verspeist, aber weil ich die Handarbeit selbst tun mußte, duselte ich weg.

Er duldet das nicht. Es ist kein Diktat, er sagt nichts und hält mich nicht fest. Es ist nur die Spannung in ihm, die nicht abflacht. Einer hält mir mein Lieblingsessen hin, und ich kann nicht aufhören damit, obwohl ich längst satt bin, so ist das.

»Ich kann nicht mehr!« Es hört sich an wie ein Flehen.

»Wirklich?« Er tippt mich an, dieses dunkle Lachen genügt schon. Zum Schein gleitet er ab von mir, ich rutsche nach, weil ich es nicht aushalte, die Gier steckt in mir drin. Im Morgengrauen geht er, ich will nicht, daß die Kids ihn sehen. Schlafen kann ich dann auch nicht mehr, aufgedreht kurve ich durch die Wohnung, und um halb sieben klingelt mein Wecker. Unter der Dusche geht sein Geruch nicht mehr ab von mir, ich kaufe Intim-Lotion, ich rieche noch immer nach ihm, nur parfümiert. Wenn er weg ist, werde ich unruhig. Warum meldet er sich nicht?

Erwischt werden wir dann schließlich doch. Wir sind leichtsinnig, die Tür ist einen Spalt offen.

»Tillmann! Du?« Mein Großer reibt sich die Augen, geweitete Schlafpupillen, er ist noch blinder als ich. Trotzdem, blöde ist er nicht. Tillmann gehört zum ›Mandel‹-Clan und nicht auf mein Lederbett.

Er kann es nicht für sich behalten, ich habe auch keine Gelegenheit, ihn mir allein vorzuknöpfen. Zwischen Zähneputzen und Flaumhaare zählen, das tut er jetzt jeden Morgen, rückt er bei den anderen damit heraus.

»Tillmann war da?«

»Bei uns?« Maxi ist hochinteressiert; er weiß, daß der nicht in unsere Schublade gehört.

»Bei Mama.« Die fehlenden Kleider läßt er aus, mein Twen, es langt auch so.

Maxi zählt, angestrengt und an den Fingerknöcheln. »Vierzehn«, verkündet er.

»Vierzehn was«, forscht mein Großer.

Mir schwant Schlimmes. Ich fange an zu treiben, weil es Zeit wird für die Schule, nur trickse ich mich damit selbst aus.

»Sie hat vierzehn Männer«, schmettert er im Hinausgehen, und weil er schon weg ist, kann ich diesen haarsträubenden Unsinn nicht einmal richtigstellen.

»Hat Fabian mich verdaut?« Anruf von unterwegs, anscheinend geht das doch.

»Na ja!« Ich erzähl's ihm. Jetzt, im zweiten Durchgang, kann ich fast lachen darüber.

»Vierzehn? Wow!«

»Hör ja auf! Meinst du, ich sollte ihnen noch etwas sagen?«

»Wart's ab! Das regelt sich ganz von allein.«

Er behält recht. Nur anders. Mittags kommt nichts mehr, den ganzen Tag nicht. Ich bin dankbar und rede mir ein, sie hätten das Intermezzo vergessen. Von wegen!

Bei den Mandels, drei Tage später, fällt es Maxi wieder ein. Wohl weil hier die Quelle ist, von der ich meinen ›Neuen‹ abgezogen habe, so verklickert er es jedenfalls den Mädchen. Dieses Programm ist besser als Fernsehen, obendrein live.

»Hast du wirklich vierzehn?« Andächtiges Staunen.

»Maxi!« versuche ich, ihn zur Ordnung zu rufen.

»Stimmt aber.«

»Erzähl nicht solch hirnrissiges Zeug. Am Schluß glaubt einer, ich wäre so eine.«

»Was für eine?«

»Na ja …«

»Du darfst doch vierzehn haben, weil wir geschieden sind.«

»Hör endlich auf mit dem Unsinn.«

Und was macht er? Er fängt an, sie aufzuzählen. Jeder, mit dem ich in den letzten drei Monaten essen oder im Kino war, wer Rosen geschickt, mich geküßt oder ›Schatz‹ genannt hat, gehört dazu. Glückliche Ehemänner verbrät er, Gernot inbegriffen; nur dem macht es nichts, der grinst sich einen ab.

»Sechzehn, ich hatte zwei vergessen.«

Ich versuche, ihnen den Unterschied klarzumachen, was ein Freund ist und ein Verehrer, die Sprache von Blumen und wie das ist, wenn einer herausrückt aus den vielen …

»Gspusi?« fragt Pia. Sie haben zugehört ohne einen Mucks, nicht einmal gekichert haben sie.

»Nein«, antworte ich leise, »nicht Gspusi, es muß schon mehr sein.«

Ich weiß nicht warum, aber der Scheich schießt mir in den Sinn. Seine Anrufe tröpfeln, er zieht sich zurück, weil er spürt, daß hinter jenem Frankreich-Trip tatsächlich so eine Art ›Moulin Rouge‹ steckt. Bei ihm bin ich zur Ruhe gekommen, hinterher; es ist schön, an einem warmen Körper einzuschlafen. »Löffelchen legen«, sagen wir dazu, es ist unser Ritual. Vielleicht rufe ich ihn an.

Von Tillmann höre ich die ganze Woche nichts mehr. Meine Nerven kräuseln sich, unglücklich bin ich nicht. Zweimal lasse ich es sogar läuten, einfach so, obwohl er es sein könnte. Eine eigentümliche Trägheit zieht an mir, und meine Seele beginnt zu baumeln.

»Ich muß dir unbedingt etwas zeigen.« Er!

»Ja?« Komisch, sonst bin ich gespickt mit kleinen Anzüglichkeiten. Achtung, Starkstrom! Seine Stimme ist auch anders. Was ist los?

Wir verabreden uns für Sonntag, verraten will er nichts. Er holt mich ab, unten am alten Hafen stoppt er. »Sieh dir das an!«

Gammel, Kneipe an Kneipe, altes Rotlichtviertel, ich weiß nicht, was er meint.

»Komm schon!« Er zieht mich in einen Hauseingang, alles verrottet, der Putz blättert, und auf dem Zwischenpodest hängt eine Tür schief in den Angeln, das Klo. Dann stehen wir im Dachstuhl, er strahlt mich an: »Na, was sagst du nun?«

»Es gibt keine Wände«, sage ich, einfach weil mir das ins Auge springt.

»Ich brauche keine Wände. Höchstens fürs Klo.«

Er hat diese siebzig, achtzig Quadratmeter gemietet. Irgendwann, wenn er das Dach geflickt und eine Gaube eingebaut hat, kann er von seinem Junggesellenstudio auf den Rhein sehen. »Ich rieche das Wasser bis hier oben.« Die Balken will er beizen, Holzdielen verlegen, ein Kachelofen und Blumen, sehr viele, in seinen Augen lebt es schon.

»Das willst du alles hier reinstecken?«

»Logo!«

»Und wenn der Besitzer dich eines Tages rausschmeißt?«

»Was soll's? Nichts ist ewig.«

Unten am Wasser bleiben wir stehen. Es ist kalt, aber ich stecke meine Hand nicht in seine. Wir stehen nur nebeneinander, einzeln.

»Kannst du das nicht verstehen?«

Kinder mögen auch nicht, wenn man ihr gemaltes Pferd für einen Hund hält, denke ich. »Doch, es ist deins«, sage ich laut.

»Es hätte schön sein können.«

Ich sehe keine Chance, mich da auf Dauer reinzuhängen. Auch für eine ›Wilde‹ ohne Kids wäre hier kein Platz. Und er, als ›gemäßigter‹ Igel, stünde nicht hier. Er lebt in Episoden, häßlichen und schönen.

»Es war schön.«

»Wenn ich alles fertig habe, lade ich dich ein. Zum Candlelight-dinner, so wie du es magst.« Er strahlt, der Igel wippt, er hat eine neue Rolle und ist glücklich.

Ich nicke, aber ich weiß, dieses Essen bei Kerzenschein wird nicht stattfinden. Er springt von einer Traumwolke zur anderen, er möbliert sie und baut sie aus, es ist nie die letzte, die neue zählt. Mit achtundzwanzig ist das so.

Ich bin vierzig, bei mir gibt es Sachen, die gehören dazu, die kann ich nicht mehr ummodeln oder auf den Sperrmüll geben. Das will ich auch nicht, denn dann wäre alles, was ich habe wachsen lassen, für die Katz.

Zu Hause nehme ich die Holzklotschen, die hat er mir aus Holland mitgebracht, sie sind viel zu klein, den Murano-Türstopper aus Venedig und das Räuchermännchen und lege alles behutsam in einen Schuhkarton. Später einmal, wenn ich alt bin, hole ich den heraus und denke an den Igelkopf; dann ist er auch nicht mehr so jung. Heute nacht und morgen schlafe ich, mindestens zwanzig Stunden, dann rufe ich den Scheich an, vielleicht. Oder den Wolf, den gibt es ja auch noch.

Die Suche geht weiter. Neue Männer braucht die Frau.

Paradiesvögel haben es nicht leicht

Habe ich schon erwähnt, daß mein Bruder ein Paradiesvogel ist? Das hat weniger etwas mit seinem Ohrstecker und dem Haarzopf zu tun, der ihm im Nacken baumelt, denn so etwas gehört ja in der Szene schon fast zur Uniform. Es liegt vielmehr an seiner Art zu leben.

Zwei Jahre lang war er schätzungsweise der mondänste Student der Kölner Uni, kam daher wie ein Dandy, dann war das Erbe von seinem Vater futsch. Und seitdem trägt er T-Shirts, in denen er genauso zu Hause ist.

Mit seinen Behausungen ist es ähnlich. Vom Wohnen im Fabrik-Loft bis zum Fachwerkhaus hat er alles durch, und jedesmal war es das Absolute. Er hat eigenhändig rustikale Bodendielen verlegt und aus Einkaufswagen von Stüsgen seine Avantgardesessel designert. Er formt sich seine Welt zurecht, und wenn er fertig ist, verliert er die Lust daran.

Und die Frauen?

Manchmal glaube ich, er zieht sie passend zu der Rolle, die er gerade spielt, an Land. Für gewöhnlich sind sie sehr hübsch und intelligent, trotzdem habe ich Mühe, ihre Gesichter und Namen auseinanderzuhalten.

Gelegentlich behauptet er, meine Mutter und ich wären schuld an seinem Frauenverschleiß. Er ist zwischen zwei Löwinnen aufgewachsen, das stimmt schon. Er hat unsere Lust, zu herrschen und zu glänzen, gleich doppelt zu spüren bekommen, er kennt jede Falle. Und an unserer Großzügigkeit ist er hängengeblieben, die haben wir ihm sogar vererbt, obwohl er nur eine Jungfrau ist.

Wir drei schöpfen aus dem vollen. Champagner ist uns lieber, aber ein Mineralwasser tut es auch, denn unsere Lebenslust hat wenig mit unserem Budget zu tun, es ist einfach in uns drin und muß raus. Es ist wie ein Feuerwerk. Es gibt Leute, die uns deshalb nicht mehr zusammen einladen. Gelegentlich sind wir unsere eigene Party, manche mögen das nicht.

Man sieht, mein Paradiesvogelbruder hat starke Wurzeln. Treu sein kann er auch. Da ist zum Beispiel dieser Freund Raphael. Für mich hat der ernsthaft einen an der Waffel, aber das tut hier nichts zur Sache. Mein Bruder schleppt ihn überall mit, seit der Grundschule ist das so. Damals hatte Raffi noch einen Wasserkopf und mußte jede Woche punktiert werden. Natürlich war das schrecklich, aber die Kinder haben ihn verspottet, nur mein Bruder Dominique nicht. Er ist sehr weich, wenn andere schwach sind. Heute hat Raffi längst keinen Wasserkopf mehr, er ist ausgebufft und ständig auf einem neuen Trip. Neulich hat er es sogar geschafft, den Philippinos für viel Geld Oberammergauer Krippenfiguren anzudrehen. Inzwischen werden die in Manila geschnitzt, aber das wissen gottlob die wenigsten, die solche Re-Importe kaufen. Jedenfalls spielt mein Bruder noch immer den Beschützer, und ich bin mir nicht sicher, ob seine Wohnung auch ohne diesen ausgeflippten Jugendfreund abgefackelt wäre. Der wohnte nämlich darin, als mein Bruder über Weihnachten in Mexiko war. Alles war verkokelt, und der Brandherd war ein Adventskranz. Woher der gekommen war, blieb ein Rätsel. Raffi blieb spurlos verschwunden.

Übrigens gibt es noch eine fixe Größe im Leben meines Bruders, das ist sein Fernweh; das packt ihn mindestens zweimal im Jahr. Angefangen hat es mit dem ersten Interrail-Ticket, da war er vierzehn. Und egal, ob er im Examen steckt oder blank ist, er reist. Notfalls verscherbelt er Korbsessel in der Südsee oder vermietet sein Domizil, wie gerade jetzt.

Wir sind gerade von einem verlängerten Wochenende an der See zurück – das war mein Rezept gegen Tillmann, der noch immer in meinem Kopf herumspukt –, da klingelt das Telefon.

»Grüß dich, Schwesterherz.«

»Lebst du auch noch?« Er hat meinen Geburtstag vergessen, deshalb bin ich so zickig und auch, weil es mich vor dem Wäscheberg graust. Der türmt sich bei uns schon nach vier Tagen wie andernorts nach einer Weltreise.

»Giftnatter. Kann ich kommen?«

»Ist deine Bude etwa noch an irgendwelche Messegäste vermietet?« frage ich mißtrauisch. Das hatten wir auch schon. Er hat sich eine goldene Nase verdient, und ich durfte ihn beherbergen.

»Nein, keine Bange.«

»Na gut.«

Irgend etwas ist trotzdem, das rieche ich. Er setzt seinen Dickschädel immer durch, mit zehn Kilo Charme. Ich habe schon mit vierzig Fieber sein Referat korrigiert, denn natürlich kommt er immer auf den letzten Drücker. Ich bin ja nur Hausfrau und alleinerziehend und Dozentin und Schreiberling und wer-weiß-was-noch.

Ich mache ihm also auf, und den ersten Schub Buntes behalte ich demonstrativ auf dem Arm, damit er sieht, daß ich im Braß bin. Er schiebt einen Gummi-Dinosaurier vor sich her, dem er ›Happy Birthday‹ auf den Saurierbauch gemalt hat. Ich lasse meine schmutzige Wäsche fallen und springe an ihm hoch, denn er ist ein baumlanger Kerl.

»Danke, du Spinner.« Habe ich es nicht gesagt? Er schafft es immer, zur Not mit einem Gummitier.

»Geil! Ist der für mich?« Maxi ist sein Patenkind, aber diesmal sahnt er nicht ab.

»Das ist meiner.«

»Dafür bist du doch viel zu alt.«

»Je öller je döller.«

»Glatzkopf.« Ich bin fünfzehn Jahre älter als er, okay. Aber während meine Löwenmähne üppig sprießt, lichtet er sich schläfenmäßig schon, trotz seiner fünfundzwanzig Lenze und dem Haarzopf.

»Armer Junge, bei der machst du was mit.« Er spricht mit Maxi, der Verräter.

»Ich sage es dir.«

»Na, wenn ihr euch einig seid …« Ich klaube beleidigt meine bunten Hemden und Hosen zusammen. »Ich bin oben bei der Wäsche, falls ihr mich braucht.«

Kein Kommentar, sie albern hinter meinem Rücken weiter, und während ich das Zeug in die Waschtrommel stopfe, überlege ich, ob meine Antenne falsch angezeigt hat.

Sie hat nicht, es ist nur kein Referat, das bis morgen fertig sein muß. Meinen PC will er auch nicht benutzen, nicht einmal mein Dampfbügeleisen, er hat ein ganz anderes Problem.

»Du, ich habe dir doch von Saysay erzählt.«

»Saysay? Komischer Name.«

»Gar nicht komisch. Sie ist Filipina, aus Mindanao.«

»Da warst du doch Weihnachten.«

»Kluges Mädchen.«

»Ach so. Hoffentlich hast du vorgesorgt.« Er plant seine Touren sehr professionell, aber an diese kleinen Überzieher denkt er nicht, die besorgt ihm noch immer meine Mutter, liebevoll in einer After-eight-Packung verstaut. Vermutlich kommt so etwas auch bald auf mich zu.

»Woran du immer gleich denkst. Die Fortpflanzung unserer Dynastie überlasse ich dir. Also, Saysay ist hier.«

Ich bin so perplex, daß ich mich umdrehe. Als ob dieses Südseeinselgeschöpf plötzlich in meinem Wohnzimmer auftauchen würde.

»Sie wartet bei mir zu Hause.«

Das Wörtchen ›warten‹ stört mich. Abgesehen davon, daß mein Bruder alles tut, um sich Logiergäste vom Hals zu halten, besonders weibliche. Von der letzten Schönen hat er sich knallhart getrennt, als sie anfing, seine Skulpturen und Oberhemden umzuräumen, und als aus dem Snack hinterher Rundumverpflegung zu werden drohte. Da war Ramba Zamba, und nun diese Saysay? Aber warten heißt nicht wohnen, oder?

»Also, du brauchst doch eine Perle. Sie ist wahnsinnig kinderlieb.«

»Seit wann beschäftige ich deine Tussis?«

»Sie ist zauberhaft.«

»Für dich, ja.«

»Schau sie dir wenigstens an.«

»Meinetwegen.«

Drei Minuten später klingelt es. »Das wird sie sein.« Cool getimet, ich muß schon sagen.

Sie ist winzig. Die Nase sitzt breit in dem flächigen Gesicht, die Kohlenaugen sind klein und angeschlitzt, sie ist eine seltsame Mischung.

Fünf Minuten später liegt sie auf meinem wollweißen Teppich, neben meinem Mini. Sie käbbelt und brabbelt mit ihm, als ob sie selbst noch ein Kind wäre, irgendwo stimmt das ja auch. Uns hat sie anscheinend vergessen.

»Siehst du.« Er triumphiert schon. Sie macht das ja auch ganz nett, aber etwas in mir wehrt sich gegen so viel kindhaften Südseezauber in meinen vier Wänden. Ich habe genug an meinem eigenen Zauber zu stricken, und meine Muttergefühle sind auch voll ausgelastet.

»Ich weiß wirklich nicht …«

»Sie ist nicht teuer. Du gibst ihr ein ordentliches Taschengeld.«

»Und wovon lebt sie?«

»Ob du nun für fünf oder sechs kochst, was macht das schon aus.«

Saysay kommt zu uns. Mein Bruder weiß genau, daß ich nicht das Zeug zu einem Blutsauger habe. Saysay wird versichert, eingekleidet, sie wohnt und ißt bei uns, ihre Schule bezahle ich auch. Unterm Strich kommt sie mich teurer als jede andere Hilfe. Aber mein Bruder hat sie vom Hals, ihr Wohltäter bleibt er trotzdem, als Mann wäre ich vermutlich genauso wie er.

Saysay spielt also mit Lucas und Jonas. Windeln wechselt sie auch, aber sonst staunt sie nur, auf englisch. Ich übersetze der Einfachheit halber. Mein hochbeiniges Schulenglisch wird ihrem melodischen Singsang kaum gerecht.

»Arbeiten deutsche Frauen immer so viel wie du?«

»Wir haben immerhin tolle Maschinen, die uns helfen.« Mir paßt es einfach nicht, daß sie da steht und mich bemitleidet. Natürlich arbeite ich viel, aber nicht mit dem Waschbrett, und eine Waschmaschine habe ich auch. Ich drücke die Taste für ›intermittierendes Kurzschleudern‹, dann haste ich mit der tröpfelnden Wäsche ins Bad.

»Das macht bei uns die Waschfrau.«

Es dauert eine Weile, bis ich es kapiere. Die Menschen in Saysays Familie sind arm, gemessen an unseren Maßstäben. Aber sie leben, und dazu gehört, daß sie Zeit haben und sich Zeit lassen. Wenn Saysay in ihrer Heimat zu einer reichen Familie arbeiten geht, dann tut sie das als Kinderfrau. Oder als Köchin. Oder als Wäscherin. Und fürs Putzen gibt es auch noch jemand. Das sind also Jobs für mindestens vier Leute. Natürlich tue ich ihr leid.

Etwas Gutes hat Saysay jedenfalls: Sie lenkt mich ab, von Tillmann und dem Loch, das er zurückgelassen hat. Unser Alltag hat mich wieder. Das ist seltsam, wenn kein Lover mir die Zeit stiehlt, verschleudere ich sie. Seit Tagen hetze ich herum, aber geschafft bekomme ich kaum etwas. Mir ist gerade eingefallen, daß ich vor dem Kinderturnen noch zur Bank muß, und ich rase zurück, um meine Scheckkarte zu suchen. Da erwischt mich das Telefon.

»Wolf hier. Du hörst dich atemlos an.«

»Bin ich auch. Die Kleinen warten im Treppenhaus.«

»Kannst du mich zurückrufen? Bitte.«

»Klar.«

Ich hetze wieder los, aber am Bankschalter und in der Bäckerei verfolgt mich seine Stimme. Es war nichts darin, keine Spur von meinem heißgeliebten Blockadebrecher Rhett, oder liegt das an mir und den sieben Wochen, die wir uns nicht gesehen haben?

Abends kommt er. »Ich habe ein Problem.«

Ja, er ist durcheinander, gar nicht mehr wie mit dem Lineal gezogen, und urplötzlich klopft mein Herz doch, und ich denke ›Aisha‹. Es ist so. Aisha ist sein Problem, aber Schluß ist nicht zwischen den beiden. »Aisha ist krank. Sie hat Bulemie.«

Ich suche in meinem Gedächtnis. Bulemie, das sind doch die Magersüchtigen mit den Freßattacken und der Pfauenfeder hinterher, damit alles wieder rauskommt und nichts ansetzt. Aisha ist also so eine, ich kann nichts daran ändern, meine Schuld ist es nicht. Und wenn ich ehrlich bin, besonders leid tut sie mir nicht. Mit ihrer schwindsüchtigen Masche hat sie mir etwas weggenommen, zumindest hat sie meine Eitelkeit angefräst, auch wenn der Wolf und ich ja nicht wirklich ein Paar waren.

»Und ich, wie soll ich dir dabei helfen?«

»Du bist meine beste Freundin. Wie ich mit dir reden kann, das ist einzig.«

Normalerweise knipse ich den Knisterschalter aus, wenn einer mir zu schnell an die Wäsche will, ich mag das nicht, auch wenn er ein Hecht ist. Aber wenn einer gar nicht ran will, das ist noch viel schlimmer, und dieses Gedudel über meine Redekunst, das ist schon fast eine Beleidigung. Aber er checkt es nicht. Ich hoffe, daß sie ihm alles vollkotzt, wirklich.

»Stört es dich nicht, wenn sie kotzt? Ich meine, du schmust doch mit ihr.«

»Was ist los mit dir? Du bist so anders. Für dich würde ich

die Pampers wechseln und sonstwas, ich habe dich doch lieb, sehr sogar.«

Alles ist anders, auf einen Schlag. Ich krabbele aus meinem gallebitteren Seelentief und erinnere mich an den Urlaubswolf und daran, daß ich ja eigentlich ein wunderbarer Mensch bin.

»Okay, wo liegt das Problem?«

»Bei Wolfi. Er nimmt sie nicht ernst, und sie baut ab. In den zwei Wochen auf Lanzerote war ständig der Clubarzt in unserem Bungalow. Und mein Sohn hat seiner Mutter geschrieben, sie soll ihn abholen.«

Er ist also mit ihr verreist, praktisch mit einer Wildfremden. Ich kann Wolfi verstehen, er wird mir richtig sympathisch. »Und, hat sie ihn abgeholt?«

»Nein, aber dafür macht sie mir jetzt die Hölle heiß. Ich darf den Jungen nicht mehr haben.«

»Das ist doch Blödsinn. Schließlich bist du sein Vater.«

Habe ich etwas Falsches gesagt? Wie er mich anstarrt, mir wird ganz mulmig.

»Sie behauptet, ich bin es nicht.«

»Was?«

»Sie war mir nicht treu.«

»Und du hast das gewußt?«

»Sie ist exzentrisch. Sie hat mir mal eine Szene gemacht, weil ich unserer Nachbarin ein paar Krokusse eingepflanzt habe. Und darum hat sie mir erzählt, deren Mann hätte sie befummelt. Sie steckt voller Widersprüche. Im Kaufhaus bekommt sie Platzangst, und auf dem Rummelplatz ist sie happy. Ich glaube, sie weiß manchmal selbst nicht mehr, was stimmt und was nicht.«

»Und du glaubst, ich meine …« O Gott, es ist wahnsinnig brenzlig, darüber zu reden, wo Wolfi seinem Vater in der Tat alles andere als ähnlich sieht. Das muß nichts bedeuten, mein Maxi hat äußerlich auch nichts von mir. Aber als Mutter kann ich halt sicher sein, Wolf als Mann nicht.

»Ich weiß nicht, was ich glauben soll. Aber wenn es stimmt, dann habe ich meinen Sohn verloren.«

»Du meinst, wenn nachgewiesen wird, daß du nicht der Vater bist?«

»Natürlich bin ich sein Vater, ich liebe ihn doch. Das hat nichts mit ein paar Samenfäden zu tun.«

O doch, hat es. Für neunundneunzig Prozent aller Männer, schätze ich. Warum werden denn sonst Vaterschaftsprozesse geführt? Das mit der Liebe ist die Ausnahme.

»Du willst es also gar nicht so genau wissen?«

»Das ist mir egal. Aber es ist ihre Chance, mich zu treffen. Und Wolfi, den träfe es auch. Davor habe ich Angst.«

»Du bist großartig.«

»Ich bin down.« Er zieht mir die Schuhe aus und merkt es nicht einmal. Er ist wirklich ein Träumer, ich werde ihm helfen, von Frau gegen Frau.

»Hat deine Exfrau eine schwache Stelle?«

»Seelenwandern und Geld.«

»Okay, mach ihr ein Angebot, du kannst es dir doch leisten.«

»Du meinst …?«

»Genau.«

»Mädchen, du bist ganz schön gewieft.«

»Bin ich das? Vielleicht.« Er entwirft ein schiefes Bild von mir, und ich nicke noch dazu. Aber ich will nicht gewieft sein und erst recht keines von seinen Mädchen. Ich bin für *ihn* clever, nicht für mich selbst, das ist ein Riesenunterschied. Ich ziehe keinem das Fell über die Ohren, der mir vertraut. Ich lasse mich auch von keinem Nachbarn befummeln, wenn ich liiert bin. Vor mir ist auch noch kein Kind ausgebüxt. Ich bin durchsichtig, wenn es mich erwischt. Ist er denn vernagelt?

Ja, er hat dieses Lineal als Brett vor dem Kopf, das nagelt ihn zu. Innendrin brodelt es, er hat Power, aber die läßt er nur sortiert und gebündelt raus, über ehrsame Kanäle sozusagen. Deshalb ist er ein Workaholic und macht alles nur mit Gütesiegel.

Mit seinem Kopf ist er in der Chefetage, aber weiter unten paddelt er im Urschlamm. Er hat ein total schlechtes Gewissen, weil er es bunt mag. Aber was er da an Land zieht, ist nicht wirklich bunt, es schillert nur, keine einzige Farbe ist echt. In mir lodert es rot und orange, ich bin im Feuerzeichen geboren, aber er sieht nur die anständige Mutter von vier Kindern und verkriecht sich hinter seinem Lineal.

Im Grunde ist auch der Wolf ein Paradiesvogel. Aber er hat seine bunten Federn grau gepinselt, das ist fatal.

Der Wolf mit Nasenring

Ich glaube, ich werde verrückt! Mein Scheich ist zurückgekommen. Der Wolf braucht mich. Und jetzt steht auch noch die Koryphäe wieder auf meiner Matte, vorsichtshalber mit einer Kokospalme im Arm; die läßt sich nicht so leicht zersäbeln wie seine Baccaras.

»Ich habe sehr oft an dich denken müssen.«

»So.«

»Wir könnten doch wenigstens Freunde bleiben.« Seine Augen huschen über meine sonnenbraune Haut.

»Ich weiß nicht.«

»Gib mir eine Chance. Ich habe einiges falsch gemacht.« Er ist bronziert, bestimmt nicht von meiner Nordseesonne, ich tippe eher auf Florida. Schlecht sieht er nicht gerade aus. Seine sanft rotierenden Fingerspitzen fallen mir wieder ein, aber natürlich bleibt er ein egomanischer Erbsenzähler, und damit ist er out. Warum ich trotzdem einwillige, ihn zu dieser Gala mit diversen Lokalgrößen, sogar unser Landesvater ist anwesend, zu begleiten? Seine lüsterne Reue tätschelt meine Eitelkeit. Vielleicht komme ich sogar ins Fernsehen, und wenn der Wolf mich da sieht …

Als dann Jutta abends noch anruft und mitteilt, daß ihr Polizistenbruder Sehnsuchtsgefühle hat und mich zu seinem Geburtstag einlädt, ersticke ich fast. In der Liebe ist es wohl wie beim Ackerbau, es gibt eine Zeit des Säens und eine andere, da wird geerntet. Bei mir ist die Erntezeit angebrochen, ich könnte aus dem vollen schöpfen. Nur da, wo ich selbst an der Angel bin, geht es nicht weiter. Oder doch?

Mein Tip für Wolf wirkt wie ein Befreiungsschlag. Er zahlt, und sein Sohn darf wieder zu ihm; sogar gleich für ein paar Monate, weil Wolfs Exfrau mit dem Geld nach Poona pilgern will, auf den Spuren von diesem Bhagwan; sie muß wirklich ziemlich exzentrisch sein. Der Junge zieht also ein, und Aisha zieht aus. Sie sieht sich nicht als Ersatzmutter.

»Ich begreife das nicht. Sie hat sich an mich gehängt wie eine Klette, ich mußte sogar mit in ihre Therapie, ohne mich war sie hilflos, und nun ...«

Ich habe immer vermutet, daß hinter diesen hilflosen Larven eiskalt kalkuliert wird. Das sind Rechenmaschinen, die geben sich nie ganz, und die brennen auch nicht. Die knipsen Liebe an und aus, wie es ihnen in den Kram paßt, und wenn so ein Siebenjähriger ihr Programm stört, dann wird das eben alles abgeblasen und etwas Neues muß her. Sagen kann ich ihm das natürlich nicht.

»Immerhin hast du deinen Sohn.«

»Ja. Das verdanke ich dir. Warum hat es nur mit uns beiden nicht geklappt, du bist so ein wunderbarer Mensch.«

Schon wieder. Es reicht, für ihn will ich beileibe nicht nur ein wunderbarer Mensch sein. Ich bin eine Frau, verdammt noch mal, ist er ein Holzklotz? Der Teufel reitet mich, irgend so etwas muß es sein, denn ich schüttle meine Löwenmähne und lege los, kein bißchen zahm und schon gar nicht platonisch.

»Findest du mich eigentlich attraktiv?«

»Wie?« Er war mit seinen Gedanken ganz woanders, vermutlich in diesem Niemandsland der hehren Gefühle. Er räuspert sich und fängt an, seine Brillengläser zu putzen. »Natürlich finde ich dich attraktiv.«

»Auch sexy?«

»Hör mal, welche Rolle spielst du?«

»Ja oder nein?«

»Ja, verdammt. Aber warum ...?«

»Ich habe Lust, mit dir zu schlafen. Darum.«

Er fragt nichts mehr. Das Brillengestell ist noch immer in seiner Hand, er biegt daran herum, aufsetzen tut er es nicht, das würde ihn auch nicht klarer sehen lassen. Es ist ein Männergesicht, aber sehr bewegt und diesmal ganz ohne Lineal. Ich glaube, ich habe das eben nicht nur so gesagt, ich will es wirklich.

Seine Augen rücken näher, sie schwimmen noch immer. »Bist du sicher?«

»Ja.«

Da hebt er mich hoch, das meine ich wörtlich. Er packt mich wie Tarzan und trägt mich die Wendeltreppe hoch.

Ich zappele. »Ich kann allein gehen.«

»Und ich kann dich tragen.«

Vielleicht ist das Kitsch oder komisch oder alles zusammen, aber irgendwie ist es herrlich. Ich, Löwenfrau und vierfache Mutter, ich liege auf seinen Armen wie eine Braut, nicht ganz so rosig und immer noch ein bißchen spröde, aber etwas rollt über meinen Löwenstolz und schaltet die Ampel auf ›Grün‹. Ich bin vierzig Jahre alt, da gibt es Dinge, die hat man tausendmal getan und oft auch genossen. Was nun passiert, ist dasselbe, und trotzdem tausend Lichtjahre davon entfernt. Unsere Hände tasten, der Weg von ihm zu mir ist sehr fremd. Er hat Haare auf der Brust und überall, unheimlich viele. Ich zupfe daran, und sie kitzeln meine Haut, streicheln meine Lippen. Dann spüre ich sie nicht mehr, dieses Haarvlies nicht und auch nicht die Fremdheit. Wir sind angekommen, wo, weiß ich nicht. Ich möchte ein Faß Zärtlichkeit über ihm ausleeren, und dazwischen züngelt schon wieder die Lust.

Irgendwann höre ich ein Geräusch, es kommt von nebenan. Ich stolpere zurück in die Welt, in der ich mit meinen vier Kids lebe. Fabian ist noch wach, ich habe ihn einfach vergessen. Das ist mir noch nie passiert, sogar mit Jochen habe ich aufgepaßt, unsere Liebe war geräuscharm. Ob mein Großer uns gehört hat? Es ist nur eine dünne Wand dazwischen, und es ist sehr leise, sonst hört er abends Popmusik.

»Die Kinder«, flüstere ich und taste nach meiner Wäsche. Sie liegt im ganzen Raum verstreut, ich erinnere mich nicht mehr, nur daß es mich mitgerissen hat, das weiß ich noch.

»Dann kann ich nicht bleiben?«

»Nein, die Kinder, es geht nicht.«

Mein Löwentemperament täuscht, darunter bin ich langsamer als eine Schnecke. Ich habe einen Kurs und einen Kopf voller Pflichten. Es ist ein Programm, das ich selbst geschrieben habe, in gewisser Weise ist dies mein Lineal, weil es mich geradehält, ich komme einfach nicht dagegen an, wenigstens nicht so schnell.

»Tschüs. Es war schön mit dir.« Ich schaue nach hinten, ich glaube, die Tür von Fabians Zimmer ist aufgegangen.

»Du …« Wolf klapst mir auf den Po.

»Das mag ich nicht.« Ich mag es wirklich nicht, aber woher soll er das wissen? Wir haben noch keine Zeit gehabt, unsere eigenen Rituale aufzubauen.

»Entschuldige. Rufst du mich an?«

Warum fragt er mich das? Das mag ich doch auch nicht. Bei mir ist es immer der Mann, der am Ball bleibt. Und daß ich bei ihm ein paarmal selbst aktiv geworden bin, das hatte andere Gründe.

»Okay.« Ich sage ja, aber ich finde, er müßte spüren, was ich erwarte. Eine kurze Sendepause wegen Fabian, aber dann soll es weitergehen, er soll mich hochtragen und wegheben.

Am nächsten Tag bekomme ich Rosen geschenkt, zartrosé und wie gemalt, aber sie sind von der Koryphäe. Rote Rosen kriege ich auch, die schickt mein Scheich. Ich warte, aber einen dritten Strauß gibt es nicht.

»Hat einer angerufen?«

»Ja, Wolf.«

Es springt und hüpft in mir, was sind schon Blumen?

»Und?«

»Nichts. Es war wegen meiner Mathearbeit. Schöne Grüße.«

Er meldet sich nicht bei mir, nicht direkt. Er paukt mit meinem Großen. Für Maxis Fahrrad besorgt er einen neuen Sattel. Seine Sekretärin ruft an, ob ich Freikarten für den Zirkus gebrauchen kann, und als ich am Donnerstag von meinem Jazztanz heimkomme, hat er den Hochstuhl von Lucas frisch verleimt.

»Wolf ist eben weg. Schöne Grüße.«

Die Rosen! Ich rase ins Wohnzimmer, da protzen die beiden Vasen, und daneben steht der reparierte Kinderstuhl. Ich habe überreizt, so sieht es aus, aus Eitelkeit und Stolz und weil ich Angst habe, daß es mir den Boden wegzieht unter den Füßen, so wie letzte Woche, als das Stoppschild in meinem Kopf plötzlich weg war.

»Ich bin es, Lea. Können wir uns sehen?«

»Morgen muß ich nach New York.«

»Dann eben danach. Du ...« Ich spreche nicht weiter, weil er ja wegfliegt. Aber in zehn Tagen kommt er zurück, dann ...

»Ich bin es, Wolf.« Er ist aus New York zurück.

»Kommst du zu mir?«

»Ja. Es ist etwas passiert.«

Bis abends bleiben mir sechsunddreißigtausend Sekunden, um diesen Satz zu zerpflücken. Es muß mit seiner Reise zu tun haben, die war geschäftlich. Ich weiß, daß seiner alten Firma der Pleitegeier droht. Die Amis haben ihm ein Angebot gemacht, das hat er erwähnt. Trotzdem war das Jubeln in seiner Stimme privatissime, für so etwas habe ich eine Antenne, wenn ich engagiert bin, und das bin ich ja wohl.

Er hat im ›Offenen Kamin‹ einen Tisch für uns bestellt. Dahinter steckt auch eine Geschichte, das hängt noch mit dem Steakhaus in Gelsenkirchen und meinem abgehobenen Schlemmergefasel zusammen. Ich habe später versucht, es ihm richtig zu erklären, daß es mir um den runden Genuß und die Muße geht.

Einmal, als der Wolf wieder hektisch hoch drei war, ist mir etwas herausgerutscht: »Wenn du sechs Gänge mit mir im Kamin durchhältst, ohne Hast und mit Genuß, dann will ich dich.«

»Du hast es also nicht vergessen.« Ich leuchte ihn an, und ich will ihn, auch ohne die sechs Gänge bei Kerzenschein, aber obendrauf gepackt ist es noch besser.

»Natürlich habe ich es nicht vergessen. Ich habe nichts vergessen.« Eben war er voll Power, gefahren ist er wie der Teufel, es ist ein Wunder, wenn wir nicht geblitzt worden sind. Beinahe hätte er sogar einen Radfahrer umgebrettert, aber nicht einmal das hat ihn heruntergeholt, für einen Lineal-Mann ist das unfaßbar. Aber nun schleicht sich ein trauriger Unterton in das, was er sagt, als wenn er etwas verloren hätte, und das verstehe ich einfach nicht.

»Wir hätten uns eben früher begegnen sollen«, murmelt er.

»Wieso?« Da ist ein Abgrund, ich schiebe ihn weg. Er hat mich doch in den ›Kamin‹ geführt, also will er es auch.

»Ich habe mich verliebt. Aber ich verstehe sie nicht. Sie ist nicht wie du.«

Er ist blind, er muß blind sein. Alles hat er falsch verstanden. Dieses Dinner ist ein Hohn, es ist sein Abschied. Und ich habe ihn doch gefragt, nicht direkt und mit einem Klumpen Angst im Bauch, aber gefragt habe ich ihn doch, ob er zu mir kommt.

»Und wir?«

»Wir sind Freunde, das wolltest du doch.«

»Neulich, das war mehr.«

»Du hast nur gesagt, du hast Lust, einfach so. Danach hast

du mich weggeschickt. Ich will nicht allein sein. Sie will mich. Sie hat sogar schon einen Namen für unser Kind.«

»Sind die Herrschaften zufrieden?« Die normale Welt mit Essen und Trinken und So-tun-als-ob blendet sich ein, es ist nur ein Kellner, zum Teufel mit ihm und seinem Perlhuhn, den Trüffeln und dem ›Château Malescot‹. Er soll sich davonscheren. Doch ich antworte ihm brav und zeige ›Kinderstube‹, nur die hält mich noch zusammen. Darunter bin ich kaputt und in Scherben.

»Und seit wann kennst du sie?«

»Gesehen habe ich sie schon öfter, besser gesagt, sie mich. Sie wird auch für Maxwell arbeiten, sie ist unglaublich. Sie hat mich gecatcht, frontal, das sagt sie mir ins Gesicht, kannst du dir so etwas vorstellen?« Hinter seinen Brillengläsern explodieren Staunen und Stolz, er glaubt, das passiert ihm zum ersten Mal. Aber ich denke, er ist zur Beute prädestiniert. Aisha hat ihn sich mit ihrem hilflosen Getue gekrallt, und seine Exfrau und seine Mutter, die hatten ihn auch am Nasenring, die eine exzentrisch und die andere bieder. Immer hat er sich schubsen lassen. Er ist ein handzahmer Wolf, denn er hat Angst vor seinen Raubtierzähnen. Lieber läßt er sich selbst aufreißen.

»Okay, wann heiratet ihr? Ich möchte Blümchen streuen.«

»Sei nicht zynisch. Ich weiß ja, es geht alles zu schnell.«

»Und sie, weiß sie das auch?«

»Sie ist noch sehr jung, Mitte Zwanzig. Und sie liebt mich.« Er schwärmt von langen schwarzen Haaren und davon, wie sie ihn angebaggert hat. Es tut ihm so gut und bläht ihn auf. Ich schrumpfe, da kann ich nicht mithalten, aber aus Schneewittchen ist das Gift auch erst rausgefallen, als man ihren Glassarg umgekippt hat. Er ist ein Zwerg aus dem Märchen, gut und töricht, sie ist das nicht, darauf möchte ich wetten.

Achtlochfelgen lassen mich kalt

»Dieser dämliche Pythagoras geht nicht in meinen Kopf rein. Ist Wolf schon zu Hause?«

»Weiß ich nicht. Aber du rufst ihn nicht an.«

»Wieso?«

»Darum.«

»Dann eben Alex.«

»Nein.«

»Friedhelm?«

»Auch nicht.«

»Willst du, daß ich die Mathearbeit in den Sand setze?«

»Ruf einen von deinen Klassenkameraden an, verdammt.«

»Die kapieren das selbst nicht. Sonst kann ich doch immer …«

»Nein.«

»Ich schreibe eine Sechs.«

»Deine Sache.«

Mein Großer knallt die Tür ins Schloß. Er ist stinksauer. Da habe ich drei Rechengenies an der Hand oder wo auch immer, und keiner ist im Einsatz. Aber ich suche meine Lover auch nicht danach aus, ob sie zum Nachhilfelehrer taugen. Es ist der blanke Zufall, daß ausgerechnet ich immer wieder an solche gerate. Für mich hat der Spaß spätestens bei den binomischen Formeln aufgehört, für dieses Getüftel mit ›a‹ und ›b‹ und tausend Klammern habe ich einfach keinen Nerv. Deshalb hat mich Fabian auch schon in der sechsten Klasse entthront: »Du erklärst katastrophal, so geht das …«

Meine Verehrer haben ihn sozusagen im fliegenden Wechsel auf ›zwei plus‹ hochgehievt. Aber jetzt hat mein Wolf sein Schneewittchen, die Koryphäe geht mir trotz Gala nur noch auf den Geist, und mein Scheich, der ist mir einfach zu schade zum Tändeln. Und daß eine Frau nicht gleichzeitig zwei Männer lieben kann, das weiß doch jeder, oder?

»Was hat er?« Mein Träumerle ist hochgeschreckt. An den

Brummbaß von Fabian und an den Flaum auf seiner Oberlippe hat er sich gewöhnt, aber daß der nun Türen schmettert, das ist neu.

»Er darf ihre Lover nicht anrufen. Deshalb.«

»Was sind Lover?«

»Die mit den Rosen.«

»Und Wolf?«

»Der ist in Ordnung.«

»Warum darf Fabi deine Lover nicht anrufen, Mama?« Jonas klettert an mir hoch, das tut er gern, wenn sein Traumland wackelt, und wenn mein Mini ihn läßt, der verteidigt nämlich seine Babyprivilegien.

Ich peile Maxi an, ich bin geladen. »Wenn du nicht augenblicklich mit diesen saudämlichen Sprüchen aufhörst ...«

»Saudämlich sagt man nicht.«

Er kann von Glück reden, daß mein Träumerle mich klammert, wirklich.

Abends, als die Kleinen endlich schlafen, nehme ich mir einen Block, einen Kuli und lege Mozart auf, gleich dreimal hintereinander, das ist mein Abtauchen, genau danach ist mir jetzt.

»Muttchen?« Fabian kommt runter. Er ist der einzige bei uns, der etwas von klassischer Musik versteht und von mir auch.

»Was machst du?«

»Ich schreibe.«

»Mit der Hand?« Er addiert den Mozart und den Stift in meiner Hand, das ist nicht normal, nicht bei meinem Faible für fetzige Barden. Und eine Schreibmaschine und einen PC haben wir schließlich auch, bei vier Söhnen ist das eine Investition in die Zukunft. Als Jochen und ich auseinandergingen, fing das an mit Mozart und Schreibblock am Eßtisch. Manchmal habe ich so bis morgens früh gesessen, damals habe ich angefangen zu schreiben. Keine Tragödie, obwohl das gepaßt hätte, überhaupt nichts Dramatisches. Eher so eine Art modernes Märchen, ich habe es »Märchenprinzen sind out« genannt und keinem gezeigt. Es ist ein Schubladenroman, nur für mich. Das war meine Nische zum Luftholen, sonst wäre ich durchgedreht, glaube ich.

»Mom, es tut mir leid.«

»Ist schon gut. Bist du in Mathe klargekommen?«

»Ich glaube schon. Küßchen!« Aus dem Küßchenritual ist er nicht herausgewachsen wie aus seinen Latzhosen und Kinderspielen. Früher mußte ich zu ihm runter, jetzt ist es umgekehrt, aber es ist immer noch dieselbe tapsige Zärtlichkeit, höchstens daß sein Flaum zu kitzeln anfängt. Er braucht wirklich bald einen Rasierapparat.

»Magst du ein ›Yes‹? Die sind superköstlich.« Er hält mir eine von diesen Schokoschnitten hin, er ist ein Süßschnabel, oben in seinem Zimmer hortet er einen Vorrat; neulich waren noch Ostereier dazwischen.

»Na gut, die Hälfte.« Wir mampfen einträchtig, dann ist die CD zu Ende, er geht ins Bett. Vielleicht kann ich jetzt doch schlafen. Ich reiße rasch noch ein Blatt von meinem Block und male und schreibe, für Fabian diesmal, das ist auch so ein Ritual. Ich zahle nichts für gute Klassenarbeiten, aber am Abend stecke ich ein Briefchen und eine Tüte Haribo oder Schokoriesen in seinen Schuh, zum Anspornen. Jochen hat sich darüber tierisch aufgeregt, er ist anders großgeworden, mit säuberlich abgestaffelten Summen für gute Noten, und für ›mangelhaft‹ oder ›ungenügend‹ wurde was abgezogen. Meine Mutter hat mich bei Pleiten erst einmal gedrückt, sogar wenn ich stinkfaul war, geschadet hat mir das nicht. Mein Ex brauchte immer Druck, außer es stand ein dickes Geschäft dahinter. Beim Spielen war es übrigens ähnlich. Jochen hat sich tatsächlich einmal eine Spielregel von Köln nach Budapest faxen lassen, nur um mir zu beweisen, daß ich keinen Stein aus seiner geschlossenen Mühle wegnehmen durfte.

Übrigens darf ich nicht vergessen, Jochen morgen anzurufen wegen der löchrigen Abdeckung oben auf unserem Balkon, damit es uns nicht wieder ins Wohnzimmer tropft.

Um acht ist er noch nicht in seiner Firma, um halb neun auch nicht. Ich kenne das, abends stellt er den Wecker, und morgens haut er drauf. Er braucht eine Frau, die ihm Dampf macht. Das fährt mir durch den Kopf, und seltsam, der Gedanke an eine andere auf meinem Platz läßt mich kalt. Auf einmal ist das so.

Gegen neun ruft er mich zurück. »Entschuldige, aber ich war ...«

»... im Bett«, ergänze ich.

Ein paar Sekunden bleibt es still, dann lacht er gedämpft. »Meine Lea, ganz die Alte.«

Ich lasse ihm das besitzanzeigende Fürwort durchgehen und komme zur Sache. »Hast du an meinen Balkon gedacht?«

Offensichtlich ist er auf dem Smily-Trip, das leuchtet ja auch ein, denn ich rufe ihn beileibe nicht alle Tage an, und wenn, meist mit Mordgedanken.

»Weißt du was, ich komme vorbei und sehe mir die Sache an.«

»Du siehst nur Löcher.«

»Na gut, dann mache ich um vier Schluß, und wir kaufen Steinfliesen.«

»Einverstanden.« Plätten will ich meinen Balkon schon lange, und wenn der Hausbesitzer persönlich mit mir zu einem Fliesengeschäft fahren und zahlen will, na bitte, gern.

Zwischen Dampfnudeln zum Mittag und Düngestäbchen für meine Pflanzen gehen meine Gedanken spazieren. Ziegelrot wäre hübsch, oder ein Sandton, dann kämen meine italienischen Balkonmöbel besser raus. Ob der Wolf das mit den Kindernamen ernst gemeint hat? Die muß ja einen Riß in der Schüssel haben, wenn sie nach drei oder vier Nummern mit ihm an so etwas denkt.

»Hi! Ich bin's.« Das ist natürlich Fabian, via Sprechanlage. Am Telefon meldet er sich neuerdings nur noch mit ›Hallo!‹, ohne Namen. Ich habe keinen Schimmer, ob das zur Ichfindung gehört oder nur ein Erziehungsdefizit ist. Er hört sich aufgekratzt an, trotz Mathearbeit, oder wegen?

»Fabi?« Er drömelt im Treppenhaus herum, und ich habe Angst um meine Hefeklöße.

»Welche Hand willst du?« Er linst durch das Sichtfenster meines Backofens, seine Hände hält er hinter dem Rücken.

»Die.«

Er zückt eine rote Rose. »Die Blumenfrau hat mir die schönste rausgesucht.«

»Du verrückter Kerl. Danke.«

»Sag auch noch die andere.«

»Wie?« Ich verstehe Bahnhof.

»Meine andere Hand, da ist auch noch etwas für dich drin.«

Es sind zwei Kinogutscheine. »Da kannst du dir jemanden mitnehmen, wen du willst.«

»Egal, wen?«

»Ganz egal.«

»Dann gehe ich mit dir.«

»Gut. Heute?«

»Geht nicht. Ich besorge mit deinem Vater Fliesen für unseren Balkon.«

»Ihr beide?«

»Ja.«

»Dann fährst du wenigstens mal in seinem neuen Auto.«

»Das ist es, ich stehe auf Achtlochfelgen. Willst du mitkommen?«

»Nö, macht ihr beiden mal.« Wie er das sagt, ›ihr beiden‹, gönnerhaft, als wenn sein Vater und ich aufs Turteln aus wären. Mag sein, daß da ein Rest Hoffnung in ihm drin ist, es könnte noch einmal mit uns klappen. Neulich hat er irgendeinen Filmstar aus ›Bravo‹ zitiert, der gerade zum dritten Mal dieselbe Frau geehelicht hat. Entsetzt hat das nicht geklungen, wenn ich es mir recht überlege. Aber bei mir ist der Zug endgültig abgefahren, diese Vision läßt mich kalt, komisch eigentlich.

Ich steige also ein in die tiefgelegte Karosse mit Stern und Windschott. Mein Mini wird supermini.

»Dein Neuer steht wohl auf kurz?«

»Vielleicht.«

»Bei mir warst du züchtig. Kniebedeckt oder höchstens so.« Seine Hand berührt meinen Oberschenkel, knapp oberhalb vom Knie, mit Automatic kann er sich so etwas erlauben.

»Du warst tierisch eifersüchtig.«

»Wäre ich immer noch. Er nicht?«

»Wer weiß.«

»Sauer?«

»Nö.«

»Übrigens, es steht dir.«

»Danke.«

Er gibt Gas. Ich soll wohl merken, was der Wagen unter der Haube hat. Es ist ein schickes Auto, zugegeben, ein Pärchenflitzer, aber es läßt mich kalt wie seine Hand eben. Im Januar auf dem Jugendamt, da war mir sein Hahnentritt ein Dorn im Auge, und seine Nappalederröhren genauso. Heute trägt er eine klassische Kombi, ob er deswegen extra noch einmal bei sich zu Hause vorbeigefahren ist? Das ist exakt mein Stil, und das wird in seinem Kopf genauso drinstecken wie meine Rocklänge. Aber in mir regt sich trotzdem nichts, der Draht ist durchgeknipst, wenigstens auf meiner Seite ist das so. Der Wolf fährt einen Kombi, geht mir durch den Kopf, eine richtige Familienkutsche, womöglich hat er die genauso auf Vorrat gekauft wie das doppelstöckige Kinderbett. Es gibt mir einen Stich, weil es ja nun sein kann, daß bald Nachwuchs hineinkommt in das leere Bett, und auf die Rückbank von seinem Kombi, das ist mir nicht egal.

»Arschgeige.« Vor uns schert ein Golf aus einer Parklücke. Jochen hat einen rasanten Fahrstil, das Lenkrad hält er mit einer Fingerspitze, im Geist bremse ich schon mal auf meinem Beifahrersitz.

»Machst du mir wieder mein Auto kaputt?«

»Verkehrsraudi.« Nun, wo ich grob mit ihm frotzeln kann, finde ich die alte Vertrautheit wieder. Wir stechen aneinander vorbei und wollen uns nicht mehr aufschlitzen, wenigstens im Moment nicht.

Der Verkäufer, der uns berät, sieht das wohl genauso. Er traut uns sogar einen Gemeinschaftsbalkon zu. Wir inspizieren die Musterkollektion, und ich lauere, ab welchem Quadratmeterpreis Jochen zurückzuckt. Wir sind schon in der Luxusklasse, und er zuckt noch immer nicht. Aber er fährt ja auch Achtlochfelgen, und außerdem sind meine neuen Fliesen eine Wertsteigerung, schließlich ist er der Eigentümer. Eigentlich könnte mein Gästeklo auch einen neuen Belag vertragen.

»Stopp!«

Ich drehe mich zu ihm um. »Ist was?«

»Du bist schon in der Abteilung für Bäder.«

»Ach so.« Ich hatte mich schon leise gewundert.

»Du brauchst also noch immer einen, der dich lotst?«

»Bilde dir nichts ein. Ich komme gut klar. Notfalls nehme ich Kontaktlinsen.«

Ich unterschlage ihm, daß ich diesen Winzdingern spinnefeind bin, weil die sich überall auf meiner Hornhaut ansaugen, nur nicht da, wo sie hin sollen. Nach der dritten Anprobe beim Optiker habe ich gepaßt, dieser Glubschblick gefiel mir sowieso nicht.

»Sieh mal, die gibt es auch noch.« Er zeigt auf ein Mosaikmuster, dollargroß und in dunklen Brauntönen.

»Tatsache.«

»Erinnerst du dich noch an unseren Fliesenleger?«

»Und ob.« Ich kichere. Der Mann sollte damals Wände und

Boden von unserem Bad neu verlegen. Die Kacheln hatte ich ausgesucht, eben jene braunen Dollars, nur die, rundum.

»Kackbraun, hat der Typ zu mir gesagt. Ihre Frau will alles kackbraun haben …«

»Und du hast ihm geantwortet: ›Machen Sie nur. Das überlasse ich meiner Frau.‹ Er hat dich bestimmt für einen Weichling gehalten.«

»Von wegen. Ich war eben sensibel für deine Launen.«

»Na ja.« Der Wolf sickert mir in den Kopf, wie er meine Lampe gewienert und mein Grünzeug abgeduscht hat. Der hält sich nicht raus, überall klinkt er sich ein, vermutlich würde er noch die Farbe vom Eierkocher mit mir zusammen aussuchen wollen. So gesehen war mein Ex wirklich sensibel, er wäre gar nicht auf die Idee gekommen, sich überall einzumischen; möglicherweise war er aber auch nur gleichgültig.

»Also, hast du dich entschieden?«

»Die.«

»Alles paletti.«

Es sind fünf Kartons, einer davon fürs Gästeklo, natürlich von der exquisiten Sorte. Wir können sie gleich mitnehmen.

»Ich trage sie dir hoch.«

»Danke.«

Beim zweiten Gang durchs Treppenhaus schnauft er. Die Dinger wiegen, und er sprintet zu mir hoch, immer zwei Stufen auf einmal.

»Magst du einen Kaffee?«

»Danke, gern.«

Er zögert und wartet, daß ich ihn auffordere, Platz zu nehmen. Seltsam ist das, immerhin hat er an diesem Tisch und in diesem Zimmer elf Jahre als Hausherr residiert.

»Setz dich doch.« Ich gehe in die Küche und arrangiere zwei Tassen und Löffel auf ein Tablett, fülle die letzten Nougatkipferl in eine Schale, wie für einen Gast.

»Der Kaffee ist gleich durch.«

Er ist wieder aufgestanden, steht vor unserer Ahnengalerie. »Da hänge ich ja noch immer.«

»Warum nicht?«

Vor dem Bildkoloß von ihm und mir an jener Birke verharrt er wie vor einer Ikone. Aber das täuscht bestimmt, denn er ist ein Mann, der sich insgeheim wohl zusammenreimt, daß ich ihn nicht vergessen kann.

Ich grinse. »Da warst du noch jung und schön, wie?«

So hat er es nicht betrachtet, unser Foto, aber er verzichtet auf die Retourkutsche, das will etwas heißen bei ihm.

Rein automatisch schalte ich den CD-Player an, ich entscheide mich für ›Wind Of Change‹, das ist von den Scorpions und neutral, daran hängt nichts Sentimentales von ihm und mir.

»Tolle Anlage.«

»Ich bin zufrieden.«

»Ich habe läuten gehört, du bist jetzt mit einem aus der Unterhaltungselektronik zusammen?«

»Könnte sein.«

»Soll nicht besonders schlank sein, dein Neuer?«

»Deine Glocken läuten ziemlich hohl.«

»Man interessiert sich halt. Und zu dir, nimm es mir nicht übel, paßt wirklich kein Dicker.«

»Wolltest du nicht deinen Kaffee trinken?«

»Verstehe. Steht der Zucker jetzt woanders?«

»Im Brotschrank, wegen Lucas.« Mein Jüngster hat ein Faible für mein Likörschränkchen und die silberne Dose darin, deshalb habe ich umgeräumt.

»Darf ich?«

»Klar.«

Er marschiert in die Küche, da fällt mir etwas ein, aber er hat schon die Schranktür über dem Herd aufgeklappt. Unsere Blicke kreuzen sich über der Zuckerdose und dem roten Päckchen daneben, Marke ›London‹, das ›gefühlsecht‹ ist kursiv gedruckt.

Er holt tief Luft. »Du wolltest doch nie mit Gummis.«
»Das geht dich einen Dreck an.«
»Pardon. Aber Kondome im Küchenschrank und drei kleine Kinder ...«
Er hat die Jugendamtblende drauf, mein Zischen will schon losgehen, da klinkt sich bei mir die Totale ein. Wir beide hier, das ist besser als Kino.
»Die Kids blasen sie auf. Die bunten mögen sie am liebsten. Ich auch.«
»Du bist frivol.«
»Ich darf. Ich bin nicht mehr mit dir verheiratet.«
Er spricht es nicht aus, aber ich lese es in seinen Augen: Das Frivole steht mir auch, genau wie der Mini. Wahrscheinlich hat auch er sich manchmal gelangweilt in unserer Ehe, die war so perfekt und clean.

Die Geschichte vom kranken Wolf

»Wolf will mit uns Drachen bauen.«
Ich stelle meine Einkaufstüten ab. »Wer sagt das?«
»Wer schon?« Maxi schaut mich nachsichtig an. Sehr helle findet er mich nicht. »Er bringt alles mit, um vier kommt er.«
Meistens kommt der Wolf zu früh. Ich habe eine Laufmasche und Haare, einfach grausam, gestern abend war ich einfach zu groggy, um sie noch zu waschen.
»Wer ist, verdammt noch mal, wieder an meinem Gel gewesen?«
»Meinst du, Gel nützt was?« Maxis blonder Haarigel ragt senkrecht hoch.
»Du hast es. Gib!«
»Meinetwegen.« Er gräbt die Tube aus seiner Jeanstasche, Gummibärchen kleben daran.

»Ferkel.« Ich knete und walke auf meinem Kopf, da klingelt es schon.

»Schiet!«

»Du siehst aus wie ein Mop.«

Der Wolf ist oben. Er nimmt mich in den Arm. »Ist was mit deinem Haar?«

»Eine Laufmasche hat sie auch.« Maxi geht hinter ihm in Deckung.

»Armes Mädchen.«

»Ihr könnt mich mal, alle miteinander.«

»Aber zuerst basteln wir dir eine Fledermaus, okay?«

»Ekelpaket.« Meine Wut glättet sich. Wer sagt denn, daß ich immer wie gelackt aussehen muß? Und wie er die Story von meinem Drachenbauer verbrät, in einem Satz, das hat Pfiff, das gefällt mir. Ein Jahr ist das nun her, als dieser Mensch mit dem Fledermausvogel bei mir landen wollte. Wenn ich mir vorstelle, ich hätte ihn gelassen, wird mir anders, ehrlich!

Er deckt den Tisch mit Zeitungspapier ab, packt Holzleisten, Kleber und bunte Folien aus, erklärt. Es ist wirklich total simpel, nach zwanzig Minuten ist das Grundmodell fertig, dafür habe ich letztes Jahr Stunden gebraucht, und dann ist der Vogel nicht einmal geflogen.

Für Maxi konstruiert er ein Schwein, weil das dessen Lieblingstier ist, und Jonas bekommt ein Gesicht. »Geil! Die werden staunen.« Ja, bestimmt, diesmal werde ich sozusagen die Drachen-Queen sein, mit vier Top-Exemplaren bin ich dabei.

»Mom, ich habe Durst.«

»Im Kühlschrank ist Apfelsaft.«

»Wolf hat aber Limo mitgebracht.«

»Na gut, aber trinkt in der Küche, das Zeug klebt wie Hund.«

Die vier marschieren ab, keiner will zum Aufräumen bleiben. Das erledigen wir beide, zu zweit ist das ein Klacks, und das zickige Gefühl ›immer ich‹ kommt gar nicht erst auf.

»Machst du uns einen Kaffee?«

»Klar.« Diesmal vergesse ich die Zuckerdose nicht. Das gefühlsechte Päckchen daneben kennt er so wenig wie mein Ex, bei dem einen Mal haben wir es nicht gebraucht.

»Darf ich?« Der Wolf hält die Mappe mit unseren Urlaubsfotos in der Hand. Achtunddreißigmal Nordsee, während er mit Aisha auf Lanzerote war.

»Und wer ist das?«

»Ihr Lover. Zum Geburtstag hat er ihr vierzig rote Rosen geschenkt, solche Dinger.« Maxi hält die Hand an seine Nasenspitze. Offensichtlich hat er genug Limo getrunken, und aufgeräumt ist ja nun auch.

Für die paar Fotos mit Friedhelm braucht der Wolf sehr lange. Zuletzt erwischt er ein Bild von mir allein, naturell, in den Dünen.

»Hat er das auch geschossen?«

»Logo.«

Er blättert zurück, hat den Lover im Zoom, das Paisley-Muster von der Badehose ist winzig unter dem gewaltigen Bauch darüber.

»Nimm es mir nicht übel, aber der paßt nicht zu dir.«

»Gib her.« Ich raffe die Bilder zusammen. Toll, daß alle wissen, wer nicht zu mir paßt. Diese Negativauslese stinkt mir. »Und deine neue Flamme, paßt die?«

Er bricht die Spitze von meiner Frage ab und wird ernst. »Ich weiß nicht, mal ja, mal nein. Fünf Tage Love-Story, das Mädchen packt mich zu mit Ideen und allem, sogar ihre Kakteensammlung hat sie bei mir einquartiert. Dann taucht sie ab, spielt die Spröde.«

»Hat sie auch einen Namen, außer Mädchen?«

»Asta. Sie heißt Asta.«

»Asta, Aisha, sehr weit im Alphabet bist du ja nicht gekommen.«

»Doch, bis ›L‹, und die Endung von Lea paßt auch.«

»Hör auf, mich in deine Weibersammlung zu stopfen.«

»Das kann keiner, du Wilde.« Er streichelt mir über meinen Gelkopf, sehr zart fühlt sich seine Hand an, obwohl sie kräftig und groß ist, ich mag das.

»Mit Asta geht das nicht.«

»Was?«

»Locker werden, so wie wir beide. Mit ihr ist es ein Fight, im Bett, im Job, immer.«

Ich will von seinen Matratzengeschichten weg. »Ihr arbeitet also auch zusammen?«

»Sie ist nur als freie Mitarbeiterin bei uns. Mein Boß liegt ihr nicht, von den paar Aufträgen kriegt sie nicht einmal ihr Pferd satt.«

»Ein eigenes Pferd hat sie auch?«

»Ja, weiß der Geier. Meine Frauen waren noch nie reich, bei ihr …« Er schickt mir einen Blick rüber, aber ich verweigere die Annahme. Das wäre ja noch schöner, wenn ich ihn trösten sollte wegen der Blessuren, die ihm seine A-Damen verpassen. Ich doch nicht.

»Vielen Dank, daß du uns bei den Drachen geholfen hast.« Ich stehe auf. Ich kann nicht seinen Arm um mich spüren und ihn gleichzeitig wegschicken. Dazu brauche ich wenigstens einen Meter zwischen ihm und mir. Aber so leicht läßt er sich nicht ausblenden.

»Wann soll ich euch am Samstag abholen?«

Dann ist das Drachenfest, wie jedes Jahr, letztes Mal war ich alleine dort.

»Du willst mitkommen? Und Asta?«

»Hör auf. Wann also?«

»Um elf.«

Wie er uns fünf an dem Stoppelfeld aus seinem Kombi zaubert, mit Kühltasche und Drachen und Routine, das ist Kino für die anderen. Eigentlich ist er die falsche Besetzung, er spielt ja schon in einem anderen Stück die Hauptrolle. Trotzdem tut er so als ob, ich auch, vielleicht liegt das an dem stummen Applaus um uns herum.

Wir haben vier Drachen in der Luft. Mein Pflaumenkuchen ist ein Gedicht. Der Wolf läßt einen Sektkorken knallen, er denkt an alles, sogar die Temperatur stimmt. Unsere Kids haben rote Backen, keiner zankt, die Herbstsonne prickelt mild, warum kann das nicht so bleiben?

»Zufrieden?« Er patscht mir auf den Po, wir stehen mitten auf dem Feld, vorn bei dem Tapeziertisch ist die Tribüne.

»Hm.« So schlimm ist dieses Tätscheln gar nicht, es wärmt mich wie die Sonne und wie der Sekt. Es ist eine schöne Stimmung.

Montagmorgen, als das Drachengesicht und das fliegende Schwein wieder ordentlich verstaut sind und ich ganz normal durch meinen Haushalt hetze, da ruft der Wolf mich aus seiner Firma an: »Ich muß dich unbedingt sehen. Du wirst es nicht glauben ...«

Wenn die Euphorie ihn packt, ist er gefühllos wie ein Eisbär, oder einfach wie ein Mann; die gehen wohl wirklich anders mit ihren Emotionen um. Am liebsten hätte ich Zahnweh oder Migräne, aber so etwas bekomme ich höchstens an Heiligabend oder im Kreißsaal. Und wenn ich schwindele, ist das schäbig und durchsichtig, wenigstens bei mir. Einmal in meinem Leben bin ich schwarzgefahren, und schon war ich dran.

Wir gehen in ›Ediths Weintafel‹, dort kennt man uns längst.

»Wie immer?« Das sind zwei Cappucino und zwei Viertel Muskateller, gegen die Müdigkeit und zum Relaxen. Aber diesmal ordert der Wolf eine ganze Flasche, der Boß berät uns persönlich.

»Cheers.« Wolf hebt sein Glas und funkelt mich an.

»Und worauf trinken wir?« Ich hätte viel lieber meinen Kaffee mit geschäumter Milch.

»Also, zwei News auf einmal. Asta ist schwanger, und unser Office bekommt einen neuen Geschäftsführer.«

Er hat alles ausgeklinkt, ihren Wankelmut und seine Zweifel, er ist im Babyrausch. Ich dachte, so etwas gibt es nur bei Frauen. Mädchen, sei tapfer und zeig Kinderstube.

»Gratuliere. Ich kapiere nur nicht, was an einem neuen Boß so toll ist.«

»Es kommen nur drei Leute in Frage, einer davon bin ich.«

»Du?« Er hat mir ziemlich viel über seine Arbeit erzählt. Mir ist klar, daß er etwas kann, und ehrgeizig ist er auch. Nur irgendwie sehe ich ihn nicht als aalglatten Manager mit Achtlochfelgen und Villa, aber vielleicht sind das auch nur meine eigenen Klischees.

»Ich bin der absolute Außenseiter. Wahrscheinlich macht unser Dr. Linke aus der Produktentwicklung das Rennen. Aber immerhin, ich soll mit rüber nach New York, dort fallen die Würfel.«

»Na dann.« Vermutlich sollte ich auch gratulieren, daß er nicht an mir und meinen vieren hängengeblieben ist. Für eine Großfamilie bleibt im Leben von Führungskräften keine Zeit, das weiß ich noch von meinem Ex, der war auch nur noch genervt.

»Frau Wilde, ihr Sohn ist am Telefon.«

Ich gehe nie ohne Pipeline weg. Meine Leine sind vier Kids mit Mumps, Röteln oder Keuchhusten; heute sind es nur Bauchschmerzen. »Ich komme sofort.«

Wir lassen den Wein stehen, so gut hat er uns sowieso nicht geschmeckt. Ich friemele den Schlüssel ins Schloß und blocke ab, als er mit nach oben will. »Ich komme schon allein klar. Es ist nur das übliche.« Soll er doch in seine Karrierеumlaufbahn abzischen, bestimmt wartet auch schon diese Asta auf ihn, was will er überhaupt noch von mir?

Sonnabend ruft er kurz an, um sich zu verabschieden. »Morgen fliege ich. Asta kommt mit. Glaubst du, so ein langer Flug schadet dem Baby?«

Was geht mich das an? »Kommt darauf an, wie weit sie ist.«

»In der siebten Woche. Was meinst du?«

»Wenn du nichts riskieren willst, laß sie zu Hause.«

»Da kennst du Asta schlecht. Sie will diesen Job um jeden Preis.«

»Dann Glückauf.«

Sagt man das nicht im Kohlenpott, wenn einer in die Grube einfährt? Es ist mir rausgerutscht; er kommt ja aus dem Milieu, und jetzt wird er zum feinen Pinkel gepuscht.

»Mom, Wolf ist am Telefon.«

Es ist Dienstag, so schnell kann er doch unmöglich zurück sein. »Von wo rufst du an?«

»Von zu Hause.«

»Ich denke, du bist in New York?«

»Ich konnte nicht fliegen.«

»Und? Was ist passiert?« Mir schwebt etwas Tragisches vor, etwas, das einem den Atem verschlägt, Frontalzusammenstoß oder Wohnung abgefackelt oder so.

»Brechdurchfall, nonstop, in der Nacht ging es los.«

Durchfall? Brechen? Er verdrückt ein halbes Rind wie nichts, ich habe ihn überhaupt noch nie malade erlebt, für mich hatte er einen Magen aus Gußeisen. Da muß ihm mächtig etwas draufgeschlagen sein.

»Und der Job?«

»Futsch. Das Rennen läuft ohne mich.« So wahnsinnig enttäuscht klingt das nicht, aber das kann auch an diesen Apparaten liegen, die verzerren die Stimme.

»Ist Asta sauer?«

»Sie ist auch futsch.«

»Mach keinen Blödsinn.«

»Sie hat sogar ihre Kakteen mitgenommen.«

»Und wer kümmert sich um dich?«

»Meine Putzfrau kommt heute.«

»In einer halben Stunde bin ich bei dir.«

Ich hasse dieses fremde Schneewittchen. Erst törnt sie ihn an, und dann läßt sie ihn sausen, er hat nicht funktioniert. Die eine stört sein Sohn, und bei der anderen ist es sein Magen. Er ist ein Kerl von einem Mann, alles an ihm ist gigantisch. Aber was da jetzt von ihm in dem mattgrauen Schleiflack liegt, das ist schlapp und verquer.

Ich stopfe ihm zwei Kissen in den Rücken und reiße das Fenster auf. Er kriecht unter sein Steppbett. »Nicht.«

»Doch!« Ich koche Tee, spüle, räume auf, es sieht chaotisch aus. Sein Lineal muß er schon vor diesem Infekt verloren haben, oder sind das noch die Spuren von seiner Asta?

»Lea!«

»Ja?«

»Weißt du, womit sie recht hat?«

»Sag's mir.«

»Ich wollte diesen Job eigentlich nicht. Er war mir eine Nummer zu groß.«

»Hm.«

»Hältst du mich jetzt auch für einen Versager?«

»Quatsch!«

»Sie schon. Sie treibt ab.«

Ich bin es gewöhnt, meine Kids zu knuddeln und zu trösten. Die sind klein, die riechen wie ich, und ich kenne jeden Leberfleck auf ihrer Haut. Alle naselang stößt sich einer oder fällt hin, manchmal ist es auch ernster, dann lese ich zehnmal den ›kranken Tiger‹ vom Janosch vor und mache Wadenwickel, aber so richtig schlimm ist es nie.

Bei dem Wolf fallen mir prompt dieselben Rituale ein. Aber es ist etwas anderes, diesen Mann heil zu machen. Alles an ihm ist anders, sperrig und eckig, ich versuche es trotzdem, und als ich gehe, da hat das dichte Haarvlies auf seinem Körper nichts mehr mit jener Nacht zu tun. Für mich ist er nun ein ›kranker Wolf‹, mit mattem Fell und trüben Augen, fast wie beim Janosch, und ich mache ihn gesund, vielleicht.

Omas wechseln doch nicht

»Hier Himmelseher. Senta. Sie sind – Lea?«

»Ja, die bin ich.« Sie muß mit Jörg zu tun haben, sonst kenne ich keine Himmelseher.

»Ich möchte eine ehrliche Antwort von Ihnen.«

Seine Frau? Er könnte geheiratet haben. »Bitte?«

»Ist Ihr Lucas mein Enkel?«

Also seine Mutter. Immerhin hat Jörg sich gemerkt, wie sein Sohn heißt. Was er ihr wohl erzählt hat?

»Juristisch ist das so ...«

»Die Wahrheit genügt mir.«

»Dann haben Sie einen Enkel.«

»Wann kann ich ihn sehen?«

Zack und gerade heraus, das imponiert mir. »Jederzeit.«

»Heute? Um vier?«

»Gut. Ich bin zu Hause.« Den Nußkuchen rühre ich mit links, danach knöpfe ich mir die Kids vor. »Maxi, das Zeug habe ich dir nie im Leben herausgelegt.« Hochwasserhosen, die Beine staksen unten raus, aber er liebt sie. Die neuen Jeans hat er im Backofen seiner Spielküche deponiert, völlig verknubbelt. »Was soll das?«

»Die kneifen.«

»Sie sind zwei Nummern größer als die alten.«

»Trotzdem.«

»Dann zieh eben die Turtle-Hosen an.«

»Zweimal umziehen? Nö!«

»Wir bekommen Besuch.«

»Bestimmt ein neuer Lover.«

»Nein. Eine neue Oma.« Das stopft ihm den Mund. Omas wechseln doch nicht, oder? Jonas darf natürlich auch seine Turtle-Sachen anziehen, und meinen Jüngsten packe ich in einen Tortenspitzenkragen und den blauen Nickioverall.

Omas, die ihre Enkel von der ersten Stunde an kennen, sind

automatisch Fans, wie Eltern. Aber dreiundzwanzig Monate Distanz machen kritisch, warum soll ich da die Stimme des Blutes nicht mit ›Prenatale‹ stärker machen, dort kauft die andere Omi nämlich.

Um drei klingelt es wieder. »Hier noch mal Himmelseher. Mein Sohn hat angedeutet, Sie hätten noch mehr Kinder.«

»Stimmt, aber die sind weder juristisch noch in Wahrheit von ihm.«

Sie lacht leise, eine bemerkenswerte Person. »Und wie viele sind es?«

»Drei, plus Lucas.«

»Also, bis gleich.«

Ich düse die Wendeltreppe hoch, ich habe mir doch ein neues Kostüm gekauft. Der Rock ist natürlich kurz, aber wer locker genug ist, um meine Kids als Ganzes zu nehmen, statt seinen Ein-Viertel-Anteil herauszuklauben, den schocken meine nackten Knie und die Handbreit darüber auch nicht.

Ich kontrolliere zweimal meinen Lippenstift und ziehe den Eyeliner nach, der Gong macht mich gummiweich. »Benehmt euch, hört ihr!«

Maxi wartet gesittet neben mir, bis er den Damenhut erspäht. »Guten Tag«, und schon schießt er ab ins Kinderzimmer: »Joni, Fabi, es ist echt kein neuer Lover. Es ist eine Oma.«

»Tut mir leid.« Ich könnte ihn erwürgen.

»Er hat recht, ich bin eine Oma. Und der Rest, warum sollten Sie keinen haben?«

Sie ist bestimmt Mitte Sechzig, ladylike und klassisch, Falten hat sie reichlich und Altersflecken, aber ihr würde ich glatt auch noch einen zutrauen, einen Lover, meine ich.

»Das ist natürlich Lucas?«

Der Mini ist bei mir auf dem Arm. Er vergräbt seine Locken und die Tortenspitze in meinem nagelneuen Revers, ab und zu spingst er. »Ja, das ist Lucas.«

»Hat mein Sohn ihn jemals gesehen?«

»Ja.«

»Und trotzdem ...?«

»Trotzdem ...« Hinter dem einen Wort verbergen sich Gericht, Blutgruppengutachten, gekränkter Mannesstolz, alles mögliche. Welchen Teil sie davon kennt, weiß ich nicht.

»Er ist verrückt. Erst Sonntag hat er wieder endlos über dem Album mit seinen Babyfotos gehangen.«

Ich habe geglaubt, daß mein Exlover Jörg alles, was mit uns zu tun hat, auf die Amtsschiene schiebt, weit von sich weg. Aber so cool ist er wohl doch nicht, er sucht auch bei sich. Ob er die Sprenkelaugen und das Spitzbubenlachen inzwischen gefunden hat?

Wir essen meinen Nußkuchen, der treibt alle vier zu uns an den Tisch.

»Den kann sie.« Maxi hangelt nach der Sprühsahne.

»Das ist bestimmt nicht alles«, meint die Oma.

»Kalten Hund kann sie auch. Aber in den Pudding macht sie Klümpchen.«

»Mögt ihr vier vielleicht Katzenzungen?«

Sie überlegen, die hatten wir doch schon einmal. Maxi erinnert sich natürlich als erster an die Kletten auf dem Kaschmirpulli und das Paket am nächsten Morgen. »Die hat uns mal einer von ihren Lovern geschenkt.«

»Hört endlich auf, das war nur ein netter Bekannter.«

»Stimmt, Rosen hat der dir nicht mitgebracht, nur 'nen Hahnenkamm.«

»Sie könnten bestimmt einen Roman schreiben.« Sie kneift mir ein Auge zu, ganz locker, irre.

»Das tut sie schon. Sie schreibt Romane. Gräßliches Zeug, mit Ekstase und so.«

Mit der Ekstase, das war so: Ich hatte Maxi mit zum Kopieren genommen, da war er Erstkläßler und mußte noch jeden Buchstaben mit dem Finger drauf lesen. Ausgerechnet dieses Wort hat er sich herausgepickt, Fabian hat es für ihn im Wörterbuch nachgeschlagen und etwas von ›versautem Zeug‹ gebrummt. Seitdem bin ich in der pornographischen Schublade, so schnell geht das.

Haben Sie schon einmal dauergewelltes Haar mit blausilbernem Schimmer über ›Ekstase‹ lachen gehört? Es lohnt sich. Es macht sie zehn Jahre jünger, mindestens. Die Kids spüren es auch.

»Bist du in echt eine Oma?«

»Was muß man denn tun, um eine echte Oma zu sein?«

»Also, wir haben eine, die ist wie andere Omis. Die geht mit uns in den Zoo und in die Kirche. Dann haben wir eine mit langen gelben Haaren, die ist so alt wie Muttchen, aber die ist jetzt in Kärnten, weil der Opi Willi tot ist. Und Omi Liesel, die ist unmöglich, die schmeißt aus Jux mit Salzteig, und Sachen sagt die, klasse.«

»Drei Omis! Könnt ihr vielleicht noch eine vierte gebrauchen?«

»Schon. Aber Katzenzungen mögen wir nicht so gern.«

»Lieber weiße Crunch-Schokolade.«

»Und Überraschungseier.«

»Nächstes Mal, einverstanden?«

Sie nicken, alle vier, Lucas macht seinen Brüdern wie immer alles nach.

Ich bringe sie zur Tür. »Mein Enkel ist ein glückliches Kind. Danke.«

Für Sonntag hat sie uns zu sich nach Hause eingeladen, natürlich alle fünf. Ihre Möbel sind alt und die Bilder an den Wänden sehr modern.

»Ich liebe Abwechslung. Irgendwann habe ich die Ahnen und Stilleben von früher runtergenommen, seitdem hängen junge Künstler bei mir, die Galerie wechselt sie alle paar Monate aus.«

Jörg hat manchmal von seiner Mutter gesprochen, da war

sie ein zerbrechliches Geschöpf. Ich habe automatisch an Blümchenporzellan und Sesselschoner denken müssen.

»Mein Sohn sieht mich wohl anders.«

»Ich glaube schon.«

Sie geht zu dem wuchtigen Schrank, der wirklich altmodisch ist, und holt ein schweinsledernes Album mit Goldschnitt heraus. Sie gibt es mir. »Er kommt nicht von diesen alten Bildern los.« Eigentlich sind auf allen Fotos nur zwei Personen drauf, ein Mann mit fröhlichen Sprenkelaugen und eine Frau. Ihre Schönheit überzieht ein Gilbschleier wie das Papier, auf dem die Bilder kleben. Ich zupfe an meinem Rock und setze die Beine ordentlich nebeneinander, das ist ja verrückt, wegen einem Zelluloidbefehl; bestimmt sind diese Augen längst tot.

»Das ist meine Mutter. Mein Vater ist gefallen, dieses Haus gehörte ihr. Wir sind als Brautleute bei ihr eingezogen, dann wurden meine beiden Söhne geboren, vor neun Jahren starb mein Mann. Sie selbst ist neunundachtzig geworden.«

Nun entdecke ich auch Jörgs Mutter, meistens schiebt sie einen Kinderwagen oder tut sonst etwas Nützliches. »Sie haben sich sehr verändert.«

»O ja.« Ihre Augen gleiten über die Bilder an den Wänden. Auf den Fotos sind die noch nicht hell und modern, sondern dunkel und schwer.

»Ich glaube, mein Sohn hat mich verachtet. Als er fünf wurde, hat mein Mann eine Scheune im Bergischen Land gekauft. Er hat sich hier auch nicht mehr wohl gefühlt, aber es war meine Mutter …«

»Die da sieht doof aus. Wie ein Uhu.« Maxi stopft sich die soundsovielte Mozartkugel in den Mund und tippt mit dem Kakaopuderfinger auf das Porträtfoto auf meinen Knien.

»Ferkel.« Ich wische vorsichtig mit der Serviette.

»Macht nichts. Nicht mehr.« Es hört sich ausgesprochen fröhlich an. Wie das wohl ist, wenn man mit sechzig anfängt zu leben? Ich beginne früher damit.

Es muß ja nicht Aprikosenholz sein

Der Scheich hat mir Fotos geschickt. Er ist im Kommen. Nicht bei mir, davon rede ich jetzt nicht. Sein ›Komet‹, so heißt seine Firmengruppe, geht im Osten unserer Republik auf. Dort organisiert der Scheich nun die Geburt von ›high fidelity‹ für all jene, die bislang von Zehnfach-Zoom-Camcordern und 82-cm-Color mit eingebautem Satellitentuner nur träumen durften. Drei Filialen hat er schon gestartet, und in Erfurt hat er sich ein Haus gekauft. Es ist ein schönes Haus, groß und behäbig, mit einem riesigen Garten. Einen Hund will er sich auch anschaffen, schreibt er, damit er abends nicht so allein ist. Ob wir ihn bald wohl einmal besuchen wollen? Das hört sich glatt so an, als wenn seine Frau verlorengegangen wäre.

Ich blättere weiter, es folgen Aufnahmen von seinen Neugründungen. Zweimal ist er mit abgelichtet, der top sitzende Anzug und das joviale Erfolgslächeln stehen ihm zehnmal besser als die Badehose am Nordseestrand.

Ich arrangiere den Bilderstapel nachlässig auf meinem Schreibtisch, gleich kommt der Wolf. Er ist übrigens die Erfolgsleiter hochgeklettert, trotz Brechdurchfall und Asta. Dieser promovierte Betriebsingenieur hat zwar wie erwartet die Geschäftsleitung in Köln übernommen, doch der Konzern expandiert, und der Wolf ist nun Boß in Bonn; dort ist alles zwei Nummern kleiner. Vielleicht ist es für ihn aber immer noch zu groß, denn er raucht jetzt jeden Tag zwei Päckchen Gitanes, und als er gestern eine Dose Ravioli für die Kinder aufgemacht hat, war der halbe Daumen aufgeratscht. So was passiert ihm öfter in letzter Zeit.

Schon sein Klingeln ist hektisch. Ich drücke auf, aber er kommt nicht hoch. »Was ist?« rufe ich durch die Sprechanlage.

»Ich will dir etwas zeigen. In zwanzig Minuten sind wir wieder zurück.«

»Meinetwegen. Ich komme runter.«

Ich sage schnell den Kids Bescheid. Die mosern.

»Du hast uns Monopoly versprochen.«

»Ja, gleich.«

»Und der Apfelstrudel?«

»Nehmt euch schon mal.«

Das ist nicht dasselbe. Lucas stolpert über sein Rutschauto. »Mama, Arm.«

»Muß das sein?« Ich bin schon im Mantel. Nun durchforste ich die Kindergarderobe nach dem kleinsten Anorak, er gibt sonst keine Ruhe.

Der Türgong. Dreimal.

»Ich bin sofort unten.«

»Ich will auch mit. Wenn Lucas darf ...«

»Nein, verdammt.«

»Alles wegen Wolf.«

»Einen Hund hat der auch nicht ...«

Kinder sind brutal. Egal, wie super sie einen finden, ein Reservepolster gibt es nicht, und für Durchhänger haben sie einen Riecher. Von mir erwarten sie auch, daß ich als Mutter nicht blaumache. Eigentlich haben sie recht.

Unten wartet der Wolf, mit laufendem Motor. »Nun mach schon. Was willst du mit dem Fuzzi?«

»Er hat Theater gemacht.«

»Du mußt dich durchsetzen. Du bist zu weich.«

»Gut, ich fange bei dir an.«

Wir fahren. Zehn Minuten Schweigen, dann muß er etwas sagen zu dem Reiheneckhaus, vor dem wir inzwischen parken. »Du wolltest doch immer nach Ehrenfeld. Es steht zum Verkauf, sieben Zimmer und ein hübscher Garten.«

Vor ein paar Wochen hätte ich noch gejubelt. Aber da hat er mich ja auch hochgetragen, und die Haare auf seiner Brust, die waren ein Abenteuer. Heute schleppt er mir kastenweise Fanta hoch und macht meinen Kindern eine Suppe warm. Aber das rote Päckchen mit den ›Gefühlsechten‹ neben meiner Zuckerdose, das habe ich klammheimlich weggeräumt, denn die Nächte blenden wir aus. Da fährt er heim. Er war ja krank, und dann kam das neue Büro in Bonn …

»Ich muß sowieso kaufen oder bauen, am besten noch im alten Jahr. Sonst finanziere ich die deutsche Einheit ganz allein mit meinen Steuern.«

Ich muß automatisch an Erfurt und an das behäbige Haus im Grünen denken. Irgendwie kann ich mir nicht vorstellen, daß der Scheich nun auch solche Not hat mit seiner Steuerprogression. Er hat einen Bauch, aber kein Lineal, manche Dinge kommen erst im Alter voll raus, aber so ein Senkrechtstart wirkt vielleicht ähnlich.

»Also, gefällt es dir?«

»Mir geht das zu schnell.«

»Hör mal, wir sind schließlich keine zwanzig mehr.«

Nein, das sind wir nicht, und vier Kids habe ich auch. Womöglich ist das hier wirklich die Chance für uns. Trotzdem. Er zündet sich schon wieder eine Gitane an. Mein Mini grangelt, er will spielen. Der Wolf spricht vom Heizkessel und fängt an auszumessen, klar, den Zollstock hat er natürlich dabei. Ich seh nur leere Räume und häßliche Leitungen, die sind über Putz verlegt. Ich könnte sie wegradieren in meinem Kopf, aber dort ist ein black out. Ich erfinde jeden Abend eine neue Gute-Nacht-Geschichte, warum fällt mir jetzt nichts ein?

Wir lassen das Thema fürs erste offen und fahren zu mir zurück. Als wir aussteigen, sagt er: »Warte! Wir müssen noch das Fax mit hochnehmen.«

Der Wolf findet, daß ich endlich auch so ein Gerät brauche. Es stört ihn, wenn er mich vergeblich anwählt, time is money, und verbindlicher ist so ein Ding auch, mit Uhrzeit und Eingangsbestätigung. Der Kofferraumdeckel klappt hoch. Ich gebe mich interessiert und beuge mich über den Karton, aber das ist nur Tarnung, denn in Wahrheit will ich nur sehen, ob diese Rolle noch da liegt. Seitdem der Wolf in Bonn ›office-manager‹

ist, so lautet sein offizieller Titel, hagelt es Gratulationsschreiben und Grünpflanzen. Dieser Tage hat er mir wieder einen ganzen Schwung mitgebracht. »Der Haus-zu-Haus-Blumenservice. Bitte kommen«, hat er gefrotzelt.

Ich bin hinuntergerannt, er hat sich die Kokospalme genommen und ich das Kleinzeug. Dabei bin ich auf diesen Ast gestoßen, golden angesprüht war der. Obendrauf saß eine Lackrose, und was wie ein riesiges grünes Schilfblatt aussah, entpuppte sich inwendig als Poster. Haare und viel nackte Haut. Details konnte man nicht ausmachen, aber die Pose war ein einziger Balzruf, Marke kniender Akt. Untendrunter stand: »Vergib mir. In Liebe.«

»Was hast du denn da?«

»Liebesgrüße von Asta.«

Er hat mir das Flitterding aus der Hand gewunden. »Sei nicht zickig. Es tut ihr eben leid.«

So kann man das auch sehen. Womöglich war das gar kein so dummer Trick, mit lustvoll angerichtetem Nacktfleisch ›mea culpa‹ zu schreien. Eva mußte nach dem Sündenfall ihre Blöße bedecken, die hier versucht es umgekehrt.

Was er wohl damit gemacht hat? Zerrissen? Glaube ich nicht. Wenn etwas Harmloses passiert, dann spricht man darüber, so wie über die neue Talk-Show oder den Postboten, der sich dauerwellen läßt. Der Wolf hat nichts mehr gesagt.

»Wo willst du das Fax hinhaben?«

»Am besten neben meinen Schreibtisch.«

Ich steige hinter ihm die Treppe hoch, oben entdeckt er sofort die Fotos vom Scheich aus Erfurt.

»Ist das nicht …?«

»Ja.«

»Der Anzug steht ihm besser.«

»Ich werde es ihm ausrichten.«

»Ihr habt also noch Kontakt?«

»Warum nicht?« Ich denke an dieses Gebinde in seinem Kofferraum. Ist das etwa kein Kontakt?

Er schnipst gegen die Hochglanzbilder und pafft seine Rauchschwaden darüber.

»Laß das.« Behutsam packe ich meinen Friedhelm zurück in das Kuvert. »Übrigens, er leitet jetzt den Zentraleinkauf für die neuen Bundesländer.« Albern ist das von mir, regelrecht kindisch, aber ich hasse dieses bornierte Getue. Er soll nur nicht meinen, er wäre der einzige oben auf der Leiter. Als tapsiger Wolf gefiel er mir besser.

»Du mußt dich schon entscheiden, was du willst.«

Die Metallstufen schwingen unter seinem Tritt, bestimmt ist er hungrig. Aber ich will nicht die Küchenfee spielen, ich soll mich ja entscheiden. Den Tonknopf von meiner Anlage drehe ich zwei Striche nach rechts, Taste dreizehn auf der Fernbedienung, das ist ›Amore Contro‹, natürlich von meinem Eros Ramazotti.

Vier Kids hängen an mir dran, Jochen und Jörg machen Ärger, und meine romantische Spinnerei, die pfeift sogar auf schnuckelige Einfamilienhäuser und Geschäftsführergehälter. Als ob ich mir das leisten könnte.

Ich reguliere die Lautstärke und gehe auch nach unten. Er sitzt am Eßtisch und blättert. Ein Stoß Kataloge für seinen Laden liegt vor ihm. Dreimal hat er die Druckerei angemahnt.

»Sind sie endlich fertig?«

»Ja.« Er schiebt mir ein Exemplar hinüber. Er ist zufrieden, klebt förmlich an den Seiten.

»Sofort. Fabi, mach bitte den Backofen an.«

»Was gibt es?«

»Zucchini-Auflauf.«

»Immer Gemüse.«

»Wolf mag auch lieber Steak.«

»Ich bin für euch verantwortlich.« Nur weil der Wolf auf halbrohen Fleischbrocken steht und Limonade gleich kastenweise ankarrt, werde ich meine Rohkost und Säfte nicht streichen, von wegen.

»Also, guckst du dir den Katalog nun an oder nicht?«

»Sofort.« Wenn ich nicht wüßte, daß er Software und Computer-Know-how vertreibt, ich würde glatt annehmen, das hier hätte mit moderner Kunst zu tun. Man muß schon hineinkriechen in dieses Perspektivengewusel, um gelegentlich einen Mikrochip oder eine Paintbrush-Ellipse zu erkennen. Sie können den Nippel von einer Frauenbrust auch so fotografieren, daß es wie ein vorweltlicher Überrest aussieht. Das ist dann möglicherweise Kunst, aber in der Produktwerbung geht es doch um etwas anderes, oder sehe ich das falsch?

»Ist das nicht etwas sehr extravagant?«

»Marktlücken erobert man nun einmal nicht mit Allerweltsmethoden.«

Ich blättere zurück zum Impressum, die verantwortliche Grafikerin heißt Asta Allhof. Bei dem alten Chef hat sie mit ihrer Kreativität nicht einmal ihr Reitpferd satt bekommen. Das sieht nun offenbar anders aus. Asta sitzt fest im Sattel, beruflich …

Maxi buchstabiert meinem Zeigefinger hinterher: »A-s-t-a. Komischer Name. Ist das ein Mann oder eine Frau?«

»Die Endung ›a‹ ist immer weiblich.«

»Sie macht das rein geschäftlich für mich.« Der Wolf sieht an mir vorbei.

»Ach ja.« Und das Poster? Haare und Haut, alles pur, kein Fitzchen Stoff dazwischen.

»Man muß das voneinander trennen können. Das Mädchen ist sehr begabt.«

Ich fange an, den Tisch zu decken. Die Zeitschaltuhr in der Küche klingelt. Mein Auflauf ist fertig. Der Wolf reicht mir die Teller an. »Das riecht ja köstlich.«

Maxi grient. »Hast du was kaputt gemacht?«

»Ich? Natürlich nicht.«

»Warum lobst du dann auf einmal ihr Grünfutter?«

»Iß du lieber.«

Als alle kauen, sage ich beiläufig in die Stille: »Übers Wochenende könnten wir eigentlich mal nach Erfurt fahren.«

»Super.«

»Hat Friedhelm schon den Hund? Hoffentlich ist es ein Berner Senn.«

Mit Rassetieren kennen meine Söhne sich aus. Für den Fall, daß wir irgendwann ein Haus mit Garten beziehen sollten, hat sich jeder schon seine Tierkollektion zusammengestellt. Wir haben unsere Chance verpaßt, als die Treuhand den Staatszirkus für eine symbolische Mark verscherbelt hat. Jetzt ereifern sie sich über Lefzen, Zwinger, Futterkosten und Dressur. Mein Auflauf läßt sie sowieso kalt.

»Hast du vergessen, daß wir am Samstag ins Konzert gehen?«

Stimmt ja! Astas Akt hat mir den Kopf zugemacht. Wir haben ja Karten für die ›Bläck Föös‹. Jede Liebe hat ihr Lied, wir haben gleich eine ganze Gruppe, dafür kümmert die Liebe.

»Sorry. Also Kommando zurück.«

»Ich fahre dann mal.« Wolf gähnt.

»In Ordnung.« Ich bin beschäftigt, auf meinem wollweißen Teppich ist ein ekliger Fleck, sieht nach Tomatensoße aus.

»Der ist schon alt.«

»Stuß.« Ich reibe, das rot wird blasser. Aber wir hatten doch heute Zucchini, die sind grün.

»Also, bis dann.« Er steht in der Tür, den Stoß Kataloge hat er untergeklemmt.

»Denk bitte an das Fax.«

»Mach ich.«

Ein Uhr sechsunddreißig steht auf seinem Probefax, bei mir ist er gegen neun losgefahren. Hat er vier Stunden gebraucht, um sich die Zähne zu putzen? Was schreibt er überhaupt?

Morgen kann er nicht, lese ich, zwei wichtige Meetings. Und Samstag holt er mich gegen sieben ab, so genau kann er das nicht sagen, weil sein neues Auto vor mir dran ist.

Er kommt zwanzig nach sieben.

»Du hast Nerven.«

»Wir fliegen. Mit hundertneunzig PS. Sieh ihn dir wenigstens an. *Halt!*«

Ich bin in die Schallwellen seiner Fernbedienung gelaufen, mit diesem Schnickschnack kenne ich mich nicht aus, und ich habe es eilig.

Er fährt geradeaus. »Warum nimmst du nicht die Nord-Süd-Fahrt?«

»Zur Philharmonie doch nicht.«

»Wir müssen in die Beethovenhalle.«

»Woher soll ich das denn wissen? Das ist ja in Bonn.«

»Eben. Du hast doch selbst die Karten besorgt.«

Viertel vor acht fahren wir vor. Diese Kiste ist wirklich ein Blitz. Und jetzt fällt ihm ein, daß er noch nichts gegessen hat. Wir hasten ins Entree, alles proppenvoll.

»Da hinten gibt es Laugenbrezeln und Siedewürstchen.«

Er will ins Restaurant. Das ist genauso steif und ungemütlich wie der ganze Bau, fünfziger Jahre, leer ist es auch, bestimmt sind nur die Preise geliftet worden.

Von der Bar kommt uns ein Paar entgegen. Was für ein Zufall. Die Herren kennen sich, geschäftlich, und wir, die Damen, mustern uns. Ich bin scharf auf ihren Schmuck und sie auf meine Taille.

»Ich bestelle schon mal.«

Der Wolf bekommt eine feingemachte Gulaschsuppe, weil die am schnellsten geht. Gleichzeitig gongt es. Meine Bestellung – ›du kannst doch nicht nur da sitzen‹ – bleibt stehen.

Wir haben Reihe zwei, Mitte. Der Saal ist das drittletzte, Kippelstühle und null Atmosphäre. Bonn ist zwar neben Köln gespuckt, aber gelernt haben die nichts von uns. Echte Provinzler, die begrüßen unsere Bläck Föös wie die ›Doof Nuß‹.

Die Jungs auf der Bühne, die sind echt. Keine Streicheleinheiten für die Bonner, erst ›Kölle am Ring‹ und dann ›En unserem Veedel‹. Mein Stuhl kippelt, doch der Wolf neben mir rührt sich nicht.

»Ist was?«

»Nein, nein.«

»Gefällt es dir nicht?«

»Doch.«

Es ist unser viertes Meeting mit dieser kölschen Gruppe, die gleich nach dem Dom und dem ›Hänneschen‹ und in jedem Fall vor unserem Kardinal kommt, wenigstens was die Popularität betrifft. Wenn die Jungs auf der Litfaßsäule erscheinen, müssen wir hin, notfalls eben bis nach Bonn. Gerade singen sie ›Indianer kriesche nit‹, das ist so schön traurig, aber Mitheulen ist nicht, der neue Kajal-Strich um meine Augen hält das nicht aus, sonst wäre mir schon danach. Da schleicht sich seine Hand über meine. Die liegt brav auf meinem Schoß, neben der anderen. Das Lied ist schon zu Ende, und alles klatscht, ich war irgendwie weg.

Zwischen ›Rita‹, die ja eine heiße Nummer ist, und dem ›Kack-Lied‹, das ist so menschlich, begegnen sich unsere Schenkel, rhythmisch oder innig, je nach Song. Und die Härchen auf seinem Handrücken, die sind auch ganz schön lang, ich zwirbele sie, mir wird richtig warm.

»Ob unser ›Mannen‹ noch kommt?«

»Bestimmt.« Eigentlich ist es sein Favorit, holländisch, urig, so eine Art Andacht für Mannsbilder, hart und weich. Manchmal vermengt sich das wie beim Marmorkuchen.

Dann ist Schluß. Erste Zugabe und zweite: ›Bye-bye my love‹. Kein ›Mannen‹: Wir fühlen uns betrogen, der Beifall rechts und links prasselt weiter, klatschen können sie, die Bonner.

Ich bin geistig schon an der Garderobe, wer hat die Märkchen, da kommt es doch noch: ›Mannen sind so …‹

»Ich hab' es dir doch gesagt.«

»Du bist die Größte.«

Wir lassen uns von der Menge nach draußen schleusen, händchenhaltend. Zwei Brezeln und Siedewürstchen kaufen wir uns auch.

»Schön?«

»Schön.«

»Du kennst mein Apartment noch gar nicht.«

»Und der Babysitter?«

»Eine halbe Stunde …«

Sein Bonner ›Notquartier‹ hat wirklich nur ein Zimmer, aber das ist sechzig Quadratmeter groß, plus Spitzgiebel und Empore.

»Nobel.«

Er hantiert oben an der Musikmaschine, Eros Ramazotti füllt den Raum.

»Eine Anlage hast du auch?«

»Logo. Und Verstärker aus Aprikosenholz, so klein.«

Was er mir zeigt, könnte eine Williamsbirne sein, für so ein Winzding ist der Sound super, wirklich.

»Und da drunter, was ist das?«

Hätte ich doch nicht gefragt. Er redet von zehn Kilo Sand pro Box und high-end, das ist keine Musik, das ist Philosophie und findet im Kopf statt, da und im Geldbeutel, der Preis ist astronomisch. Mir fällt diese Arbeitsleuchte für sechshundert Mark ein, das war zu Beginn unserer Freundschaft, damals hatte er ein schlechtes Gewissen. Heute zahlt er das Zehnfache für einen einzigen Verstärker. Das Kribbeln von eben ist weit weg. Ich habe gar keine Lust mehr, die Route von diesen dunklen Haaren auf seinem Körper zu verfolgen.

»Wir müssen los.«

»Ich habe einen Veuve Clicquot kaltgestellt.«

Mich ködert man nicht mit Champagner. Ich stehe auf Love, und davon viel und pur. Aprikosenholz brauche ich dazu nicht.

Beim Happy-End wird abgeblend't

Die Party ist öde. Der Wolf findet Partys dieser Couleur allerdings nützlich. »Mein Job lebt von Beziehungen«, sagt er, seit er Boß ist; vermutlich stimmt das. Er tut ständig neue Großhändler, Generalvertreter und persönliche Referenten auf, die ihn einladen. Ich komme mit, weil ich ohne meine vier Kids und mit der richtigen Kledage ordentlich etwas hermache. Da geben Kinderstube, Klosterschule und Jochen sich die Hand. Ich knacke Hummer und schlürfe Austern, ich schmücke den Wolf. Deshalb darf ich mit.

Dieser Dr. Haarkötter heute ist ein dicker Fisch, im Vorstand und Großaktionär. Seine Frau ist von zarter Gesundheit und tiefdekolletiert. Wenn sie schon nicht auf ihre Rachenmandeln achtet, sollte sie wenigstens an die Knautschzone über ihren Brüsten denken. Abdecken!

Die Partygesichter gruppieren sich um den offenen Kamin in der Raummitte, es gibt keine einzige normale Wand, alles ist verschoben und schräg. An die Schwingtür aus Glas, ohne Rahmen, hätte man besser ein paar Vogelsticker geklebt, um ein Haar wäre ich dagegengebollert.

Einige Leute kennen sich, die stehen zusammen und sind froh, daß sie sich keine Sorgen darüber machen müssen, wo sie mit ihren Händen und ihrer Fremdheit hinsollen. Die anderen picken künstlich-locker Salznüsse, Kanapees oder tönen über Aprikosenholzsound; den setze ich bei soviel Knete einfach voraus, da wird alles zur Philosophie überhöht.

»Holz-Krämer«, raunt der Wolf. Bei solchen Anlässen

schlüpft er automatisch in die Rolle von meinem Exmann, denn eine Brille trage ich natürlich nicht. Mit diesen beiden haben wir neulich diniert. Hinterher hat der Wolf mir nicht ohne Genugtuung verraten, was sein potentieller Großkunde von mir hält: »Total extrovertiert, diese Frau, könnten Sie mich draufnageln.« Pissoir-Talk, trotzdem!

»Ich bin entzückt, gnädige Frau.«

»Ich dachte, Sie mögen nichts Extrovertiertes?«

»Lea! Sie entschuldigen, dort hinten ...« Der Wolf zerrt mich hinter die nächste Palme, die sind hier blickdicht und bis zur Decke. Er ist in Rage, weil ich ihn bloßgestellt habe ...

»Er ist ein Arsch.«

»Er ist mein Kunde.«

Ich weiß, daß ich nicht zu meiner ›Creation Mademoiselle‹ passe, die ist fast schon ein Modellkleid und sehr hochgestochen. Mit meinem Schimpfwort bin ich dafür identisch, in diesem Moment ist das so. Warum sitze ich nicht zu Hause und baue ein dickes Hotel auf die Schloßallee, das ist die beste Straße im ›Monopoly‹. Wolf müßte sich nicht schämen, und nett verpackt wäre diese Asta bestimmt tragbar, karrieregeil ist sie auch.

»Ich möchte schwören, wir kennen uns.«

Weißes Dinnerjacket, ein Gesicht und der Hauch von ›Davidoff‹.

»So?«

Er nutzt die Chance und läßt seinen illustren Terminkalender an mir vorbeischnurren.

»Nein, ich war dieses Jahr nicht auf dem Presseball ... Ich spiele kein Golf ... tut mir leid, in Marienburg wohne ich auch nicht.«

»Jochen Rosenfeld!« Er kommt allmählich auf die Spur: »Ihr Gatte und ich, wir waren zusammen in Mailand, auf der Messe.« Er zückt seine Visitenkarte und gibt sie mir, ›Raumdesign Exklusiv‹. Seine Augen kreisen über dem Wolf, kommen zurück, lächeln, ein Mann von Welt. »Sie fahren auch die S-Klasse, hübscher Wagen.«

»Wir sind geschieden.«

»Oh! Das macht doch nichts.«

Mir nicht mehr, aber offenbar ihm. Ohne S-Klasse bin ich so unerotisch nackt für ihn, und ich weiß noch immer nicht, ob er der Typ ist, der uns vor drei Jahren in Mailand diesen rubinroten Zweisitzer aufgeschwätzt hat. Gottlob steht der nun bei Jochen, exklusiv und unbequem.

Ich schlendere weiter, eigentlich habe ich Hunger.

»Sie erinnern sich?«

Noch einer! Gerade, wo ich die ›Crespelle mit Gorgonzola‹ gesichtet habe. Bei Pfannkuchen habe ich nämlich nichts dagegen, wenn sie zur Kunst erhöht werden, für gute Crespelle sterbe ich. Ich drehe mich also um. Ich habe mich geirrt, es ist eine sie. Ich suche in meiner Eheschublade, aber da finde ich sie nicht.

»Karneval in der Wachsfabrik.«

Ich rücke meine Augen an sie ran, Elfenmaße und Winzfüße. Es ist die Frau vom Scheich, ich kenne sonst keine mit so winzigen Füßen. Einmal, bei ihm zu Hause, standen diese Puppenschuhchen neben ihrer Betthälfte. Sicherheitshalber gleite ich noch mal an ihr hinunter, heute trägt sie Lackpumps, sie ist es.

»Und Sie haben wirklich vier Kinder?«

»Ja. Sie sind gut informiert.« Das ist das Vorgeplänkel, gleich geht es los. Gut, daß ich nichts Beiges angezogen habe, ladylike, aber zahm. Das neue Schilfgrün ist aufregend, ich sehe gut aus, das stärkt mir den Rücken; als Geliebte habe ich schließlich auch einen Ruf zu verlieren.

»Friedhelm erzählt gern von Ihren Söhnen. Er liebt Kinder. Haben Sie ihn schon in Erfurt besucht?« Sie lächelt, kein Zittern in den Mundwinkeln. Vor einem halben Jahr wollte diese Frau sich umbringen wegen mir, ich drehe durch.

Eine kühle Puppenhand berührt mich. »Ich trage Ihnen nichts nach. Vielleicht sollte ich Ihnen sogar dankbar sein.«

Ich will aufs Klo. Tür zu, Spülung, der Spuk ist weg. Das ist nicht echt, nie im Leben. Er hat sie verlassen, ist ausgezogen, ab in den Osten. Was hat sie vor?

»Liebes, willst du uns nicht vorstellen?« Ein Papyrusgesicht schiebt sich zwischen sie und mich. Sanft berührt er ihren Ellbogen. Er ist bestimmt über sechzig, er geht mir bis zum Kinn. Gemessen an Friedhelm ist er ein Gnom, was für eine Rolle spielt er?

Sie reden, die beiden. »Vorigen Monat haben wir Pavarotti gehört ...« An diesem Punkt tauche ich auf aus meinen Gedankenbröseln. Ihre Augen verschmelzen vor mir, es ist schon unanständig, die haben ihren Orgasmus, und ich gucke zu. Bei den ›Bläck Föös‹ und meinem ›Ramazotti‹, da ist Herz angesagt, da rechne ich bei mir mit so etwas. In diesen veredelten Gefilden und ohne Haar, kahl ist er nämlich auch, fällt für mich der Eros flach. Aber ich möchte wetten, die beiden haben ihre Ekstase entdeckt, im Kopf oder sonstwo. Eigentlich ist das ja auch egal.

»Unser Haus in Pulheim werden wir verkaufen.«

»Wir reisen nämlich viel.«

Zweimal ›wir‹. Bei dem Haus geht es um sie und meinen Scheich, das ist passe. Er hat geglaubt, sie könnte nicht leben ohne ihn und dieses Heim. Doch offensichtlich kommt sie ganz gut damit klar, sie reist jetzt viel, nicht allein, sondern ›wir‹.

»Friedhelm braucht eine Frau aus dem Leben, und Kinder. Ich habe mich an ihm festgehalten, an dem Kochen und Waschen für ihn. Eigentlich geht es mir nun sehr gut, mit meiner Musik ...«

»Wer war das?« fragt Wolf hinter mir.

Ich schlucke. Pinienkerne, Basilikum und eine Spur Minze, die Crespelle sind köstlich, es ist mein dritter Happen, eine Schande.

»Soll ich dich vorstellen?«

»Ich habe es nicht mit Zwergen.«

Ich schätze, er ist nur noch sauer auf mich, solche Sprüche hat er sonst nicht drauf. Ich kenne das von mir, dann reite ich Attacken gegen Bonner Bürger und den lieben Gott.

»Wenn du es genau wissen willst, sie ist die Frau von Friedhelm.« Ich lasse ihn stehen und kümmere mich um frische Crespelle, die gefüllten Birnen mit Mandelschaum könnte ich auch noch probieren. Der Wolf hat fürs erste genug zu knabbern. Garantiert vermißt er jetzt meine Moral, soll er doch.

Eine halbe Stunde später verabschieden wir uns von unseren Gastgebern und ich auch noch von Friedhelms Frau.

»Übrigens, bei Ihnen um die Ecke gibt es vorzügliche Kleinkunst, jeden Dienstag«, gibt sie mir mit auf den Weg.

Natürlich habe ich nicht ernsthaft vor, gleich am nächsten Abend in den ›Klimperkasten‹ zu stürmen. Erst als Wolf partout nicht aufhören will, meine Amouren oder das, was er dafür hält, zu zerpflücken, setze ich noch eins drauf und verkünde: »Ich gehe hin.«

»Klar, wenn euch schon derselbe Mann gefällt.«

»Eben. Du kannst ja mitkommen.«

Als es dann soweit ist, setzt er sich mit dem Rücken zur Bühne. Ich schaue frontal drauf. Es ist ein Liederabend, Tucholsky steht auf dem Programm. Als der Interpret ans Mikrofon tritt, ist der Raum voll. Er ist lang und schlaksig, Augen wie Kullerknöpfe, seine Hände sind breit. Die Stimme fängt in meinen Zehen an und vibriert im Kopf nach, dazwischen wackelt es auch, ich bin wie Gelee.

»Mußt du so starren?«

»Er ist gut.«

Der Überdruß der letzten Tage schwemmt aus mir raus. Tucholsky hat's, seine Texte gucken dem Leben aufs Maul, bunt, bitter und zärtlich. Und dieser Magier, der ihn wieder lebendig macht, der heißt Hans Buschmann.

»Wir machen eine kleine Pause.«

Sein Vater, das ist der Klavierspieler, und Ina, sie hat den weiblichen Part, gehen die Treppe hoch. Er nicht. Er sortiert die Noten, setzt das elektrische Klavier in Betrieb, dann kommt er näher. Neben dem Wolf macht er halt. »Guten Abend.«

Die Käseplatte auf unserem Tisch ist leer bis auf einen Petersilienstengel, der Wolf hat in einem fort gekaut, die Kleinkunst war ihm schnuppe. Mir nicht, meine Schorle steht da, ich sehe auf den Handrücken, der pendelt dicht neben meinem Gesicht, und ich spüre: Er ist nicht mehr bei dem Wolf und seinem abgegrasten Teller, er ist bei mir.

»Ich habe Sie angesehen. Sie saßen sozusagen in meiner Schußlinie.«

Es ist passiert, ich stolpere in seine Kullerknopfaugen, leises Chaos rumort in mir; so etwas träumt Frau, das passiert nicht.

»Es ist etwas in Ihren Augen. Die lachen und die weinen mit. Sehr schön ist das.« Seine Hand, dieses riesige Ding aus Knochen und Haut, gleitet auf mich zu. »Danke.«

»Sie haben mich rübergeholt. Das passiert mir sonst nicht so leicht.« Ich bin klein, er ist groß. Mit einem Meter sechsundsiebzig klein und kostbar sein, das ist wie Fliegen ohne Flügel.

Zum Schluß, als Zugabe, singt er zusammen mit Ina. Sie ist einen Kopf kleiner als er, einmal umfaßt er sie, das ist das Happy-End. Ich spüre ihn auf meiner Haut.

Aber der Text geht weiter, Tucholsky ist so, der Alltag spult ab. die Liebe schrumpelt, »… und darum wird beim happy end im Film jewöhnlich abjeblendt«. Ist das so? Immer?

Ein bißchen bin ich schon geschrumpft, vielleicht, mit Jochen und Jörg, mit den Niemanden. Erst hebt es mich aus den Angeln und dann, platsch, liege ich da, zwei Schritte vor und drei zurück.

Meinen Wolf, den ohne Lineal im Kopf, gibt es nur im Märchen. Und ein Scheich, der braucht Wüstensand und kein Reihenhaus in Pulheim oder Erfurt.

Darauf verzichten?

Nie! Dann bin ich tot und hinüber. Erst dann.

Jedes Glück hat einen kleinen Stich.
Wir möchten so viel: Haben. Sein. Und gelten.
Daß einer alles hat:
das ist selten.

Sagt Tucholsky. Mir fällt noch etwas ein: Bei diesem letzten Kapitel, da hat sozusagen Tucholsky Regie geführt. Nun ist der ja längst tot, und mir fiel nur noch der Refrain ein. Aber nur Brocken, das reicht mir nicht. Also habe ich kurzerhand den Mann mit den Kullerknopfaugen angerufen. Stellen Sie sich vor, er hat mir den Text gleich nach der Vorstellung vorbeigebracht …

HEYNE BÜCHER

Trude Egger

Vom gewöhnlichen Alltag, von der Liebe, von Reiselust und Reisefrust. Trude Egger erzählt mit entwaffnendem Charme, hinreißendem Witz und liebenswerter Selbstironie.

01/9430

Ich hab's im Kreuz – mir fehlt die Liebe
01/9430

Ach, wär ich doch daheim geblieben
01/10107

Heyne-Taschenbücher